同济大学人文学院优秀著作扶持规划资助项目

餐芝逸老与京剧之盛

清季士大夫研究

周茜　著

同济大学出版社
TONGJI UNIVERSITY PRESS
·上海·

题　记

偶成二首（其一）

王国维

我身即我敌，外物非所虞。
人生免襁褓，役物固有余。
网罟一朝作，鱼鸟失宁居。
矫矫骅与骝，垂耳服我车。
玉女粲然笑，照我读奇书。
嗟汝矜智巧，坐此还自屠。
一日战百虑，兹事与生俱。
膏明兰自烧，古语良非虚。

目 录

导言

我三岁时能背诵唐诗。我还记得摇摇摆摆地立在一个满清遗老的藤椅前朗吟“商女不知亡国恨，隔江犹唱后庭花”，眼看着他的泪珠滚下来。

——张爱玲《天才梦》[1]

“泪珠滚下来”的是遭遇了“三千年未有之变局”的清季士大夫的末代“遗民泪”。

“遗民”是中国古代社会一种重要而独特的政治、文化现象。自《史记·伯夷列传》始，经过历代叙写，“逸”“遗”之辨，逐步规范，形成了一套历史经验体系[2]，其中，忠义观念是遗民精神的内在核心。清季士大夫亦承袭了此前遗民对道德、节义的讲求，以逃禅、衣着发辫、历法正朔、变名筑室等传统行为仪式来体现自我认同。然而，辛亥革命又与以往历史上的改朝换代迥然不同，清季士大夫遭遇的是“三千年未有之变局”（李鸿章语），在“夷夏之防”、“帝制”与“共和”之辩、中西文化之争、生存出处之择等诸多方面都陷于“智勇俱困”的尴尬境地，是故，这个群体在新时代新文化的洪流中被贬斥为“封建余孽”“亡清遗臭”，遗民叙事发生陡然转折成为“反面人物”而几近湮没。

1 《张爱玲散文全编》，浙江文艺出版社 1992，第 1 页。

2 参见赵园《明清之际士大夫研究》，北京大学出版社 1999，第 244 页：“‘遗民’不但是一种政治态度，而且是价值立场、生活方式、情感状态，甚至是时空知觉，是其人参与设置的一整套的涉及各个方面的关系形式：与故国，与新朝，与官府，以至与城市，等等。‘遗民’是一种生活方式，又是语义系统——一系列精心制作的符号、语汇、表意方式。考察这一套语源古老的表意系统，能约略看出一部遗民史。”

20世纪80年代以前仅有零星研究述及，此后略有增加。21世纪以来，清季士大夫开始受到重视，相关专著、论文数量大增[1]，使我们对这一长期被遮蔽的群体有了初步的认识和理解。

由于此种研究起步伊始，有待拓展深入的空间不小，如清季士大夫“有托而逃”于中国传统戏曲——京剧之中这一现象，前贤时彦即几乎未曾论及。京剧能够在20世纪二三十年代达到顶峰，原因诸多，其中清季士大夫与伶人的频繁交往、密切合作为其奠定了十分重要的基础，却一直被有意无意地忽略。实际上，清季士大夫的生活时代以及他们对京剧的倾情奉献、热烈追捧，是与京剧在清季民国时期的蓬勃发展相始终的。他们沉迷于歌台戏苑，与伶人相濡以沫、亦师亦友，或创作改编剧本、或诗词品题名角、或报刊宣传鼓吹，他们不遗余力，对京剧的繁荣鼎盛做出了巨大贡献，取得了卓著成就。遗憾的是除笔者几篇小文进行了初步的叙论外，至今未见研究。是故，拙著观照清季士大夫与京剧，是一个全新的课题，旨在通过对一批“以旧人物入新世界”[2]的文化遗民的研究，“曝光”遁入历史潮流之暗角中的重要人物，确认他们对京剧繁荣鼎盛做出的重大贡献和历史地位，同时，还可折射那个激剧变化的时代，思想文化的多元互渗，表明近代中国实际上存在“多个世界”[3]，存在不少异质元素。而受到“新世界”猛烈冲击的中国传统文化，一方面因了清季士大夫的固守得以延续命脉，另一方面也参与了现代社会的变革与发展。

1　参见张笑川《民初“清遗民”研究的回顾与展望》，《兰州学刊》2012年第9期；程太红、何晓明《清遗民研究的理论思考》，《西南大学学报》2017年第2期；陈晶华《现状与展望：近十年来社会文化史视野下的清遗民研究》，《理论界》2018年第4期。

2　樊增祥为陈三立作六十寿序云：“如吾属海滨数子，以旧人物入新世界。风云扰攘之会，相率而居夷；利名攻取之场，瑟居而避户。不自弃其旧学，而亦不取憎于新人。”参见樊增祥著，涂晓马、陈宇俊校点《樊樊山诗集》，上海古籍出版社2004，第1966–1967页。

3　关于思想文化的多元互渗以及近代中国的多个世界，参见罗志田著作《裂变中的传承：20世纪前期的中国文化与学术》（修订本）、论文《新旧之间：近代中国的多个世界及“失语”群体》。

关于清季士大夫

保守固有文化

清季士大夫的政治立场、思想意识和生活形态千差万别。既有筹划复辟、任职紫禁城、参与伪满洲国者，更有大量未必一味忠于清室，“倒是更关心他们获得价值与尊严的文化传统的兴亡”者[1]。后者以文化道统、学统自任，或退而著述，孜矻求索于文献学术之中；或致力于诗词歌赋，于结社酬唱中聚集为传统文化共同体；甚至也有受聘于各学校，或出任民国官职[2]，但其思想文化立场，仍念念于旧传统旧道德者。这个群体，呈现出明显的“文化遗民”特征。在以往的研究中，对“文化遗民”设法进行界定常常会陷入困境[3]，故在此首先对学者们涉及并认可的相关描述选取三家呈现。

傅道彬、王秀臣论文《郑孝胥和晚清文人的文化遗民情结》：

> 我们可以对文化遗民做出这样的界定：当一种文化衰落之时，必然会有一种新文化的兴起，那些为旧文化所‘化’之人，在即将兴起的新文化环境里无法融入其中而深感痛苦，并想尽一切办法去维护或传承那种既已衰落的文化。这种遗民，由于其文化情结的根深蒂固，由于其遗民立场的文化含义，使其所有的表达都富有一种文化内涵，而使其自身的存在更具有复杂性。[4]

作者提出了“文化遗民”的概念，具有突破性，并且认为清季士大夫是

---

1 葛兆光：《世间原未有斯人——沈曾植与学术史的遗忘》，《读书》1995 年第 9 期，第 68 页。

2 出任过民国官职者不少，如周树模（平政院院长）、樊增祥（参政院参政）、易顺鼎（印铸局参事）、罗瘿公（总统府秘书）、袁思亮（印铸局局长）、缪荃孙（《清史稿》总纂）、金梁（政务厅厅长）、孙宝琦（外交总长、国务总理）、吴昌绶（司法部秘书）……

3 台湾学者林志宏著《民国乃敌国也：政治文化转型下的清遗民》（2013 年），美籍华人学者周明之著《近代中国的文化危机：清遗老的精神世界》（2009 年），均是清遗民研究的开山力作。前者分量厚重，关于清遗民进行了两个前提的界定；后者主题集中，避开了概念界定的困境，直接进入研究。

4 傅道彬、王秀臣：《郑孝胥和晚清文人的文化遗民情结》，《北方论丛》2002 年第 1 期，第 2 页。桑兵：《民国学界的老辈》，《历史研究》2005 年 6 期。

真正意义上的“文化遗民”。

林志宏著作《民国乃敌国也：政治文化转型下的清遗民》（后文简称《民国乃敌国也》）：

首先最根本的前提，是这群人至少在民国建立后，对逊清宗室仍旧怀抱忠诚的态度。从心理层面而论，遗民仅认定对一家一姓的效忠，拒斥对“多数众民”（或代表“多数民众”的总统）的效忠。……有时也非全以忠清为满足。充分厘清这样的心态，却是第二项前提：清遗民相当反对民国的政治体制。即言之，他们内心厌恶民主共和的政治理念与价值。

“遗老”[1]一词，既可通指那些效忠清室的遗民，亦可称谓内心赞同传统学问的旧辈士人。[2]

两个前提说是基础，同时也有变通，如“有时也非全以忠清为满足”，又如“遗老”一词的所指。

罗惠缙著作《民初“文化遗民”研究》：

“文化遗民”是指在因朝代的更替、时序的鼎革等因素导致的民族盛衰、学术兴废、文化价值被凌逼时，坚持以从事学术研究、赓续学术思想或从事文化典籍的考镜、整理、出版等为职志，借助自己的心智塑造，将固有的文化价值或思想观念以潜隐或外显的方式表现出来，从而使学术传统和文化、思想得到挖掘、传承、开拓或创造出新的文化产品之遗民。

简而言之，“文化遗民”是集道统担当、学统承续与文化整理等职责为一体的遗民。[3]

---

1 “遗老”最早见于《史记·樊郦滕灌列传》：“太史公曰：吾适丰沛，问其遗老，观故肖、曹、樊哙、滕公之家，及其素，异哉所闻！”这里“遗老”指隐逸山林不问世事者。《汉书·刘向传》《晋书·徐广传》出现“遗老”，前者指先帝旧臣，后者指前朝旧臣，此后“遗老”即指前朝旧臣。

2 林志宏：《民国乃敌国也：政治文化转型下的清遗民》，中华书局 2013，第 24、25 页。按：此书 2009 年 3 月于台北联经出版社初版。除了上述二个前提外，林志宏还认为忠清遗民不单是个人内心的政治认同，还有来自社会舆论的建构。

3 罗惠缙：《民初“文化遗民”研究》，武汉大学出版社 2011，第 16 页。

这是直接以“文化遗民”为题的第一部专著，对“文化遗民”进行了界定，只是作者忽略了创作领域。

以上涉及的“清遗民”“文化遗民”是21世纪以来具有代表性的表述。虽然选择成为遗民，何尝不是一种政治立场，美国学者詹姆逊在《政治无意识》中曰“一切事物都是社会的和历史的，事实上，一切事物‘说到底’都是政治的”[1]，然而，我们在此放下理论上的论辩，仅就清遗民的思想行为而言，确有偏重于政治诉求或偏重于文化情结之别。

笔者综合上述见解认为，林志宏先生提出的关于“清遗民”的两个前提是必要的，一是对逊清宗室抱有忠诚的态度，二是反对民国民主共和的理念和体制，此二者至少必居其一。“文化遗民”则是以保守固有文化为念，集道统担当、学统承续、文化整理以及传统文艺创作（如古典诗词、京剧）等职责为一体的遗民。在时贤研究的基础上，可将清遗民大致分为三类：一是政治遗民，有着强烈的政治目标和行动者，如张勋、徐世昌、刘廷琛等。二是合政治遗民与文化遗民于一身者，如康有为、郑孝胥、罗振玉、沈曾植、陈曾寿、王国维等，他们或追随逊帝为其效力，或参与帝制复辟，同时又是具有深厚传统文化素养的硕学鸿儒。三是为数众多的有黍离之悲、无复辟之念的文化“零余者”。当然，这只是方便叙述的划分（比如徐世昌也从事文化事业），实际情况却存在着相当的复杂性和差异性。

本书重点叙写的几位清季士大夫，罗瘿公、陈墨香、庄清逸、朱祖谋、况周颐、易顺鼎、樊增祥等皆属于第三类“文化遗民”，他们腹笥厚才艺高，但由于家世背景、仕宦经历、个性气质等等不同，对待前清和民国的情感态度、行为出处亦不尽相同。以下请他们一一登场亮相。

罗瘿公（1872—1924年），晚清宋诗派健将。名惇曧，字掞东，号瘿庵、瘿公，广东顺德世家子弟。幼承家学，天资聪颖，兼擅诗书。民国以后，失望于世道时政，弃官攻文，自甘清贫，纵情诗酒，留连戏园，与贾璧云、王瑶卿、梅兰芳、程砚秋等艺人多有交往，为程砚秋编创剧本十余部，代表作《红拂传》《青霜剑》《金锁记》等。另有著述《瘿庵诗集》《菊部丛谈》《太平天国记》等。

1 费雷德里克·詹姆逊著，王逢振、陈永国译：《政治无意识》，中国社会科学出版社1999，第11页。

陈墨香（1884—1942年），堪称民国京剧第一编剧。一名敬余，号观剧道人，湖北安陆人。其父陈学棻为清同治、光绪间工部尚书，好戏曲。墨香一生性情淡泊，不喜政治、仕宦，只潜心于戏曲。辛亥国变后，隐居不出，家境窘困却食粝茹茶、萧然自得，惟勤于读书，博览经史子集，精通京剧昆曲等，编改剧本高达百余部，为荀慧生"打本子"五十余部，代表作有《玉堂春》（全本）、《红楼二尤》、《钗头凤》、《勘玉钏》等。另有剧评、小说、笔记等著述多种。

庄清逸（1882—1933年），原名爱新觉罗·溥绪，清皇室，袭封庄亲王。民国后从金枝玉叶败落为寒俭遗民，为隐其身份以庄为姓，自名清逸（即清季逸民），号清逸居士。溥绪自幼熟读诗文，知音识曲，酷嗜京剧，共编改剧本七八十部，为尚小云编创二十余部，为高庆奎、杨小楼、马连良等编戏数十部，代表作《摩登伽女》《卓文君》《赠绨袍》《豫让桥》等。

朱祖谋（1857—1931年），集清季词学之大成者。字藿生、古微，号沤尹、彊村，浙江归安人。光绪九年（1883年）进士，官至礼部右侍郎、广东学政。辛亥国变，不问世事，往来湖淞之间。一生忠贞耿介，深忧清帝，但反对复辟，曾多次拒绝出仕。早岁工诗，中年后致力于词，著有《彊村语业》等，校辑大型词集《彊村丛书》，精审可贵。弟子龙榆生汇编有《彊村遗书》。

况周颐（1861—1926年），晚清词学四大家之一。字夔笙，号秀道人、晚号蕙风等，广西临桂人。曾入张之洞、端方幕，官内阁中书，仕途不达，多辗转漂泊。辛亥鼎革后移居沪上，困顿窘迫鬻文为活，崇古不苟，不仕二朝。专力癖词凡五十年，著有词集《蕙风词》《蕙风琴趣》《第一生修梅花馆词》等多种，词话《餐樱庑词话》《蕙风词话》等，另编有词选，撰有笔记漫谈、金石碑传、诗文札记等，一生著述丰富。

易顺鼎（1858—1920年），以诗为性命者。字实甫、石甫，号哭庵，自署琴志楼，湖南龙阳人。一生为神童、为才子、为名士，操行不定，诗文亦多变。沧桑更迭后，自伤自放，出入舞榭歌台，纵情声色，潦倒以终。实甫诗才横绝，为近代中晚唐诗派大家，现存诗四千余首，词五百多首，辞赋、骈散文上百篇，共计一百余万字。

樊增祥（1846—1931年），以诗为茶饭者。字嘉父，号云门，别署樊山，自称天琴老人，湖北恩施人。光绪三年（1877年）进士，官至陕西布政使、江宁布政使、护理两江总督。樊山天性聪颖，才富气盛，为晚清政界吏才。陵谷之变后避居沪上，为遗民诗社超社核心人物之一，1914 年赴京充袁世凯政府顾问、参政院参政，后以退宦诗人寓都下，为诗界巨子，有诗词多达三万余首。

以上七人虽同属第三类，为文化遗民，但他们的品行节操有异、升沉出处不一，具有各自的复杂性。其中，陈墨香、朱祖谋、况周颐是坚守传统遗民道德者，朱祖谋尤其具有典范性，在此略述一二。

庚子年（1900 年），列强压境，朝廷欲借义和团排洋，朱祖谋奋不顾身，多次上疏，披肝沥胆陈述反对之理，皆识议通明，然忤逆慈禧，几获罪。1906 年因朝政日非，官场龃龉，于是告病解职，绝意仕途。民国建立后，于 1915 年以遗老身份寓居沪上，不参与政事，专注于词学，曾任春音词社社长。彊村对于袁世凯窃国极其愤恨，张勋复辟，徐世昌任总统，皆邀其任职，一概拒绝，岿然不动。民国十四年（1925 年），彊村赴天津觐见溥仪，涕泣辞去。夏孙桐《清故光禄大夫前礼部右侍郎朱公行状》有云："乙丑，谒天津行在，谆谆于典学、生计两端，忠诚靖献，仅止于此，每言之深恫也。"[1] 1931 年"九一八"事变后，溥仪欲投靠日本建立满洲国，朱祖谋曾嘱陈曾寿力加劝阻而不得。谈及东北之事，病中的朱祖谋曾对龙榆生唏嘘良久道："吾今以速死为幸，万一逊帝见招，峻拒为难。应命则不但使吾民族沦胥，即故君亦将死无葬身之地。"[2] 此后彊村卧病不起，于辛未年冬（1931 年 12 月）病逝于上海，春秋七十五。卒前几日留下绝笔《鹧鸪天·辛未长至口占》：

忠孝何曾尽一分，年来姜被减奇温。眼中犀角非耶是，身后牛衣怨亦恩。泡露事，水云生，枉抛心力作词人。可哀惟有人间世，不结他生未了因。[3]

"进为国直臣，退为世词宗"[4] 的朱祖谋，在一生未能尽忠尽孝的为难、怅恨中逝去，"泡露事、水云生"！且不说其家事的不幸（尽孝），"忠义"二字一直是其坚守的儒家道统信念。因其有"信"，所以选择成为遗民，心心念念于逊帝，然而，在大是大非面前，他有着高度的洞察力和判断力，不

1 朱孝臧著、白敦仁笺注：《彊村语业笺注》，浙江古籍出版社 2016，第 741 页。
2 龙榆生：《彊村晚岁词稿跋》，《龙榆生词学论文集》，上海古籍出版社 2009，第 519 页。
3 朱孝臧著、白敦仁笺注：《彊村语业笺注》，浙江古籍出版社 2016，第 514 页。
4 陈三立：《清故光禄大夫礼部右侍郎朱公墓志铭》，《彊村语业笺注》，浙江古籍出版社 2016，第 745 页。

赞同复辟，更不愿勾结外力使吾民族沦胥，“不降其志，不辱其身”（《论语·微子》），不愧是一位政治上成熟理性、大智大勇又忠贞耿介的典范。

樊增祥、易顺鼎、罗瘿公则是另一种情形。出于各自不同的原因，樊增祥出任过袁世凯政府参政院参政[1]，易顺鼎任职民国印铸局，罗瘿公出任总统府秘书。他们仨交往密切，但品性差异颇大，罗瘿公是一位刚直的义士，樊增祥是吏才诗才兼得的理性之士，易顺鼎则是任性任情的痴狂之士。无论如何，他们遭遇的尴尬更甚于朱祖谋等人。

相似而实不同的尴尬

大清帝国自辛亥年武昌枪声起，亡国之速，一溃千里；清皇室甘愿逊位，求保余生，清之亡“无声无色，如土如尘”（易顺鼎语）；辛亥革命非止革一朝之命，康有为《中国以何方救危论》有曰：“以今兹之革命，非止革满洲一朝之命也，谓夫教化革命、礼俗革命、纲纪革命、道揆革命、法守革命、尽中国五千年之旧教、旧俗、旧学、旧制而尽革之。如风雨讯烈，而室屋尽焚，如海浪大作，而船舰忽沉。”[2]因此，清季士大夫的处境与历代遗民有着“相似而实不同”的尴尬：替“异族”守节？[3]为前朝殉命？避租界图恢复？入民国求生计？身处其间的士人虽没有明清之际那么惨烈的生死抉择，但却面临中国社会根本性的转向，仓皇迅疾而又错综复杂，他们的进退抉择实在无奈又悲凉。沈洁在《辛亥年的“殉”与“不殉”》一文中谈道：

杨钧在《草堂之灵》中有一段话，深刻地写出了清遗民在变革时代面临的窘迫：“中兴之时，国家统一，立身有所，勋业有名，大成小成，均能获益。国变之后，局势全非，‘忠节’二字，完全无着，出力不知为谁，舍生尤为白死，加以事势瞬息变迁，朝杀敌人，夕就斧钺，晨享富贵，晚作穷民，即欲认真，无真可认。”与其说困厄，我更愿意说，这对于士人意味着一种绝境。“死”

1 关于樊增祥的思想、人格与诗格，参见朱兴和《现代中国的斯文骨肉——超社逸社诗人群体研究》第四章第一节“樊增祥的‘思想革命’”、第七章第五节“樊增祥”，上海三联书店2014。

2 汤志钧：《康有为政论集》（下册），中华书局1981，第818页。

3 元遗民也面临同样问题，关于元遗民和清遗民的反种族观，参见林志宏《民国乃敌国也：政治文化转型下的清遗民》第三章第二节“《元广东遗民录》透露的反种族观”。

和“节义”毫无正当性。尴尬比之庄严，是历史戏剧更为深刻的悲哀。帝制的终结使这群深受孔孟之道濡染的读书人遭遇到了措手不及的惊愕。[1]

分崩离析、措手不及中依旧有践行君臣大义、忠贞不移之传统遗民道德精神者；惊愕犹疑、观望期待之后，有暗中策划参与复辟者；更多的则是本书所要叙写的无政治企图的文化遗民。实际上，无论做出哪一种选择，他们无不面临窘迫尴尬，出仕民国者尤甚。樊增祥为陈三立题《陈考功六十寿序》中自辩云：

自古易代之际，忠臣烈士，硕德魁儒，膏白刃逐波臣者，不知其几，然必有老成硕彦，声名寿考，炳耀当时，以为史册光者。若汉四皓，鲁两生，唐之文中子，宋之郑所南、谢皋羽，元之杨铁崖，以及明季诸遗老，皆易姓受命时之星凤也。以彼齿德声名，文章学术，与君相似而实不同，何也？从来嬴蹶刘兴，杨衰李盛，皆有事二姓之嫌，今则民国无君臣之可言，五族一家，清帝无恙，吾属偶际此时，虽有黍离之悲，而实无贰臣之耻，则历代忠义隐逸独行诸传中人，所不及也。[2]

“民国无君臣之可言”，于民国任职便“实无贰臣之耻”，以樊增祥为代表的“出山”者都必须为自己尴尬的行为寻求心理依据。

民主共和制取代了君主制，“三纲五常”——维系中国传统社会秩序最重要的精神力量相应瓦解，“尽中国五千年之旧教、旧俗、旧学、旧制而尽革之”，四维五教旧传统彻底沦亡，民主共和新蓝图并未实现，反倒是变乱百出，战争连年[3]，人心陷溺。悠悠苍天，此何世哉？易顺鼎在《告剪发诗》（1912 年作）中愤激而抒：

自从皇纲一解纽，新政旧政纷蜩螗。

1 沈洁：《辛亥年的“殉”与“不殉”》，《读书》2010 年第 2 期，第 87 页。

2 樊增祥著，涂晓马、陈宇俊校点：《樊樊山诗集》（下册），上海古籍出版社 2004，第 1967 页。

3 参见朱兴和《现代中国的斯文骨肉：超社逸社诗人群体研究》，上海三联书店 2014，第 322–323 页《民初战争一览表（1911—1931）》，表中列有 25 种战争，还不包括各路军阀之间的小战争。

西园卖爵竞煊赫，东楼贿赂尤昭彰。
礼义廉耻丧四维，君父夫妇废三纲。
文官爱钱武怕死，贤士无名谗高张。
不贤者皆父盗跖，贤者亦复兄孔方。
土崩瓦解固其所，冠裂冕毁知非常。
烂羊沐猴遍天下，乳臭铜臭争腾骧。
侯王尽变为盗贼，盗贼尽变为侯王。
彼所操术至巧妙，金钱主义争毫芒。
……
争夸革命比汤武，争夸揖让高虞唐。
……
所称志士尤可笑，改制易服悬徽章。
其状非驴而非马，其人如羊而如狼。
为东胡奴则不屑，为西夷奴抑何忙。
又有受恩深重者，高官大爵争辉煌。
国家无事则富贵，国家有事则叛降。
叛降富贵固自在，反称党魁据中央。
此世界是何世界，狗彘盗贼兼优倡。
无廉耻又无君父，无是非又无天良。
嗟我不富不贵者，为廉所累居首阳。
嗟我不叛不降者，为节所累成翳桑。[1]

皇纲解纽、道德凌夷、纲纪废坠、官人士夫寡廉鲜耻……不知“此世界是何世界”！叶昌炽评此诗“贾生痛哭无此激切，弥衡掺挝亦无此淋漓痛快”，[2]“痛哭”也好，“痛快”也罢，嬉笑怒骂之中，痛心疾首的不仅仅是一个帝国王朝的旧政结束，附着其上的数千年礼教文化亦随之被弃，清遗也就不仅是故国之“遗”，更是真正的文化之“遗”了。

1 易顺鼎著、陈松青校点：《易顺鼎诗文集》（二），湖南人民出版社 2010，第 1055–1056 页。
2 叶昌炽著、王季烈辑：《缘督庐日记钞》（第四册卷十四，壬子四月十九日），北京图书馆出版社 2007，第 269 页。

晚清民国时期的京剧

潘光旦曾引用美国传教士明恩溥的话：“戏剧可以说是中国独一无二的公共娱乐，戏剧之于中国人，好比运动之于英国人，或斗牛之于西班牙人。”[1]如果限定一下，可以说，在清季民国，京剧是独一无二的，没有哪一种文艺能够与之比高低，“满城争说叫天儿”“万人空巷看梅王”，京剧有着绝代风华的魅力和影响力。

京剧繁荣的文化作用

清季民国京剧繁荣的景象历历可数：“伶界大王”谭鑫培、梅兰芳一先一后光照千秋；“三大贤”“四大须生”“四大名旦”等众多名伶群星璀璨；流派行当多种多样、异彩纷呈；票友票房不计其数、人才济济；茶园戏馆堂会以及新式剧场各具特色；都市乡村各阶层观众如痴如醉；大刊小报广告宣传、剧谈品评；踏出国门走向国际交流演出……20世纪以来京剧全面开花、欣欣向荣，并于二三十年代达至鼎盛。以上京剧繁荣的各种标志无需多述，这里仅提京剧剧目和观众二项。一是陈墨香撰写的《京剧提要》，这是一直被埋没的重要文献。《京剧提要》于1934年陆续刊载于《剧学月刊》，其中第四卷第十二期最后一次刊载时附“编辑余谈”云：“陈墨香先生所撰之《京剧提要》，共分四集，第一集为通行戏，第二集为偶演戏，第三集为专有戏，第四集为晚出戏。全部共收京剧四千余出。”虽然《剧学月刊》只刊载了第一集“通行戏”，但陈墨香拟撰写的就有“四千余出”，京剧之蔚为大观可窥一斑，且流传至今者也多是20世纪早期编演的[2]。二是周作人《论中国旧戏之应废》

1 潘光旦：《中国伶人血缘之研究》，商务印书馆2015，第16页。

2 《剧学月刊》（第四卷第十二期），学苑出版社2012，第528页。遗憾的是陈墨香的撰写计划最终不知结果。新中国建立后的1956—1964年曾大规模地搜集整理京剧剧目和剧本。陶君起编著的《京剧剧目初探》1957年出版，1963年出版增订本，全书收入1300余出京剧剧目提要。着手于1962年、历经二十余年才得以完成的《京剧总目汇考》，最终以《京剧剧目辞典》之名出版，共收京剧剧目5300余条，其中亦尽量收录了1949—1984年新编或改编的剧目，但可以说，大部分的剧目都是产生于20世纪30年代以前的。又，关于京剧剧目参见田根胜《近代京剧剧目之来源》，《中华戏曲》2004年第2期。

中云："民间有不识字不听过说书的人，却没有不曾看过戏的人，所以还要算戏的势力最大。"[1]周氏此文于1918年发表于《新青年》第五卷第四号上，那时他是旧戏的反对者，几年后他却转变了态度，于《中国戏剧的三条路》（作于1924年）中云："我的笼统的结论只是旧剧是民众需要的戏剧，我们不能使他灭亡，只应加以改良而使其兴盛。"[2]这里所说的旧剧主要指京剧，可见其观众基础之深厚，周氏的态度转变也说明京剧的势不可挡。

京剧在清末民国之所以如此繁盛，是多种机缘和因素综合作用的结果。比如，京剧自身兼容并蓄的发展；清帝后及权贵的热衷、宫廷演剧的促进；演出商业化市场化的推动；新兴传媒的广泛传播，等等，时贤多有探讨，无需赘述。在此需要特别强调的是相对比较忽略的方面，即文化知识界的参与。京剧从地方戏中脱颖而出，由粗陋浅俗、平民大众提升到生动优美、雅俗共赏，最终成为了代表一个民族文化艺术的"国剧""国粹""国之瑰宝"。何以能够如此？这是我们不得不深入思考的问题。广大艺人"台上一分钟，台下十年功"的艰辛努力是我们必须肯定的前提，还有宫廷的规范、助推，此外，具有重要提升力的是文人士绅的贡献、文化的力量和作用。

辛亥陵谷之变后的"文人士绅"包括旧式士类和新兴士类。中国传统社会中"士农工商"，"士"居四民之首，获得功名的士类多属于上层或中等社会，包括政府官吏、鸿儒硕彦（清遗民中多有此类）等。陈旭麓在《近代中国社会的新陈代谢》中有一章"中等社会"，"中等社会"这个词，于古无征，它是20世纪初革命党人着力论说的一个概念[3]。虽然陈先生用这一概念说明出自"中等社会"又代表了"中等社会"的革命党人，但实际上占中等社会位置的，是自居于士类的一大部分人，其中"包括19世纪末开始的各种新式学堂培养出来的近代知识分子，包括为数不少的留学生，以及从传统经生、儒士脱颖而来的知识分子"。这里兼顾了新与旧两类知识分子。又，"同时出现了种种前所未有的职业，如记者、编辑、律师、医生（西医）、近代学堂的教师以及职业革命家，等等。他们成为20世纪士类的主流，并因此成

1 周作人：《论中国旧戏之应废》，《周作人集外文·夏夜梦》，上海人民出版社2020，第282页。
2 周作人：《艺术与生活·中国戏剧的三条路》，江苏人民出版社2018，第48页。
3 陈旭麓：《近代中国社会的新陈代谢》，中国人民大学出版社2017，第256页。

为‘中等社会’的中坚”。[1]

以上士类，无论新旧（本书聚焦“旧士类”），他们都汇成了关注京剧、关注伶人的多声部（即使反对的声音，也表明关注），主要在以下几个方面为京剧知识体系的建立和文化地位的提升作出了重大贡献，从而实现了京剧的“现代建构”。

其一，从观念上抬升。如陈独秀强调戏曲“移风易俗”的功效，呼吁平等看待伶人，摒弃戏业为贱业的观念，甚至扬之甚高：“戏馆子是众人的大学堂，戏子是众人的大教师。”[2]

其二，从演艺上襄助。如齐如山、李释戡、罗瘿公、陈墨香等为名伶出谋划策、在精神上文化上引导；以改良中国戏剧为己任、编新戏改旧戏；协理艺人内外事务；齐如山、赵尊岳等推动梅兰芳访美演出，诸如此类，直接提升了京剧的文化层次和影响力。

其三，从舆论上造势。如清遗民为名伶诗词品题，大学生组织捧角团体，记者编辑报道评论、发起名伶评选活动、发行宣传专刊等。名伶们因此声价大涨、声誉远播。

其四，从学术上探讨。如齐如山、陈墨香、庄清逸、徐凌霄、张厚载、刘豁公等一批剧学家、剧评家涌现，一系列研究性戏曲刊物问世，如影响力大的《戏剧月刊》《剧学月刊》《戏剧丛刊》《国剧画报》等；近百种有关京剧的图书出版，如清遗民所著的有穆儒丐的《伶史》(1917 年出版)，罗瘿公《鞠部丛谈》（写作于 1919 年），潘镜芙、陈墨香的《梨园外史》（写作于 1920—1930 年间）等。魏兵兵曰：“齐如山和众多知识精英初步构筑起京剧的知识体系，大致界定了其艺术规则和美学原理，为京剧获得中国戏剧艺术乃至整个民族文化之代表的地位奠定了基础。”[3]

文人知识分子的多方面参与给整个京剧艺术的提升发展、丰富完善、传播推广带来了不可想象的历史性变化。诚如魏兵兵所云：“由于知识界的努力，京剧逐渐从一种形态粗疏、缺乏明晰规范的民间戏曲演变为一个具有严谨艺术准则和完整理论体系的剧种，并成为中国传统戏曲艺术的代表，在 1930 年

1　陈旭麓：《近代中国社会的新陈代谢》，中国人民大学出版社 2017，第 258、260 页。
2　陈独秀：《论戏曲》，《京剧丛谈百年录》（增订本），中华书局 2011，第 101 页。
3　魏兵兵：《娱乐政治：京剧与民国前期上海精英阶层的形塑》，《近代史研究》2018 年第 5 期，第 90 页。

赢得了‘国剧’的称号。这使得形成于前现代社会的京剧不仅获得了在现代中国继续存在的‘合法性’，而且得享从未有过的文化光环。”[1]

历史的反差

在京剧蒸蒸日上的清季民国，思想文化的新旧冲突、中西激荡愈演愈烈，先有清末梁启超倡导“诗界革命”“文界革命”“小说界革命”，振聋发聩，戏曲界亦有前后持续近二十年的改良运动，同时，新剧、文明戏、话剧渐次登场。后有新文化运动、五四运动风起云涌，摧枯拉朽。此后，新文化新文学逐步取得优势，占据了主流话语权，白话文、白话诗、新小说等如日中天。京剧这一代表中国传统文化的戏剧，被新文化人士视为封建落后的代表，称之为“旧剧”，遭到了猛烈抨击。1917 年至 1919 年的《新青年》几乎每期都有讨论戏剧问题的文章，1918 年 10 月《新青年》专门刊出一期“戏剧改良专号”，陈独秀、胡适、钱玄同、刘半农、傅斯年、周作人、欧阳予倩等纷纷发表批判旧剧的文章。如胡适在《文学进化观念与戏剧改良》中曰：

所以在中国戏剧进化史上，乐曲一部分本可以渐渐废去，但他依旧存留，遂成一种“遗形物”。此外如脸谱，嗓子，台步，武把子等等，都是这一类的“遗形物”，早就可以不用了，但相沿下来至今不改……这种“遗形物”不扫除干净，中国戏剧永远没有完全革新的希望。

扫除旧日的种种“遗形物”，采用西洋最近百年来继续发达的新观念，新方法，新形式，如此方才可使中国戏剧有改良进步的希望。[2]

钱玄同《随感录》（十八）中曰：

中国的旧戏，请问在文学上的价值，能值几个铜子？……如其要中国有真戏，这真戏自然是西洋派的戏，决不是那“脸谱”派的戏。要不把那扮人

---

1 魏兵兵：《娱乐政治：京剧与民国前期上海精英阶层的形塑》，《近代史研究》2018 年第 5 期，第 91 页。

2 张宝明主编、张剑副主编：《新青年》（文学批评卷），河南文艺出版社 2016，第 181–182 页、第 183 页。原载《新青年》第五卷第四号，1918 年 10 月 15 日。

不像人的人，说话不像话的话全数扫除，尽情推翻，真戏怎样能推行呢？[1]

新文化的先锋们渴望改造旧世界、建立新社会的心情急迫、不留余地，但他们并不真正懂得京剧，他们以西洋戏剧和文学进化观为标尺进行抨击，恨不能“赶紧灌下西方的‘少年血性汤’”（胡适语），洗心革面，将旧剧这一旧时代的“遗形物”彻底推翻、扫除干净。尽管如此，各种新思潮对民国时期已经高度成熟的京剧的影响和冲击却微乎其微，“京剧传统比城墙还厚，一拳打下去，只弄得头破血流”（汪曾祺语）。因此，京剧不但没有被推翻，竟然还逆潮流而上，达到了历史最高峰，成为唯一能与新文化相抗衡的文艺形式。新文化巨匠们全盘否定的声音在“五四”前后喧嚣一阵后偃旗息鼓（胡适、周作人等没几年也转变了态度）。由此，新文化与旧戏曲之间形成了巨大的历史反差，特别值得反思探讨，究其原因，在此试述二点。

其一，京剧是反现代与现代的统一。京剧相对于昆曲、高腔而言是年轻的、新兴的，但发展到民国也已走过了一百多年的历程，定型为一种“有声必歌、无动不舞”[2]的大众娱乐戏曲，在内容上意识上相当传统，以历史题材的剧目表演为主（尽管也有时装戏、新潮剧），在艺术上则形成了一套规范的程式化、虚拟化表演模式，“京戏里规律化的优美的动作，洋人称之为舞蹈，其实那就是一切礼仪的真髓”[3]，“京剧程式的反现代性质，是与生俱来，很难彻底改变的。任何局部的骤然改变，都会破坏京剧原有的和谐与美感。试想，如果角色穿时装演新戏，不戴盔头髯口，去掉水袖大带，京剧的许多动作便无从做起，京剧特有的美也被破坏了”[4]，的确如此。在戏曲改良运动中，京剧也与社会新思潮关联，尝试了时装戏等，在当时也曾轰动一时，但最终还是过眼云烟，京剧只能按照自身的艺术美学逻辑，丰富其自身、完善其自身，并不以人的意志为转移。京剧传统的文化基因比起特定社会的政治意识形态来，更具持续性和恒久性，这是其反现代的一面。但如果我们仅仅看到这一面是不够的，京剧毕竟处于旧与新的过渡、中与西的碰撞之时代大潮中，不

---

1 张宝明主编、张剑副主编：《新青年》（随感卷），第 34 页。原载《新青年》第五卷第一号，1918 年 7 月 15 日。

2 齐如山：《国剧艺术汇考》（一），辽宁教育出版社 1998，第 3 页。

3 张爱玲：《洋人看京戏及其他》，《张爱玲散文全编》，浙江文艺出版社 1992，第 15 页。

4 董健、马俊山：《戏剧艺术五十讲》，北京大学出版社 2006，第 304 页。

能不适应现代社会的要求，进行调整改变，[1] 清末民初的京剧改良就是中国戏曲现代化的开端。比如，废除跷工，改变青衣抱着肚子干唱的老套，除了注重演员的唱功（老戏迷听戏），还根据新兴观众的需要磨砺唱念做打的全面技艺（看戏），以及编创全本戏，修改不通的文辞、不合理的妆容等。当然，更重要的改良还是在价值观念上，是从重娱乐遣兴或“高台教化”，改变为具有现代意识的“戏曲艺术发挥社会教育作用”，寓教于乐、陶冶情操、启蒙民智等，“京剧不是元曲，也不是明清传奇，它是中国传统戏剧形态的现代呈现方式”[2]。因此，京剧在现代社会的流变，不是需要改不改的问题，而是怎样改、如何改的问题，绝不是“灌下西方的少年血性汤”变得不中不西、面目全非，而是在不改变其本质规定性、唯美性的前提下，“移步不换形”（梅兰芳语），既保留其传统风貌，遵循其艺术特性，同时又能抓住社会转型的思想意识和审美变化，从价值观念、艺术处理上加以整改、创新，体现出传统与现代的和谐统一。如编演追求婚恋自由，男女、种族平等，爱国抗争等主题的新戏，或如梅兰芳的古装歌舞剧[3]，程砚秋的新腔悲怨戏，高庆奎的反战戏等……既是古典的又是崭新的。要言之，民国时期的京剧正是在反现代与现代的悖论中契合时代。

其二，京剧是大众文化与精英文化的互补。京剧是我国近代戏曲史上成就最高、影响最大的剧种，原本属于“花部”“乱弹”的民间大众文艺，起初文人士大夫阶层一般少有人关注，他们即使喜爱戏剧，欣赏的也是高雅的昆曲，“文明人听文明的昆曲，恰配身份”（张爱玲语）。然而，京剧在其发展过程中却赢得了清宫廷以及达官贵人的青睐，虽然清廷多数时期都曾颁令禁止八旗子弟、各级官员出入戏园楚馆，但往往禁而不止。晚清以降，光绪帝和西太后都极其迷恋京剧，禁令也相应减少。从民间走向宫廷的京剧，逐渐有所规范、有所提高。“上有好者，下必有甚焉者矣。”（《孟子·滕

1　参见叶凯蒂《舞入京剧：1910—1920年代的跨文化创新》,《中国戏曲学院学报》2020年第1期；罗检秋《近代京剧西化的内在缘起及得失》，《江海学刊》2010年第1期。

2　袁国兴：《现代？古典？还是通俗？——关于把京剧写入中国现代文学史所引发的思考》，《北京社会科学》2013年第3期，第31页。

3　如美国波士顿大学教授叶凯蒂认为，齐如山、梅兰芳将舞蹈表演引入传统京剧，既表明了中国的现代性，也表明了文化身份。详见叶凯蒂《舞入京剧：1910—1920年代的跨文化创新》，《中国戏曲学院学报》2020年第1期。

文公章句上》）宫廷的趣味和要求不能不波及民间。再者，自鸦片战争以来，国门打开，遭受欧风美雨的冲击，加之1905年科举取消，士大夫的身份地位发生巨大变化，他们的意识观念亦随之而变，不少知识分子开始移目运笔于戏剧领域。京剧的繁盛，少不了文化人的参与和作用，大众文化与精英文化发生着互补互助的关系，“京剧文化是在绵延的历史中形成的，是好多没文化与有文化的人共同创造了最有文化的表达”[1]。任何文艺形式，从低级状态走向高级阶段，从粗疏走向精美，没有知识界的参与和助推都是难以想象的，京剧亦不例外。“从美学层面来看，京剧是雅士审美、宫廷品位和草根民众欣赏口味融合妥协的产物，‘雅俗共赏’构成了京剧美学特性的基本构架。”[2]“雅俗共赏”即适应不同文化层次的人们需求，京剧风靡于全社会，观众遍及各个阶层，且不说京剧的重镇京津沪大都市有着无数的爱好者，即便是乡间僻镇也离不开演戏，周作人曾云：

依照田家的习惯，演剧不仅是娱乐，还是一种礼节，一年生活上的转点……有一个故乡海滨的农人曾对我说，“现在衙门不准乡间做戏，那么我们从哪里去听前朝的老话呢？”（这就是说，从何处去得历史知识。）这是客气一点的话，老实的说，当云“从哪里得人生的悦乐呢”。[3]

如果说旧体诗词、文言文、文言小说之所以能够被新文化逐渐击败，因为它们确实属于上层文化，一个文盲半文盲还普遍存在的国家[4]，不可能使其成为大众文学。然而，如果没有了京剧以及地方戏，清季民国的普通老百姓“从哪里去听前朝的老话”，获取历史、文化知识呢？新文化运动的倡导者不正是提倡大众文学、平民文学吗？雅俗共赏、大俗大雅的京剧便是流布最广的大众化文艺、世俗化经典，诚如陈独秀所说：“我看列位到戏园里去看戏，比到学堂里去读书心里喜欢多了，脚下也走的快多了，所以没有一个人看戏

1 郭宝昌、陶庆梅：《了不起的游戏：京剧究竟好在哪儿》，生活·读书·新知三联书店2021，第319页。

2 颜全毅：《京剧文学雅俗共赏特色的生成——以曲词为例》，《京剧学初探》，文化艺术出版社2011，第18页。

3 周作人：《艺术与生活·中国戏剧的三条路》，江苏人民出版社2018，第48页。

4 唐德刚《袁氏当国》中云：“中国这时（按：民国初期）虽有人口四万万，但80%是不识字的文盲。”广西师范大学出版社2004，第55页。

不大大的被戏感动的。”[1]京剧具有如此广泛而强大的群众基础，仅仅靠几个思想者的口诛笔伐是无法撼动的。

以上对新文化与京剧之间的历史反差仅仅略作探讨，旨在抛砖引玉[2]。

我们的问题是，固守传统道德和文化的清遗民，参与到京剧的编剧创作中，他们将如何平衡反现代与现代的冲击、精英文化与大众文化的矛盾？后文的研究中将会呈现。

此外，相较于20世纪二三十年代京剧的全民热潮和高度繁荣而言，后世的研究却相对薄弱，显然亦存在较大历史反差。京剧研究本应是中国艺术研究中最为重要的领域之一，然而，迄今为止，始终没有成为焦点热点，缺乏系统性的深入研究。好在21世纪以来，有了起色，启动了“京剧学研究”团队，尤其在基础文献的整理出版方面取得了丰硕成果。学者们殚精竭虑，对正在消失或散佚的资源进行抢救和整理，对已有的文献资料进行系统优化，刷新了京剧典籍出版的种类和数量，如《京剧历史文献汇编·清代卷》《京剧历史文献汇编·民国卷》《民国京昆史料丛书》《中国戏曲艺术大系·京剧卷》《清末民国戏剧期刊汇编》《京剧传统剧本汇编》《中国京剧流派剧目集成》《中国京剧经典剧目汇编·艺术赏析卷》《梅兰芳珍稀史料汇刊》《近代散佚戏曲文献集成》等的出版，为后续的研究提供了坚实平台，功莫大焉。其中主持了《京剧历史文献汇编》等大型文化工程的学者傅谨云：

> 京剧本该是个学术研究的富矿，但意外的是从晚清、民国至今，京剧研究几乎从未成为显学，即使在它最走红的年代，有关它的有深度的学术研究文献，也非常之有限。京剧研究的弱势格局与其文化地位和影响之错位，看起来像是现当代中国学术领域一个难解的谜题。[3]

在京剧最红火的现代时期段，现代戏剧史和现代文学史竟然皆没有京剧的一席之地；被视为“旧剧”和“古典艺术”的京剧，在中国戏剧研究中处

1 陈独秀：《论戏曲》，《京剧丛谈百年录》（增订本），中华书局2011，第101页。
2 钟鸣《20世纪初中国戏曲革新探索的困境》一文中涉及近似问题，参见傅谨《京剧学初探》，文化艺术出版社2011，第75–87页。
3 傅谨：《京剧历史文献汇编·观察》，《博览群书》2020年第2期，第59页。

于元杂剧、明清传奇研究与话剧研究之间的夹缝之中，不尴不尬。“看起来像是现当代中国学术领域一个难解的谜题”，傅谨先生用词谨慎微妙，“看起来像”，实际上并非难解，不过是人为的陈旧狭隘的观念所导致[1]。

正因为京剧研究相对薄弱，有待研讨、深入的空间比较多，其中，清遗民与京剧之间相辅相成的关系、清遗民对20世纪上半叶京剧繁盛所做的重要贡献，迄今未见学界关注研究。

清季士大夫与京剧

犹存痛史怀先帝，更现前身牵老夫。
优孟衣冠台上戏，岂知台下有真吾。

——康有为《入杭州戏园观光绪皇帝痛史伤心赋十八章》

1922年2月10日，康有为观赏杭州戏园演出的以戊戌政变为主题的戏剧，当戏演到痛心处时，演员皆涕哭，康氏触景生情，竟至放声大哭，次日赋诗如上。[2]

以上康有为观戏赋诗，见林志宏《民国乃敌国也》。在现有的清遗民研究中，仅有林先生书中有两页篇幅（全书正文共340余页）提到清遗民与京剧。林氏认为清遗民爱好京剧，一是因为戏剧提倡忠孝节义，二是清遗民将京剧作为传达象征性语言的工具。对于清遗民与京剧的关系，林先生有了觉察，只是点到为止。

实际上，民国时期有相当一部分清季士大夫沉溺在传统戏曲之中，听戏观舞，与名伶密切交往。其中有成为票友、编剧家者，如陈墨香、庄清逸票戏多年后开始编剧，他们传统文化素养与舞台经验兼得，为伶人“打本子”大受欢迎；又，诗人罗瘿公为了扶助程砚秋，从外行到内行，跨界成为编剧家。还有为伶人题写大量诗词者，易顺鼎为男女名伶题咏90余首，况周颐为梅兰芳题写“咏梅词”百余阕，罗瘿公涉及名伶和戏曲的诗篇50余首，樊增祥、

1 参见袁国兴《现代？古典？还是通俗？——关于把京剧写入中国现代文学史所引发的思考》，《北京社会科学》2013年第3期。
2 林志宏：《民国乃敌国也：政治文化转型下的清遗民》，中华书局2013，第101页。

陈三立、沈曾植、王国维等都有品题。也有通过报刊、专集、随笔等宣传记录，为名伶为京剧留影留史者，如陈墨香、罗瘿公、穆儒丐等。

歌台戏苑，曾几何时，成为了清季士大夫“有托而逃”的精神文化庇护所，他们在其中沉溺、痴迷，他们参演、编剧、品题、捧角，有道是“老夫意想无黏著，闲里日为歌舞忙”（罗瘿公）；“还倾桑海千行泪，来写优昙一朵花”（易顺鼎）；“眼底厌看新世界，曲中犹见旧山河”。他们在听歌观舞中消磨无奈的岁月，在忠孝节义的演绎中追念前尘往事。

那么，清季士大夫为什么能够与京剧建立关联？又是通过什么方式参与到京剧中发生互动？并对京剧产生什么作用和影响？

有所托而逃者

如果没有辛亥革命、清廷易社为屋，如果京津沪没有聚集大量的清季士大夫，一大批精英文士与平民大众化的京剧、与地位天差地别的伶人发生密切关联，是难以想象的。

辛亥鼎革之际，清季士大夫较之此前历代遗民的或死或降或隐之外，如熊月之所说“多了一条出路，不死、不降也不隐，而是到租界里去做遗老”“既属中国领土、又不受中国政权直接管辖的租界的存在，为那些既不愿以身殉国、也无法逃亡外国、又不拥护革命共和的清廷士大夫，提供了另外一种存在空间……。这样，既无杀身之苦，也无亡命之难，又无降敌之讥，于道德无亏”。[1]是故，清季士大夫纷纷拥向租界，那时中国有 23 个租界，上海、天津、青岛的租界为聚居清遗民最多者，而蓬勃发展的京剧在京津沪等地最为火热，在乱世的动荡时光中，舞台上照样锣鼓喧天，荒腔走板唱起来，青罗战袍飘开来……京剧的古典韵味、历史时空、明朗审美召唤着租界异质空间[2]和京城皇都的大批清遗民。京剧在北京毫无疑问是正宗、大本营，王公贵人、世家子弟以及平民百姓中戏迷无数，其中不乏自小就痴迷沉醉的清遗民，庄清逸、

1 熊月之：《辛亥鼎革与租界遗老》，《学术月刊》2001 年第 9 期，第 13、15 页。

2 关于清遗民的生存空间参见王标《空间的想象和经验——民初上海租界中的逊清遗民》，《杭州师范学院学报》2006 年第 1 期。王标将清遗民在民初上海租界中的聚集空间视为一种福柯所谓的异质空间。另参见陈丹丹《从山林到城市：民初遗民之心态与上海书写》，《汉语言文学研究》2015 年第 1 期。

陈墨香便是。在上海，京剧的势力尤其不可小觑，它成为诸多艺人的淘金地或成名地，京角儿频频南下演出，给避居沪上租界的遗民提供了绝佳的消愁忘忧之处，如况周颐、朱祖谋、陈三立、沈曾植等相约往观梅兰芳的沪上演出，并有“香南雅集”之盛会。歌榭舞台成为了清季士大夫“有所托而逃”的“桃花源”，大锣一响，京胡一拉，名伶一亮相，一个超越了现实人生烦忧和痛苦的美的世界、美的幻境徐徐打开，编剧人、观剧人无不逃遁于声色璀璨之中。

傅岳棻《陈墨香传》云：“（陈墨香）居与荀伶慧生邻，为编新剧数十处，每出出场，观者如堵，以之得缠头无算。而王供奉瑶卿尤尊礼之，缓急无不可恃，日相往来，风雪无间。每至则众工毕集，请益问难，俨若善才。君固自以为别有一虫天[1]也，岂非有所托而逃者耶？”[2]陈墨香遁迹于“别有一虫天”的伶人圈中，票戏十五载，编剧逾百部，享有极高的声望，然傅氏叹曰：“岂非有所托而逃者耶？”

高拜石追忆罗瘿公曰：“瘿公以绝代才华，自清末迄民初，都是抑屈闲僚，不能一抒素抱。其遁迹歌场与寄情声咏，无非藉消胸中块磊，或更有托而逃。”[3]

又是一句“有托而逃”，英雄所见雷同，皆是一语中的的知者之言。“有托而逃”不仅仅是陈墨香、罗瘿公而已，那些沉溺于诗词歌赋、书法丹青、学术史籍中的遗民何尝不是如此。甚至不仅是遗民，被梁启超誉为“诗界革命”旗手的黄遵宪（1848—1905 年），本无意以诗立名，但他 43 岁时，因“愤天下之不可救，誓将自逃于诗忘天下”[4]。“愤天下之不可救”时，众生各自所逃之方式不同，然所逃之原因之心迹却是相似的。

成就京剧的编创者

产生于民间的京剧，起初可能没有剧本只有提纲，或者由伶人改编、移植于传统剧目，主要注重表演技艺，文人染指编创微乎其微。进入 20 世纪，社会剧变，对戏剧的要求越来越高，京剧也随之而变，变化之一便是迫切需

1 按：“一虫天”出自《庄子·庚桑楚》“唯虫能虫，唯虫能天”，即“只有鸟兽才能安于为鸟兽，只有鸟兽才能契合天然”，见陈鼓应注释《庄子今注今译》，中华书局 2008，第 619–620 页。
2 卞孝萱、唐文权：《民国人物碑传集》，凤凰出版社 2011，第 590 页。
3 高拜石：《文人追星族——罗瘿公凄凉终老》，《民国文人的京剧记忆》，中国戏剧出版社 2013，第 379 页。
4 梁启超：《人境庐诗草跋》，《梁启超学术论著集》（文学卷），华东师范大学出版社 1998，第 526 页。

要编剧人才编创新戏。首先，知识界一再强调戏剧的教育启蒙作用，梨园因此需要改良革新，编创结合时代、反映现实政治的新戏（尽管这种改良最终失败，但在当时确实编演了不少盛名一时的时事剧）。其次，观众方面有新需要。以前的资深戏迷懂戏，重在“听戏”“品戏”，老腔旧调更有滋有味。民国后新一代观众，如南方观众、女性观众等重在“看戏”，既要欣赏演员的美色，观赏唱念做打的技艺，还要追究故事情节、思想内容。以折子戏演出为主的京剧不能不编创形式多样的剧目，包括完整的全本戏、连台戏等以飨观众。再次，艺人方面要适应新观众新市场，在激烈的竞争中立于不败之地，非新戏不足以叫座，非新腔不足以入时，于是纷纷寻求与文人交往合作，编新改旧。诚如翁偶虹云：“当年的‘四大名旦’梅、尚、程、荀，各延专人编剧。即荣冠‘国剧宗师’的杨小楼，自成流派的高庆奎、言菊朋、马连良，以及徐碧云、朱琴心、郝寿臣、李万春等，无不以新剧为自己事业中的一个重要部分。”[1] 可见编创新戏何等迫切重要。

文人与伶人合作编剧成为可能，主要在于双方地位的巨大变化。就文人而言，清代曾多次颁布禁令，凡加入梨园者，一概不得再入仕途，受此约束的正统文士，“止为名儒崇正学，不将曲艺妨经术”（李渔《满江红》），不愿或不敢与伶人为伍[2]。然而，1905 年他们失去了科举之路，1911 年又遭遇天翻地覆的社会剧变，旧文人地位跌落，又没有了法令限制，那些原本就痴迷京剧，不屑于世俗观念者，少了顾忌，出入梨园与优伶结交。就伶人而言，他们在晚清之前仍然属于“贱民”，咸丰十年开始，大批优伶被招入宫中演戏，获得“内廷供奉”的桂冠，他们的地位骤然而变。民国后 1912 年明文禁止狎优侑酒的“私寓制度”，艺人地位更加提升，此后，一批名伶成为了受人崇拜的偶像明星。于是，原本身份地位天差地别的文士和伶人，在社会变革的客观历史条件下，一跌落一上升，拉近了距离，他们的交往成为了改天换地的新型关系，亦师亦友亦知音，逐渐开始合作编创剧本（此外，当然还有伶人或文人独立编创剧本的模式）。

1 翁偶虹著、张景山编：《梨园鸿雪录·京剧早期编剧家忆述》（下），文津出版社 2017，第 246 页。

2 实际上清政府的禁令往往禁而不止，嘉庆、道光年间，士与优的交往频繁，有会试举子、富贵豪客、公职人员等狎优，甚至出现“私寓制度”，但正人君子还是多有顾忌。1912 年在名伶田际云的建议下，“私寓制度”得以明文禁止，后逐渐消亡。

《中国京剧史》云："在本历史时期（按：鼎盛时期）的京剧团体中，没有专职编剧。大都是挑班名角结交的文士们，为名角提供剧本。比如，清逸居士（溥绪）与杨小楼，齐如山、李释戡与梅兰芳，罗瘿公与程砚秋，陈墨香与荀慧生等就是例证。"[1]其中，庄清逸（清逸居士）、罗瘿公、陈墨香是清遗民京剧编剧家中贡献最大的三位。陈墨香曾署名吉水，发表《近百年来皮黄剧本作家》一文（见附录一），载《剧学月刊》1934年第三卷第十期，所录自19世纪20年代（道光年间）至1934年已经过世的京剧作家共计33人，其中文士及票友20人，伶人13人（按：文中曰12人，实际13人），文士及票友作家中接近半数为遗民。1820年至民国以来，出现的京剧剧目数以千计，然而剧本作者大多湮没无闻，多亏了墨香为他们记录简介，遗憾的是，当时在世的编剧者"文士剧本尤不可胜计，唯其人皆生存，故皆阙而不书"[2]。在相关文献资料匮乏的情况下，本书主要聚焦于罗瘿公、陈墨香、庄清逸三位，他们仨共计编剧逾二百部，数量质量皆卓著，最具代表性。

贵为末代庄亲王的庄清逸（爱新觉罗·溥绪），贵为世家子弟的罗瘿公、陈墨香，为什么最终踏进了戏界、走上了编剧的道路？

实际上，满清皇室以及达官贵人几乎无不痴迷京剧。末代王孙溥绪遭遇"虎落平阳"的凄伤，为生计而"下海"戏场；傲岸文人陈墨香"不屑仕进"，只为兴趣爱好而不管不顾踏上"路岐生涯"；失意诗人罗瘿公，弃绝仕途自甘贫穷而遁迹梨园，为扶助程砚秋倾尽全力。无论何种具体因缘，一方面他们皆深爱京戏，另一方面他们胸中积压了太多的郁闷，太多的愤懑，需要渠道排解。同样经历了改朝换代的清初大诗人吴伟业在《北词广正谱序》中云："今之传奇即古者歌舞之变也；然其感动人心，较昔之歌舞更显而畅矣。盖士之不遇者，郁积其无聊不平之慨于胸中，无所发抒，因借古人之歌呼笑骂，以陶写我之抑郁牢骚。而我之性情爰借古人之性情而盘旋于纸上，宛转于当场。于是乎热腔骂世，冷板敲人，令阅者不自觉其喜怒悲欢之随所触而生，而亦于是乎歌呼笑骂之不自已，则感人之深，与乐之歌舞所以陶淑斯人而归于中正和平者，其致一也。"[3]的确，艺术是一个良性的动机，它能将压抑的冲动

1 北京市/上海艺术研究所：《中国京剧史》（中卷·上），中国戏剧出版社2005，第644页。
2 吉水：《近百年来皮黄剧本作家》，《剧学月刊》1934年10月。
3 吴伟业：《吴梅村全集》，上海古籍出版社1990，第1213–1214页。

或欲望用符合社会认同的方式表达出来，戏曲便能“借古人之歌呼笑骂”“热腔骂世，冷板敲人”，创作者由此得到宣泄满足。如乐于为女伶编戏的清遗民梁济[1]（梁漱溟之父），欲借戏剧之力以救国正俗，故爰取历史上忠孝节廉的事迹，撰写新曲，启蒙民众，同时亦是为自己疗治心灵之伤。同样，满腹才华却无处施展的罗瘿公、陈墨香、庄清逸，最终在京剧艺术中找到了用武之地，他们在编戏、评戏、研究戏中释放压抑的欲望才情，舒缓时代人生的创痛，寻求到了自我价值和社会意义。正是因为有了瘿公、墨香、清逸，四大名旦中的程砚秋、荀慧生、尚小云，在他们演艺生涯的早期，编创了不少新戏，为他们通向名旦之路打下了决定性的基础。

罗瘿公、陈墨香、庄清逸、樊樊山、梁济等，以及一批热爱传统文化的文士如齐如山、李释戡、吴震修、金仲荪、翁偶虹等，他们与艺人深度合作，相互补充，取长补短，编创整改了大量剧目，迎来了京剧史上前所未有的剧目创作高峰期，这一编创高峰几乎与民国京剧的黄金时期相重合，这绝非巧合，诚如钟鸣所言“这种合作奠定了 20 世纪二三十年代中国京戏流派群起的基本格局”“对近现代戏曲史具有深远的意义”。[2]

以韵语代戏评者

中华文化中最为辉煌的古典诗词传统在清季士大夫的创作中得到了赓续和发展。清季士大夫结社唱和频繁，以古典诗词的创作作为寄寓他们政治、文化理念的工具和保存文化记忆的手段。近十几年来，这方面的研究不乏佳作，如林立专著《沧海遗音：民国时期清遗民词研究》，通过遗民词集的研究，观照清末民初的社会文化变迁，探讨遗民词人群体感时伤世的集体书写。吴盛青论文《风雅难追攀：民初士人禊集与诗社研究》，考掘了民国时期文人二月三的修禊情况，勾勒了沪上二个遗民诗社超社、晨风庐唱和集团的雅集，“民国遗民在诗歌中构建起一个封闭的帝国魅影，铭刻惘惘而不甘的文化招

1　梁济（1858—1918 年），字巨川，广西临桂人。历官内阁中书、教养局总办委员、民政部主事等职，清亡后，1918 年 11 月于北京积水潭投水自尽，当时报纸上悼亡之作多出自戏剧界。

2　钟鸣：《清末及民国京剧编演新戏刍议》，学苑出版社 2016，第 79 页。

魂的姿态”。[1] 朱兴和专著《现代中国的斯文骨肉：超社逸社诗人群体研究》[2]，通过对超社、逸社遗民诗人群体的研究，体察他们的政治情怀和文化心灵，为近现代中国的人文地图增加一处人文景观。此外，刘洋博士论文《在民国：逊清遗民的文化心态与诗歌书写》（吉林大学 2012 年），将逊清遗民的诗歌书写与诗学活动作为民国里的一个场域，就其中世变与维新、历史与想象、国族意识与主体情感等议题，展开深入讨论。“陵谷且变迁，万态若层波”（陈衍），以上研究表明，清遗民的旧体诗词写作生生不息，在民国的现代情境内依然占据着不容忽视的重要位置。

只是，清季士大夫如何通过古典诗词的写作题咏，与京剧与伶人发生互动，“以韵语代戏评”（易顺鼎《数斗血歌》），并从中抒发黍离之悲、身世之叹；名伶又如何通过这种“诗书墨宝”的交往提升修养和名声，塑造自身公共形象，这方面的关注研究迄今鲜有。[3]

么书仪著《晚清戏曲的变革》中云：

> 古往今来的读书人，因考试不顺把心思转移到“醇酒妇人”这样的事经常发生，那被叫做“风流韵事”“放荡不羁”。清代书生仕途不顺，把兴趣转移到“清歌侑酒，以相嬉娱”、戏场歌楼、咏花评花上亦属寻常。[4]

文人的风流不羁确属寻常，虽然清廷屡禁官吏文士出入戏馆歌楼，但时常成为一纸空文，嘉庆、道光年间，一些失意的骚人墨客咏伎、评花、征歌，以署别号的方式为名伶歌咏，作“花谱”、打“花榜”，层出不穷。然而，清季士大夫在“指江山而屡幻，问城郭已皆非”（易顺鼎）的时代，遭遇的岂止是考试不顺、仕途不畅，他们在历史与文化的巨大断裂中成为“另类”，“向我非今我”，栖栖遑遑，靡所依归，他们只能——要么沉寂于学术典籍，

---

1 吴盛青、高嘉谦：《抒情传统与维新时代》，上海文艺出版社 2012，第 15 页。

2 朱兴和：《现代中国的斯文骨肉：超社逸社诗人群体研究》，上海三联书店 2014。按：该著作前身为 2009 年 4 月作者完成的博士论文，故朱兴和是国内较早研究清遗民诗人群体者。此外，还有 2009 年 5 月上海社会科学院袁家刚硕士论文《旧人物入新世界——民国初年上海遗民摭论（1911—1917）》。

3 林立《沧海遗音：民国时期清遗民词研究》中有一段提到“清遗民词中亦有部分作品谈及音乐或歌者”，不过仅是提及而已。

4 么书仪：《晚清戏曲的变革》，人民文学出版社 2006，第 331–332 页。

要么沉溺于诗酒歌舞。剧目多出自“唐三千、宋八百，演不完的三列国”的京剧，时空倒流使他们沉醉其中缅怀过去；名旦的仙姿美态、轻歌曼舞，使他们留恋于美的幻觉逃避现实；旧体诗词的题咏，则是他们赖以存在的生命形式，是一种语言与传统的血脉相连。他们在诗词与歌舞的交织转换中，诗词美与伶官美的题咏追捧中，“全凭一部伶官传，陶写生平乐与哀”（易顺鼎），自觉不自觉地抒写自我的哀乐，“一生心事付吟梅”（按：“梅”即梅兰芳）、“痴不求知痴更绝”（况周颐），他们都是旧文化的眷恋者、痴绝者。在传统文化圈里举足轻重的他们，与伶人交往、雅集、品题，成为了宣传艺人、助推京剧的一股特殊而重要的文化力量。李孝悌曾提出过“逸乐作为一种价值”对于明清士大夫文化构建的重要意义：

在习惯了从思想史、学术史或政治史的角度，来探讨有重要影响的历史人物后，我们似乎忽略了这些人生活中的细微末节，在型塑士大夫文化中所扮演的重要角色。其结果是我们看到的常常是一个严肃森然或冰冷乏味的上层文化。缺少了城市、园林、山水，缺少了狂乱的宗教想象和诗酒流连，我们对明清士大夫文化的建构，势必丧失了原有的血脉精髓和声音色彩。[1]

是故，因诗酒流连、歌舞追欢而被时人讥讽为“捧角”的清遗民，其实是一种复杂的文化现象，不能不加辨析仅以好色风流一概而论，其中隐含着清遗民个体和群体的经历遭际、个性心理、审美趣尚等诸多问题和文化因素。

此外，必须说明，清遗民与伶人的交往，是双向需求，尤其还处于成长发展期的青年伶人，特别需要老辈文化巨擘的扶持增色。例如，梅兰芳（1894—1961年），字畹华，1913年未满二十的他还需要各方贤达为其宣扬之时，易顺鼎气势惊艳的《万古愁曲》，樊增祥传响四方的《梅郎曲》，皆效果非凡，为畹华的名声鹊起助了一臂之力。又，1920年梅兰芳于沪上与遗老们有二次“香南雅集”，4月24日《申报·梅讯》载：“畹华见吴昌老与凤卿画梅，不期心动，亦请画一横幅……画成后即拟遍（请）海上名流与之题跋。”[2]吴

1 李孝悌：《士大夫的逸乐——王士禛在扬州》，《恋恋红尘：中国的城市、欲望和生活》，上海人民出版社2007，第128页。

2 张斯琦：《梅兰芳沪上演出纪》（下编·梅讯），中西书局2015，第12–13页。

昌老即一代绘画大师吴昌硕（1844—1927年），亦为清遗民。年轻的梅兰芳主动请求文化名流为其绘画并题跋，1920年逢梅兰芳祖母八十大寿，兰芳邀请硕学耆老为她题诗咏词祝寿添彩，况周颐、朱祖谋、陈三立（陈寅恪之父）等都应邀而作，陈三立曰："乙未三月，畹华之祖母陈氏年登八十，颇征士大夫藻咏以辉称觞，余嘉其恋孝养，隆人纪，为书二篇祝之。"[1]梅兰芳不仅需要演艺事业上的宣传，其天性中的仁心厚德也需要广为传颂，人品和艺品双美，格调和修养皆雅，正是清遗民赏爱他的重要原因。

再如，极其珍贵的一手文献《赵凤昌藏札》[2]中，收录有文艺界人士与"大梅党"赵尊岳(字叔雍)的通信。赵凤昌与赵尊岳为父子，他俩虽不属于清遗民，却十分倾慕传统文化，与遗民交往甚深甚密。赵尊岳拜况周颐为师学词，并与京剧界人士多有交情，《赵凤昌藏札》第九册中录有程砚秋写给他的信函十余封，其中1923年十一月初四日（旧历）写道："本月十四日是我二十岁正生日，您送我一首词，好不好？"又，二十五日（旧历）："梅先生明日动身赴申，大约初一日登台，望格外捧场为幸。"[3]砚秋于生日前请求叔雍送词，梅兰芳赴申演出，又请求叔雍为兰芳捧场，艺人需要文士的烘云托月显而易见。

要之，清季士大夫为众多男伶女坤的鞠歌弹章，为京剧的繁盛推波助澜，增华尤甚。

明末清初，顾炎武曾有著名的亡国、亡天下、与有责焉之说：

有亡国，有亡天下，亡国与亡天下奚辨？曰：易姓改号，谓之亡国；仁义充塞，而至于率兽食人，人将相食，谓之亡天下。魏、晋人之清谈何以亡天下？是《孟子》所谓杨、墨之言至于使天下无父无君，而入于禽兽也。……是故知保天下，然后知保国。保国者，其君其臣，肉食者谋之；保天下者，匹夫之贱，与有责焉耳矣。[4]

---

1 陈三立著，潘益民、李开军辑注：《散原精舍诗文集补编》，江西人民出版社2007，第273页。

2 赵凤昌（1856—1938年），字竹君，晚号惜阴老人，清末民国政要，为中国近代史上一位影响巨大的传奇人物。《赵凤昌藏札》内容涉及晚清至民国时期政治、经济、军事、文化、教育等方面，是价值连城的第一手资料，其中也收录了其子赵尊岳与文化艺术界等人士交往的函件。赵尊岳（1898—1965年），著名词学家。原名汝乐，字叔雍，号高梧、珍重。叔雍曾任《申报》主笔，被誉为梅兰芳"宣传部长"。

3 《赵凤昌藏札》（第9册），国家图书馆出版社2010，第280、288页。

4 顾炎武著，黄汝成集释，栾保群、吕宗力校点：《日知录集释》卷十三"正始"，花山文艺出版社1990，第590页。

古者大道之明于天下也。故“亡国”“亡天下”之别不仅仅为政权、政体的改变，而是人类秩序、思想文化、社会风气等一系列的剧烈变动，“一切坚固的东西都烟消云散了”（马克思语），“保天下”“保文化”就成为清季士大夫们“与有责焉”的精神支柱和人生意义的体现。于是，抱着“凡托命于文字，其中必有不死之处，则虽历万变、万哄、万劫，终亦莫得而死之”[1]的信念而“书写”——无论是戏曲编创、诗文词赋、还是历史学术，成为了他们的生活方式、生命价值之所在[2]。正是这些“书写”中“必有不死之处”，一个于后世基本“失语”的群体，终于“起死回生”，成为那个特殊历史时期延续中国传统文化的真实存在，同时也是象征性和抵抗性存在。

最后，特别说明三点：

1. 京剧在不同历史时期有“二黄”“皮黄”“京戏”“平剧”“旧剧”“国剧”等多种称谓，为行文叙述上的方便，统称为“京剧”，个别地方根据具体语境有变通。又，民国京剧的繁盛并不局限于北京、上海、天津等城市，本书所述的清季士大夫主要生活在京、沪两地，故不论其他。

2. 关于人名书名。对同一人物、书籍等，不同的文献有不同的称呼，如程砚秋（艳秋）、易实甫（石甫）、李释戡（释堪）、王瑶卿（瑶青）、贾璧云（碧云）等，以及《鞠部丛谈》（《鞠部丛谭》）。本书行文统一采用通行的称呼，引文则一律遵照原文。

3. 现当代称清代的“遗老遗少”常含有贬义，本书用“遗老”则是中性称呼，仅表示岁高年老的遗民，尤其相对于“四大名旦”等后生晚辈们而言。

---

1 陈三立著、李开军校点：《散原精舍诗文集》（下），上海古籍出版社 2003，第 1091 页。

2 如张求会《陈寅恪的家族史》中写陈三立云：“当康有为、沈曾植等友人汲汲于复辟‘大业’时，陈三立宁愿将时间留给那些登门相求者，为他们写下一首首颂扬忠臣孝子、贞女节妇的诗文。比起一姓一朝的兴衰胜败，陈三立更为关注的还是深藏于帝王外衣下的三纲六纪——‘凡托命于文字，其中必有不死之处’”。广东教育出版社 2000，第 296–297 页。

第 1 章

跨界编剧家罗瘿公

玉霜之孤立无助全藉立身清洁无逾轨之行以得安全，凭藉新剧新腔以为号召，即处风涛震撼之中而不虞倾覆，是则如公所云二三书痴之效也。吾人既然不能正道匡天下，藉此一麋心力亦当引之于正道。

——*1924* 年 *2* 月罗瘿公致袁伯夔函[1]

苦伴歌郎忘日夕：名士义士

1940 年《立言画刊》第 73 期，四戒堂主人《记樊、易、罗》有云："民十以前，在歌台捧角队中风头最健者为遗老。此辈或为达官显宦，或为才子诗人……而遗老之一管秃笔却具有伟大力量。所谓一经品题，声价十倍是也。……在此期间，一班'风流'遗老为数甚多，而最享盛名者，厥唯樊樊山、易实甫、罗瘿公三氏。若专以捧角而论，则三人中又当以罗瘿公氏为最得法。……瘿公与某名旦关系最深，曾斥资代其脱离业师羁绊。某名旦在华乐演戏时期，瘿公在正面第二三排永远定有座位，准时必到，风雨无阻。某名旦所排演新戏，什九出自瘿公手笔，故在晚近新戏之中，以某名旦所排词句最为清丽可诵。"[2]

---

1 程永江：《程砚秋史事长编》（上），北京出版社 2000，第 152 页。

2 陈志明、王维贤：《〈立言画刊〉京剧资料选编》，学苑出版社 2009，第 397-398 页。

“民十以前”即民国十年（1921年）以前。民元以来，随着京剧繁盛，艺人走红，社会上捧角之风渐盛。在新时代新文化话语中，清季士大夫多被讥讽为“遗老遗少”，亦常被视为无所事事而沉溺于歌台舞榭的“风流”者，其中多有才子诗人，且不乏诗名卓著者，如这里提到的樊樊山、易实甫、罗瘿公，他们的品题吟咏对于被品题者不无意义，甚至经其品题即刻“身价十倍”。樊、易两人将在最后二章论述。上文将罗瘿公称为捧角最得法者，那么，其所捧“某名旦”是谁？程砚秋。

程砚秋（1904—1958年），原名承麟，满族人，后改“承”为汉姓“程”。艺名初为菊侬，后为艳秋，字玉霜，号玉霜簃主人。1932年元旦，艳秋自己改名砚秋，字御霜。罗瘿公又是什么人？他为“某名旦”编了什么新戏？为何而编？他是怎样从一个士人、诗人变成了“捧角者”、编剧者？最后一问是本章的重点，前人几乎未曾论及，将在第三节进行探究。

名士：兼具诗人、编剧、史笔之才

罗瘿公热衷听歌观舞由来已久，他在《鞠部丛谈》中自述：

> 庚子国变后，疮痍初复。回銮后，吾入都，每夕必集韩潭。日夕所见者琴侬、妙香、叔岩、幼芬也。每夕必听歌，尝有诗云：“银烛秋堂罢听歌，四更风露怯衣罗。当筵送酒花枝暖，忍向尊前唤奈何。”“追欢分付紫檀槽，别有伤心托浊醪。不乐衣冠驰九陌，且抛心力为伊曹。”[1]

晚清至民国，国家多难，瘿公自言于庚子国变后每晚必去韩潭听歌，“韩潭”即“韩家潭”，是北京的一条古老胡同，位于前门外大栅栏地区西南面，是京剧的发源地之一，徽班进京的三庆班就曾住在这里，晚清时期伶人私寓多在此处，也是达官贵人、骚人墨客流连之地。瘿公的两首诗道出了乱世中文人藉歌舞诗酒追欢消愁的人生状态。“庚子国变”，即1900年八国联军侵华，国家岌岌可危。1911年辛亥革命，清帝国最终灭亡，该年罗瘿公40岁。

1　罗惇曧遗编、李宣倜校补、樊增祥批注：《鞠部丛谈校补》，浙江人民美术出版社2016，第46页。

民国后，瘿公曾历任总统府秘书、国务院秘书、参议等职，后对政治、现实绝望，更加沉溺于梨园歌场，日日“苦伴歌郎忘日夕”（罗瘿公《答客问》），可谓之“戏痴”。

“戏痴”罗瘿公（1872—1924年）[1]，名惇曧（一作敦曧），字掞东，号瘿庵、瘿公，祖籍广东顺德，生于北京。瘿公父亲名家劭，为清同治乙丑（1865年）科二甲第二名进士，官翰林院编修。罗家劭是沈曾植同治庚午（1870）应顺天乡试时的座师，沈曾植（1850—1922年）字子培，号乙庵，为一代硕学大儒（详见第七章），去世时，罗瘿公有《沈培老挽诗》，提到“先公所荐士，王沈天下名”（按：王可庄、沈子培），可见罗家劭的伯乐之智（罗瘿公有乃父遗风）。瘿公幼承家学，聪慧勤勉，被誉为“顺德神童”。早年读书于张之洞创办的“广雅书院”，大约1891年入康有为讲学的“万木草堂”，与陈千秋、梁启超并称高弟，且与康、梁结下友谊。然至光绪癸卯（1903年）才中副贡，后屡试不第，遂以优贡官京曹，曾任邮传部郎中、京师大学堂教习。辛亥革命前后罗瘿公曾是梁启超与袁世凯之间的联络人，与梁任公多有函件往来，从中可见其政治立场和不凡见识[2]，又因文名曾任袁世凯儿子袁寒云师。即便如此，性情敦笃有特操的罗瘿公，1915年袁世凯称帝不愿附逆、不受其禄，弃政攻文，避居京师广州会馆中，“拼将潦倒送吾生”（《正月初二日雪晴作》），自甘清贫，纵情诗酒，流连戏园，被时人目为名士。

罗瘿公本世家子弟，久负才名，诗书兼擅，雅号“诗伯”，与梁鼎芬、曾习经、黄节并称“岭南近代四家”，与其堂弟即诗人、书法家罗惇㬊（号敷庵、复堪）以“顺德二罗”享誉近代诗坛，汪辟疆《光宣诗坛点将录》将二罗喻为“守护中军步军骁将二员”：“地猖星毛头星孔明 罗惇曧”“地狂星烛火星孔亮 罗惇㬊”[3]。1911年罗瘿公与樊增祥、林纾等集结诗社，1912年梁启超主编《庸言》，瘿公负责笔记诗文，作掌故十数篇，为中国近代史甄录了

---

1 关于罗瘿公的生年，主要有四种标注：1871年、1872年、1880年、1885年。现据程永江《程砚秋史事长编》以及冯珊珊《罗瘿公生卒日期考》（《五邑大学学报》2012年第1期），采用1872年说。又，关于罗瘿公生平事迹参见朱文相《罗瘿公生平及剧作资料辑录》，《戏曲艺术》1982年第4期（按：其中生年有误）。

2 详见丁文江、赵丰田《梁启超年谱长编》，上海人民出版社2009。又，笔者将另有论文《罗瘿公与康有为、梁启超关系考述》进行研究。

3 汪辟疆撰、王培军笺证：《光宣诗坛点将录笺证》（下），中华书局2008，第659页。

宝贵的文献史料，1913 年瘿公与易顺鼎等数十人参与梁启超发起的万生园修禊会[1]。罗瘿公著述现存有诗集《瘿庵诗集》《赤雅吟》、梨园笔记《鞠部丛谈》、剧本《红拂传》《青霜剑》等，以及史实笔记十余种，如《庚子国变记》《京师大学堂成立记》《太平天国战纪》等[2]。瘿公兼具诗人、编剧、史笔之才[3]。

罗瘿公交游相当广阔，诗人陈三立、曾习经、黄节、樊增祥、易顺鼎等为其好友，与袁伯夔[4]为世交，与梨园子弟王瑶卿、梅兰芳、贾璧云等多有交往，亦曾与齐如山、李释戡入梅兰芳“缀玉轩”，帮助其编剧《西施》，后慧眼识珠，赏识少年程砚秋，呕心沥血加以培养，使之成为一代名伶。1924 年秋因病去世，终年 52 岁。

义士：糜心力引程砚秋于正道

1915 年以后，不受民国俸禄的罗瘿公贫病交加，于去世前一二年大病不断，却心心念念的都是程砚秋的新戏，1924 年 1 月 25 日（旧历十二月二十）他的日志写道：

> 以吾能力必能使其一年之中有五六出新戏出现，令其一年之中有一二万元之收入，惟吾自为计则穷无立锥之地，京师枯窘已极，若不另图，必陷枯鱼之肆。此次大病已负债二千金，明年更不知如何措手，此则不能无怅怅耳。[5]

瘿公自身已经困窘到“穷无立锥之地”，大病负债累累，即便如此，他在经济上不愿沾砚秋的光，却始终考虑砚秋的演出、砚秋的收入。迫于生计，他决定到南方“觅食”，1924 年 4 月初他接受了上海的聘书，计划月底去教书授徒，可月入三百，实在是万不得已之计。遗民们何以为生是一个相当迫

1 参见陆胤二篇论文：《清季民初的“政治与文学”——〈国风〉〈庸言〉诗文栏研究》，《中国现代文学研究丛刊》2006 年第 6 期；《民国二年的“癸丑修禊”——兼论梁启超与旧文人的离合》，《现代中文学刊》2010 年第 1 期。

2 参见罗惇曧著，孙安邦、王开学点校《罗瘿公笔记选》，山西古籍出版社 1997。

3 参见冯珊珊《罗瘿公诗歌的精神世界》，《五邑大学学报》2014 年第 4 期，第 25 页。

4 袁思亮（1879—1940 年），字伯夔，号莽庵，祖籍湖南湘潭。父树勋，官至两广总督，有六子，思亮居长。伯夔曾任印铸局局长，后弃官侨居沪上，擅诗文书法等，为人纯朴忠厚，曾与罗瘿公合力共助程砚秋。

5 程永江：《程砚秋史事长编》（上），北京出版社 2000，第 147 页。

切而普遍的问题，鬻字卖画或坐馆授徒是文人传统的谋生手段，更成为不少文化遗民不得不如此的选择。瘿公心里却惦记着“惟玉霜处不能不负责，当在沪编剧寄瑶青商定付演耳”。[1]看来即便去沪，也要继续编剧，对砚秋负责，同时瘿公还担心他离开后，孤洁的砚秋受人欺负，但还是不能不告知砚秋别意，砚秋为此悲伤挥泪，情词恳切地挽留，表示他力当每月供给二三百元之需，瘿公写道：“汝血汗易来之钱供吾一家坐食，万无此理，且吾为其管理财产，如若此，则何自白。汝但力图振拔，日进不已，便足酬吾劳，不在乎供给也。”[2]“为其管理财产”，不但没有从中获利之心，反倒更要求自己清清白白。遗民的贫困化是物质和精神（尊严）的双重剥夺，然而，“君子谋道不谋食”“君子忧道不忧贫”（《论语·卫灵公》），又，《易传·系辞下》第七章云“‘困’，德之辨也”，即人处于穷困之时，是道德的明辨，正可检验其是否固守德操，罗瘿公坚守了传统士人固穷守节的尊严和道义，这也是遗民坚贞精神的体现之一，令人敬佩。这样的罗瘿公似乎与人们想象中沉溺声色、力捧旦角的风流名士大相径庭，那么，罗瘿公与程砚秋是如何开始他们的传奇佳话的呢？他们之间到底有着怎样的关系和情谊呢？

程砚秋儿子程永江编撰的《程砚秋史事长编》，史料丰富详实，其中记录或摘录了不少罗瘿公的事迹及信函等，是研究瘿公的珍贵资料，以下据此对分散在书中的罗瘿公与程砚秋的有关史事加以梳理，并参以其他文献述之。

罗瘿公比程砚秋大32岁，1917年他们相识，此年砚秋13岁，瘿公45岁。（按：本章年龄除特别注明外，皆以实岁计。）

1917年，程砚秋13岁，入丹桂，开始正式演出。罗瘿公先是从他人处屡闻程砚秋不错，一日看罢梅兰芳演出后，再与友人相偕去听砚秋曲，一见便惊艳其“慧丽”，聆听其音则有“先正之风”，异日再见于伶官家，砚秋温婉绰约，温雅有度，瘿公感叹“揭来菊部颓靡有乏才之叹，方恐他日无继梅郎者，今艳秋晚出，风华相映，他时继轨，舍艳秋其谁？”[3]。程砚秋为满族正黄旗，本是官宦之家，其父于砚秋出生次年病故，家道中落。砚秋6岁卖给荣蝶仙为徒学戏，十二三岁开始不断演出，嗓音日趋喑哑，处于变声期，“可

1 程永江：《程砚秋史事长编》（上），北京出版社2000，第160页。

2 同上，第162页。

3 罗瘿公：《赠程郎·题记》，《程砚秋史事长编》（上），北京出版社2000，第45页。

巧这时候上海许少卿来约我去上海演出，每月给六百元包银，荣先生当然主张我去，可是王瑶卿先生、罗瘿公先生全认为我应当养养嗓子不能去，这样就与荣先生的想法发生抵触了。后来，经过罗瘿公先生与荣先生磋商，由罗先生赔了荣先生七百元的损失费，就算把我接出了荣家”。[1] 瘿公惜才怜才出手援助，他本人一介清贫书生，只能四方筹措，募集了七百元大洋替砚秋赎身，并替其租房，安顿家人，延请中医为其调治嗓子……从此，瘿公如慈父如严师，开始精心培养教育砚秋。[按：王瑶卿（1881—1954年），清末民初旦角宗师，“通天教主”，是对京剧艺术做出了重大贡献的革新家、教育家，一时名旦多出其门下，亲聆他的教诲，受到他的栽培。]

1918年，砚秋自述中谈到，14—16岁时，罗瘿公给他规定了一个功课表，上午由阎岚秋（著名武旦，艺名九阵风）教刀马，打武把子，练基本功，吊嗓子。下午由乔蕙兰（昆曲名旦）教昆曲身段，并请著名笛师教曲子。晚上到王瑶卿家中去学京戏。每周一、三、五瘿公还要陪他去看电影，学习了解新兴艺术。该年罗瘿公嘱年轻的徐悲鸿（1895—1953年）为砚秋画“武家坡剧装像”，画成后，次年瘿公撰“题程艳秋画像赞”于其上。（按：罗瘿公曾受康有为的嘱托大力帮助当时的无名小卒徐悲鸿。又，“武家坡剧装像”后来经历过戏剧性的失而复得，见《程砚秋史事长编》第208页。）

1919年，程砚秋15岁。罗瘿公命砚秋拜梅兰芳为师，此前瘿公特地请徐悲鸿画一幅兰芳装扮的《天女散花图》，作为砚秋拜师时的见面礼，瘿公还赋诗一首题于画上。该年年初，罗瘿公南游上海、南京、苏州、无锡等地，南行中叮嘱砚秋二三天与他通一封信，瘿公在信中对砚秋有关怀、有教导，两人亲如父子，现摘录2月11日（旧历元月十一）的一封，如下：

今早由上海回南京，收到你第二封信，十分欢喜。见了你的信如同见你一样，两天写一封，要紧。你说给你买花炮，这是危险的物件，不好带，我回京拿钱给你多买就是了。你嗓子很好，恭喜恭喜！……你每次的信，你可按着信回答，不可我说我的你说你的。前寄的信封想必收到，按着寄来。你的信纸

1 程永江：《程砚秋史事长编》（上），北京出版社2000，第37-38页。

太坏了，寄几张给你使吧。……你来信中的看字，多了一撇，变成春字了。[1]

在此前的信中，瘿公曾说你想要什么，写信来，结果砚秋想要花炮，可爱的孩子气未脱。瘿公要求频繁通信，一方面可以及时掌握砚秋在京的情况，一方面也是培养训练砚秋的文化与写作。

程砚秋的后人除了保留有罗、程之间的通信外，还保留着罗瘿公当年为程砚秋手书的艺事日志。朱文相云："其中记载着程每次演出的时间、地点及上座率，还记载着程在某月某日某戏院观摩了某演员主演的某剧目。"[2]可谓周详备至。

1920年，经过两年多的休养，砚秋的嗓子渐渐恢复，又开始了演戏生活，并拜王瑶卿为师。旧历11月14日为砚秋18岁（虚岁）生日，罗瘿公特地为他写经，并征诸名家书画成《玉霜簃主人十八岁生日上寿册》。瘿公在题记中云："愿光明普照，智慧日增，声满十方，周行四部，妙湛莹净，永不退转"。[3]聪颖好学的砚秋将"永不退转"铭记在心，成为了他终生坚持的一种精神。瘿公还征集林畏庐（林纾）、颜韵伯、杨瑟君、罗敷庵、陈师曾、姚茫父、金拱北、王梦白、三六桥、梅畹华等先生之山水花鸟画佳作，以志纪念和鼓励。罗瘿公为小小年纪的砚秋如此兴师动众地祝寿，用心良苦，意在为恢复演戏的砚秋大力揄扬宣传。又，罗瘿公体质一向不佳，此年12月13日他的信中记录，看菊花着了凉便很不舒服，精神很差。

1921年，砚秋自述："罗先生给我介绍一位武术先生学武术……从此以后，我学习更紧张了。罗先生根据我自己的条件帮助我开辟一条新的路径，也就是应当创造合乎自己个性发展的剧目，从这时候起，就由罗先生帮助我编写剧本，从《龙马姻缘》《梨花记》起，每个月排一出新戏，王瑶卿先生给我导演并安腔，还不间断地练功、学昆曲。"[4]可见罗瘿公编写剧本是从1921年开始的，虚岁五十的罗瘿公开启了他文人生涯的新篇章。该年3月程砚秋与果秀英（婚后由罗瘿公改名为果素瑛）正式订婚于北京，订婚前有些周折，经罗瘿公从中协调始成。

1　程永江：《程砚秋史事长编》（上），北京出版社2000，第56页。

2　朱文相：《罗瘿公生平及剧作资料辑录》，《戏曲艺术》1982年第4期，第82页。

3　程永江：《程砚秋史事长编》（上），北京出版社2000，第66页。

4　同上，第68页。

1922年，罗瘿公50岁、程砚秋18岁，这是罗、程人生中都相当重要的一年。在罗瘿公慎重考虑和帮助下，砚秋该年1月组织和声社，开始独立成班演出，荣蝶仙任社长，罗瘿公编剧，王瑶卿导演。10月第一次赴沪演出，罗瘿公总管一切，演出一个月，大获成功。在沪期间由瘿公介绍，砚秋初识金仲荪（1879—1945年）[1]，金先生后来成为接续瘿公为砚秋编剧者，还介绍认识了不少诗人名人，如康有为、陈三立、袁伯夔、周梅泉、樊樊山、陈叔通等，袁伯夔、陈叔通[2]后来亦成为程砚秋非常重要的帮助者。

罗瘿公新编《龙马姻缘》《梨花记》作为和声社的新戏推出，在京、沪两地皆深受欢迎。

在此需要强调赴上海演出以及编新戏的重要性。梅兰芳真正走红，即在1913年第一次赴上海演出后，齐如山曾云："皮簧班脚色到上海唱红了，才算真红。""非到上海演戏不能挣钱，且非多去不可。……要想多往上海，那可以说是必须要有新戏，若只是几出旧戏，没人欢迎。"[3]

具有远见卓识的罗瘿公早有预见和安排，一是在赴沪之前做了大量准备工作，二是主张新戏必不可无，在沪演出"应一星期增一新戏，第二星期《梨花记》、第三星期《龙马姻缘》、第四星期《花舫缘》，而以旧戏支配之"[4]。和声社到沪后先是演唱老戏十来天，虽然舞台接连爆满，但观众还是强烈要求上演新戏，甚至黄金荣都来找罗瘿公和荣蝶仙，要求赶快上新戏。幸亏和声社有备而来，罗编新戏上演（按：《花舫缘》是否演出，存疑），场场满座。程砚秋第一次上海演出圆满成功。

1923年，新戏演唱大获成功后罗瘿公再接再厉，此年集中编创了《红拂传》《花筵赚》《鸳鸯冢》《风流棒》《孔雀屏》，成果丰硕，其中《红拂传》

---

1 金兆棪（1879—1945年），字仲荪，浙江金华人。北京京师大学堂首届学员，1908年毕业后回到故乡办学。武昌起义后被推选为国会议员。后袁世凯称帝，曹锟贿选总统等，政局混乱，国事日非，金仲荪激愤致疾，退出政治舞台，改号"悔庐"。因诗词之好，与罗瘿公成为莫逆之交，1924年接受了瘿公临终嘱托，放弃回金华办学的愿望，为程砚秋编剧，开始了戏剧生涯，他编创的新戏《文姬归汉》《荒山泪》《春闺梦》《亡蜀鉴》成为了程砚秋的代表作。曾任南京戏曲音乐学院北平分院研究所所长，《剧学月刊》主编和中华戏曲专科学校副校长。

2 陈叔通（1876—1966年），名敬第，浙江杭州人，清末翰林，甲午战争后曾东渡日本，学习法政。辛亥后任第一届国会众议院议员，曾长期担任商务印书馆董事、浙江兴业银行董事等。新中国建立后任中央人民政府委员，全国人大常委会副委员长等。

3 梁燕：《齐如山文集》，河北教育出版社2010，第172、173页。

4 程永江：《程砚秋史事长编》（上），北京出版社2000，第95页。

最受欢迎。瘿公在赶编新剧的同时对砚秋的婚事极为关心，为其新婚租赁房屋也由他操办：

今早寻得一房在排子胡同，极满意，工料十分之好，局面极好，但略旧而已。索租每月五十元，大约至少亦要五十元。玉霜见之亦要催我下定……鄙意以为无此合适，约算一年多费租金二百余元，却十分舒服，似可行也。[1]

摘录此条，一在于了解当时的生活费用，以便对照罗瘿公的生活境况，二在于说明罗瘿公的全方位帮助支持。程砚秋迁居新赁寓所后即举行结婚典礼，除尚小云赴沪外，在京旦角无一缺席，为梨园界空前之盛况。

去岁上海演出，程砚秋名噪一时，此年上海方面争相聘请。9月下旬和声社第二次赴沪，仍然由罗瘿公亲自安顿一切。在沪演出《红拂传》，全场无一空位，或加座加凳，还有环立而观者。金仲荪撰联“艳色天下重，秋声海上来”，罗瘿公手书，悬挂于丹桂舞台前，一时传为佳话。不料刚进入10月，罗瘿公病倒，颇委顿难受，夜间咳喘不能眠，无法观剧理事，砚秋每日必到瘿师处视疾汇报，令瘿公极感欣慰，约半个多月后瘿公初愈，即扶病于丹桂舞台观演，引起场内中外观众注目。11月中旬结束第二次上海行，此次无论新戏旧戏的演出都非常火爆，砚秋确实“艳色天下重”了。瘿公生病期间仍然坚持记录艺事日志，为砚秋戏写剧评，为返京后将改换演出场地等事务操心。因砚秋以前演出的华乐园已为别的角儿所占，其他剧场的交涉亦颇费周折，返京后砚秋一时没了演出园地，乃多应堂会，在此期间，砚秋有闲就打牌赌博，果素瑛回忆说：“因为一时很难找到剧场，砚秋被迫闲在家里无戏可演，就喜欢上了打麻将，再加上有几个牌友怂恿，成天价赌个没完。……罗瘿公先生在我们结婚以后每天都要来排子胡同，看见砚秋迷上打牌，很是生气。罗公一般是上午来一会儿就走，来了就问：‘你遛弯去了没有？……什么时候吊嗓子？’再就是规劝他别再打牌了。下午，罗公必来教砚秋读书写大字。要不然就写信给砚秋要他禁赌。后来，经罗先生与我父亲的交涉，总算同三庆戏园签了成班出演的合同，由罗公做主，荣蝶仙先生做剧团老板，砚秋拿戏份，又开始了紧张的演戏生活。……（演戏后）

1　程永江：《程砚秋史事长编》（上），北京出版社 2000，第 114 页。

好不容易积蓄了六百银元，砚秋一次打牌就全部输光了。罗瘿公先生听说此事，气的不得了，专门为此来我家，恰巧砚秋外出，罗公当即提笔写了一封措词严厉，善意规劝的信……砚秋读后极为痛悔，深感辜负恩师期望，当即下定决心，从此再不打牌。”[1] 好在砚秋意志坚毅，说到做到。

陈墨香《观剧生活素描》中曾说，荣蝶仙为罗瘿公起了个“罗爸爸”的绰号[2]，这个绰号取得实在贴切到位。“父为子纲”“子不教父之过”，父亲在中国古代家庭中具有绝对权威，同时也要担负极大责任。罗瘿公为失去父亲的程砚秋主动承担了多种责任，堪称“罗爸爸”，对程砚秋赌博这样的大是大非问题，“罗爸爸”的威严管教是必须的。

或许因为操心焦虑、操劳过度，12 月上旬，罗瘿公病情加剧而住院，虚弱如婴儿，从秋至冬大病三个月，瘿公在其诗中多有提及。关于演出场地的问题，瘿公又与砚秋的岳父果湘林一起多方联系，终于与三庆园签约，定于次年元月开始演出。

1924 年，罗瘿公 52 岁、程砚秋 20 岁。艰难凄苦的一年，9 月罗瘿公去世。

元月中旬砚秋于三庆园开演，瘿公记录云：

玉霜登台三庆，气象极盛，连日满之又满。（1924 年 1 月 14 日 旧历十二月初九）[3]

病中的瘿公，医嘱需静养，然为砚秋编剧事终日萦绕放不下，后来出院，又为砚秋编成《六如亭》（未排演）、《赚文娟》两剧。出院后负债累累的罗瘿公本打算到上海教书谋生计，后因砚秋极为焦心不舍，每一提及便泪光盈盈，加之瘿公的病还需服药打针，于是暂缓南行。医生禁止瘿公执笔，但他仍然“每日晨起只编两场，不敢多也”，支撑着编出了《金锁记》《青霜剑》，同时仍然记录砚秋日常演出，为砚秋第三次赴沪致函袁伯夔商量，其中的考虑和安排，细致周到得难以置信。

心力交瘁的罗瘿公于 1924 年 5 月下旬病势转重，住入德国医院。和声社

1 果素瑛：《追忆砚秋生平》，《惊才绝艺，一代伶工：回忆程砚秋》，中国文史出版社 2019，第 17–18 页。
2 陈墨香：《观剧生活素描》，《梨园外史 · 附》，中国戏剧出版社 2015，第 251 页。
3 程永江：《程砚秋史事长编》（上），北京出版社 2000，第 147 页。

抓紧时间赶排《青霜剑》，于6月28日首演。7月中旬，瘿公病情更加严重，砚秋每日探望，遂辍演半月余。瘿公自知沉疴难挽，8月初倚枕作《病院作》七绝四首：

甲子四月（旧历），旧疾复作，入居德国医院，不觉已入秋矣。海内友朋音信隔绝。疾既渐退，稍间，成此四章，以慰知好，代音书也。时七月二日（新历8月2日）。

世人欲杀李太白，天意终存铁汉楼。
万苦千辛都历尽，又撑病骨入新秋。
甲子七月初一日
故人每恚音书绝，忽讶讹言已九原。
一客相存报奇事，又求遗墨海王村。
客岁，余病笃，有搜吾墨迹于厂肆者。今闻又有搜求者矣。
吞针一钵同罗什，袒背瘢痕似鄂公。
今岁再蒙天所赦，自标新号署蛀翁。
住医院以来，身受注射三百余针，两臂两腿无完肤矣。
平生自诩安心法，每为嗔痴损道功。
今日病中才悟彻，万缘灭尽一心空。

病中楚酷，凡人生痛苦，靡不尽历，惟灭尽思想，则痛苦渐减。今则痛苦渐尽，思想渐起，仍当力破嗔痴耳。[1]

病了又病的罗瘿公，“万苦千辛都历尽”！佛家所谓“四苦”就有“四大增损”的病苦。深受病苦折磨的罗瘿公，一个坚守传统道义，坚持旧体诗词写作的清遗民，在医学上却笃信西医。罗志田云：“近代中国一个突出的时代特性是古今中外各种时空因素的多歧互渗。”[2]“多歧互渗”的时代，清遗民的思想行为不是铁板一块。实际上，不少清遗民在晚清时期是“新思想

1 罗惇曧：《瘿庵诗集》，中国书店2008，第60–61页；程永江：《程砚秋史事长编》（上），北京出版社2000，第173–174页。

2 罗志田：《裂变中的传承：20世纪前期的中国文化与学术》（修订本），中华书局2019，原序第1页。

的先锋”[1]。然而，无论是“吞针一钵”的肉体楚酷，还是“嗔痴损道”的人生痛苦，非亲身经历者是无法感同身受的。四月，为宣传新戏《赚文娟》，罗瘿公曾以“悲庵”作为笔名在报端发表小文。瘿公的一生能不悲乎？最终执意要写悲剧或许是其悲苦一生的潜意识体现？在病痛中备受煎熬的瘿公于9月2日写下遗嘱：

讣告式云云。显考罗公瘿公惇于中华民国某年月日疾终某处。不著科名官职，前清已取消述之无谓也。民国未入仕，未受荣典，但为民而已。如公府秘书、国务院参议上门走及顾问咨询之类，但为拿钱机关，提之汗颜，不可涉及。

殓葬式。殓用僧衣最适宜，清制不适用，民国制殊所不喜，今生不能成佛升天，期之来生耳。

碑文式。诗人罗瘿公之墓。最好请陈伯严先生书之。不得称清诗人，盖久已为民国之民矣。

平生文词皆不足示人，惟诗略有一日之长，可请刚甫定正印选以为纪念，亦不亟之，以精择为主。……

程君艳秋，义心至性，胆掩古人，慨然任吾身后事极周备。将来震、艮两子善为报答。

甲子八月初四日晨罗瘿公倚枕书，盖极支离矣[2]

以上遗嘱可见三点：一是罗瘿公的政治立场是纠结难言的。他虽然做了遗民，但他立遗嘱之年，民国已经建立了十余年，大局已定，前清不可能再起死回生，他承认自己是民国之民，要求讣告不著前清科名官职，殓衣也不用清制，但却强调“民国未入仕，未受荣典”，也不喜民国衣制，要求殓衣用僧衣。原本以瘿公的好名声和广交游，在民国谋得一官半职应该不太难，但他却选择了卖文鬻字、艰难度日的人生。二是他最看重自己的身份是“诗人”，看重朋友的是品行。他想请陈伯严为他书写“诗人罗瘿公之墓”，陈三立（1853—1937年），

1　周明之：《近代中国的文化危机：清遗老的精神世界》，山东大学出版社2009，第10–38页。

2　程永江：《程砚秋史事长编》（上），北京出版社2000，第174–175页。

字伯严，号散原，近代“同光体”诗派领袖，卓然大家，称雄海内（详见第七章）。伯严并不以书法名世，他之所以选择伯严，大约不仅在于伯严是大诗人，更在于伯严的人品清正刚毅，如“磊磊苍松姿”（陈曾寿语），世所公认。他还请刚甫选定他的诗集，刚甫即曾习经（1867—1926 年）[1]，字刚甫（父），号蛰庵居士，广东揭阳人，藏书家、著名诗人，晚清曾任户部员外郎等职，廉洁奉公，政绩斐然。清帝退位前日挂冠而去，隐居京师，多次固辞不受民国之职，鬻书画古玩维持生计，志行高洁，最终贫悴以殁，被梁启超誉为“有清易代之际第一完人”（《曾习经进士像赞》）。物以类聚，无需赘言。三是坚信程砚秋的“义心至性”。这不但是对砚秋的信任，也是瘿公作为培养教育者对自己教育的信心。

罗瘿公立下遗嘱后半个月，于新历 9 月、旧历 8 月去世，终年 52 岁。

罗瘿公去世的 1924 年，程砚秋才 20 岁，13—20 岁即从少年成长为青年，是人生至为关键的时期，罗瘿公的出现，如一盏明灯照耀指引着砚秋走向光明正道。综合上述文献，罗瘿公的作用可以概括为以下几个方面[2]。

一是在立德做人上的言传身教。罗瘿公曾云：“人须立功、立言、立德，最要者立德也，后而功、次而言。”[3] 可见儒家“三不朽”的思想已经深入瘿公血脉。瘿公对自己要求如此，对砚秋的教育同样如此，如上述规劝戒赌。又，据说砚秋初拜王瑶卿时，每日去王家学戏，王家住珠市口大马神庙，靠近妓院集中的“八大胡同”，瘿公要求他绕道而行，他谨遵罗训，每天绕道而行，目不旁视，甚至终生不近女色，不收女徒。

二是学习文化知识。学戏之人文化水平低，砚秋只是五六岁时上过一年私塾，后因家贫辍学，学戏也主要是师傅口传心授，师傅怎么教徒弟便怎么唱，自己看不懂剧本唱词，更不用说分析剧本研究角色了[4]。因此，罗瘿公亲自为他讲授诗词歌赋、古文书法等，还讲述先贤轶事、立身之法，从多方面培养提高他的人格修养和文化水平。

三是编创新戏。民国京剧市场竞争激烈，没有新戏无法立足，但编剧人才

1 关于曾习经其人其诗，参见梁启超《曾刚父诗集序》，《梁启超学术论著集》（文学卷），华东师范大学出版社 1998，第 527–529 页。

2 参见董昕《罗瘿公对程派艺术形成的作用与价值》，《中国戏曲学院学报》2009 年第 1 期；姜德明《罗瘿公与程艳秋》，《程砚秋艺术评论集》，中国戏剧出版社 1997，第 88–95 页。

3 程永江：《程砚秋日记》，时代文艺出版社 2013，第 60 页。

4 参见果素瑛《追忆砚秋生平》，《惊才绝艺，一代伶工：回忆程砚秋》，中国文史出版社 2019，第 10 页。

缺乏，凭着“顺德神童”的才华，罗瘿公跨界上阵为砚秋编戏，并请“通天教主”王瑶卿帮助指导排戏。从1922年2月首演瘿公编写的第一个剧本《龙马姻缘》，至1924年6月首演《青霜剑》，瘿公为砚秋编改并上演了的新戏共12部，这些新戏对此后成就砚秋的艺术至关重要。关于罗瘿公的编剧将在下一节详述。

四是别创新声。罗瘿公根据砚秋倒嗓后的具体条件，帮助他开辟一条适合他，并能充分发挥他艺术特长的新路，为此特请王瑶卿指导设计声腔，或改旧翻新，或用“以腔就字”的新法制曲，创造出一种如怨如慕、如泣如诉、余音袅袅、不绝如缕的唱腔，自成一派。这种一波三折、荡人心魄的新腔，获得极大成功，遂成为了程派招牌，风靡海宇。

可见，瘿公对砚秋的关怀教育几乎是全方位的，即使是亲生父母也未必都能如此精心周到。瘿公为砚秋请名师学艺，为其编新戏、创新腔是直接成就其戏曲艺术；管教他学文化，走正道，则是从根本上塑造人、影响人。成年后的程砚秋气质如恂恂书生，人品傲雪凌霜，不能否认这与“罗爸爸”的言传身教、潜移默化有相当大的关系，瘿公本人即是一个肫挚的义士。此外，瘿公在生活及演出事务上替砚秋操持打理，使他能够一心一意埋头于艺术和学习，为其解除后顾之忧，也是间接成就其演艺事业。要之，程砚秋与罗瘿公的相遇相识是其人生中的大幸。

仅就师生关系而言，对砚秋扶助不计报酬、无私奉献的瘿公也是有幸的。甲子年旧历八月二十五日晚瘿公易箦时，亲属皆不在身边，砚秋闻讯最先赶到。二十九日程砚秋写信给上海的赵叔雍告知情况，这第一手资料弥足珍贵，现摘录如下：

叔雍先生大鉴：本月二十五日亥刻罗先生不幸病故，伤痛已极。当在本月中旬病状似转好些，不料变症如是之速。最可叹是，临终的时候，旁边没有一个亲人。罗太太在病院，其大少爷在清华学堂，赤条条自来自去，可惨已极。又在医院逝世，装殓刻不容缓。当夜秋亲往赙办，棺木、衣衾等均请罗敷戡先生当面看过，遵遗嘱用僧衣僧帽装殓……秋蒙罗先生大恩，一旦弃我而去，痛不可言，自愧无以报答……[1]

1 《赵凤昌藏札》（第9册），国家图书馆出版社2010，第273–274页。

“亥刻”即晚上 21—23 时，罗瘿公临终之夜无亲人相伴，的确让人感到“可惨已极”。此后砚秋布衣素服，辍演月余，一手料理身后事，极尽完备，拟挽联哭师云：

当年孤子飘零，畴实生成，岂惟末艺微名，胥公所赐；
从此长城失恃，自伤孺弱，每念篝灯制曲，无泪可挥。
——受业程艳秋泣血敬挽

砚秋对恩师的感念深切，悲痛之极，伤逝亦自伤，欲哭无泪。此外，“治疗、治丧诸费，皆玉霜独任之，未匝月，掞东师妻死于病，玉霜又力任之”。[1] 安葬恩师于北平西郊八大处之四平台之后，砚秋曾作《忆瘿公师》五言一首：

明月似诗魂，见月不见人。
回想伤心话，时时泪满襟。
西山虽在望，独坐叹良辰。
供影亲奠酒，聊以尽我心。
恩义实难忘，对月倍伤神。

“恩义实难忘，对月倍伤神”，不忘恩师的程砚秋，在罗瘿公故去后曾云：

我感觉到罗先生故去，的确是我很大的损失；可是他几年来对我的帮助与指导，的确已然把我领上了真正的艺术境界，特别是罗先生帮助我找到了自己的艺术个性，使我找到了应当发展的道路，这对我一生的艺术发展上，真是一件莫大的帮助。[2]

砚秋于瘿公逝后次年，前往拜见陈三立，乞书“诗人罗瘿公之墓”七字，并酬以润笔五百金。散原老人拒收润金，并赠诗二绝句赞扬罗、程二人的风谊，

1 张次溪：《程艳秋传》，《程砚秋日记》，时代文艺出版社 2013，第 124 页。
2 程永江：《程砚秋史事长编》（上），北京出版社 2000，第 143 页。

诗云："湖曲犹留病起身，日飘咳唾杂流尘。斯须培我凌云气，屋底初看绝代人。""绝耳秦青暗断肠，故人题品费思量。终存风谊全生死，为放西山涕数行。"此后，每逢年节或外出演剧，砚秋必携子女赴瘿公墓前祭奠凭吊，并嘱咐子女勿忘瘿公的大恩，海内咸称其为义伶。

综上，罗瘿公人生中的最后七年的确是"苦伴歌郎忘日夕"的日子，人们往往看到的只是"伴歌郎忘日夕"，却不知一个"苦"字，才是隐藏其间的真正心迹（详见第三节）。瘿公帮助程砚秋不遗余力、呕心沥血，总算没有白费苦心，程砚秋最终成为了一代京剧大师，对恩师终身感恩戴德，常常满怀深情地说，我程某能有今日，罗师当居首功。砚秋的家人及后代亦对瘿公念念不忘，果素瑛就在回忆中云："罗瘿公先生为培养砚秋成人，呕尽心血，他既不贪功更无求私利……后代一定不要忘记罗瘿公先生在中国戏曲史上所作的大贡献。"[1] 罗瘿公与程砚秋，他们之间相依相托、有情有义的关系早已成为剧坛佳话，感人至深。

盼尔年年制新曲[2]：编创新戏

罗瘿公的编剧在京剧史上应该占有一席之地，尤其是他以生命中的最后之力创作的悲剧，是与他的坚毅精神息息相关的，其要义在于，他为最终程派悲剧风格的建立奠定了基础。然而，对程砚秋的剧目研究，多集中在他高峰期的几部作品，迄今为止，专门研究罗瘿公编剧的屈指可数。为此，本节将一一探究：从一位诗人到一个编剧家，罗瘿公是从什么剧什么类型入手的？他短短几年的新戏创作有着怎样的历程、目的和理想？他在京剧史上具有什么样的意义和地位？

1922 年，罗瘿公经过慎重考虑和多方面征求意见后，认为程砚秋可以挑大梁自立门户了，于是在瘿公的帮助下，十八岁的砚秋组织和声社，挂头牌，请其师傅荣蝶仙任社长，开始了独立成班演出。自主班社需要有自己的特色

1 果素瑛：《追忆砚秋生平》，《惊才绝艺，一代伶工：回忆程砚秋》，中国文史出版社 2019，第 19 页。
2 出自罗瘿公为李释戡《天女散花》剧本题写的绝句："老夫意想无黏着，闲里自为歌舞忙。盼尔年年制新曲，封侯事业太寻常。"此虽为李释戡题，实际上也是罗瘿公自身的写照。

和独创的剧目，罗瘿公便自任编剧，担负起又一重要职责。他为砚秋编写并上演了的剧本共 12 个，如下[1]：

《龙马姻缘》又名《南安关》（1922 年 2 月 10 日首演于中和园）

《梨花记》（1922 年 2 月定本，7 月 2 日首演于华乐园，次年 5 月重订）

《花舫缘》又名《三笑缘》（首演时间地点说法不一，大约 1922 年写定，1923 年首演）

《红拂传》（1922 年 10 月写定，1923 年 3 月 10 日首演于华乐园）

《花筵赚》又名《玉镜台》（1923 年 4 月写定，6 月 9 日首演于华乐园）

《鸳鸯冢》（1923 年 6 月写定，7 月 14 日首演于华乐园）

《风流棒》又名《谐趣缘》（1922 年冬写定，1923 年 8 月 18 日首演于华乐园）

《孔雀屏》（1923 年 9 月 2 日首演于华乐园）

《赚文娟》（1923 年 12 月定本，1924 年 4 月 5 日首演于三庆园）

《金锁记》又名《六月雪》（1924 年 3 月定本，4 月 13 日首演于三庆园）

《玉狮坠》又名《小天台》（1924 年 5 月 3 日首演于三庆园）

《青霜剑》又名《烈女报仇》（1924 年 4 月定本，6 月 28 日首演于三庆园）

此外，《碧玉簪》一剧，罗瘿公病中写作未竟，由金仲苏接手完成。还有已经编写脱稿却未排演者，如《六如亭》《渔家乐》《沧桑艳》（《陈圆圆》）等。

喜剧、歌舞剧、悲剧：从现实到理想的创作

罗瘿公编创的上述演出本，多取材于明清传奇、杂剧话本等，创作部分较多，因袭部分少，以表现男女爱情与婚姻故事为多，大致可分为三类。

一是喜剧。《龙马姻缘》是罗瘿公考虑很长时间后，为程砚秋编写的第一部戏，希望成为自组班社后的“打炮戏”。该剧取材于清代观剧道人所作《极乐世界》，写青年男子马骏在罗刹国平灭国乱，与龙珠缔结姻缘事。剧中龙

1　据《程砚秋自述》一书中《检阅我自己》，以及附录四《程砚秋演出剧目》编排。又，关于罗瘿公编剧参见颜全毅论文《罗瘿公京剧创作叙论》，《戏剧》2013 年 2 期。

珠公主娇憨可爱，马骏涂脸丑扮，他们在洞房中闹出笑话，爱情婚姻经历曲折往复，最终合力除妖，匡扶天下。罗瘿公的良苦用心在于，将一个男女婚姻故事置于混乱动荡的罗刹国，以影射当时军阀混战、社会动荡的现实，从而引发观众共鸣，同时又通过颇具喜感的表演方式让观众乐于接受。看来罗瘿公一开始编戏就渴望经济效益和社会效益双丰收。首次编剧能否成功至关重要，因此，初稿完成后瘿公找了好些名角共同研究设计，演出是在新年期间，又做了大型的预告和宣传。1922 年 2 月 10 日元宵节在北京中和园首演，一炮打响，后几天一再加演，一票难求。

万事开头难，能够旗开得胜，与罗瘿公的深思熟虑，从各方面用心用力分不开。受此激励，瘿公一鼓作气，半年内又创作了《梨花记》《花舫缘》。前者取材于明人《石榴花》传奇及冯梦龙《情史》，批判买卖婚姻制度，可惜瘿公所作今已不存。后者又名《三笑缘》，“三笑”故事由来已久，改编众多，写唐伯虎风流韵事，热闹明快。此后创作的《花筵赚》《风流棒》《孔雀屏》也都是出色的喜剧。《花筵赚》又名《玉镜台》，《世说新语》中有温峤骗婚故事，元杂剧、明传奇都有演绎。罗剧写年老貌丑的温峤骗婚表妹刘芳姿故事，批判士大夫阶级欺骗妇女的可恶，情节出奇，语言幽默，少庄多谑。《风流棒》据清初万树《拥双艳三种曲》之一改编，写一个才子得娶两个美女的故事，是对主张多妻的世人加以惩罚（棒打）。该剧情节跌宕起伏，要演三个半小时，以繁而警见长，砚秋表演淋漓尽致，王瑶卿深为赞赏。《孔雀屏》取材于《唐书·窦后传》，写隋代天官窦毅为女儿窦太贞择婿，于围屏上画二孔雀，求婚者各射二箭，以射中雀目为中选，最后李渊与窦太贞喜结良缘。

上述喜剧，砚秋在其中扮演的是“花衫”类型的角色，演来妩媚可爱、生动有趣，且每戏增加一些新腔，展示了他在唱腔上的用心和特长。这些剧目虽然广受欢迎，但多为迁就观众和市场的才子佳人之作，程砚秋在 1931 年 12 月发表的《检阅我自己》中谈道：

罗先生写过《梨花记》至《风流棒》这五个剧本之后，他曾经不顾一切地写了一个《鸳鸯冢》，向“不告而娶”的禁例作猛烈的攻击，尽量暴露了父母包办婚姻的弱点，结果就完成一个伟大的性爱的悲剧。当时观众的批评，未曾像对于《红拂传》和《花舫缘》那样褒扬。我尤其浅薄，总以为这个剧远不如《风流棒》那样有趣。罗先生为求减少我的生活危机，宁肯牺牲他的高尚思想，于是他又迁就环境，写了一个《赚文娟》和一个《玉狮坠》。[1]

罗瘿公编创新戏，初衷是要帮助砚秋，但并非没有自己的创作情怀和思想追求，所编迎合市场的喜剧获得成功之后，终于“不顾一切”地写了《鸳鸯冢》这出爱情悲剧，但却不如那些喜剧受欢迎，为了砚秋，瘿公不得不做出让步，又写作了两部大众化的套路戏。《赚文娟》写宋代词人秦观与妻苏小妹、妾文娟三人的故事，取材于清代李玉《眉山秀传奇》。给历史名人编造风流韵事通常都能迎合一般大众的“八卦”心理，该剧简而峭，活色生香，奇趣环生，是颇受欢迎的解颐小品。《玉狮坠》采自昆曲及弹词，是一个老套的才子赶考，佳人担心，经历曲折，最终喜团圆的故事。成熟后的程砚秋写道：“这两个剧本，在罗先生是最感苦痛的违心之作，在我则当时满意得几乎要发狂；我是何等幼稚啊！何等盲昧啊！现在我渐渐觉悟了，然而为顾虑我的生活而不惜以他的思想去迁就环境的罗先生却早已弃我而长逝了！”[2] 程砚秋对自我的检阅反省是真诚的，罗瘿公牺牲自己、一心成人之美的行为是感人的，同时也见出编剧者要坚守理想与平衡市场的两难困境。

二是歌舞戏。《红拂传》是程砚秋早年代表作，该剧取材于唐代杜光庭的传奇小说《虬髯客传》，明清两代亦曾有戏曲演绎，瘿公在前人的基础上新编为载歌载舞的歌舞戏。笔者在上海图书馆近代室找到“程砚秋秘本《红拂传》”，青云馆主校订，上海戏学书局发行，年代不详。比对1958年出版的《程砚秋演出剧本选集》中的《红拂传》，大同小异，小异之处，应该是1958年本对少量字词句进行了修改，“程砚秋秘本《红拂传》”应该更接近罗瘿公原本，故下文所写据此本。剧写风尘三侠：红拂女张凌华、将门之后李靖、虬髯公张仲坚之事。隋炀帝时天下大乱，中原板荡，越国公杨素留守西京，招纳豪杰，京兆三原奇人李靖有大志，往见杨素，献计献策，以图进取。相府歌姬张凌华色艺双绝，常持红拂迎客，故称红拂女。红拂女窥见李靖神

1 程砚秋著、丁纪红编：《程砚秋自述·检阅我自己》，作家出版社2018，第36–37页。
2 同上，第37页。

采非常，言论非凡，十分心折，乘夜盗取令箭，乔装前往投奔（红拂夜奔）。两人结为夫妇，一同前往太原。中途遇虬髯客，彼此都有平定中原的大志，于是订交相约往谒在太原的唐公世子李世民，见后，虬髯客自叹不如，赠家财与红拂女夫妇以辅助李世民，虬髯客则挈妇飘然而去。该戏的特点有四。

其一，歌舞出色。女主角红拂女有天人之姿，歌舞之技，因此砚秋在戏中有大段二黄慢板、南梆子，还有红拂尘舞、马趟子和剑舞，尤其第十三场即最后一场，红拂女夫妇与虬髯客夫妇临别之际，红拂女以一段精彩的剑舞来表达对虬髯客赠资的谢意和告别之情，该剑舞化用了武术招式，“双剑为真剑，寒光煜煜，犹如两道金蛇飞舞于舞台……均似真正功夫非一般跳舞也”。[1]罗瘿公曾要求砚秋学习武功，真派上用场了，此“剑舞”不可小觑。1921年齐如山、梅兰芳新编戏《霸王别姬》首演，其中的“剑舞”，叶凯蒂认为是唐宋文人剑舞和中亚剑舞的结合，是“重塑中国雅士文化的跨文化产物”[2]，此后各名旦也纷纷编演剑舞，各有各的精彩绝妙。大诗人樊增祥观《红拂传》后，特赋长诗《雪中观程郎舞剑歌》，摘录如下：

> ……
> 任教泥满靴，来听程郎歌。
> 从他雪没履，来看程郎舞。
> 曲终一逞神锋儁，蛮腰鬓髻凝汝睹。
> 龙气丰城两道分，珠喉绛树双声应。
> 初起周回八面锋，中间步伐连环阵。
> 鹘落到地忽鸷击，蛇惊倒退更猱进。
> 奔云掣电疾于风，滚雪飞花圆若镜。
> 倏然收影身手闲，晶盘一颗明珠定。
> ……
> 君不见，少陵一篇剑器舞，大娘弟子俱千古。
> 两郎舞剑将无同，少陵得雌我得雄。[3]

1 程永江：《程砚秋史事长编》（上），北京出版社2000，第113页。
2 叶凯蒂著、刘晓真译：《舞入京剧：1910—1920年代的跨文化创新》，《中国戏曲学院学报》2020年第1期。
3 程永江：《程砚秋史事长编》（上），北京出版社2000，第113页。

《红拂传》1923年3月10日首演日，大雪纷飞，道路泥泞，但当日照演，且出演连日上座极盛。樊樊山诗题和诗中，对大雪天气也要来听程郎歌、观程郎舞，以及砚秋舞剑的身手不凡都有生动的表现，并且联想到杜甫《观公孙大娘弟子舞剑器行》，从而提升了文化意义。

其二，该剧不仅表现红拂女绝美的色艺，更着力表现其惊人的胆识。虽然身为歌姬，她却"性好书卷，爱习兵书"，厌倦迎来送往的生活（第三场），因此对李靖不仅能够慧眼识英雄"我看那李靖，是个盖世英雄，将来一定能成大业"，且能当机立断，"趁此夜深人静不出门去更待何时？"当夜即私出府门，投奔于他（第四场）。深夜到李靖家相见后，红拂女唱道："【西皮摇板】盖世英雄难得见，今宵会合是奇缘。盟誓百年成美眷，佳话还留万古传。"（第五场）[1]唐传奇《虬髯客传》之后，后世多将聚焦点从虬髯客转向了红拂女，"红拂夜奔"的确成为奇缘万古传。《红楼梦》第64回中林黛玉曾赋诗赞红拂女："长揖雄谈态自殊，美人具眼识穷途。尸居余气杨公幕，岂得羁縻女丈夫。"[2]当代作家王小波也以《红拂夜奔》为题，创作了具有颠覆性的怪诞小说。

其三，该剧剧名《红拂女》自然是以刻画红拂女为主，同时也塑造了李靖、虬髯客、李世民等英雄形象，人物都个性鲜明，虎虎有生气。如最后一场虬髯客的豪言壮举令人动容：（髯公）唱："【西皮快板】张仲坚在华堂把话细讲，李兄一妹听端详。俺待要把四海群雄齐扫荡，夺取中原做真王，自见了李世民帝王之相，徐洪客他劝我别图他方，从今后，我便去，飞扬海上。这中原无我份不再商量。这家财数百万，无人执掌，与一妹作妆奁略表心肠。"[3]红拂女道谢推辞，髯公道："一妹不必推辞，我看一妹天人之姿，是女中第一豪杰。李兄今世之才是天下第一英雄。非一妹不能识李兄，非李兄不能遇一妹。太原李世民是个真命天子，李郎持此家财辅佐真主必成大业，俺主意已定，不必推辞，你且收下了。"[4]乱世之中，这些相互敬慕、相互成就的英雄，令人无限感慨景仰。同样身处乱世的罗瘿公，亦在其中寄寓了自身的理想。

---

1 程砚秋秘本《红拂传》，上海戏学书局发行，第9页。

2 中国艺术研究院红楼梦研究所校注：《红楼梦》，人民文学出版社2008，第893页。

3 程砚秋秘本《红拂传》，上海戏学书局发行，第20页。

4 同上。

其四，诗人罗瘿公赋予了该剧优美的文学性。如第四场，相府后花园中百花盛开，杨素命红拂女在牡丹花下歌舞，红拂（舞介唱【二六】）：

见春光三月里百花开遍，撩人春色是今年。
随风弱柳垂金线，灵和殿里学之眠。
红襟紫领衔泥燕，飞来飞去花间穿。
纷飞满地抛花片，一双双蝴蝶舞阶前。
耳旁又听新莺啭，好一似珠喉一串圆。
半空中又只见游丝百转，浑不觉拖逗坠花钿。[1]

好似昆曲《牡丹亭》中“游园”一折的巧妙化用[2]。又如第十三场，红拂女剑舞（舞剑【南梆子】）：

在筵前双手儿分开两剑，好一似双飞燕战舞阶前。
既不是化龙形空中百变，又不是白猿女道法相传，
也不是留仙裙回风自转，也不是汉宫中人柳三眠。
多感他张三兄深恩不浅，这一别再相逢不知何年？[3]

“这一段唱，又分明透露着传奇文辞的影子。”[4]

《红拂传》既表现了红拂女的敢爱敢恨、侠胆柔情，场面又煞是好看，成为砚秋早期的常演剧目。1923年9月程砚秋到上海演出时，罗瘿公记载：“艳秋处接函甚多，要求演新戏，此亦足见新戏之受人欢迎也。《红拂传》则无贵无贱皆挂口边，饭馆走堂亦知之，将来不免多演几次也。”[5]《程砚秋史事长编》中有多处记录《红拂传》的演出盛况和各界的高度评价。自从梅兰芳、齐如山于1915—1917年创新编演了《嫦娥奔月》《天女散花》等歌舞戏后，不但市场上极为卖座，也为传统京剧赋予了新的审美、新的意义，因此程砚秋、

1 程砚秋秘本《红拂传》，上海戏学书局发行，第5页。
2 参见王焱《红拂传赏析》，《中国京剧经典剧目汇编·艺术赏析卷》，中国文史出版社2017，第332页。
3 程砚秋秘本《红拂传》，上海戏学书局发行，第21页。
4 王焱：《红拂传赏析》，《中国京剧经典剧目汇编·艺术赏析卷》，第332页。
5 程永江：《程砚秋史事长编》（上），北京出版社2000，第129页。

荀慧生、尚小云也都纷纷效法,《红拂传》亦在相当时期内成为程砚秋的看家戏。1927 年《顺天时报》举办“征集五大名伶新剧夺魁投票活动”，该剧入选砚秋夺魁剧目。

三是悲剧。为了成全程砚秋，罗瘿公曾经牺牲了自己的创作理想，在他生命的最后阶段，于病榻上终于完成了《青霜剑》这部精彩的悲剧，如果说《鸳鸯冢》显示了作者创作风格的转型，《青霜剑》则是作者告别世间的绝唱。此外，在《青霜剑》之前还编改了《金锁记》，虽然《金锁记》有着大团圆的结局，不能算作真正的悲剧，但除了结尾之外，实际上该剧的主要内容和情调都是悲剧性的，因此，将放在最后述及。

《鸳鸯冢》取材于清代王梦楼昆曲传奇《蝶归楼》，全剧共 15 场，剧写谢招郎与王五姐相爱，私订婚约，招郎不敢告知母亲，请姐姐代陈。王五姐不得消息而成病，托人传书被谢母知晓，谢母责子并将其锁禁。招郎逃出，奔告五姐，五姐伤恸而亡，招郎碰壁殉情，二人合葬，称“鸳鸯冢”。罗瘿公希望通过此剧控诉包办婚姻的罪恶，谴责以谢母为代表的封建家长的专制，表达男女恋爱自由、婚姻自主的进步主张。程砚秋扮演的王五姐内心缠绵深情却无从诉说，罗瘿公用简洁真切的唱词来进行刻画，颜全毅《罗瘿公京剧创作叙论》云:

如第三场五姐倚身家门，寂寞面对门外芳华，自怨自艾：“寒门女正青春光阴似箭，每日里孤单单小立花前。遥望着小楼前垂柳似线，又只见大街前鼓乐喧天。”又，脍炙人口的二人初遇场景，几句唱词，将五姐内心之羞涩喜悦表现得淋漓尽致，招人怜爱：“女儿家婚姻事羞人答答，难得是俊才郎来到我家。倘若是把机缘轻轻放下，又恐怕负青春误了年华。”与招郎一见钟情，两情相悦，“只见那少年人低头下拜，想必是美姻缘早已安排。我与他表深情盟山誓海，但愿得百年人两意和谐。”戏剧前部分极力描摹五姐对招郎相逢情感的“纯”与“深”，恰为后面情感不可得之悲恸形成强烈对比，写五姐相思成病，郁郁悲吟：“对镜容光惊瘦减，万恨千愁上眉尖。盟山誓海防中变，薄命红颜只怨天。盼尽音书如断线，兰闺独坐日如年。才郎若是心肠变，孤身弱女有谁怜？”[1]

1　颜全毅：《罗瘿公京剧创作叙论》，《戏剧》2013 年第 2 期，第 60–61 页。

这些唱词再次显示了罗瘿公的文学才华，将弱女子刻画得细腻动人、哀婉凄楚，在此基础上，又请王瑶卿指导唱腔，有平调、有二黄、有反调，句句都是新腔，砚秋唱来，柔肠百转，哀感顽艳。

关于《青霜剑》《金锁记》，砚秋有云："《青霜剑》写一个烈女，《金锁记》写一个孝妇，这都不乖于士人的心理，但罗先生的解释不是如此的，他写《青霜剑》，是写一个弱者以'鱼死网破'的精神来反抗土豪劣绅；他写《金锁记》，是以'人定胜天'的人生哲学来打破宿命论。这两个剧，又不与环境冲突，又能抒发他的高尚思想，这是他最胜利的作品，也就是他的绝笔！"[1]的确，这两部作品摆脱了儿女风情和婚姻问题的狭小范围，皆描写贪官恶棍迫害良善无辜，受害的女性却宁死不屈，向黑暗的社会发出了强烈控诉。

《青霜剑》又名《申雪贞报仇》，取材于明代天然痴叟的武侠小说《石点头·侯官县烈女殉仇》。全剧共13场，写宋代靖康年间，福建秀才董昌有一个德貌双全的妻子申雪贞，恶霸方世一觊觎其色，与姚媒婆同谋，买通死囚犯攀倒天，诬陷董昌入狱，县官昏聩，将董处斩。方遣姚婆劝说申雪贞改嫁，奸谋被雪贞识破，假意允婚，暗携祖传青霜宝剑出嫁。洞房中申雪贞将方灌醉，连同姚媒婆一并杀死，割下头颅，至董昌坟前哭祭后自刎。这是一部唱、念、做、舞并重的大戏，激荡着强烈的悲愤伤痛之情。鼓伴程腔20年的白登云先生说："所有程派戏我都很喜欢，其中我认为《青霜剑》最精彩，可以说好得无法形容。"[2]著名程派演员新艳秋也曾表示，程砚秋的戏都很好，她无不喜欢，若一定要从中挑一出最喜欢的，她挑《青霜剑》[3]。那么，这出戏精彩何在？好在何处？《中国京剧流派剧目集成》（第34集），载有《青霜剑》程砚秋演出本（曲谱本），现据此本论述。剧本前的介绍中，作者钟荣从程砚秋的表演立论，以灵堂、洞房刺杀、祭坟三场戏中的唱腔唱词及动作表演为例，简述了三个方面的特征，对于无法观演又不懂音乐的后人很有参考价值。笔者在此主要从罗瘿公编剧方面述之。

其一，结构紧凑单一。清代戏曲家李渔，自组家班、自编戏剧，深谙编

1 程砚秋著、丁纪红编：《程砚秋自述·检阅我自己》，作家出版社2018，第37页。

2 《中国京剧流派剧目集成》（第34集），学苑出版社2015，第2页。

3 萧晴：《〈青霜剑〉及其它——记新艳秋谈程砚秋演〈青霜剑〉》，《程砚秋艺术评论集》，中国戏剧出版社1997，第401–410页。

剧之道，非常重视结构，其《闲情偶记·词曲部》中认为“结构第一”，其云：“题词首重音律，而予独先结构者……至于结构二字，则在引商刻羽之先，拈韵抽毫之始……倘先无成局，而由顶及踵，逐段滋生，则人之一身，当有无数断续之痕，而血气为之中阻矣。”[1] 前述罗瘿公所编戏曲基本都有前人的杂剧或传奇可参照，但《青霜剑》改自小说，为瘿公独创，因此剧本如何结构是首要问题，毕竟瘿公已经有了此前的编创经验，手法技巧愈发娴熟。《青霜剑》围绕恶霸方世一如何害死申雪贞丈夫，雪贞又如何为夫报仇殉情这一情节展开，一线到底，不枝不蔓、详略得当。各场次如下：第一场，交代人物。董昌（秀才）申雪贞夫妇、儿子端儿、董昌继母徐氏一家四口，以及媒婆姚妈妈出场。第二场，恶霸方世一出场。方与姚媒婆设计如何谋取申雪贞。第三场，方世一上董家假意送礼。第四场，方世一买通江洋大盗攀倒天，让其诬陷董昌是主谋犯。第五场，公差到董家抓人。第六场，知县用刑逼供，董昌受刑招认。第七场，董昌被斩首，为过场戏。第八场，灵堂申雪贞哭灵，并发誓要以家传青霜剑报仇，为重场戏。第九场，重场戏。姚媒婆劝说申雪贞再嫁，雪贞识破是方、姚谋害其夫，于是将计就计答应嫁给方某，准备报仇，并托付端儿给表姐刘氏。第十场，出嫁方世一，过场戏。第十一场，拜堂，过场戏。第十二场，重场戏。申雪贞劝酒并刺杀方世一、姚媒婆。第十三场，申雪贞以两仇人人头祭坟董昌，然后自刎。这十三场戏中，董昌被杀、申雪贞再嫁、拜堂都一带而过。灵堂哭灵、报仇刺杀、祭坟自刎为重场戏，其中哭灵、祭坟重在唱腔，抒发情感，刺杀则重在表演及舞蹈，都一气呵成。

其二，主题鲜明，曲词通俗浅显，表现人物贴近身份。

如恶棍方世一、知县胡来，一出场自报家门就揭露他们豪绅、贪官胆大妄为的丑恶嘴脸，简洁明了。第二场方世一出场：

（念对）结交官府财源广，一心就爱美娇娘。在下方世一，家中富豪，有的是金钱，上交官长，下交土豪恶霸，走私漏税，我是无所不为呀。[2]

1 李渔：《闲情偶寄》，浙江古籍出版社 2011，第 2 页。
2 《中国京剧流派剧目集成》（第 34 集），学苑出版社 2015，第 10 页。

可见方世一的明目张胆、为所欲为。第四场知县出场：

（念诗）身为国家知县，每天上堂问案。有人到此来喊冤，有钱无理事好办。本县长乐县正堂，姓胡名来，名字叫胡来。自我到任以来，此地的黎民百姓都是顺从。明着我落得两袖清风，暗中金子银子藏在我的箱子之中。[1]

的确是一个“胡来”知县。

《青霜剑》没有男女爱情、风花雪月，语言十分平实通俗，入耳即明，有意脱去了文采藻饰。如写媒婆姚妈妈，第一场姚妈妈初见申雪贞“（见申雪贞惊）呦，（站起）您瞧哎，这大娘子长得多好看哪，怎么单嫁这么一个穷酸哪？哎，一朵鲜花呀插在狗屎上啦”。[2]第九场，姚妈妈劝申雪贞再嫁：“哎呦，您还说安命不安命！想您的婆婆也不是亲的，这天长日久，没个马勺不碰锅沿的。叫我想啊，您还是想个长久之计吧。”[3]姚氏的话语尤为契合其身份。

表现女主角申雪贞的刚毅，则语言简练，掷地有声，如第八场“灵堂”：“为妻虽是女流之辈，定要访查明白，替你报仇雪恨。……今日在你灵前立下一誓：我申雪贞若是不访出仇人将他杀死在青霜剑下，枉为人也！”[4]又，表现雪贞听者有心、识破奸计的智慧，着墨不多（程砚秋的表演则非常细腻、有层次）：

适才听那姚妈妈之言：那方世一向慕我的容颜，竟自废寝忘餐。一定是那贼子，定下就除计谋，将我夫君陷害。那姚妈妈一定是通同一气，陷害我夫，如今他到此求婚，此事可以十分明白了！[5]（第九场）

她杀死仇人后，仅一句“待我留下书信，不要连累旁人”[6]，就表现了她的镇定和善良。最终祭奠完董昌之后毅然自刎，着力塑造了一个冰雪聪明又决绝坚贞的烈女，一如“雪贞”之名，立意非常鲜明。全剧结尾，简洁深刻：

---

1 《中国京剧流派剧目集成》（第 34 集），学苑出版社 2015，第 14 页。

2 同上，第 9 页。

3 同上，第 32 页。

4 同上，第 20 页。

5 同上，第 35 页。

6 同上，第 42 页。

知县：怎么不把她拿下？

家丁：她已经自刎了。

知县：噢，已经死了！那么她死的时候讲些什么呢？

家丁：她也曾言，长乐县狗官若是在此，她也是这一剑将他刺死！[1]

几句对话，直指封建官府同样是杀人凶手，主题提升。

其三，唱词唱腔皆有创新。

如第八场“灵堂”，申雪贞出场后，在董郎灵前发誓要访出仇人，将他杀死在青霜剑下，之后是【反二黄散板】的演唱：

家门不幸遭奇变，肝肠痛断跪灵前。

夫郎阴灵当不远，为妻定要雪沉冤！

天涯海角来寻遍，青霜宝剑是家传。

泉台夫郎重相见，仇人首级血红鲜。

今日灵堂来祭奠，并无别语对君言。[2]

这段七言十句篇幅并不长的唱词，曲谱本却用了九页来标注曲谱。程砚秋“以腔就字”的演唱特点非常重要，中国文字有四声，讲平仄，同一个字音，不同的四声就有不同的意义，字是最根本的，腔是字音的延长，腔出于字，是故，砚秋在排演新剧目、为新剧创腔时，总是先把唱词背好、高低字记住，再根据剧情和人物感情的需要，随着字而安腔[3]。因此，剧本唱词的写作是首要的、是基础。诚如钟荣所言：“其唱词，打破了多数【反二黄】三三四的十字句常规，改为二二三的七字句的唱词，字少腔多，这就大大增加了演唱的难度，要求演员要有足够的中气，以气托声，才能达到行腔稳的目的。从唱腔的设计来看，它有低回委婉、如泣如诉之感，使人听后凝神屏息，悄然动容，潸然泪下。”[4]字少腔多的设计，是有意识地为演唱留出空间和发挥的余地。

1 《中国京剧流派剧目集成》（第 34 集），学苑出版社 2015，第 49 页。

2 同上，第 20–28 页。

3 参见骆正《中国京剧二十讲》，化学工业出版社 2012，第 152–153 页。

4 《中国京剧流派剧目集成》（第 34 集），学苑出版社 2015，第 2 页。

再如，末场“祭坟”，申雪贞刺杀报仇后，“身着白孝，口衔乌发，左手提着仇人的头颅，右手拿着利剑，怀着仇恨、悲愤、恐惧、紧张的心情，边跑圆场边唱【快三眼】”[1]，其结尾一段：

最可叹我夫郎是懦弱书生，
难受五刑，押禁在监，问成死罪，
惨凄凄，黑暗暗，
撇下了娇妻幼子，
死不瞑目丧在云阳。

这“是一段44个字的跺句，它比大家熟悉的《锁麟囊》（1941年）中的那段有名的‘耳听得，风声断，雨声喧’27字的跺句早了17年，多了17个字。当唱到‘丧在云阳’的‘阳’字时，又突然用了一个一波三折、跌宕起伏、长达18拍的拖腔，接着又‘跪蹉’到董昌的坟前祭奠，从而把剧情推向了高潮”[2]。

可见，罗瘿公写作剧本都是与王瑶卿、程砚秋共同商议，力图不落窠臼，创新创腔，充分发挥砚秋的艺术特长和魅力。

关于《金锁记》，程砚秋于1958年《谈窦娥》一文中有比较详细的介绍。元代关汉卿杂剧《感天动地窦娥冤》，利用古代东海孝妇的传说故事，结合元代现实，创作了这篇不朽名作，影响深远，后世在此基础上有着不同的改编。明代叶宪祖有《金锁记》传奇，添窦娥丈夫蔡昌宗，项挂金锁，结尾改为窦娥不死，父女团圆，剧情与关著大异。程砚秋最初向王瑶卿学《窦娥冤》，只是“探监”“法场”两折，也叫《六月雪》，罗瘿公则参照明传奇《金锁记》改编出完整的全本戏。剧写明代秀才蔡昌宗上京赶考，家中佣妇张氏之子张驴儿随同前去。昌宗之妻窦娥，出身官宦之家，貌美贤惠，张驴儿垂涎窦娥，故途中推昌宗于河水，昌宗遇救得生，张驴儿则还报其失足堕水。蔡母闻讯，悲痛成疾，思饮羊肚汤，张驴儿在汤中下毒，不料为其母误食而亡。张驴儿告官，诬陷蔡

1　《中国京剧流派剧目集成》（第34集），学苑出版社2015，第2页。
2　同上，第2页。

母谋命，窦娥替姑认罪，将问斩。时值六月，忽降大雪，巡按海瑞正经此地，知有冤情，下令暂缓行刑，调卷重审，窦娥获救昭雪。昌宗考中状元，归家团聚。

陈墨香《观剧生活素描》云："程玉霜的《金锁记》最为出名，大街小巷都唱'忽听得唤窦娥'，实是玉霜播扬的。元朝关汉卿撰的《窦娥冤》，蔡家门户不堪，窦娥含冤而死，情节太惨。明人《金锁记》传奇给他改了，蔡家居然读书种子，窦娥法场遇救。玉霜这一本又是一种关目，姓蔡的更觉风光，窦娥是位已婚的少奶奶，不是小户团圆媳妇。门第越高，法场一段越觉凄凉。罗瘿公有些见解，他这个添头添尾不是率意下笔。"[1]

的确，《金锁记》所写年代、思想主题、人物身份性格以及情节等与元剧《窦娥冤》都有较大的改变，如性格方面，元剧中的窦娥是倔强泼辣的，罗本中的窦娥则端庄含蓄，但她善良、正直、舍己为人的高贵品质没变。陈墨香提到的法场一段是唱功戏，窦娥临刑前唱："没来由遭刑宪受此大难，看起来老天爷不辨愚贤。良善家为什么反遭天谴？做恶的为什么反增永年？"一腔悲愤，控诉苍天的不公，人间的不平。从元剧中的市井窦娥，改为门第高的端庄窦娥，何尝不是罗瘿公这类文化遗民自身身份和心理人格的象征，这样的门第尚且遭受如此黑暗不幸，平民百姓更可想而知，故墨香认为罗瘿公是有见解想法的，不是率意下笔。

程砚秋的《金锁记》好评如潮，渐渐成为程派名剧，此前，梅兰芳、尚小云都唱过《六月雪》折子戏，程砚秋全本《金锁记》出来后，他们都不再表演。

要之，《鸳鸯冢》《金锁记》《青霜剑》所写都是良家妇女的不幸命运，"都因一种穿云裂石的悲怆声音，使民国京剧舞台陡增某种动人心魄的力量"。[2]这种既打动人心，又特别契合程砚秋声腔和风格的表演，奠定了砚秋悲剧表演艺术的基础。不仅如此，病中的罗瘿公深谋远虑，为砚秋挑选了一位"极忠诚亦颇有伟力，态度亦光明"[3]的金仲荪接替自己继续辅助砚秋，瘿公又一次火眼金睛，识人知人。金仲荪对罗瘿公的为人、才学极为钦佩倾倒，不负重托，为砚秋编创了《文姬归汉》《荒山泪》《春闺梦》等一批代表作，成就了程派艺术的辉煌。

1　陈墨香：《观剧生活素描》，《梨园外史·附》，中国戏剧出版社 2015，第 261 页。
2　颜全毅：《罗瘿公京剧创作叙论》，《戏剧》2013 年第 2 期，第 63 页。
3　程永江：《程砚秋史事长编》（上），北京出版社 2000，第 144 页。

以坚卓之力冲决而出者

罗瘿公为砚秋编剧，有着现实和理想两个层面。现实是要为砚秋和家人解决生计问题，砚秋自从演戏以后就承担起了家庭的经济重担，是故，罗瘿公编戏不能不考虑上座率，迎合市场，所编才子佳人的剧目意义不大，但确实很受欢迎，对于锤炼和丰富砚秋的表演技艺和舞台经验还是起到了积极作用。理想则是期待砚秋能够继轨梅兰芳攀登艺术高峰，同时，通过砚秋展现瘿公自身的艺术抱负——即以改良中国戏剧自任，目标可谓高远。因此，编新戏对于罗瘿公而言，一方面是观众所需，大势所趋，另一方面则是瘿公一贯的主张，他认为旧剧既可叫座不必再排新戏之说不妥，坚持“新戏必不可无”。他本人谈编剧之类的文字不多，1924 年 3 月 9 日他致函袁伯夔，其中有云：

> 编剧之事，鄙意必每剧各不相同。兰芳所以占便宜者，古装为其所创造，无论天仙后妃均可以古装行之，今既不用古装则必当于情节求其款异，每年有新剧五六出，不患其不叫座……刻拟制而未成者尚有五六出，然求如《红拂传》者尚未得之，病后虚弱不能常执笔……外人之评论往往有党派臭味，弟向不以之摇动吾之主宰，盖玉霜之所以能成就者，吾以坚卓之力冲决而出者也。[1]

罗瘿公希望每编一剧都各不相同，要有新意，如果每年都编出五六部新剧，就不担心“叫座”问题，看来瘿公对自己编戏越来越有信心，梅兰芳的古装新戏大获成功，但自己编剧总不能拾人牙慧，“必当于情节求其款异”。那么如何才能求“异”而与众不同呢？梅兰芳的气质雍容华贵，特别适合扮演天仙后妃之类，程砚秋与之不同，必须找到自己的路子，此其一。其二，从戏剧创作的角度来看，悲剧向来被认为是最高的文学形式，朱光潜《悲剧心理学》云：“悲剧比别种戏剧更容易唤起道德感和个人感情，因为它是最严肃的艺术，不可能像滑稽戏或喜剧那样把它看成是开玩笑。”[2]美国表现主义戏剧家奥尼尔竟然以《滚开，乐观主义者》为题，发文称：“有人指责我

1 程永江：《程砚秋史事长编》（上），北京出版社 2000，第 155–156 页。
2 朱光潜：《悲剧心理学》，安徽教育出版社 1996，第 48 页。

过于阴郁。这算是悲观主义的人生观吗？我以为不是……对我来说，只有悲剧才是真实，才有意义，才算是美。悲剧是人生的意义，生活的希望。最高尚的永远是最悲的。”[1]可见要想追求严肃高尚之意义，并“于情节求其款异”，那么，悲剧与那些一见钟情后花园、金榜题名中状元、悲欢离合大团圆的套路戏就款款有异，诚如托尔斯泰所言，幸福的家庭都是相似的，不幸的家庭各有各的不幸。更为重要的是，悲剧能够警世喻人，带动艺术新创造。故而“病后虚弱不能常执笔”的瘿公还是在其生命的最后阶段编创了悲怨的《金锁记》《青霜剑》，正是“吾以坚卓之力冲决而出者也”的精神体现。“现编《青霜剑》为烈妇报仇事，玉霜极喜之。”[2]《青霜剑》首演于1924年6月底，此时的瘿公病势严重，“玉霜极喜之”或许有安慰的成分，但砚秋在《青霜剑》中细腻感人的表演有口皆碑，成为他悲剧代表作之一。

对于罗瘿公塑造的悲剧女子形象，叶凯蒂认为包含着瘿公的自我，其云：

> 通过程的艺术天才，一个理想的悲剧型女子形象形成了。这一形象包含着罗瘿公的自我。这不是一个简单的潇洒的诗人，或一个京剧内行者，而是一个纯真、有道义之心的人物，无法、也不肯与强权妥协，深感世间的不公，然而面临灾难却只有以死来保全自身的尊严。罗瘿公通过对一个毫无实力的旦角的全力相助，又通过其艺术，使这一女子形象在舞台上充满生命力，从而得以展现完成自我理想的形象。[3]

叶凯蒂之言确有洞见，探究到了罗瘿公“坚卓之力”的内在精神实质。对于罗瘿公编剧的整体评价，陈墨香于《观剧生活素描》中曰：

> 瘿公剧本不全合戏台上体例，却另有一种巧妙文思。本来文士是不会唱戏的。……瘿公可以算编剧的一位武乡侯。马超、赵云虽是久战沙场的宿将，身价比起诸葛公来就差一百倍。……瘿公在戏曲一道已经是占第一流的地位

---

1 尤金·奥尼尔：《奥尼尔文集》（第6册），人民文学出版社2006，第220页。
2 程永江：《程砚秋史事长编》（上），北京出版社2000，第155页。
3 叶凯蒂：《从护花人到知音——清末民初北京文人的文化活动与旦角的明星化》，《北京：都市想象与文化记忆》，北京大学出版社2005，第126–127页。

了，他的创格便可压倒一切，何必再谈旧戏熟套。况且瘿公知道自己不十分圆满，向无愎谏之病，他的度量总算不含糊。[1]

陈墨香是集演戏、编戏、研究戏于一身的戏曲家，被誉为民国京剧第一编剧（详见第二章），因此陈墨香的评价非同小可。作为文士、诗人的罗瘿公，与陈墨香相比是完全没有舞台实践的，因此墨香说“瘿公剧本不全合戏台上体例”是客观之评，但墨香仍然不吝赞美，高度肯定瘿公的巧妙文思和创格，将他比之为操控全局、足智多谋的诸葛亮，并将其置于戏曲第一流的地位。墨香所谓“压倒一切”的“创格”，其重要意义在于，如齐如山、梅兰芳新创了歌舞戏之一格，罗瘿公则为程砚秋新创了“悲苦”戏之一格，突破了才子佳人戏之旧套，为最终程派艺术的建立打下了基石，也是为中国近代戏曲添砖加瓦，打造了新格式。此外，墨香还称赞罗瘿公度量大，的确如此。尽管罗瘿公的编剧获得了成功，但他特别能够倾听业内人士的意见，比如《六如亭》一剧，瘿公认为，“无论如何此剧必与瑶青讨论尽善乃能排演，俟见瑶青后与之商榷始能定夺也”，[2]大概最终还是因为王瑶卿不满意而放弃。可见，罗瘿公编戏是非常认真严谨又渴望有所创新创格的。从一位诗人跨界到编剧家，如果没有才华，没有这样的创作态度和豁达精神，没有拿出《红拂传》《金锁记》《青霜剑》等优秀代表作，恐怕他在戏曲界难以获得承认，更不可能得到同行如此高的评价。

程砚秋在罗瘿公的影响下不断成长，戏剧观也在潜移默化地改变，以至于罗瘿公去世后，程砚秋逐步走上了“擅演悲剧的大师”之路。“他在台上和台下都在演悲剧。因此，他喊出了‘人生就是演悲剧’！”[3]1931 年程砚秋在《我之戏剧观》的演讲中发出呼声：

我们除靠演戏换取生活维持费之外，还对社会负有劝善惩恶的责任。所以我们演一个剧就应当明了演这一个剧的意义；算起总账来，就是演任何剧都要含有要求提高人类生活目标的意义。[4]

---

1 陈墨香：《观剧生活素描》，《梨园外史·附》，中国戏剧出版社 2015，第 251 页。
2 程永江：《程砚秋史事长编》（上），北京出版社 2000，第 149 页。
3 骆正：《程派及程砚秋研究》，《中国京剧二十讲》，化学工业出版社 2012，第 155 页。
4 程砚秋著、丁纪红编：《程砚秋自述·我之戏剧观》，作家出版社 2018，第 29 页。

作为一个职业演员，有着如此追求难能可贵，不能否认这与罗瘿公的高尚人格和编剧理想有着千丝万缕的关系。

头白歌场只放颠：隐于梨园

编剧对于罗瘿公来说只有生命中最后短短三四年，他的本色是诗人，他自己最看重的也是诗歌，且“负诗名三十年”。然而，迄今为止，学界对罗瘿公的研究相当薄弱，主要集中在他与程砚秋的关系介绍方面。近十年来，有青年学人冯珊珊致力于罗瘿公的整体研究，发表了数篇论文，其中对罗瘿公诗歌的补遗辑录尤为可贵。罗瘿公身后，由曾习经编定的《瘿庵诗集》收录 195 首诗歌，梁启超、叶恭绰等人又选录 35 首，辑为《瘿庵诗外集》，附于《瘿庵诗集》末。据冯珊珊的研究，这些诗歌不及瘿公所作之半，故冯珊珊、郑学据近代报刊等文献进行了补录，发表三篇论文《罗瘿公佚诗辑补 67 首》（后文简称《辑补 67 首》）、《罗瘿公诗歌补遗 80 首》（后文简称《补遗 80 首》）和《罗瘿公诗歌辑补 31 首》（后文简称《辑补 31 首》）[1]。笔者将三篇论文及《瘿庵诗集》进行查对，发现《辑补 31 首》中所录“《文艺丛录》刊诗 4 首”，在《补遗 80 首》中重复收录。《瘿庵诗集》中《乌谪生索印名伶小影，分题其后》（3 首）《辑补 31 首》中重收，标题小异，因此冯珊珊、郑学所补辑实际共有 171 首。此外，笔者还搜集到 6 首，即《梅兰芳珍稀史料汇刊》中《观梅郎〈麻姑献寿〉剧戏作》2 首；《鞠部丛谈》中绝句 2 首、词 1 首；高拜石文章《文人追星族——罗瘿公凄凉终老》中《偶成》1 首（《瘿庵诗集》中有题为《偶成》者，但高拜石文中此首无）。

以上几种渠道的诗歌共计 407 首，在此基础上，下文将重点在两个方面观照：一是诗中涉及名伶、戏曲者，即广义的“咏剧诗歌”；二是诗中透露的瘿公之品性、之人生、之心迹。

1　冯珊珊：《罗瘿公佚诗辑补 67 首》，《古籍整理研究学刊》2015 年第 3 期。冯珊珊、郑学：《罗瘿公诗歌补遗 80 首》，《广东技术师范学院学报》2015 年第 6 期。郑学：《罗瘿公诗歌辑补 31 首》，《古籍整理研究学刊》2015 年第 5 期。又，关于罗瘿公的诗歌研究，冯珊珊论文《罗瘿公诗歌的精神世界》《论罗瘿公古体诗的“以文为诗”》可参看。

为梨园歌咏：纷纷子弟皆相识

就目前所搜集到的罗瘿公诗歌，涉及名伶和戏曲者共54首（以下有重出者不计入）。

《瘿庵诗集》14首：

《贾郎璧云自沪上归，相见赋赠》

《正月十三夜置酒斋中，贾郎璧云、梅郎兰芳、姚郎玉芙、尚郎小云、程郎艳秋并集，以诗纪之》

《李释戡属题〈天女散花〉剧本》（3首）

《赋牵牛花并序》（按：为梅兰芳作）

《又点招集昆三宅听诸郎度曲》

《乌谪生索印名伶小影，分题其后》（3首：贾璧云、九阵风、芙蓉草）

《送畹华之日本》

《送畹华之汉口》

《余叔岩母六十寿诗》

《题诸伶画册》（诸伶即瑶卿、琴侬、惠芳、妙香、凤卿、慧宝、璧云、怡云）

《瘿庵集外诗》1首：

《明河篇同樊山翁作》（按：写梅兰芳、程砚秋）

《梅兰芳珍稀史料汇刊》3首：

《观梅郎〈麻姑献寿〉剧戏作》（七绝2首）

《梅郎放鸽歌》

《鞠部丛谈》3首：

为王瑶卿旗装画像题绝句2首

为朱幼芬作词《洞仙歌》1首

冯珊珊、郑学辑录中诗歌33首，曲1套：

《赠程郎》6首

《有述》4首

《送贾郎之汉口》

《为吴瞿安题无价宝杂剧》（七绝2首）

【仙吕宫】贺梅畹华福芝芳生子（曲1套6首）

《俳歌调齐如山》（按：写齐如山、梅兰芳、程砚秋）

《观梅郎〈天女散花〉剧 公园雨过》

《张公权斋中紫藤花盛开，程郎徘徊叹赏其下，对之成咏》

《公园赛菊会，一株特奇丽，名曰“艳秋”，人争以“程郎”呼之，赠花二绝句》

《答林山腴自成都书来询程郎艳秋近状》

《玉芙乞书，赋此示之》（七绝2首）

《望江南·为姚玉芙作》（4首并序）

《畹华令祖母八十寿》

《春柳贾郎将之汉口，为诗送之》（七绝3首）

《次韵答樊山戏赠观剧诗》

《咏陆凤琴》

《洞仙歌·赠朱幼芬》

《咏老谭入宫演剧》

《韩家潭听歌》

仅从以上诗歌标题即可见“梨园子弟多与之游”，罗瘿公与戏曲界确有广泛的交往。以下略述瘿公为程砚秋、梅兰芳、贾璧云所作的诗歌。

《赠程郎》大约写作于1917年或1918年，题记中道出了他与程砚秋的结识经过以及他的心声：

程艳秋，京旗人，父荣某，国变后冠汉姓。……余屡闻人誉艳秋，未之奇也。一日观梅郎剧罢，杨子穆生盛道艳秋声色之美，遂偕听曲，一见惊其慧丽，聆其音宛转妥贴，有先正之风。异日，见于伶官钱家，温婉绰约，容光四照，与之语，温雅有度。堣来菊部颓靡有乏才之叹，方恐他日无继梅郎者，今艳秋晚出，风华相映，他时继轨，舍艳秋其谁？来轸方遒，当仁不让，勖之以诗：

日下新声渐寂寥，梅郎才调本天骄。
谁知后辈风华甚，听彻清歌意也消。

除却梅郎无此才，城东车马为君来，
笑余计日忙何事，看罢秋花又看梅。

协律陈郎（彦衡）最自豪，鹍弦矜绝不轻操。
肯陪日暮歌台侧，珍重延年一语褒。

小李将军意气横，《散花》《奔月》制新声。
平生难得垂青眼，许尔他年继老成。

风雅何人作总持，老夫无日不开眉。
纷纷子弟皆相识，只觉程郎是可儿。

紫稼当年绝代人，梅村蒙叟足相亲。
而今合待樊山老，评尔筵前一曲新。[1]

梅兰芳比程砚秋大十岁，当时已经大红大紫，罗瘿公在结识程砚秋以前，与齐如山、“小李将军”李释戡等同为缀玉轩的常客，而小小砚秋还是出道不久的无名之辈，但瘿公“只觉程郎是可儿”（第五首），直接把砚秋与兰芳比较，大赞“后辈风华甚”“除却梅郎无此才”（第一、二首），可见瘿公识人眼光独到厉害。瘿公不但自己极为赏识砚秋，第三、四首表明陈彦衡、李释戡也同样称许垂青砚秋。陈彦衡（1868—1933 年），字新铨，四川宜宾人，著名京剧琴师、乐师，有“胡琴圣手”之称，对京剧生旦唱腔深有研究，曾为谭鑫培、余叔岩、梅兰芳、言菊朋等操琴或设计唱腔，著有《戏选》《说谭》《燕台菊萃》《旧剧丛谈》等书。李宣倜（1888—1961 年），字释龛、释堪、释戡，号苏堂，

1　萧晴：《程砚秋艺术评论集》，中国戏剧出版社 1997，第 496–497 页。又，冯珊珊《罗瘿公佚诗辑补 67 首》中亦收录。

别号阿迦居士，福建闽县人。早年毕业于日本陆军士官学校，曾任民国大总统侍从武官、国务院秘书等职，有着将军头衔，被称为“小李将军”，同时也是一位旧体诗人，还是一位痴迷京剧的顾曲家，“梅党”主力，参与编创了梅兰芳多部新戏，如《嫦娥奔月》《天女散花》等，被誉为缀玉轩“文案班头幕僚长”。可见，陈彦衡、李释戡都是知音识曲之人，他们对少年砚秋“肯陪日暮歌台侧”“许尔他年继老成”的肯定是很难得的。第六首，“紫稼”即王紫稼，苏州人，明末清初著名昆曲旦角演员；“梅村”即清初大诗人吴伟业，他为紫稼写过传诵一时的《王郎曲》，故瘿公以紫稼比砚秋，以梅村比樊山，期待樊山也为砚秋作诗“评尔筵前一曲新”。后来樊山果然为砚秋写过数首，赞赏有加。

又，罗瘿公《有述》四首：[1]

金缕初解鸟高飞，谁道轻抛旧舞衣。
柳絮作团春烂漫，随风直送玉郎归。

羽林旧是从龙族，土室竟为雏凤巢。
手挈琼枝还阿奶，感深宁惜泪痕抛。

要与梅花作代兴，他年信汝是传灯。
纷纷余子徒为尔，努力当登最上层。

径与移居傍梅坞，闲时教诵老夫诗。
晓风丽日么弦罢，促坐明窗对可儿。

第一、二首“玉郎归”“还阿奶”等写瘿公为砚秋赎身事。第三首瘿公再次表达了对砚秋将来继轨梅兰芳的信心和期望。第四首第一句写瘿公为砚秋赎身后，为他租房子，有意选在梅兰芳住处附近一事，后三句描绘闲时教砚秋学习诗词的美好情景。此外，还有几首瘿公写砚秋的诗，不赘。

1 萧晴：《程砚秋艺术评论集》，中国戏剧出版社 1997，第 498 页。又，冯珊珊《罗瘿公佚诗辑补 67 首》中亦收录。

罗瘿公为梅兰芳所作，目前搜集到的有10首（其中一首为词），如《观梅郎〈天女散花〉剧》《观梅郎〈麻姑献寿〉剧戏作》《送畹华之日本》《送畹华之汉口》《梅郎放鸽歌》等（见附录二）。其中《观梅郎〈天女散花〉剧》可谓代表作，如下：

霓裳一曲拼千古，此是玉环得意语。
可怜多肉任风吹，宁问汉宫飞燕似。
翾风善舞未能歌，绛树能歌不解舞。
并婀歌舞定何人，日下梅郎故绝伦。
天与腰支便旋折，容歌满舞并一身。
是谁幻遣作天女，小李将军心力聚。
此剧费半年之力 闽县李释戡少将制
自言一剧压千场，奔月葬花安足数。
欲知天女竟何状，梅郎正在氍毹上。
云髻峨峨巧样梳，修裾不卷随风扬。
虽然妙色本来空，梅郎便成真实相。
楼前仕女竞妍妆，默对梅郎色惆怅。
天风海水方喧豗，共看天女驭风来。
时攘皓腕双鸾带，旋舞低昂去却回。
瑶笙云璈不知晚，华灯五色光成堆。
病榻维摩久凝坐，丈室纷纷花雨堕。
香尘散落坏色衣，四座风光同滃沱。
若非居士守禅寂，难免妄念风轮簸。
千姿万态却分明，舞袖低时云欲生。
三百年前王紫稼，见此自失谁敢争。
剧中谁是填词者，老去王部擅风雅。
剧中《赏花时》《风吹荷叶煞》两折为碧栖词人王又点笔
词名一世只自珍，晚成此曲真无价。
长安贵游车马狂，无人不道看梅郎。
十方士女皆欢喜，尽散天花作道场。[1]

1 谷曙光：《梅兰芳珍稀史料汇刊》（叁），学苑出版社2015，第1325-1326页。

《天女散花》是梅兰芳及其"梅党"于1917年新编的歌舞戏，出自佛经《维摩诘经》。诗中除了按常规写法夸赞梅兰芳歌舞并一身的绝伦，以及扮天女的千姿万态外，瘿公还不忘赞赏《天女散花》编剧李释戡"小李将军心力聚"，以及"剧中谁是填词者"的填词人王又点的功劳。王允皙（1867—1929年），字又点，号碧栖，福州人，为近代同光体闽派著名诗人，有《碧栖诗词》。"词名一世只自珍，晚成此曲真无价"是瘿公对王氏剧曲的高度评价。深知编剧甘苦的罗瘿公，不但能看到舞台上演员的光彩夺目，亦能对幕后编剧家的心力感同身受，不能不为他们的付出与才华写上几笔。又，《瘿庵诗集》有《又点招集昆三宅听诸郎度曲》七绝二首，中有"万口流传散花剧，梅郎日唱碧栖词"[1]之句，若没有瘿公诗特地写出，恐怕王又点的手笔无人知晓了。

在此，不能不提瘿公为梅、程二人所写的长诗《明河篇同樊山翁作》，诗借写天上明河之双星，落笔于梅、程之两美，摘录数句如下：

歌台七夕争妍唱，自从织女初嫁时。
直到梅郎见真相，隐隐风鬟在世间。
飘飘雾縠疑天上，歌舞于今信绝伦。
清浅银河若可亲，千姿万态华灯下。
不辨是仙还是人，天孙姊妹多妍妙。
艳绝程郎尤窈窕，只缘仙侣自多情。
共浴天池光四照，遂令世人劳耳目。
不知两美定谁好，仙乐中愁再听难。
……[2]

"不知两美定谁好"，瘿公总是要将程郎与梅郎并美，不分伯仲，其用心良苦。

罗瘿公除了对梅、程两人青眼有加之外，还与其他艺人多有交往。贾璧云（1890—1941年），又作贾碧云，是罗瘿公交往较早的男旦，其《鞠部丛谈》

1 罗惇曧：《瘿庵诗集》，中国书店 2008，第 38 页。
2 罗惇曧：《瘿庵集外诗》，《瘿庵诗集》，中国书店 2008，末页。

中记载有贾璧云拒绝豪贵招邀一事：

贾璧云，当宣统三年（1911年）入京，声名之盛，夐绝一时，豪贵招邀，盖无虚日。一日，庆王之子曰“搏二爷”者，属杨小楼代挽之至邸。是夕，璧云有戏，而二爷止其勿往。璧云谓：“安有千余人候我唱戏，而我以陪汝谳辍演者？得勿太无理乎！”二爷怒，持之急。璧云曰：“吾售艺耳，吾得罪贵人，不过襆被出京，何至遽斫头？”乃拂衣起。二爷呼卫士执之。小楼至，跪求乃免。[1]

可见贾璧云的铮铮傲骨。罗瘿公《鞠部丛谈》原是为张謬子《公言报》所写的剧谈，生前未结集出版，瘿公去世后次年即1925年，李释戡作校补，嘱樊增祥题跋，于1926年刊刻为《鞠部丛谈校补》，1934年另有张江裁校录的《鞠部丛谭》刊出，只收瘿公原文。《鞠部丛谈》叙梨园掌故，内容涉及晚清、民国时期数十位京剧演员的生平事迹、亲缘师承、表演情况等，是研究近代京剧的重要文献，[2] 也是罗瘿公为京剧作出的又一贡献。

罗瘿公也有诗歌赠与贾璧云，如《送贾郎之汉口》：

哀郢招魂怨未申，烦君歌舞定兵尘。
汉皋莫误逢神女，燕市还劳念酒人。
去日秦声流历下，归来楚珮梦灵均。
过江卫玠防看煞，珍重羊车傍洛滨。[3]

又如《贾郎璧云自沪上归 相见赋赠》：

相逢喜未减荣光，旧话重温意倍长。
新岁仆夫齐下拜，七年儿女渐成行。
重来京国添春色，莫更扬州念故乡，

1 罗惇曧遗编、李宣倜校补、樊增祥批注：《鞠部丛谈校补》，浙江人民美术出版社2016，第19–20页。
2 参见冯珊珊《程派艺术的源头活水：罗瘿公〈鞠部丛谈〉与演员培养观》，《四川戏剧》2016年第3期。
3 冯珊珊：《罗瘿公佚诗辑补67首》，《古籍整理研究学刊》2015年第3期，第55页。

满目兵尘犹未洗，又烦歌舞日登场。

壬子《送贾郎之汉口》诗云：哀郢招魂怨未申，烦君歌舞定兵尘。[1]

这两首一同参看，第二首末作者自注“壬子”即1912年，可见《送贾郎之汉口》作于1912年，该首最初发表在梁启超主编的《庸言》1913年第1卷第6号上。据《中国京剧史》介绍，辛亥武昌起义后，武汉为振兴市面特邀贾璧云去演出，故罗瘿公以诗歌相送，有“烦君歌舞定兵尘”句。以歌舞定兵尘虽然夸张，但可见当初贾璧云的魅力和影响力。李释戡曾评价贾璧云貌甚美，“双瞳尤佳，其清如玉，横波一睨，真可倾城”[2]，因此，瘿公“过江卫玠防看煞”句用“看杀卫玠”之典不是虚言。第二首，1917年璧云赴京演出，与瘿公相见，瘿公再次写到“满目兵尘犹未洗，又烦歌舞日登场”。民国时期政权更迭频繁，军阀林立，战争不断，瘿公所写，可见当年混乱不堪的局势和暗含的感慨。表面上沉溺于歌舞的罗瘿公，曾写下不少忧时伤世的诗篇和史实笔记。此外，罗瘿公《鞠部丛谈》记录贾璧云之傲骨一事，为后世书籍所本。

罗瘿公痴迷听歌观舞，“纷纷子弟皆相识”，对梨园子弟平等相待，艺人们乐于与之交往，瘿公也乐意帮助他们，其中不乏真正的友谊。例如旦角姚玉芙，罗瘿公也为他写过诗词（见上目录）。玉芙是梅兰芳的徒弟和配角，有两个旦角的戏，梅演正姚配副，如《游园》梅为杜丽娘，姚即是春香；《黛玉葬花》梅为黛玉，姚即紫鹃。后来姚玉芙不怎么演戏了，改做梅兰芳的总管，故京剧史上不见其名。包天笑《留芳记》附录中有《姚玉芙一故事》，其中写到罗瘿公与姚玉芙事。姚玉芙身世孤寒，少年时代寻求出路时，想到“去找罗瘿公罗老爷吧，他老人家是最肯提携人的”[3]，可见瘿公的好口碑。玉芙在广东会馆找到罗瘿公，瘿公鼓励并推荐他去汇文书院学习英文，“可知现在及将来，外国文总是少不了的，你要是精通了，不愁将来没有一个职业。好在汇文书院可以住宿，你不必在外面另找住居的地方了”[4]，瘿公竟然推荐

1　罗惇曧：《瘿庵诗集》，中国书店2008，第28页。

2　罗惇曧遗编、李宣倜校补、樊增祥批注：《鞠部丛谈校补》，浙江人民美术出版社2016，第20页。

3　包天笑《留芳记》附录三，参见谷曙光《梅兰芳珍稀史料汇刊》（壹），学苑出版社2015，第418页。

4　同上，第419页。

姚玉芙学习英文，其眼光可谓超前，考虑得长远又周到。但姚玉芙原本是学须生的，进了汇文书院也读不进书，更不用说英文，心思还是在唱戏，于是罗瘿公再把他介绍给梅兰芳，拜兰芳为师，玉芙从此安心。

在与梨园子弟的交往中，罗瘿公的诗歌书写了他们的会聚、谈笑、演出等种种美好情景，同时也有对艺人真诚的赞赏，相逢相离的情感，还有蕴含其间的现实人生写照，真实地记录了文人与艺人生活的一鳞半爪，为后世认识这种新型关系立此存照。

流连戏场：借一途以自托

诗书兼擅、久负才名的文人士大夫罗瘿公，为何在其人生的中晚年终日流连戏场、征歌选舞？为何结识程砚秋后竭尽全力培养教育扶植？他对自己的家庭、妻儿又如何？要试图解答这些疑问，实际上，归根结底即是解答罗瘿公是怎样一个人。除了上文我们已经述及的罗瘿公之身份、事迹外，还不能不“知人论世”，对其进行更多的了解。关于罗氏人生前期的资料鲜见，就目前有限的文献和他的诗歌看来，罗瘿公是一个忧时伤世的诗人；一个有情有义的真人；一个贫病交加的梨园隐士（“戏隐”）。

忧时伤世的诗人。罗瘿公的一生是不幸的，他生长于清季民国，四海之内几无宁日。辛亥革命前后他曾积极参与梁启超等人的政治活动，后袁世凯称帝，愤世嫉俗的他失望于政事世道，“世事奕棋宁忍说”，知事不可为，弃绝仕途，纵情诗酒歌舞，以一种世俗沉沦的方式表达自己的不合时宜。然而，一个深受中国传统儒家道德文化影响的士人，若心存良知和正义，是无法真正“麻醉”自己、忘怀苍生民瘼的，瘿公在其去世当月竟还写下了《拉夫篇》（记甲子八月扬州事）：

城中忽拉夫，拉往何处去。
兵间缺额多，得汝聊充数。
家人与妇子，弃置无复顾。
哭声干云霄，舍生趋死路。
兵力虽云强，民心则已怒。

急走谒县官，洶洶诘以故。
县官缩如鼠，此事何敢预。
军阀本天骄，淫威滋可惧。
呜呼天生民，谁实司爱护。
喋血遍人间，乐土知何处。[1]

甲子八月即 1924 年农历 8 月，爆发了江浙军阀战争和第二次直奉战争，“兴，百姓苦；亡，百姓苦”（元代张养浩《山坡羊 · 潼关怀古》），遭遇战争，老百姓更苦。此诗不能不让人联想到杜甫的“三吏”“三别”。全诗明白如话，对军阀的愤怒，对生民的哀痛，一目了然。瘿公类似的诗歌不乏，上文他写给贾璧云的两首诗中提及“歌舞定兵尘”“满目兵尘”，一是指中国近代史上有名的壬子兵变（北京兵变），他有《壬子正月十二日作》“夜半惊闻戍卒呼，咸阳一炬变榛芜……九门禁夜行人断，萧瑟春城冷月孤”，[2] 记录了1912年2月北洋军在京城突然发动兵变的史实，此变迅速蔓延至保定、天津。二是指丁巳年（1917 年）张勋复辟，瘿公又有《兵后问樊山翁起居，翌日翁过访投诗，次韵敬和》“隐几何当似子綦，却惭兵后过存迟。同居石火流丸地，是我槐荫午睡时。举国未成三日酺，长安又了一枰棋……”[3]“隐几”句出自《庄子 · 齐物论》“南郭子綦隐机而坐，仰天而嘘”，“槐荫午睡”出自唐传奇《南柯太守传》。全诗旨在悲叹复辟之举好似南柯一梦，现实却是乱世人生，人间涂炭。瘿公感时伤世的代表作还有《辛亥九月任公自日本须磨归国相见于辽东，旋同归须磨》（律诗四首）[4]、《杨时百属题〈琴粹〉》（辛亥秋）、《长沙张文达公灵輀南下志哀三首》、《乙未感事》（乙未即 1919 年）等。此外，还有未见的《感事诗八首》，《光宣诗坛点将录笺证》中有一段笺证者王培军的按语云：

---

1 郑学：《罗瘿公诗歌辑补 31 首》，《古籍整理研究学刊》2015 年第 5 期，第 63 页。
2 罗惇曧：《瘿庵诗集》，中国书店 2008，第 9–10 页。
3 罗惇曧：《瘿庵诗集》，中国书店 2008，第 27–28 页。
4 因戊戌变法失败，梁启超逃亡日本，辛亥九月自日本须磨（神户）归国，欲从事政治活动，罗瘿公是其联络人。然政治形势突变，瘿公等专程自北京至辽东与任公相见，促其即回日本，并与其同船赴日，罗瘿公此律诗四首即为此事感愤而作。

瘿公尝有感事诗八首，寄南海，南海批后云：“哀怆郁沉，时复高壮，如闻鹍啼猿唳，海啸滩激，《秋兴》《诸将》，岂复远人？尤难其隶事精切，如樊川而无其硬，似玉谿而无其缛，作者能事，殆诣其极矣。吾门才华，遂付与斯人。其尤善者，一唱三叹，极似老夫之作。上追遗山，近摩梅村，应无过此。”[1]

康南海即康有为，罗瘿公年轻时曾是“万木草堂”之康门弟子[2]。上段按语中，《秋兴》《诸将》为杜甫名作，唐代诗人杜牧号樊川居士，李商隐号玉谿生，金代诗人元好问号遗山，清初诗人吴伟业号梅村。康有为将罗瘿公的《感事诗八首》与上述大诗人作比，扬之甚高！非常遗憾的是这组《感事诗》迄今未搜寻到。

无论如何，由上述类型的诗歌和康南海的评价，可见罗瘿公是一位忧国忧民的诗人。本书囿于主题，在此不作全面呈现。

有情有义的真人。罗瘿公全身心地扶植程砚秋，不能不让人疑惑：难道他自己的家庭妻小不需要支撑、顾念吗？在此看两首诗歌，先了解瘿公的品性。《菊部丛谈》中赵元礼《藏斋居士题词》：

瘿公书法迈群伦，诗笔尤能见性真。
余事丛谈谈菊部，好凭游戏寄酸辛。[3]

瘿公去世后，他的知己曾刚甫有三首挽诗，被认为是最诚挚又深知瘿公者，其二如下：

结客遍湖海，逢人只肺肝。
后时何所惜，晚况益艰难。
丝竹存微尚，沧桑付达观。
裹头余尺布，事有至辛酸。[4]

---

1 汪辟疆撰、王培军笺证：《光宣诗坛点将录笺证》（下），中华书局 2008，第 665 页。
2 《万木草堂遗稿》《万木草堂遗稿外编》（成文出版社，1978 年版）中收录有康有为《致罗掞东论书法书》以及罗惇曧给康氏的三封函札。
3 罗惇曧遗编、李宣倜校补、樊增祥批注：《鞠部丛谈校注》，浙江人民美术出版社 2017，第 65 页。
4 黄濬：《花随人圣庵摭忆》（中），中华书局 2008，第 558 页。

又，陈墨香《观剧生活素描》曰：“瘿公性情刚直，好说大实话，时常给这些后台伙计钉子碰，一干老板们都有些怕罗先生，荣蝶仙给他起个绰号叫做‘罗爸爸’。”[1]“诗笔尤能见性真”“逢人只肺肝”“刚直”“好说大实话”，可见，瘿公是真性情之人。性情真、守道义的瘿公如何对待自己的家庭？上面二首诗皆归结为“寄酸辛”“至辛酸”，究竟何谓？1923年罗瘿公诗《癸亥除夕用病起韵》有曰：

吾命偏能重一毛，作诗火急似追逃。
却从病久知儿孝，自讳囊空念妇劳。[2]

著名诗学家黄节（1873—1935年）[3]为《瘿庵诗集》作序曰：

余始得读瘿庵《癸亥除夕》诗，其诗有云，“自讳囊空念妇劳”，其言何温厚如是耶？……顾其所遘艰难，独不使夫妇之道见于衰薄……

“病久知儿孝”“囊空念妇劳”，不入仕不受禄，又生重病而负债累累的瘿公，对妻儿是深感亏欠的。儒家传统特别重视人伦之情、夫妇之道，《周易》六十四卦中的第三十七卦即“家人卦”，寓涵着古老纯美的治家之道。又，杜甫《月夜》诗写安史之乱期间对妻儿的思念，有着国与家的张力。罗瘿公虽不能与杜甫相提并论，但黄节言“顾其所遘艰难”，的确也有深沉的国与家之艰难困苦。瘿公在遗嘱中提及两儿，即大儿宗震，二儿宗艮（按：震、艮为《周易》八卦卦名），此外还有一女儿。1922年他带领程砚秋第一次赴上海演出期间，因为小儿生病出痧疹而独自提前返京，是尽到父亲的责任的。《瘿庵诗集》中还有一些写妻儿的诗篇，如《己未除夕》（1919年）：

最喜初晴三日雪，不劳重祭一年诗。
大儿置膝有文度，稚子长须学衮师。

---

1 陈墨香：《观剧生活素描》，《梨园外史·附》，中国戏剧出版社2015，第251页。

2 罗惇曧：《瘿庵诗集》，中国书店2008，第58页。

3 黄节（1873—1935年），原名纯熙，字晦闻，广东顺德人。曾任北平国立北京大学、清华大学教授，广东省政府委员兼教育厅长等，以读诗、讲诗、作诗为志业职业，为近代诗学大师。有诗《哭瘿公》（民国十三年即1924年秋作）。

独以清歌闲送日，愧为余暇更忧时。
深杯酬妇还循例，绛蜡梅花照鬓丝。[1]

所写大儿、稚子都见出其喜爱之情。“衮师”为李商隐幼子，义山有《骄儿诗》，开首即道“衮师我骄儿，美秀乃无匹”，后写衮师不仅美秀且聪颖，瘿公借以写稚子。此首的关键在于“独以清歌闲送日”“愧为余暇更忧时”两句，除夕之日家人共度佳节，有妻儿相伴，似乎其乐融融，但作了“零余人”的瘿公，“愧为余暇”，有的是闲暇余时，却没有自己的事业和支撑家庭生计的收入，能不愧乎？何况余暇空虚“更忧时”，更益滋生烦忧，那么，不为无益之事，何遣有涯之生？不以清歌闲送日，又何为？再如，《香山杂诗》十首之十：

平生不办买山钱，借得山楼自在眠。
垂老渐于文字忘，每闻儿读亦欣然。
儿子宗震逭夏读书于此[2]

“垂老”句，中年罗瘿公未为“老”，但时光空流逝，真有老大徒伤悲、记忆渐衰退（文字忘）的哀感，好在“每闻儿读亦欣然”，儿子爱读书就是莫大的宽慰。瘿公对程砚秋、姚玉芙的文化学习都相当重视，对自己的儿子应该更是如此，瘿公去世那年宗震已是清华大学学生，中英文都学得相当不错。

又，《乙卯中秋》（1915 年）、《初四日晴 儿子作雪山成》、《夜坐》等写到对妻子的惦记或生活、家庭场景。然而，大约就在 1924 年罗瘿公断断续续生病期间，他的家庭也发生了巨大变故，高拜石文章追忆道：“不幸他的女公子遽撄痢疾而死，他的夫人痛失掌珠，哀痛之极，又得了狂疾，终日疯疯癫癫的。他的两个儿子宗震、宗艮年事尚轻，还在就学。瘿公丁此变故，既伤女逝，复悯妻狂，生活的重担又压在他的肩头上，虽未至冻馁的程度，而劳心惨沮，懊咿愀怆，在民国十三年的端午节后，他自己也累倒了。”[3]不知道是不是因为这个原因，罗瘿公于 1924 年 6 月病情再次严重，直至去世，“事有至辛酸”！

1 罗惇曧：《瘿庵诗集》，中国书店 2008，第 41 页。
2 同上，第 55 页。
3 高拜石：《文人追星族——罗瘿公凄凉终老》，《民国文人的京剧记忆》，中国戏剧出版社 2013，第 376 页。

此外，罗瘿公写兄弟情的长诗《得舍弟小影却寄》“人生几何时，骨肉不相守。暮春记我行，连床半月久。旁皇惜日短，明发忍分手……兄弟临别心，如何可回首。挥手终当去，天风吹别酒……”[1]格外感人。更有不少为友人而作的诗歌，如为恩师张百熙所作《长沙张文达公灵輀南下志哀三首》以及《赠韩力畬》《吊寄禅和尚》《师曾〈一口剑〉立幅为释戡题》《沈培老挽诗》等，都可见出瘿公的“酸辛我岂免，亦曰有情故”（《吊寄禅和尚》）的真情厚谊。

从罗瘿公对待程砚秋的恩义以及上述诗歌可见，瘿公对国运之衰、民生之苦，有切肤之痛；对家中之人、世间之友，有真情之念，瘿公确为忧国忧民、至性至情之人。然而，这样一个正面形象的人物，为何走向了“头白歌场只放颠”的晚期人生？

梨园隐士。如果说清遗民遭遇的时代不幸都是相同的，那么，除此而外，罗瘿公的个人经历也十分辛酸凄楚。虽然他年少即有神童之称，聪颖勤勉，具备多方面的才华，但科举屡试不第，后入京为官从政，为生计而已。1915年因看清了袁世凯的真面目以及官场的险恶，毅然弃政辞官避世逃世，“终忧闭门有危阱，且托疏狂散愁疾”（《岁暮吟次晦闻韵》）。其《谢尧生侍御讯病次元日》云：

逃世早知无妙法，中年宁惜费诗才。
病如禅味参逾出，春似贫交去又来。
人日尚留残雪好，梅花知为冷官开。
齑盐日课耽新岁，媿尔风流讯玉台。[2]

即使想逃世也是虚妄，无法可想，人到中年的他，贫病交加，病来病往贫不去。他的诗中屡屡提及病、贫、穷，如《庚戌岁除小病见雪》“酬妇深杯怜病废，诗情销向药炉烟”；《正月初二日雪晴作》“为贫妻子耽微禄……病态翻供诗境熟”；《吾生》“吾生宁惜以诗穷……世事推枰千劫换，生涯食粟半囊空。晴来病起思人日，传语梅花护晓风”；《辛亥岁朝大雪得尧生侍御除

1 罗惇曧：《瘿庵诗集》，中国书店 2008，第 6 页。
2 冯珊珊、郑学：《罗瘿公诗歌补遗 80 首》，《广东技术师范学院学报》2015 年第 6 期，第 19 页。

夕雪诗成此当和》“无钱便以雪压岁，岁前小病成枯禅”[1]；《病起作》“仓卒不戒寒，病势若决渠”“贫乃天所畀，乐则吾自主”[2]……尽管索绪尔认为语言提供给我们的仅仅是对现实的一种描述，而不是现实本身，而且，贫病苦行是遗民道德的写照，但对于一个真性情的罗瘿公而言，是有相当的可信度的。又，中医认为，人之诸般病症，除自然衰老外，多为三大因所致，一是外邪入侵，如风寒暑湿瘟疫之类；二是生活无规律不节制，饮食劳伤过度；三是内在情志郁滞不畅。罗瘿公的病因不太肯定（按：有说是肺病，忧伤肺，林黛玉即是），但如前所述，他做事过于细致操心，恐劳伤过度，加之他才丰遇啬，心情恐怕是长期积郁的，尽管他表现出达观自乐的一面。李释戡为《鞠部丛谈》作序曰：“瘿庵偃蹇人海二十余年，日以征歌选舞为事。”[3]黄节《瘿庵诗集序》一开端即云：“甲子元日，瘿庵过余曰：‘吾度岁之资，今日只余一金耳，以易铜币百数十枚实囊中，犹不负听歌钱也。’”[4]

“偃蹇人海二十余年”，能不郁闷？甲子即1924年，瘿公去世那年，已经贫病如此，却还以一金换数十铜币“不负听歌钱也”。“谁能渴不饮，谁能哀不歌？”歌扇舞衣何尝不是暂时化解贫病之忧之苦之一法？实际上，若瘿公要想摆脱“贫”（无钱）与“穷”（困境），也不是没有办法，他为人骏放，“结客遍湖海”，其中不乏达官贵人，如果他愿意，混个一官半职不是完全没有可能。然而，圣人有云：“天下有道则见，无道则隐。邦有道，贫且贱焉，耻也。邦无道，富且贵焉，耻也。”（《论语·泰伯》8·13）要他在愦愦然的无道乱世求取富贵，耻也！那么只能“无道则隐”。如何“隐”？黄节《瘿庵诗集序》曰：

> 瘿庵驰情菊部，世有疑而议之者，余尝举以规，则答余书云：“吾欲以无聊疏脱，自暴于时，故借一途以自托，使世共讪笑之，则无暇批评其余，非真有所痴恋也。”呜乎，余今序瘿庵诗，敢不揭瘿庵立身之义，并其所怀以告后之读瘿庵诗者，使知瘿庵啬义甚富，过乎其诗。[5]

---

1 这四首均见冯珊珊、郑学:《罗瘿公诗歌补遗80首》,《广东技术师范学院学报》2015年第6期，第19页。
2 罗惇曧：《瘿庵诗集》，中国书店2008，第58、59页。
3 罗惇曧遗编、李宣倜校补、樊增祥批注：《鞠部丛谈校补》，浙江人民美术出版社2016，第5页。
4 黄节：《瘿庵诗集序》，《瘿庵诗集》，中国书店2008，第1页。
5 同上，第2页。

黄晦庵能“举以规”，瘿公能答以实，确为交心交底的好友，多亏了黄节揭示“瘿庵立身之义”。罗瘿公驰情菊部，不过是“借一途以自托”罢了，梨园即是他的“自托”之一途，是他“隐”身之地，诚如高拜石所云：“瘿公以绝代才华，自清末迄民初，都是抑屈闲僚，不能一抒素抱。其遁迹歌场与寄情声咏，无非藉消胸中块垒，或更有托而逃。”[1] 瘿公曾作《答客问》一诗，对于了解他的心迹相当重要：

有客叩门屡不值，每向吾友三叹息。
谓我昏然废百事，苦伴歌郎忘日夕。
吾友来致词，君已鬓成丝。
立名苦不早，乃逐少年为？
黄金未足惜，毋乃心神疲。
我言何者为事？何者谓之名？
薄书非吾责，米盐非吾营。
既不求官不求富，廓落乃以全吾生。
海宇奚为不清宁？尽坐名利相构争。
得时作公卿，失志煽戎兵，长此天宙何由平？
既不爱博进，亦不游狭斜。
关门著书太自苦，终覆酱瓿何为耶？
积金将以贻子孙，能知子孙贤不贤？
作书觅句吾不废，聊遣兴耳安用传。
吾釜不生鱼，何为计锱铢？
本无组绶缚，何必礼法拘？
清歌日日吾耳娱，玉郎丽色绝世无。
但知坐对忘昏晡，安问今吾与故吾？
世人但学子罗子，知鱼与尔忘江湖！[2]

---

1 高拜石：《文人追星族——罗瘿公凄凉终老》，《民国文人的京剧记忆》，中国戏剧出版社 2013，第 379 页。

2 罗惇曧：《瘿庵诗集》，中国书店 2008，第 31–32 页。又，罗瘿公的诗歌风格，随着时代及其人生阅历的改变而变化，叶恭绰《瘿庵诗集序》曰：“君诗凡三变。光绪庚辛前，导源温、李，于晚唐为近；逮入北京，与当代贤俊游，切磋洗伐，意蕴深迴，复浸淫于宋之梅、苏、王、陈间；鼎革以还，寄情放旷，意中亦若有不自得者，所为诗乃转造淡远，具有萧然之致。”

名利之徒相争的世道，要么“得时作公卿”，要么“失志煽戎兵”，弄得海宇不清宁，宇宙不太平，这样的世道，正直的瘿公耻于求官求富，“既不求官不求富”“既不爱博进，亦不游狭斜”的他，只愿“苦伴歌郎忘日夕”“清歌日日吾耳娱”“但知坐对忘昏晡”。轻歌曼舞的梨园，丽色绝世的歌郎，才能使他“忘昏晡”、“忘日夕”、忘烦忧、忘不幸：

> 吾生宇内成孤寄，头白歌场只放颠。（《题潘若海麦孺博遗墨》）
> 终年听曲行吟处，尽是先生快活时。（《扰扰》）
> 性本难禁酒，缘何不听歌。（《追春六韵》）
> 有歌必须听，对酒不强醉。百年固可乐，夕死亦适意。（《病起作》）

在这强颜欢笑、强作放颠的背后埋藏着瘿公多少内心的无奈和隐痛！他只有在“戏隐”之中能够找到自身的价值和意义。难怪陈墨香云：“瘿公后半世精力都用在玉霜簃的剧本上面，不但编词句，定穿插，甚至连排戏的提纲都是他老先生一手包办，亲自书写。墨香曾在古瑁轩看见《梨花记》提纲一份，就是瘿公大笔……本来戏班里焉有这样的提纲呀！”[1]也难怪金仲荪目睹瘿公为砚秋撰编的《梨花记》提纲时，怆然感赋“乱世文人不值钱，谁知片羽尚流传”。[2]又，罗瘿公致袁伯夔函中有云：“玉霜之孤立无助全藉立身清洁无逾轨之行以得安全，凭藉新剧新腔以为号召，即处风涛震撼之中而不虞倾覆，是则如公所云二三书痴之效也。吾人既然不能正遒匡天下，藉此一糜心力亦当引之于正道。”[3]又一封致袁伯夔函云：“贱躯孱弱不敢动笔，克利（德国医生）亦大干涉，每日枯坐家中无编剧之乐，殊以为苦耳。”[4]

细如提纲躬自握管而不肯假手于人；不能匡天下而糜心力引砚秋于正道；无编剧之乐而殊以为苦，凡此种种，说明贫与病瘿公都能默默忍受，但身处乱世不能实现“匡天下”的抱负（立功），在新文化的冲击下成为不值钱的旧世文人（立言），怀揣理想久负才名却是“万缘一空”……这才是真正让

1 陈墨香：《观剧生活素描》，《梨园外史·附》，中国戏剧出版社 2015，第 251 页。
2 程永江：《程砚秋史事长编》（上），北京出版社 2000，第 189 页。
3 同上，第 152 页。
4 同上，第 167 页。

瘿公“殊以为苦”者，因此，与其说瘿公为程砚秋殚精竭虑如此，毋宁说他终于由此找到了遣此无奈无聊之余生的“立身之义”。世人只见他表面上“闲里自为歌舞忙”，驰情放怀，甚至，似乎于诗歌、于书法皆无所深求，知之者黄节云：

然余知瘿庵为诗至多，惟其志不求传。其《答客问》诗有云“作诗觅句吾不废，聊遣兴耳安用传”……呜呼，瘿庵与世可深，而不求深于世；学书可深，而不求深于书；为诗可深，而不求深于诗。至其驰情菊部，宜若深矣，然自谓非有所痴恋，则亦未尝求深。其绝笔诗，尚致叹于痴嗔损道，夫惟不求深，故万缘之空（绝笔诗语），犹得在未死之日，否则其怀早乱矣。乱则无所不至而义失，义失则诗虽存，存其字句声律耳，诗云乎哉！抑瘿庵游不择人，言不迕物，读其诗者随处而可见，盖其度大也。然使瘿庵而不穷，则其志没矣。然虽穷，而无瘿公之义之怀，则其志亦没矣。诗云乎哉！[1]

可深而不求其深，可传而不求其传，黄节是要说明其“度大”达观，无所痴恋。然而，瘿公终究还是“痴人”，“终古谁怜此士痴”（陈三立）[2]！在此借用清代陈廷焯评黄庭坚语“倔强中见姿态”，瘿公是倔强的、痴绝的，“吾以坚卓之力冲决而出者也”，这是他的风骨他的底色，姿态则是他的放旷他的度大，亦是他的矛盾统一：他虽然穷困潦倒，却不能没其志、失其义。黄节毕竟还是懂得他的，称其“放怀自有平生志”，瘿公穷且志坚，毅然不可夺而选择做了“梨园隐士”，藉着程砚秋、藉着戏曲来舒展其怀、寄托其志、成就其义。

真正的遗民，人格是其最高贵的丰碑。晚年“日夕歌台逐年少”的罗瘿公，在传闻中不过是一个捧某名旦最得法的“遗老”“捧角家”，表象和历史早已模糊了他的真面目，然而，通过我们的研究发现，绝不能将他与那些无聊文人的“狎优”捧角相提并论。实际上，他首先是一位将“立德”和“立身之义”放在第一位的孤怀耿耿之士，践行着儒家传统士人的道德理念，坚守着宁可

1 黄节：《瘿庵诗集序》，《瘿庵诗集》，中国书店 2008，第 2–3 页。

2 出自陈三立题罗瘿公《病起诗》：“死别余批病起诗，镫痕魂气与迷离。回肠影事安心药，终古谁怜此士痴。”

清贫也不与乱世同流合污的人格尊严。其次，他是一位著名诗人，早年诗学李商隐，晚好白居易、陆游，《瘿庵诗集》以及冯珊珊搜录皆其中晚年诗作。鼎革以还，他寄情放旷，虽贫病交加，为诗却转而骏快，冲夷萧然，无论其书写名伶还是抒发穷病或心迹，都折射了部分清遗民的生存生活状态及其精神世界。最后，他对程砚秋的赎身相救、无私扶助，不但成就了程砚秋的人品和艺术，同时也可以说是一种自觉不自觉的自赎。自我定位为“诗人”的他，恐怕未曾想到其身后“负了诗名又负了戏名”，虽“功名蹭蹬，掉回头成了戏曲大家”（陈墨香语）[1]。

“后代一定不要忘记罗瘿公先生在中国戏曲史上所作的大贡献。”(果素瑛)

“让我们在近代戏剧史上永远记下罗瘿公这个名字吧！”（姜德明《罗瘿公与程砚秋》）

1 陈墨香：《观剧生活素描》，《梨园外史·附》，中国戏剧出版社 2015，第 252 页。

第2章

“当代关汉卿”陈墨香[1]

生平最服膺的京戏剧作家、剧评家和剧坛掌故名宿是陈墨香先生。……然而墨老作为剧作大师，却始终未能赢得“当代关汉卿”之类的桂冠，因之也未得到世人真正重视和应有的评价。

——吴小如[2]

秋月春风都付与蝴蝶梦中琵琶弦上，
金筝檀板尽消磨桃花扇底燕子灯前。[3]

这副对联借以形容陈墨香的戏曲人生，可谓契合。

陈墨香（1884—1942年），原名敬馀，号观剧道人。一个终生爱戏入骨的京剧家，集票友、剧作家、戏曲活动家、戏曲研究家于一身，对京剧在民国时期的繁荣鼎盛作出了卓越贡献[4]。然而，风流总被雨打风吹去。这样一位清遗民戏曲大师，在改天换地的新时代之后，墨尽香消，其一生沉溺于戏曲的“路歧生涯”，并由此取得的巨大成就，几乎被遗忘被湮没——尽管以他

1 本章有关内容曾以《清遗民京剧家陈墨香生平及成就述论——兼及民国时期的京剧》为题，刊载于《国学》第六集，巴蜀书社2018年10月。

2 《吴小如戏曲随笔集补编》，天津古籍出版社2006，第171–172页。

3 借用截取陈墨香《观剧生活素描》中所载正乙祠戏台对联，参见《梨园外史·附》，中国戏剧出版社2015，第229页。

4 参见陈嗣香《记先父陈墨香》，《文史资料选编》第31辑，北京出版社1986，第129–137页。

所编《勘玉钏》《红楼二尤》为基础的作品入选近年的国家“京剧电影工程”[1]，但他依然鲜为人知。现据有关著述及文献资料，揭橥其沉酣戏苑的人生，彰显其京剧史上的地位。由此，我们才能理解吴小如先生对陈墨香的高度赞赏和深沉慨叹，才能明白“当代关汉卿”的桂冠陈墨香是当之无愧的。

清歌妙舞效瑶卿：幼年看戏

尚书性理讲阳明，不把程朱道统争。
有子亦知王氏学，清歌妙舞效瑶卿。[2]

此为近人戏谑墨香之诗，意为墨香父子皆嗜好“王氏学”。

“尚书”即陈墨香的父亲陈学棻（1835—1900年），为清同治元年（1862年）二甲进士[3]。陈学棻少年入汴，中年入粤入川入鲁，老年入闽入赣入浙，仕途辗转，其间先后做京官亦不少年。曾任翰林院编修、福建学政、浙江学政等职，1899年先后任京师户部、吏部右侍郎，后迁工部尚书。陈墨香出生于北京，幼年跟随父亲官任，成长于福建、浙江，后居北京。

翰苑出身的陈学棻，入于清代人物传之儒林中，《清代传记丛刊》载曰：“公素好姚江之学……少以厚重为胡文忠（胡林翼）所识，称为伟器。同治元年（1862年）成进士，选庶吉士，授编修，以光绪二十四年（1898年）为浙江学政。”[4]作为文学侍从官员，陈学棻虽为高官，却不热衷仕宦，而是文人本色，博览群书，喜好京剧，崇尚“王氏学”即王阳明性理之学。

王阳明《传习录·下》载：“先生曰：‘《韶》之九成，便是舜的一本戏子；《武》

1　国家重点文化工程“京剧电影工程”自2011年7月启动，至今共有两批20部作品入选。

2　出自陈墨香著、李世强编订《活人大戏》，中国戏剧出版社2015，第184页。按：本章所述多参考陈墨香《观剧生活素描》和《活人大戏》。

3　陈学棻的生卒年等参见朱彭寿编著，朱鳌、宋苓珠整理《清代人物大事纪年》，北京图书馆出版社2005，第1276、1481、1685页。

4　《清代传记丛刊》（第18册），明文书局1985，第243-244页。又，唐德刚《从晚清到民国》中谈到晚清“戊戌变法”，欲实施考试新政“废八股改策论”时云：“戊戌夏季有个老实的浙江学政陈学棻上奏说‘改试策论，阅卷艰难，不如八股之易’。光绪览奏不悦说：‘陈学棻既不会看策论，可无庸视学。’就把他撤差了。”可见陈学棻的立场和性格。中国文史出版社2015，第194页。

之九变，便是武王的一本戏子。圣人一生实事，俱播在乐中，所以有德者闻之，便知他尽善尽美与尽美未尽善处。若后世作乐，只是做些词调，于民俗风化绝无关涉，何以化民善俗？今要民俗反朴还淳，取今之戏子，将妖淫词调俱去了，只取忠臣、孝子故事，使愚俗百姓人人易晓，无意中感激他良知起来，却于风化有益。然后古乐渐次可复矣。'"[1]

实现了儒家"三不朽"之理想的一代大儒王阳明，在《传习录》中将戏比之为舜之《韶》，武王之《武》，抬高了戏曲地位，并且从传统的正乐思想出发，肯定戏之"取忠臣、孝子故事"，感化百姓良知，以行教化。服膺"王氏学"的陈学棻因是之故，虽然家教甚严，严禁子女吃喝嫖赌，却不禁孩子们听戏读曲。墨香还在襁褓中就常被抱去看戏。七岁入私塾读四书五经，起初父亲亲自授课，稍长，父母延请品学兼优的高翰林设帐教育，高先生同样好尚戏曲。墨香十岁前便看了不少戏，并兴味盎然地诵读了父亲家藏的几十本传奇曲本，对此父亲不但不禁止，甚至纵容说："看书总胜于下棋赌博，何况这些曲子都是才人手笔，看也不妨。"并且以大儒王阳明、刘蕺山的例子说明"先贤都不菲薄戏曲的。这孩子还不至于荒经废史，有了闲暇，究心戏曲，也不必十分约束"。[2]

墨香在著作中多次借父亲的"王氏学"来为自己的戏曲人生张本，申明戏曲移风易俗的功效，认为听戏即是读书，戏曲也是一门学问，"儒家想用戏曲敷扬儒术，佛家也想用戏曲宣传佛法"[3]。佛家曰种什么因得什么果，信佛的墨香认为，家庭的影响是自己能够在戏中讨生活的前因。

墨香的"王氏学"则是终生痴迷敬佩旦角王瑶卿。

第一章已述，王瑶卿被誉为"通天教主"，是对京剧艺术做出了重大贡献的革新家、教育家，墨香信奉此"王氏学"可谓有眼有识。原本墨香幼年最讨厌旦角，三岁随父亲到福州，家丁时常抱着他去看戏，他见了戏台就兴高采烈，见了旦角却好似前世的冤家，闹着叫着非让家丁抱着走开，若是不走，便抡起小拳头猛打。福州三年后，墨香回到了北京，京城里的达官贵人少有不喜梨园的，一年春夏秋冬，除了斋戒忌辰外，锣鼓不停的不在少数，因此，墨香虽还是十岁内的幼童，也三天两头与弟弟陈两石出入戏馆。看戏日多，

1 王阳明撰、邓艾民注：《传习录注疏》，上海古籍出版社 2015，第 245 页。
2 陈墨香：《观剧生活素描》，《梨园外史·附》，中国戏剧出版社 2015，第 197 页。
3 同上，第 209 页。

兴味愈浓，并随之大量阅读相关戏文、小说、历史等，无意间为日后的学养见识打下了基础，只是仍然不喜旦角。不曾料到的是，一次在湖广会馆看戏，十三四岁豆蔻年华的王瑶卿扮《祭塔》中的白娘子和《女斩子》中的樊梨花：

那一副宜嗔宜喜的面庞，画也画不出，一种妩媚之气，绝世无双，秋波一转，真个令人销魂！墨香素来不喜旦角，不知怎的，见了这人，不由得目不转睛，望着他只是发呆。[1]

这一次墨香似中了魔一般，梦牵魂绕，朝思暮想，一连十多天眼前全是这个人的影子儿。

1900 庚子年，八国联军之乱，北京失陷，墨香父亲随西太后西行，竟于途中劳瘁身亡，皇上恩旨追故尚书陈某为太子少保，谥文恪。墨香母亲毛夫人，亦知书达理，却于三年多前已辞世。尚未年满十八的墨香，父母双亡，可谓不幸。墨香为父丁忧孝满后，奉恩荫分到工部屯田司做了司官。1906 年工部奉旨裁拆，墨香改入度支部漕仓司。虽在衙门当差，但自父亲逝后，墨香就抱了不求仕进的想法，不同官场亲近，只闭门读书，出门看戏。一日到广和楼看福寿班的戏，再次遇到扮青衣的王瑶卿，墨香认出是那位几年前让他念念不忘的旦角，喜出望外，自此日起，墨香便成年累月专看福寿班了。有时墨香到后台见瑶卿，看他上妆卸妆，耽迷之极，心里感叹：台下瑶卿是个玉树临风的美少年，台上变成美妇人竟能压倒一切脂粉！墨香竟暗暗下决心要下工夫揣摩旦角和戏中奥妙了。此后，墨香追随着瑶卿看戏，从瑶卿初出茅庐，到其二十余岁正当盛年与谭鑫培搭班合演许多好戏，墨香一一看来，舞台上亦渐渐露出旦角压倒老生的苗头，墨香对旦角亦越发情有独钟。只是，那时墨香与瑶卿也就是在戏场见面，私下并无交往，因为难免有所顾虑。尽管如此，墨香对旦角的态度被王瑶卿彻底颠覆了，从此迷恋上了旦角以及旦角行当，且要“清歌妙舞效瑶卿”，一发不可收，一步步迈向了自己尊崇的“王氏学”，“一生心都付旦脚，三句话不离瑶卿”，[2] 陈墨香的人生从此改变。再后来，

1 陈墨香：《观剧生活素描》，《梨园外史 · 附》，中国戏剧出版社 2015，第 196 页。
2 陈墨香著、李世强编订：《活人大戏》，中国戏剧出版社 2015，第 343 页。

墨香逐渐与瑶卿结下了感人至深的终生友谊，情同手足。墨香去世前一日的绝笔便是为瑶卿作《先外祖郝君蓝田小传》。[1]

又过一天戏瘾：青年票戏

又过一天戏瘾，归来仍对孤灯。
扪心自己细问，究竟其寒似冰。[2]

——陈墨香自题

常年出入戏园的墨香，对戏曲的兴趣和知识与日俱增，因痴迷王瑶卿过甚，竟梦见自己披头散发扮了花旦，加之武旦余玉琴怂恿墨香学戏玩票，于是墨香真动了念头："我以后倒要在旦脚一边，多下些功夫。不过唱旦须得年轻，我已经是二十岁的人了，赶紧努力，还怕来不及，却是再也不可迟延。"[3]打定主意后，墨香不顾禁忌，找到戏班老前辈教戏，开始了日日风雨无阻的刻苦学戏：早晨到琴师家中提嗓子，回来再要刀要枪练武把子，还咬牙苦练那疼痛难忍的跷工，又跟笛工曹心泉研习昆曲，凡伶人之应学，一样不落，都一一学会。

转眼到了民国，改朝换代，"对酒山河在，看花岁月非"（陈墨香诗），原本就无心仕进的墨香彻底告别宦途，严师高翰林回乡入山不问世事，师生皆做了逊清遗民。如果说以前受大清法令约束，在官人员不敢肆无忌惮混迹伶界，如今墨香全然没了束缚，全身心沉溺戏中，学习了十来出之后，终于正式梳头搽粉、粉墨登场，唱旦演旦，做起了票友。

文艺的繁荣必须有大批的追随者和爱好者。随着京剧的兴盛，戏迷趋之若鹜，票房如雨后春笋般相继建立，清末民国成为戏曲史上票友最活跃的历史时期，失意政客、富家子弟、遗老遗少、职员教员、劳动人民等各阶层人士都参与其间。票友一族与京剧同生同长，相濡以沫，这也成为京剧艺术大发展的重要标志。

---

1 详见《活人大戏》李世强所作《楔子》。

2 陈墨香著、李世强编订：《活人大戏》，中国戏剧出版社 2015，第 284 页。

3 同上，第 69 页。

学了些戏后的墨香心高气傲，首次登台竟不听师傅之劝，执意要唱《穆桂英大破洪州》，不料上台就昏场，大砸特砸，追悔莫及。然而，倔强的墨香决不服输，誓不回头，从此收敛骄浮之气，更加刻苦努力，狠下功夫，奋勇向前。

青衣、花旦、刀马旦、刺杀旦、玩笑旦，墨香都学都扮，戏路极宽，出演过《白门楼》的貂蝉，《长阪坡》的糜夫人、甘夫人，《贪欢报》的妓女李湘兰，《武松杀嫂》的潘金莲，《也是斋》的淫妇，《玉堂春》的苏三，《能仁寺》的张金凤，《翠屏山》的潘巧云，《乌盆记》的赵大老婆……唱戏不分大小，角色不论美丑，他人不愿扮的淫妇毒妇惨妇，墨香来者不拒，红氍毹上，常常蓬头散发，摸爬滚打，不惜自毁形象，只求过足戏瘾。

一个高官之家的书香子弟踏上了一条如此疯魔、癫狂、虚幻的“路歧生涯”！早在墨香因瑶卿而感梦扮旦之时，便有一番意乱情迷的内心独白：

我本是书香子弟，读书是正路，唱戏是岔道，这“岔道”二字，文话可以写作“歧路”，但“歧路”与“路歧”，只是倒一个过儿罢了，讲义原差不多。我登了台，便算舍正路而不由，走向歧路一边而去，这是我本身的“路歧生涯”。凡客串的朋友，都可跟我算在一处，况且我是男子，果真唱了旦，脂香粉气，鬓影钗光，满口妾身奴家，岂不歧路之中，又有歧路么。你看我这“路歧生涯”，要“歧”到个什么田地。再就小节而论，我喜的是王瑶卿，他是青衣，我此刻却在花旦一边着想，给他个师其意，而易其词，岂不又把路走歧了。[1]

早年父母双亡，又生不逢时、遭遇三千年未有之变局的墨香，没有循规蹈矩、按部就班地走伏案攻书、求取功名桂冠的正道，而是一头扎进伶界江湖之中，水深火热，奋不顾身，一往无前。当他在那“一亩三分”的舞台上不管不顾，出演那些挨刀受骂、粉血交融、狼狈不堪的“下流”落难女子时，是否藉此发泄凄凉疯狂的内心？释放悲哀不幸的情绪？摆脱人生世事的烦忧呢？下面二首朋友题墨香诗，或许可窥其中心境。

1　陈墨香著、李世强编订：《活人大戏》，中国戏剧出版社 2015，第 69 页。

赠陈墨香

尚书性理讲阳明，耻作降人奋死争。

有子能知家国恨，聊将丝竹傲公卿。[1]

作者在此赞赏父子两人共同的家国情怀，“聊将丝竹傲公卿”，陈子墨香的家国之恨寄寓在了丝竹檀板之中。

披发旦

曾将冠冕换新妆，悟透人生是幻场。

披发一半《哀郢》志，伤心重唱柳枝娘。[2]

男儿身的墨香将世家子弟应当追求的顶戴花翎之冠冕换成了脂秾粉腻的女儿新妆，非男非女耶？是幻是相耶？天地大梨园，梨园小天地，幻化人生处，人生似幻场。屈原《哀郢》篇，哀念故都之情，凄怆伤痛，墨香披发旦之哀恸号泣，寓屈子之心、之志乎？

刘鹗《老残游记·自序》云：“《离骚》为屈大夫之哭泣，《庄子》为蒙叟之哭泣，《史记》为太史公之哭泣，《草堂诗集》为杜工部之哭泣；李后主以词哭，八大山人以画哭；王实甫寄哭泣于《西厢》，曹雪芹寄哭泣于《红楼梦》。”[3]

又，张岱《陶庵梦忆》有《彭天锡串戏》一文，记当时最著名的客串演员彭大云：

盖天锡一肚皮书史，一肚皮山川，一肚皮机械，一肚皮磥砢不平之气，无地发泄，特于此发泄之耳。[4]

作为一介遗民，在现实社会饱受压抑是可想而知的。同样有着一肚皮书史、一肚皮山川、一肚皮不平之气的墨香，在扮演弱女子的故事里发泄着、

1 《剧学月刊》(第三辑)，学苑出版社 2012，第 104 页。

2 陈墨香著、李世强编订：《活人大戏》，中国戏剧出版社 2015，第 186 页。

3 刘鹗：《老残游记·自序》，吉林文史出版社 1998，第 6 页。

4 张岱：《陶庵梦忆》，中华书局 2010，第 71 页。

流淌着自己的泪，哭泣着、悲哀着自身的命运吧？诚如席慕蓉诗歌《戏子》云：“在涂满了油彩的面容之下，我有的是颗戏子的心……永远在别人的故事里，流着自己的泪。”[1]

全身心投入旦角的墨香，最终玩出了名堂名声。

老供奉曹心泉尝对编剧家杨艸艸说：“燕台票界，能文武昆乱、生旦净丑兼通并擅者，舍墨香外无第二人。”[2]徐凌云著《荀慧生传略》中介绍陈墨香亦云：“他酷爱京剧，并兼通昆曲、梆子和汉剧。不但学，而且在堂会中也粉墨登台。他能演青衣、花旦，还擅演刀马旦戏，与名角余玉琴、刘春喜、龚云甫等人在堂会上合演过《能仁寺》《探寒窑》等。后来，由于他票戏的名声鹊起，不少堂会约他演戏，逐步成为北京著名的票友。”[3]

然而，玩票十几年后，已经年过四十的墨香“扪心”“细问”感到“其寒如冰”。美国戏剧家奥尼尔《面具散论》曰：“一个人的外部生活受他人面具的缠绕，在孤独中度过；一个人的内部生活被自身的各种面具所追逐，在孤寂中消磨。”[4]墨香在女人的“面具”缠绕下，孤寂地度过了自己的青壮年，最终感到戏场亦如官场一般，险阻难行，其寒如冰。玩腻了、冷下来的墨香，于是决心玩票歇手，追逐“自己的面具”，他总结道：

> 墨香自《破洪州》穆桂英演起，到《宝莲灯》王桂英收科，两个戏中妇人，一文一武，芳名都叫桂英，天然成了章法，倒也有趣。墨香在票房里头整干了十五年，什么滋味，都算尝到。当初其热如火，落后其冷似冰，先不热到极处，也决没有后来的冷淡，热与冷只是一气呵成，并非两橛。[5]

这一年墨香四十三岁，陆放翁诗句“唤回四十三年梦，灯暗无人说断肠”，正是墨香当此之时的心情。

大梦终有醒的一天，然则，日日玩票演旦的墨香何以为生？“原来文恪

1　古继堂：《柔美的爱情——台湾女诗人十四家》，春风文艺出版社 1987，第 123 页。

2　杨艸艸：《顾曲杂言》，《戏剧月刊》第二卷第三期（1929 年），《俗文学丛刊》（第 12 册），中央研究院历史语言研究所·新文丰出版股份有限公司 2001，第 356 页。

3　许姬传、许国航等著，宋清江编：《中国四大名旦》，河北人民出版社 1990，第 293-294 页。

4　尤金·奥尼尔：《面具散论》，《奥尼尔文集》（第 6 册），人民文学出版社 2006，第 286 页。

5　陈墨香著、李世强编订：《活人大戏》，中国戏剧出版社 2015，第 412 页。

公一世在京，没做过封疆，家财甚少，幸亏墨香的叔父九老爷，替墨香打算，把文恪遗金二千，在上海做了个纸业买卖，墨香自己再卖些文章，也就敷衍着能度日。”[1]

除了这纸业买卖外，民国后的墨香主要靠卖文谋生，只要能够敷衍度日，墨香对生计也就不问不管了，真是“不疯魔不成活”。从二十出头开始学戏演戏，到四十三岁急流勇退，不再走票，痴顽的墨香将人生中最宝贵的黄金年华，都付与了“王氏学”——虽然他终究成不了“王瑶卿”。然而，墨香在对自己一生看戏忙、唱戏忙、编戏忙的人生进行书写时，“唱戏忙”的票友生涯是他着笔最多、最为浓墨重彩之处，可见其间付出的诚挚之心、火热痴情和孜矻努力。好在这一切都没有付诸东流，他并没有决绝告别，全身而退，而是在另一个“戏场”继续其“路歧生涯”，最终成就了自己的“陈氏”辉煌。

协律谁如陈墨香：中年编戏

曲意争矜玉茗堂，拗折人嗓不思量。
凤城日日添新管，协律谁如陈墨香！
——李释戡题赠

混迹于戏园的墨香，不但痴迷戏曲，也好读书、好舞文弄墨、好探究戏中学问，因此，早在弱冠之年便享有了知戏懂戏的名声。既然名声在外，伶人票友少不了也爱找墨香请教或请他帮忙。光绪未亡之前的几年，就有伶人李鑫甫认定旧戏不成，托墨香帮忙记关公戏的穿插，写提纲制新词，这成了墨香编戏试笔头一遭，此后李氏常托墨香帮他诌上几出，墨香也乐此不疲。《观剧生活素描》有曰：“墨香学问平常，连听戏也只是一知半解，但是很爱弄个笔墨。票友们读过书的，喜欢跟墨香在一处。那不甚了解文义的，更被墨香蒙住了。墨香颇喜编撰剧本，曾把贾洪林排的《金生色》里面吴二杀妻一

1 陈墨香著、李世强编订：《活人大戏》，中国戏剧出版社 2015，第 100 页。

场抽出来，对了水，改作一出小戏，添了不少花头。”[1]另外，墨香也曾编过《秦良玉》，要给瑶卿排戏，后来瑶卿未用，倒是尚小云先用了。只是，这些还属小打小闹，仅为墨香编戏生涯的序幕。

墨香出入戏场上台走票无数的经历是一定不能忽视的，正是这十几年积累的舞台经验，让墨香对场上之穿插冷热、文戏武戏、前台后台都了然于心，此其一。其二，墨香博览群书，经史子集、小说传奇无所不读，诗词曲赋无所不学，又热衷钻研戏之来龙去脉、制曲之法等与戏有关的一切问题。其三，墨香自小随父亲游宦，见多识广，既长则国破家亡，有着沧海桑田的人生阅历，凡此种种使其具备了编剧的有利条件。实际上，要玉成一位大编剧，舞台实践、好学深思、见多识广……都是必须的，古今中外不乏其例，如关汉卿、莎士比亚、莫里哀等。此就个人因素而言。

此外，当时京剧发展的大背景则是：进入民国，时代变迁，观众对戏曲的兴趣和要求与时俱进，旧戏渐失市场，没有新戏就留不住观众，角儿们也得不到名赚不了钱，于是从梅兰芳、齐如山于民国四、五年合作开始，编排新戏整改旧剧之风渐盛，民国十二三年，一批编剧家乘时而起。

如果说因为痴迷王瑶卿使墨香成为了一名旦角票友的话，那么与荀慧生的结识，则使墨香真正开始了编剧生涯。据墨香《观剧生活素描》回忆：

> 癸亥年（按：1923 年），荀慧生从上海北返，曾在曹心泉座中见着墨香，又同了老伶薄春秀到过墨香的寓所。那时墨香正住在珠巢街。慧生又到上海。甲子（按：1924 年）夏间，由杨怀白写信请墨香和心泉在棉花二条胡同荀宅吃饭。此刻墨香已移居棉花五条胡同，与慧生相离最近，于是两个人常常见面。……慧生因字眼不深文理有限，请墨香每月给他讲些《红楼》之类的小说。墨香同荀慧生熟识是从这一年起的。[2]

墨香《活人大戏》中描绘的初见：“往曹心泉家里来。将入了他的客厅，只见一个少年坐在那里，穿得十分华丽，生得眉清目秀，齿白唇红，好生俊美。

1　陈墨香：《观剧生活素描》，《梨园外史·附》，中国戏剧出版社 2015，第 215 页。
2　同上，第 250 页。

……定睛细看，早认出是东光荀慧生，人称‘白牡丹’。”[1]荀慧生的回忆则是：

那是1924年初，一个偶然的机会，我和王瑶卿在演完一次堂会后的宴席上，我和王瑶卿与陈墨香先生正好并肩而坐，王瑶卿突然说：“老二，你不是正要请一位打本子的先生吗？这是陈墨香先生，雅号敬余，不但会舞文弄墨，又精通出将入相，你们一合作，这好戏就来了。”我一看这位老先生戴着一副深度的，像两个瓶子底一样的近视镜，穿着长衫，完全是一副老学究的打扮。[2]

两人的初识，他们各自的回忆有些出入，在墨香眼中慧生是少年英俊（此年慧生24岁），而慧生眼中的墨香，虽刚到四十，却一副长衫厚镜的老学究模样，倒与世人心目中的封建遗老形象相符，实在让人难以想象墨香扮旦的情形。

1924年夏，墨香与慧生成了近邻，常常见面，熟识起来，尤其墨香告别票友生涯后，更与慧生打成一片，三天两头出入“小留香馆”。“小留香馆”是慧生的书斋，由清遗民书画大家吴昌硕题隶字匾，斋名用的是“荀令熏香”的典故，斋名和书法都十分古雅。从此，墨香与慧生常常同饮共食，谈天说地，研究新戏，开始了长达十余年的合作，共同创作改编了五十余部戏[3]，见下表。

陈墨香为荀慧生编改剧目表[4]

序号	首演年代	剧名	取材	备注
1	1924	《贩马记》	老本《奇双会》	
2	1925	《大英节烈》	明《铁弓缘》传奇	

1 陈墨香著、李世强编订：《活人大戏》，中国戏剧出版社2015，第243页。

2 和宝堂：《戏苑宗师：荀慧生》，辽宁美术出版社1999，第70页。

3 迄今为止关于陈墨香的论文寥寥数篇，关于其编剧可参见颜全毅《陈墨香京剧创作叙论》，《中国戏曲学院学报》，2015年第3期，第23-31页；赵曦《陈墨香剧作研究》，中国人民大学硕士论文，2012年5月。

4 此表格主要依据：①赵曦《陈墨香剧作研究·附录1》；王艺珍《陈墨香剧学研究》第18-25页。②和宝堂《戏苑宗师：荀慧生·荀慧生年表》第177-179页。③北京市/上海艺术研究所《中国京剧史》第661、665页。另据《京剧剧目辞典》、荀慧生《小留香馆日记》、陈墨香《活人大戏》、苏少卿《现代四大名旦之比较——征文揭晓第一》等整理。按：由于陈墨香、荀慧生没有对他们创编的剧目、剧本进行整理总结，甚至陈墨香囿于自己的遗民身份，有时不愿表露真实姓名，因此难以准确统计。

续表

序号	首演年代	剧名	取材	备注
3	1926	《玉堂春》（全本）	冯梦龙《警世通言·玉堂春落难逢夫》	对传统剧目添头增尾整理编改而成
4		《丹青引》	李笠翁十种曲《意中缘传奇》《董其昌三娶杨云友》	有杨艸艸或郑剑西编剧说，现据荀慧生《小留香馆日记》定为陈墨香编
5		《飘零泪》（《情天冰雪》）	清人笔记	或与郑剑西合编
6		《辛安驿》	河北梆子传统戏	
7		《十三妹》	从《害何纪红柳村》至《弓砚缘闹洞房》	
8	1927	《香罗带》（《三疑计》）	梆子传统戏《三疑计》	一说郑剑西编剧
9		《绣襦记》（《烟花计》）	唐传奇《李娃传》昆曲《绣襦记传奇》	或与郑剑西合编
10		《荀灌娘》（全本）	《晋书·烈女传》《荀灌娘围城救父》	
11		《盘丝洞》	小说《西游记》	
12	1928	《钗头凤》	陆游休妻故事陆游《钗头凤》词	
13		《双姣缘》（全本《拾玉镯》）	京剧《拾玉镯》	
14	1929	《柳如是》	《清史·钱谦益传》	
15		《得意缘》（全本）	《谐铎·恶饯》《江湖奇侠传》	王瑶卿脚本陈墨香改订
16		《埋香幻》	老戏本《错中错》	
17		《荆钗记》	南戏《王十朋荆钗记》	
18		《百宝箱》（《杜十娘》）	冯梦龙《警世通言·杜十娘怒沉百宝箱》	
19		《鱼藻宫》（《斩戚姬》）	吕后斩戚姬故事《史记·吕后本纪》	
20		《庚娘》	蒲松龄《聊斋志异》	王瑶卿脚本陈墨香改订
21		《妒妇诀》	小说《夜雨秋灯录·卓二娘》	
22	1930	《贩马记》（全本）	汉调、徽调、梆子等《贩马记》	
23		《还珠吟》	张籍诗歌《节妇吟》	
24		《棋盘山》	小说《薛丁山征西》	
25		《天河配》	《荆楚岁时记》	
26		《东吴女丈夫》	王瑶卿秘本《丹阳恨》	

续表

序号	首演年代	剧名	取材	备注
27	1931	《美人一丈青》	小说《荡寇志》	
28	1932	《红楼二尢》	小说《红楼梦》 剧本《鸳鸯剑》	
29		《破洪州》	小说《杨家将演义》	
30		《赛金花》		李寿民脚本 陈墨香编改
31		《白娘子》	《警世通言·白娘子永镇雷峰塔》 昆曲《义妖记》	
32	1933	《霍小玉》 （《紫钗记》）	唐传奇《霍小玉》 汤显祖《紫钗记》	
33	1934	《勘玉钏》 （《诓妻嫁妹》）	《喻世明言·陈御史巧勘金钗钿》 明代传奇《钗钏记》	
34		《婚姻魔障》	传统戏《三请樊梨花》	
35	1937	《晴雯》	小说《红楼梦》	
36	1938	《护花铃》	不详	疑新编剧目，又说与明代吴炳《疗妒羹》剧情类似
37	不详	《平儿》	小说《红楼梦》	
38		《香菱》		
39		《张金歌》		
40		《双妻鉴》 （《大男》）	小说《聊斋志异》	
41		《慎鸾交》	《笠翁十钟曲》	
42		《秦娘》 （《秦晋配》）	清《秦晋配》传奇	
43		《侠骨香》	昆曲《赠书记》	
44		《窃兵符》	清升平署《窃符记》昆曲本	
45		《至孝图》		杨艸艸、陈墨香
46		《江天雪》	《左氏春秋》	杨艸艸剧本基础上改编
47		《花田八错》	据原本缀成	
48		《棒打薄情郎》	《古今小说·金玉奴棒打薄情郎》	
49		《窦桂娘》	唐《窦烈女传》 杂剧《樱桃宴》	
50		《扬州梦》	杜牧诗意铺衍而成	
51		《红梨记》	明传奇《红梨记》	
52		《风筝误》	清传奇《风筝误》	
53		《梨雨村》	传奇《芙蓉洞》	
54		《鸳鸯》	小说《红楼梦》	未排成

翁偶虹曾描述陈墨香的创作状态："墨香先生宏才妙笔，出题作文，即席就写，不管室内如何喧哗，他能安然倾头于案，运笔如飞。"[1] 可见其创作的定力和神力，难怪慧生因此成为四大名旦中排演新戏最多者。以下选取几类各具特色的名作略述。

全本旧戏改编的成功范例《玉堂春》

《玉堂春》的整改是两人第一次合作的大好开端。作为传统戏，但凡是个旦角，无不出演《玉堂春》，以前有《关王庙》（一名《庙会》）、《女起解》《三堂会审》三折。大约在民国十四年（1925 年），在编新改旧的风气盛行下，有了贺芗垞编改的徐碧云全本和清逸居士编改的尚小云全本《玉堂春》，但这两种本子各有利弊。同年墨香觅得全本，自王公子入院起，至迎娶苏三止，但篇幅太长不便演出，于是墨香集思广益，自出机杼，以流行的《起解》《会审》为核心关目，删俗汰淫，形成一个焕然一新的完整大戏，演出一场四个小时。此戏前部花旦，后部青衣，对演员的要求极高。墨香遇到慧生，感到正是得其人矣，于是赠与他排演。[2] 该本首次演出便座无虚席、大获成功。墨香编本之佳"在于能适合慧生性格，而逞其所长，如'嫖院'之若即若离，作小儿女态，本慧生之能事；如'庙会'之旖旎风光，是慧生梆子之本色；若'病房'之满腔幽怨，如泣如诉，哀感顽艳，赚人清泪，身份之贴切，无出其右者矣。……当时慧生精力弥满，其全部中《起解》《会审》二折，即使不加删节，亦能游刃有余。但《起解》与《会审》词意既有叠床架屋之处，与其重复，毋宁割爱，故墨香于《起解》中毅然删去'辞狱'之反调及'行路'之西皮原板而草草终场，为照顾全剧情计，非图节力也，是诚墨香之大胆尝试，然亦令慧生蒙偷减旧戏之讥"。[3]

陈本虽遭到了一些守旧人士的讽刺，但此为墨香精心之撰，剧情完整，重头戏一气贯串，尤能突出演员特点。葛献挺《四大名旦产生的经过和历史背景》一文中有云："而荀那时给他奠定基础的，是一出全部《玉堂春》，

1 翁偶虹著、张景山编：《梨园鸿雪录》（下），文津出版社 2017，第 250 页。
2 陈墨香：《记荀慧生排演全部〈玉堂春〉始末》，《荀慧生艺术评论集》，中国戏剧出版社 2016，第 108 页。
3 《京剧谈往录》（三编），北京出版社 1990，第 566–567 页。

自此戏唱红之后，荀便一帆风顺，中间更没遇什么盘根错节。”[1]可见这部全本《玉堂春》对于荀慧生具有非同寻常的意义。是故，《玉堂春》虽然各大名角，如梅兰芳、程砚秋、尚小云、徐碧云等都曾演出，但此后成为了慧生代表作，登峰造极，经久不衰，直至1959年荀慧生还在吉祥戏院贴演全本，其时“不必说外行观众，就连内行也震动了”。[2]

除《玉堂春》外，经过墨香编改的全本旧戏还有《贩马记》《英杰列》《得意缘》《十三妹》《杜十娘》等，也都是慧生深受欢迎的常演剧目。

最受欢迎的新戏《丹青引》

1926年新编《丹青引》一剧。据陈嗣香《记先父陈墨香》一文，该剧是在杨艸艸初稿基础上的加工改编[3]，郑剑西《万万庵日记》则云为其所编。现据慧生《小留香馆日记》定为陈墨香改编，如1926年9月18日记载：“午后墨香师来，商结束《丹青引》新剧本。此剧取材李笠翁十种曲，记《董其昌三娶杨云友》，写美人名士韵事艳情，甚觉有趣。”[4]又，1931年11月25日载：“与敬老研究戏意，并改《丹青引》。”可见该剧在1926年9月编成，后又不断修改。剧写贫女杨云友擅长绘画，为生活所迫，其父将她摹仿董其昌之画拿出去变卖，从而引出大画家董其昌与杨云友之间的姻缘故事。这是一出经历波折有情人终成眷属的才子佳人戏，为慧生早期代表作。

该戏是墨香为慧生量身定制的。慧生擅长丹青，尤喜画山水，因此墨香特意在戏中设计了一段杨云友当场画画抒情的桥段，并精心撰写了八句西皮慢板：

日暮天寒雁唤哀，呵毫自写表心怀。
春风秋月浑无赖，空谷幽兰为底开。
老父难禁催宿债，家贫无计典荆钗。

---

1 葛献挺：《四大名旦产生的经过和历史背景》（四），《中国京剧》2007年5期，第52页。
2 荀慧生著、和宝堂编订：《小留香馆日记》，中国戏剧出版社2016，第13页。
3 陈嗣香：《记先父陈墨香》，《文史资料选编》第31辑，北京出版社1986，第131页。按：杜甫有名作《丹青引》，写著名画家曹霸，或许京剧《丹青引》取名源自于此。
4 荀慧生著、和宝堂编订：《小留香馆日记》，中国戏剧出版社2016，第3页。

丹青枉籍高名卖，深愧闺中不节才。[1]

慧生对这浅显易懂、雅俗共赏又能充分表达女主角心情的唱词非常满意，表演中手握羊毫，边唱边画，在婉转抒情的歌唱中，同时完成一幅山清水秀、树石相叠的“董氏图画”，可以想见其高超的表演和绘画功力。每每演至此处，观众掌声雷动，大为佩服，赞叹为“荀氏一绝”。尽管有学者认为演出中当场作画不过是表演的噱头，但这一设计既符合剧情，又能展示慧生的多方面才华，还能赢得观众的赞赏，何尝不是一种有益的尝试。《丹青引》在 1927 年 6 月《顺天时报》举办的“征集五大名伶新剧夺魁投票活动”中被评为最受欢迎的新戏，就是对该戏的极大肯定。

慧生常演“六大悲剧”之首的《钗头凤》

《钗头凤》一剧深受观众和士林激赏。该剧据陆游、唐琬的故事所编，每次演出至唐蕙仙病危，慧生悲泣真哭，引得满场落泪，非常叫座。该剧的编撰源于一次友人在慧生家中的闲谈。宋人陆游休妻及题词《钗头凤》的故事，南宋周密《齐东野语》、陈鹄《耆旧续闻》都有记载，清朝也曾编有《题园壁》杂剧，但不甚流传。谈话中墨香提到小时候曾随先父到陆游故乡山阴，听到当地人讲述的情节比周、陈笔记所写更为热闹精彩，慧生当即表示民间版本更有舞台波澜，于是议定以此为蓝本编戏（按：荀慧生的说法则是其偶读陆游《钗头凤》后，心血来潮便与墨香商量编写此剧）。此戏专写家庭琐事，极难下笔，墨香颇感吃力，费了不少心思、花了不少日子起草编写，最终取得了很大成功。

该剧的编创有两点值得注意。一是，对于戏之结局，墨香曾想迎合观众之心，来个陆、唐夫妻重圆，慧生则不以为然，于是墨香听取慧生意见，改作将要团聚之时唐女病亡。“蕙仙的感情是那样起起伏伏的变化不定——每一个欢喜的音信，都为痛苦的丝缕所紧紧缠绕；每一个渺茫的希望，总为以后的失望所牵制，最后，终于在痛苦和绝望之中，含恨长逝。”[2] 波澜起伏，

1　和宝堂：《戏苑宗师：荀慧生》，辽宁美术出版社 1999，第 88–89 页。
2　《荀慧生演剧散论 · 演剧心得》，上海文艺出版社 1980，第 233 页。

悲苦到底，反倒成就了该剧。二是，两人商量，把陆游《钗头凤》原词谱曲演唱，托著名曲家曹心泉结合昆曲唱法谱出工尺，悠扬婉转。千古名词《钗头凤》原本就凄美动人，一经谱唱，更加哀感顽艳。《钗头凤》一上台搬演，便俘获人心，尤其令女观众感泣。李释戡为此题诗"陈令词章荀令香，小留香馆斗新妆。新编一折《钗头凤》，恼乱长安士女肠。"[1]《小留香馆日记》中多次记载该剧的演出场场满座加凳、喝彩不绝。如1931年5月30日载："十时余《钗头凤》上场，彩声如雷。演至悲哀处，转又寂然无声，以巾拭泪者多不胜数。戏未完，观众咸起身欲去，似有不忍卒睹意；然又不能不一观究竟，于是咸立而观。至闭幕，彩声仍不绝。"[2]

该剧的编创充分表明，文人与艺人合作，艺人需借助文人的笔墨，文人需听取艺人的经验，相互商讨相互启发，各取所长，既能够保留高雅经典的文学性，又能够从舞台和观众出发，带来强烈的观赏性和艺术感染力。

最有影响力的红楼戏《红楼二尤》

1931年编创《红楼二尤》的原委，《活人大戏》《小留香馆日记》等均有记载。据《小留香馆日记》，1931年12月24日（旧历11月16日）墨香完成《红楼二尤》初稿，1932年4月16日（旧历3月11日）初演于哈尔飞戏院，慧生前部应工花旦饰尤三姐，至自刎完，后部应工闺门旦饰尤二姐，至产子服毒完。赵桐珊先饰尤二姐，后饰王熙凤；马富禄前饰薛蟠，后饰秋桐；金仲仁饰柳湘莲，演出时间为十刻十分。该剧演出前几日票已售尽，演出当日人潮涌动。[3]荀慧生一人分饰两角，将尤三姐的敢爱敢恨敢作敢为、尤二姐的善良懦弱委曲求全都刻画得栩栩如生。该剧同时展示性格迥异命运同悲的人物，对比强烈，抨击力显著，极具艺术张力，演员的才能也得到极大发挥。

民国时期"红楼戏"一度红火，后来逐渐烟消云散，唯有《红楼二尤》成为众多"红楼戏"中"一枝独秀"最有生命力的作品（详见第三章）。

1 陈墨香著、李世强编订：《活人大戏》，中国戏剧出版社2015，第418页。
2 荀慧生著、和宝堂编订：《小留香馆日记》，中国戏剧出版社2016，第147页。
3 同上，第200、231页。

寓比兴寄托的《柳如是》

1928—1929 年新编《柳如是》，该剧演出不多，但实为墨香比兴寄托的心血之作，不能忽视。该剧描写明末名士钱谦益（号牧斋）与秦淮名妓柳如是的悲欢离合。作者通过表现堂堂名士钱牧斋之败节毁名、附逆降清，竟不如一妓女之坚贞爱国，来借古讽今。柳如是规劝牧斋的一段唱词云："受国厚恩深似海，幞头蟒玉列金阶。探花郎名姓传中外，那一个不识钱牧斋。到如今大明江山坏，全然不想报涓埃。恐怕骂名留万载，枉为天地一英才。手拍胸膛揣一揣，怕死贪生该不该。"[1] 弱女子的悲愤之声终究无法挽回钱牧斋的利禄熏心，不得不自恨道："去时还把乌纱戴，披发左衽转回来。只望你尽忠传千载，贪生怕死是庸才。事到如今无可奈，当初是我大不该……"[2] 最终，柳如是选择了自尽以全节义。作为一位立场坚定、立身洁行的清遗民，墨香大有借钱、柳之事讥讽当世遗老伪作的用意。该剧引发了清遗民樊樊山等人的不满，此后囿于交情，慧生少于出演，故该剧声名不彰。时光飞逝，二十多年后，清遗民陈三立之子陈寅恪竟于晚年目盲足膑的艰难困苦中，口述而成八十万言的皇皇巨著《柳如是别传》，少有人能够理解如此国学大家于风烛残年之际，竟花十年功夫为一风尘女子立传，其苦心孤诣或许可谓墨香之隔代知音。

以上仅挂一漏万地选取几类作品略述，陈墨香编戏之功力和成就由此可见一斑。至于墨香编创的特色，在此简要总结三点：一是因人设戏、量身定制，能充分发挥演员的特长；二是注重立意，雅俗共赏，高雅的文学艺术性和通俗易感的观赏性兼顾；三是尤为注重情节穿插，冷热调和，悲喜交错，特别适合舞台演出。要之，文学性与舞台性相得益彰是墨香的绝活儿。

陈墨香对于这段编戏生涯，在《活人大戏》中也有夫子自道："墨香白天荀家，黑夜王宅，终年跑个不休。墨香虽然跳出票友的苦海，却又撞入真正伶人的阵中来了，抛得下登台演戏，抛不下替他们编戏的文字障，比做票友，也只五十步笑百步罢了，仍算是一个魔头。从前是看戏忙，中间改作了唱戏忙，

1 《荀慧生小留香馆剧本精选》，学苑出版社 2018，第 403–404 页。
2 同上，第 407 页。

如今是编戏忙了。正是：一生哪有真闲日，百岁仍多未了缘。”[1]从唱戏的疯魔跳入编戏的疯魔，墨香终日忙忙碌碌，痴顽如故。好友李释戡赠一律曰：

嵚崎跌宕楚狂人，不哭殷墟不帝秦。
门地未应酸骨相，风流自赏旧丰神。
久拼针线年年压，只管笙歌日日新，
此意世儿谁省得，诗成付与八龙荀。[2]

正是有着陈墨香一类文人的参编，促进了民国京剧的繁盛，相继出现的新戏不计其数。然而，真正编排得法，能够获得观众赞赏，传唱不衰的并不多，情节简陋荒诞者有之，词句唱腔不通不谐者有之，场子穿插松懈支离者有之……文人墨客有才学不通戏，伶人艺士懂戏却少文化，因此能够编出一部好戏，并非易事。荀慧生云：“通过交往，我发现他真是博览群书，既通晓二十四史，又遍读各种野史。这样的人才对我们演员实在是太需要了。”[3]

墨香曾总结编戏经验道：

依我看来，不会唱的不必编戏。有人曾道：“编戏必须眼中有一千出戏，听人说过未曾目见的再有百十出，自己能唱的还得几十出以外，肚中的书，除经史子集，都得通透，小说传奇，也得装他一万本，方可下笔。”虽说得过火，如今绝少这种人材，只凡编戏人不可不勉。[4]

墨香持论甚高。“凡操千曲而后知音，观千剑而后识器”（《文心雕龙·知音》），墨香编剧具有他人不具备的最大优势正是在于他“三多”兼具，即看戏多、唱戏多、读书多，既是书香子弟、饱学之士，又是真正懂唱戏懂舞台的票友。

为慧生编戏大获成功的墨香，名声远扬，伶人们争相请他编创，他还为

1 陈墨香著、李世强编订：《活人大戏》，中国戏剧出版社 2015，第 420 页。
2 看云楼主人：《红毹漫笔》，《戏剧月刊》第二卷第五期，《俗文学丛刊》（第 13 册），中央研究院历史语言研究所·新文丰出版股份有限公司 2001，第 321 页。
3 和宝堂：《戏苑宗师：荀慧生》，辽宁美术出版社 1999，第 70 页。
4 陈墨香著、李世强编订：《活人大戏》，中国戏剧出版社 2015，第 473 页。

王瑶卿、王铁瑛（瑶卿之女）、程砚秋、尚小云、王玉蓉、章遏云、喜采莲等编剧，一生创作编改剧本高达百余种，为民国京剧编剧家之最。李释戡赠诗曰：“曲意争矜玉茗堂，拗折人嗓不思量。凤城日日添新管，协律谁如陈墨香！”李大将军在此将墨香编戏的志向高比至汤显祖（玉茗堂），且以“协律谁如陈墨香”对其编戏成就致以高度评价，并称“今之所谓编剧家，当首推墨香”[1]。此外，冯小隐称：“其编剧不仅擅文词之美，兼能合歌舞之规，在一切编剧者之中，不可谓非完才。”[2] 柏正文称许道：“只是若以场上案头双方学者论，怕没有第二个人可以比得上。”[3]

欲向横流谋大隐：研究戏曲

尚书清节世无伦，处士风流久耐贫。
操畚每随莱子妇，卜居频买吕家邻。
听来李委吟边笛，话到张徽乱后身。
欲向横流谋大隐，卿门多少愧斯人。

名声大震的墨香，名伶们纷纷拉拢他入伙编戏、研究戏。

1931 年，程砚秋、金仲荪聘请陈墨香为中国（南京）戏曲音乐院北平分院研究所研究员，兼任中华戏曲专科学校戏曲改良委员会主任，进行戏本创作和戏曲研究。研究所在北京中南海福禄居办公，此后墨香又多了一个日日前往的去处，开始研究戏曲，在戏曲里面算是又添了一层魔障。一方面实在是墨香爱戏入骨使然，另一方面何尝不是沉沦困顿“久耐贫”的清遗民，借着戏曲“欲向横流谋大隐”，并藉此求得温饱、施展才华、成就人生呢？

1931 年 12 月，梅兰芳、余叔岩发起组织国剧学会，也请陈墨香加入，可见墨香深受欢迎，后来国剧学会没有怎么发展，墨香主要为研究所和戏校做事。“如今墨香在戏曲音乐研究院、戏曲学校两个地方，和诸同人在一处，完全把

1 潘镜芙、陈墨香：《梨园外史 · 李释戡序》，中国戏剧出版社 2015，序第 8 页。
2 小隐：《我之荀言观》，《荀慧生艺术评论集》，中国戏剧出版社 2016，第 68 页。
3 陈志明、王维贤：《〈立言画刊〉京剧资料选编》，学苑出版社 2009，第 1331 页。

原有本领不算，另行认真讲求，一日也不许不学，竟自又添了不少见识。”[1]墨香的自励自勉，可见其终生好学不倦、孜孜以求。因此，墨香在研究戏曲的道路上,同编戏一样,也结下了丰硕的成果,这些成果主要刊登在《剧学月刊》中。

程砚秋在李石曾强有力的经济支持下，于1932年元月创办《剧学月刊》，金兆棪（即金仲荪）任主任，程砚秋任副主任，主编徐凌霄。《剧学月刊》至1936年停刊，共出54期，为民国时期戏曲类期刊中学术价值最高者，陈墨香为其中的主笔之一。据学者谷曙光统计，第一卷第一期至第三卷第六期，徐凌霄撰文34篇，排名第一；陈墨香29篇，排名第二。墨香文章主要有以下几类。

《观剧生活素描》。一至十部，分别载《剧学月刊》第二卷（1933年）、第三卷（1934年）中。第一部主要写墨香十岁前（1894年前）的看戏经历，同时反映了晚清时期王公贵族们热衷戏曲的风尚。第二部为1900年至1912年民国建立前的阶段，写墨香与王瑶卿的相识，旦角开始逐渐压倒老生的苗头，以及各戏班的变化等。第三部主要描述北京形形色色的戏迷和票友。第四部主要写票友和捧角，以及以梅兰芳为代表的旦角的崛起。第五部主要写教出了徒弟余叔岩、杨小楼的名师姚增禄和票房正乙祠、熙春会之事。第六部先写票友，后叙入民国十数年间老生的凋谢。第七部从评戏说到"嫂子我"的戏评（"嫂子我"实际是墨香戏评的笔名），再说到《皮匠斩妻》以及《日下梨园百咏》、荀慧生等。第八部从《金瓶梅词话》说到武松、潘金莲戏，次写昆腔、乱弹的变化，再叙程玉霜与罗瘿公、陈墨香与荀慧生，以及20年代女伶的短暂时兴等。第九部写于1933年，主要叙四大名旦以及新戏盛行的编改问题。第十部写泼辣旦、刺杀旦和三国戏等。《素描》十部结束，时在1934年夏。

《观剧生活素描》记述了墨香四十年间与戏曲结下的缘分，既有墨香自己看戏玩票、编戏评戏的经历，又有其与票友界、伶界交往的种种见闻见解，还有不少具有史料价值的掌故、考据，亲切翔实又严谨缜密，是了解晚清民国时期京剧发展演变之极为真实可靠的文献。吴小如先生在《陈墨香〈梨园外史〉和〈观剧生活素描〉》一文中有着高度评价，[2]可参看。又，中国戏剧出版社2015年版的《梨园外史》附录中十部收全。

1 陈墨香：《观剧生活素描》（第十部），《梨园外史·附》，中国戏剧出版社2015，第272页。
2 详见《吴小如戏曲随笔集补编》，天津古籍出版社2006，第171–178页。

《墨香剧话》。《剧学月刊》第一卷第一期（1932年元月）始，共计12期。中国古代的诗话、词话、曲话，是中国文学批评的特有形式，是对诗词曲、诗人词人曲家、诗派词派曲派以及有关本事故实等的品评和考订。墨香剧话也不例外，涉及面广泛，如关于演员的有谭鑫培、汪桂芬、王瑶卿、刘喜春、韩双喜等，关于戏目的有《上天台》《一捧雪》《单刀会》《西蜀梦》《破洪州》等，关于行当功夫的有青衣旦、跷工等，此外剧作家、剧中人、声腔、脸谱、梳妆、切末等都有精要的解说考评。

《京剧提要》。《剧学月刊》第三卷第三期（1934年3期）始，共计12期。关于《京剧提要》，墨香在"例言"中说明他将按年代编次各剧，分通行剧、偶演剧、专有剧和晚出剧四类加以撰述记录（拟分为四集刊载）。《剧学月刊》所载为第一类"通行剧"，墨香并非仅对剧情故事作概述提要，而是首先注重考核源流，其曰：

> 京剧取材多本说部，往往与史策不合，如诸葛之神，关岳之圣，包拯之奇，张士贵潘美之险，均嫌描写太过，而当时民心之向背，与秉史笔之士大夫异趣，亦由兹可证矣。今凡此类，皆节录史文，并引旧说以资考核，亦欲穷其来源而已，非敢炫奇示博。[1]

如其所言，《京剧提要》中对《焚绵山》《采桑》《战樊城》《浣纱记》《渑池会》《宇宙锋》《玉门关》等一批剧目，皆长篇大论，考史实、论源流、辨谬误，可见出墨香对待戏曲的严谨学术态度和深厚旧学功底。

其次，在于发人意智，其曰：

> 帝王之世，文字之禁最严……惟梨园为小道，非其经意，故可畅所欲言，而丑角滑稽各出，尤淋漓尽致，花旦如杀皮之类，虽涉邪秽，描写人心世道，亦极深刻，使演者去其纰缪，留其精华，何尝不足以发人意智。惟此等剧，均无时代可稽，今并录于各类之末云。[2]

---

1 《剧学月刊》（第七辑），学苑出版社2012，第269页。
2 同上，第269页。

注重发人意智，有益于世道人心，是民国时期文人士大夫（无论新旧）的共同心声。

此外，亦著录一些伶人之言行、佚事趣闻以及墨香自身的观剧经历和见闻。

《剧学月刊》第四卷第十二期最后一次刊载《京剧提要》，末附“编辑余谈”云：“陈墨香先生所撰之《京剧提要》，共分四集……全部共收京剧四千余出。兹第一集已经脱稿，现拟单刊行世，由本所出版，此后不再在本刊发表。”[1] 对“四千余出”的京剧剧目进行搜集整理考订，是前所未有的大手笔，若能按计划完成，将功莫大焉！可惜，天不予人，一是后来抗战烽火起，二是墨香于 1942 年不到 60 岁即去世，如今，既不知已经脱稿的第一集是否已经单刊行世，更不知后三集的研究写作到底进行到了哪一步。

专题论文。《说旦》《说金瓶梅传奇零折旦剧》第一、第二，《说昆曲皮黄三杀旦脚》（一）（二），《汉魏乐府综论》《二郎神考》《关大王单刀会劄记》《说龙凤巾》等，墨香写来皆得心应手，功力深厚，切中肯綮。终生沉溺于旦角的墨香，那说旦一类的文字如数家珍：“只这关于旦角一门的，恐怕就够我说许多年的”[2]，如《说金瓶梅传奇零折旦剧》云：

> 《金瓶梅》合《三国演义》《水浒》《西游》，称为四大奇书，只是剧场上的取材，远不及那三部书的热闹，《金瓶梅》有本传奇，也不甚有人知道，玉霜簃藏的曲子，恰有一册钞本……且待墨香把有关旦脚的几折，慢慢说来。[3]（《第一》）

墨香在对吴月娘、潘金莲、李瓶儿的“慢慢说来”中，心细如发、体察入微，恐怕难以找到第二个对旦角如此“能感之”又“能写之”的男人。其评说亦十分精彩，如：

> 但吴月娘，何尝不愿潘金莲与李瓶儿作个对头，譬如《红楼梦》里面，苦尤娘赚入大观园，李瓶儿是尤二姐的身份，吴月娘是个王凤姐，潘金莲却

1 《剧学月刊》(第十辑)，学苑出版社 2012，第 528 页。
2 《剧学月刊》(第一辑)，学苑出版社 2012，第 410 页。
3 《剧学月刊》(第九辑)，学苑出版社 2012，第 62 页。

弄成一个秋桐。吴月娘没有挑唆痕迹，比王凤姐更狠，潘金莲美而骄悍，更非秋桐之比。王凤姐好比魏武帝，吴月娘好比宋高宗……[1]（《第一》）

《金瓶梅》的人材，卑卑不足道，然而家国一理，议论他们，也要放出些眼光来，方能拿得住西门庆大官人一家子的命脉。[2]（《第二》）

尽管墨香的比方不一定都能得到认同，但他不时生发各种议论，左右腾挪，显示出横溢的才华和编剧家的本色，再如：

这个钞本，开篇就是纳妾，作旦扮吴月娘，穿披风上，唱《西地锦》云："好怪男儿心荡，闲花偏觉芬芳。"念诗云："欲胆如天不自由，姻缘相凑遇风流，春风一点如乱丝，眼意眉情卒未休。"昆曲定场诗，例不失黏走韵，比起皮黄，随便一诌，不得一样。然而目下提倡平民文学，恨不得烧掉韵书，另造新国风，打倒三百篇，连皮黄浅句，还觉深奥，不如蹦蹦戏通俗，更不比谈到咬文嚼字的昆曲了。[3]（《第一》）

大凡昆曲旦脚，口多香艳之词，皮黄老本，却不尽然，有人恭维皮黄这些地方，在昆曲之上，哈哈，敢是错了，这一路艳词的字眼，不是旧日伶人干办得来，非不为也，是不能也。如今新皮黄本子，大半出自文人之手，这种口吻，就不算少。[4]（《第二》）

"目下提倡平民文学，恨不得烧掉韵书，另造新国风，打倒三百篇"，对于陈墨香这种立场坚定的士大夫、痴迷和捍卫传统文化者，是无法接受的。"如今新皮黄本子，大半出自文人之手"确为民国京剧编剧之实情，这样的新皮黄追求文雅而成为新文化攻击的目标。权威本的《中国京剧史》也未能免于成见云："与此同时，一批封建遗老遗少和旧文人，在欣赏京剧中过分追求形式的华美和词句的典雅，这影响到有些演员的演出，在相当程度上脱离了一般民众。"[5] 如果不能充分肯定传统文化和文人的价值意义，当今京剧

1 《剧学月刊》(第九辑)，学苑出版社 2012，第 63 页。
2 同上，第 368 页。
3 同上，第 62 页。
4 同上，第 363 页。
5 北京市 / 上海艺术研究所：《中国京剧史》（中卷 · 上），中国戏剧出版社 2005，第 612 页。

史的编写就会陷入两难的境地，一方面不得不承认民国时期文人的参与使得京剧的文学性、艺术审美性整体提高，另一方面又要批评“一批遗老遗少和旧文人”对京剧的雅化和“毒害”，不愿正面认识和评价他们对京剧作出的重大贡献。

陈墨香对戏曲研究的兴趣热情和功力成就，不亚于当初的玩票演戏和编创剧本，无愧于戏曲研究家的称号。此外，墨香还有反映梨园史实的小说《梨园外史》《活人大戏》出版，时至今日，他的上述著述都是弥足珍贵、经得起时间检验的京剧文献，都亟待学人的深入研究。

终生爱戏入骨的陈墨香，选择做了清遗民的他，终于在戏曲中寻求到了精神的家园和自我存在的价值，并由此成就了卓越的戏曲人生。他亲历并见证了晚清民国时期京剧的发展演变、繁荣鼎盛。其十五年的黄金年华沉溺于票友唱旦之中，其时亦是京剧史上票友最活跃的时期，票友一族与京剧同生同长，这也成为京剧艺术大发展的重要标志。其近二十年的编剧生涯，正是民国京剧新戏创编的高潮期和四大名旦的全盛期，“四大”之中就有“三大”是清遗民与他们合作编戏，即陈墨香与荀慧生、罗瘿公与程砚秋、清逸居士与尚小云，他们相辅相成，所编剧本都取得了巨大成功，然而，在“演员中心制”的现实下，加之他们的清遗民身份，他们的创作和贡献，他们于民国京剧繁荣的重大意义都没有得到应有的关注和研究。此外，墨香人生最后十来年的研究生涯，亦是京剧开始上升到理论和学术的高度加以研究探讨的时期，由此京剧才能从真正意义上摆脱“小道”，获得与诗文、小说同等的地位，陈墨香以自己数十年的戏曲功底和深厚的旧学素养取得了又一丰硕的成果。

在 20 世纪的京剧家中，就演戏、编戏、研究戏等全方位戏曲才华而言，恐怕没有第二位比陈墨香更全面更卓有成就的了。是故，“首推墨香”“不可谓非完才”“当代关汉卿”等赞誉都绝非溢美之词，陈墨香可谓当之无愧。在当今振兴传统文化的大背景下，陈墨香以及一部分被历史湮没的戏曲家都亟待我们发掘研究、发扬光大。

第 3 章

陈墨香、荀慧生与《红楼二尤》之编创

墨香称谢而归，便把两本羼合，删繁补漏，给慧生排出搬演……但那戏的煞尾，增入尤二姐吞金，又与《石头记》原文不合，都是慧生自己的主意。[1]

——陈墨香《活人大戏》

2018 年《红楼二尤》入选国家重点文化工程“京剧电影工程”拍摄计划。现当代有关“红楼二尤”的戏曲、影视大多是在 20 世纪 30 年代，由陈墨香、荀慧生编创的京剧《红楼二尤》基础上的再创作。慧生的《红楼二尤》早已成为“荀派”“六大悲剧”代表作之一，影响深远，常演不衰，时至今日，当年原创的 16 段唱腔依然全部保留。然而，对于这部“一枝独秀”的“红楼戏”，关于它的研究还是相对薄弱的。当初，名编陈墨香与名旦荀慧生是在何种情况下发愿起意编创了这部“红楼戏”？他们的剧本相对于小说原著《红楼梦》有着怎样的不同和取舍改编？这种改编有何成功或缺憾？改编的得失可以折射出中国戏曲怎样的传统和特点？凡此种种，都值得深入研究。

1 陈墨香著、李世强编订：《活人大戏》，中国戏剧出版社 2015，第 440 页。

编剧原委

根据小说《红楼梦》改编创作“红楼戏”，早在清代乾隆时期小说刊本刊出的第二年（1792 年）就已出现。“红楼戏”的改编历史如今已长达二百多年，存在着不同剧种、不同版本的众多改编。据饶道庆、裘宁宁著《京剧“红楼戏”叙录》，仅京剧“红楼戏”自清嘉庆、道光之交至今已有 80 余种。[1]其中，民国时期是京剧“红楼戏”改编的一个高峰期，出现了近二十年的繁荣局面。自 1915 年、1916 年欧阳予倩、梅兰芳相继演出《黛玉葬花》后，“红楼戏”的排演便蔚然成风；1919 年荀慧生主演了欧阳予倩编剧的《宝蟾送酒》，是慧生第一次演出“红楼戏”，以上是陈墨香与荀慧生排演“红楼戏”的大背景。在风起云涌的“红楼戏”中，绝大多数都昙花一现，没有成为保留剧目。墨香与慧生于 1931—1932 年间编创的《红楼二尤》则经受住了时间的考验，已成为“红楼戏”中流传至今的经典名作。

“红楼戏”可编排的内容、人物甚多，他们为何选中了“二尤”？荀慧生自述云：

我早年喜读《红楼梦》，觉得这部名著塑造了许多不同性格的妇女形象，人物刻划细入微末，可供舞台上创造角色的借鉴。更鉴于历来演红楼故事者，皆以宝玉、黛玉为题材，因想另辟蹊径，专演尤氏两姐妹。二姐和三姐本为性格截然不同的两个人物，但处在封建社会，两人均不能摆脱悲惨命运。我以为合两人的不同遭遇于同一戏中，彼此呼应，两相对照，更能全面而有力地抨击旧礼教、旧制度，乃编写《红楼二尤》。[2]

又在《〈红楼二尤〉的表演体会》中曰：

我喜欢读《红楼梦》，尤二姐、尤三姐更给我留下了不可磨灭的印象。

---

1 参见饶道庆、裘宁宁《京剧“红楼戏”叙录》，《红楼梦学刊》2010 年第 2 辑。

2 《荀慧生演出剧本选》，上海文艺出版社 1982，第 347 页。

尤三姐那种敢爱敢恨、活泼爽朗、刚强不屈的性格我十分喜欢；而尤二姐因善良柔弱而受到摧残、蹂躏也使我流下了同情之泪。早在我舞台生活的初期就产生了将她们搬上京剧舞台的想法，久久萦绕于心。一九二四年以后，北京、天津、上海的许多戏班竞相排演“红楼戏”，极一时之盛，在这个风气的推动下，我也开始编写排演《红楼二尤》。当时我有意脱出一般“红楼戏”的窠臼，不去描写贾宝玉如何生活在绮罗丛中、脂粉队里；也打破了痴男怨女的旧套子。这出戏独辟蹊径表现尤氏姐妹的独特身世。通过她们悲壮凄惨的故事，意在反映生活在男女不平等社会与封建婚姻束缚之下，妇女们所受到的悲惨命运，使观众对贾家这个豪门巨族产生谴责与怨恨的感情。[1]

以上两段荀慧生自述，后人常常引用。慧生喜爱《红楼梦》，且有将其搬上舞台的意愿应该是真实可信的，然而，遗憾的是慧生完全不提陈墨香之功。为什么慧生提到的不是1916年《黛玉葬花》以后，而是1924年以后呢？既然早有心愿，又为何迟至1931年末才开始着手编创呢？其实，这都与陈墨香有着密切关系。

以下摘录有关材料，尤其是近几年出版的文献，以便了解当初两人的交往、编创原委及过程等。

陈墨香《观剧生活素描》

甲子（按：1924年）夏间，由杨怀白写信请墨香和心泉在棉花二条胡同荀宅吃饭。此刻墨香已移居棉花五条胡同，与慧生相离最近，于是两个人常常见面。……慧生因字眼不深文理有限，请墨香每月给他讲些《红楼》之类的小说。墨香同荀慧生熟识是从这一年起的。[2]

可见，陈墨香与荀慧生熟识是从1924年开始的。“字眼不深，文理有限”，对于自小就要全力学戏练功，没有时间和条件学文化的戏曲演员来说是很正常很普遍的。两人熟识后，慧生请墨香给他讲些《红楼》之类，可见出慧生

1　张伟君、吴乾浩编，万如泉、万凤姝记谱：《红楼二尤》（曲谱剧本），中国戏剧出版社1991，第129页。
2　陈墨香：《观剧生活素描》，《梨园外史·附》，中国戏剧出版社2015，第250页。

对《红楼梦》的喜爱。虽然慧生早有心于“红楼戏”，但仅凭他自身之力是不可能如愿的，直到他与墨香遇合。他俩订交后的好几年也编排了好些成功的剧作，如《玉堂春》（全本）、《丹青引》、《钗头凤》等都是慧生早期代表作，但他们的“红楼戏”迟迟未见动静，1931年底终于有了机缘巧合，才开始编写《红楼二尤》，其中的原因，二人也都有文字记载，见以下著作。

陈墨香《活人大戏》

一日到院，艳秋拿出一个戏本，交墨香删改。墨香看那关目，是演的《石头记》里面尤三姐一段公案，翻了数页，留在院中。次日到慧生家，慧生道：“有位丁先生送了一本戏来，是他自己编撰，请墨老改订。”

墨香接过看时，也是演的尤三姐，其中场子和艳秋的那本完全两样，墨香道：“这可不好办，你们四大名旦向来不排相同的玩艺。昨天玉霜拿出本《尤三姐》，今天你又拿出一本，场子不同，事迹相类，又都托我改编，我帮了他帮不了你，帮了你帮不了他，这可是刺儿头的事。”

慧生道：“他若要唱，我不唱也可。”

墨香道：“别忙。我看这一出他不对路，待我去用话砸上一砸，把他主意砸结实了。他若一定要唱，你再打退堂鼓不迟。”慧生没有答言。

次日墨香到院，见着艳秋，取出本子，彼此讨论一回，艳秋问道：“陈先生看这一出，我可对工？”

墨香道：“这个脚色是个花旦，不像青衣。”

艳秋道：“我也觉着是如此，我不唱了，您也不必改去，我看这一出荀先生倒比我唱着合式。”

他这一句话正中墨香的机会，便趁势把荀家也有一本的话说了。

艳秋道：“既是荀家已有一本，我更可不唱。陈先生连这一本拿去，算我送给荀先生了。”

墨香称谢而归，便把两本羼合，删繁补漏，给慧生排出搬演，慧生还请艳秋吃过一顿饭，谢他情谊。……但那戏的煞尾，增入尤二姐吞金，又与《石头记》原文不合，都是慧生自己的主意。[1]

---

1 陈墨香著、李世强编订：《活人大戏》，中国戏剧出版社2015，第440页。

原来最直接的缘由是他俩得到了他人编写的关于《尤三姐》的二个本子。

荀慧生《小留香馆日记》

荀慧生从1925年至1966年的四十多年里，坚持不辍记日记，多达40余本，如今残存6册，包括20世纪20年代后期至30年代初，以及四五十年代一部分。整理编订者和宝堂做了最小限度的删节，尽可能保留了日记原貌，未加粉饰，具有相当高的可信度和无可替代的历史文献价值。对于这历史研究中的“顶级”一手资料，我们不能不高度重视，它的私密性、真实性大大超过因为某种形势、某种需要而修饰或宣传的公共言说。是故，下文不嫌辞费，将有关《红楼二尤》的记录都一一加以摘录。

辛未年九月二十四日（1931 年 11 月 3 日）星期二 阴晴不定

早十钟起。接辅仁大学宿舍二百四十八号张益谦函，伊云有丁士修编制一剧，名《鸳鸯剑》，取材与（按：原文如此）《红楼梦》尤三姐自刎之事，伊欲将此剧本送余，即复函向伊索之。此函系敬老（按：陈墨香，字敬馀，荀慧生尊称其“敬老”）代笔，其大意乃云程艳秋已早有此剧本，因同业相关，暂时不能演唱。如艳秋不演，再排为是。复函后，敬老向余闲谈，伊云程艳秋已早有此剧本，我们为同业义气，最好不唱。伊又云，明日往艳秋家询问，如果艳秋不唱你再唱。余只好诺之。予于此竟想起敬老对予常云，程艳秋自去年请伊帮忙编剧，并常云伊与程的情感特别融洽。窃忆予与伊相处已十余年矣（按：自 1924 年初至此日，实际上不足十年），自问对伊尚好，何以近来伊老表示不满？（第 189–190 页）

辛未年九月二十七日（1931 年 11 月 6 日）星期五 晴

接张益谦函，云明日将《鸳鸯剑》剧本亲自送来。与敬老来共饭饭毕，与敬老排戏，并删改《得意缘》。（第 190 页）

辛未年九月二十八日（1931 年 11 月 7 日）星期六 晴

早十钟起，敬老、小卿同来共饭。饭后排戏。张益谦自带《鸳鸯剑》剧本来。伊云此剧系同学丁士修所编，特意相送，其情可感。（第 190–191 页）

辛未年十月初四日（1931 年 11 月 13 日）星期五 雨

下午一时，敬老来，促余起床，研究《红楼二尤》戏情。（第 192 页）

辛未年十一月初九日（1931 年 12 月 17 日）星期四 晴

早十时起，作画。与敬老研究《红楼二尤》，前半出已脱稿。（第 199 页）

辛未年十一月十六日（1931 年 12 月 24 日）星期四 晴

敬老来，候至下午三时余方起。伊无所事事，竟将《红楼二尤》初稿告成。（第 200 页）

辛未年十一月二十九日（1932 年 1 月 6 日）星期三 晴 大风仍未止

早十钟起，与敬老研究《红楼二尤》。（第 206 页）

辛未年十二月十二日（1932 年 1 月 19 日）星期二 晴

早十一钟起床，与敬老念《红楼二尤》戏词。（第 209 页）

辛未年十二月十五日（1932 年 1 月 22 日）星期五 晴

念《红楼二尤》，改《飘零泪》，研究排《紫玉钗》。（第 210 页）

壬申年正月二十四日（1932 年 2 月 29 日）星期一 晴暖

下午五时起床。接金纪武告帮函，并接丁士修函云：因前送余之《鸳鸯剑》剧，经陈墨香删改，戏名取《红楼二尤》。因各报鼓吹与普通《鸳鸯剑》不同，并由墨香删改等等吹嘘。丁君见报大有醋意，来函索其所赠余《鸳鸯剑》之本，并将报纸言语写在信内；又因余戏名改《红楼二尤》，伊大不满意，怒要回音。墨香来，起稿解释误会，此乃报界鼓吹，伊生成误会，冤哉冤哉！（第 220 页）

壬申年二月初四日（1932 年 3 月 10 日）星期四 阴晴不定

润峰来，研究《红楼二尤》唱腔。（第 222 页）

壬申年二月十二日（1932 年 3 月 18 日）星期五 晴 微风

念《红楼二尤》戏词，并与润峰研究唱腔。（第 224 页）

壬申年二月十五日（1932 年 3 月 21 日）星期一 阴

润峰来，研究《红楼二尤》唱腔。（第 225 页）

壬申年二月十八日（1932 年 3 月 24 日）星期四 晴暖

午饭后同敬馀排《红楼二尤》。润峰至，研究唱腔。……老五亦至，研究《红楼二尤》头面。（第 226 页）

壬申年二月十九日（1932 年 3 月 25 日）星期五 晴 微风

新剧《红楼二尤》今日分发单本，欲下星期在哈尔飞戏院露演。（第 226 页）

壬申年二月二十五日（1932 年 3 月 31 日）星期四 晴 连日小风

敬馀来，饭后同伊研究《红楼二尤》穿插。（第 227 页）

壬申年二月三十日（1932 年 4 月 5 日）星期二 阴晴不定

饭后同敬馀研究《红楼二尤》。鼓手小清来说此剧。（第 229 页）

壬申年三月初二日（1932 年 4 月 7 日）星期四 晴

敬馀来，说《红楼二尤》。（第 229 页）

壬申年三月初七日（1932 年 4 月 12 日）星期二 早微雨 午后晴

下午二时与敬馀排新戏。……锦川、甫泉来索本星期哈尔飞戏码。第一日演新剧《红楼二尤》，乃初次演唱；第二日演《香罗带》。（第 230 页）

壬申年三月初八日（1932 年 4 月 13 日）星期三 阴晴不定

敬馀来，共饭。饭后说《红楼二尤》。（第 230 页）

壬申年三月初九日（1932 年 4 月 14 日）星期四 阴晴不定 微风

下午二钟起床。各角来排《红楼二尤》，留饭。（第 231 页）

壬申年三月十一日（1932 年 4 月 16 日）星期六 微雨

下午一钟半起床，午饭后阖家至哈尔飞戏院，初演《红楼二尤》。本星期三票已售尽。今日两钟至馆门外购票者拥挤不动，不得购票者约五六百之多。《二尤》四时一刻登台，余前部饰尤三姐，至自刎完；后部饰尤二姐，至产子服毒完……该戏演十刻十分。[1]（第 231 页）

壬申年七月二十七日（1932 年 8 月 28 日）星期日 大雨彻夜至天明 正午方止

下午二时起身。午饭毕，阖家及堃芳、敬馀往吉祥，演头二本《红楼二尤》。看客由昨日已满堂，今日无有立足之地。（第 264 页）

壬申年九月十一日（1932 年 10 月 10 日）星期一 晴

晚餐后赴馆演《红楼二尤》。原价二元，加价五角，上座甚佳，售洋一千六百余元。（第 275 页）

上述日记中提到的《鸳鸯剑》剧本，为辅仁大学学生丁士修编制，由丁士修的同学张益谦致函并送到慧生处。陈、荀两人的《红楼二尤》编成后，丁士修因该剧与其《鸳鸯剑》大为不同而生气，向荀慧生索还剧本。陈正宽《丁士修与〈鸳鸯剑〉》（《中国京剧》2008 年 2 期）一文，对丁士修有简要介绍，

1 《红楼二尤》的初演时间，笔者所见书籍、论文均写为 1932 年 3 月 11 日，依据此日记，3 月 11 日为旧历，若是阳历，应更正为 1932 年 4 月 16 日。

丁氏为山东人，当时是辅仁大学英语系学生，因酷爱京剧和荀派戏，故有此举。陈文中说丁氏写好剧本后，找机会与荀先生见面，亲自呈上剧本云云，由《小留香馆日记》看来事实并非如此。遗憾的是，不知丁士修《鸳鸯剑》的具体关目、结构、内容等，否则对于我们探讨墨香的编改不无意义。实际上，早在清代道光年间有徐子冀署名“梦道人”创作的稿本《鸳鸯剑》留存，现藏于国家图书馆。该本共十六出，专写柳湘莲与尤三姐的爱情故事，与《红楼梦》原著相比，对尤三姐的形象做了较大改写，作者将其塑造成贞烈至情的女子形象，对后世戏曲舞台上塑造尤三姐艺术形象有一定影响。[1]不知丁士修是否见过并参考过徐子冀本。

综上所述，可小结四点：一，《红楼二尤》是陈墨香将程砚秋关于尤三姐的本子和丁士修《鸳鸯剑》本子进行羼合，删繁补漏，再创作的结果。二，陈墨香从写作初稿至排演都是与荀慧生共同商讨的，墨香会听取接受慧生的意见，如该戏结尾，增入尤二姐吞金，与《石头记》原著不同，就是慧生的主意（按：实际上原著也是吞金而死，但具体情形有所不同，关于编剧的得失后文将进行探讨）。三，该剧在当年初演便大受欢迎，大获成功。四，陈墨香与荀慧生合作多年后，他们的关系最终破裂，从日记上看来，出现裂痕就是从编创《红楼二尤》开始的。

版本及剧情

《红楼二尤》基本上取材于小说《红楼梦》第64回至第69回。关于此戏，饶道庆、裘宁宁《京剧“红楼戏”叙录》中著录的版本[2]如下。

1.《红楼二尤》又名《鸳鸯剑》，张笑侠编，京华印书局铅印本，另有（北京）华东书局1951年版，荀慧生秘本一。

2. 荀慧生等编《红楼二尤（京剧）》，（北京）宝文堂书店1955年版，

1　参见郑志良《清代“红楼戏”〈鸳鸯剑〉考述》，《红楼梦学刊》2011年第2辑。
2　饶道庆、裘宁宁：《京剧“红楼戏”叙录》，《红楼梦学刊》2010年第2辑，第228页。

国家图书馆藏。又收入上海文艺出版社编《荀慧生演出剧本选集》（第二集），上海文艺出版社 1962 年版。

3. 荀慧生著《荀慧生演出剧本选》，上海文艺出版社 1982 年版。

4. 北京市戏曲研究所编《京剧汇编》（第 107 集），北京出版社 1983 年版，陈墨香编，有北京市戏曲研究所藏本。

5. 张伟君、吴乾浩编，万如泉、万凤姝记谱：《红楼二尤》（荀慧生演出本 曲谱剧本），中国戏剧出版社 1991 年版。（简称单行本）

以上第四种于 2009 年再版，更名为《京剧传统剧本汇编》，共 30 卷，《红楼二尤》收录于第 28 卷、第 291–334 页，此本共分十场，每场未加标题。

此外，上文未及著录的一个版本特别可贵，即《中国京剧流派剧目集成》（第 17 集）所收《红楼二尤》，此为张逸娟、万凤姝整理，万如泉记谱本。此本与单行本同为曲谱本，但更为周详，还记录了服装扮相、唱腔伴奏、锣鼓经、身段谱，可作为剧团排演之范本（简称“范本”）。

下文论析以单行本和范本为依据（后文直接称“剧本”）。上述版本均为解放后的改编演出本，但情节关目、人物、唱腔都基本沿袭下来。单行本后附有荀慧生《〈红楼二尤〉的表演体会》、吴乾浩《别具一格的“红楼戏”——谈京剧〈红楼二尤〉改编本的文学成就》两文，荀文主要谈表演，一招一式、一点一滴都细腻入微，不能不感慨“四大名旦”名不虚传，绝对是有真本领、深功夫的。吴文对于由小说改编为京戏的《红楼二尤》，如何既传达曹雪芹原作的精神，又据京剧艺术特有的表现手法进行新的创作，进行了客观的分析总结，既肯定成就又指出问题，同时结合了陈墨香 1932 年的演出本与解放后的修改本一并逐场进行研讨，颇为细致有益。又，王琳《论荀慧生〈红楼梦〉戏》（《艺术百家》2006 年第 2 期），胡胜、赵毓龙《试论荀慧生先生的“红楼”戏——以〈红楼二尤〉为中心》（《红楼梦学刊》2012 年第三辑），以上种种都颇具参考价值，现据剧本、小说原著《红楼梦》[1] 以及上述资料等，概述剧情及编改情况。

全剧共九场：赴寿、串戏、谋姨、思嫁、授聘、明贞、泄机、赚府、摧芳。

1 因小说《红楼梦》不同版本的差距较大，本文采用目前最具学术性、权威性的版本，即中国艺术研究院红楼梦研究所校注《红楼梦》，人民文学出版社 2008 年第 3 版，以《脂砚斋重评石头记》庚辰本为底本者。文中除大段引用原文处出注外，其余标明回目，不另注释。

1.《赴寿》。开场戏，意在介绍人物。荣国府大管家赖大之子赖尚荣生日寿宴，邀少年清客柳湘莲串戏，贾珍、贾蓉父子，贾琏、薛蟠等前往赖府祝寿。

柳湘莲首先出场，通过引子、吟诗、自报家门，突出其侠骨柔肠、多才多艺、看破功名、冷面热心的品性，为尤三姐的一见钟情作了铺垫。其后通过薛蟠的自报家门，介绍贾氏三人的关系，并由贾珍之妻尤氏，点出尤二姐、尤三姐，简明扼要。此场既保留了传统戏剧开场介绍人物的格局，又有所革新，改变了每人上场各自一一自报家门的套路，改得合情合理，紧凑简洁，成为了创编剧本的新格式。

此外，墨香在时间、空间上对小说《红楼梦》作了修改，原著第66回“情小妹耻情归地府 冷二郎一冷入空门”中，尤三姐与柳湘莲的情缘，是简短几句追叙虚写：尤二姐告诉贾琏，尤三姐的意中人是柳湘莲，是在五年前为尤老娘祝寿时，请柳湘莲演戏，尤三姐观戏后便心仪于他。墨香移花接木将尤老娘生日改为赖尚荣庆寿，并将柳湘莲和众人前往祝寿作为全剧起始，然后按时间顺序展开剧情，既符合观众的欣赏习惯，也符合戏曲的规律。

2.《串戏》。主要写赖氏设华宴，柳湘莲串戏，尤三姐观戏而一见倾心。

尤三姐首先上场，唱【西皮摇板】“厌繁华暂避那绮罗豪宴，且往这花园内寻觅清闲”，以显示其不同流俗的性格。随后尤二姐、尤老娘紧跟来到花园，劝三姐入场看戏。戏中柳湘莲唱《雅观楼》，种下尤三姐的情根：

【西皮摇板】观此剧不由我心情撩乱，我看他眉目间英气弥漫。
一霎时引得我柔肠百转，好见我羞怯怯有话难言。

正面描写了小说中仅虚笔交代的尤三姐情缘。这一段戏中戏是重点，也是有意创新之举。

这一场将核心人物和三姐情缘迅速聚焦，正面刻画，颇为成功。头二场的处理，诚如王琳所说：“选择启始全剧的切入点上，把握得非常准确而巧妙，并依据戏曲特点，充分发挥创造力和想象力，将小说中淡淡几笔带过的陈述敷衍成两场戏，为下面剧情的展开做好了铺垫。”[1]

1 王琳：《论荀慧生〈红楼梦〉戏》，《艺术百家》2006年第2期，第58页。

3.《谋姨》。过场戏，以贾琏、贾蓉叔侄两人对话，写贾琏垂涎尤氏姊妹，贾蓉主动提出为叔叔牵线搭桥。

4.《思嫁》。是全剧的重场戏，内容丰富，包括贾琏私赠二姐九龙佩；贾蓉提亲做媒；二姐出嫁居花枝巷；三姐闹酒痛斥贾珍、贾琏；三姐思嫁柳湘莲，贾琏答应撮合等。

如此众多的内容情节，都高度集中在一场中表现，十分不易，要演一点来钟。本场重点突出了尤三姐的见识和刚烈。

例如，面对贾蓉为二姐提亲，尤三姐坚决反对，一段【西皮快板】唱道：

【西皮快板】想此事不可为何须计算，我尤家与张门久结姻缘。
分明是他父子将人凌践，又何况王熙凤（她）吃醋拈酸。
贤姐姐做偏房（你）有何颜面，又恐你到后来性命不全！

何等明白之人！二姐最终的命运果然不幸应验。

二姐新婚之夜，尤三姐忧虑难寝，思来想去，渐渐入梦，最初的剧本原有一段她梦见柳湘莲的戏，意在表现三姐对柳湘莲日有所思、夜有所梦的爱恋。笔者认为这段穿插对于表现三姐的感情很重要，可惜后来的演出本删去了。

又如，著名的“闹酒”段，是痛快淋漓的宣泄爆发，是刻画尤三姐形象的经典段落：

尤三姐　过来，你们要喝酒，是不是要我陪酒。
贾　珍　不不不，陪着你喝。
尤三姐　陪着我喝，说的好，我明白啦，我们姐妹三人嫁给你们贾家两个，分明都把我们当做粉头是不是？
贾　珍　不敢不敢。
尤三姐　喝酒，我最喜欢喝酒，可是这么着……
贾　珍　怎么着？
尤三姐　我得坐 上座。
贾　珍　让你坐 上座。
尤三姐　你们给我斟酒。

贾　珍　给你斟酒。

尤三姐　你们来，来，来呀，喝呀喝呀！

贾　珍　来来来，喝呀喝呀！

尤三姐　（唱）

【西皮摇板】纨绔儿郎行不正，我笑你们今朝错用了心。
与你姑娘把酒饮。

（白）你喝呀，你喝，你喝呀！

贾　珍　（白）我喝，（尤三姐向贾珍脸上泼酒）泼了我一脸！

尤三姐　（唱）

【西皮快板】大骂贾琏与贾珍，你家凤姐心肠狠。
她到处闻名是恶人，我姐姐无能遭勾引。
失身嫁在你家门，虽然今日多欢幸，
雪里埋儿有祸临。要饮酒来我就同你们饮。

接着，三姐继续向贾珍、贾琏泼酒并将他们轰出家门。

这是塑造尤三姐形象精彩的一段，戏剧性强。虽然无法像小说原著那样大段铺写，任性任情，但三姐那泼辣痛快、心烈如火、不容玷污的反抗还是让人刻骨铭心，适合戏曲的表现方式。

闹酒之后，尤二姐调解贾琏与三姐的冲突，三姐很生气，不愿与贾琏等住一起，对二姐道："难道我在他这里住一辈子不成？"二姐问："三妹，听你之言，莫非想寻一个才郎了结终身么？"于是三姐吞吞吐吐道出暗藏已久的情愫，贾琏听罢，表示愿为三姐打听柳湘莲的去处。

以上第三、四场大约相当于小说第 64 回后半部分"浪荡子情遗九龙佩"、第 65 回"贾二舍偷娶尤二姨 尤三姐思嫁柳二郎"全部，以及第 66 回"情小妹耻情归地府 冷二郎一冷入空门"开头。戏曲中尤三姐反对二姐婚事是小说中未有的，吴乾浩曰："但为了增强戏剧性，又为了刻画人物的需要，在小说搁笔之处，却正是戏曲可以大大发挥自己特长的场合。更何况此处还有深化人物思想境界的作用。"[1] 的确，编剧者提升了三姐的见识和境界。

1　吴乾浩：《别具一格的"红楼戏"——谈京剧〈红楼二尤〉改编本的文学成就》，《红楼二尤》（曲谱剧本），中国戏剧出版社 1991，第 198 页。

5.《授聘》。过场戏，写贾琏到平安州公干，路遇柳湘莲和薛蟠，便向湘莲提亲替三姐做媒，湘莲允婚，以祖传鸳鸯剑为聘，后来误信薛蟠酒后胡说三姐不贞，又急往贾府索剑退婚。

此场取材于小说第66回的部分内容。柳湘莲悔婚想法的产生与原著不同，小说中是柳湘莲回城找贾宝玉谈及此事，宝玉闪烁其词的一番话让湘莲生疑后悔，而剧本归罪于薛蟠，倒是与薛蟠一贯的所作所为相符。这样处理，避免节外生枝，多出一个对此戏来说无关紧要的贾宝玉，是很恰当的。

6.《明贞》。重场戏，主要写贾琏回家，向三姐说明与柳湘莲说妥婚事，并交付鸳鸯剑。不料，柳湘莲却亲自来索剑退亲，尤三姐为明心迹，以鸳鸯剑自刎。柳湘莲悔之不及，疯癫而去。

这是全剧的第一个高潮：柳湘莲向媒人贾琏提出退亲，并说荣、宁二府只有门前那对狮子还干净，尤三姐在门外听见，于是进门道：

尤三姐　柳郎，刚才你们讲的话，我在门外头都听见了，我虽然久在荣、宁二府中，却不曾受他们的玷辱，你……你不要冤屈好人！（尤三姐哭）

柳湘莲　哼，既在荣、宁二府，你还讲什么清白。（尤三姐呆住）

尤三姐　（唱）

【西皮快板】妾身不是杨花性，你莫把夭桃列女贞。
谣诼纷传君误信，浑身是口也难分。
辞婚之意奴已省，白璧无瑕苦待君。
宁国府丑名人谈论，可怜清浊两难分。
还君宝剑声悲哽，一死明心我就了夙因！

（柳湘莲接剑鞘，三姐抽剑自刎。）

尤三姐有口难辩、以死明志，如玉山倾倒，悲壮决绝，震撼人心，是一个“白璧无瑕”让人肃然起敬的光辉形象。

至此，尤三姐的戏份结束，这一戏曲形象在现当代产生了深远影响，此后的戏剧、电影塑造的无不是清白贞烈的尤三姐。

7.《泄机》。尤三姐自杀后，转入表现尤二姐的悲剧，对照强烈。本场主要写平儿因王熙凤查问九龙玉佩的下落，找贾琏的随从来旺儿询问，来旺儿含糊其辞中泄露了琏二爷常到花枝巷，于是王熙凤盘查来旺儿和贾蓉，得知贾琏偷娶尤二姐一事。王熙凤不动声色，笑里藏刀，决定将尤二姐赚入府中，再以秋桐（贾赦新赏贾琏之妾）来借刀杀人。

剧本取材于第67回后半部“闻秘事凤姐讯家僮”，在细节上与原著有些不同。此外，小说中秋桐是年方十七、狐媚惑人的美女，正是贾琏垂涎欲得的。戏中的秋桐则以丑角出现，对此，慧生有云：

> 可是此剧中考虑，秋桐争风吃醋排挤诬陷，行为十分丑恶，所以把她以丑角应行，从她的品行而论也不算歪曲了人物，而此剧满台皆为旦角，须有妍媸美丑之分，互相交映，才能更显丰富，这就要求从行当上有所改变。一出戏最好是生旦净丑齐全，演出来比较生动，而安插了插科打诨，情绪也有所调剂。秋桐若由花旦演，在表演动作上总达不到丑扮的淋漓尽致。[1]

可见，秋桐角色行当的改编是综合考虑戏曲表演的舞台效果而设的，原本也符合中国戏曲悲喜交加、美丑调剂的传统[2]，可是，这里秋桐的丑戏，实际效果却事与愿违。

8.《赚府》。首先尤二姐上场以唱念勾连剧情，紧接着写王熙凤到花枝巷，佯装通情达理，一番花言巧语、软硬兼施后，把尤二姐赚入荣国府中。入府后，王熙凤一面口是心非作伪善状，一面挑唆秋桐与二姐处处作对。

尤二姐先上场，唱【二黄慢板】：

尤二姐　（唱）

【二黄慢板】鸳鸯剑断送了手足性命，思想起不由人撩乱芳心。

一来是三妹妹生来烈性，二来是宁国府坏了声名。

奴且喜嫁檀郎夫妻欢庆，怀六甲但愿得早降麒麟。

（白）奴家尤二姐，只因三妹想嫁湘莲，不想湘莲竟把她当做

1　荀慧生：《〈红楼二尤〉的表演体会》，《红楼二尤》（曲谱剧本），中国戏剧出版社1991，第169页。

2　关于京剧中的“丑行”，参见郭宝昌、陶庆梅《了不起的游戏：京剧究竟好在哪儿》第四章“说丑”，生活·读书·新知三联书店2021，第154–199页。

下贱之人，是她拔剑自刎，她死之时，我身怀有孕，未能扶棺一恸，思想起来，好不伤惨。正是：

（念）多愁多病是婵娟，手足伤惨甚可怜。

以上唱段、念白有承上启下的作用，同时表现了尤二姐既哀且喜的复杂心情。

剧本基本上取材于小说第68回“苦尤娘赚入大观园 酸凤姐大闹宁国府”，戏曲前半段与小说相近。小说后半段凤姐买通张华告状，大闹宁国府，在戏中只作为背景来安排，这样有利于剧情尽快推进、紧凑结构。与此同时，戏中加强了对秋桐的漫画式描写，滑稽、夸张得过了头。诚如吴乾浩所云：“应该说，小说中的秋桐形象虽然着墨不多，刻画还是很生动的。可是这一切到了京剧《红楼二尤》中却变化了，肆意夸大其凶狠、胡搅蛮缠，成了一个丑八怪似的，一味泼辣、狠毒的化身，虽然推进了剧情的迅猛发展，人物却失去现实存在的可能，反而损害了作品。秋桐是个写得比较失败的人物形象。”[1]

9.《摧芳》。末场，重场戏。主要写王熙凤挑唆秋桐，对尤二姐的虐待变本加利，二姐临盆生子，王熙凤自告奋勇要亲自为之接生，实则指使秋桐烫死新生婴儿，后又逼秋桐强灌二姐喝下所谓以金戒指为药引的汤药，二姐在悔恨中惨死。

秋桐在戏中形象极丑恶愚蠢，一再被王熙凤利用，如王熙凤对秋桐道：“你可哪儿比得了她呀。她是二爷的心尖子，你可别拿着鸡蛋往石头上碰！”“听我跟你说，她可快要生了，将来她养的儿子长大了，可要打你的。”在王熙凤言语的刺激下，秋桐对二姐更加骂不住口、打不停手。最惨不忍睹的是二姐生子、婴儿被烫死一段：

秋　桐　（从帐中抱出小儿）二奶奶生了，还是个大小子！

王熙凤　洗孩子去。

秋　桐　哎。（欲下）

王熙凤　回来，哪儿洗去？

1　吴乾浩：《别具一格的“红楼戏”——谈京剧〈红楼二尤〉改编本的文学成就》，《红楼二尤》（曲谱剧本），中国戏剧出版社 1991，第 212 页。

秋　桐　后头洗去。
王熙凤　使什么水洗呀？
秋　桐　使温水呀！
王熙凤　温水，要是激着孩子，你担待得起吗？
秋　桐　那用什么水呀？
王熙凤　用开水。
秋　桐　啊，用开水！下得去手吗？
王熙凤　你不会往上浇吗！
秋　桐　那一浇不浇死了？
王熙凤　我叫你浇，你就给我浇。
秋　桐　好啦，你叫我浇我就浇，浇死了没我什么事。

王熙凤明目张胆地指使，秋桐果真听命照办。二姐听到啼哭声，一瞧婴儿已死。接着，贾琏上场看到的是一身水泡的死婴，正要追问，来旺儿上来禀报张华告状，贾琏急忙离去料理官司。

以上除了张华告状放于此处，算是合理，其余的编写，让人难以置信。再看二姐被逼死一段：

王熙凤　秋桐，拿药去！
平　儿　我去！（欲走）
王熙凤　回来，我叫你去了吗？多管闲事！
秋　桐　你巴结这差事干什么！（秋桐虚下，取药上。）
王熙凤　是那个吗？
秋　桐　是那个，没错儿。
王熙凤　妹妹，我这儿有安神的药，还有金戒指一个做药引子，你一块儿把它喝了就好啦。
尤二姐　这个……
平　儿　哎呀，二奶奶。从古至今也没拿金子做药引子的，你心里可放明白点，万万喝不得！
王熙凤　平儿，你少说话！
尤二姐　（唱）哎呀，大娘啊！我与你往日无冤，近日无仇，方才我儿一死，分明就是你……

王熙凤　是我怎么样？我怎么样？

尤二姐　这个……哎，我儿已死，也就罢了。你又何必苦苦要害我的性命，你你你饶了我吧！（尤二姐下跪）

王熙凤　你们瞧，这是哪儿的事。好心好意给她药吃，她倒说起饶命二字来了。秋桐，她不喝怎么办？

秋　桐　她不喝，灌她！

王熙凤　灌！

（秋桐扯尤二姐）

尤二姐　啊，二爷、二爷！

（秋桐捂尤二姐嘴，灌药。）

秋　桐　啊，二奶奶，药是灌下去啦。我这场功劳不小吧？

王熙凤　什么，你还有功劳吗？跟你说，我跟二爷盼儿子心盛，今天好容易有了儿子，不想你把他给弄死啦。我这药也有富余，金子也富余。我还给你预备了一份呢！平儿拿药去！

读至此，以为王熙凤也要杀秋桐灭口，不料，紧接着是王熙凤把秋桐赏给来旺儿，来旺儿带走秋桐。看来王熙凤杀人留下把柄也毫不在意。戏末，贾琏、王熙凤、平儿皆上场，尤二姐临死才醒悟，悔恨交加，出帐唱【二黄散板】：

【二黄散板】后悔当初一念差，不该失足（我）做墙花。
今朝一死归泉下，死无面目（我）见张华。
（腹内剧痛）浑身疼痛难挣扎，（指贾琏）分明你是恶冤家。
（接唱）王熙凤殷勤（她）都是假，（向平儿下跪）平姑娘（的）仁义（就）胜于她。
倒不如把我活焚化！痛断了肝肠（我）染黄沙。

尤二姐终于香消玉殒。全剧在王熙凤“准备干柴，烧死人哪！”的叫喊声中闭幕。

王熙凤让秋桐烫死婴儿、灌药逼死尤二姐两段，实在匪夷所思，让人难以接受。

要之，全剧九场戏，第一至六场为第一条主线，围绕尤三姐与柳湘莲的恋情展开，场次的编排以及塑造尤三姐形象的正面光辉都是成功的。第七至九场为第二条主线，写尤二姐与贾琏、王熙凤的纠葛悲剧，因受演出时间所限，比较仓促单薄，对二姐的刻画不够分量，王熙凤和秋桐的形象则是失败的。

淫荡或坚贞：尤三姐

剧本中的尤三姐是一个清白贞烈的光辉形象，她的美丽聪慧、刚烈坚贞是深受观众喜爱的。这个尤三姐属于“扁平人物”类型。“扁平人物”“圆形人物”是英国小说家福斯特《小说面面观》里提出的概念，在此借用。“扁平人物”的最大优势在于鲜明单一，不论他们何时登场，都极易辨识，事后也很容易被读者观众牢记。戏曲要在有限的时空里表现人物，通常都是塑造“扁形人物”。以下各节将旁枝斜逸，花不少篇幅论述小说《红楼梦》的人物形象及演变，目的有两个，一是为戏曲的改编提供深入探讨的背景，二是表明戏曲与小说不同文体具有各自的艺术特性。

那么，这个尤三姐是不是沿袭了小说中的人物形象呢？

其实，小说《红楼梦》中就有两个“尤三姐”。最接近曹雪芹原著的《脂评本》中，尤三姐是一个动态的前后变化的人物，从一个“竟真是他嫖了男人，并非男人淫了他”[1]（按：奇文）的泼辣“淫奔女”，变为自行择夫后的改过守分、斩钉截铁的痴情女。《程高本》则将尤三姐改塑为性格单一、贞洁刚烈、出污泥而不染的“情小妹”，人物形象是静态的，没有发展变化。[2]

曹雪芹是当之无愧的伟大作家，脂评本《红楼梦》写出的人物多是具有复杂性、多面性、立体性的“圆形人物”。《大学》有云：“好而知其恶，恶而知其美者，天下鲜矣。”[3]曹雪芹便是这天下少有者，他书写成功的都是“正邪两赋而来一路之人”（第2回），破除“恶则无一不恶，美则无一不美”的套路。后世的研究家对此无不极力赞赏、高度评价。鲁迅有曰：

---

1 中国艺术研究院红楼梦研究所校注：《红楼梦》，人民文学出版社2008，第909页。

2 参见杨光汉《曹雪芹原著中的尤三姐》、谢狱《论尤三姐形象的改塑》、伍隼《再论尤三姐形象的改塑》、陶建基《试论尤三姐——〈庚辰本〉与〈程甲本〉比较研究之一》、张星《脂本系统中尤三姐形象的细微变化——以第63回回末一段文字为例》、关四平《从尤三姐的改塑管窥〈脂评本〉与〈程高本〉的价值》等文。

3 朱熹注、王浩整理：《四书集注》，凤凰出版社2008，第9页。

至于说到《红楼梦》的价值，可是在中国底小说中实在是不可多得的。其要点在敢于如实描写，并无讳饰，和从前的小说叙好人完全是好，坏人完全是坏的，大不相同，所以其中所叙的人物，都是真的人物。总之自有《红楼梦》出来以后，传统的思想和写法都打破了。——它那文章的旖旎和缠绵，倒是还在其次的事。[1]

俞平伯《红楼梦研究》曰：

我还觉得《红楼梦》所表现的人格，其弱点较为显露。作者对于十二钗，是爱而知其恶的。所以如秦氏底淫乱，凤姐底权诈，探春底凉薄，迎春底柔懦，妙玉底矫情，皆不讳言之。即钗黛是他底真意中人了；但钗则写其城府深严，黛则写其口尖量小，其实都不能算全才。全才原是理想中有的，作者是面镜子如何会照得出全才呢？这正是作者极老实处，却也是极聪明处。[2]

曹雪芹对其高度赞美的女子用笔尚且如此，对那些“泥做的”男人就更不用说了。主角贾宝玉是个整天“无事忙”的“富贵闲人”（薛宝钗语），在《红楼梦》第3回的《西江月》二词中，曹雪芹似批似赞道：

无故寻愁觅恨，有时似傻如狂。纵然生得好皮囊，腹内原来草莽。潦倒不通时务，愚顽怕读文章。行为偏僻性乖张，那管世人诽谤！

富贵不知乐业，贫穷难耐凄凉。可怜辜负好韶光，于国于家无望。天下无能第一，古今不肖无双。寄言纨绔与膏粱：莫效此儿形状！

腹内草莽、行为乖张、无能第一、不肖无双，这是怎样一个浑身缺点，同时又倾注了作者极大、极深、极真、极矛盾、极忏悔之情感的贾宝玉！

周汝昌更是将“正邪两赋”的写法提炼为雪芹的“宗旨理论”，他代曹雪芹立言，有云：

1　鲁迅：《中国小说的历史的变迁》，《中国小说史略·附录》，中华书局 2016，第 218 页。
2　俞平伯：《红楼梦研究》，上海古籍出版社 2005，第 90 页。

而我这书里所要写的，却是“正邪两赋而来之人”，这种人，本身就带着复杂性，其聪颖灵秀种种可爱处过人，而其孤僻古怪种种可异处也过人。这种人，为世路所不解，所不容，因此大都命运不佳，令人痛惜——而我要传写的这些闺友们，正都是这一流人物！

雪芹的这一宗旨理论，是他的宇宙观、人生观、社会观的最精要的表达方式。这种见解，在二百数十年前，是十二分“离经叛道”的骇人之论！这本身就说明了雪芹思想的伟大之一斑。[1]

《脂评本》中的尤三姐亦正亦邪，轻佻放荡与刚烈痴情集于一身，可谓是曹雪芹一以贯之的人生观、艺术观之体现。《程高本》的改编无法望其项背——尽管也有刘大杰等学者认为改塑后的尤三姐更好。

聂绀弩在《略谈红楼梦中的几个人物》中论析尤三姐道:“一个践踏者之后，第二个也来了，第三个也来了，而且同时来了，她为什么不拒绝呢？多次经验更使她成长，使她坚强，使她憎恨那些践踏她的人，他们是谁呀，他们自己不就是父子兄弟么？所谓公子王孙，原来如此！她会一下子觉得自己比他们都高大、尊严，她应该居高临下地唾弃这些无耻而吃人的蛆虫们！而她也真这样做了，就是灌贾琏的酒的那一段，一点也不是什么‘无耻老辣’…… 那段文章是恨、是怒、是哭、是歌、是反抗、是血淋淋的真实、是封建制度的无边黑暗的揭露，天生地造是个‘淫奔女’的豪举。一换成什么洁白女子，即使也可能，也会得到激赏，但和作为‘淫奔女’的行为比起来，就不免内容空虚了。”[2]

聂绀弩并非不喜欢洁白的尤三姐，但从文学艺术的角度，他更加赞赏“淫奔女”的塑造，尤其是“灌贾琏的酒的那一段”，在戏曲第四场《思嫁》中，上文已述。小说中是在第65回“贾二舍偷娶尤二姨 尤三姐思嫁柳二郎”里，写得精彩之极，不能不在此大段引录，否则我们无法理解聂先生为什么不赞成“换成什么洁白女子”。

尤三姐站在炕上，指贾琏笑道：“你不用和我花马吊嘴的，清水下杂面，

1 周汝昌著、周伦玲整编：《红楼小讲》，北京出版社2005，第39页。
2 聂绀弩：《略谈红楼梦中的几个人物》，《红楼梦研究集刊》（第一辑），上海古籍出版社1979，第70–71页。

你吃我看见。见提着影戏人子上场，好歹别戳破这层纸儿。你别油蒙了心，打谅我们不知道你府上的事。这会子花了几个臭钱，你们哥儿俩拿着我们姐儿两个权当粉头来取乐儿，你们就打错了算盘了。我也知道你那老婆太难缠，如今把我姐姐拐了来做二房，偷的锣儿敲不得。我也要会会那凤奶奶去，看他是几个脑袋几只手。若大家好取和便罢；倘若有一点叫人过不去，我有本事先把你两个的牛黄狗宝掏了出来，再和那泼妇拼了这命，也不算是尤三姑奶奶！喝酒怕什么，咱们就喝！”说着，自己绰起壶来斟了一杯，自己先喝了半杯，搂过贾琏的脖子来就灌，说：“我和你哥哥已经吃过了，咱们来亲香亲香。”唬的贾琏酒都醒了。

贾珍也不承望尤三姐这等无耻老辣。弟兄两个本是风月场中耍惯的，不想今日反被这闺女一席话说住。尤三姐一叠声又叫：“将姐姐请来，要乐咱们四个一处同乐。俗语说‘便宜不过当家’，他们是弟兄，咱们是姊妹，又不是外人，只管上来。”尤二姐反不好意思起来。贾珍得便就要一溜，尤三姐那里肯放。贾珍此时方后悔，不承望他是这种为人，与贾琏反不好轻薄起来。

这尤三姐松松挽着头发，大红袄子半掩半开，露着葱绿抹胸，一痕雪脯。底下绿裤红鞋，一对金莲或翘或并，没半刻斯文。两个坠子却似打秋千一般，灯光之下，越显得柳眉笼翠雾，檀口点丹砂。本是一双秋水眼，再吃了酒，又添了饧涩淫浪，不独将他二姊压倒，据珍琏评去，所见过的上下贵贱若干女子，皆未有此绰约风流者。二人已酥麻如醉，不禁去招他一招，他那淫态风情，反将二人禁住。那尤三姐放出手眼来略试了一试，他弟兄两个竟全然无一点别识别见，连口中一句响亮话都没了，不过是酒色二字而已。自己高谈阔论，任意挥霍洒落一阵，拿他弟兄二人嘲笑取乐，竟真是他嫖了男人，并非男人淫了他。一时他的酒足兴尽，也不容他弟兄多坐，撵了出去，自己关门睡去了。

自此后，或略有丫鬟婆娘不到之处，便将贾琏、贾珍、贾蓉三个泼声厉言痛骂，说他爷儿三个诓骗了他寡妇孤女。贾珍回去之后，以后亦不敢轻易再来，有时尤三姐自己高了兴悄命小厮来请，方敢去一会，到了这里，也只好随他的便。谁知这尤三姐天生脾气不堪，仗着自己风流标致，偏要打扮的出色，另式作出许多万人不及的淫情浪态来，哄的男子们垂涎落魄，欲近不能，欲远不舍，迷离颠倒，他以为乐。

他母姊二人也十分相劝，他反说：“姐姐糊涂。咱们金玉一般的人，白叫这两个现世宝沾污了去，也算无能。而且他家有一个极利害的女人，如今瞒着他不知，咱们方安。倘或一日他知道了，岂有干休之理，势必有一场大闹，不知谁生谁死。趁如今我不拿他们取乐作践准折，到那时白落个臭名，后悔不及。”因此一说，他母女见不听劝，也只得罢了。那尤三姐天天挑拣穿吃，打了银的，又要金的，有了珠子，又要宝石，吃的肥鹅，又宰肥鸭．或不趁心，连桌一推；衣裳不如意，不论绫缎新整，便用剪刀剪碎，撕一条，骂一句，究竟贾珍等何曾随意了一日，反花了许多昧心钱。[1]

可见，聂先生的激赏不无见地，但他认为尤三姐一点也不“无耻老辣”，其实不然。如上文，尤三姐“搂过贾琏的脖子来就灌”“咱们来亲香亲香”“露着葱绿抹胸，一痕雪脯”“一对金莲或翘或并，没半刻斯文”，真够淫情浪态！要知道，只一句“一对金莲或翘或并”就已经相当淫浪了。据说缠足之习起于五代，此后一直延续到辛亥革命以后才禁止。《红楼梦》所写是汉人还是满人？其中女子是缠足还是天足？曹雪芹都刻意模糊，一般读者恐怕不会去想，痴迷《红楼梦》的张爱玲，在其《红楼梦魇》中云：“书中这么许多女性，只有一个尤三姐，脂本写她多出一句‘一对金莲或敲（按：有的版本如此）或并’。”[2]张爱玲仅从版本的角度提及，遗憾的是未用她的天才手笔多作阐发。在那男尊女卑的封建时代，缠足的陋习不过是将女人视为男人欣赏的玩物，除了男人津津乐道女人的三寸金莲之美外，“据日本学者研究，裹了小脚的女人，为了站稳走好，总是不得不把双腿和骨盆的肌肉绷得紧紧的。这样一来，缠足的女人在性交时，其阴部的肌肉较紧，予人如同处女的感觉”。[3]这深层的性心理是绝对隐秘的，女人的小脚也是其全身最隐秘的部位之一，不得随意让人观看（虽然据说在山西一带有晾出“金莲”选小脚美的“赛脚会”），尤三姐却半露雪胸，乱颤金莲……何况，吃着穿着住着人家（孤儿寡母不得不依附于权贵）的，却“天天挑拣穿吃”，要这要那，不称心就掀桌痛骂，诸如此类的言行，难道还不够“无耻”？然而，这“无耻”底下，却是：“打

1 中国艺术研究院红楼梦研究所校注：《红楼梦》，人民文学出版社 2008，第 908–910 页。
2 张爱玲：《红楼梦魇》，上海古籍出版社 1996，第 3 页。关于《红楼梦》中女性是“大脚”还是“小脚”的问题，参见刘梦溪《红楼梦的儿女真情》，商务印书馆 2016，第 261 页。
3 赵东玉、李健胜：《中国历代妇女生活掠影》，沈阳出版社 2003，第 119 页。

谅我们不知道你府上的事。这会子花了几个臭钱，你们哥儿俩拿着我们姐儿两个权当粉头来取乐儿，你们就打错了算盘了。”“姐姐糊涂。咱们金玉一般的人，白叫这两个现世宝沾污了去，也算无能。”“趁如今我不拿他们取乐作践准折，到那时白落个臭名，后悔不及。”而且，对于王熙凤有着极清醒的认识和不服：“我也要会会那凤奶奶去，看他是几个脑袋几只手……再和那泼妇拼了这命，也不算是尤三姑奶奶！”每每读至此，笔者总会禁不住想：要是这尤三姑奶奶和凤奶奶会会，不知道该有怎样惊天动地的好戏！曹雪芹的《红楼梦》未完是一大憾事，曹雪芹未写凤姐与三姐的交锋过招，不也遗憾？

尤三姐的嬉笑怒骂、作姿作态，岂是一味胡搅蛮缠？以其人之道还治其人之身，予玩弄者以玩弄！真是心明眼亮的“心机妹”，难道不够“老辣”？这样一朵扎手的玫瑰花儿，“据珍琏评去，所见过的上下贵贱若干女子，皆未有此绰约风流者”，真是让人爱恨交加“欲近不能，欲远不舍”的尤物。对此，刘上生在《试论曹雪芹的尤三姐形象构思——兼解“误被情惑”“耻情而觉”》一文中有着深微烛照的论述，其曰：

> 作为完全依附于人的女性弱者，要化被动为主动，唯一的办法是使自己变得精神上强大不可欺凌。面对这两个拥有金钱权势并成为她们寡母孤女生活依靠的贵族淫棍，三姐显示了她的胆力和智慧，用‘以浪制淫’的逆袭手段打败了对方。……这不止是对珍、琏、蓉淫欲的制服，而且是对男权淫乐的宣战。[1]

如此尤三姐岂是一个“洁白女子”“贞烈道德”能够达到的艺术张力、文学高度。

此外，对于尤三姐自杀这一悲剧，作为“淫奔女”或“洁白女”的不同处理，无论从情理上还是悲剧的效果上都是大为不同的。一个洁白女子被误解被连累而遭遇退婚，不过是一个偶然的误会，误会通常经过解释就能消除，聪慧的尤三姐却不假思索、抽刀立绝，虽然表现了她的刚烈决绝，却难免突兀生硬。

1 刘上生：《试论曹雪芹的尤三姐形象构思——兼解“误被情惑”“耻情而觉”》，《曹雪芹研究》2019年第3期，第74页。

从悲剧的效果来说，也不能从本质上揭示悲剧性。

作为“淫奔女”的尤三姐，因为心中有了柳湘莲，期盼结成秦晋之好而痛下决心重新做人，是非常有主见有决断的：

姐姐今日请我，自有一番道理要说。但妹子不是那愚人，也不用絮絮叨叨提那从前丑事，我已尽知，说也无益。既如今姐姐也得了好处安身，妈也有了安身之处，我也要自寻归结去，方是正理。但终身大事，一生至一死，非同儿戏。我如今改过守分，只要我拣一个素日可心如意的人方跟他去。若凭你们拣择，虽是富比石崇，才过子建，貌比潘安的，我心里进不去，也白过了一世。（第 65 回，尤三姐对尤二姐言）

三妹子他从不会朝更暮改的。他已说了改悔，必是改悔的。（第 66 回，尤二姐对贾琏言）

若有了姓柳的来，我便嫁他。从今日起，我吃斋念佛，只服侍母亲，等他来了，嫁了他去，若一百年不来，我自己修行去了。（第 66 回，尤三姐对贾琏言）

他小妹子果是个斩钉截铁之人，每日侍奉母姊之余，只安分守己，随分过活。虽是夜晚间孤衾独枕，不惯寂寞，奈一心丢了众人，只念柳湘莲早早回来完了终身大事。（第 66 回）

以上所录，对于尤三姐形象塑造极为重要，她的婚恋观超凡脱俗，非传统“父母之命”，非世俗“金龟婿”之选，而是“我心里进不去，也白过了一世”，完全尊崇自我内心的情感，人物形象第一次升华。并且，她果然说到做到，痛改前非。虽然小说中这一变化斩钉截铁，难免失真，但是人物形象得到第二次升华。然而，在那绝对的男权社会，一个女子，一旦失足，即使改行了，也不会被谅解。一个男子，即使知道她改了行，也很难明媒正娶（娶为小妾倒常见）。那个时代，男人可以妻妾成群、吃喝嫖赌，女人却必须贞洁专一。即使到了现当代，女性似乎已经获得相当的解放，但在性道德方面，仍然持有双重标准，男女依然不平等，世俗的思维定势和舆论偏向都会对女性造成极大的伤害。尤三姐既不愿回到从前再受玷污践踏，痛改前非又得不到接纳，那么还有什么路可走？最大可能不是出家就是死亡。“如果说，跟贾珍之流淫乐，她付出的仅仅是肉体；那么，对柳湘莲，她付出的却是全部精神的爱和对未来的期望”[1]，尤三姐自我想象、无限憧憬的美好理想和愿景，因“淫奔无耻之流”被人轻贱、遭人拒绝，全部的精神支撑轰然坍塌，顿时绝望，绝望却绝不乞求，而是以死明志，以死反抗。那突然爆发的决绝之举，如山崩地裂，让人惊愕震撼，让人回不过神，与此同时，悲壮崇高之感油然而生，如西方意义上的悲剧所强调：“对悲剧来说紧要的不仅是巨大的痛苦，而且是对待痛苦的方式。没有对灾难的反抗，也就没有悲剧。”[2]尤三姐人物形象第三次升华并达到悲剧高潮。由此，曹雪芹揭露了封建礼教、封建道德对女性的残酷迫害——人们通常这么评说。实际上，女性受性道德的压迫，不仅仅是封建时代，也不仅仅是在中国。曹雪芹的伟大，也不仅仅是写出了卓绝的小说，他是这个世上特别能理解同情女性，并能深刻写出女性悲剧的作者。他是超越时空的！[3]

既然《脂评本》中的尤三姐更为精彩深刻，更具张力震撼力，为什么剧本还是采用了“洁白贞烈”的单一形象，并且取得了很大成功呢？前文已述，陈墨香羼合他人的本子进行编改，那两个本子中的尤三姐或许就是如此？除此而外，我们应该探讨更本质的原因，那就是戏曲与小说一是表演艺术，一是语言艺术，两者之间有着不同界域。戏曲艺术作为一种舞台艺术有其独特的个性和审美理想，是故，评论戏曲文学必须是剧本内容与舞台表演两个维度兼顾，才是正确的。若拿小说的标准来要求戏曲，必然是圆凿方枘，此其一。其二，思想内涵和人物塑造方面，中国戏曲与传统文化、道德教义密切相关，要求表现强烈的伦理道德观念，善恶忠奸、美丑妍媸，都作爱憎分明、淋漓尽致的单向表现，一如戏剧脸谱（并非所有角色），不但是一种舞台化妆造型艺术，更是用颜色把角色特征作简单注解，特意要直观化、类型化、标签化。戏谚有“红忠白奸黑直爽，黄色猛勇金神仙”的说法，“戏台上有一个红面孔，必跟着个黑面孔来陪他，所谓‘一脸之红荣于华衮，一鼻之白严于斧钺。’”[4]仿佛三

1 刘上生：《试论曹雪芹的尤三姐形象构思——兼解“误被情惑”“耻情而觉”》，《曹雪芹研究》2019年第3期，第76页。

2 朱光潜：《悲剧心理学》，安徽教育出版社1996，第271页。

3 王国维《红楼梦评论》称“《红楼梦》，哲学的也，宇宙的也，文学的也。”其“宇宙的也”可谓“超越时空”之首倡，目光如炬。

4 俞平伯：《红楼梦研究》，上海古籍出版社2005，第93页。又，西方戏剧不同于中国戏曲，较少要求类型化单一化，但也有例外，如欧洲中世纪法国的道德剧《坚韧堡》演出时，法王亨利四世曾指示：“仁慈”穿白衣、“残忍”穿红衣、“真理”穿绿衣、“和平”穿黑衣，用明显的颜色对比来区分人物。

尺童子般求得简单直接，好坏明确。诚如张爱玲所说：“然而新兴的京戏里有一种孩子气的力量，合了我们内在的需要。”（张爱玲《洋人看京戏及其他》）尤三姐形象的净化美化、单一化处理，特别契合这种要求。其三，京剧以表演为本位。中国近代戏曲研究的开创者王国维在 1909 年完成的《戏曲考原》中说“戏曲者，以歌舞演故事也”，其后齐如山将“国剧”归纳为“有声必歌、无动不舞”，于是“歌舞”“故事”成为中国戏曲两大必备要素，已无异议。只是这两者哪一个是根本？“以歌舞演故事”，歌舞是手段，演故事是目的。当今戏曲研究者更倾向于改为“以故事演歌舞”，如孙崇涛曰：“王氏的定义，主要是从中国戏剧文学发展的角度着眼，并未留意到作为高度综合艺术的中国戏曲的整体本质。如果从后者角度理解，倒不如称中国戏曲是‘以故事演歌舞’，反倒更接近事物真理。”[1] 又，和宝堂云：“歌舞是戏曲的根本，戏曲观众首先欣赏的是其歌舞，戏曲的灵魂也是歌舞，所谓无声不歌，无动不舞，而不只是为了叙述故事。”[2] 也就是说中国戏曲是“表演中心”，真正懂戏的观众欣赏的主要是唱念做打的表演和功夫。“唱有唱的腔调，念有念的规矩，做有做的范式，打有打的套路”[3]，偏重表演技艺，略于故事情理。因此，尤三姐这一戏曲形象能否成功，除了剧本基础外，更在于演员的塑造表演。

综上所述，小说中的尤三姐存在两种不同的形象，一复杂深刻，一简单美好。深谙戏曲的陈墨香、荀慧生，编写《红楼二尤》，塑造了与《程高本》一致的，坚守贞操、清白无瑕的尤三姐形象。这一舞台形象浅显单纯完美，更具理想化色彩，更适合戏曲模式，也更能满足一般大众的观赏心理。

轻佻复可怜：尤二姐

剧本取名《红楼二尤》，尤二姐毫无疑问亦是主角，陈墨香编改《鸳鸯剑》，从原本主要写尤三姐，增补尤二姐，旨在通过二姐、三姐形成鲜明的性格对照，同时，二人都难逃同样的悲剧命运，如此手笔，既符合原著精神，戏剧性和

1 孙崇涛：《中国戏曲本质论》，《回眸集》，北京时代华文书局 2016，第 13 页。
2 和宝堂：《以故事演歌舞》，《京剧丛谈百年录》，中华书局 2011，第 615 页。
3 董健、马俊山：《戏剧艺术十五讲》，北京大学出版社 2006，第 162 页。

感染力也都更加强烈。

实际上，尤二姐在小说中的笔墨多过尤三姐。尤三姐故事主要以自行择夫为界，分为前后对照的两段，前之“闹酒”嬉笑怒骂、痛快淋漓，后之“拔剑自刎”，玉山倾倒，猝不及防。笔墨间的大起大落，惊心动魄，不能不让人爱恨交加、刻骨铭心。尤二姐故事则可分为三个时期[1]：一是婚前的轻佻淫荡，二是新婚后的温顺贤能，三是入贾府后的忍气吞声。二姐从泼辣厉害一步一步走向软弱可欺，其性格经历一路下滑、坠入凄凉惨伤，不像三姐那样壮怀激烈，震撼人心。于是，可怜的二姐，在三姐的万丈光芒下逊了色，被忽视被不屑，对她的关注和研究也相应薄弱[2]。

然而，曹雪芹塑造尤二姐是有他的苦心孤诣的。对《红楼梦》痴迷终生、深受其影响的张爱玲在《自己的文章》中云：“我不喜欢壮烈。我是喜欢悲壮，更喜欢苍凉。……悲壮则如大红大绿的配色，是一种强烈的对照。但它的刺激性还是大于启发性。苍凉之所以有更深长的回味，就因为它像葱绿配桃红，是一种参差的对照。”[3] 如果说悲壮是刺激性的大红大绿，苍凉则是荒芜性的灰暗青白，尤三姐无疑是大红大绿的悲壮，尤二姐则是孤寂暗淡灰白青苍的凄凉苍凉……前者有着强烈的刺激性引发震撼，后者则需要平心静气去感受去品味，如此才能不辜负曹君雪芹。故在此分三个阶段对尤二姐详加述论。

1. 无所规训的蒙昧女

尤氏姐妹的第一次出场在第 13 回前半段“秦可卿死封龙禁尉”，奔丧的来宾中“只见秦业、秦钟并尤氏的几个眷属尤氏姐妹也都来了。”仅此一句，草蛇灰线，伏脉千里，直至第 63 回二尤才正式登场。

第 63 回后半部“死金丹独艳理亲丧”中，因贾敬去世，贾珍、贾蓉等人

---

1 参见李厚琼《尤二姐形象解读》，《西华师范大学学报》2006 年第 6 期。

2 李希凡、李萌著《传神文笔足千秋——〈红楼梦〉人物论》中有《尤氏姐妹的悲剧人生·温婉懦弱的尤二姐》（东方出版中心 2017），段江丽著《红楼人物家庭角色论》，第六章《贾府的妾室》之第三节有《“水性的人”：尤二姐》（辽宁人民出版社 2019），除此而外，有关“《红楼梦》人物论”的专著中，少有专论尤二姐者。如王昆仑《红楼梦人物论》没有专论二尤，只在“《红楼梦》三烈女”中论及尤三姐，附带提了下尤二姐（辽宁人民出版社 2019）。王蒙《红楼启示录》，其中“尤二姐的厄运与王熙凤”一大段，如其首句所说“尤二姐的悲剧是最能暴露王熙凤的”，落笔几乎都在王熙凤，尤二姐一带而过（生活·读书·新知三联书店 1991）。胡文彬《红楼梦人物谈》有“尤三姐之‘刚’”一节，无尤二姐（文化艺术出版社 2005）。欧丽娟《红楼梦人物立体论》，没有尤氏姐妹（北京大学出版社 2020）。

3 张爱玲：《自己的文章》，《张爱玲散文全编》，浙江文艺出版社 1992，第 113 页。

因国丧不在家，尤氏独自料理，难以兼顾，便将她继母尤老娘接来宁府看家，于是“她这继母只得将两个未出嫁的小女带来，一并起居才放心”。

接着贾珍、贾蓉父子乞假回家奔丧，于半路上听见两个姨娘来了，贾蓉便和贾珍一笑。这暧昧“一笑”，意味深长。到家后，贾蓉见他二姨娘三姨娘在和丫头们作活计：

贾蓉且嘻嘻的望他二姨娘笑说：“二姨娘，你又来了，我们父亲正想你呢。”尤二姐便红了脸，骂道：“蓉小子，我过两日不骂你几句，你就过不得了。越发连个体统都没了。……”说着顺手拿起一个熨斗来，搂头就打，吓的贾蓉抱着头滚到怀里告饶，尤三姐便上来撕嘴，又说：“等姐姐来家，咱们告诉他。”贾蓉忙笑着跪在炕上求饶，他两个又笑了。贾蓉又和二姨抢砂仁吃，尤二姐嚼了一嘴渣子，吐了他一脸。贾蓉用舌头都舔着吃了。（第882页）

虽然第13回以后的五十回里对尤老娘母女没有片言只语，但“二姨娘，你又来了，我们父亲正想你呢”，透露出尤氏姐妹自秦可卿丧礼后应该多次来过，且与贾珍等人有着不正当的关系。第64回中提到贾琏“况知（二姐三姐）与贾珍贾蓉等素有‘聚麀’之诮”。唐代骆宾王那篇著名的《为徐敬业讨武曌檄》中痛骂武则天云：“陷吾君于聚麀。”“聚麀”出自《礼记·曲礼》：“夫唯禽兽无礼，故父子聚麀”[1]（“麀”母鹿），指父子共占一个女子的禽兽行为。小说中点出了这种淫乱关系。上文中尤二姐的“骂道”“搂头就打”，抢砂仁、吐渣子等言行，生猛泼辣，一嚼一吐，比李煜词《一斛珠》“烂嚼红茸，笑向檀郎唾”的娇纵描写更轻佻不堪。

第64回后半段“浪荡子情遗九龙佩”，写贾琏对尤氏姐妹垂涎欲滴，百般撩拨，三姐只是淡淡相对，“只有二姐也十分有意”，于是贾琏“不时至宁府中勾搭二姐”，并在贾蓉的撺掇下，置国孝家孝于脑后，决定偷娶二姐。一日贾琏来到尤氏母女房中，私赠二姐信物，见房里无人时，搭讪道：

“槟榔荷包也忘记了带了来，妹妹有槟榔，赏我一口吃。”二姐道：“槟

1 李学勤：《十三经注疏·礼记正义》（上），北京大学出版社1999，第15页。

榔倒有，就只是我的槟榔从来不给人吃。”贾琏便笑着欲近身来拿。二姐怕人看见不雅，便连忙一笑，撂了过来。贾琏接在手中，都倒了出来，拣了半块吃剩下的撂在口中吃了，又将剩下的都揣了起来。刚要把荷包亲身送过去，只见两个丫鬟倒了茶来。

贾琏一面接了茶吃茶，一面暗将自己带的一个汉玉九龙佩解了下来，栓在手绢上，趁丫鬟回头时，仍撂了过去。二姐亦不去拿，只装看不见，坐着吃茶。只听后面一阵帘子响，却是尤老娘、三姐带着两个小丫鬟自后面走来。贾琏送目与二姐，令其拾取，这尤二姐亦只是不理。贾琏不知二姐何意，甚是着急，只得迎上来与尤老娘、三姐相见。一面又回头看二姐时，只见二姐笑着，没事人似的；再又看一看绢子，已不知那里去了，贾琏方放了心。（第898–899页）

“我的槟榔从来不给人吃”；贾琏撂了玉佩过去，二姐却“只装看不见”“只是不理”；然后神不知鬼不觉地收了玉佩……从二姐的言行举止，可见其欲拒还迎的手段，颇有心眼，真真是个调情高手，与贾琏可谓你情我愿，一拍即合。

可见，曹雪芹笔下的尤氏姐妹，最初都是“淫奔女”，如第66回尤三姐听见柳湘莲反悔退婚时，想到“自然是嫌自己淫奔无耻之流，不屑为妻”；第69回二姐梦中的三姐说道“你我生前淫奔不才”。何谓“淫奔”？“淫”《说文解字》：“侵淫随理也，从水壬声。一曰久雨为淫。”[1]即“淫”的本义有二，一是随其脉理渐渐浸渍（浸淫），二是久雨为淫（淫雨）。后引申为过度、放纵、沉溺等。“奔”《周礼·地官》（媒氏）云：“中春之月，令会男女。于是时也，奔者不禁。”[2]自西周时期形成的传统婚姻制度皆父母之命、媒妁之言，不由媒者即为“奔”。“淫奔”即指男女私相奔就，自行结合，多指女方往就男方。就二尤而言，二姐自小便指腹为婚许给了张华，张家败落，“二姐又是水性的人，在先已和姐夫不妥，又常怨恨当时错许张华”（第64回），于是弃张华不顾，心甘情愿做贾琏的二房，尽管有贾珍做媒，尤老娘许可，但也不可不谓“淫奔不才”。三姐与贾蓉打情骂俏，与贾珍挨肩擦脸，百般轻薄取乐，连丫头们都看不过（第65回），以及对柳湘莲仅凭听戏一面之缘，便要自行

1 许慎撰、徐铉校定：《说文解字》，中华书局2013，第231页。

2 李学勤：《十三经注疏·周礼注疏》（上），北京大学出版社1999，第362、364页。

择夫非柳不嫁，也是上述意义上的“淫奔女”。

笔者认为，出身平民[1]，幼年丧父，家计艰难，不得不寄人篱下的二尤，没有条件读书，接受教育，何况母亲改嫁失节，更谈不上教化规训，因此，她们的言行举止无拘无束，泼辣轻浮，带有粗放的市井之气。贾珍、贾蓉父子的“聚麀”丑行，一方面是荒淫无耻的权贵对她们的利诱玩弄，诚如三姐“说他爷儿三个诓骗了他寡妇孤女”（第65回），另一方面也不能不说是尤氏姐妹眩惑于奢豪生活的经济依附。至于她们本质品性的好坏则不能简单粗暴地下结论，必须细品文本。毫无疑问，她们是有缺点过失的，但如上文中“尤二姐便红了脸”的描写，可见其并非不知羞耻之徒。

2. 改过守分的新婚妇

贾琏与二姐一来二往后，“欲”令智昏，只图二姐美色，余则不管不顾，偷娶了尤二姐。第65回前半段“贾二舍偷娶尤二姨”，尤二姐的出嫁几笔带过，重点写偷婚二月后，二姐的改变。一日贾珍打听到贾琏不在，于是来到二姐住处，趁机一如既往地厮混，二姐却借故走开，留下三姐和贾珍取乐。贾琏回家后知贾珍来，并不介意，二姐却心下不安，知如此情形非长久之计，于是不但向贾琏表明“我生是你的人，死是你的鬼，如今既作了夫妻，我终身靠你”，同时，作为姐姐，也求贾琏替妹子打算。

第66回中贾琏离家外出平安州办事，二姐在家谨守妇道：

> 尤二姐操持家务十分谨肃，每日关门阖户，一点外事不闻。……这日贾琏进门，见了这般景况，喜之不尽，深念二姐之德。（第920页）

自以为找到了终身依靠的二姐，真心实意改悔，做贤能温顺的主妇。

> 无奈二姐倒是个多情人，以为贾琏是终身之主了，凡事倒还知疼着痒。若论起温柔和顺，凡事必商必议，不敢恃才自专，实较凤姐高十倍；若论标致，言谈行事，也胜五分。（第910页）

1 参见段江丽《红楼人物家庭角色论》，辽宁人民出版社2019，第216–226页。

贾琏的心腹小厮兴儿亦道：

如今跟爷的这几个人，谁不背后称扬奶奶盛德怜下。

此外，二姐的贤明还表现在三姐自杀后，贾琏揪住湘莲命人捆了告官，二姐反倒忍泪劝止：三姐是自寻短见，并非柳湘莲威逼而死。

婚后的二姐，从“淫奔女”到“贤良妇”，前后判若两人，她不再任性妄为，而是温顺贤能，获得了一致好评。然而，让人疑惑的是，二姐何以有着如此巨大的转变呢？或许以下三点可以考虑。

其一，从少女到少妇是一个女人的成长规范之路。如果说少女蒙昧，缺乏闺阁教化而自由自在、放纵不羁的话，那么，随着年龄的增长，一方面自我意识逐渐觉醒，另一方面出嫁而为妻妇之后，进入“三纲五常”的伦理牢笼中，少女变成“夫纲”之下的“妻目”，不能不遵守婚姻家庭、伦理道德所要求的妇道规范。自称“你们拿我当愚人看，什么事我不知”（第65回）的二姐，的确不是愚人，还是知道轻重的。

其二，嫁了青年富贵公子贾琏，相比穷困潦倒的张华，在二姐看来不啻天差地别，从此有了终身依靠，衣食无忧，享受荣华富贵，尤老娘也有了安身之处，还可替妹子聘个好人家，从诸如此类的世俗利益来看，原本就嫌弃张家的二姐能不看重珍惜？

其三，新婚燕尔相处期间，双方开始有了感情，这是颇为关键的。贾琏虽是一个浪荡子、滥情者，起初只是贪图美色，但后来对尤二姐不能说没有真情[1]。二姐一娶进门，他便命令“下人不许提三说二的，直以奶奶称之，自己也称奶奶，竟将凤姐一笔勾倒”“将自己积年所有的梯己，一并搬了与二姐收着”，还告知凤姐素日的为人行事，只等凤姐一死，便接二姐进去（第65回）。这些言行无疑都给二姐打了强心针，更何况贾琏不但不计较她以往之淫，反倒安慰她，让她放心，不必惊慌……凡此种种，能不让二姐对贾琏动心生情？一旦动了真情，节制自身行为就是心甘情愿、自然而然的了。新婚几月中，有了感情的双方“一心一记，势同生死”，这成了二姐人生中难得的幸福时光。

1　关于贾琏，参见段江丽《红楼人物家庭角色论》，辽宁人民出版社2019，第74–83页。

在花枝巷中作了奶奶，一心一意操持家务的二姐，心中何尝不想有朝一日能够进入贾府，得到承认，因此，在兴儿论荣府之事时，趁此了解府中人事。兴儿对王熙凤两面三刀的控诉，为此后暗害尤二姐埋下伏笔，尤二姐的反应则是："你背着他这等说，将来你又不知怎么说我呢。我又差他一层儿，越发有说的了。"（第 65 回）二姐对兴儿的话立刻就有掂量，并不偏听偏信，也因此没有引起她对凤姐之厉害毒辣的足够认识、高度警觉。

3. 心痴意软的薄命者

鸟儿飞过都会留下痕迹，尤二姐的美好生活刚刚开始，便走漏了风声，王熙凤对旺儿、兴儿一番审讯后，计上心来。第 68 回前半段"苦尤娘赚入大观园"，即写凤姐趁贾琏远行去平安州之机，来到尤二姐住处。凤姐甜言蜜语求二姐进府同居共处、情似亲妹、和比骨肉；若二姐不去，自己情愿留下相陪，服侍二姐……言语间竟可怜得呜呜咽咽哭将起来；还有自怨自艾的"肺腑"之言，在如此动人的表演之下，原本就对兴儿的话不太介意的尤二姐被彻底征服打动，竟认为凤姐是极好的人，认作知己，何况"尤氏心中早已要进去同住方好，今又见如此，岂有不允之理"，于是"二人携手上车"，二姐从此踏上了一条不归路。

不是愚人的尤二姐为何完全失去判断力？在此必须特别注意的是"尤氏心中早已要进去同住方好"，这是发自二姐心底的声音和渴望，在这样的心理动因下，再加王熙凤超一流的口才和手段，焉有不允之理。

被赚入府的二姐，先是受凤姐安排的丫头善姐（取名"善姐"可谓反讽）的虐待，给的是剩饭剩菜，还有一顿没一顿的。后又受贾琏新妾秋桐的欺凌辱骂，以及众人的踏践，二姐都只是暗自淌眼抹泪，一忍再忍，有时甚至反替他们遮掩（可见其心地善良）。王熙凤则外装贤良，待二姐好似姐妹，和容悦色，并不露出一点儿坏形，暗地里却指使张华告官，挑拨刺激秋桐来"借剑杀人"。最终，二姐在胎儿惨死无可悬心、零气受够不必再受的想法下，选择了吞金自杀。死后的尤二姐竟"面色如生，比活着还美貌"，想必曹氏不是闲笔，绝色美貌是二姐、三姐的资本，也是她们的原罪，如贾琏、兴儿都曾道二姐比凤姐还标致（第 65 回）；宝玉对柳湘莲赞道"真真一对尤物，他又姓尤"（第 66 回）；凤姐带二姐见贾母，老太太细细瞧了一番后说比凤姐还俊些（第 69 回）；太医胡君荣诊病，请二姐露露脸，一见便魂飞九天（第

69 回）。作者一再渲染二姐的美。二姐，怎么能够如此美貌超群呢——还至死都不罢休！怎么能够比凤姐还俊还标致呢！你能不成为“男淫”们的猎物？能不成为抓尖要强的凤姐之眼中钉、肉中刺？

如果说尤二姐从“淫奔女”到“贤良妇”的转变让人惊讶，那么从“贤良妇”再到“心痴意软”的“薄命者”的跌落，则让人错愕哀叹。那个曾经泼辣聪明、不乏个性和主见的尤二姐，怎么全然无影无踪？变得如此软弱可欺、愚弱不明？

问题的关键其实脱不了富贵荣华的欲求和“淫奔”“偷娶”的矛盾，这是尤二姐挥之不去的心结，也是整个社会的痼疾。

首先，无论尤二姐在性情言行上有多么大的改变，但她“天生丽质难自弃”，追求豪门富足的生活是一以贯之的，表现如下。

做媒时。贾蓉替贾琏做媒，一番花言巧语，尤其告知凤姐有病，是不能好的了，过个一年半载，只等凤姐一死，便可接二姨做正室。二姐原本“常怨恨当时错许张华，致使后来终身失所”，因此有何不肯？点头依允即是。

兴儿说荣府时。兴儿大谈王熙凤的歹毒等一堆不是，二姐不但不警觉，竟然说“我还要找你们奶奶去呢”，可见其多么渴望得到大老婆的承认。

王熙凤赚二姐入府时。上文已述，“尤氏心中早已要进去同住方好”，要名正言顺地作豪门“姨娘”正是二姐所欲所念。

临死前。平儿向二姐道歉，当初因她听见了风声告知凤姐才导致二姐的惨况，善良的二姐忙道“若姐姐便不告诉他，他岂有打听不出来的，不过是姐姐说的在先。况且我也要一心进来，方成个体统”，这是安慰平儿之言，又何尝不是二姐的真实想法。

尤二姐梦想有朝一日能够入府，正大光明地作二房，而不是永远偷偷摸摸地别居小花枝巷。入府后凭着自己的温顺贤能，再加又有身孕，若是生个儿子，得到大家族的承认接受，说不定哪天还能取代或许会病逝的凤姐做个正室……对于尤二姐这样一个自小靠人接济、被人玩弄的贫寒女来说，是能够让人理解的欲求。曹雪芹如此写来是具有相当的可信性、普遍性的。当然，并非出身低微者皆如此，曹氏洞悉人间百态！他笔下的鸳鸯、司棋、邢岫烟等，都是自尊自重、不图富贵的美好形象，甚至一母同胞的三姐不也与二姐形成强烈对照，由此更加凸显了三姐的特立独行。三姐自行择夫，不攀高枝，只求情投意合的婚恋观是超前的，非同寻常。

俗话说无欲则刚，正是由于二姐有所求有所欲有所盼，因而不得不有所忍！或许忍下一时之气，熬到生下一儿半子就母因子贵了呢。这样的心理因素应该是二姐变得软弱可欺的原因之一。

其次，聪明一时、糊涂一世的二姐，既没有认清残酷的现实，更没有认清王熙凤的本质。残酷的现实是：她的富贵欲求与永远洗刷不掉的“淫奔”“偷娶”之名是不相容的，为此，贾府上上下下都饶不过她，她亦因此背负上了沉重的精神枷锁。

> 虽然如今改过，但已经失了脚，有了一个“淫”字，凭他有甚好处也不算了。（第 65 回新婚之初）
>
> （善姐欺负她道）：咱们又不是明媒正娶来的……把你丢在外，死不死，活不活，你又敢怎样呢！（第 68 回）

善姐一番作践，她只有垂了头，少不的忍着。

> 秋桐辱骂她：“先奸后娶没汉子要的娼妇。”“让我和他这淫妇做一回，他才知道。”（第 69 回）

秋桐肆无忌惮，二姐却只能暗愧暗怒暗气。

> 王熙凤对二姐道：“妹妹的声名很不好听，连老太太，太太们都知道了，说妹妹在家做女孩儿就不干净，又和姐夫有些首尾，‘没人要的你拣了来，还不休了再寻好的’……”（第 69 回）

王熙凤话里藏刀，大家都知道了二姐的“前科”，无不言三语四，更加轻贱她，也让二姐更加无地自容。

虽然进贾府前，二姐也曾对自己的品行有污心怀愧疚：“我虽标致，却无品行。看来到底是不标致的好。”（第 65 回）但她不曾料到，进府后，一是王熙凤抓住她的“把柄”，使出的两面派手段之高超之阴险毒辣，二是封建礼法、社会舆论和世俗观念一起，将所有的罪过都加诸于她这个曾经被侮辱被玩弄的女人。外界环境、残酷现实愈是恶劣，二姐的良心苛责也愈发沉重，呈现出来的人格就越发分裂、越发非我。在外界的全面否定之下，也不自觉地陷入内在的自我否定之中，不能自拔，不能不忍气吞声。

不堪心理重负又孤立无援、无从宣泄的二姐，不过受了一个月的暗气，便恹恹成病，黄瘦下去，病中做了个梦，梦到妹妹尤三姐，手捧鸳鸯宝剑前来说道：

“姐姐，你一生为人心痴意软，终吃了这亏。休信那妒妇花言巧语，外作贤良，内藏奸狡，他发恨定要弄你一死方罢。若妹子在世，断不肯令你进来，即进来时，亦不容他这样。此亦系理数应然，你我生前淫奔不才，使人家丧伦败行，故有此报。你依我将此剑斩了那妒妇，一同归至警幻案下，听其发落。不然，你则白白丧命，且无人怜惜。”尤二姐泣道：“妹妹，我一生品行既污，今日之报既系当然，何必又生杀戮之冤。随我去忍耐。若天见怜，使我好了，岂不两全。”小妹笑道：“姐姐，你终是个痴人。自古‘天网恢恢，疏而不漏’，天道好还。你虽改过自新，然已将人父子兄弟致于聚麀之乱，天怎容你安生。”尤二姐泣道：“既不得安生，亦是理之当然，奴亦无怨。”小妹听了，长叹而去。（第 69 回）[1]

这段梦境实在重要，二姐变化的心理根源都能从中窥见端倪。梦中妹子给二姐指了一条斩杀王熙凤的决绝痛快之路。梦是愿望的显现，看来一直压抑忍受的二姐也不是对王熙凤完全没有认识，她潜意识里也想反抗，然而，如郭帼英云“更可令人深思的是，这一点反抗的火花马上就熄灭了：‘既不得安生，亦是理之当然，奴亦无怨。’综合这些描写来看，尤二姐身上的精神枷锁是多么的沉重！统治者占统治地位的思想有力而成功地束缚着被压迫者的不觉悟的灵魂，《红楼梦》形象地写出了那一时代的黑暗。”[2]

不仅如此，曹雪芹更为奇特之处在于：二姐在他人的一再践踏下，不但放大了自己的罪过，且将“淫奔不才”“聚麀之乱”的罪责都自包自揽，黑锅全背，梦中借三姐之口，竟然说出：“使人家丧伦败行”“将人父子兄弟致于聚麀之乱”，贾珍、贾蓉之流反倒成了受害者！二姐、三姐的美貌就是

1　中国艺术研究院红楼梦研究所校注：《红楼梦》，人民文学出版社 2008，第 957 页。
2　郭帼英：《最无辜堪恨亦堪怜——我看尤二姐悲剧》，《红楼梦学刊》2001 年第三辑，第 120 页。

原罪！[1]且不说二姐三姐曾是有污点的“淫奔女”，即使是好女人，如《水浒传》中林冲娘子、刘太公之女等，因为美艳动人，而给自己和家庭带来无端横祸与无尽苦难。美貌女人真是“祸水”！

鲁迅在《我之节烈观》中曾经抨击道：

> 即如失节一事，岂不知道必须男女两性，才能实现。他却专责女性；至于破人节操的男子，以及造成不烈的暴徒，便都含糊过去。
>
> 社会的公意，向来以为贞淫与否，全在女性。男子虽然诱惑了女人，却不负责任……历史上亡国败家的原因，每每归咎女子。糊糊涂涂的代担全体的罪恶，已经三千多年了。[2]

鲁迅先生深邃的目光，犀利的言辞，穿透三千年的历史，至今仍然振聋发聩。两性的不平等，早在《诗经·卫风·氓》中就有嗟叹：“于嗟女兮，无与士耽。士之耽兮，犹可说（脱）也，女之耽兮，不可说也。”历史仿佛在漫漫长夜中不见光明，这种不合理、不公平的现象不但没有随着文明的进程而改变，反而成为一种固有的观念，社会性遗传，深入人们的骨髓，成为了集体无意识，至今有多少改变？

尤二姐之梦还表明，不但男人们要让女子来“代担全体的罪恶”，而且，这样的集体无意识已经内化为女子自身的无意识，尤二姐将她所遭受的一切苦难都归咎于自己“品行已亏”，变成了自我的精神摧毁。事实上，人们很难意识到，我们是依赖于我们的社会环境和思想观念来看待自己的社会身份，来成为一个主体，我们对自我的看法不是由我们自己产生的，而是文化赋予的，根深蒂固的封建文化传统使尤二姐们自己也认为天网恢恢，疏而不漏，她们必将被命运严惩。“天怎容你安生”“既不得安生，亦是理之当然”，天不容你安生，她们自己也不容自己安生！[3]是故，尤二姐怎能不“忍”字当头。

西方悲剧源远流长，亚理斯多德早就说过，悲剧人物既不应当是坏人，

1 李希凡、李萌：《传神文笔足千秋——〈红楼梦〉人物论》，东方出版中心 2017，第 454、461 页。李氏认为这是曹雪芹的败笔，笔者对此有不同意见，将有另文论述。

2 鲁迅：《我之节烈观》，《鲁迅全集》（第一卷），人民文学出版社 1981，第 122–123 页。

3 参见江岸《谁杀死了尤二姐》，《小康》2017 年第 1 期。

也不应当是圣人，而应当是有过失的好人。现代心理学认为，悲剧冲突起源于人物的内心矛盾和人物的人格分裂。悲剧表现人们的失则和死亡，而人们所以会失则，并非全由外力，而是在我们自己的心中。人与自然、人与社会的外部冲突是看得见的战争，固然可怕，但在弗洛伊德学说看来，更让人可怕的是没有战火与硝烟的人格内部的战争，因为它是永无休止的，难以预料的。

尤二姐的悲剧，人们从时代的黑暗，封建制度的罪恶，王熙凤、秋桐、贾琏、贾珍父子等一干人直接间接的残害等方面所论尤多，毫无疑问，这一切都难辞其咎，无需再赘。与此同时，笔者认为，曹雪芹已经不光从封建礼法、世道人心等外部因素描写了尤二姐的悲剧，同时也从人物的内在言行中刻画了尤二姐这一“有过失的好人”的内在欲求与外在环境的冲突，内心矛盾煎熬以至于人格分裂的压抑痛苦。她的软弱顺从、默默忍受、对命运的退让，对生活的放弃，较之尤三姐更具有典型性、普遍性。曹雪芹发人深省之处还在于，无论是反抗者三姐，还是忍受者二姐，无论是选择悲壮地死，还是选择静静地死，总之，她们都是死路一条。这何尝不是上千年以来，千千万万这样的底层女子、失节女子的共同命运。

周汝昌《红楼小讲》中有曰：

> 女子的贞淫问题，正是书中不止一次用情节故事来“探研”“讨论”过的一大妇女问题……她们的悲剧是：那社会逼她们丧失贞操，而那同一社会又因她们丧失贞操而百般贱视，使她们不齿于人类，除死之一途别无出路。[1]

由此可见，要“探研”“一大妇女”问题的曹雪芹，所塑造的尤二姐的重要性、深刻性绝不亚于尤三姐。诚如朱光潜在《文艺心理学》中所说：“从道德观点看，《红楼梦》里的贾政比贾赦，尤三姐比尤二姐都较易博得同情；但是从艺术观点看，他们应该等量齐观，作者把他们都写得尽情尽理。我们欣赏贾赦、尤二姐以及西门庆、潘金莲之类的人物，并非因为在道德上同情他们，乃是因为他们在艺术上是成功的作品。”[2]

1　周汝昌著、周伦玲整编：《红楼小讲》，北京出版社 2005，第 70 页。
2　朱光潜：《文艺心理学》，安徽教育出版社 1996，第 113 页。

如上所述，曹氏笔下的尤二姐亦是复杂多面，特别值得玩味深究，着力塑造的。笔者花费如此多的篇幅论述小说中的人物，用心在于为戏曲的创作提供较为深入的人物分析。

然而，囿于舞台时限，京剧《红楼二尤》中尤二姐这一人物未能充分表现，戏份明显不足。在九场戏中，尤二姐于第二场《串戏》中出场，仅有几句台词，只是三姐的一个陪衬。第四场《思嫁》虽然包含了贾琏私赠二姐九龙玉佩，二姐出嫁、别居花枝巷等内容，但该场重点在于表现三姐的思嫁及其眼界卓识（反对二姐嫁贾琏）和刚烈厉害（闹酒），二姐的戏份则如她的婚姻般显得太仓促。表现二姐的悲剧在最后三场，但第七场《泄机》是写王熙凤，二姐并未上台，最后两场《赚府》《摧芳》才重点表现尤二姐的悲惨遭遇和结局。《赚府》中尤二姐首先上场，唱【二黄慢板】，是其重要唱腔，新拍摄的京剧电影中依然保留。[1]

【二黄慢板】鸳鸯剑断送了手足性命，思想起不由人撩乱芳心。
一来是三妹妹生来烈性，二来是宁国府坏了声名。
奴且喜嫁檀郎夫妻欢庆，怀六甲但愿得早降麒麟。

尤二姐此刻的心情可谓悲喜交集，有对妹妹的思念、痛惜和伤感，也有对自身“嫁檀郎”有了依靠、“怀六甲”有了希望的欣喜。不料，好日子转瞬即逝，凤姐闻风而来，来者不善。被骗入府的二姐落入了凤姐的魔爪之中，孤立无援、默默忍受，死到临头才终于醒悟、悔恨交加。二姐临终前的唱段自怨自艾，让人哀其不幸、痛其不争：

【二黄小导板】后悔当初一念差（尤二姐出帐），
【二黄散板】不该失足（我）做墙花。今朝一死归泉下，死无面目（我）见张华。（腹内剧痛）浑身疼痛难挣扎，（指贾琏）分明你是恶冤家！
【二黄散板】王熙凤（她）殷勤都是假，（向平儿下跪）平姑娘的仁义（就）

1　参见《细说红楼苦尤娘——〈红楼二尤〉表演初探》，《中国京剧》2019年第1期，第9页。

胜于她。

倒不如把我活焚化！痛断（了）肝肠（我）染黄沙！

唱毕，二姐倒地身亡。这一唱段不仅成为尤二姐的生命绝唱，也成为荀派的经典唱段。“据荀慧生说，这一段在舞台上表演时，运用了‘灰心袖’等独创的动作……尤二姐临终时的这段唱情感层次丰富，每一句的情绪都有细微的不同，譬如‘后悔’句是尤二姐对自己的怨恨，‘浑身’句则表现吞金后的尤二姐身体的疼痛与挣扎，‘分明’一句唱出了尤二姐对贾琏复杂的情绪，而最后两句中，前者是对凤姐的恨，后者是对平儿的感激。”[1]这最后的哀鸣，基本概括了尤二姐悲苦的一生，声嘶力竭，泣不成声，不忍卒听。

综上所述，剧本中的尤二姐与尤三姐一样进行了单一化、定型化处理，重点突出其温和顺从软弱的典型性特点，与三姐形成强烈对照。这样的性格及形象除了懦弱可怜，别无光彩，完全被三姐抢了戏、遮了光，她的悲剧也主要是王熙凤指使、借秋桐而加害。小说中的尤二姐如前所述，并非无足轻重的存在，她也不是始终温顺愚弱的。她的贪图富贵虚荣，她因“品行已污”被众人践踏，而给自己套上沉重精神枷锁，以及王熙凤“卧榻之侧岂容他人酣睡”的暗剑刀影和整个社会的黑暗等，都是尤二姐悲剧的缘由。如果说尤三姐的形象意义具有现代性、理想性和超越性的话，尤二姐则更具有现实性、典型性和普遍性。

失败的改编：王熙凤

剧本中写尤二姐的悲剧在最后三场，尤二姐的死是王熙凤一手造成的，这三场中王熙凤的戏份多过尤二姐，然而，王熙凤的塑造则是让人难以接受的，在此我们首先看看剧本最后一场在小说中是怎么叙写的。

该场取材于小说第69回“弄小巧用借剑杀人 觉大限吞生金自逝”后半段。小说前半段写王熙凤领了尤二姐到贾母、太太们面前磕头卖乖装贤惠，说是自己看上了二姐，替贾琏娶来做二房，一面却暗中支使张华告官要人。后半

1 刘衍青：《〈红楼梦〉戏剧研究》，中国社会科学出版社 2018，第228页。

段写二姐内外交困的惨死。一方面贾琏自有了秋桐，在二姐身上的心也渐渐淡了，另一方面凤姐外作贤良、内藏奸狡，想方设法利用秋桐欺辱二姐，败坏其在贾府上下的名声，“弄得这尤二姐要死不能，要生不得”“不过受了一个月的暗气，便恹恹得了一病，四肢懒动，茶饭不进，渐次黄瘦下去”。[1] 不料请来看病的胡太医真是个“糊太医”，二姐服下他的药后竟将一个成形的男胎打了下来，二姐唯一的希望也被葬送了，万念俱灰中心下自思：“病已成势，日无所养，反有所伤，料定必不能好。况胎已打下，无可悬心，何必受这些零气，不如一死，倒还干净。常听人说，生金子可以坠死，岂不比上吊自刎又干净。”[2] 于是吞金自尽。

可见，剧本中婴儿之死、尤二姐之死都与原著不同。改编并非都要依照原著，如尤三姐的塑造，以及上述好些场次的处理不按原著也十分成功。在此，我们需要探讨的是陈、荀二先生基于何种考虑作了如此改编？荀慧生在《〈红楼二尤〉的表演体会》中谈道：

为使观众对二姐产生哀怜与对王熙凤的阴险毒辣产生憎恨，此场与原小说的矛盾冲突有所不同，处理上也不太一样。[3]

所以本场戏将二姐之死明写如受凤姐之害，并将层次变换使矛盾更加集中，应该说是符合原小说精神的。至于尤二姐临产，凤姐暗加摧残，不惜策动秋桐浇死婴儿，而贾琏正在照顾病人之时，突然张华讼起被逼离开，又乱投汤药，假借生金为药引，逼二姐吞下；吃药后一息尚存，又被告知死后火化，舌剑唇枪终于逼死了尤二姐。这一切虽对王熙凤的处心积虑作了夸张的描写，但其根据仍为人物的本质与性格。[4]

荀慧生所说为了让观众对二姐产生哀怜，对王熙凤的阴险毒辣产生憎恨，于是将二姐之死明写受凤姐之害，对王熙凤的处心积虑作夸张描写，这样的意图可以理解，也与戏曲刻画人物多作单一化类型化处理的传统有关。但是“其根据仍为人物的本质与性格”“应该说是符合原小说精神的”，这种说法却

1 中国艺术研究院红楼梦研究所校注：《红楼梦》，人民文学出版社 2008，第 957 页。
2 同上，第 960–961 页。
3 荀慧生：《〈红楼二尤〉的表演体会》，《红楼二尤》（曲谱剧本），中国戏剧出版社 1991，第 170 页。
4 同上，第 172 页。

让人无法苟同。为此，我们不能不对小说中的王熙凤作一番基本介绍，看看其中的王熙凤到底有着怎样的本质与性格。

小说中的王熙凤是作者塑造得最成功的典型之一，全书有一半以上的回次写到凤姐，回目中见其名的就有十一处之多，可以说，一部《红楼梦》如果没有了王熙凤，魅力将会减少一半。诚如王昆仑《红楼梦人物论》所云“《红楼梦》的读者恨凤姐，骂凤姐，不见凤姐想凤姐”。[1]

现将王熙凤这个大贵族家庭中的“当家人”“内阁大臣”，梳理如下。

论出身：凤姐出于“金陵一霸”的王家，俗谚云“东海缺少白玉床，龙王来请金陵王”（第4回），可见家境之豪富。她家和贾家是世代姻亲，她的叔叔王子腾从京营节度使升任九省都检点，是当时在朝统领军事大权、声势煊赫的人物。在贾、史、薛三家趋于衰落时，王家还依然兴盛，贾、薛两家都仰仗他。

论身份：她是贾母最宠爱的孙媳妇，贾赦和邢夫人的儿媳妇，王夫人的内侄女，贾琏的妻子，巧姐的娘。王夫人是王熙凤的姑母，王夫人和她嫁到贾家来都带有大量的嫁妆和陪房，家底厚气势壮。以上两条是王熙凤能掌权的背景。

论模样口才心机：她还未出场，通过冷子兴介绍贾琏时云：“谁知自娶了他令夫人之后，倒上下无一人不称颂他夫人的，琏爷倒退了一射之地：说模样又极标致，言谈又爽利，心机又极深细，竟是个男人万不及一的。”（第2回）她第一次出场，通过林黛玉的所见所闻刻画她。黛玉眼中的她“恍若神妃仙子”，“一双丹凤三角眼，两弯柳叶吊梢眉。身量苗条，体格风骚，粉面含春威不露，丹唇未启笑先闻”（第3回）。周瑞家的向刘姥姥介绍她：“这位凤姑娘年纪虽小，行事却比世人都大呢。如今出挑的美人一样的模样儿，少说些有一万个心眼子。再要赌口齿，十个会说话的男人也说他不过。”（第6回）模样好体格骚，是个天生美人胚子；口齿利心机深，自幼就假充男儿教养，不是男人胜过男人。如此靓丽聪明的凤姐，作者应该是赞赏的。

论性格才干：贾母向林黛玉介绍凤姐“你不认得他，他是我们这里有名的一个泼皮破落户儿，南省俗谓作‘辣子’，你只叫他‘凤辣子’就是了”（第3回）。秦可卿口中的凤姐“你是个脂粉队里的英雄，连那些束带顶冠的男子也不能过你”（第13回）。“王熙凤协理宁国府”是集中描写其才干

1　王昆仑：《红楼梦人物论》，北京出版社2006，第152页。

的篇章：贾珍请求邢夫人、王夫人让凤姐协理宁国府道："从小儿大妹妹顽笑时就有杀伐决断，如今出了阁，在那府里办事，越发历练老成了。"果然，凤姐一接手就看出宁国府的五大弊端，于是来个下马威，一一惩治，宁国府的乱象立即为之改观。（第13、14回）凤辣子、女英雄、杀伐决断、历练老成，就是今天所谓的"铁娘子"。对于"那些束带顶冠的男子也不能过"的凤姐的才干，作者应该是惊叹佩服的。

论阴险狡诈狠毒：贾琏心腹小厮兴儿口中的凤姐"心里歹毒，口里尖快""嘴甜心苦，两面三刀；上头一脸笑，脚下使绊子；明是一盆火，暗是一把刀；都占全了"（第65回）。"毒设相思局"写凤姐的残忍：贾瑞垂涎凤姐不成，反倒被捉弄羞辱丢了小命（第12回）。"弄权铁槛寺"写凤姐的贪婪：铁槛寺老尼求她向衙门通关节拆散人家的姻缘，她为了显示自己的能力又可从中贪得三千两银子，于是串通官府强迫男方退了婚，导致了那未婚张金哥夫妇的双双自尽（第15回）。"鲍二家的上吊"写凤姐的撒泼：凤姐生日之夜撞见贾琏与鲍二媳妇的偷情，于是大哭大闹，后鲍二媳妇羞愧上吊（第44回）。"诱害尤二姐"写凤姐借剑杀人，使被害者尤二姐至死不能吐怨言（第67—69回）。

上述一桩桩人命，都与王熙凤脱不了干系，作者的态度应该是揭露批判的，有词曰"机关算尽太聪明，反误了卿卿性命"（第5回）。然而，尽管如此，作者也没有把王熙凤简单化处理，上述事件中人物的死亡，也没有哪一个是王熙凤明晃晃地直接杀人。何况这些恶性事件也都事出有因：贾瑞招惹在先，贾琏偷情在前，贾琏于国孝家孝之际偷娶尤二姐……凤姐再厉害，也敌不过那个时代加诸女人的从属性、卑微性，她也是那个社会制度的受害者，同时也是变本加厉的加害者。她的作恶、她的加害在尤二姐事件中最令人发指，即便如此，也"并非只有王熙凤之恶"：

她动用了一切所能动用的社会舆论和社会力量，使封建礼法、封建家族的权势、封建官僚机构、封建阶级的上层人物，乃至丫鬟奴才，都成为她手中用来杀人的"剑"。王熙凤正是因为有恃无恐，才敢于那么大胆，命旺儿调唆、诱逼张华去告贾琏的状。她又仗着"都察院素来与王子腾交好"，派王信用三百两银子买通都察院，在都察院安了根子，直把官司玩得像走马灯，她也没有忘记利用贾母的宠信，让这位贾府的太上皇为自己开绿灯。在将尤二姐赚进厢房睡时，她就讨得了“老祖宗的主意”。秋桐是熙凤直接借用的杀人的巧“剑”。而秋桐是贾赦赏给贾琏的，并得到了邢夫人的支持。这样，王熙凤的活动，便又与整个封建统治阶级，与封建官府联系了起来。因此，尤二姐的死于非命，并非只有王熙凤之恶。除了王熙凤以外，贾母、贾赦、邢夫人、贾珍、贾琏、贾蓉、秋桐等都负有罪责。尤二姐实际上是被封建统治阶级、封建官府、封建礼法共同吞噬了的。我们通过王熙凤谋杀尤二姐的活动，不仅看到了王熙凤个人的歹毒，也同时看到了封建统治阶级、封建官府、封建礼教的腐朽和罪恶。[1]

可见，通过“加害尤二姐”事件，最能够揭示王熙凤无所不用，特别“玩得转”的本领手段，以及“明是一盆火，暗是一把刀”的阴险性格，同时，也能全面揭露整个社会的腐败黑暗。

通过上述梳理，需要说明两点。

其一，小说中的王熙凤能力超强，口才超群，心机超深。即使坏，也坏得“杀人不见血”，真坏人并不可怕，可怕的是假好人。她的口蜜腹剑，两面三刀，让人难辨好坏真伪，她是极具魅惑力、杀伤力的美女蛇、胭脂虎。“蛇蝎胆、虎狼心、花柳姿、鸾凤仪，还有那百般的机灵，在她的身上取得了无比巧妙的结合”[2]“王熙凤是红楼女儿中最具魔性的人物。……魔性化身的王熙凤，千变万化、千手千面、其不世的魅力在千万人之上，不只贾府上下对其魔性或着迷、或恨之入骨，就连读者的情绪也被操纵在又爱又恨的情结中”。[3]要之，王熙凤的性格是复杂的，其本质是强悍阴险机变。

其二，曹雪芹特别擅长塑造“圆形人物”（也有赵姨娘、贾环一类的“扁形人物”），没有把王熙凤刻画为“恶则无往不恶”的大凶大恶之人。

被称为英国近代文学批评创始人的德莱顿（1631—1700 年），在剖析戏剧人物的创造时特别强调人物的鲜明性、复杂性和可信性。其曰：

一种性格，或者说一种把一个人和其他所有的人区别开来的东西，不能认为只包含某一种特殊的美德、恶行或激情，它是许多在同一人物身上并不矛盾的因素的综合。[4]

---

1 常金莲：《王熙凤》，中华书局 2006，第 233 页。

2 同上，第 70 页。

3 同上，第 77 页。

4 转引自余秋雨：《世界戏剧学》，长江文艺出版社 2013，第 227 页。

俄罗斯作家索尔仁尼琴（1918—2008 年）的《古拉格群岛》题记："在充斥着恶的心灵中，也保留着一小块儿善的阵地；在最善的心中，也有尚未铲除的恶的角落。"

认为人性中的善恶复杂幽微，西方小说和戏剧在长期的创作实践和理论探索后，已然是普泛化的道理。

曹雪芹以其深刻的洞察力和卓越的艺术表现力，为读者塑造了一个永恒的、经典的、颇有争议的"王熙凤"，这个人物形象是极其鲜明的、复杂的，同时也是可信的。曹雪芹对凤姐的态度也是相当复杂难言、五味杂陈的，有赞赏、佩服、惊叹，也有不满、谴责、批判，更有哀矜、悲悯、痛惜。前八十回中，曹雪芹已经透露了凤姐的忧劳病虚、力不从心、英雄末路（如第 55、72、74 回）。续书第 110 回《史太君寿终归地府 王凤姐力诎失人心》，在总理贾母的丧事中，凤姐全然没有了当年的爽利周到，她勉力支撑，竟弄得众人抱怨，气得吐血，最终凤姐死得凄凉惨淡（第 114 回）。要之，凤姐可佩可叹可恨，亦可怜可悲可哀。金陵十二钗无一不是悲剧，是一个个女子的美的毁灭，"千红一哭""万艳同悲"。一部《红楼梦》，"悲天悯人"是它的总基调。对于女性，曹雪芹既热烈地歌颂之，又深切地同情之。"曹雪芹就是最伟大的'哀妇人而为之代言'者，《红楼梦》具有妇女问题思想史上最独特最伟大最无可替代的作用。"[1]

由上可见，京剧《红楼二尤》中的王熙凤亲自出面，疾言厉色指使杀人，实在不妥！烫死婴儿（太残暴太不合理）、强灌金戒指汤药，实在拙劣！改编者没有真正理解曹雪芹对王熙凤这个人物的塑造本意，荀慧生认为"应该说是符合原小说精神的"，真要替曹雪芹叫冤叫屈。吴乾浩指出："实际上王熙凤杀人不用刀，她才不会干出这种授人以柄，落下痕迹的事来。尤二姐此时实际已陷入绝境，按她的性格已难以活下去，根本用不着大动干戈逼她吞金。京剧本在此处是有毛病的，如果让尤二姐静场自己吞金，非但不会减弱王熙凤等的罪责，也许还更有思索的余地，取得更深沉的谴责效果。"[2] 确实如此。

1　舒芜：《哀妇人》，安徽教育出版社 2004，第 20 页。
2　吴乾浩：《别具一格的"红楼戏"——谈京剧〈红楼二尤〉改编本的文学成就》，《红楼二尤》（曲谱剧本），中国戏剧出版社 1991，第 217 页。

《红楼二尤》何以能够一枝独秀

小说《红楼梦》中的“二尤”故事，独立成章，戏剧性强，二尤的性格对比性显著，特别适合改编为戏剧影视，陈墨香、荀慧生选取《红楼二尤》作为他们“红楼戏”创作的第一部作品，既是因为得到了《鸳鸯剑》本子，同时也是“二尤”故事本身十分出彩的缘故。前文花了不少篇幅说明小说中的“二尤”和王熙凤人物形象，认为小说中的塑造更加复杂精妙，《红楼二尤》的编创则有利有弊。然而，这并非等于笔者认为改编一定要照搬原著，上文的比较，旨在说明京剧《红楼二尤》的编创出处，以及戏曲与小说作为不同文体的差别。实际上，戏剧影视作品常常取材、编创于小说，通常情况下，这种创作主要有三种情形：一是基本上保留原著的意蕴风貌。若小说是具有广泛影响力和读者群的经典名著，已成为一个国家、民族文化传统的一部分，若进行改编，观众的期待视野更倾向于尊重、忠实原著，保持原著的经典品位。二是在原著基础上的再创作，体现编剧以及演员自身对原著、对角色的理解和创新。这一类编创大约占多数。如1958年剧作家徐进改编的越剧《红楼梦》（1962年拍摄成电影），充分认识戏剧和小说各自的界限和可能性，在改编时善于扬长避短，按照李渔“减头绪”的理论，将《红楼梦》简化为相对单纯的爱情故事，同时又有超越小说而契合戏剧特点的成功创造，如“宝玉哭灵”，感动了更多的受众群体。三是表达现代意识的解构型。任何作品都是某一时代的产物，必然打上它那个时代的烙印，时代却在发展变化，因此借旧瓶装新酒不失为一种吸引看客“诱敌深入”的策略和创新。

《红楼二尤》的改编无疑属于第二种情形，对此，仅就戏曲本身而言，我们亦不能不问：既然京剧《红楼二尤》有着毋庸讳言的缺陷，为何别的“红楼戏”都逐渐烟消云散，它却能常演不衰，一枝独秀？以下着重从两方面略加探讨。

一是编剧方面。中国传统戏剧的发展明显地分为元杂剧、明清传奇、清代地方戏三大阶段，京剧从清代地方戏发展演变而来。这三个阶段各自呈现出不同的戏剧风貌，尽管如此，它们都生长于中国传统思想文化之中，它们的编创也体现出一定的共通性和发展变化。首先，在戏剧创作的主旨作用方面，追求言情与教化的统一，既要言情以抒发创作者强烈的主观情感，又要重视道德教化，惩恶劝善几乎成为金科玉律。《红楼二尤》的编创意旨，从荀慧生的自述中可见，同样体现了这一以贯之的戏剧传统。其次，在人物塑造方面，因为表演的即时性，当场表演当场完结，观众的体验稍纵即逝，因此往往突出戏剧人物某一方面的特征，紧紧抓住这一特征作淋漓尽致的表现，甚至不惜极端化处理，以使人物形象突出鲜明，让观众刻骨铭心，而不求丰满复杂。《红楼二尤》中对尤氏姐妹和王熙凤的塑造便是如此，尤三姐的类型化单一化获得了成功，尤二姐因戏份不足而单薄。然而，极端化处理若分寸把握不当则太过，若出于情理之外，不但达不到劝惩儆世的目的，还会适得其反，王熙凤、秋桐形象就是令人遗憾的例子。再次，剧情结构及文辞方面，李渔《闲情偶寄·词曲部》中将“结构”放在第一，对“立主脑”“密针线”“减头绪”等都一一阐明，《红楼二尤》在剧情结构以及主脑、针线、头绪等的斟酌考虑和设置上都是煞费苦心、卓有成效的。墨香以时间先后为顺序，将两条主线围绕二尤组织得此起彼伏、有条不紊，紧紧抓住几个戏剧矛盾，以及最具代表性、最能刻画人物性格的典型场景进行重点描述，减掉或改写一些与主要人物关联不紧致的情节头绪，紧凑结构，密缝针线，环环相扣，形成一个完整的艺术体。京剧发展到民国时期已经相当成熟，杰出的编剧家深知，既要避免元杂剧的浅陋，亦不能如明清传奇一味追求文人雅趣，而是介乎深浅浓淡雅俗之间。陈墨香既博览群书，旧学根底深厚，又有十五年舞台票友经历，因此他的剧本创作真正能够做到案头与场上、深浅与雅俗的兼顾。如表现柳湘莲的书剑才气、潇洒性格用词较雅，表现贾珍、薛蟠等人的语言则较俗，三姐的清高、二姐的顺从、凤姐的霸道，仅用几句唱词唱腔便能恰到好处地体现。要之，《红楼二尤》的编创者陈、荀二人都是深谙戏曲的行家里手，剧本虽然存在缺陷，但终究瑕不掩瑜，为该剧的舞台呈现奠定了良好的基础。

二是舞台表演方面。《红楼二尤》的成功不仅得益于剧本基础，更得益于精彩的舞台表演。中国戏曲不同于西方话剧，其本质特征和审美方式是以演唱为中心，歌舞表演为重心，追求“美”为目的，与西方戏剧追求“真”的摹拟性、写实性完全不同，除了具有写意性、虚拟性、程式化的特征外，“表演戏剧”是其本质特征[1]，内行观众看戏重在看表演艺术、欣赏美，主要演员

1　参见孙崇涛《中国戏曲本质论——兼及东方戏剧共同特征》，《回眸集》，北京时代华文书局2016，第13页。

长得俊、唱得好、舞得佳、做得妙，就能实现欣赏者的情感沟通、审美满足。

荀慧生天生清丽，颦笑多姿，善作妩媚，尤契合花旦角色。其幼入科班，习秦腔练功夫，后改学皮黄，刻苦磨砺唱念做打，练就后天根底。加之机缘巧合与墨香结识，编排新戏最多。墨香对于慧生的表演特色、艺术个性十分熟悉了解，在两人的多年合作中形成默契，为其量身定制，能够充分发挥慧生多方面的艺术才能，并在《红楼二尤》中安排一人分饰两角（配角也如此），给观众带来极大的新奇和惊喜。尤三姐爽朗活泼，以花旦应工，尤二姐善良柔弱，以闺门旦应工，两位主角性格迥异，命运同悲。慧生在艺术上竭尽全力，精益求精，下足功夫钻研人物，精妙入微地呈现两者的不同，传人物之神，显技艺之精，扬风致之美，成就了《红楼二尤》。

然则，其他“红楼戏”也有好些出自名编名伶，表演艺术不亚于慧生，如梅兰芳之《黛玉葬花》（如今只偶尔有片段演出）等，为何都杳然而寂了呢？原因主要在于，梅兰芳的“红楼戏”情调高雅，场面清冷，缺乏戏剧冲突，只可悦知音数人之耳，不能娱满座宾客之目。梅兰芳自己都认为《葬花》编得够细致的，可惜场子太瘟了。其他“红楼戏”要么情节简单，要么主题不鲜明等，都难以流芳长久。俗话说“外行看热闹，内行看门道”，毕竟内行观众是少数。《红楼二尤》中尤三姐的清刚，尤二姐的懦弱，王熙凤的狠毒，柳湘莲的冷峻，贾琏的狼狈，秋桐的丑恶，薛蟠的呆蛮……行当齐全，矛盾突出，冷热相剂，都特别符合中国戏曲的传统，内行可观门道，一般大众亦可看热闹，雅俗同欢、智愚共赏。加之与慧生搭班的赵桐珊（芙蓉草）、金仲仁、张春彦、马富禄都是名角，珠辉玉映，《红楼二尤》焉能不受欢迎。

综上所述，戏曲作品的好坏最终通过舞台表演的试金石来检验，戏曲剧本的编创是基础，对演员有着重要的指引作用，而演员演出的好坏、观众的好尚决定这个剧本的成功与否。戏剧文学和表演艺术只有互相照应，才能相辅相成，熠熠生辉。《红楼二尤》初演大获成功，在后来不断的演出实践中，荀慧生又屡次精心打磨修改，传授后学，终于使其成为具有长久生命力的保留剧目，它的成功是编剧与演员珠联璧合的范例，也是不断打造磨砺的结果。

第4章

从陈墨香、荀慧生恩怨看编演关系

因为戏界人只知戏剧的构造，不通文字。学界中人，虽能文，但不知戏剧的规矩，所以必需两方面合作。[1]

——齐如山

《荀慧生艺术评论集》中收录有和宝堂《先有荀慧生，还是先有陈墨香？》一文（后简称和先生文）。生于1884年的陈墨香比生于1900年的荀慧生年长16岁，就年齿而言，和先生的问题自然不是问题，实际上，和先生文旨在说明“在荀派艺术的形成过程中是以谁为主导的问题”[2]，这涉及的既是陈、荀两人“是以谁为主导”的关系问题，同时，推而广之，更是一个编剧与演员、剧本与表演之间有着怎样的关系问题，故和先生的提问值得深思。本章从陈墨香、荀慧生两人恩怨这一个案入手，不在于争论孰是孰非，而是首先，还原基本史实；其次，探讨荀派艺术何以能够造就，并可借此观照民国京剧是如何在剧作家与演员的相辅相成中达至繁荣鼎盛的；再次，通过简要追溯中

1 梁燕：《齐如山文集》（第4卷），河北教育出版社2010，第167、168页。

2 和宝堂：《荀慧生艺术评论集》，中国戏剧出版社2016，第323页。按：和宝堂先生是著名的京剧专家，对京剧的推广和研究都作出了重要贡献，其诸多著述让后学获益匪浅。本章主旨在于编演关系，意不在和先生。

国戏曲流变脉络折射编演关系，表明京剧艺术的演员中心制决定了舞台的成功，同时又遮蔽了编剧的贡献和功劳。此外，对于当下戏剧如何做到编、导、演的密切合作，创作出优秀作品，或许有所启发。

陈墨香与荀慧生的恩怨

陈墨香与荀慧生的交往始于1924年初，此后两人密切合作，十几年间编创了50多个剧本（参见第2章）。

荀慧生《小留香馆日记》（后简称《日记》）基本保留原貌，可信度极高。如今残存6册，包含的年份为：1926年少量，1928年11、12月，1929年全年，1930年1月—9月21日，1931年5—12月，1932年全年，1933年1月—8月21日，1941、1942、1943全年，1944年1月—12月1日，1957年仅8月27日，1959年少量。其中1926—1933年（缺1927年）间，两人几乎三天两头相见，不是研究新戏、排戏、同往王瑶卿处说戏，就是共同用餐闲谈，甚至墨香还陪同慧生看病、看房子（1929年）、催促其起床等。看来两人的关系亦师亦友，1926年的日记荀称陈为“墨香师”，后来多称“敬老”，关系出现裂痕后称“敬馀”“陈敬馀”。《日记》中记录的对陈墨香的不满，主要有三件事，梳理如下。

1931年11月3日“《鸳鸯剑》剧本事件”

此日记录了他们得到《鸳鸯剑》剧本一事，并因为陈墨香认为程砚秋找他在先，故要先考虑砚秋是否编演再定。此时墨香与慧生合作已经七八年，成功编创了《玉堂春》《丹青引》《荀灌娘》《钗头凤》等名剧，墨香也因此名噪曲坛，找他编剧的伶人越来越多，程砚秋也于1930年找他帮忙编剧（《日记》1930年9月17日“艳秋与余商请敬老代为编剧”），因此，慧生云：

> 予于此竟想起敬老对予常云，程艳秋自去年请伊帮忙编剧，并常云伊与程的情感特别融洽。窃忆予与伊相处已十馀年矣（按：未到十年），自问对伊尚好，何以近来伊老表示不满？或者是予之待人有不妥处耶？否则一年交情反厚、十余年交情倒薄吗？真令人莫解！再者还有一件事，近十几年来各方友人寄来的本子不少，真好，伊也说有毛病。究竟是伊眼光好，予的眼光

差吗？这又是令人莫解。总之，交友二字难言矣！（1931 年 11 月 3 日）[1]

此外，1931 年程砚秋开办戏曲研究院也请墨香加入（《日记》1931 年 11 月 11 日）。

同行之间存在着激烈的竞争，慧生有此不满大可理解。至于友人寄来本子的好坏，陈墨香的眼光应该是没有问题的，在两人关系的“蜜月期”，慧生曾说：“他不但看戏、学戏、懂戏，而且对昆曲、梆子、汉剧都非常懂。……通过交往，我发现他真是博览群书，既通晓二十四史，又遍读各种野史。这样的人才对于我们的演员实在是太需要了。很快我们就成了知心好友。”[2] 博览群书又懂戏编戏的陈墨香难道没有看剧本的眼光?

表面上看来陈、荀裂痕的导火线是《鸳鸯剑》事件，实质上还是同行之间相争相忌，此事让慧生心生芥蒂。又，1931 年 11 月 24 日记“敬老来，候至下午三时余方起。伊无所事事，竟将《红楼二尤》初稿告成”，虽然还是称“敬老”，但语气已是不敬。尽管如此，《红楼二尤》还是在两人的通力合作下顺利完成，首演大获成功，不料，就在首演后的第二天，又发生了意想不到的矛盾。

1932 年 4 月 17 日“和儿事件”

正午余尚在高卧，敬馀与和儿口角大怒，至余床前怪叫云：快起床打和儿，如不打，我与你绝交！余惊醒，问之何故？伊云和儿在西厅廊下竹椅上躺卧，伊意怕和儿吹风，叫和儿快进屋内，用手搀和儿，用力过猛，和儿怒之，云你管不着。敬馀因和儿说话太强横，故怒之。敬馀促余起床快打和儿，余即起身。伊怪声怪调，余几乎惊吓！和儿十二龄幼童，说话不知深浅；敬馀年五十，何故与幼童生此迂气？可笑！欲打和儿，又不忍；不打又恐对不起老友。五十老叟，太无大人之才。余起身时，与敬馀开说和儿年小说话不知轻重，请你息怒，少时责之。敬馀又怪声喊叫，云不打不成，如不打，我立刻与你绝交，不作朋友……伊太无量也。伊满面神气，在余处打剧本，功劳甚重，伊所作所为不许辩驳。余百般敷衍，伊越怒，跪在地下，大叩其头，云你的儿子太娇养。余无奈，

1　荀慧生著、和宝堂编订：《小留香馆日记》，中国戏剧出版社 2016，第 190 页。

2　和宝堂：《戏苑宗师：荀慧生》，辽宁美术出版社 1999，第 70 页。

责打和儿与敬馀消气。敬馀近来脾气大变，与初交时的情形大差。哎，可叹！敬馀在戏界，余一手提拔。现在各角找他编剧，出风头于戏界，皆乃余之功也。[1]

和儿即荀令香（1921—1992 年），为荀慧生长子，8 岁登台，11 岁拜程砚秋为师。因为这次冲突较为激烈，墨香竟然与幼童斗气，真有些不可思议。因此，有必要先看看陈墨香与和儿之间到底有着怎样的关系。

令香自小学戏，同时慧生也给他请了教书先生教他念书，十岁那年因缺教书先生，于是请墨香教一教，墨香推辞不掉就答应了。后来小令香亲自去请陈墨香到家，"因他家没立大成至圣牌位，便在后院奉祀的梨园祖师驾前烧了香，给墨香磕头，拜作老师。每天学完戏，跟着墨香攻读"。[2] 可见令香是拜了墨香为师的。

此外，令香学戏，也先后请了一些角儿来教，其中拜砚秋为师是慧生请墨香牵线介绍的，《日记》1932 年 1 月 1 日有载，当日于丰泽园举行拜师会，墨香替慧生招待宾客，此页《日记》中还附有题为"程砚秋收荀令香为大弟子拜师日摄影"的照片。关于此事，墨香《活人大戏》亦有记载：

过了数日，在煤市街丰泽园雇了酒筵，艳秋与慧生父子都到，程氏朋友金君（金仲荪）、刘君等同来贺喜，内行中也来了好几个。在屋内设起九天翼宿星君梨园祖师神位，点了一对大蜡，由介绍人陈墨香举着一股百速锭，插在香炉里面，退了下去，艳秋转上来，磕过头，荀令香先拜过祖师，墨香拉艳秋在椅子上坐了，令香跪下行礼，又给慧生叩下头去，然后拜了介绍人，并朝上叩头谢了众客，大家给两家作揖贺喜。找了相馆的人来，拍照相片，令香站在中间，师在左，父在右，立在他身后，令香虽是照相，也带出依依膝下之神态。[3]

那日拜师会邀请的戏界人士还有曹心泉、徐凌霄、刘晓桑等，仪式相当传统正规隆重，作为介绍人的陈墨香在其间起了主要作用。大约因为程砚秋

1 荀慧生著、和宝堂编订：《小留香馆日记》，中国戏剧出版社 2016，第 231–232 页。
2 陈墨香著、李世强编订：《活人大戏》，中国戏剧出版社 2015，第 433 页。
3 同上，第 442 页。

1932 年 1 月—1933 年 4 月赴欧洲游学之故，1933 年 2 月和儿又拜荣蝶仙为师，蝶仙仍是墨香介绍的（《日记》1933 年 2 月 21 日）。

可见，墨香与慧生曾经“情同手足，互相关照”[1]，墨香还参与到慧生的家事之中，对和儿无论是念书还是学戏都如家长般尽心尽力，陈墨香儿子陈嗣香亦说荀令香小的时候最为先父喜爱。因此，墨香见和儿廊下躺卧，怕其吹风而敦促，完全是出于关心，和儿的一句“你管不着”，作为一个十二岁幼童的反应，如果他们之间没有上述那层特殊关系，虽然不礼貌，也很正常。恐怕正是因为有了这层关系，墨香才如此兴师问罪，不依不饶，这也确实让慧生为难，既舍不得打儿子（慧生几年前三个女儿因病亡故，因此对和儿、骧儿倍加爱惜娇纵，完全可以理解），又不好得罪师友。从墨香方面看，其“跪在地下，大叩其头”，虽然迂执，却让人于心不忍，情何以堪——毕竟是年近五十的师长！对于此事，旁人很难置喙，只能稍加揣度：或许，墨香早就对和儿的娇生惯养看不惯。若我们考虑到那个新旧冲突的时代，作为遗民的墨香，的确有根深蒂固的传统道德观念和长幼尊卑、师道尊严的意识，我们就能多一份理解吧。抑或是，墨香与慧生之间已经有了隔膜成见，此事不过是一个触发点，一点就着火炸裂。

其实，“和儿事件”之后，墨香也并没有减少对令香的关心和帮助，他还为和儿编新剧《风雪配》（《日记》1932 年 4 月 21 日），给和儿说戏排戏等，1933年还关切询问慧生，是否送和儿入戏曲学校演戏(《日记》1933年8月10日)。

1933 年 4 月 3 日“《赛金花》编剧事件”

> 敬馀来，去岁余托友人李寿民帮忙编一剧名《赛金花》，李系游天（沙游天）介绍，剧本去年腊月编好，托敬馀删改，敬馀因为是编剧家，大有醋意，时常大骂沙、李并骂剧本疵谬太多，至去岁骂至今日未息。敬馀编剧以来，本为余一手提拔至今，伊编剧处甚多，有戏曲学校及艳秋并坤伶若干，约有十余家，每月有三四百进账，与昔日初到余处迥不相同；得新忘旧，可称势利小人，令人伤心。[2]

---

1 和宝堂：《戏苑宗师：荀慧生》，辽宁美术出版社 1999，第 81 页。

2 荀慧生著、和宝堂编订：《小留香馆日记》，中国戏剧出版社 2016，第 323 页。

此处笔下的墨香是一个刻薄狭隘，不念旧情的“势利小人”。真是这样吗？庄子有云“此亦一是非，彼亦一是非”，我们今人与古人没有恩怨爱憎，不必定个是非曲直。只是墨香自小就跟着父母信佛，他每日晨起即念一小时的佛经（陈嗣香言），在他写作的书籍或文章中，都尽可能扬善隐恶，有原则有克制，对自己与慧生的恩怨几乎没有正面提及，但就在写令香拜砚秋为师并拍照的那一大段文字中，还是旁敲侧击表露了心迹：

（照片中）金君（按：金仲荪）站在慧生肩下，墨香暗想：这是要表出破除门户，拉荀程作一家。我向无门户之见，自瑶卿以外，四大名旦都有关系，谁也是朋友，谁也跟姓陈的不含糊。但他们总说是荀留香的心腹，我也只得承认，其实我与留香隔膜之处，也就不少。我的主意是要叫伶人与我同心考正戏曲，不是我们投降伶人，甘心受他的指挥，党同伐异，替一个伶人尽忠。今天你们肯把门户打破，这也甚妙。于是向金君一笑，墨香便靠着艳秋身旁站定。照相已完，入席同饮，尽欢而散。[1]

上段所写为 1932 年 1 月 1 日拜师之事（“和儿事件”为同年 4 月发生），可见陈、荀两人的确有了很大分歧。

此外，由和宝堂整理，以荀慧生自述的方式编写出版的《戏苑宗师：荀慧生》也简单记载了上述三件事情，李伶伶著《荀慧生全传》中也有“与陈墨香的恩怨”一节。和书与李书关于“赛金花编剧”事件的时间，现据《日记》看来都有误。笔者得益于近年来有关著作的陆续出版，故梳理采用文献更为清晰详尽。尽管陈、荀有了矛盾，1932、1933 年的《日记》中两人的合作仍然很密切，遗憾的是此后 30 年代的日记缺失，接下是 1941、1942 年的，1941 全年寥寥几次提及“敬馀至”“敬馀来闲谈”而已。因此，他俩最终分道扬镳的确切时间不得而知（按：和先生文说是 1941 年）。1942 年 5 月陈墨香去世，《日记》有 8 次相关记录，全部摘录如下。

民国三十一年（1942 年）五月一日（壬午年三月十七日）星期五 阴

1 陈墨香著、李世强编订：《活人大戏》，中国戏剧出版社 2015，第 442 页。

陈敬余之子陈宝华来电，云其父敬馀别号墨香今早九时病故。

荀慧生对于曾经“情同手足”的陈墨香的去世只有这么冷冷两句。

民国三十一年（1942年）五月九日（壬午年三月二十五日）星期六 阴

正午起，午饭毕观《新北京报》登余及程砚秋对罗瘿公死后帮忙，夸赞砚秋义气，贬余对陈墨香死后不帮忙等语。友谊有远近，夙日好恶感之。

民国三十一年（1942年）五月十日（壬午年三月二十六日）星期日 阴

正午起。接张舜九函，为陈墨香病故送礼太薄笔墨挖苦；又见各报登载，亦为墨香病故不帮忙之事。余本料到此处报界必骂无疑，但同墨香感情在世时已伤，早成恶感；报馆不询内情，笔墨骂人，盲从。

民国三十一年（1942年）五月十三日（壬午年三月二十九日）星期三 晴 风

正午起。接敬馀讣闻，初八日开吊。

民国三十一年（1942年）五月二十二日（壬午年四月初八日）星期五 晴

今日陈墨香伴宿，命令香、少亭往祭奠。因陈家托出其友杜颖陶等向少亭、令香云报纸所登载荀、陈两家完全错误，但无法解释，托少亭即归余处约余往陈宅吊祭、谈话，余伤心太过。未去陈宅之意，丧事后必有补欠，托余设法代为帮忙；报纸登载一切均归陈宅友人设法登报道歉。（按：此段原文如此，不太通顺）

民国三十一年（1942年）五月二十三日（壬午年四月初九日）星期六 晴 暖

九时少亭来促余父子起床，同往已故陈敬馀家，墨香发引，送路至顺治门大街。

民国三十一年（1942年）六月一日（壬午年四月十八日）星期一 晴

饭后逢春来，云张逸群及伊出面代为陈墨香家属解释报界之误会，此风潮陈一概不知，并要求念旧谊仍请帮忙。余本当送钱，因外债关系空乏，况且多少之间似觉小气，定下星期日在长安戏院演《钗头凤》，所售票资除开销之外，连余戏份均送陈宽骅（按：陈墨香儿子）补助伊丧父丧仪。汪云今日《晨报》又大骂余家财均是陈墨香一手帮忙而起，未与陈墨香交友之时，余在天桥大棚出演，无稽之谈，亦觉可笑，余演戏以来从未出演天桥，报纸恨余已极，不知怎样侮辱才觉解恨。

民国三十一年（1942年）六月七日（壬午年四月二十四日）星期日 晴 风

今日长安戏院演夜戏《钗头凤》，为已故陈墨香家属筹款善后演唱义务。晚饭毕阖家往长安戏院，九时半《钗头凤》登台，上座五百零四人，除开销外下馀洋四百一十三元二角，交常少亭手送汪逢春、张逸群转交陈墨香家属。

看来陈墨香生前与荀慧生之间确实大大伤了感情，后来形同陌路，以至于墨香去世，慧生仍不能化解自己心中的恶感，内中情形外人无法了解评判。但在当时，曾经与墨香有过交往的朋友很替他抱不平，如著名编剧家翁偶虹（1908—1994年）有云：

有次，我去看望墨老，他辗转病榻，感慨万千，谈到编剧生涯，墨老自恨生前多此一举，勉励我为编剧者吐气争光。从此一别，竟成隔世。酹祭之日，得墨老剧本最多的一位演员，仅以奠仪四元，酬“知己”于地下。当时我的朋友景孤血、吴幻荪，对此深抱不平。孤血悻悻之余，竟在某刊为文讽詈。我劝孤血何必如此负气，他以“既念逝者，恒自念也”而抒其愤；我亦同情孤血，而更同情于墨老的际遇了。[1]

墨老的自恨可见其心中的伤痛之深，他的际遇不但引发朋友的同情与不平，也是编剧家们为自身的地位感到悲愤。

好在最终陈、荀两家在朋友的调解下总算达成了和解，慧生也以《钗头凤》义演筹款作了弥补。

荀派艺术的造就

据上述双方各自的笔墨分析，两人的矛盾无论是由哪个具体事件引发，

1 翁偶虹著、张景山编：《梨园鸿雪录》（下），文津出版社 2017，第 252 页。

其背后的实质问题主要有两个：一是名角之间的激烈竞争，二是编剧与伶人的关系问题。

就第一个问题而言，其实，各行各业的竞争都无处不在，演艺界的竞争有其特殊性，不但涉及名角本人的声誉利益，同时还有他们身后的一大帮支持者所形成的党派团体，即所谓“伶党”。

与慧生合作编戏获得极大成功，墨香成了各角儿都想找他“打本子”的香饽饽，因此，恐怕既是为了自身利益，又是真心只为戏曲奉献，而不愿落入无谓的党派门户之争，故墨香不希望被视为“荀党”，为慧生专用。刘豁公主编的《戏剧月刊》刊发有《荀慧生专号》，其中录有陈墨香写给杨艸艸的信件，第十九函中有云：

接来函并在荀宅见《月刊》，弟入程幕乃心泉介绍，玉霜亦亲诣小留香馆相借，初非古玥作蹇修也。从此打破门户，亦可免去多少争端，改革风气实始于荀党。昔时人言梅党人毒，程党人骄，尚党人乏，荀党人坏，皆由门户之见乃生此批评，今而后或可歇矣。[1]

心泉即曹心泉，古玥即王瑶卿，“作蹇修”即做媒。由上可见两点：其一，一直与荀慧生合作，被视为“荀党”的陈墨香，自从曹心泉向他介绍了程砚秋，砚秋又亲自到小留香馆请他编剧（《日记》1930 年 9 月 17 日“艳秋与余面商请敬老代为编剧”）之后，墨香便作了“叛徒”，1931 年 6 月程砚秋等开办戏曲研究院，又请陈墨香加入（《日记》1931 年 11 月 11 日“伊自六月开办戏曲研究院，敬老亦为帮忙”）[2]，即所谓“入程幕”。其二，四大名旦各有其“党”，时人所言“毒”“骄”“乏”“坏”真是无事生非，一心唯在戏曲的墨香想要打破门户党派自是必然，正所谓“伶人与我同心考正戏曲，不是我们投降伶人，甘心受他的指挥，党同伐异，替一个伶人尽忠”。

京剧流派是在激烈的竞争中发展起来的，为了争夺票房、争取观众，艺人们必须不断推出新剧目，争奇斗艳，各显其能。梅兰芳新编古装歌舞戏大

1　杨艸艸：《陈墨香关于荀剧的几封信》，《荀慧生艺术评论集》，中国戏剧出版社 2016，第 154 页。

2　1931 年程艳秋、金仲荪聘请陈墨香为中国（南京）戏曲音乐院北平分院研究所研究员，兼任中华戏曲专科学校戏曲改良委员会主任，进行剧本创作和戏曲研究。

获成功，程、荀、尚也在自己的戏曲中纷纷加入各种舞蹈；程砚秋“私奔”题材的《红拂传》很叫座，荀、尚便演《卓文君》私奔司马相如；梅兰芳演《木兰从军》以旦角反串小生，程就演《聂隐娘》、尚演《珍珠扇》、荀演《荀灌娘》来反串……程砚秋在四大名旦中年龄最小，却后来居上、势不可挡，在此情形下，原本专为荀慧生创编新戏的陈墨香却要乐颠颠地帮助这一强劲的竞争对手，且言行间还流露出与程氏颇为情投意合，慧生的心情和心结可想而知，在此不赘。

我们需要重点探讨的是第二个问题，即编剧与伶人之间的关系问题，又可分为两个层面：一是和先生提出的“先有荀慧生，还是先有陈墨香？”的问题，二是在陈、荀关系个案研究的基础上，追根溯源研讨编演关系，这将放在第三部分。

荀慧生与陈墨香自 1924 年初结识，至 1931 年 11 月“《鸳鸯剑》事件”之前的七八年时间里，两人不仅在艺术上密切合作，生活上亦亲如一家，尽管后来出现矛盾，但他们合作编剧应该还持续了好几年。荀慧生曾在《编剧琐谈》一文中云：

> 特别是陈墨香先生，从一九二四年我演出全本《玉堂春》合作起，直到一九三五年。这十一年中共写出了四十五出戏……他和我合作剧本，总是由他先打出全剧的提纲，作好初步设计，然后逐一研究剧本中人物的性格，以及重要的场子和唱、念、做的安排。经过一再研究、修补，算作初稿。并在排演和演出中，继续修订不妥之处，才算定稿。……这样的合作方法，我认为很好，剧作家和演员，能够发挥所长。演员能够帮助剧作家熟悉舞台，剧作家也能写出适合于演员在舞台上发挥其特长的剧本。这样的合作关系，我们两个人当时都感觉胜任愉快。回想我当时和陈墨香先生合作，真象刀对鞘一样，彼此知心，相互启发。每一个剧本全是在这种友谊的情况下打出来的。[1]

慧生这篇《编剧琐谈》登载于 1959 年 7 月的《剧本》中，那时陈墨香已经去世 17 年，时间或许化解了过去的恩恩怨怨，此时的荀慧生在回顾他俩曾

---

1 荀慧生：《编剧琐谈》，《荀慧生演剧散论》，上海文艺出版社 1980，第 236–237 页。

经的合作时是心平气和、客观有情的。在荀慧生诞辰95周年（1995年）的纪念活动中，他的二儿子荀令文（按：荀慧生1968年去世，上文“和儿事件”中的大儿子荀令香1992年去世）发表《怀念我敬爱的父亲》一文，其中有云：

家父一生多年与陈墨香老先生合作编写剧本，真是废寝忘食，有时陈老就住在我家。那时编剧人与演员合作叫“打戏”，剧本写好初稿，与演员研究、修改后再与配角商议，分场子、拉提纲、发单头、背戏词、创唱念动作。自己可以琢磨“俏头”，然后合作，试演、听意见，再不断加工，再演再整理，这样才能立住。[1]

荀令文所说“有时陈老就住在我家”，从《日记》中也可见出，荀、陈两家曾经关系确实非同一般。对于剧本的创作过程，从父子俩的叙述以及厚厚的《日记》中，我们大致可以还原墨香与慧生合作“打戏”的程序步奏：一、由墨香打提纲。二、共同研究人物、安排场子和唱词念白等，同时墨香执笔完成初稿。三、在初稿基础上再商议、研究、修改。四、与演员、配角等分戏试演、听取意见再加工。五、排演、上演，然后继续研究修补直至定稿。这样的紧密关系以及创作方式，在当时是颇具代表性的，四大名旦、四大须生等，与他们身后的文人墨客合作编戏大抵也是如此，这实在是一种双赢的关系，从更高的意义而言，也是民国京剧走向辉煌的要素之一。

学识渊博，爱戏入骨，又曾经玩票演旦达十五年之久的陈墨香，既有深厚的历史文化功底，又有切实的舞台表演经验，与荀慧生遇合编戏，可谓珠联璧合、相得益彰，“真象刀对鞘一样，彼此知心，相互启发”，墨香尤其能够抓住慧生的优势特点，为其量体裁衣，私人订制，使其天赋才情得到极大的发挥，墨香自身的创作才能也得到了充分的展现，真可谓刀鞘相合、金声玉振。在这样的相互激发之下，他俩的新戏创作源源不断，精彩纷呈，成为当时编创新戏最多者，《玉堂春》（全本）《丹青引》《钗头凤》《绣襦记》《红楼二尤》等都成为了荀慧生当年叫好又叫座的代表作。20世纪三四十年代的报刊评论荀慧生就时常提到：

1　荀令文：《怀念我敬爱的父亲》，《荀慧生艺术评论集》，中国戏剧出版社2016，第212页。

察慧生新剧之夥，为诸大名旦冠，虽小梅亦不能及。人谓慧生之享名，半得助于新剧，盖亦非无由也。[1]

其尤令人惊异者，即新剧之多，堪称“首屈一指”。此类新剧，编制均极文雅，不涉丝毫粗滥。如……多至数十出。慧生之得名，获做工之赐者固居泰半，然得力于新剧者亦复不少。[2]

慧生新剧甚多，其所以能列于四大名旦之中者，端赖新剧多之功也。[3]

慧生之大成功得力于全本《玉堂春》、全本《十三妹》等剧，或谓慧生能列入四大名旦，在其新剧之力，信然。[4]

荀、陈订交对荀的艺术道路和“荀派”的创立，起到前无古人后无来者的巨大作用。[5]

综荀慧生成名之因，缘于才质者十之四，缘于工力者十之二，缘于师友者十之三。[6]

不可否认，陈墨香为荀慧生赢得“四大名旦”的地位，并得以确立“荀派”立下了汗马功劳。当然，一个人的成功，其自身的资质和努力即内因是最为重要的，为此，和先生一口气列举了八大理由来驳斥“没有陈墨香，就没有荀慧生”的说法，并且认为“更不能说是陈墨香造就了荀派艺术”，其要点概述如下。

1. 在两人合作的 1924 年之前，荀慧生在上海就主演了 144 出新旧剧目，其中有 40 余部新戏。

2. 在与陈墨香意见相左之后，荀慧生又与其他编剧者编演了《红娘》《婚姻魔障》等一大批新戏。尤其是于 1936 年与陈水钟合编的《红娘》获得巨大成功。

3. 荀先生对每一出新排剧目都有自己的构思，都要求剧作家根据他的设

1　施病鸠：《管弦声里话荀郎》，《荀慧生艺术评论集》，中国戏剧出版社 2016，第 115 页。
2　爱萍室主：《誌荀慧生》，《荀慧生艺术评论集》，中国戏剧出版社 2016，第 123 页。
3　怀素楼主：《荀慧生之面面观》，《荀慧生艺术评论集》，中国戏剧出版社 2016，第 160 页。
4　苏老蚕：《现代四大名旦之比较——征文揭晓第三》，《荀慧生艺术评论集》，中国戏剧出版社 2016，第 187 页。
5　葛献挺：《从白牡丹到荀慧生》，《荀慧生艺术评论集》，中国戏剧出版社 2016，第 318 页。
6　同上，第 320 页。

想来编写、改动剧本。

4. 荀慧生在剧本的创作上有自己的一套法则，共举了五条。

5. 每一个剧本最后都要由荀慧生拍板定案。

6. 王瑶卿才是荀派剧目的最高编导。

7. 陈墨香逝世后，有人编造子虚乌有的荀先生痛哭说："没有陈墨香，就没有荀慧生。"实际上，荀先生没有前往吊唁，两家僵持了一个月，最后荀先生以演《钗头凤》的四百余元转交陈家。然后引大段荀慧生说，其实是不太严谨的转述，表明慧生与墨香"情意已绝"。

8. 指出并纠正一些有关荀慧生的不实传记和记载。

和先生第七、八点驳斥"没有陈墨香，就没有荀慧生"的说法并纠正一些不实传记是必须的。以笔者浅见，"没有陈墨香，就没有荀慧生"，唯一有资格如此说的只能是当事人荀慧生自己，但陈、荀二人关系最终破裂，情谊已绝，《日记》中慧生对墨香逝世表现得相当冷漠，怎么可能曾痛哭称"没有陈墨香，就没有荀慧生"？有人著书立传替慧生如是说，即便是没有见到《日记》，也是极不负责的想当然之辞，和先生加以驳斥否认非常正确。只是上述八个方面的情况陈述，有符合事实的，亦有疏忽之处。如第一点中未注明统计剧目数量的出处来源，第二点中列举了10部荀慧生与其他编剧家合作编剧的剧目，但实际上其中有7部都是陈墨香编改的。第五点"每一个剧本最后都要由荀慧生拍板定案"，其实这是关于演员的二度创作问题，完完全全按照剧本原作演出的情形是鲜见的。出于舞台条件、演出时间、演出效果等的考虑，几乎每个戏在演出时根据情况再进行一番增删修改是常有的，并不只是荀慧生如此。第六点说王瑶卿才是荀派剧目的最高编导，"编导"即编剧与导演，这是受西方戏剧的影响，当代中国才出现的明确区分。王瑶卿作为"通天教主"，不少伶人，包括四大名旦都接受过他的指教，得到过他的帮助。陈墨香从少年时代就痴迷上了王瑶卿的旦角戏，后来与瑶卿结下了终生不渝的深厚友谊，墨香与慧生合作编剧时，确实几乎日日去到王家，他们仨共同说戏排戏，王瑶卿起到了重要的导演作用，但不能因此而抹杀陈墨香作为正宗编剧同时也自始至终参与排戏的主要贡献。谦逊的陈墨香从来没有居功自傲，否认他人的功劳，其曰：

有了好戏本，还得会排戏的去排，若是排戏人本事平常，便减了精彩。戏本是文人能办的，排戏却得伶人。……目下排戏，瑶卿是个好手，玉霜、小云、慧生也不含糊，不怕本子稍差，经他们去排，便能敷衍。……编戏、排戏、唱戏三种人合作是离不开的。正是：互相助力，各自用心。[1]

墨香在此明确肯定了王瑶卿、荀慧生等人排戏的功绩。编戏、排戏、唱戏三种人“互相助力，各自用心”，不就是编、导、演齐心协力，共同成就，缺一不可吗？这也正是民国京剧能够繁荣昌盛之关键。此外，墨香儿子陈嗣香在《记先父陈墨香》一文中云：

他们（指陈墨香与王瑶卿）合作编剧，很自然地形成了这样的分工：有关场次、人物、词句等的安排和写作，由先父负责；而唱腔、表情、动作等，则由瑶卿先生出谋划策，以至作示范表演。两位老人配合得非常默契。初稿写成后，还要与演员与荀先生研究讨论，进行修改。[2]

可见，墨香父子都是实事求是的。

简要综上，和先生驳斥的主旨有二：一是“没有陈墨香，就没有荀慧生”，上文已述。至于主旨二“更不能说是陈墨香造就了荀派艺术”的说法，却是可以商榷的。

诚如和先生所说，荀慧生无论在结识陈墨香之前还是之后，都出演过大量新戏，并且取得过很大成功，在他成名立派的过程中得到过不少同行师友、外界朋友的扶持和帮助。在他成名早期，北京、上海皆有学生、文士组成的“白社”“白党”对他鼎力相助，又曾得到杨小楼、余叔岩等人的提携。自己挑班后，有前、后“四大金刚”的辅弼[3]。此外，结交的师友、名流如王瑶卿、吴昌硕、胡佩衡、舒舍予、杨艸艸、张次溪、陈水钟等，或为其编戏排戏，或教导绘画，

1 陈墨香著、李世强编订：《活人大戏》，中国戏剧出版社 2015，第 473 页。

2 陈嗣香：《记先父陈墨香》，《文史资料选编》第 31 辑，北京出版社 1986，第 133 页。

3 民国二十年（1931 年）开始，荀慧生与前“四大金刚”逐渐有了裂痕，后来“赵张马金”各有各的不满，于是相继脱离，参见梅花馆主《白也无敌——闲话荀慧生》，《荀慧生艺术评论集》，中国戏剧出版社 2016，第 98-101 页。又，穆儒丐著小说《北京 1912》（北京联合出版公司 2015）中有关于“白牡丹”荀慧生的早期经历，可参看。

或宣传鼓动，等等。因此，和先生旨在说明荀慧生并非只有陈墨香的帮助，而且“最重要的是他自己能够在艺术舞台上把握自己，敢于坚持自己的艺术主见，善于发挥自己的特长”[1]，毫无疑问，这些内因、外因都是实实在在的事实。

我们在承认内因起主要作用的前提下，也必须清楚，这些角儿能不能开宗立派，关键是他们能不能拿出精彩的、具有代表性的作品。民国时期京剧繁荣火热，戏迷的兴趣口味也随时代而变，没有新戏新腔便不足以叫座入时，因此角儿们要想在激烈的竞争中立于不败之地，就必须依靠有才华、懂舞台的编剧为他们创作改编大量的新戏。竞争促使编剧和演员各显其能，不断开掘新戏目和新演技，向新的艺术境界挺进，从而形成不同的风格流派。如果没有叫得响、立得住、传得久的经典剧目，何以能够跻身“四大名旦”“四大须生”之列？何以能够开宗立派？荀慧生一生中出演过 300 多出戏，其中大多数随着时间的流逝烟消云散，而出演频率高，深受观众喜爱，经受住了舞台考验，真正能够建立并代表荀派艺术的，就是所谓六大喜剧、六大悲剧、六大武剧、六大传统剧、六大移植戏、六大扑跌剧[2]等，在这六个“六大”共计 36 部荀派代表作中，其中 27 部都是由陈墨香编剧或整理编改的。是故，在荀派艺术的建立过程中，无论如何都无法否认陈墨香所起的核心作用，所作的极大贡献。

当然，在编剧与艺人合作的过程中，编剧也因名角出演他们的剧作而获得经济效益和社会名声，他们之间实际上是相互需要、相互辉映的。尽管如此，合作双方也会站在各自的立场，产生不同的想法、分歧，甚至最终分道扬镳，这也不足为奇，如梅兰芳与齐如山，1932 年因为畹华决定到南方发展而分手（他们好说好散）。对于我们后人来说，非要去替已经永逝的他们争论谁先谁后，是没有意义的。替荀慧生作传的李伶伶当然还是站在维护传主的立场发话，但同时亦还有持平之言：

站在陈墨香这一边，是荀慧生给了他机会，没有荀慧生，他一肚子的才学无从表现，满脑子的戏曲观也无从表达。他在编剧方面，再有能力才华，但最终还得依靠荀慧生出众的表演。正因为荀慧生能够充分地将他的戏本内

1　和宝堂：《先有荀慧生，还是先有陈墨香？》，《荀慧生艺术评论集》，中国戏剧出版社 2016，第 327 页。
2　参见和宝堂整理《戏苑宗师：荀慧生》，辽宁美术出版社 1999，第 107–108 页。

容转化为舞台艺术，将冰冷的文字转化为生动的动作，才能使他的编剧的价值得以实现。

站在荀慧生这一边，荀慧生自己也知道，过去演员要找一个合适的剧本是不容易的。那时的戏曲界没有职业剧作家，写剧本的多是文人墨客，一时兴趣所至，不见得都懂得戏剧。即使出现一些优秀的剧本，也不见得都适合每一个演员。陈墨香便是难得的好编剧，他有文化知识，也懂戏剧。他的剧本既有思想，又有内容，故事好看，情节曲折，文学性也很强。更重要的是，他特别注重因人编戏，也就是根据演员的特点编戏。演出他编的戏，荀慧生更能扬自己所长，从而将花旦表演艺术发挥到极致。[1]

编演关系，谁为主导

其实，和宝堂先生也在文章中云："诚然，荀慧生和陈墨香都已经作古了，再让他们打这场官司是不应该的。争论谁先谁后，谁主谁次就更无聊了。"[2]既然如此，为什么和先生还是发文，坚定不移地站在荀慧生的立场，要替他争一个占先的、主导的地位呢？究其实质与和先生倡导的"建立以主演为中心的创作表演艺术的体制"[3]密切相关，然而，笔者提出问题，意不在于和先生，而是想从陈、荀关系的个案入手，追根溯源，进一步探讨古往今来的编与演问题[4]，并可由此一窥民国京剧繁盛缘由之一斑。

我们从中国古代戏曲谈起。处于中国戏剧漫长发展阶段的秦汉至唐宋时期，无论是秦汉角抵戏、优戏，还是唐代歌舞戏、参军戏，抑或是宋金杂剧，都是与"百戏"等诸种技艺不太区分的表演性技艺。唐宋之后，元杂剧、明清传奇是中国古代戏曲的两个黄金时期。

元代异族入主中原，从太宗九年（1237 年）到仁宗延祐二年（1315 年）

---

1 李伶伶：《荀慧生全传》，中国青年出版社 2010，第 441 页。

2 和宝堂：《先有荀慧生，还是先有陈墨香》，《荀慧生艺术评论集》，中国戏剧出版社 2016，第 328 页。

3 同上，第 328 页。

4 参见康保成《"一剧之本"的生成过程与"表演中心"的历史演进》，《文艺研究》2015 年第 3 期；朱文相《试探戏曲剧本和表演的关系》，《文艺研究》1979 年第 4 期。

科举中断达七十八年之久，即使1315年恢复科举，录取人数也极为有限，且蒙古人与汉人厚薄有别，汉族读书人想凭借科举晋身的希望十分渺茫，大批下层官吏和不仕文人，志不获展，才无所用，生活无着，其时杂剧兴起，无奈之下，他们以往日作诗赋文的才华精力投身杂剧创作，既可谋生解决生活问题，亦可借编演杂剧施展才艺，抒发抑郁愤懑之情。元杂剧的优秀作家关汉卿、白朴、马致远、纪君祥、王实甫、郑光祖、宫天挺、乔吉等，以他们丰富多彩的剧本创作，落魄文人的情怀抒发，将中国戏曲推向了高峰。其中，关汉卿作为一个曾"躬践排场、面敷粉墨"的当行作家，十分重视舞台实践和演出效果，与此同时，也有不少剧作家看重"借他人酒杯浇胸中块垒"，以编剧的方式、剧曲的写作来替代传统的诗文抒发，如马致远、乔吉等。即使表现男女爱情的旖旎杰作《西厢记》，在李贽看来也蕴涵着作者借夫妇离合姻缘抒发怫郁感慨的情感。元剧作家无论是客观反映现实生活，还是主观表现自我，诚如王国维所论：

> 元曲之佳处何在？一言以蔽之，曰：自然而已矣。古今之大文学，无不以自然胜，而莫著于元曲。盖元剧之作者，其人均非有名位学问也；其作剧也，非有藏之名山，传之其人之意也。彼以意兴之所至为之，以自娱娱人。关目之拙劣，所不问也；思想之卑陋，所不讳也；人物之矛盾，所不顾也；彼但摹写其胸中之感想，与时代之情状，而真挚之理，与秀杰之气，时流露于其间。[1]

这种以意兴为之，自娱娱人的创作，在考虑关目的设置、人物的表现等舞台性、戏剧性方面恐怕不是最为看重的。何况元杂剧的表演形式以"唱"为本位，剧本的写作相应也以"曲"为本位。

明清传奇是一种文学体制规范化和音乐体制格律化的长篇戏曲剧本，可分为宫廷传奇、民间传奇和文人传奇。其中创作剧本数量最多、流传最广、占主导地位的是文人传奇[2]。明清文人传奇，在200多年的发展演变中，虽然也经历了不同的戏剧观、文学观和审美观，但崇尚典雅绮丽，好逞才情，追

1　王国维：《宋元戏曲史》，华东师范大学出版社1995，第120–121页。
2　参见郭英德《明清文人传奇研究》，北京师范大学出版社2001。

求文人化的审美趣味是文人传奇的主要方面。文人们通常多注重传奇剧本的可读性、文学性，冀以寄托自身的思想感情，展现文学才华，虽然某些时期、某些编剧，如李渔，也非常强调剧本的戏剧性、可演性，但毕竟受时空限制，鲜活的舞台演出无法留存，剧本则可成为案头文学而流芳百世。

且从戏剧观念上看，元代至明中叶占据主导地位的是一种“曲”的观念，即把戏剧艺术视为诗歌的一种，是诗—词—曲的演进，或者说，戏剧即是“诗”。[1]

谢柏梁曰：“迄今为止，我们的戏曲史在一定程度上是戏曲文学史。宋南戏、元杂剧、明清传奇的主体，都与戏剧文学息息相关。戏剧文学当之无愧地与诗歌、散文和小说等文体一样，占有中国文学四分天下有其一的重要地位。其他部门例如演员、演出和种种绝活，往往随着人事的代谢、时代的变迁而风云流散，唯有文学本相对而言保存的更多。”[2]

要之，元杂剧、明清文人传奇的剧本曲文至关重要，那些名剧当年在舞台上演出的盛况早已成了空谷足音，但其剧本文学本身的价值得以流传千古。可以说，元、明两代中国戏曲主要是以剧本、剧作家为中心为主导的，编剧队伍多是文人墨客。

清代地方戏时期，是中国戏曲发展演变的第三个大的阶段。康熙末叶至乾隆中叶，全国各地的地方戏蓬勃兴起，乾隆末叶至道光中叶，出现了“花部”“乱弹”与雅部昆曲的激烈竞争，文人雅士钟爱的昆曲因阳春白雪、曲高和寡而日薄西山，“乱弹”诸腔则如日中天，全面开花。风起云涌的地方戏，大多来自民间艺人对传统剧目、传奇小说、史传等的翻改，自创或集体创作，较少文人的参与。从“花部”诸家脱颖而出的新剧种皮黄戏即京剧，以乾隆五十五年（1790 年）三庆班进京祝寿演出为起点，至道光中叶基本成型，同、光时期繁荣昌盛，其剧本“渊源相授，不出教坊，音节律度，囿于市井，未经通人斧藻”[3]，也就是说，清代的京剧剧目和表演多是师徒相授，未经斧斫藻饰，充满市井之气。现存较早的皮黄剧本《极乐世界》创作于道光二十年（1840 年），其作者观剧道人在自序中感叹：“戏至二簧陋矣，而吾谓非二

1 参见谭帆、陆炜《中国古典戏剧理论史》，华东师范大学出版社 2005，第 46–47 页。又，张庚曰：“我国也把戏曲作为诗的一个种类看待。”参见张庚《关于剧诗》，《张庚文录》第三卷，湖南文艺出版社 2003，第 283 页。

2 谢柏樑：《序言》，颜全毅《清代京剧文学史》，北京出版社 2005，序言第 6 页。

3 姚华：《曲海一勺》，《弗堂类稿》论著丙，中华书局聚珍仿宋版。

簧陋，作之者陋也。”[1]他号召“锦绣才子”加入编剧队伍。然而，观剧道人的呼声是渺茫的，清代读书人在科举的诱导和软硬兼施的专制统治下，大量投身八股文应试、故纸堆学术或传统诗文的高雅书写之中，无意无暇于戏曲，即使少数文人钟情于此，也多着笔于昆曲，不屑于新兴的粗陋的地方戏。尽管如此，京剧却大受民间和清宫廷的喜爱，在演出形式和技艺上创新出奇，观众看戏也是看热闹看绝活，求娱乐求新奇，不那么在意思想内涵、精神境界。京剧“要想上得‘君’之宠，下得‘民’之爱，它就必然偏于‘物质外壳’（主要是唱腔和表演）上的出新，讲究的是‘色艺’二字”“京剧是中国古典戏剧的最后样式与‘最后的闪光’。它的最大特点是演员中心、色艺第一，舞台表演与唱腔的技艺性得到了充分发展，甚至达到了烂熟的程度，但文学创造与精神内涵相对萎缩”。[2]中国戏曲又回归到了初创时期的表演技艺上。剧本的编创及其相关的文学性不再是中心，而是从编剧中心转变为演员中心，成为影响最广泛，具有“非文本中心”“竞技演艺化倾向”的表演艺术，正应了京剧界的口头禅“传奇重读，皮簧宜演”。

最后，我们回到陈墨香、荀慧生的时代，此时中国戏曲呈现以下特点。

名角挑班制，以演员为中心

晚清至民国初，谭鑫培在前人的基础上开创了老生艺术新时代，成为独步剧坛的“伶界大王”，京戏演员以“角儿”为标榜，名角挑班成为京剧班社最主要的组织形式，角儿的地位逐渐凌驾于其他人员之上。齐如山为梅兰芳编戏就曾明确表示，戏班靠梅兰芳叫座，他编戏当然就在梅身上想法子。从观众方而言，看戏除了看情节，更看重角儿声色歌舞、唱念做打的表演技艺，剧本几乎无人关注。

民国时期，旦角取代了老生的霸主地位，四大名旦风华正茂，苦下功夫磨砺演技，舞台艺术熠熠生辉。尽管京剧是“非文本中心”，但为了在激烈的竞争中获胜，伶人们急切地寻求文化人替他们“打本子”编新戏。遭遇辛亥鼎革的时代巨变，一些清文化遗民，以及进入了新时代仍然痴迷于旧戏曲的骚人墨客，以前或耻于与伶人为伍，或囿于清廷禁令不能混迹伶界，如今

1 转引自颜全毅《清代京剧文学史》，北京出版社 2005，第 164 页。
2 董健、马俊山：《戏剧艺术十五讲》，北京大学出版社 2006，第 21 页、317 页。

因为民国的混乱自由，可以奋不顾身“下海”，加入编剧的队伍。既然观众渴望新戏，伶人渴望舞台名利，文士渴望发挥才能，于是风云际会，四大名旦等也因此各自有了自己的创作班子，纷纷推出新剧目。应该说，伶人在未成名或小荷才露尖尖角之时，作为师长辈的编剧家或智囊团，不但要为他们“打本子”，还要帮助他们学习文化知识，提高艺术修养，策划演出事务等，对他们是有重要的引领和主导作用的。但花开花落，几度春秋，一旦艺人茁壮成长，羽翼丰满，名声上相当响亮之后，他们自然也就成了主导，把表演看成是唯一的，功劳归于自身，其身后的编剧们，不过是“垫脚石”，大都默默无闻。为此，翁偶虹为“隐形人”剧作者们鸣不平：

戏曲界原有一个先天性的“不公道”——从来不提剧本作者的姓名。造成这样的恶果，最初当然是受了时代的局限，在思想上更表现出浓厚的封建意识。当年艺人自己编写的剧目，由于自卑而不敢以姓名问世，后来出现文人代庖，他们却搔首弄姿地不屑以姓名示人。这就逐渐养成了一般演员常常以自己为中心的高贵感，仿佛他们享了大名，他们就是万能者；他们的一切杰作，都是他们自己创作的——包括剧本在内。在随着时代发展的戏曲长河中，很出现了一些优秀的剧作者，他们提供给演员们以丰富的营养，而演员们则大都只是表面上尊重，内心里却是轻视；或者是在恳求作者写剧本时是尊重的，而一旦剧本到手至演出，却又蔑视甚至不理睬剧作者了。此时的演员，对于一个剧本的成功演出，往往讳莫如深地不愿再提作者姓名，更何论刊印问世。[1]

翁先生所言绝非无的放矢，编剧们湮没无闻也就罢了，关键是他们的劳动得不到尊重，甚至还遭受蔑视，不亦悲乎？随着历史和时代的发展，这一状况有所改善，好在翁先生的编剧作品及其编剧家身份最终得到了尊重。

文人编剧不可忽视，案头场上两擅其美

以表演为中心，是不是编剧和剧本就无足轻重了呢？剧本、剧本，还是不是“一剧之本”呢？对此，编剧界和演艺界各自站在自身的立场强调自己的重要性，戏曲界、研究界也一直存在不同的看法和争论，也就是和先生提

1 《翁偶虹文集・回忆录卷》，百花文艺出版社 2013，第 249–250 页。

出的“谁为主导”的问题，诚如康保成所说“一剧之本”和“表演中心”是一个充满矛盾的悖论。[1]尽管如此，笔者认为，古今中外的戏剧史都证明，每一个戏剧的黄金时期，无不有大量文人参与创作，无不有脍炙人口的剧作产生，这一定是剧作家和演员共同努力的结果，片面强调夸大一方的作用都是偏颇的，争论“谁为主导”只能是矛盾悖论，意义不大。实际上，没有技术成不了艺术，光有技术也成不了艺术。齐如山曾云：

> 艺术好的名脚多半都不通文，下焉者不识字的也不少，这种情形尤需靠界外人的提倡帮助，有时界外人比本界人还重要。……因为戏剧有益于社会教育者，编剧人应居首功。……因为戏界人只知戏剧的构造，不通文字。学界中人，虽能文，但不知戏剧的规矩，所以必需两方面合作。[2]

齐如山作为编剧者认为戏剧在有益社会方面“编剧人应居首功”可以理解，毕竟，戏剧要在思想上精神上提升境界，剧本是基础，但他同时也说明“必需两方面合作”。作为京剧表演最高代表的梅兰芳在强调“演员中心”的同时，也坚持戏曲艺术的整体统一性，其云：

> 剧作者与表演者，应该说是最亲密的战友，但双方各有所长，也各有所短，写剧本的对于结构、词采、音律、格局……方面是当行，但未必全面通晓表演（包括歌唱、音乐、动作），而演员能够刻画人物，体现剧本精神，也未必有一定的文学修养。……所以剧作者与演员的关系，必须是截长补短，互相发挥，才能产生站得住脚的戏。[3]

的确，案头场上必须截长补短、两兼其美，“才能产生站得住脚的戏”。尽管“角儿制”形成后，名角的地位压倒一切，剧本的作用逐渐被削弱，但绝不能因此而抹杀剧本当年所起过的核心作用。四大名旦、四大须生以及其他名角等，之所以能够蜚声于民国剧坛，将京剧推向巅峰，其中一个不能不

1 参见康保成《“一剧之本”的生成过程与“表演中心”的历史演进》，《文艺研究》2015年第3期。
2 梁燕主编：《齐如山文集》（第4卷），河北教育出版社2010，第167、168页。
3 傅谨：《梅兰芳全集》（第3卷），北京出版社·中国戏剧出版社2016，第426页。

承认的重要因素就是：那些落魄文化遗民，以及热爱传统戏曲的文士参与了编剧。如果没有遗民陈墨香、庄清逸、罗瘿公、潘镜芙、梁济等，以及齐如山、李释戡、金仲荪、翁偶虹、朱石麟、张冥飞、杨少厂、贺芗垞、陈水钟、李寿民、吴幻荪等一大批文人作者与艺人通力合作，共同"打本子"，竞相推出大量新剧目，民国京剧的繁盛是不可能存在的。

20 世纪上半期京剧的辉煌灿烂已经载入史册，但其背后"文化"的巨大力量和作用没有得到充分的认识和肯定，与这种辉煌相匹配的研究也相对滞后。21 世纪以来，京剧的研究取得了长足进步，但仍然有许多薄弱环节，景孤血早在 20 世纪 50 年代就发文称："京剧则在几十年内增长了五六百出新戏……我们过去对于新剧的思想性、艺术性未能作出应有的正确评价；即面对五六百出新剧也没有估计它的巨大的社会影响。"[1] 京剧作为表演艺术，强调其表演和演员的重要性，自是题中之义，但如果因此而忽视编剧家的作用和贡献，那么，对于陈墨香等一大批编剧家以及五六百出新剧的研究就将长期成为薄弱环节，这不但影响到整个京剧研究的广度和深度，也将影响京剧艺术进一步的创新和发展。

1 景孤血：《由四大徽班时代开始到解放前的京剧编演新戏概况》，《京剧谈往录》，北京出版社 1985，第 554 页。

第5章

“末代王孙”戏曲家庄清逸[1]

庄清逸集票友、一流编剧、京戏研究于一身，原名爱新觉罗·溥绪，为末代庄亲王。由于时代、身份等原因，溥绪的家世生平鲜为人知，权威本《中国京剧史》中没有他的生卒年，对于他的简介亦出现错误。本章通过《爱新觉罗宗谱》等文献确定了溥绪的生卒年、更正了有关错误。

被誉为“国粹”的京剧与清代满族息息相关。乾隆皇帝为“提倡京戏之开山鼻祖”[2]，1790年乾隆八十诞辰，“三庆”徽班进京祝寿添彩，随后，“四喜”“春台”“和春”等徽班也相继进京，京剧由此萌芽。大约19世纪40年代道光时期京剧诞生，此后同治、光绪无不爱好，慈禧太后更被称为“古今第一大戏迷”[3]，她曾在宫中组织“普天同庆”科班，直接管辖，甚至有时着戏衣，偕李莲英联袂歌舞。上有所好，下有所效，满族之王公贵胄、贝勒贝子，乃至穷困潦倒的细民百姓，酷嗜皮黄、痴迷吹拉弹唱者层出不穷，京剧史上涌现出了一大批熠熠生辉的杰出人才，如旦角之程砚秋、关肃霜，小生之德珺如、金仲仁，花脸之金秀山、金少山、黄润甫，老旦之龚云甫、卧云居士，须生之奚啸伯，武生之李万春……此外，还有编、演、导的全才汪笑侬、唐韵笙、

1 此章简略版曾以《剧学家庄清逸生平与著述考论》为题，刊载于《民族文学研究》2018年第6期。中国人民大学书报资料中心《舞台艺术》（戏曲·戏剧）2019年第2期全文转载。

2 徐慕云：《中国戏剧史》，上海古籍出版社2008，第73页。

3 同上，第74页。

庄清逸，“票界大王”爱新觉罗·溥侗（红豆馆主）等，都为京剧在晚清民国走向繁荣昌盛，最终登顶“国剧”立下了赫赫功勋。其中，皇族出身的剧学家庄清逸，集文武生票友、一流编剧、京戏研究于一身，为杨小楼、尚小云、高庆奎、李万春等创编了七八十出优秀剧本，对成就尚派、高派艺术居功至伟，此外，清逸还为《国剧画报》等报刊撰写了数十篇戏曲文章，为京剧艺术的发展做出了不可磨灭的贡献。然而，这样一位成就卓著的剧学家，由于时代、身份等种种原因几乎被历史湮没。

人不知其王也：家世生平

家世

庄清逸作为编剧家的介绍，目前所见最早的文献为1934年《剧学月刊》第三卷第十期的文章《近百年来皮黄剧本作家》（作者署名吉水，即陈墨香），有四百余字的简介，开端曰：

> 庄清逸，名溥绪，清季贝子，入民国，始袭父封晋庄亲王。既而资罄，乃居于陋室，以庄为姓，颇为伶工作剧本，亦于新闻纸撰戏评。寒俭自处，人不知其王也。庄清逸之名，乃大噪于梨园。[1]

虽然庄清逸之名大噪于梨园，但文中没有清逸的生卒年及其生平的详情，只有简要的身世说明：清逸出身皇族，后沦落为贫民，为伶工编剧、写戏评，久益困，从肥壮至晚年骨瘦如柴，病卒。同时描述了清逸出演《钟馗嫁妹》，因体肥而把“小鬼”演员压趴而大哭而辍演的趣事，大约旨在说明清逸粉墨登场的经历和曾经的丰衣足食。最后是对清逸撰剧守旧、气量颇大的几句点评（参见附录一）。

20世纪80年代以后，苏移著《京剧二百年概观》，权威本《中国京剧史》[2]，

1 《剧学月刊》（第九辑），学苑出版社2012，第213页。

2 苏移：《京剧二百年概观》，北京燕山出版社1989。北京市/上海艺术研究所：《中国京剧史》，中国戏剧出版社2005。

对于清逸的介绍皆苏移撰文，也主要来源于吉水篇，均说明溥绪为清皇族，民国后袭封庄亲王。

庄亲王为清初“八大铁帽子王”之一。“八大铁帽子王”是指清朝开国之初立下战功的皇亲宗室，即开国元勋，他们是礼烈亲王代善、睿亲王多尔衮、豫通亲王多铎、肃武亲王豪格、郑献亲王济尔哈朗、承泽裕亲王硕塞、克勤郡王岳托、顺承恭惠郡王勒克德浑，因为他们功勋卓绝而获得世袭罔替的永久封爵。此外，另有四位是清朝中后期在稳固江山中立功而受封的，即怡亲王允祥、恭忠亲王奕訢、醇贤亲王奕譞、庆密亲王奕劻。

首任和硕庄亲王为皇太极的五儿子硕塞（1628—1654年），是位少年英雄，一生屡次出征沙场，骁勇善战，为大清朝建功立业。因军功卓著，被顺治帝晋封为和硕承泽亲王，掌管兵部及宗人府，然不幸英年早逝，终年27岁。其长子爱新觉罗·博果铎袭王位，改号庄亲王。[1]庄亲王一支共传9世13位，溥绪为末位。

关于溥绪的家世，《中国京剧史》存在两处错误。一是：“清逸居士出身于戏曲世家。第一代庄亲王允禄，是清乾隆年间的一位著名戏曲音乐家兼戏曲作家，曾参加《律吕正义》的编纂工作。清宫‘四大本戏’之一的《鼎峙春秋》（全本三国戏）即出自他手。”[2]这里称允禄（1695—1767年）为“第一代庄亲王”不正确，应为“第三代”。第二代庄亲王博果铎无子嗣，康熙帝十六子允禄承袭了庄亲王爵。允禄精天文算法数理，通音律乐义，《清史稿》有载：

允禄精数学，通乐律，承圣祖指授，与修数理精蕴。乾隆元年，命总理事务，兼掌工部，食亲王双俸。二年，叙总理劳，加封镇国公……七年，命与三泰、张照管理乐部。允禄等奏：“藉田礼毕，筵宴当奏《雨旸时若》《五谷丰登》《家给时足》三章，本为蒋廷锡所撰，乐与礼不符，不能施于燕乐。请敕别撰。”又奏：“《中和韶乐》，例用笙四、萧笛皆二，金、革二音独出众乐之上。请增笙为八，萧笛为四。”又奏“汉以来各史《乐志》，俱有镈、钟、特磬。今得西江古镈钟，考定黄钟直度，上小损益，铸镈钟十二。窃以条理宜被始终，请仿《周礼》磬氏遗法，制特磬十二，与镈钟俱为特悬。乐阕击特磬，乃奏敔；

1 参见赵尔巽、柯劭忞等《清史稿》（三〇传），中华书局 1998，第 9048-9049 页。
2 北京市 / 上海艺术研究所：《中国京剧史》（中卷 · 下），中国戏剧出版社 2005，第 1420 页。

大祭祀，大典礼皆依应月之律，设鎛钟、特磬个一簴。”上悉从之。二十九年，允禄年七十，上赐诗褒之。三十二年，薨，年七十三，谥曰恪。[1]

可见允禄被任命管理乐部，的确是精通礼乐的内行。溥绪对这位先世祖尊崇有加，其《南府之沿革》（参见附录一）一文对清代宫廷乐部的历史渊源、南府、升平署的来历，四大徽班进京，以及内廷演剧的情况等，一一道来，是关于清廷演戏以及戏剧发展演变的珍贵史料。其中溥绪谈到其先世恪太王即允禄管理鞠部，乾隆曾命其参与编戏的情况：

（高宗）始命先恪太王同各儒臣编辑《劝善金科》《西游记》《水浒传》，并《天开寿域》《地涌金莲》《罗汉渡江》《宝塔凌空》等仙佛戏文八十余种。[2]

看来《中国京剧史》称允禄“是清乾隆年间的一位著名戏曲音乐家兼戏曲作家”倒是自有来历，但或许称允禄“是清乾隆年间的一位鞠部管理者兼音乐家、剧作家”更准确。

二是：“庚子之后，其伯父载垣因追随肃顺反对慈禧垂帘听政而遭‘缢杀’，株连之祸自不可免”。[3]载垣（1816—1861 年）是世袭和硕怡亲王爵位者，非庄亲王。载垣追随肃顺反对慈禧垂帘听政而遭“缢杀”的事变，史称“辛酉政变”，1861 年之事。庚子年间（1900 年）肇祸之臣，是被革爵的庄亲王载勋（1854—1901 年），溥绪的伯父，其门第已经在大清帝国的历史上显赫了近二百年之久。义和团运动（1900 年）兴起后，载勋授步军统领，权倾朝野。他力主借义和团力量排外，曾在自己王府里设拳坛，八国联军攻克北京，随慈禧等西逃。《辛丑条约》谈判时，在列强“索办罪魁”声中，载勋被指为“祸首”之一，光绪廿七年（1901 年）正月，奉赐自缢[4]。次年，庄亲王爵位由载勋之弟载功承袭。载功即溥绪的父亲，和硕庄恭亲王，《爱新觉罗宗谱》记载如下：

1　赵尔巽、柯劭忞等：《清史稿》（三〇传），中华书局 1998，第 9049-9050 页。

2　《戏剧丛刊》（第二期），《民国京昆史料丛书》（第十三辑），学苑出版社 2013，第 141 页。

3　北京市 / 上海艺术研究所：《中国京剧史》（中卷 · 下），中国戏剧出版社 2005，第 1421 页。

4　罗瘿公笔记《庚子国变记》《拳变馀闻》有多处提到载勋，详见《罗瘿公笔记选》，山西古籍出版社 1997，第 6、8、14、17、20、35、57 页。

咸丰九年己未八月初六卯时生，母侧福晋王佳氏，六品典卫克明之女。同治七年十一月大考，赏给翎支。光绪六年十一月封二等镇国将军，廿八年九月袭和硕庄亲王。十二月管理正红旗族长事务，卅一年六月授内大臣。民国元年壬子九月奉懿旨：所有从前恩赏王公等府第房间地亩均著加恩赏给作为私产，钦此。四年乙卯正月二十七日薨，年五十八岁。谥曰恭。嫡福晋富察氏景寿之女。[1]

“咸丰九年”即1859年，“光绪廿八年”即1902年，民国四年即1915年。可见，载功的生卒年为1859—1915年，1902年袭庄亲王。该宗谱还记载着载功有儿子三，依次为溥绪、溥缙、溥维，民国五年（1916年）溥绪被小朝廷册封为庄亲王。

要之，作为末代庄亲王，其家世中与戏曲密切有关者，据目前的资料看来似乎只有允禄，允禄年代与溥绪相距上百年，《中国京剧史》所说“清逸居士出身于戏曲世家”恐难成立。此外溥绪的伯父被赐死，其爵位由溥绪父亲和溥绪本人先后继承，是故“株连之祸自不可免”也难成立。

《中国京剧史》为目前最权威、影响最大的京剧史，专家学者们筚路蓝缕，通力合作，功不可没，1999年版和2005年版也在初版的基础上进行了修订，然而，遗憾的是，上述两处明显的错误未能发现修正。后学也因此或多或少地沿袭其误，如刘文峰、于文青主编《北京戏剧通史 · 民国卷》[2]，李伶伶著《尚小云全传》和《尚小云评传》，[3] 钟鸣著《个性化戏曲的创制：尚小云的侠剧》等[4]。

生卒年

溥绪的生卒年《京剧二百年概观》《中国京剧史》《北京戏剧通史》等均未标注，《中国京剧史》介绍清逸居士的文末曰“大约于20年代末或30年代初，以贫病逝于北京”[5]，卒年有一个大致的推测。谷曙光著《晚清民国

1 《爱新觉罗宗谱》（第四册 甲四），学苑出版社1998，第1979–1980页。
2 刘文峰、于文青：《北京戏剧通史 · 民国卷》，北京燕山出版社2001，第404页。
3 李伶伶：《尚小云全传》，中国青年出版社2009，第157页。《清风吹歌 曲绕行云飞：尚小云评传》，上海古籍出版社2012，第122–125页。
4 钟鸣：《清末及民国编演新戏刍议》，学苑出版社2016，第158页。
5 北京市 / 上海艺术研究所：《中国京剧史》（中卷 · 下），中国戏剧出版社2005，第1421页。

的满族皮黄剧作家述论》一文中“庄清逸（？—1931 年）”[1]，有了进一步的标注，但不知何据。

笔者查阅《清史稿》《清史稿列传》《清史列传》《爱新觉罗家族全书》等都没有关于溥绪的著录，清末民初先后几次修录的《爱新觉罗宗谱》中才有他的简要记载，全文如下：

光绪八年壬午十月二十一日辰时生，母嫡福晋富察氏，景寿之女，十五年十二月授荫生，二十九年十二月考封不入八分辅国公，民国五年丙辰正月袭和硕庄亲王，大同二年癸酉五月初九日子时薨，年五十二岁，嫡福晋博尔济吉特氏，科尔沁辅国公那苏图之女。[2]

在此，生卒年详细到了年月日时。生年“光绪八年”即 1882 年，卒年“大同二年癸酉”即 1933 年。此外，笔者查阅《国剧画报》还发现，清逸为该报主笔之一，刊有其单篇及系列文章数十篇，至今无人整理研究。其中民国廿二年六月十五日，第二十二期刊有清逸剧照，图片标注为：“上月卅一日（按：即新历五月三十一日）逝世剧学家清逸居士之遗照——饰《黄鹤楼》之赵云。”[3] 剧照中的清逸威武体庞。又，民国廿二年六月一日开始连载的清逸文《审刺客之索引》分为（一）至（六）刊载，从六月十五日的（三）开始署名为“清逸居士遗作”，此前《国剧画报》所有清逸文章皆署名“清逸”或“清逸居士”。《国剧画报》之所以于六月十五日才标明“遗照”“遗作”，或许是没有第一时间得知清逸去世的消息？何况清逸晚景凄凉，能有多少人关注？《国剧画报》上去世的日子为新历，《爱新觉罗宗谱》为旧历，经换算两处所载日子有异，但在 1933 年的初夏应该无疑。

为何取名“清逸”。《京剧二百年概观》中作者苏移对溥绪为何取名“庄清逸”作了说明：“为隐其身分，取庄为姓，名清逸（清季逸民之意），又号清逸居士。”[4] 这几句暗含了溥绪不得不隐姓埋名的苦衷。李伶伶《尚小云

---

1 谷曙光：《梨园文献与优伶演剧——京剧昆曲文献史料考论》，中国社会科学出版社 2015，第 66 页。
2 《爱新觉罗宗谱》（第四册 甲四），学苑出版社 1998，第 1979–1980 页。。
3 《国剧画报》（民国廿二年六月十五日，第二十二期），学苑出版社 2010，第 246 页。
4 苏移：《京剧二百年概观》，北京燕山出版社 1989，第 392 页。

全传》云：“是因为前清曾多次下令禁止旗人养戏班和出入戏园，更不允许与‘戏子’往来，这当然包括为他们写剧本。身为皇室子嗣，又袭封‘庄亲王’的爱新觉罗·溥绪，只能隐姓埋名。”[1]这一问题可从两个方面来认识。一是，清廷自清初至晚清同治时期，的确都三令五申禁止旗人出入戏园，但实际上常常“禁而不止”，到光绪时期已然是自由放任了，那时“旗官没有不喜梨园的”[2]，比如上述那些著名的满族京剧人才都我行我素。王府中请科班、唱堂会是家常便饭，甚至王公大臣自己粉墨登场。如贝勒爱新觉罗·载涛从青年时代就正规学戏演戏，为此《中国京剧史》对其有专门介绍；肃亲王善耆全家皆能演戏，常常父子、兄弟登台；庆亲王奕劻等也痴迷戏曲，能唱还能自编。小生名角金仲仁，原名爱新觉罗·春元，其父为礼亲王的后裔，他有可能袭爵礼亲王，但他抛弃皇族身份，“下海”做了专业京剧演员。进入民国之后，旗人迷戏彻底没有了“清规戒律”的束缚，如爱新觉罗·溥侗于民国后大张旗鼓地成立票房“言乐会”，声势浩大地玩票，玩成了“票界大王”。二是，虽然旗人不管不顾照样混迹于梨园，但皇亲贵胄囿于身份，通常也都隐去本名，另取名号，如“金仲仁”便是“下海”时所取，何况梨园有传统规矩，伶人都要取“艺名”的，票友溥侗也以“红豆馆主”名世。贵为庄亲王的溥绪，在政局动荡，优待逊清皇族的政策被取消后，为了养家糊口，无奈之下，曾卖房卖地卖树[3]，然终不是长远之计，为了营生，溥绪不能不发挥其专长，“下海”成为了一位专业编剧。翁偶虹曾以“闹他两顿烟饭是真的”为题，道出清逸当年编剧的情形，令人笑含酸楚：

辛亥革命以后，他惶惑于王孙末路，打算下海卖钱……

他晚年嗜好很深，编剧虽有酬金，终难填无底的洞箫，因而导致他想出一个别开生面的编剧路数：他不在家中写作，而是轮流到各位演员家中动笔。经常是早晨即到杨小楼家，一榻横陈，阿芙蓉鲸吸之后，精神倍增，奋笔疾书，

---

1 李伶伶：《尚小云评传》，中国青年出版社 2009，第 157 页。

2 陈墨香：《观剧生活素描》，《梨园外史·附》，中国戏剧出版社 2015，第 195 页。

3 参见龙翔、泉明《最后的皇族：大清十二家“铁帽子王”逸事》，北京大学出版社 2011，第 67 页：“料想不到的是，有了庄亲王名分的溥绪日后受益匪浅，当真发了一笔意想不到的财，那就是以庄亲王的名分卖出了庄亲王府。”又，冯其利《清代王爷坟》，紫禁城出版社 1996，第 119 页：“1927 年庄亲王溥绪将磁家务的树木卖了一部分，换了钱花。”按：此处“磁家务”指房山区磁家务的庄王坟。

午饭即与杨小楼同吃一顿炸酱面或冰冻肉馒头。然后打道尚小云府，又是横陈一榻，重亲阿芙蓉香泽，再从容动笔，接写昨日未完之剧。如此轮流走编，一个剧本连续月余，才能杀青。有人问他："何不坐享清福，在家静写？"他自我解嘲地套用《梅玉配》剧中杨大夫的台词说："管他三七二十一，闹他两顿烟饭是真的（剧中原词是：管他三七二十一，闹他两份马钱是真的）。"[1]

沦落如此的溥绪，或许愧对列祖列宗而更名？并以"清逸"即清季逸民之意来表达江山易主后的人生？

综上所述，庄清逸的生平事迹大致如下：原名爱新觉罗·溥绪，生于1882年，出身满清皇族宗室，民国后袭父封为庄亲王。溥绪隐其身份，取名清逸，号清逸居士。因酷嗜京剧，曾做票友，粉墨登场，工文武生，有剧照传世[2]。民国后从金枝玉叶败落为寒俭窘迫的逸民，以研究戏曲、为名伶撰剧为生，先后创编了数十出剧本，成就了尚派、高派艺术。除剧作外，清逸深谙梨园掌故，为《国剧画报》《戏剧旬刊》等报刊撰写戏文。晚景贫病交加，凄凉困顿，骨瘦如柴，病卒于1933年初夏。

闹他两顿烟饭：编改剧本

"人不知其王"而名声大噪于梨园的庄清逸，能饰赵云（《黄鹤楼》）、演武松（《狮子楼》）、扮高登（《拿高登》）等，能戏颇多。出入梨园，痴戏演戏懂戏，通晓舞台，加之出身皇族，能够收藏南府、升平署剧本档案和梨园耆旧抄本等，为清逸编戏打下了良好的基础。又，清逸文化素养高，才思敏捷，流传有"一日可成一剧"的赞誉。他曾与生行、净行合作，如为杨小楼编写过《楚汉争》《野猪林》《山神庙》等，为高庆奎编写过《哭秦庭》《豫让桥》《赠绨袍》等。又为旦角尚小云（字绮霞）编写有《林四娘》《谢小娥》《峨眉剑》《梁红玉》等。这些作品都成为了高派、尚派的代表作。

1 翁偶虹著、张景山编：《梨园鸿雪录》（下），文津出版社 2017，第 252–254 页。

2 笔者目前所见清逸剧照有二：《国剧画报》民国廿二年六月十五日刊载清逸饰《黄鹤楼》之赵云，大型画册《京剧大师尚小云》（陕西人民出版社 2003）第 31 页，刊载"清逸居士与方连元之《虹霓关》"。

清逸编剧，教化与艺术并重，有着明确的指导思想，加之自身遭遇世事人生的重大变故，因此其剧中多表现对正义气节的赞颂、对邪恶不法的谴责，以及对受迫害者的深切同情，以抒发壮怀激烈的悲愤，凄凉幽郁的意绪。但囿于时代和身份，其剧作不标明真实姓名，常不为人所知，较难统计出准确数据，以下就目前搜集到的剧目列表并略述。

《庄清逸为尚小云编改剧目表》[1]

序号	首演时间	剧本	取材	备注
1	1923年	《李三娘》（《五龙祚》）	南戏《刘知远白兔记》传奇	
2	1925年9月	《林四娘》（《姽婳将军》）	清·杨恩寿《姽婳封》传奇	1924年3月编
3	1925年10月	《谢小娥》	唐·李公佐《谢小娥传》 明·凌濛初《初刻拍案惊奇·谢小娥智擒船上盗》	1925年4月编
4	1925年11月	全本《玉堂春》	冯梦龙《警世通言·玉堂春落难逢夫》	改编
5	1927年元月	《摩登伽女》	东汉·安世高译《摩邓女经》 三国·竺律炎译《摩登伽经》 唐《楞严经》	1924年3月编
6	1928年2月	《婕妤当熊》	《汉书·外戚传》	1926年7月编
7	1928年7月	《千金全德》	五代·高怀德遇合故事 明·王稺登《全德记》	1927年6月编
8	1929年元月	《卓文君》（《文君当垆》）	元明杂剧《私奔相如》 清·黄燮清《茂陵弦》	1927年9月编
9	1929年6月	《珍珠扇》	同名鼓词	1929年6月编
10	1929年10月	《峨眉剑》	清·王韬《淞隐漫录·剑仙聂碧云》	1929年4月编
11	1930年1月	《詹淑娟》	清·李渔《笠翁十种曲·风筝误》	
12	1930年	《桃花阵》	清·升平署秘本 宋太祖时期事	

1　表格主要依据：①北京市/上海艺术研究所《中国京剧史》，第658–665页。②《北京戏剧通史·民国卷》，第84、404–405页。③《京剧剧目辞典》《中国四大名旦》《京剧大师尚小云》《尚小云全传》《戏剧月刊》等书刊。

续表

序号	首演时间	剧本	取材	备注
13	1931年2月	《云蝉娘》（《相思寨》）	明·邝露《赤雅》中故事	
14	1931年9月	《花蕊夫人》	《十国春秋》 《情史》	1929年8月编 一说李寿民编剧
15	1932年元月	《白罗衫》	清·刘方《罗衫记》传奇	与尚小云合撰
16	1935年元月	《汉明妃》	元·马致远《汉宫秋》 昆曲《昭君出塞》	一说李寿民编剧
17		《梁红玉》	《宋史·韩世忠本传》 明·张四维《双烈记》传奇	
18		全本《白蛇传》	冯梦龙《警世通言·白娘子永镇雷峰塔》	
19		《燕子笺》	明·阮大铖《燕子笺》传奇	
20		《前度刘郎》	清·纪晓岚《阅微草堂笔记》	一说清逸指导 尚小云自编
21		《掘地见母》（共叔段）	《左传·郑伯克段于鄢》	清逸整理

为尚小云编剧

清逸为尚小云编改的剧目，目前统计共21部。

首先，有两部作品必须说明。一是《汉明妃》。《中国京剧史》和苏移主编《中国京剧史》皆标明清逸居士改编。李伶伶"两传"则据袁世海口述《艺海无涯》和《吴小如戏曲随笔续集》所著，认为是李寿民（前者），或是徐汉生（后者），但都存疑。又，谢美生著《光艳惊绝尚小云》云："尚小云排演的《汉明妃》是在昆曲《昭君出塞》的基础上，请作家李寿民增头易尾执笔改编的。"[1]笔者在未见可靠材料证明的情况下，并列庄清逸、李寿民两说。二是没有填入表格的《秦良玉》。两部《中国京剧史》皆标明清逸居士编，李伶伶"两传"认为是溥绪为尚小云编写的第一部作品。然而，笔者发现，陈墨香在其自传体实录小说《活人大戏》中有两处谈到《秦良玉》：

1 谢美生：《光艳惊绝尚小云》，东方出版社 2010，第120页。

劲闻道："……如今我们票房，需要新戏，我知你笔墨甚好，你从前编的一本《秦良玉割袖全贞》，王瑶卿虽然没唱，如今尚小云已经排演，倒唱了一个热闹。"

只听得小云（即尚小云）笑道："荀慧生的新戏，都是陈先生的手笔，只陈先生的本子，是我先唱的。陈先生编过一本《秦良玉》故事，要给王瑶卿先生排演，王先生没有排，倒是我唱了，我早已认得陈先生的，陈先生也认得我。"[1]

又，《戏剧月刊》第二卷第三期（1929年），杨艸艸《顾曲杂言》曰：

尚小云所演《秦良玉》出安陆陈敬余君手笔。……敬余初捧谭鑫培，培中年以后之创作敬余颇参预焉，继捧古瑁轩主人王瑶卿，《秦良玉》杂剧原为古瑁而作，适古瑁喉败，绝迹歌场，此戏未及排演，后十年剧本辗转入小云手，遂归小云专有矣。[2]

陈墨香一生共编改剧本达百余部，上述引文应该具有可信度。由此看来，《秦良玉》一剧原是陈墨香为王瑶卿所写，因瑶卿无法演出，而辗转入小云处，小云于1924年演出，或许该演出本在陈墨香本子基础上也经过清逸修订改编。

其次，上表所列清逸为尚小云所编剧本中，代表作有《林四娘》《摩登伽女》《谢小娥》《相思寨》《婕妤当熊》《千金全德》《梁红玉》等。清逸由生行转写旦行，其作品仍然充满了阳刚气，为小云编剧的人物也多为飒爽女英豪，为尚派形成"文戏武唱"、以刚为特色的艺术作出了重要贡献。以下将其代表作分为三类叙述。

第一类史实中的女性形象。歌颂历史上识大体、顾大局，独立自主，具有忠勇之义、英雄之气、灵慧之心的女性，是清逸所编旦角戏的一大特色。以《梁红玉》《婕妤当熊》为例。

《汉明妃》为尚派经典名作，但因作者存疑，在此不述。

1 陈墨香著、李世强编订：《活人大戏》，中国戏剧出版社2015，第300页、427页。
2 《戏剧月刊》（第二卷第三期），《俗文学丛刊》（第12册），中央研究院历史语言研究所·新文丰出版股份有限公司2001，第356页。

《梁红玉》。宋代著名抗金女将梁红玉的事迹，历来有多种剧本演绎。清逸与尚小云合作的演出本（见《中国京剧流派剧目集成》第 15 集）据传统戏《玉玲珑》《战金山》整理改编，别具一格。剧写北宋末，金人大举南侵。身为歌妓的梁红玉，在一次朝臣的宴饮中认识了尚未得志的更夫韩世忠，因见其有报国之志而赠以银两，助其投军。此后红玉自许终身，主动与韩世忠订下婚约。韩投军后杀敌立功，升任前部先锋，镇守两狼关，梁红玉前往襄助抗金。金兀术率众攻打京口，梁、韩共同备战，时梁红玉堂弟梁士诚受金兀术密令，前来投军探听军情，被红玉察觉而斩之。后在金山之战中，梁红玉亲自擂鼓助阵，在黄天荡击败金兀术。

此本《梁红玉》较之他本有三个显著特色：一是梁、韩相识于两人皆低微之时，梁却因韩的报国之志而慧眼识英雄，慕之助之，彰显了梁的脱俗与眼界卓识。如第三场：

韩世忠：这深更夜半，他们还在此花天酒地，想那金兵入寇，山河变色，他们不思报国，在此饮酒取乐，怎不叫人愤恨。

……

梁红玉：唉！（唤韩世忠）这位壮士，你刚才说的话，我们俱以听得明白。你是个血性的男子，令人可敬，哎呀呀，令人可敬！（福拜）

韩世忠：哎呀呀，你们当妓女的，也晓得爱国么？

梁红玉：啊？【小锣一击】这是怎么话，当妓女就无爱国的么？（嗔怪）你怎么说话，一概而论起来了，岂有此理！【小锣一击】

韩世忠：啊，姑娘，我把话说错了，把话说错了，姑娘多多地原谅，（赔礼）多多地原谅！

梁红玉：哪个来怪你呀！啊壮士，你可知道，国家安危，匹夫有责。如今那金兵猖狂，天下大乱，正是男儿出头之日。你怎么不前去投军报国，反而与人家巡起更来了？

韩世忠：唉！是俺父母双亡，家业凋零，虽然习就文韬武略，只是一贫如洗，意欲前去投军，怎奈…… 唉，惭愧！【小锣一击】[1]

---

1 《梁红玉》尚小云演出本，《中国京剧流派剧目集成》（第 15 集），学苑出版社 2006，第 136 页。

国家安危、匹夫有责的大义，将以一个风尘妓女和一个贫穷更夫来担当，超越了作者的阶级意识。

二是突出了梁、韩的情爱是美人识英雄，红玉自主婚姻，大胆突破了父母之命、媒妁之言的传统。他们的感情又是建立在共同的报国志向之上的，因此双方能够齐心协力共商大计、共同奋战，超越了传统的歌姬美人与英雄豪杰的缱绻故事。请看第七场梁红玉自求订婚一幕：

梁红玉 （背供）哎呀且住！我看他虽然落魄，将来决非池中之物，想我红玉的终身么……嗯，我自有道理。（台）（转向韩世忠）啊韩壮士，你今年贵庚几何了？

韩世忠 小可今年二十五岁。（台）

梁红玉 你二十五岁？

韩世忠 二十五岁了！

梁红玉 嗯，你二十五岁……你可曾……（欲言又止，小声地）嗯，二十五岁，你可曾……（鼓足勇气）你可曾订婚否？（抬右袖遮面）

〔黛云将梁红玉拉过来，羞她。〕

韩世忠 落魄风尘之人，一事无成，不曾订婚。（台）

梁红玉 哦，怎么？你不曾订婚？

韩世忠 不曾订婚。

梁红玉 哎哟，二十五岁，不曾订婚……（转身对黛云）啊妹妹。

黛　云 姐姐

梁红玉 原来他，他还未曾订婚呢！（羞）

黛　云 （故意地）您问人家这个干什么呀！

梁红玉 哎呀，死丫头！（用手戳黛云的头）你哪里知道！

〔黛云指点着梁红玉，善意地表示，你真不害羞。二人相视一笑。梁红玉转身向韩世忠〕

梁红玉 啊，韩壮士！奴家有几句言语，只是么……我不好意思讲噢！（抬右手遮面，羞）

韩世忠 姑娘有话请讲！

梁红玉 想我梁红玉今年二十三岁了。

韩世忠　姑娘今年二十三岁了？

梁红玉　二十三岁了（背供，给自己鼓劲）哎，赶紧说！（转向韩世忠）奴家我的婚姻之事么……是由我自己做主的！（韩世忠点头）不是英雄不嫁。我看韩壮士是一派英雄气概，抱负不凡，奴家有意将我的……

韩世忠　啊，将你的什么？

梁红玉　（难以出口）这……这……

〔黛云拉住梁红玉怂恿她大胆表白。〕

梁红玉　（吞吞吐吐）奴家有意……将我的终身……许配于你。

〔梁红玉羞得急忙转过身去，右手遮面。黛云使劲地臊她。梁红玉推开黛云。〕

韩世忠　哎，这，这，这……俺韩世忠幸蒙小姐怜爱，只是如此落魄风尘之人，有误小姐终身。

梁红玉　想我们，同是天涯沦落人，相逢各有爱慕心。

韩世忠　承蒙小姐怜爱，是我风尘知己！

〔韩世忠躬身作揖，深情相拜；梁红玉含情脉脉相扶。〕

梁红玉　快快回去，拜见家母。[1]

以上将梁红玉鼓足勇气既羞涩又大胆的主动求婚描写得丝丝入扣、生动有趣。

三是为了加强戏剧效果，增设了反面生角戏，即梁红玉堂弟。通过梁红玉对这个浪荡子、卖国者的大义灭亲之举，塑造其爱憎分明、一心抗金报国的高大形象。是故，该本主题鲜明突出，自始至终歌颂抵抗侵略的英雄行为。此外，该剧亦是一部文武兼备之戏，《战金山》一折，堪与大武生戏媲美，充分发挥了尚派富于阳刚表演的特长。

在此需要说明的是，钟鸣《个性化的创制：尚小云的侠剧》一文中，将《梁红玉》一剧以剧本为例分析说明该剧将个人化的“侠”上升为了一种民族化的“侠”[2]，立论原本不错，但作者举例的剧本来源于《京剧传统剧本汇编》，

1　《梁红玉》尚小云演出本，《中国京剧流派剧目集成》（第15集），学苑出版社2006，第147–148页。

2　钟鸣：《清末及民国京剧编演新戏刍议》（第十章），学苑出版社2016，第160–165页。

其中收录的《梁红玉》剧本并非清逸编剧的尚小云演出本，笔者对照两剧，剧情实有较大差异。

《婕妤当熊》据《汉书·外戚传·孝元冯昭仪》编剧。冯婕妤为汉元帝刘奭的宠妃，出身显赫，德容并茂。汉元帝宫中广蓄佳丽，以傅昭仪、冯婕妤二人为首，傅昭仪素来嫉妒冯婕妤。一日，元帝至长杨宫射熊馆游赏，不料一头巨熊逃出，直扑圣驾，傅昭仪和众宫人惊恐逃窜。身怀绝技的将门之女冯婕妤，毫无畏惧，趋前挡熊而立，并夺下卫士之戟斗熊，熊最终被擒。元帝从此愈加敬重厚待婕妤（东晋顾恺之《女史箴图》有绘）。

作者运用了对比的手法来塑造人物形象。在表现冯婕妤的聪慧、英勇、大度的同时，将傅昭仪的生性妒忌、刻薄多疑与之对照，效果鲜明。此外，将巨熊出现时，众人的惊慌与冯婕妤的临危不惧对照，更加凸显了冯婕妤的机敏勇猛。

1935 年出版的《尚小云专集》中有云：

> 冯婕妤当熊一节故事，播之曲奏，自是佳作。剧中以长杨宫当熊之舞剑，及眺蟾台之数段唱词，最称精警。[1]

试看上文称为“精警”的二段唱词：

> 自幼儿入深宫得承宠幸，侍天颜陪御宴永享升平。
> 朝凝妆开绣户飞花扑镜，夜游园歌妙曲锦瑟传情。
> 倚修竹笼翠袖梅香阵阵，散幽怀观丽景闲步彤廷。
> 来至在眺蟾台良宵已静，看玉宇绝纤尘独自登临。
>
> 御苑中漏沉沉梅香静远，对皓月起幽情倚遍栏杆。
> 入后宫蒙圣恩深情宛转，享尽了尘世上富贵神仙。
> 我父兄在朝班官高爵显，必须要秉丹心答报天颜。
> 隔花丛见宫灯台边隐现，想必是圣天子来眺银蟾。[2]

---

1 林老拙：《谈尚小云》，《尚小云文献专集》，山西人民出版社·三晋出版社 2018，第 50 页。

2 徐汉生：《尚小云文献专集》，山西人民出版社·三晋出版社 2018，第 66 页。

前人对此有观后感云：

《婕妤当熊》为绮霞新剧之一，初在北平开演，叫座力达于顶点。绮霞婕妤携小翠花之昭仪，自台之左右分乘步辇而出，堂皇富丽，仪态万方……“自幼儿入深宫得承宠幸” 一段西皮，玉润珠圆，恰到好处。“御苑中漏沉沉梅香静远”一段二黄犹如蜀江十八滩，滩滩有曲折，一字三迴，确非炉火纯青者不能及此。唱至“想必是圣天子来眺银蟾”句，平沙落雁，一泻无遗。“舞剑”一场，唱工圆稳，步法轻健，及后刀光人形，滚成一团，尤见其出手之活泼。“挡熊”一场显出忠勇心肠，演来有英武之气。[1]

可见，该剧是文武兼善之作，其精警优美的文辞唱腔，非才华高修养深者莫能为。

这类剧作还有首演于 1929 年的《卓文君》，千古传诵的卓文君私奔司马相如事来源于《史记·司马相如列传》《西京杂记》等，后被历代文人反复歌咏演绎。清逸该剧着力塑造了中国数千年来第一位大胆追求自由恋爱的女性形象，其中“文君当垆卖酒”虽是别有用心，意在使其父难堪，但“也是第一个具有女子自立的思想”“甚合女子解放潮流”。[2]

第二类报仇雪恨的女英雄形象。钟情侠风侠骨，既是清逸崇尚正义的体现，也是他为尚小云打造的标志性舞台形象。以《林四娘》《谢小娥》《峨眉剑》为代表。

《林四娘》又名《婉娴将军》，“婉娴”即女子安闲貌美的样子，“将军”即女将之意。剧写明嘉靖时期邯郸人林兆梦，生逢乱世，不屑仕进，隐居青州，有女林四娘，字幻花，年已及笄。林兆梦之旧时同游狼为心向其借贷被拒，此后狼作案杀人被逮，诬陷兆梦。提刑吴廉知四娘貌美提亲，兆梦以年龄不符未允，吴廉因此将兆梦擒入狱中。林四娘至恒王朱承祐府中鸣冤告状，愿没为官婢以赎父罪。恒王亲讯之，知其冤而赦兆梦，又惊其绝艳，纳四娘为妃。四娘善舞剑，乃号“婉娴将军”，令统府中女兵。时混世大王李彪攻

1　棘公：《观绮霞之〈婕妤当熊〉》，《尚小云文献专集》，山西人民出版社·三晋出版社 2018，第 50–51 页。
2　三十六鸳鸯馆主：《自由恋爱卓文君》，《尚小云文献专集》，山西人民出版社·三晋出版社 2018，第 54 页。

青州，王府太监傅荣恩暗通李彪，设下伏兵，恒王亲征交战被射重伤后自刎。林四娘闻噩耗惊痛欲绝，领女兵出战为恒王报仇祭奠并以身殉之。

此剧中为展现林四娘的女将形象，也设计了一段“剑舞”，舞出了热烈的阳刚之气。

林四娘故事曾在康熙年间广为流传，诸多文人笔下都有所记载，其中最著名的有王士祯《池北偶谈》卷 21 之《林四娘》，蒲松龄《聊斋志异 · 卷二 · 林四娘》，《红楼梦》第 78 回有贾宝玉作《姽婳词》一段，歌颂林四娘，晚清俞樾《俞楼杂纂 · 壶东漫录》也有考订。清逸居士所编《林四娘》可能主要依据晚清杨恩寿的《姽婳封》传奇编创，除林四娘系恒王妃之外，其余情节均与上述笔记小说不同。如今对于笔记小说中的“林四娘”已有不少研究，在那些文本中，林四娘的形象主要有鬼魅、烈女、女英雄等，由此呈现的主题也各不相同，有爱情故事、故国之思、清初时事、忠诚殉国等[1]，但戏曲中的《林四娘》则不见研究，恐因剧本散佚的缘故，在此亦无法进行比较分析。以下一段当年的记录可观其大略，明炯《纪林四娘》：

> 兹闻不日演其文武拿手新剧《林四娘》……深知其编撰之妙，在乎不落佳人才子艳迹韵事之窠臼，而独表彰节烈，描写坚贞，足以风世励俗。……此剧屡经增润，略有变通点染之处，于是在流寇被擒、间谍既获之后，加添灵筵献俘雪恨尽节一场，倍极哀感顽艳。……孝堂布景亦称简洁严肃，反二簧叹殿下一段，词句淡雅清新，话白惨烈动人，良足惕励末俗。此剧共二十六场，唱做繁重且有武场。[2]

由此可见，尽管有前人的种种作品可参，但清逸编创该剧还是颇为不易，“屡经增润”，场次有增加，情节更曲折，主题亦更感人，重在表彰坚贞节烈和报仇雪恨，塑造的是一位忠勇的女英雄形象，而“词句淡雅清新，话白惨烈动人”，再次说明熟谙舞台的清逸在写作曲词与话白时既雅致又动人的功力。

《峨眉剑》。术士聂元中年丧偶，入山修道，后被猪婆龙害死。聂元有

---

1 许珊：《近三十年林四娘故事研究综述》，《韶关学院学报》2011 年第 9 期，第 79–82 页。
2 明炯：《纪林四娘》，《尚小云文献专集》，山西人民出版社 · 三晋出版社 2018，第 51–52 页。

爱女碧云，聪慧婉顺，事父至孝，决心替父雪仇，拜许真君为师，学炼峨眉剑十二柄。数年后修道成功，下山找到师兄朱淡梅，用师兄的铁笛声引出深藏孽龙潭的猪婆龙，以峨眉剑刺之，最终二人合力诛灭妖孽，替碧云父亲报了冤仇。

这是一出具有神话色彩的刀马旦戏，《戏剧月刊》第二卷第七期，素声《尚小云之〈峨眉剑〉》有评曰：

《斗剑》一场用五色电光烘托潭景……小云饰碧云痛父之死一段，唱工凄楚哀婉，如听五更鹃啼，令人泪下。做派又极细腻……与孽龙斗剑，翩若惊鸿，宛若游龙，俨一公孙大娘现身于红氍毹上，浑脱浏亮，非有真实工夫者不克臻此。小云本擅武工，演此剧忽青衫忽侠女，于剧情剧理处处揣摩到家，而作唱有昆有正板有反调，无一不出色当行，堪为杰品。[1]

此虽写尚小云的表演之妙，亦从中可见编剧的神妙和当行出色。

此外，还有据唐代李公佐传奇小说《谢小娥》和明代凌濛初《初刻拍案惊奇·谢小娥智擒船上盗》改编的《谢小娥》。唐元和年间，豫章女谢小娥十四岁，其父亲和丈夫均为湖上大盗所杀，小娥有幸逃出，乞食访仇，乔妆男子，用尽心机，受尽苦楚，终于智擒大盗，为父为夫报仇雪恨。仇雪后小娥出家为尼。该剧曲折悲情，又充满斗智斗勇的吸引力，上座率颇佳。

以上三剧报仇雪恨的“侠女”“剑女”形象，与尚小云本人的性情颇为契合。尚小云为人豪爽侠义，其侠肝义胆在伶界有口皆碑，戏如其人。

第三类异国与少数民族女性形象，有《摩登伽女》《云辫娘》（又名《相思寨》）两剧。

《摩登伽女》是以印度佛教故事为题材的新编戏，既有动人的“佛国情史”，又有空前新颖的舞台形式和时装歌舞，成为尚小云青年时代的“拿手戏”“绝活儿”，是其演出史上的里程碑，将放在下一章专门论述，在此不赘。

《云辫娘》是以中国少数民族苗族为题材的作品。明万历年间，广西田州独秀山中有个苗族相思寨，土司中首推岑猛、云英二氏，号称土目。云英

1 素声：《尚小云之〈峨眉剑〉》，《俗文学丛刊》（第14册），中央研究院历史语言研究所·新文丰出版股份有限公司2001，第285–286页。

有女名婶娘，倾慕中原文化，知书识礼，教本部落女子种植桑麻，协助朝廷劝农勤耕细作，遭一向残害百姓的蛮溪洞土司岑猛忌恨，放毒虫毒害民众。云婶娘为民行医治蛊，并上书按察使征讨岑猛，云英、婶娘父女出战助剿，将岑猛擒获。万历帝封云英父女为各土司之长，云婶娘教化其族均学习中原文字文化。以下试看两段剧词：

叹人生在世间如泡影，切莫要辜负了大好青春。因此上发宏愿把蛮疆重整，女织纺男子要习学耕耘。也免得乱纷纷凶残成性，到而今还做那太古之民。

坐在田中把话讲，农夫人等听端详。苗蛮风俗多草莽，全凭毒箭逞强梁。杀人祭祀多狂妄，全不晓礼仪与农桑。从此后耕读讲礼让，开垦山林破天荒。家家户户要勇往，男耕女织古之常。[1]

作者通过智勇双全的“云婶娘”的塑造，表达了对汉族中原文化耕读礼让传统的推崇，以及少数民族渴望由野蛮入文明的理想。

要之，《摩登伽女》写印度少数民族旃荼罗族，《云婶娘》表现中国少数民族苗族故事，这在当时的京剧舞台上，无论是题材内容、舞台设计还是服装妆扮，都是史无前例的大胆创举。具有如此新异独到的创作眼光，恐怕与清逸本人即是少数民族的身份不无关系。

综上所述，尚小云学戏从武生转青衣，其武功功底在“四大名旦”中最佳。王瑶卿曾对“四大名旦”有著名的一字之评：梅兰芳的“相”，程砚秋的“唱”，尚小云的“棒”，荀慧生的“浪”。所谓尚小云的“棒”，与其武功和侠风密切相关，其身段动作格外矫健潇洒。此外，小云又具备天赋好嗓，有铁嗓钢喉之称，唱腔清劲高爽，底气充足，高腔上遏行云，低唱婉转细腻。因此，清逸结合小云的特点为其量身定做的角色，既不同于梅兰芳的深宫贵妇，也不同于程砚秋的悲苦怨妇，也有别于荀慧生的妩媚少妇，而多是巾帼英雄、剑客侠女，刚健杂婀娜，英武寓深情，对成就“尚派”艺术厥功至伟。

1 《相思寨云婶娘·剧词》，《尚小云文献专集》，山西人民出版社·三晋出版社 2018，第 88 页。

为高庆奎、杨小楼编剧

除尚小云外，清逸居士还为高庆奎、杨小楼、马连良等创编了不少剧作，列表如下：

《庄清逸为高庆奎、杨小楼等编改剧目表》[1]

序号	演员	剧本	取材	备注
1	高庆奎	《马陵道》	明·无名氏 《前七国孙庞演义》	代表作
2		《豫让桥》	元·杨梓 《忠义士豫让吞炭》	代表作
3		《哭秦庭》	《史记·伍子胥列传》	代表作
4		《赠绨袍》	《史记·范雎蔡泽列传》	代表作
5		《斩伍奢》	《列国演义》	
6		《战宛城》《许田射鹿》 《青梅煮酒论英雄》 （《闻雷失箸》）	《三国演义》	高庆奎、马连良 各有演出本
7		《杨椒山弹劾严嵩》	《明史》本传 明代《鸣凤记》传奇	
8		《史可法》	《明史》本传 孔尚任《桃花扇》传奇	高庆奎、周信芳 各有演出本
9		《煤山恨》	《明史》《明纪》	1932 年首演
10	杨小楼	《楚汉争》	《史记·项羽本纪》 《楚汉春秋》	杨小楼、尚小云 1918 年演
11		《陵母伏剑》	《西汉演义》第六十回	1929 年
12		《野猪林》	《水浒传》 明·《宝剑记》传奇	周信芳亦有演出本。《英雄血泪图》
13		《山神庙》	《水浒传》	
14		三四本《连环套》	《施公案》	1932 年
15		四本《战剑阁》	《三国志·蜀书·姜维传》	
16		《甘宁百骑劫魏营》	《三国志·吴书·甘宁传》	代表作

1 表格主要依据：①北京市 / 上海艺术研究所《中国京剧史》，第 658–665 页。②《北京戏剧通史·民国卷》，第 84、404–405 页。③《京剧剧目辞典》《戏剧月刊》等书刊。

续表

序号	演员	剧本	取材	备注
17	马连良	《要离断臂刺庆忌》	《吴越春秋》	1929 年
18		《化外奇缘》（《七擒孟获》）	《三国演义》升平署剧本	马连良、朱琴心演出始本
19		《苏武牧羊》	《汉书》	
20		《羊角哀》	《今古奇观》清·《金兰谊》传奇	
21	李万春	《汝南庄》（《高宠出世》）	《说岳全传》	
22		《佟家坞》	《彭公案》	
23		《刺无恤》（《豫让桥》）	元·杨梓《忠义士豫让吞炭》	
24	朱琴心	《情侠缘》	不详	
25	徐碧云	《蓝桥会》	《庄子·盗跖篇》“尾生与女子期于梁下”	
26	新艳秋	《荆十三娘》	孙光宪《北梦琐言》	
27		《霸王遇虞姬》	《西汉演义》	1930 年
28	金友琴	《芙蓉屏》	明·李昌祺《剪灯余话》	
29		《双凤奇缘》	章回小说《双凤奇缘》	
30	雪艳琴	《明妃》	《后汉书》《汉宫秋》	
31	刘玉琴	《归省大观园》	《红楼梦》	
32		《太虚幻境》	《红楼梦》	
33	郝寿臣	《牛皋招亲》（《飞虎梦》）	《精忠说岳》	
34	中华戏曲专科学校	《平阳公主》	唐代李渊女儿李昭娘故事	翁偶虹在清逸原本基础上改编

高庆奎（1890—1942 年），名镇山，字子君，出身梨园世家，与梅兰芳同时代。著名京剧老生表演艺术家，“高派”老生艺术创始人，20 世纪二三十年代京剧“四大须生”之一。因有关高庆奎的资料和研究较少，在此简要介绍。

高庆奎博学诸家，戏路宽广，不死守一行一派，善于借鉴老旦、花脸、武生等行当的技艺，融会贯通，加以创新，形成独具风格的“高派”艺术。其嗓音高亮甜脆，音域宽阔，犹如长江大河一泻千里，痛快淋漓。尤其擅长大气口的“满宫满调”和长腔拖板，抒发激越悲壮之情。其念白铿锵有力，顿挫有致，做工深刻细致，精于表情。只要有邀约，高氏便逢戏必演，演必使出浑身解数，不惜全力，人品艺品皆善。然而，造化弄人，1934年嗓音喑哑，1936年诊断为“咽喉癌”，不得不告别舞台。1938年受邀于中华戏曲专科学校任教。1942年病逝，享年53岁。[1]

陈墨香《观剧生活素描》评价高庆奎曰：“庆奎是宛平人氏，文武不挡，凡老谭、刘鸿升等一干已故名伶，庆奎都能摹仿，外带会造新腔。若论老一辈的规矩，庆奎知道得比哪一个都清楚明白；若论上台变化不拘旧格，庆奎也比哪一个都来得敏捷。他和叔岩比较，叔岩好比程不识，用兵必依古法，安营扎寨，壁垒森严，号令是一些儿不错的。高老庆好比飞将军李广，不讲究营垒，不整齐队伍，凭着自己胸中定见临时制宜，也能够打胜仗立奇功。史家说李广是不可学的，一个学不到佳处便有流弊。这话不差，但谈起名将总不能把李将军挂起来。高庆奎也是这般。”[2]

翁偶虹也赞道：“我一向是非常钦佩高派艺术的，他不但有一条高亢清亮的乙字调（按：京剧最高调门）嗓子，而做、表、念白、神气、把子、亦无一不精，尤其是他那一双会做戏的眉毛，与程砚秋并称双绝。”[3]

可见高庆奎的能耐真了不得，可惜失嗓离开舞台太早，后世的名声渐渐暗淡下去。

高庆奎的代表剧目有“三斩一探”：《斩黄袍》《斩马谡》《辕门斩子》《四郎探母》，以及《哭秦庭》《赠绨袍》《马陵道》《豫让桥》《煤山恨》等。现将清逸与高庆奎合作的三部名剧略述如下。

《哭秦庭》

该剧源于《史记·伍子胥列传》，为高庆奎早年常演剧目，最著名的代表作。春秋时楚人伍子胥为报楚平王杀其全家老小而借吴兵破楚，灭楚后，楚大夫申包胥与伍子胥曾有“子灭楚，我必兴楚”的约言，因此往秦国借兵。秦哀公迟疑不肯出兵，申包胥在秦庭痛哭，七日七夜不绝其声，感动了秦哀公，借兵收复了楚国。

此戏音调高亢嘹亮，演唱壮怀激烈、跌宕起伏，情感悲痛欲绝，表演难

1　参见李舒、余久久《高庆奎传》，《上海戏剧》2015年第1—12期。

2　陈墨香：《观剧生活素描》，《梨园外史·附》，中国戏剧出版社2015，第249页。

3　《翁偶虹文集·回忆录卷》，百花文艺出版社2013，第70页。

度相当高，能把高派特色发挥得淋漓尽致（其他流派演员因为难度太高而不演）。如第 21 场最为精彩的“哭秦庭”唱段：

申包胥 （内）大王，我主！唉，大王啊！

（唱）【二黄导板】

申包胥站立在秦庭殿外，【上】

大王！我主！大王啊！

（转【二黄回龙】）

思想起楚国事好不伤怀。

（转【反二黄原板】）

楚王爷据郢都相传数代，劫宋盟争霸业各国惊骇。

转到了平王爷纲纪衰败，误用了囊瓦贼贪鄙庸才。

嬴秦国与子建婚期有待，费无极媚君宠巧计安排。

金顶轿更换了银顶轿盖，孟嬴女改作了马氏裙钗。

父纳了子的妻伦常败坏，老武奢直言谏杀身祸来。

狗奸贼奏一本把他残害，圣旨下到午门，可怜他世代忠良，

三百余口、绑至法场、一刀一个、尸骨堆山、无处葬埋。

那伍子胥投吴国借兵自带，领雄师直杀到楚国而来。

实可恨我国兵连连打败，君臣们出郢都好不悲哀。

为大臣我岂能坐观成败？我主爷呀！

悔昔日纵子胥惹下祸灾，可怜我望祖国社稷何在？

可怜我盼吾主不能回来，可怜我恨伯嚭牙根咬坏，

可怜我怨子胥鞭王尸骸，可怜我一片心忠良臣宰，

可怜我日夜行走鞋破难挨，可怜我盼秦师登山涉水、戴月披星、

千辛万苦、一步一步、蹿门而来。我主爷呀……[1]

这戏词真是声声泪句句血！这一大段，腔调从【二黄导板】转【反二黄原板】，追述那“好不伤怀”的楚国大事，谴责楚平王纲纪衰败，父纳子妻、

---

1 《哭秦庭》，《京剧传统剧本汇编》（第 2 卷），北京出版社 2009，第 20–21 页。

残害忠良，同情伍氏全家惨遭杀害，遭致伍子胥投吴灭楚，报仇雪恨。戏词不仅道出了史实，更把申包胥内心情感的错综复杂曲折刻画。紧接着，一连七句“可怜我……”悲愤交加，回肠荡气，申包胥一片赤诚的救国复楚之忠心，感天动地。

《赠绨袍》

本事出自《史记·范雎蔡泽列传》，历史小说《东周列国志》第 97 回《死范雎计逃秦国，假张禄廷辱魏使》，又，元代有《须贾大夫谇范叔》杂剧。

战国时魏国范雎随中大夫须贾使齐，受到齐王礼遇，须贾嫉妒，向魏丞相魏齐进谗。魏齐命人狠笞范雎，弃之荒郊。范雎苏醒被救后，改名张禄，随秦使王稽逃往秦国，秦昭王任其为相。后须贾使秦，范雎扮作穷人往见，适逢大雪，须贾怜故人衣薄寒冷，赠以绨袍，次日须贾进见秦相张禄，知是范雎，惊惧万分，范雎念绵袍之赠，恕须贾之罪。

史籍中的范雎其人，是苏秦、张仪之类的纵横家，戏剧中的范雎比真实的历史人物美好很多，清逸大胆虚构、夸张，将范雎塑造成为一个忠义之士，他随须贾使齐，是“志在安邦”；被迫逃亡时，对故土恋恋不舍、泪落伤心，使得观众非常喜爱同情范雎，与此同时，清逸对须贾的刻画也不乏精彩[1]。

《赠绨袍》是一出唱做并重的须生戏，清逸写出了许多优美动人的唱词，高庆奎饰范雎的表演，身段规范，表情细致，尤其眼神的运用最为传情，精彩的唱腔也十分感人。此外，后世李和曾、袁世海亦有精彩的表演，但当代人多半不知编剧姓甚名谁了。赵晓东攒文有曰：“无名的京剧作家却并不缺乏大手笔。……名剧《赠绨袍》即出自无名氏之手。……及至偶读《史记·范雎蔡泽列传》，方知《赠绨袍》之情节设置、故事铺陈、人物性格以至细微跌宕的处理均与正史一般无二，足见编剧是熟读史书的饱学之士。如果仅以‘打本子’视之，那真是有眼不识泰山了。”[2]

可见，尽管清逸隐姓埋名，但其剧本创作所显示的才学功力是埋没不了的。

《豫让桥》

春秋时晋国卿相赵无恤被智伯围攻，使张孟谈暗中联合智伯的将军韩虎、

---

1 来新夏、马铁汉：《谈史说戏》，山东画报出版社 2012，第 33–37 页。

2 赵晓东：《厚重、沉重和自重》，《京剧丛谈百年录》（增订本），中华书局 2011，第 621 页。

魏驹，三家共灭智伯而分其土地。豫让闻智伯被赵无恤擒杀，因平素受智伯敬重，欲刺赵无恤报仇，被无恤擒获，问明缘由，敬为义士而释放。豫让漆身吞炭，藏于桥下，仍谋行刺，又被无恤所擒，豫让乃求无恤脱袍，用剑砍之，以报智伯之仇，然后自刎而死。赵无恤嘉其忠，遂改桥名为“豫让桥”。以下摘录几段：

【第一场】赵无恤（诗）

英雄赤胆血气刚，智谋深远腹中藏。男儿沙场决战斗，除敌灭寇妙策长。

【第二场】豫让（引）刁斗森寒，立营门，画角霜天。

（诗）丈夫肝胆贵轮囷，梦寐难忘国士恩。留得姓名青史上，永垂义气振乾坤。

某，豫让，乃晋国人氏。当年随同范氏中行，兵败柏人，某家为智宣子擒拿，欲要斩首。那时，我主公智伯在他父亲跟前苦苦哀求，不但饶恕性命，还解衣推食赠产通财。宣子已故，主公接位，所有一切国事归我调遣。虽是君臣，犹如手足一般。我豫让实为感念。[1]

【第二十一场】赵无恤：豫让，你先事范氏，那智伯灭范氏的时节，你不曾替范氏报仇，忍耻偷生，反事智伯。如今智伯死后，你三番两次替他报仇，是何道理？

豫让：自古道：君臣以义合。智伯待我寒则解衣，饿则推食，以国士待我，当然以国士报之。何足怪哉！

赵无恤：此人铁石心肠，不可再留后患。宝剑在此，你自刎了吧！（抽宝剑掷地介）

豫让：臣闻忠臣不忧身之死，明主不掩人之义。上次承你赦我，已经感激非常。今日断不再活。但是两计不成，我心中恶气难消。你如宽宏大量，望你将锦袍脱下，容我击他三剑，我虽死亦瞑目也！

赵无恤：也罢！就依你所言。

｛赵无恤脱袍，一校尉授予豫让，豫让执剑大呼介｝

豫让：元帅！主公！豫让替你报仇了！

1 《豫让桥》，《京剧传统剧本汇编》（第3卷），北京出版社2009，第346–347页。

{豫让三击袍介，赵无恤颤抖介}

豫让：主公阴灵不远，豫让来也！（自刎介）[1]

该剧本事史籍多有记载，如《史记·刺客列传》《战国策·卷十八》等，元杂剧和多种地方戏都有演绎。豫让大义凛然、以死报主的故事，世代流传，成为“燕赵慷慨悲歌之士”的代表人物。

1931 年“九一八”事变后，清逸居士与高庆奎忧国忧民，编演了不少弘扬民族正义、宣扬爱国精神的新戏，如《史可法》《煤山恨》《杨椒山弹劾严嵩》等，后来都成为高派代表剧目。在那国难当头之时，影响甚大。

杨小楼（1878—1938 年），本名杨三元，字嘉训，艺名小楼。工武生，与余叔岩、梅兰芳并称，被誉为当时武生、老生、旦角三个行当的杰出代表。

《楚汉争》

1918 年清逸为杨小楼编《楚汉争》，源出《史记·项羽本纪》《西汉演义》，此外，明代传奇《千金记》，清代内廷撰《楚汉春秋》皆有“霸王别姬”的戏文。清逸所编全剧共四本，从刘邦、项羽鸿沟谈和开始，到项羽乌江自刎结束，分为上下两部，两天演完。给杨小楼编戏，自然以霸王为主角，武功戏多，尚小云所饰虞姬为陪衬，与后来梅兰芳的《霸王别姬》以虞姬为主，大为不同。张聊公在《听歌想影录》中记录了他的观剧时地和观感：

民国七年第一舞台杨小楼等演《楚汉争》，颇为当时一般社会所欢迎。是年四月该台重演是剧，余曾特往一观，第一夜为星期六晚……余所最叹赏者，为小楼之霸王，以其魄力之雄浑，工架之饱满，加以嗓音之宏壮，身手之夭矫，在在觉得有一种特殊之美观。是夜系头二本，各角配演虽佳，然剧中事实及穿插，尚少精采，至第二夜（星期日之夜）续演三四本，则剧情乃极生动矣。

三四本《楚汉争》，全剧甚为精采，小楼扮楚霸王……帐中与虞姬唱“力拔山兮气盖世”四句，声韵悲壮，而末句“虞兮虞兮奈若何”句，犹觉沉痛，真有泣数行下之概。……余读史公《项羽本纪》，只觉得纸上活现一个霸王，千载下读之，犹虎虎有生气，今观杨小楼之《楚汉争》，亦觉台上有霸王之

1 《豫让桥》，《京剧传统剧本汇编》（第 3 卷），北京出版社 2009，第 371 页。

灵魂也。呜呼，盖世英雄，而今安在，苟无大文豪与好角色为之描写，则乾坤亦几乎息矣。……小楼之扮霸王，余信决无第二人能及。[1]

尽管《楚汉争》有场子过多、不够凝炼紧凑的缺憾，但清逸本子开风气之先，为“国剧宗师”杨小楼演绎出史上空前绝后的真霸王奠定了基础。诚如张聊公之言“苟无大文豪与好角色为之描写，则乾坤亦几乎息矣”，该剧在当时大受欢迎。1922年齐如山为梅兰芳编《霸王别姬》，便是将清逸本子进行删减，加上他所写虞姬部分，精编为一天演出。

《甘宁百骑劫魏营》

该剧取材于三国故事，本事见《三国演义》68回，《三国志·吴书·甘宁传》，1934年7月首演。清逸、小楼编演此剧的原因在于日本侵华，借以激励国民及军人，发愤图强，奋起救国。剧情梗概：孙权领兵攻破宛城，直逼合肥，魏将张辽恐怕失掉合肥，带兵死守。忽报曹操自汉中领兵四十万前来救合肥。孙权想趁曹军远道而来、兵困马乏之际，先发制人。东吴大将甘宁自告奋勇，挑选百名强壮兵卒，与他们席地痛饮，晓以国家大义，全体士兵士气大振。于是，甘宁率兵夜袭魏营，大败曹军。甘宁激励士卒的一段念白如下：

甘宁　想人生天地之间，须要做一件惊天动地之事，方不愧为奇男子。须知一入营伍当兵，乃是一件至尊至贵之事，所负责任不小。国家兴亡，均在当兵的身上。身为武夫，理当马革裹尸，须以战死沙场为荣。休学那勇于私斗，怯于公战之辈。况且畏刀避箭，临阵退缩，非我辈之行为也。……自古国家一体，国在家也在，国破家也亡。岂不知国家兴亡，匹夫有责，皮之不存，毛将安附？前者主公逍遥津之败，损兵折将，元气已亏。此时我等若不振作精神，奋发图强，恢复国威，倘若一旦再败于曹贼之手，不但东吴九郡八十一州，俱归外人所有，我等家小，均做了他人的牛马奴隶。我今所讲之言，不知列公以为然否？[2]

这一大段慷慨激昂的训勉之言，大大激发了众军士决一死战的勇气和决

1　张聊公：《听歌想影录》，《民国京昆史料丛书》（第二辑），学苑出版社2008，第154–156页。

2　《京剧传统剧本汇编》（第3卷），北京出版社2009，第345–346页。

心，旧小说、旧戏本并没有，是清逸、小楼结合时势，借题发挥，强烈表达了渴望全民起来保家卫国的爱国之心。杨小楼每次情真意切、铿锵有力地念完这一大段台词后，观众都报以长时间的雷鸣般的掌声。此剧亦成为了杨小楼的代表作。

一本《野猪林》、二本《山神庙》、三本《林冲夜奔》、四本《火并王伦》：原本为清逸居士编，吴幻荪根据杨小楼的演出重做整理。大约1950年前后，李少春、翁偶虹合作，将当年清逸编，杨小楼、郝寿臣演出的头本《野猪林》和二本《山神庙》加以改编，浓缩为一日演完，成为京剧优秀剧目。

《连环套》又名《盗御马》，故事出自《施公案》。三四本《连环套》是传统戏《连环套》头二本的新编续集，有清逸居士和吴幻荪编写的两种本子。

要之，庄清逸无论是给旦角还是生行编剧，多有豪迈忠勇悲壮之气。所写剧词皆能贴近人物身份，该优美即优美，需质朴便质朴，要慷慨激昂则慷慨激昂，是真正懂戏的行家里手。

发扬国剧：剧学研究

1931年末，梅兰芳、余叔岩、齐如山、庄清逸、张伯驹、傅惜华等人发起成立北平国剧学会，该学会同时创办《戏剧丛刊》《国剧画报》，收集国剧文物资料，研究国剧等，另外附设国剧传习所培养学员。

《国剧画报》创刊于1932年1月，每周1期，1933年8月终刊，共计出版2卷70期。作为北平国剧学会的成员之一，清逸也成为了《国剧画报》的主笔之一。其中署名清逸、清逸居士及清逸居士遗作的文章刊有40余次（含连载文）。依次为：《〈胭脂虎〉事迹非野史》，《〈胭脂褶〉之出处》（一）（二），《新编剧之我见》，《〈胭脂褶〉之出处》（三），《〈胭脂褶〉之重述》，《票友之艺术》（一）至（五），《〈御碑亭〉之诗》，《票友之艺术》（六），《预祝国剧传习所诸学员》及续（讲稿分两次刊），《票界趣话》（一）至（三），《乾隆以来戏剧之变迁》（一）（二），《票界趣话》（四）至（七），《旗装戏考》，《谈〈精忠谱〉》及续，《票界轶闻》（一）至（八）（按：其中有缺漏和标号错误，剔除错误，实际登载七次），《〈审刺客〉之索隐》（一）至（六）。

上述文章一是关于戏剧的，如对具体剧目的考察和分析：《〈胭脂虎〉〉事迹非野史》《〈胭脂褶〉之出处》《谈〈精忠谱〉》《〈审刺客〉之索隐》；谈编剧的观念：《新编剧之我见》；考察戏剧之变迁：《乾隆以来戏剧之变迁》《旗装戏考》。二是关于票界票友的，如《票友之艺术》《票界趣话》《票界轶闻》。三其他，如：《〈御碑亭〉之诗》，《预祝国剧传习所诸学员》之讲话。

研究剧学、探本溯源、发扬国剧

第一类特别具有戏曲文献和戏曲史的价值和意义。寂寞的清逸常常以书破闷，广泛阅读，在阅读中发现某些剧作的原始出处，于是探本溯源，考察该剧的本事、内容、隐寓以及不同时代伶人的演出等。如《〈胭脂虎〉事迹非野史》一文，清逸因读《通鉴》而知玩笑戏《胭脂虎》见于正史，戏中人物有借用，也有的实有其人，戏中情节出自《唐史》。昆剧《精忠谱》为清代著名传奇剧，《谈〈精忠谱〉》一文，首先介绍该剧记明代天启年间，阉党魏忠贤专权乱政，陷害七君子的史实。其次说明昆剧全本的主要折目以及昆班演出的情况和剧中的本事。最后转入述皮黄改编为《五人义》，并评论谭秀英、俞润先、杨小楼等人的演出特色，最后小结，认为此戏的场子与他戏不同，情节佳，历史实，还可使上位者知民气不可侮也。

清逸做此类文章的目的正如其《〈胭脂褶〉之出处》一文中曰：

> 因忆皮黄各剧之出处，或见正史；或取各家丛书；或翻昆剧；或从野史小说；或有将真事隐去；或有劝善惩恶。以及滦州影、大罗腔、瞽儿词等，仅所见闻各戏之出处，汇集一处。某剧为某人所编，某剧为暗隐某事，以及皮黄所用各牌子之出处，均举以奉诸同好，亦研究剧学之意云尔。[1]

《新编剧之我见》全文不到四百字，但对于我们了解清逸之戏剧观尤为重要。全文的核心即在末尾几句：

1 《国剧画报》（廿一年三月十一日第八期），学苑出版社 2010，第 31 页。

鄙人以为若将历代史书，各种典故，尽编成皮黄，词句须明白坦易，使妇人孺子莫不通晓，既可补助无形教育，又可提倡中国艺术，治理论哲学于一炉，尤易感化人也。[1]

可见，清逸非常注重戏剧移风易俗的教化作用和明白坦易的艺术传达。这一思想清逸在不同的文章和场合都反复申说，如在《预祝国剧传习所诸学员》的讲话中强调：

大家力求进步，发扬国剧，须将戏剧中荒诞不经者删去，再将中国良好典故编排成剧，并旧本中有益人群社会者，尽皆排演。[2]

清逸对于旧本和新戏都有着通达的看法，既希望将旧本中有益于社会者尽皆排演，又认为时会各异，潮流不同，若仍守旧不变，艺术便不能发展。其曰：

戏之道，既能移风易俗，亦能随世风变迁，岂有食古不化之理？鄙人深愿国剧传习所诸学员，力求进步，保存旧有之国剧艺术，再发明新戏学知识。凡鞠国颓风，竭力补救，发扬国辉，与欧西列邦之艺术，争逐于舞台之上。[3]

考察戏曲变迁、旗装戏历史，眼光独到

《乾隆以来戏剧之变迁》一文，将乾隆以来至清逸发表文章时的 20 世纪 30 年代的戏剧变迁做了简要的梳理和总结。这一百多年的戏剧，清逸将其分为三期："第一期，自乾隆改昇平署，由江南带回四大名班起，至嘉庆时代，禁止秦腔，为第一期。由始尚皮黄，至同治年间，为第二期。由光绪初至如今为第三期。"[4] 第一期主要有乾隆时期供奉内廷的歌于朝者，有新昆班编全本大戏，与此同时，有歌于野者的民间四大班。迨至嘉庆，原本还盛的秦腔

1 《国剧画报》（廿一年三月廿五日第十期），学苑出版社 2010，第 39 页。
2 《国剧画报》（廿一年七月一日第廿四期），学苑出版社 2010，第 94 页。
3 《国剧画报》（廿一年七月八日第廿五期），学苑出版社 2010，第 98 页。
4 《国剧画报》（廿一年七月廿九日第廿八期），学苑出版社 2010，第 110 页。

后被禁止，皮黄更有了发展机会。第二期咸丰至同治年间，因了余三胜、张二奎、程长庚等的出现，皮黄初盛。第三期光绪初至民国，皮黄极盛。光绪初皮黄乐器由双笛改为胡琴，民国时皮黄各方面都有了变化，尤其盛行编排新戏。谈到编排新戏，清逸再次强调词句须明白坦易，须有裨人群，感化人心。

1913 年王国维完成了《宋元戏曲史》，为中国戏曲史的开山之作。1930 年日本青木正儿写成《中国近世（明清）戏曲史》，其意在撰写《宋元戏曲史》之续篇。青木正儿此书于 1933 年和 1936 年才有了中文节译本和全译本。齐如山《京剧之变迁》初版于 1920 年前后，1932 年也于《国剧画报》上分期连载，1935 年再版，记述了自清代嘉庆、道光年间至民国初期京剧的发展变迁，史料非常丰富，主要涉及以下几个方面：1. 演出变迁：昆腔的衰落—昆腔与皮黄的共存—皮黄取代昆腔，以及民国初年皮黄女班的速起速落。这一线索是杂存在资料的陈述之中的。2. 京剧剧目演出资料，大约介绍了一百余部剧目，详述剧目来源、情节、演出情况等。3. 演员技艺、剧场与戏班等等。此为早期京剧研究的重要著述。但因为产生年代较早，齐氏的研究重心又在戏曲演出的实践和舞台呈现方面，因此《京剧的变迁》以文献资料的丰富见长，还没有十分明确的流变史意识和架构。因此，清逸发表于 1932 年的《乾隆以来戏剧之变迁》，虽然篇幅不长，却对清代至民初的戏曲发展有了大致的勾勒，其三分法虽与我们今天权威本《中国京剧史》的三分法 [乾隆五十五年至道光二十年 (1790—1840 年) 京剧孕育形成；道光二十年至民国六年 (1840—1917 年) 成熟；1917—1938 年趋于鼎盛时期] 不尽相同，但其导夫先路的眼光和历史意义可见一斑。

传统的京剧服饰，无论所演是哪个朝代的故事，基本上都是仿明代的衣冠形式。有清以降，出现了着满清旗人装束、说京白口语“京片儿”的“旗装戏”。所谓“旗装戏”，是第 35 期《国剧画报》（1932 年 9 月 16 日）上率先提出的概念，并以“旗装专号”为号召，连续两期加以介绍。主笔傅惜华亲撰《引言》道：

今天是二十一年的“九一八”纪念日，可算是民国以来最大的国耻纪念，恰好又是星期，为本画报出版的日子。就我们《国剧画报》的立场，应以何种方法来纪念此日呢？“九一八”的国耻意义，是纪念失地，所以应该从地域风土上特殊关系上，来引起国人对于失地的深刻追忆。那么，目前失去的东三省就是历史上的满洲，它的风土习惯有哪一种最特殊事物遗留于国剧上面呢？想来想去，只有“旗装”这一件东西，是在近代国剧上可算一种特殊产物。不用说，我们今日无论何人，若是看见“旗装”，就立刻感觉到这是满洲的服装，含有美的性质的。而眼前的满洲已是被人占领了。这是何等重大的刺激？何等合乎画报的立场来纪念国耻的条件啊？于是乎。我们最后的决定，便是出这《旗装专号》，以纪念今年“九一八”的国耻。[1]

身为满清皇族的清逸义不容辞，积极响应号召，于《国剧画报》第36期，《旗装专号》第2期上，发表了专门研究旗装戏的文章《旗装戏考》。文章开头写道：

蓬窗闷坐，又值秋雨绵绵，寂寞无聊，值案头有第三十五期《国剧画报》，登载鞠部男、女名宿旗装剧照，连封面共二十一张，实不易搜罗。如此之多，亦奇观也。缘此偶忆旗装戏剧，自同光以来，所有鞠国名宿，演旗装戏最著名者，共有多少人，旗装戏有若干出，举所闻见者，均写出以供同好诸公。[2]

清逸认为旗装戴钿子戏，始自清同治时代，为著名花衫梅慧仙独创。其后，对旗装戏如八本《雁门关》《四郎探母》《儿女英雄传》《回龙阁》《珠帘寨》等，以及早期擅演旗装戏的名家如梅慧仙、梅竹芬（梅慧仙的二儿子，梅兰芳的父亲）、陈德霖、王瑶青等，做了简要记述。全文不过一千多字，却是研究旗装戏历史的开篇之作，其史料价值不言而喻。

此外，也是北平国剧学会创办的《戏剧丛刊》，于1932年、1935年共出版四期，刊载了清逸《南府之沿革》《戏中角色旧规则》《票界怀旧录》三篇文章。

《南府之沿革》（见附录一）一文共计1500余字，有着皇家身份的清逸写来，自是得天独厚。文中对清代宫廷乐部的历史渊源、南府、升平署的来历，四大徽班进京，以及内廷演剧的情况等，一一道来。周贻白所著《中国戏剧史长编》于“升平署与内廷演剧”一节就有两处引用了清逸此篇的材料。

皮黄最初由民间进入宫廷，又从宫廷走向民间，宫廷演剧的繁盛实际上

1 《国剧画报》（廿一年九月十六日第三十五期），学苑出版社2010，第138页。
2 《国剧画报》（廿一年九月廿三日第三十六期），学苑出版社2010，第142页。

对于民间戏曲的发展带来相当大的影响，在上层与下层的交流融合中皮黄最终蔚为大观，成为了国剧。因此，清逸此文是关于清廷演戏以及戏剧发展演变的珍贵史料。

《戏中角色旧规则》（见附录一）可分为两大部分，一是谈中国戏剧中角色的分门。首先简略交代元明院本杂剧、弋阳腔、梆子腔的角色分门。然后叙述皮黄的来历及角色行当，此部分较详细，除了述常规的生、旦、净、丑各门外，还专门谈到“龙套”，因为京剧角色早期可分为生、旦、净、末、丑、武行和流行（龙套）七行。既然该文谈“旧规则”，因此也谈“龙套”，其中有曰：“原无有跑龙套者，皆角色代也。老例各行角色除演正戏外，有许多应行之戏，此规矩至今尚如此。如大太监，军扮者，应归老旦行。更夫二人，一为丑行，一为老旦。”[1] 并对龙套该带什么巾、帽，拿什么标子都加以说明，不许少错。清逸十分懂戏，对于角色，无论大小，哪怕是群众演员（龙套）都要求非常严谨，对于今天大家不怎么重视和了解龙套，不无警示意义。此外，还谈到十门角色俱全的文戏《法门寺》和十门角色俱全的武戏《虫八蜡庙》，以及文戏武戏各曲牌子该如何用，砌模怎样做等。二是谈皮黄的发展演变。清逸将皮黄的时期分为：自嵩祝班起为初创时期；自程长庚、梅慧仙诸君起为初盛时期；自光绪癸未甲申年至宣统年为兴盛时期。认为这些时期的演戏者不知戏曲有移风易俗之力，观众也只取新奇悦目。直至民国后自齐如山、梅兰芳编辑新戏，治文学艺术于一炉，各名伶自此效仿，争排新戏，风气为之一变。其后，梅君赴美演出成功，又特立国剧学会，“提倡中国古乐，保存旧剧菁英，开鞠国未有之新纪元，为皮黄大进化时期。”[2] 上述历程勾勒与其《乾隆以来戏剧之变迁》一文所分三期大同小异，但此处将其第三期光绪初至民国细分为了光绪至宣统和民国改元后两期。最后，清逸一方面说明戏曲须随世风变迁，万不可食古不化，同时又认为不能将老戏中良好之处尽皆失传，并以武戏和彩火为例说明某些旧技术应当下苦工学习保存，以求国剧之尽善。全文既有高度的概括，又体现出清逸于细微处见真知的戏曲功力。

关于戏剧中角色问题的研究，近代以来，1911 年王国维完成了《古剧脚

---

1 《戏剧丛刊》，《民国京昆史料丛书》（第十三辑），学苑出版社 2013，第 306 页。

2 同上，第 310 页。

色考》，论述了自唐宋至清代戏曲“脚色”的演变及各脚色行当体现的涵义。1928年齐如山完成专著《戏剧脚色名词考》，对元明清和近代戏曲“脚色”名词进行考证，其重点尤其在于近代以来京剧“脚色”行当的整理研究。王氏、齐氏所著皆为学术考证之作，对我国戏曲的角色行当研究都做出了重要贡献。清逸此篇则类似学术随笔性质，故其所述不那么中规中矩，主要扣着“旧规则”而谈，从所述角色中生发出去，最终又回到应保存的旧传统中。

此外，关于“票界”，其《票界怀旧录》（见附录一）开端曰：

值今日之时事杌陧，闭户闲居，偶忆及三十年所闻见票界名宿，纯萃未下海者，特记之以志今昔之感。只以已故票界名宿，并久不出外酬应者为限。现今票界诸公，概不赘叙也。[1]

“杌陧”指局势、局面、心情等不安定。作为落难王孙的清逸，其沉溺戏曲、追忆往事的心境和感怀可以想见。

全文简要地记录了42位票友的姓名、字号、年代，所工行当、所演剧目、所属票房等基本信息。此篇可与《国剧画报》中关于票界、票友诸文对读，它们都是研究票界“立此存照”的真实文献。

出身满族皇室，遭遇“流水落花春去也，天上人间”之变化的爱新觉罗·溥绪，民国后隐逸身份，改名庄清逸，以戏曲为人生、为寄托。清逸编剧，无论是生行还是旦行，他都尤为钟情于歌颂英勇忠义、威武不屈的人物，宣扬民族气节、爱国精神和肝胆侠义的题材，尤其为尚小云编改的二十来出戏，从广阔的层面关注妇女的生存和人生价值，颠覆了中国女子软弱悲苦的传统形象，拓展了京剧旦行的表现空间，开启了京剧舞台新的妇女观、新的民族观，颇具时代意义。这些作品为尚小云步入“四大名旦”行列，成为京剧大师奠定了坚实基础，对成就尚派铿锵刚劲的艺术做出了重大贡献。此外，他还为戏剧报刊撰写了颇有价值的文章数十篇，把京剧上升到提倡中国艺术、发扬国剧、有益社会的高度加以推广和研究，既呈现了珍贵的文献史料，又探骊溯源开启后学。

1 《戏剧丛刊》，《民国京昆史料丛书》（第十三辑），学苑出版社2013，第321页。

第6章

庄清逸与尚小云名剧《摩登伽女》[1]

至于撰者为什么要写这个剧本，似乎不便只用“务在新奇”作结论。单从古代印度传说的内含来说，释迦牟尼破除种姓藩篱的众生平等观念，在当时倒是一种革新思想。

——吴晓铃[2]

1927年6月，北京《顺天时报》发起“征集五大名伶新剧夺魁投票活动”，主办方从梅兰芳、程砚秋、尚小云、荀慧生、徐碧云所演新戏中各选五部作为候选，尚小云的《林四娘》《五龙祚》《摩登伽女》《秦良玉》《谢小娥》五部，皆是清遗民剧学家庄清逸或新编或修订的。在五人候选的二十五部新戏中，《摩登伽女》以大大超出其他四位的得票数夺魁，成为了尚小云最叫座的“拿手戏”、独具一格的“绝活儿”。

《摩登伽女》取材于印度佛经故事，舞台上的声光电、女主角的洋妆洋裙、西洋歌舞等进入京戏，令人耳目一新，轰动曲坛内外。以下二段演出描述可呈现当时的舞台情景和盛况：

1 此章简略版以《清遗民庄清逸与尚小云名剧〈摩登伽女〉新探》为题，刊载于《文艺研究》2019年第11期。中国人民大学书报资料中心《舞台艺术》（戏曲·戏剧）2020年第2期，全文转载。

2 吴晓铃：《尚小云和〈摩登伽女〉》，《京剧大师尚小云》，陕西人民出版社1990，第73页。按：《尚小云和〈摩登伽女〉》原文标题下署名“吴晓玲”误，应更正为“吴晓铃”。

是夕小云歌舞弥见匠心，千趣万态，仿佛如在云雾中，不可谓非小云一生杰作。第二幕“道场”布景，彩电数百，有机旋动，颇为壮丽。小云饰摩登伽女，于第四幕出场，冶态嫣妍，缠绵巧妙，作西方美人妆，别饶风趣，而容华绰约，却未减玉堂春也。小云最初出场，衣呈莲花色，左鬓缀有绿羽一束，富有美感。旋复数易其衣，或则金碧辉煌，或则绮罗隐约，悉与绣幕雕帘，交相掩映……摩登伽女与阿难邂逅于旖旎井边一幕，小云演来艳丽入神，所歌西皮慢板，纡徐为妍，能将女儿心事曲曲传出。还家求母时之西皮原板，与春宵共枕时之南梆子，新声迭奏，美不胜收。小云南梆子，千般婀娜，确能独树一帜，其走低音处，旖旎极矣……末幕摩登伽女忏悔，小云素衣淡雅，于佛殿中出彩丝一束，忽为佛剑斩断，此时万缕情丝，竟似昙花一现。于是摩登伽女献舞，小云御金缕之衣，作“英格兰女儿”舞，周旋折旋，无不中节，殿以旋舞，舞衣成一覆碗状，而彩声四起，曲终人散矣。[1]

绮霞之《摩登伽女》每一贴演，必告满座。上次来申，连演数天，而其卖座力始终不衰，且有无数西方士女连袂来观。此足见绮霞是剧之受人欢迎。……摩登伽女登场，门帘掀处，彩声雷动。而一聆绮霞之唱白调正字圆……如第四幕之西皮摇板“女儿身如白玉岂肯轻贱”一段，第七幕之西皮慢板“惜年华如逝水韶光一瞬”一段，第八幕之西皮原板“蓦然间巧相逢井边遇见”一段，无不抑扬宛转，沁人心脾，至“除却了阿难他儿我不向人欢”句，尤其一唱三折，非一般人所可学步。至于做工之细腻，亦能得阿堵传神之妙，即各唱至此句时，以袖掩面，表示出女孩儿家娇羞无限，盖几不疑其为戏矣。末场跳舞，佐以五彩电光，全班西乐，则更如置身广寒宫中，不复作尘凡之想，堪叹观止。[2]

尚小云烫卷发，缀绿羽，披红斗篷，穿透明丝袜，蹬黑亮高跟鞋……一出场亮相，便惊人眼目，此外，民乐与西洋乐钢琴、小提琴间杂并用，最终则以一段旋转纷飞的英格兰舞蹈，将全剧推向高潮。由此可见，《摩登伽女》在京剧史上的大胆创新，当时的观众无不惊艳于其中的五光十色、异国情调而趋之若鹜，叹为观止，小云也每每在义演或剧团财政困窘时演出该戏，社

1 秋舫：《纪小云〈摩登伽女〉》，《尚小云文献专集》，山西人民出版社·三晋出版社 2018，第 49 页。
2 无涯：《纪小云〈摩登伽女〉》，《尚小云文献专集》，山西人民出版社·三晋出版社 2018，第 51 页。

会效益、经济效益双丰收。然而，时过境迁，后世对该戏的关注并不像当初的演出那般火热，迄今为止，学界都没有对这样一部在中国京剧史和尚小云个人演出史上具有重大意义的作品进行深入研究，也几乎忽略了这样一个事实——这实际上是一部地道的佛教戏，编剧家庄清逸有寓意其间的深心苦意，从中不仅能够管窥民国京剧万千气象之一斑，同时也能折射新编戏创作之时代潮流。

《摩登伽女曲本》与佛经

《摩登伽女》于1927年1月首演，是庄清逸为尚小云创作的一出新编戏[1]。剧情梗概如下：古印度旃荼罗族女子钵吉帝，人称摩登伽女，其母摩登伽夫人通梵天咒术，法力强大。某日钵吉帝到村头井边汲水，与释迦牟尼的弟子阿难相遇，顿生爱慕，归家求母用法术摄阿难到家，想与其成婚。母因阿难的佛家身份和王族之尊，劝女儿不要痴心妄想，女则以自杀相逼，母只好以法术迷惑阿难到家。阿难险毁戒体，佛陀得知，令菩萨前往救护，阿难回到西方佛城，摩登伽女追逐而来，佛陀指点迷津，女终于醒悟，皈依佛门。

编剧者并非向壁虚造，熟稔佛典者，即知阿难与摩登伽女皆是佛经中的人物。吴晓铃《尚小云和〈摩登伽女〉》一文亦有曰：

> 所据主要是：东汉安世高译的《摩登伽经》，三国竺律炎译的《摩登邓女经》。故事内容大部分根据唐·般刺（按：应为“剌”）蜜帝译的《首楞严经》的“阿难因乞食次，经历淫室，遭大幻术摩登伽女以娑毗伽罗先梵天咒摄入淫席。”再佐以唐·义净译小乘律《根本说一切有部毗奈耶杂事》的传说铺衍而成。[2]

吴先生此文是有关《摩登伽女》一剧值得重视的一篇，笔者将清逸编创的《摩登伽女曲本》（后文简称《曲本》）与上述佛经比照阅读，发现吴先

1 《摩登伽女》的编创者，目前主要有庄清逸和洵疏厂两说，经笔者查阅研究认定为庄清逸。
2 吴晓铃：《尚小云和〈摩登伽女〉》，《京剧大师尚小云》，陕西人民出版社1990，第73页。

生所说有正有误。《摩登邓女经》应为《摩邓女经》，《摩登伽经》和《摩邓女经》的译者，与吴先生所说刚好相反。“摩邓”其实是“摩登”的原始音译，《摩邓女经》译者是被誉为汉译佛经第一人的安世高（约2世纪）。《摩登伽经》则是古印度僧侣竺律炎与月氏人支谦（约3世纪）合译。《首楞严经》（即《楞严经》）为唐代汉译佛典，首次出现了“摩登伽（音qié）女”的音译，实际上是对“摩邓女”和“摩登伽”的一个综合。[1]《曲本》确实取材于以上三书。《根本说一切有部毗奈耶杂事》，唐三藏法师义净奉 制译，系小乘部规定戒律之典籍，共四十卷：“总有八门，以大门一颂，摄尽宏纲——门中各有别门，总摄乃有八颂，就别门中各有十颂，合八十九颂，并内摄颂向有千行。”[2]该书内容丰富，世尊为阿难陀广说法要，但《曲本》与之无甚关系。

迄今谈及《摩登伽女》一剧者，一方面恐因剧本难找，故未见涉及剧本本身，更未有对照佛经将剧本的创作渊源、情节内容、主旨思想进行探究。20世纪20年代末30年代初，刘豁公创办的《戏剧月刊》第8期载有《摩登伽女曲本》全本[3]，为我们精读并论析该剧提供了依据。现有必要对全剧的关键场次以及出自佛经之处加以注明，在此基础上才能进一步探讨曲本编创者的目的和该戏的真正意义。

《摩登伽女曲本》总共17场，其中第3、5、7、11、13—16场为过场，除此而外的几场戏，简述如下：

头场 佛陀说法，众僧前往，男主角上场。

全剧开首即是众弟子四沙弥、八大金刚、八大菩萨上场，前往祇树园，听世尊（释迦牟尼“十大名号”之一）讲经悟道。“祇树园”为佛陀说法遗迹中最著名者。接着释迦牟尼上场：

吾乃释迦牟尼文佛是也，今日大众咸临，宣示深奥……普渡一切众生，咸登彼岸。叹芸芸众生，不证菩提，皆由贪嗔痴爱所误，今愿度化群伦……

---

1 参见郭双林、史敏《“modern”之前的“摩登”——从“摩邓”到“摩登”的言说》，《北京社会科学》2015年第5期，第4–10页。

2 《根本说一切有部毗奈耶杂事》，《乾隆大藏经》（第42册），中国书店2010，第972页。

3 载于《俗文学丛刊》（第9册），中央研究院历史语言研究所·新文丰出版股份有限公司2001，第67–88页。下文所引《摩登伽女曲本》皆出于此，不另出注。

佛陀所言既是佛家之宗旨，也为后续的“贪嗔痴爱”剧情作了铺垫。佛陀一番宣示后，男主角阿难出场。

（阿难白）阿难白佛，启世尊，弟子昨在丛林入定时，陡觉红光起于眉际，未识何故，请世尊示知。（佛白）善哉，阿难，汝有一番魔障缠身故。

因阿难将有一番魔障，故当日波斯匿王为其父营斋，延请众比丘前往时，佛陀则让阿难独自于舍卫城中巡行乞食，“求最后檀越（即施主），不论贫富，一律平等，以成此功德”，阿难遵旨。

实际上，《曲本》头场取自《楞严经》之开篇。男主角阿难，又译为阿难陀，为斛饭王之子，佛陀之从弟，侍佛二十五年，为佛陀十大弟子之一。阿难仪容俊美又博闻强记，号称“多闻第一”。

《楞严经》为佛经中极为重要的一部大乘经典。“开悟的《楞严》，成佛的《法华》”，《楞严经》是让人入门悟道之书，也是一部禅修宝典、破魔大全，同时还是佛陀与阿难关于宇宙人生根本问题的大辩论书。

《曲本》开场即是《楞严经》卷一开篇：佛陀在舍卫城的祇园精舍与众比丘弟子开法会。《曲本》中波斯匿王营斋，阿难未参加一事在《楞严经》中也紧接法会而写，《楞严经》原文如下：

时波斯匿王，为其父王讳日营斋，请佛宫掖，自迎如来，广设珍馐无上妙味，兼复亲延诸大菩萨。城中复有长者居士同时饭僧，伫佛来应。佛敕文殊分领菩萨及阿罗汉应诸斋主。唯有阿难先受别请，远游未还，不遑僧次，既无上座及阿阇黎，途中独归。[1]

波斯匿王为中印度憍萨罗国国王，与释迦牟尼同时代人，住舍卫城，视佛陀为师，护持佛教。《楞严经》此段之后即写阿难次第循乞，不择微贱，发意圆成一切众生无量功德。

《曲本》与《楞严经》不同之处只是阿难未参加波斯匿王斋会的原因。

1　刘鹿鸣译注：《楞严经》，中华书局 2012，第 7–8 页。

该戏从第一场就紧扣佛经而设。

第二场 女主角摩登伽女上场。

先是摩登伽夫人出场，自我介绍，其后摩登伽女上场。

（贴扮摩登伽夫人）……（白）老身乃旃荼罗族摩登伽氏是也。家居波斯匿国舍卫城中，信受荼吉尼之教。只因城内人民尽信如来，均戒荤酒，独我族人不信如来，仍以卖酒屠牛为业。我族中男名旃荼罗，女名旃陀利，男子充当刽手狱卒，女子作巫师卖花生活。皈依如来之人以我族多操贱业，目为恶人，因此我族不与同居，别居一处。

（摩登伽夫人白）……我无儿，只生一女唤钵吉帝，年方十九岁，长就美丽风流，虽然学成家传神术，但是他生性高傲，怕他不肯作此营业。……

（印度风妙龄女郎家常打扮上，念《梦江口》）情脉脉幽怨锁眉尖，明镜不窥心里事，春风秋月度年年，玉貌为谁妍？

女主角摩登伽女亦出现在《楞严经》卷一中，书中注释为："下贱种姓之卖淫女，名'钵吉蹄'。"[1]古印度等级制度森严，主要有四种姓，依次为婆罗门、刹帝利、吠舍、首陀罗。此外，另有更低等的种族，如旃荼罗，主要为屠夫、狱卒之类。不同等级之间各司其业，禁止通婚。《曲本》中摩登伽夫人亦自述其所属的旃荼罗族，不信如来，多从事贱业。尽管如此，剧作家塑造的摩登伽女是不肯轻贱从俗，暗怀心事的。

《曲本》中道出的钵吉帝的心事是：不愿如旃荼罗族的世俗女子一般，到市集上卖弄风情，诱惑华贵公子以便享用他们的钱财，同时又非常渴望与华贵公子结成金玉良缘。

第四场 摩登伽女与阿难相遇，是关键的一场戏：

（旦内唱西皮倒板）……（白）奴家摩登伽女钵吉帝是也，芳春时候，幽怀难遣，郊外美景非常，不免前往古井，汲取清泉，归去灌花便了。（唱原板或快板）惜年华如逝水韶华一瞬，心似醉意如痴黯黯消魂，空辜负芝兰品，

1 刘鹿鸣译注：《楞严经》，中华书局 2012，第 11 页。

红颜薄命。生在这旃荼罗异族家门，纵生成桃李容无人认识。华贵族释教子谁与联姻？至井边掷金绳清泉汲饮，击动了水面上万缕浮云。

貌美心高的钵吉帝，芳春时节触景生情，感叹花样年华、逝水流年，于是来到郊外汲泉遣怀，于井边偶遇焦渴寻水的阿难。面对乞水的阿难：

（旦作媚介笑白）儿家乃旃荼罗种，知尊者乃是王族贵人，又是瞿昙第一弟子，且为波斯匿王所敬，末利夫人所师，想我旃荼利女子，平时岂能瞻仰，今幸天假良缘，使尊者至此，口渴向我求水，岂敢吝而不与。待我重新另取清泉奉敬如何。……（旦白）阿难尊者。（微笑）只因你（唱二六）丰神潇洒非凡品，一旦投缘巧遇君，（三句转摇板）手捧清泉君请饮，（阿饮水时旦做身段看介）（唱）须报儿家点水恩。

摩登伽女请阿难念她施水之情，勿嫌弃她是旃荼罗族，要与他结良缘：

（旦白）只因如来教中一律平等，岂独歧视我族，奴家敬爱贵人，愿结良缘，朝夕相伴。

佛弟子阿难的回答则是：

（白）女檀越，想我阿难皈依大法，早已识破优昙幻境，色相皆空，不自生心，何来爱念，幸勿再言。……（阿唱）世尊法语示我云，果然魔障欲缠身，证果菩提先忍性，悟澈空花灭六尘。

上述剧情也不是空穴来风，而是来自佛经《摩登伽经》与《摩邓女经》：

如是我闻。一时，佛在舍卫国衹树给孤独园与诸比丘围绕说法。于晨朝时，尊者阿难著衣持钵，入城乞食。分卫已讫，还衹洹林，于其路次，有一大池聚落人众，游集其上。池侧有女旃荼罗种，执持瓶器，始来取水。长老阿难往到其所语言："姊妹，今我渴乏甚欲须饮，见惠少水真。"是时施女言："大德！我无所吝，但吾身是旃荼罗女，若相施者，恐非所宜。"阿难言："姊，我名沙门，其心平等，豪贵下劣观无异相，但时见施，不宜久留。”时彼女人即以净水授予阿难，阿难饮讫，还其所止其去。(《摩登伽经》卷上·度性女品第一)[1]

闻如是。一时，佛在舍卫国祇树给孤独园时，阿难持钵乞食，食已，阿难随水边而行，见一女在水边担水而去，阿难从女乞水，女即与水，女便随阿难，视阿难所止处。女归告其母，母名摩邓。女于家委地卧而啼，母问女何为悲啼，女言："母，欲嫁我者莫与他人，我于水边见一沙门，从我乞水，我随问名，名曰阿难，我得阿难乃嫁，母不得者，我不嫁也。”(《摩邓女经》)[2]

由此可见，《摩登伽女》一剧的关键情节也是通常言情戏之套路的“一见钟情”也是来自佛经，与世俗爱情不同的是，此“一见钟情”只是女方单方面的一厢情愿而已。

第六场 求母作法

遇到阿难的摩登伽女，满心欢喜地回家，请求母亲将自己许配给阿难。(按:此处与《摩邓女经》所云“悲啼”不同)

(旦上唱散板)春愁漠漠奈何天，恰喜井边遇阿难，忙步归家堆欢满面，要求萱亲结良缘。

因为阿难的身份地位特殊，母亲知其不可为，劝女儿道：“舍卫城有的是华贵子弟，何必单爱阿难。”

(旦快板)华贵青年儿见惯，俗骨生成惹人嫌，既得阿难来会面，五百年前自有缘。

钵吉帝几次三番以要去碰死或饮毒自寻短见，以表其非阿难莫属的决绝之心，逼迫母亲用法术成全她与阿难做夫妻，母亲只好答应夜半三更以幻术

1 吴沙门竺律炎共优婆塞支谦译：《摩登伽经》，《乾隆大藏经》(第31册)，中国书店2010，第824页。
2 后汉三藏法师安世高译：《摩邓女经》，《乾隆大藏经》(第31册)，中国书店2010，第816页。

神咒拘到阿难。

第八场 写摩登伽夫人召请魔王大圣降坛，摄到了斛饭王子阿难魂。

第九场 阿难中魔

中了魔的阿难神思恍惚中有云：

（阿难）（白）那女子又对我言讲，他乃旃荼罗族，人皆贱之。我今细思，世尊既称人人平等，因何单独歧视旃荼罗族，叫我心甚不平。必须寻到那女子家中，对他说明，我阿难从此敬奉旃陀利女子，尽是善人，以报施水之恩。我就此前往。（欲行介）（作悟介）

《曲本》中多次提到世尊教导，不论贫富，一律平等的思想。

第十二场 阿难到来

摩登伽女艳妆打扮等候阿难，黄昏时候阿难到，诚意答谢施水之恩，并告知女檀越不必以旃荼罗族为念。

（旦白）好谢君相爱之深情，奴家要与贵人结一重欢喜之缘。（唱）恩情似海君当领，（拉介）（阿迷介唱）果然真个欲消魂。（旦唱）踊跃相扶鸳帷共进。（作入帐介）（阿猛悟介）（白）哎呀（唱）险些误却百年身，心祝世尊，（哭头）救厄运，世尊哪。

阿难险些破戒，普贤菩萨化作丑僧出来搅局，解救阿难。

《曲本》并未按传统老套，将阿难写成一见摩登伽女美貌动人又自求良缘而对她动念生爱，而是依然据佛经的情节而设，先是摩登伽女以自杀相逼，母只好答应以法术缚阿难至。中魔后的阿难身不由己，来到女子家中答谢施水之恩，而后，阿难被解救回到佛所。

以上情节对照《摩邓女经》：

摩邓女复言，但为我闭门户，无令得出，暮自当为我作夫。母闭门以蛊道缚阿难至，晡时母为女布席卧处，女大喜，自妆饰。阿难不肯前就卧处，母令中庭地出火，前牵阿难衣，语阿难言："汝不为我女作夫，我掷汝火中。"

阿难自鄙为佛作沙门，今日反在是中不能得出，佛即持神心知阿难，阿难还至佛所……[1]

第十七场 末场 阿难还至佛所，摩登伽女追逐而至，摩登伽女最终皈依。佛陀上场，命八大金刚上前降魔。群魔知罪，求佛子饶命，摩登伽夫人忏悔谢罪，佛主宽宥。文殊师利仗慧剑断阿难情丝网，佛陀启悟钵吉帝。

（佛白）钵吉帝，汝可曾看明，人生世上，难免生老病死，汝当思之。（旦）呀！（唱二六板）人生梦幻今参透，红粉朱颜变髑髅。镜里空花难永守，愿皈三宝侍清修。（佛唱）幻境虚空终一走，有缘须悟这根由。莲台宿分根基厚，孽海茫茫早回头。……（旦白）今得了悟也。（唱）花开花落难长久，月白风清水自流。般若优昙皆悟透，爱欲痴情一笔勾。（白）伏念弟子乃旃荼罗族，蒙佛子指破迷途，犹如甘露浸心，醍醐灌顶，弟子恭敬合掌，欢喜赞叹之日，真极乐世界也。弟子愿献舞蹈一番，以答报我佛化育我旃荼罗族之恩泽也。

摩登伽女在佛陀的启发下，悟到孽海茫茫，人生虚幻，“般若优昙皆悟透，爱欲痴情一笔勾”，终于迷途知返，皈依佛教。全剧在女子的欢喜歌舞中落下帷幕。

以下再对照一段佛经，《摩登伽经》卷上·度性女品第一：

于是如来告女人曰：“若汝欲得阿难比丘以为夫者，宜应出家，学其容饰。”答曰：“唯然。敬承尊教。”佛言：“善来。”便成沙门，鬓发自落，法衣在身，即为说法。……即于座上，得罗汉道。[2]

综上所述，《摩登伽女》一剧，自始至终都以佛经故事为蓝本，无论人物塑造还是内容情节都不离其宗，毫无疑问是一部典型的佛教戏。那么，编创这样一部奇花异草般的佛教京戏，庄清逸和尚小云是纯粹的标新立异呢？还是在中国传统戏曲中有其渊源可溯？

---

1 后汉三藏法师安世高译：《摩邓女经》，《乾隆大藏经》（第 31 册），中国书店 2010，第 816 页。
2 吴沙门竺律炎共优婆塞支谦译：《摩登伽经》，《乾隆大藏经》（第 31 册），中国书店 2010，第 828 页。

庄清逸与《摩登伽女》渊源

庄清逸原名爱新觉罗·溥绪，为满清皇族宗室，民国五年（1916年）袭封庄亲王（末代）。溥绪在《南府的沿革》一文中谈到其先世恪太王管理鞠部，乾隆曾命其参与编戏的情况：

（高宗）始命先恪太王同各儒臣编辑《劝善金科》《西游记》《水浒传》，并《天开寿域》《地涌金莲》《罗汉渡江》《宝塔凌空》等仙佛戏文八十余种。[1]

先恪太王即溥绪的先祖，第三代庄亲王允禄。允禄在乾隆时期曾受命参与组织编撰过不少宫廷大戏和仙佛戏。上述仙佛戏如今鲜有研究，有关文献中也仅仅提到昆腔戏《地涌金莲》《罗汉渡江》的舞台如何巧妙地使用天井地井设置出神奇的舞台效果。《劝善金科》则为清廷“四大本戏”之一，《古本戏曲丛刊九集》《清代宫廷大戏丛刊初编》收录。改编者张照（1691—1745年）历康、雍、乾三朝，官至刑部尚书，乾隆初期奉敕主创。该大戏敷衍目连救母故事，杂凑忠孝节义，歌颂太平盛世。该戏原出于明代郑之珍的《目连救母劝善记》，属于目连戏剧种。

西汉末东汉初印度佛教传入中国，此后对中国文化的影响之大，远超人们的想象。佛教对中国戏剧的深刻影响，可参看许地山《梵剧体例及其在汉剧上底点点滴滴》，卢前《中国戏曲所受印度文学及佛教之影响》等文[2]。康保成《中国古代戏剧形态与佛教》一书中曰：“从西汉至清代，在长达两千年左右的时间内，佛教文化不断地向戏剧中灌输养分，推动着戏剧的发展。换句话说，戏剧总是从佛教中汲取营养，丰富和发展自己。”[3]目连救母的故事也随佛经而来，南北朝时期佛教蓬勃发展，目连故事开始逐渐深入民心，进入民俗，直至宋代产生目连戏。目连戏将佛教与儒家所主张的孝道结合起来，成为中国古代戏曲中以

1 《戏剧丛刊》（第二期），《民国京昆史料丛书》（第十三辑），学苑出版社2013，第141页。

2 许地山、卢前文见《异质文化的碰撞——二十世纪“佛教与古代文学”论丛》，黑龙江人民出版社2009，第655–682页。

3 康保成：《中国古代戏剧形态与佛教》，东方出版中心2004，第8页。

佛经故事为题材、影响广泛的类别戏，也是佛教与中国戏曲结合的代表作之一。各种民间剧种里的目连戏不计其数，明代张岱《陶庵梦忆》，鲁迅《无常》《女吊》都曾谈到目连戏，可见其影响力。《劝善金科》把郑之珍原作中违背佛教宗旨的人物，如思凡的尼姑（昆剧、京剧折子戏《思凡》从中而来）、和尚都加上悲惨的结局，警戒有违善行、不信佛教会遭报应，以达到清廷控制人心的目的。

清朝诸帝尊崇佛法，推行和利用藏传佛教，其政策包涵了信仰、制度文化、生活习俗等各方面的内容。近代以来内忧外患，佛教亦受到冲击，趋于衰微，20世纪开始再度复兴，寺僧、居士、学者三种不同形态的佛学多元发展：创办全国性的佛教会，研究佛学佛教史，发展佛教出版业，鼓励佛教僧人参与慈善和教育事业，等等，有效地扩大和加深了佛教对社会的影响。康有为、梁启超、谭嗣同、章太炎等政治家也大力倡导学佛，“要用宗教发起信心，增进国民的道德”（章太炎），“五四”作家周作人、许地山、丰子恺等对佛学亦颇有感情……在此佛学兴盛的思想背景下，溥绪是否信奉佛教，我们缺乏可求证的文献资料，他于民国后号清逸居士，似乎可以为我们提供推测的信息。何为“居士”？“在中国古代文献中，居士是指德才兼备而隐居不仕的人……佛教传入中国后，居士这一用语，在传统意义的基础上，得到更为广泛的应用。它既可指一般隐居不仕之士，又可指佛教居家修行人士，还可指所有非出家学佛人士”。[1]由此看来，清逸居士可能学佛或信佛不为无稽之谈。清遗民大编剧家陈墨香就是一个佛教徒，常常说自己前世是位和尚，其《观剧生活素描》云“儒家想用戏曲敷扬儒术，佛家也想用戏曲宣传佛法”。[2]宣传佛法的方式多种多样，通过戏曲的方式易于大众接受，且早已有之，如上述目连戏。我国各地佛教寺庙每年农历七月十五日中元节，俗称鬼节，佛教称“盂兰盆节”，也多演目连戏、佛教戏，如周贻白《中国戏剧史长编》中节录有中元节所演《佛旨度魔》《魔王答旨》两剧。中元前后，举行盛大宗教活动并演出佛教戏的传统，历数百年而不衰，直到明、清时期仍然十分盛行。

明初朱权《太和正音谱》将杂剧分为神仙道化、隐居乐道、披袍秉笏、忠臣烈士、孝义廉节、叱奸骂谗、逐臣孤子、钹刀赶棍、风花雪月、悲欢离合、

1　潘桂明：《中国居士佛教史》，中国社会科学出版社2000，第3页。
2　陈墨香：《观剧生活素描》，《梨园外史·附》，中国戏剧出版社2015，第209页。

烟花粉黛、神头鬼面十二科，“神仙道化”位居首位[1]。清代吕天成《曲品》又依据题材将明清传奇分为忠孝、节义、仙佛、功名、豪侠、风情六门[2]。这些神仙道化、神头鬼面戏或仙佛戏主要包括道教戏、佛教戏和神怪戏。其中的佛教戏，明清杂剧和传奇中都不乏，只是道教戏和神怪戏更多一些。如明代三部比较有名的佛教戏：

《释迦佛双林坐化》《观音菩萨鱼篮记》与《猛烈那吒三变化》均为释家故事戏。《双林坐化》演佛祖坐化升天故事，剧中多释家语……而第四折竟然以释家《心经》作曲，尤其罕见。《鱼篮记》演观音菩萨化身为渔妇点化张无尽并使之皈依佛法的故事，属于劝善类作品。《那吒三变》演释迦佛令那吒先后收复炎魔山五鬼、夜叉山四魔女并使之皈依佛道的故事，排场较为热闹，大约是明代内廷供奉的作品。[3]

佛祖坐化、观音慈善、那吒护法等，通过小说戏剧的演绎传播而家喻户晓。

清杂剧中的佛教故事戏大约有近二十部，其中如《琴操参禅》《立地成佛》《皈禅》《芋佛》《老圆》五剧，虽然侧重点有所不同，但宣扬逃避现实的虚无思想却是一致的。

明清传奇中，如屠隆的《昙花记》、罗懋登的《香山记》、吴德修的《偷桃记》、张宣彝的《海潮音》、蒋士铨的《庐山会》等都是有名的佛教题材戏。

学者孙昌武云：“明代万历（1573—1620年）年间出现三十出传奇《观世音修道香山记》，或以为是罗懋登所作，情节更为曲折、复杂。清初张宣彝作二十八出传奇《海潮音》，情节与《香山记》略同。后来各地方剧种多演出以观音为主人公的折子戏，基本是根据这两部传奇改编的。”又，“目连戏和根据香山观音成道故事改编的传奇《香山记》是流传广远、影响巨大的真正佛教戏。”[4]

影响巨大的《香山记》在晚起的京剧中以《大香山》的面貌出现，敷演妙善出家修道成佛的全过程。该剧以火彩场面见长，重在营造新奇瑰丽的舞

---

1 参见朱权《太和正音谱》，《中国古典戏曲论著集成》（第三集），中国戏剧出版社 1959，第 24 页。

2 参见吕天成《曲品》，《中国古代戏曲论著集成》（第六集），第 223 页。

3 张正学：《中国杂剧艺术通论》，天津古籍出版社 2007，第 318 页。

4 孙昌武：《中华佛教史·佛教文学卷》，山西出版传媒集团·山西教育出版社 2013，第 380、370 页。

台效果，没有多少作者个人的思想意蕴。光绪年间，爱热闹的慈禧喜观此剧。入民国《大香山》也常有演出，成为了颇受欢迎的佛教传统戏。[1]

要之，历史上的佛教戏从宋代的目连戏，到明清的杂剧、传奇，直至民国的京剧都有演出，它们往往具有奇思幻想的情节、神灵鬼怪的人物、绚丽多彩的场面，又常常与中国本土的道教、儒家相结合，主要宣传苦海无边、善恶无常、修行积善等思想，以达到宣教、劝善、度魔的目的。只是迄今为止，除了目连戏外，其他佛教戏的研究都微乎其微。

此外，如本章第一部分所述，最为直接的渊源还是佛经中的"摩登伽女"。《楞严经》以优美的中国式表达呈现高深的佛理，被视为佛教文献中的文学瑰宝，尤其受到文人墨客的青睐，在后世产生了深远的影响，以至于曾经出现人人爱读《楞严》的盛况，在清代《楞严经》也是文人普遍阅读的书籍，因此，"摩登伽女"的形象为古代文人所熟知，并被文人化用于诗词笔记或小说戏剧之中，"摩登伽女"也经历了妖娆淫女、世俗女性、青楼女子等的演变。如明代反传统的徐渭，其《四声猿·玉禅师翠乡一梦》，写玉通和尚破戒、转世为妓，后经月明和尚指点，重新皈依佛教的故事。其中描写妓女红莲诱使和尚玉通破戒，玉通叹道：

（生）当时西天那摩登伽女，是个有神通的娼妇，用一个淫咒把阿难菩萨霎时间摄去，几乎儿坏了他戒体。亏了那世尊如来才救得他回。那阿难是个菩萨，尚且如此，何况于我？

【侥侥令】摩登浑欲海，淫咒总迷天，我如今要觅如来何由见？把一个老阿难戒体残，老阿难戒体残。

（红）师父，我还笑这摩登没手段，若遇我红莲呵，由他铁阿难也弄个残，铁阿难也弄个残。[2]

阿难与摩登伽女的故事已然成为文学典故而流传，"摩登伽女"亦常略称为"摩登"（与 20 世纪的"modern"有别）[3]，如明代戏曲家屠隆《昙花

---

1 参见周秋良《观音本生故事戏论疏》，电子科技大学出版社 2014，第 135–144 页。

2 徐渭著、周中明校注：《四声猿》，上海古籍出版社 1984，第 24 页。

3 参见郭双林、史敏《"modern"之前的"摩登"——从"摩邓"到"摩登"的言说》，《北京社会科学》2015 年第 5 期，第 4–10 页。

记·超度沉迷》中有“任他天女，觑为革囊；岂放摩登，毁吾戒体？”这类例子不少，恕不赘举。

综上所述，清逸居士编创《摩登伽女》并非空穴来风，无论是题材的新颖，还是形式的新奇，抑或舞台的绚烂，都有着佛教典籍和佛教戏的启发，也有其家族先祖的榜样。溥绪对于那位知音晓曲，参与编撰过大量戏文的先祖允禄，十分尊崇，或许《南府》秘本也能触发灵感？

沧海桑田、世变时移，由清季进入民国，自王孙坠落贫民的清逸居士，为什么要编创这样一部佛教戏？其中有没有他的寄托寓意、苦心孤诣呢？

《摩登伽女》意蕴

尚小云因为祖上家世的原因，与清王府有着千丝万缕的关系，机缘遇合下，清逸与小云有了密切的交往，为小云编撰了20余部作品，对成就尚派艺术厥功至伟。清逸旧学功底深厚又深谙舞台艺术，对于编剧怀有求意求美的创作理想，非常注重戏曲移风易俗的教化作用和明白坦易的艺术传达。其《乾隆以来戏剧之变迁》一文云：

> 编辑新剧，其词句须明白坦易，方可补助教育，感化人心。戏中角色，生、旦、净、丑，虽分人之贤愚，然内中暗寓史笔处甚多，……为旧戏中最有价值之处。戏剧寓意尤多，《海潮音》系警闺阁中人，去贪嗔，怀般若。[1]

清初戏曲家张彝宣（又名张大复）创作的佛教戏《海潮音》，塑造的女主角妙善，不仅是一个“去贪嗔，怀般若”，出家修行、拒绝婚嫁的佛教徒，同时还是一位为父尽孝、为国尽忠的“儒士”典型，可见编剧者的用心。诚如清逸所说，戏剧“暗寓史笔”“寓意尤多”，编剧者并非只是为了娱乐而创作，大多怀有“感化人心”的动机，渴望创作出有思想高度、意蕴深刻的作品。

《摩登伽女》取材于佛经在民国新编戏中不是首创，但其中蕴含的作者

1 《国剧画报》（民国廿一年七月廿九日第廿八期），学苑出版社 2010，第114页。

寓意则是别具匠心、超越时空的。

民国新编京戏中最早取材于佛教经典的，是 1917 年“梅党”为梅兰芳集体创作的古装新戏《天女散花》，剧情简单：维摩诘居士在毗耶离城中现身有疾，释迦牟尼命文殊师利率领众弟子前去问疾，又命天女前去散花，把花片纷纷撒在诸人身上，以验诸菩萨弟子的心性净澈程度。“众天女乘这个机会，向文殊的弟子们调情，使得维摩诘居处顿时鲜花如雨，落英缤纷。众弟子又欣喜，又羞涩，又惶恐，害怕败坏佛门清规；众天女又愉快，又活泼，又自由，轻歌曼舞，婀娜多姿，媚态百生，完全摆脱了平日的束缚，尽情散完花后，翩然返回众香国。”[1] 该剧最初的起意是畹华在朋友家见到了一幅《散花图》，因而想从天女美妙的体态和飘逸的风带上着眼，新创一种舞蹈。于是通过“梅党”的集思广益，自《维摩诘经》取材而成剧本。全剧共六场，没有特别的深意，主要在于求美，表现佛像佛画中蕴含的丰富美学元素。第六场为核心，即“天女散花”，其中有文殊师利与维摩诘的一段佛门禅语对白，编改自《维摩诘经》卷中之“文殊师利问疾品第五”，其目的不在于阐发佛理，不过是为了留出时间给天女换装，为最后的散花做准备。以新颖的绸带舞和动人的歌声表现天女御风而行、散洒花雨的曼妙形象才是该剧的目的。

然而，《摩登伽女》除了美妙的舞台设计，新颖的时装、歌舞之外，还有作者的深心苦意。吴晓铃《尚小云和〈摩登伽女〉》云：“至于撰者为什么要写这个剧本，似乎不便只用‘务在新奇’作结论。单从古代印度传说的内含来说，释迦牟尼破除种姓藩篱的众生平等观念，在当时倒是一种革新思想。”[2]

在此，吴先生透过表面的新奇触及了思想内涵，虽然只是点到为止。对于该剧，恐怕多数观众瞧的是新奇时尚，看的是异国情恋。然而，从上文梳理《曲本》与佛经的关系后，笔者认为，该戏通过一个“佛国情史”吸引观众，旨在宣传众生平等的思想，并通过寓教于乐的方式达到破魔证幻、警示人生的目的。

1935 年出版的《尚小云专集》中有目录题为《摩登伽女剧本》者，实际上没有剧本，只是刊出《摩登伽女》之本事和部分剧词，其中有云：

此种邪教亦从兹消灭，实为西方净土中，唯一无二之艳迹。莲台绮障流

---

1 洪丕谟、罗伟国：《佛教十讲》，上海人民出版社 2009，第 169 页。

2 吴晓铃：《尚小云和〈摩登伽女〉》，《京剧大师尚小云》，陕西人民出版社 1990，第 73 页。

播《楞严》，谱入笙歌，发人深省，谓为佛国情史，谁曰不宜。[1]

“佛国情史”之说，的确代表了不少前贤和观众的看法，他们认为剧中表现了摩登伽女热爱生活，忠于爱情的纯洁心灵，还表现了释迦牟尼通情达理成全男女青年结为伉俪的慈善心肠。[2]

然而，正如罗瘿公并不满足于才子佳人的戏剧，提倡“教化”“寓意”的清逸居士，也并非仅仅表现一个“佛国情史”。生活于波诡云谲的20世纪初期，清遗民庄清逸一方面不能不受时代大潮的裹挟影响，另一方面又有着其特殊身份、遭际、心境的个人抒发。

首先，众生平等的思想在《曲本》中显而易见，屡屡提及。

19世纪中叶至20世纪初，中国社会在西方坚船利炮的轰击下，不得不开始效西法图自强，随之蜂拥而来的西方思想、各种主义冲击着人们固有的观念意识。科学、民主、自由、平等、博爱等都是使人如痴如醉的新鲜大词、激越主题。如康有为《大同书》就汲取了中、西诸哲的思想理论，大力宣扬男女平等、众生平等，其曰：“人类之苦不平等者，莫若无端立级哉！其大类有三：一曰贱族，二曰奴隶，三曰妇女。夫不平之法，不独反于天之公理，实有害于人之发达……”[3]在此特地指出了贱族、奴隶、妇女三大类不平等。

就佛家而言，佛陀以慈悲为大道、倡导众生平等，体现在《曲本》以及《曲本》所依据的佛经中。佛陀一再宣称“普渡一切众生，咸登彼岸”“不论贫富，一律平等，以成此功德”（头场）。阿难也一再表白不会歧视从事贱业的旃荼罗族，“世尊既称人人平等，因何单独歧视旃荼罗族，叫我心甚不平”（九场）。又，摩登伽女明知其种族低贱，不能与华贵公子阿难通婚，却不管不顾大胆痴绝地追求，并以歪门邪道摄迫阿难，佛陀不但未责罚，还对其说法开导并接受其皈依。凡此种种，都体现了佛教的平等观（按：佛教的平等观也是逐步发展的，比如男女平等）。要之，释迦牟尼宣扬众生平等的观念与西方自由平等的思想成为了20世纪国人共同追求的理想。

这是清逸于20世纪20年代编创《摩登伽女》之时的社会意识、时代大潮。

---

1 徐汉生：《尚小云文献专集》，山西人民出版社·三晋出版社2018，第59页。

2 参见马少波《刚阳不阿 艺如其人》，《京剧大师尚小云》，陕西人民出版社1990，第28–29页。

3 康有为：《大同书》，上海古籍出版社2009，第84页。

贵为皇族的爱新觉罗·溥绪，在清王朝统治时期，是否具有平等观，不得而知，然而，遭遇了辛亥鼎革、排满杀满等一系列沧桑剧变之后，溥绪或许对佛陀倡导的“众生平等”深有感慨、心有戚戚。唐代安史之乱时期，杜甫曾写过《哀王孙》：“可怜王孙泣路隅。问之不肯道姓名，但道困苦乞为奴。已经百日窜荆棘，身上无有完肌肤。”[1]落难的王孙“乞为奴”，实在是令人悲叹唏嘘。前文也已述及，民国后的“王孙”溥绪曾出卖庄亲王府，以及位于房山区磁家务的庄王坟的树木。虽然说卖庄亲王府发了一笔财，但若不是缺钱，万不得已，何需卖房？甚至卖祖坟上的树！

有关溥绪的资料极为有限，以下是同为皇族的爱新觉罗·载涛（醇亲王之子）境遇，由此可窥斑见豹。

《中华民国史》之“人物传”中记载：1924年，冯玉祥回师北京发动政变，逐溥仪出宫，修改对逊清皇室的优待条例，取消皇族的生活补助，因此载涛的经济来源被断绝，此后虽辞去了大批仆佣，紧缩开支，但仍有子女、保姆、管家等三十余口人的生活须维持，不得已卖去了龙头井豪华的府宅，迁居山老胡同。抗战胜利后，载涛的经济状况更加困难，一度靠出租余屋的房租收入度日，后因物价飞涨，继又将山老胡同的院子卖掉，搬进自己过去的马房居住，生活还是难以为继，在北京解放的前一年里，只得每天早起，从家中挑些破旧衣服，到德胜门外摆地摊卖破烂，勉强使一家人得以玉米面糊度日。[2]

生逢乱世的王子王孙无不度日艰难惨淡。溥绪从当年的肥壮落到晚年的贫病交加、骨瘦如柴，也就不足为奇。

佛法曰诸行无常、诸法无我、苦海茫茫、四大皆空，遭遇了“天上人间”巨大落差的清逸，可谓真真切切地体会到了人生的无常，众生的悲苦，或许因此而理解并宣扬“众生平等”？

其次，宣扬佛教，杜绝贪嗔痴爱，“悟得虚无体自严”的思想贯穿始终。

开悟的《楞严经》像个照妖镜，众生心迷情惑之时需要开悟的智慧，《摩登伽女》一戏的主要内容和核心宗旨都是取自《楞严经》卷一：

尔时，阿难因乞食次，经历淫室，遭大幻术。摩登伽女以娑毗伽罗先梵天

1 谢思炜校注：《杜甫集校注》，上海古籍出版社 2015，第 207 页。
2 中国社会科学院近代史研究所：《中华民国史人物传》（第八卷），中华书局 2011，第 4764 页。

咒摄入淫席，淫躬抚摩，将毁戒体。如来知彼淫术所加，斋毕旋归。王及大臣、长者居士,俱来随佛愿闻法要。于时,世尊顶放百宝无畏光明,光中出生千叶宝莲,有佛化身，结跏趺坐，宣说神咒。敕文殊师利将咒往护。恶咒销灭，提奖阿难及摩登伽，归来佛所。[1]

《楞严经》卷一以阿难与摩登伽女的故事开篇是具有深意的，旨在通过释迦如来斥妄显真，通过阿难尊者示堕启教，由此引发佛教基本教义“真心常住”的长篇阐释。这一故事原型化用到戏剧小说等文学作品中，如《摩登伽女曲本》，便将佛性哲理形而上的抽象虚幻，转化为更切实际的人生问题加以宣扬。

如《曲本》【头场】（诗）“大道初成遍大千，无边功德妙庄严。慈航普渡超尘界，极乐清凉九品莲”，此诗正是对剧中释迦牟尼出场宣教的高度凝练表达：

吾乃释迦牟尼文佛是也，今日大众咸临，宣示深奥，无德无说，无修无证，妙净明心，普渡一切众生，咸登彼岸。叹芸芸众生，不证菩提，皆由贪嗔痴爱所误，今愿度化群伦，均得妙悟，大开方便之门。善哉。苦海茫茫，回头是岸，莲台不远，近在心间。……

佛教的宗旨就是要为因“贪嗔痴爱所误”而坠入茫茫苦海的群伦开悟度化，该剧依照佛经编创阿难与摩登伽女的相遇和纠葛，无论是摩登伽女因痴情而以死相逼母亲，或以魔咒相逼阿难，还是阿难因被摄而身不由己、意乱情迷，最终都在佛陀的安排指教下获得了解救领悟。

头场末尾“偈言：安心忍性证真诠，悟得虚无体自严。万象皆从心上起，色空影幻了尘缘。”

【十一场】（丑扮丑僧上念）（西江月）幻影幻形幻法，无你无我无他，痴情爱欲尽空花，只落得一场话把。

一切“贪嗔痴爱”，不过是“色空影幻”“尽空花”，悟得人生虚无，便能“体自严”“了尘缘”。实际上，是否能够坚守立场，不忘真心，抵制

1　刘鹿鸣译注：《楞严经》，中华书局 2012，第 11 页。

各种诱惑而“体自严”，是身为遗民的清逸居士，同时也是芸芸众生，都必须面对的人生考验。

【末场】（旦）呀（唱二六板）人生梦幻今参透，红粉朱颜变髑髅。镜里空花难永守，愿皈三宝侍清修。（佛唱）幻境虚空终一走，有缘须悟这根由。莲台宿分根基厚，孽海茫茫早回头。

对于清逸居士来说，人生梦幻虚空绝不是一种修辞表达！剧中形式布景越是新异出奇，摩登伽女情感言行越是痴迷沉溺，声色歌舞越是艳丽非常，最终舞台的大幕、人生的大幕都将落下，一切繁华落尽，归于沉寂虚空，将越发感到“如梦幻泡影，如露亦如电”（《金刚经》）。

《摩登伽女》始终是尚小云极具个性和代表性的名作，成为小云表演艺术的里程碑。《摩登伽女》之于尚小云的意义，犹如“梅党”所编《嫦娥奔月》《天女散花》之于梅兰芳，罗瘿公编《红拂女》之于程砚秋，陈墨香编全本《玉堂春》之于荀慧生，这些旧文人的新编戏皆成为了他们早期演艺生涯的转折点。被新文化运动定性为“旧戏”“旧文艺”的传统京剧，编创者多为旧文化的守护者，但是，他们并非一味抱残守缺者。他们自小熏陶濡染于传统文化之中，同时，在新旧交替、中西激荡的时代，也不乏对多元文化的广泛吸收和融合，在戏剧“感化人心”，发挥忠孝节义等旧道德的基础上，也汲取并宣扬平等独立、恋爱自由、婚姻自主等新思想新观念。清逸居士与尚小云共同塑造的“摩登伽女”也一改淫女娼妓的邪贱形象，而赋予其自尊任性、自求幸福的新时代女性特征。此外，在舞台形式、服装歌舞等方面的种种创新，也都是新旧中外的交融杂糅，既为传统的佛教戏也为繁荣中的民国京剧注入了新元素新活力，在中国京剧史上留下了永不磨灭的一页。

第7章

梅兰芳与沪上清遗民“香南雅集”

“香南”义出内典，《五灯会元》载，有人问西来祖师在何处，曰：“在香之南、雪之北”，香南雪北，是梅萼梢头矣，用以题畹华真妙谛哉。

——《申报·梅讯》1920年4月26日[1]

宋代词人刘克庄《临江仙·县圃种花》下阕云：“手插海棠三百本，等闲妆点芳辰。他年绛雪映红云，丁宁风与月，记取种花人。”[2]戏曲大师梅兰芳（字畹华）能够成就卓越的艺术，不仅在于其“天赋太厚”（齐如山语），也与他心存感念“记取种花人”的谦逊好学密切相关。终其一生，除了戏曲界的前辈外，梅先生得到外界文人、画家、记者、学者等人的帮助颇夥，可以说，一群文化人成为了梅先生的“智囊团”。日积月累的熏陶更加上自身的虚怀若谷、勤学苦练，使得梅兰芳的文化素养、表演艺术大大超越了一般的戏曲人，成为“中国文化”的代名词[3]。然而，梅先生与沪上遗民文化圈的交往，他们之间意义重大的“香南雅集”，囿于种种历史原因鲜为人知，几乎要无声无息地消失在苍茫的时空中。

1　张斯琦：《梅兰芳沪上演出纪》（下编·梅讯），中西书局2015，第14页。

2　唐圭璋编：《全宋词》（四），中华书局1998，第2637页。

3　参见徐城北《梅兰芳艺术谭》，中国人民大学出版社2012，第192–194页。

海上相识相交

民国二年即公元1913年，对于梅兰芳来说是个特别值得纪念的年份，生长于北京的他，成名却在这一年的上海。此年对于上海的文化界也是难以忘怀的，沪上汇集了一大批前清高官名臣、硕学鸿儒，如瞿鸿禨、沈曾植、张謇、陈三立、朱祖谋、郑孝胥、张元济（以年齿排列）等，这是当时的文化大背景。这一年的11月，芳龄近二十的梅郎第一次到沪上演出，一炮打红，令观众和媒体如痴如醉，报刊纷纷报道评论，不吝赞美之辞，称誉其为“独一无二天下第一青衣”“寰球独一青衣”，这自然是梅兰芳人俊戏好的应有回报，同时，造声势拜名流也是必须的。梅兰芳《舞台生活四十年》自述曰：

那时拜客的风气，还没有普遍流行。社会上的所谓“闻人”和“大亨”，也没有后来那么多。凤二爷（王凤卿）只陪我到几家报馆去拜访过主持《时报》的狄平子、《申报》的史量才、《新闻报》的汪汉溪。……我们还认识了许多文艺界的朋友，如吴昌硕、况夔笙、朱古微、赵竹君等。[1]

报界的几位都是主事的老总，其中《申报》对梅兰芳的宣传力度最大。史量才，原名家修，江苏南京人，1912年起任《申报》总经理，1934年11月遭国民党特务暗杀。“文艺界的朋友”吴昌硕，号缶庐、苦铁等，国画书法篆刻大家，为“书、画、印、诗”四绝的一代宗师。况夔生即况周颐，号秀道人、蕙风等，朱古微即朱祖谋，字古微、号彊村，朱、况两先生均为“晚清词学四大家”之一，或许这是畹华与他们的交往之始。况周颐词作《西江月》（慧业一门今昔）曾提到“曩与名父竹芬订交，儤直余闲，过从甚密”。“竹芬”即梅兰芳父亲梅竹芬（1872—1898年），擅长青衣花旦，年仅26岁病逝。况周颐于1888年入京担任内阁中书等职（中间曾南下至粤、桂），1895年离京漂泊于江南等地。他与梅竹芬的订交当于京城期间，“儤直”即官吏在官署连日值宿，“儤直余闲，过从甚密”，可见况周颐与梅家的关系非浅。

---

1 梅兰芳述，许姬传、许源来、朱家溍记：《梅兰芳回忆录：舞台生活四十年》，团结出版社2006，第123页。

尽管如此，况氏离京时，梅兰芳还是婴儿，是故，况周颐真正与梅兰芳结识恐怕就是这一次，在梅兰芳的自述中提到况周颐的也仅仅这一次，尽管他们此后交往十分密切。赵竹君即赵凤昌（1856—1938年），字竹君，晚号惜阴老人，清末民国政要，曾为《申报》大股东[1]。其子赵尊岳（1898—1965年），著名词学家，字叔雍，斋名高梧轩、珍重阁，笔名春醪、镇岳等，曾任《申报》主笔，为况周颐弟子，号称梅兰芳的“宣传部长”[2]。

首次赴沪演出大获成功的梅兰芳，此后于1914年、1916年又来，20年代更有五次：1920年、1922年、1923—1924年、1926年、1928—1929年。兰芳频频到沪，掀起了一次又一次梅剧热潮。民国三年（1914年）畹华第二次到上海演出时有云：

十二月七日（旧历十月二十一日）是我们二次到沪第一天登台的日子。……又赶上狄平子先生约我们在小花园一家菜馆吃饭，他是替我跟凤二爷接风的，不能不去。座中大半是当时留住上海的几位旧学湛深兼长书画的老先生，如朱古微、沈子培、吴昌硕……他们那天的兴致都好，谈风也很健。我看见沈先生把他新填的一首词，念给朱先生听。他们两位还细细地在推敲这里面填的字眼。[3]

这两次上海之行，畹华都提到了吴昌硕、朱古微，此后，他们之间的交往频繁，成为忘年之交。与朱祖谋探讨新词的沈子培即沈曾植（1850—1922年），字子培，号乙庵，晚号寐叟，别号甚多，浙江嘉兴人。光绪六年（1880年）进士，官至安徽布政使，护理安徽巡抚，国变后避居上海。沈曾植为官清介，治学淹博绝伦，著述繁富，尤长于史地学，精于律学、佛学等，陈寅恪称其为“近世通儒”，其学问的渊博令人瞠目结舌、望洋兴叹。其诗博大沉郁，有《海日楼诗集》。由此可见，初露头角的梅兰芳所交往者如其所述，多是“旧学湛深兼长书画”的闻人雅士，可谓“谈笑有鸿儒，往来无白丁”。

---

1 1915年赵凤昌与其他人相继退出《申报》经营，1916年史量才收购其他合资人的股权，独家经营。

2 详见周茜《“大梅党”赵尊岳与梅兰芳——以1920、1922年〈申报·梅讯〉为例》，《文艺研究》2017年6期，第103–110页。

3 梅兰芳述，许姬传、许源来、朱家溍记：《梅兰芳回忆录：舞台生活四十年》，团结出版社2006，第206页。

与梅家有着老交情的况周颐结识梅兰芳后，对其情有独钟。这或许一方面怀有一份世变沧桑的旧情谊，另一方面确为梅氏的艺术魅力所倾倒，再者，遭遇辛亥国变的前清遗老们饱经忧患、无以为寄，只能在诗词唱和、戏园流连中寻求精神的寄托、文化的归依，因此看戏捧角成为了他们生活中的一部分。此后，况夔生与朱彊村等相约观看梅兰芳的演出，并踊跃参与梅兰芳与沪上文人贤达的多种聚会。在这些游园宴饮的佳约欢会中，他们的三次“香南雅集”具有相当重要的文化史意义，参与者多为清遗民，几乎都是诗词、书画、学术界的大家名流，他们对年轻的梅兰芳青眼有加，众星捧月，为他挥洒丹青，为他品题诗词。然而，囿于他们“腐朽落后”的遗民身份，这些雅集的报道记载，只能静静地留存在发黄易碎的故纸堆中，无人理会。是故，以下首先梳理呈现第一手文献史料。

“香南雅集”有关文献史实

民国九年（1920 年）梅兰芳第四次到沪演出，在此期间两次与海上文人聚会于赵竹君家。赵尊岳为其师况周颐所作的《蕙风词史》云：“畹华去沪，越岁更来。先生（况周颐）嘱吴昌硕为绘《香南雅集图》，并两集于余家，一时裙屐并至。图卷题者四十余家。画五帧，则吴昌硕、何诗孙（二帧）、沈雪庐、汪鸥客作也。彊村翁每会辙至，先生属以填词，翁曰：‘吾填《十六字令》，而子为《戚氏》可乎？’于是先生赋《戚氏》，翁亦赋《十六字令》三首。合书卷端。”[1] 又，赵尊岳所写人物小传《朱祖谋》中亦提到：“香南雅集，三举于惜阴堂，周颐赋词数十首，每督（按：指督朱祖谋）和之，则曰：‘江郎彩笔尽矣，吾试为《十六字令》，若赋《戚氏》可乎？’周颐立成《戚氏》，遂赋《十六字令》三首，以梅兰芳三字分咏为凤头格。”[2]“香南”，语本《五灯会元》，有人问西来祖师在何处，曰：“在香山南、雪山北”，后“雪北香南”泛指北方南方。清代著名女词人吴藻有《香南雪北》词一卷，自序其居处“地

1 赵尊岳：《蕙风词史》，《赵尊岳集》（叁），凤凰出版社 2016，第 1096 页。
2 赵尊岳：《人往风微录·朱祖谋》，《赵尊岳集》（叁），凤凰出版社 2016，第 798 页。

多梅花”，故以“香南”指“梅”。此处“香南雅集”特指沪上的集会，又为梅氏而设，十分契合。

“香南雅集”共有三次，1920年两次，1922年一次，均在赵尊岳家，《申报·梅讯》[1]中三次均有记载。“梅讯”专栏是《申报》于1920年《自由谈·剧谈》中特辟的，采取“起居注”的形式，追踪报道梅兰芳在沪上的演出、社交、生活等各个方面，直至1929年，共计200期。现将有关“香南雅集”的主要条目摘录如下。

1. 香南初集

1920年的《梅讯》，作者署名为“春醪”，即赵尊岳。

庚申年三月初八日 1920年4月26日

昨晚应惜阴主人之约，宴于沪西惜阴堂。座中有何诗老、吴昌老、王雪老、海藏楼主人、况蕙风先生。畹华得与名流款接，乐不可支。何诗老已允绘一卷子，与昌老所绘之梅兰并作一卷，蕙风先生特请吴昌老引首，曰“香南雅集图”。

“惜阴主人”即赵凤昌，其邸宅名“惜阴堂”，是一幢宽大的花园洋房，位于上海公共租界南阳路10号，今已不存，当年则宾客满座，实为政界、实业界、文化界的交际沙龙，1911年孙中山、袁世凯南北议和即在此宅举行。赵凤昌系政治幕僚出身，交游甚广，他收藏的《赵凤昌藏札》内容几乎涉及晚清至民国时期政治、经济、军事、文化、教育等方方面面，是价值连城的第一手资料。其中也收录了赵尊岳与文化艺术界、戏曲界等人士的书信函件。

此则所说“昌老之所绘梅兰”，于初集前二天4月24日的《梅讯》有载：

畹华见吴昌老与凤卿画梅，不期心动，亦请画一横幅，长二尺高八寸许，

1　笔者于2014年始，多次查阅并记录《申报》影印纸质版和电子版中《梅讯》条目。2016年购买郑炜明、陈玉莹著《况周颐年谱》（齐鲁书社2015）、张斯琦编著《梅兰芳沪上演出纪》（中西书局2015），本书中所列史料亦参考摘录此两书，恕不另外出注。《况周颐年谱》作者前后历20余年编著此谱，严谨勤苦，资料翔实丰富。但郑先生认为“《梅讯》有关梅兰芳较早期在沪演出资料亦未尽确，盖多出追忆所记”，见第394页。又，第432页【按四】则曰“《梅讯》刊于《申报·自由谈》，专门实录梅兰芳于沪上演出之日程即有关消息，梅氏在沪期间几乎每日刊出”，前后说法有抵牾处，应以后说为确。

作梅兰花草，名实相符也，画成后即拟应遍（请）海上名流与之题跋，为此遭南来之纪念焉。

可见，最初是梅兰芳请求吴昌老画梅兰横幅，并拟请海上名流题跋，以留下南来之纪念，这一想法得到了况周颐等人的热烈回应，于是后续有了《香南雅集图》及其题咏这一盛事。

何诗孙即何维朴（1842—1922年），字诗孙，晚号盘止、盘叟等，湖南道县人，著名诗人、画家何绍基之孙，以山水画著称。历官内阁中书、江苏候补知府。宣统三年后隐居沪上，不问时事，鬻书画以自给（张爱玲早期小说《留情》中提到何诗孙的画）。况周颐宦游京国，入值为内阁中书时，曾与何维朴、王鹏运同官，故海上共聚，有此前缘。

王雪老即王秉恩（1845—1928年），字息存，又作雪澄、雪丞等，号茶龛。华阳人（今四川双流），曾官广东布政使、贵州按察使。民国后，寓居上海，为遗民、藏书家、书法家，精于目录校勘学，有《养云馆诗存》。

海藏楼主人即郑孝胥（1860—1938年），字苏堪、太夷，号海藏，福建闽侯（今属福州）人。近代著名政治人物、书法家、诗家，有“同光体”领袖之称，其诗清苍幽峭，现存《海藏楼诗集》。曾东渡日本，任使馆秘书，历任广西边防大臣，广东按察使，湖南布政使等，辛亥鼎革后以遗老身份隐居沪上，1924年入逊帝溥仪小朝廷，任总理内务府大臣等，1932年出任满洲国国务总理。是一个极具争议、复杂多面的历史人物。

此次“香南初集”，年纪轻轻的梅兰芳与这些年长他几十岁的遗老名流结交，大画家乐意为他挥毫，令他“乐不可支”。

庚申年三月初十日 1920年4月28日

昨日沈昆山宴畹华于林宅。畹华二时与玉芙、妙香同往。座中有王雪丞、况夔笙、王病三、赵叔雍、康长素诸君。况君即介绍长素为题《香南雅集》手卷。长素尤装点山林大架子，谓一身素不赴剧场，今或将乘兴为之，并拟择日邀过所居一谈，以慰家人等仰望之忱云云。

《香南雅集图》夔笙先生已允作《清平乐》二十阕，《莺啼序》一首为跋云。

沈昆山为晚清重臣沈葆桢之孙，曾任英美烟草公司总经理。

王病三即王乃徵（1861—1933 年），字聘三、病山，号平珊。四川中江人，曾任湖北、河南、贵州等地布政使。辛亥革命后弃官寓沪，易名王潜，又号潜道人，鬻医自隐，为遗民中最能忍贫者，工诗和书法。

康有为（1858—1927 年），字广厦，号长素，广东南海县人，人称康南海。晚清时期重要政治家、思想家、教育家。

这次虽不属于“香南雅集”，但难得有康有为到来，对畹华痴爱有加的况周颐不放过任何机会，亦请康有为题咏《香南雅集》手卷，他自己更是积极为畹华题词。

庚申年三月十二日 1920 年 4 月 30 日

何诗老允绘《香南雅集图》昨已成稿，精心结撰，秀逸绵邈，见者都惊为神品。诗老素不轻易为人作图，兴会所及，畹华珍之如球壁矣。

何诗孙以画名于世，“世人争得其尺楮片缣而宝之”[1]，此时的何老年近八十，估计更“不轻易为人作图”了，但对畹华例外。

庚申年三月十五日 1920 年 5 月 3 日

《香南二集》举行之期，大约俟朱古微词宗来沪后，不过旬日间事耳。

《香南雅集》卷子，允题者又有王敬安、余寿平、袁伯夔诸君，逆料将来必一巨观也。

香南二集已在计划中。

王敬安即王国维（1877—1927 年），字静安，晚号观堂，学术大家。

袁伯夔即袁思亮（1879—1939 年），字伯夔、伯揆，光绪癸卯（1903 年）举人，曾任印铸局局长，辛亥后弃官隐上海。袁伯夔与罗瘿公为世交，曾合力共助程砚秋。

被邀请为香南卷子题咏者越来越多，“七零”后的王国维、袁伯夔相较

1 陈灨一：《新语林》，上海书店出版社 1997，第 115 页。

于吴昌硕、何诗孙、沈曾植、朱祖谋等老辈，算是壮年，后起之秀。

庚申年三月十八日 1920年5月6日

《香南雅集图》已付装池，题词之最先者，况夔笙词宗成《清平乐》二十一阕，哀感顽艳，可与梅花百咏并传也，兹录之。

况周颐最先请吴老画图，自己又最先题词，对“香南雅集”及其相关事宜最为热心。

庚申年三月二十一日 1920年5月9日

何诗孙画山水，为当代名家，十数年来不画房屋不画人，惟《香南雅集图》画人十一，自谓为梅郎破例云。……“香南二集”日内当即举行，尚须请示梅郎定期也。

何诗老最擅山水，此时再次为梅郎破例，为《雅集图》“画人十一”。“香南二集”提上日程，只待梅郎定时间。

庚申年三月二十二日 1920年5月10日

《香南雅集图》题词昨复见赵叔雍《清平乐》四阕云

陈伯严先生欲晤畹华，特自金陵来沪……伯严云，客岁曾寄诗祝畹华祖母寿，并允破戒题《香南雅集图》，此图信无美勿臻矣。

况周颐追捧畹华，他的弟子赵叔雍与梅兰芳都是“九零”后，年轻的叔雍更是鞍前马后为畹华效力，成为“捧梅宣传部长”，名符其实的“大梅党”，他应畹华索词之请，向况师学习写词，也作了好些“咏梅词”。

陈伯严即陈三立（1853—1937年），字伯严，号散原，江西义宁（今修水县）人，近代“同光体”诗派领袖，卓然大家，称雄海内，诗风沉哀孤愤、格正气遒，《散原精舍诗文集》及其补编为目前所收其作品最夥者。伯严为清湖南巡抚陈宝箴之子，因维新变法，戊戌年父子同被罢黜。宝箴志节清挺，伯严有世家公子的傲岸正气，又有真挚缠绵之情。国变后，伯严隐居于沪、宁、杭等地，常与遗老诗酒唱和，不求声誉，不求显达。伯严诸子皆能诗，陈衡恪、陈寅恪尤著，一为画家，一为学者，均负盛名。

梅兰芳祖母生于1841年，1920年为庆贺其八十大寿，况周颐、陈伯严等人应梅兰芳之请，曾作寿诗寿词。此次伯严为梅兰芳题图，亦属难得的破例之举。

庚申年三月二十三日 1920年5月11日

二十日应非园主人甘翰臣之约，饭于非园。同座有陈散原、唐少川、汪鸥客、陈少石、陈小石，潘兰史，蒋孟蘋、王敬安、孙德谦、朱古微、王病山、王雪丞、王湘丞、况夔笙、赵叔雍、潘明训、劳敬修诸人。

汪鸥客工绘山水，畹华辈见之，各求绘事，鸥客已面允矣。畹华私语蕙风曰："《香南雅集图》卷，是吾镇家之宝。"

甘翰臣即甘作蕃（1859—1941年），字屏宗，号翰臣，晚号非园主人。广东香山小榄（今属中山）人。经商于沪，上海怡和洋行总办、公和祥码头买办，为上海名宅愚园主人。[1]陈三立诗《为甘翁题非园图》云："主人好客通性命，每至围坐倾觞酌……十年烽燧照禹甸，缩手安闲散腰脚。分作遗民娱老乡，天假奥区万灵跃。"[2]另有文章《非园记》，都表明非园为遗民流人常来常往、写忧行吟之地。

汪鸥客即汪洛年（1870—1925年），字社耆，号鸥客，钱塘人，以书画、篆刻闻名，辛亥之变后寓居沪上卖画自给。

汪鸥客如今鲜为人知，陈灨一《新语林》有载："汪鸥客童年尝以寸纸作山水或人物花鸟，所拟无不肖，其父兄几案见之大惊，问谁作？鸥客曰'吾戏为之耳。'父兄大喜，奖勉备至。及长，日与画师游，纵览古名贤画册，灵心善运，蔚成大家。"[3]又，《郑孝胥日记》1919年四月初七日（旧历）记："汪社耆画《淞波鸥伍图》遗余，求作诗，为书一绝，曰：'江汉相逢早识君，沧桑再见未离群。画师遗老人争重，元是钱塘汪水云'。"[4]"钱塘汪水

1 张斯琦：《梅兰芳沪上演出纪》（下编·梅讯），中西书局2015，第18–19页。
2 陈三立著、李开军校点：《散原精舍诗文集》（下），上海古籍出版社2003，第603页。
3 陈灨一：《新语林》，上海书店出版社1997，第115页。
4 郑孝胥著、劳祖德整理：《郑孝胥日记》，中华书局1993，第1781页。

云”即汪元量，号水云，为宋末元初诗人、词人、宫廷乐师，宋亡做了遗民。汪鸥客是钱塘人，又姓汪，也作了遗民，故云。

从以上记载可见汪鸥客的才华、身份、名声。沈曾植、陈三立等也有诗赠汪鸥客。[1]

在二十日（旧历）的非园宴饮中，遗民、名流云集，梅兰芳趁此又请汪鸥客绘制《香南雅集图》，鸥客当面应允，畹华自然十分高兴，视《雅集图》为镇家之宝。

2. 香南二集

庚申年三月二十七日 1920年5月15日

二十五日香南二集，仍在沪西惜阴堂举行，海上名流到者甚夥。何诗老以腰痛未克赴约，见其辞柬云："贱恙尚未少愈，楼头强行十步外，辄欲颠踣。今申承吴、王、朱、况四贤招聚于华堂，坐中必有畹华诸君，此千载一时之会，朴竟不获与！命矣夫，斯时（也）而有斯疾也！引领西望，懊羡而已！"昔人云"老尚多情是寿征"，诗老信多情矣。

《香南雅集》卷子，即席请海藏楼主人挥毫作引首矣。

《香南雅集》卷子，何诗老先绘一图，吴昌硕先生画梅兰横幅，今汪鸥客又补一张，共成三图矣。

"二十五日香南二集"日期很明确，即庚申年三月二十五日，新历1920年5月13日，香南二集举行。何诗老年高腰痛未出席，为此写了小柬表达遗憾之情，此柬手稿见《赵凤昌藏札》第2册，第110页。

郑孝胥两次雅集皆参加，作为著名书法家，求其题字效其书体者甚众，此次"挥毫作引首"，《郑孝胥日记》庚申三月二十五亦载："梅求书《香南雅集图》，是夕即对客书之。"[2]关于郑孝胥的隐逸生活，李君著《1931年前郑孝胥》曰："他闲暇时的娱乐，主要是听戏，除到丹桂第一台看王灵珠表演《梅龙镇》《红蝴蝶》《白牡丹》……外，还爱去新世界、大世界等游

1 沈曾植《赠汪鸥客》，参见沈曾植著、钱仲联校注《沈曾植集校注》，中华书局2001，第1230页。陈三立：《赠汪社耆》，《散原精舍诗文集》，上海古籍出版社2003，第603页。

2 郑孝胥著、劳祖德整理：《郑孝胥日记》，中华书局1993，第1826页。

乐场听鼓书。”[1]可见，郑孝胥热衷于文娱活动。

庚申年四月初七日 1920年5月24日

昨以《香南雅集图》潢治成卷，送何诗孙老处，诗老欣然复补《云山远思图》一幅。烟峦朗列，苍天白云，可谓神品，并眷以《清平乐》一阕云：

超超南浦，何计留君住。目断斜阳帆落处，一片无情烟树。　　墨痕泼上云蓝，依稀风景江南。为报天涯芳侣，故人雪鬓髮黪。

并跋云："畹华□余作《香南雅集图》，潢治成卷，诸公题咏殆遍。余衰颓荒落，愧无以应，乃作《云上远思图》，以送其行，辄望效颦，拈《清平乐》一阕，用博一粲，见者当嗤之以鼻也。"

梅兰芳即将结束上海之行，此前已画人物图的何诗老，"为报天涯芳侣"，补画一幅他最擅长的山水图。何氏虽不以诗词名世，但也有《何诗孙手书诗稿》四卷传世（1925年复旦大学图书馆古籍处藏本），故特拈《清平乐》一阕，为畹华送行。

庚申年四月初九日 1920年5月26日

畹华辈前承汪鸥客君所赠山水扇面，欣喜无已，兹又以《香南雅集》卷求汪君添绘一图。

《香南雅集》卷子求汪君添绘一图，汪君亦掀髯为之点染云。

畹华今日下午至各处辞行，凡曾荷投赠诸名士吴昌硕、何诗孙、王息存、沈子培、郑海藏、汪鸥客、朱古微、况夔笙皆一一登门话别。

畹华临别之际再次请求汪鸥客画图，汪君欣然点染，惜乎未说明所画何物。畹华还向为他绘图题咏的名士们一一辞行话别，真是"周旋群耆硕彦间，雅娴礼法"（赵尊岳语）者，难怪无不受到称赞。

辞别后的梅兰芳于两年后即1922年第五次赴沪，又有"香南三集"接续这一嘉会。然而，有关"香南三集"鲜见提及，多亏《申报·梅讯》的报道留存。

---

1 李君：《1931年前郑孝胥》，中华书局2018，第205页。

3. 香南三集

壬戌年五月初三日 1922 年 5 月 29 日

缀玉主人昨至海上矣。溯庚申四月，江干一别，弹指不留，刹那二载。二载之间，白云苍狗，正不知经历若干劫簸飚陀。主人乃于此索诃之中，现七宝相，证诸妙心，按拍多能，驻颜有术。比者瀛壖捧袂，丰采依然。麟带从容，长成春酌。杏衫绰约，犹挽眉妆。胜集香南，可赓欢酌，慧心雪北，重付幺弦。读玉梅词人"甚素娥、暂缺能圆，更芳节，后约是今番"之语，殊为不虚矣。

1922年的《梅讯》，作者署名为"珍重阁主人"，即赵尊岳之号。上段中"玉梅词人"即况周颐。重返沪上的梅兰芳风采依旧，与遗老们的交往仍然不断。该年《郑孝胥日记》五月十三日（6月8日）载："赵叔雍同梅兰芳、姚玉芙来，梅求书扇及名刺。"[1]

《申报·梅讯》壬戌五月二十六日 1922 年 6 月 21 日

香南三集尚未定期，须俟畹、凤回沪后定夺。畹云必择一清闲之日，于海滨诸老周旋一堂。

看来，双方有"三集"的预约，只是未最后确定时间。

壬戌五月二十七日 1922 年 6 月 22 日

孙隘堪居士曾题《香南图序》，迄未揭载，兹特录之：

《香南雅集图》者，何君诗孙为畹华作也。畹华雅善歌曲，藉甚清名，杂征郢中，属和者自寡，腾誉区外，遥闻者辄思。今岁维莫之春，重来海上，于是餐芝逸老，摛藻词贤，相与接褉联裾，合尊促席，留连襟带，试订同音，杂沓衣簪，自成彦会，斯亦极一时之盛矣。夫郑虔《七贤》，陆晃《六逸》，古之人所以传神缣素，寄迹丹青者，诚知款衿或辽，歌筵易散，宗王写其良对，侨札取而参轨，庶几子桓所谓追思昔游，犹在心目者也。雅集为名，西园称盛，畹华斯图，得与并美。使夫芳流餐仰，芬响凝留，不亦善乎？余弱

1 郑孝胥著、劳祖德整理：《郑孝胥日记》，中华书局 1993，第 1909 页。

不好弄，茫昧音律，抚弦莫识其趣，入洛徒识其佳。乃者彊村诸君，复有非园之游，畹华在焉。时则东山幽筑，虽无丝竹之娱；北海胜情，雅有琴尊之乐，期余偕往，一共笑谭，合坐极欢，岂非至愿。只以莼乡归梦，空联暂面之交，莲社闲盟，致类攒眉之去。今者把玩宝绘，怅触余怀，季重有言“游宴之欢，难可再遇”，盖不能无慕徒之恋焉。

按何诗老客年绘二图，畹华奉之如至宝。今岁二竖见侵，遂致疏隔，乃于昨日子刻遽归道山，仰宝轴之精英，增黄垆之感恸，震悼何如，书此以志腹痛。

此日的《梅讯》，以上摘录两则，一长一短，可以说有着内在的关联。

为雅集图作序的孙隘堪即孙德谦（1869—1935年），字受之、寿芝、益庵，号龙鼎山人，晚号隘堪居士，苏州吴县（今吴中区）人。精研小学、经史等。辛亥鼎革后，避居沪上，“独居深念，几席常有涕泣处”，为忠清遗民，与王国维、张尔田并称“海上三君”，老辈学人与东瀛汉学家皆对之推崇有加。历任东吴大学、大夏大学、交通大学、国立政治大学教授。

孙德谦曾撰《六朝丽指》，深知俳青俪白，并于学术之余染指骈文，直逼六朝，可谓高手。此《香南雅集图序》，骈俪摛藻，典故獭祭，以下略作解读。全序大致可分为三层意思，从首句至“斯亦极一时之盛矣”为第一层，点明《雅集图》及其盛会因梅兰芳而起。其中“杂征郢中，属和者自寡”，用“郢中白雪”典，宋玉《对楚王问》：“客有歌于郢中者，其始曰《下里巴人》，国中属而和者数千人；其为《阳阿》《薤露》，国中属而和者数百人；其为《阳春白雪》，国中属而和者不过数十人，引商刻羽，杂以流徵，国中属而和者不过数人而已。是其曲弥高，其和弥寡。”[1]以此表明畹华的高雅脱俗。“餐芝”指修仙，传说仙家以芝草为食，此指修身养性，不慕名利。参与雅集的“餐芝逸老”恰好与脱俗的畹华相得益彰，“试订同音”同声相应，故能“自成彦会，斯亦极一时之盛矣”。第二层自“郑虔《七贤》”至“不亦善乎”。此层大意：如此盛会，不能不留下丹青美图，以便追思昔游，芬响凝留。其中“郑虔《七贤》”之郑虔为唐代诗、书、画三绝的艺术家，与杜甫友情深厚，据传郑氏曾画过《七贤

1　萧统编、李善注：《文选》（第5册），上海古籍出版社1986，第1999页。

过关图》。“陆晃《六逸》”之陆晃为五代南唐人，善画人物、道像、神仙等，又喜欢以数字作画名，如三仙、四畅、五老、六逸等。“子桓”即魏文帝曹丕，字子桓，其《与吴质书》是书信体名篇，内容以伤逝为主，追念旧游，哀悼亡友，自伤老大，其中有“追思昔游，犹在心目”句。“雅集为名，西园称盛”指宋代历史上著名的“西园雅集”，是堪与“兰亭雅集”媲美的文人集会。北宋元祐年间，出身豪门、工于绘画的王诜邀苏轼、苏辙、黄庭坚、秦观、米芾、李公麟等名士于其府中西园聚会，据传李公麟作有《西园雅集图》，米芾写《西园雅集图记》。上述楮墨事典旨在阐发《香南雅集图》的意义。第三层自“余弱不好弄”至结束。作者谦称自己不能知音识趣，故不曾“一共笑谭”，而今把玩《雅集图》之宝绘，却不能不感怀慕恋。其中“季重有言‘游宴之欢，难可再遇’”，季重即吴质，字季重，以文才出众而为曹丕所亲善，曹丕《与吴质书》感叹二人昔日同游共饮之欢，后以“季重旧游”咏叹故友分离怀念旧情。

孙德谦此序是“曾题”，只是没有登载，而放在今日“揭载”，与下则何诗老“乃于昨日子刻遽归道山”联系起来，孙序“特录”于今，那“寄迹丹青”“追思昔游”之意更加彰显。1920 年的“香南雅集”中多次提到何诗孙，次年何翁八十大寿，陈三立作诗《寿何诗孙翁八十》，不想，未等到第三次雅集，何诗老驾鹤西去。有关何诗孙的资料有限，故特录伯严寿诗如下：

当代老画师，故家奇男子。
吐胸万丘壑，费尽溝娄纸。
向骋儒侠场，物望笼都市。
不污后车尘，青霄一鹤起。
徜徉履劫余，孤尚缄骨髓。
昏旦促能事，高价掩众史。
自哂救饥耳，道贯养生旨。
酒坐映方瞳，谈舌溢诙诡。
取证髯苏咏，神完中有恃。
会看百岁翁，泼墨添海水。[1]

1　陈三立著、李开军校点：《散原精舍诗文集》（上），上海古籍出版社 2003，第 607-608 页。又，沈曾植有《何诗孙观察挽诗》，参见沈曾植著、钱仲联校注《沈曾植集校注》，中华书局 2001，第 1475-1476 页。

此诗可见老画师何翁的画品人品。

壬戌年五月二十八日 1922年6月23日

“香南三集”定闰月初二日仍在沪西惜阴堂举行。

壬戌年五月二十九日 1922年6月24日

“香南三集”本定闰月二日，今以沈培老之介弟子林先生，于是日举丧，投顺延至初三，盖凤、畹之意，此遭必图见及培老也。

以上两条说明，“香南三集”原定于闰五月初二，后因沈曾植改为初三，因为凤卿、畹华都希望能与沈培老相见。

壬戌年闰五月初五日 1922年6月29日

日昨香南三集，到者甚夥。凤（王凤卿）、畹（梅畹华）、妙（姜妙香）、玉（姚玉芙）五时莅止，八时始归也。

沈寐叟（沈曾植）维摩多病未能应约，畹、凤为之惆怅，然由文君（文公达）致声珍重，恳作维摩法像，且谓迩来不甚作诗，若求书之件，则随时可应也。

朱彊村（朱祖谋）亦以病未来见，见其小柬，曰（略）……

1922年夏之“香南三集”“到者甚夥”，然未全列出席者，名流中何诗孙刚去世不久，沈曾植多病还是未能应约（按：沈培老于该年11月去世），朱祖谋也因病未能出席，郑孝胥婉谢不往，见《郑孝胥日记》闰五月初三日（6月27日）“赵竹君约作‘香南三集’，邀请梅兰芳等宴于坐中，余谢不往”[1]。梅兰芳、王凤卿为此遗憾怅然。况周颐虽然前往一聚，但年来多凄伤悲愤，杜门不出，即使畹华来，蕙风观戏的兴致也不如从前。看来，正如孙德谦之序所言“游宴之欢，难可再遇”，世事艰难，年老衰病，遗老们与畹华的雅集今非昔比了。

要之，三次雅集所题图画及诗词的情况，在《梅讯》中先后有刊载。赵尊岳《蕙风词史》中所说“图卷题者四十余家，画五帧”，笔者据《梅讯》搜

1 郑孝胥著、劳祖德整理：《郑孝胥日记》，中华书局1993，第1911页。

集到遗民题咏者共18家（见附录二）[1]，《梅讯》所载《雅集图》有吴昌硕梅兰横幅，何诗孙人物图和山水图两幅，汪鸥客点染图，但不见有沈雪庐的记录。

此外，《赵凤昌藏札》中亦有涉及梅兰芳和《香南雅集图》的一手资料，现录几条如下：

第二册：藏札第四函、总第十一册，况周颐致赵尊岳的信中：

六月杪：词九首僭酌呈鉴，《香南雅集图》装竟寄去之前，务祈告我趋前一看。

八月八日：《香南雅集图》付装已竟否？

初三丙夜：香南三集，醉饱纫佩，必有新词一二，日内奉呈胡涂三则，可否入"梅讯"祈酌。[2]

看来《香南雅集图》的装帧寄送事宜由赵尊岳负责，况周颐也一直关切着，并且三次雅集都不断有词题赠。

《赵凤昌藏札》中还有"梅讯"手书底稿，如下：

梅讯：蕙风以暖红室刻本《西厢记》赠畹华，题词卷端云（略），并识云："《西厢记》'佳期''拷红'二剧，畹华夙所擅场，因奉贻全帙，俾资订声。别后展卷怀人，庶几不我遐弃，媵以《减字浣溪沙》。君如低唱，我便吹箫，香词娇韵，当不让白石老仙夜泊垂虹时也。"蕙风尝自谓不工书，戏号手盲，向来应酬之作，真笔绝少，此《西厢记题识》是其自书，重畹华之命令也。

梅郎演《天女散花》，第一次登台时，舞次于台之西角，少驻娇云，时则叫好声、拍掌声，如春雷揭地。惜香躯为前导彩女所掩，其如何佳妙？坐位稍东者，不能得见，引为非常缺憾。倘彩女辈竚立，稍近台后，则东西二方面皆得寓目，庶无向隅之叹，甚愿其体察下情，加意改良也。

陈伯严欲晤畹华，特自金陵来沪，昨甫下车，即同王病山、俞尧衢、王雪澂、王叔濉、况夔生冒雨往观《木兰从军》，亦以未见《天女散花》为恨。其称

1　附录二中清遗民的"咏梅诗词"共搜集了22家，其中18家为题咏《香南雅集图》者。

2　《赵凤昌藏札》（第2册），国家图书馆出版社2010，第155、157、168页。

佩畹华与蕙风同，其想望《天女》与古微同。大约再演之请，或能如愿以偿也。伯严云，客岁曾寄诗祝畹华祖母寿，并允破戒题《香南雅集图》，此图信无美弗臻矣。[1]

以上三则均刊载于1920年5月10日的《梅讯》中，文字上小有差异而已。

《香南雅集图》题咏

由上文的史料可见，民国初期梅兰芳每每于上海演出，都与沪上文化遗民有着不少交往，并因此产生了珍贵的成果：一是《香南雅集图》，然而十分遗憾的是，这一梅氏"镇家之宝"如今难觅踪迹。二是"咏梅诗词"，虽然图卷题者四十余家难寻全貌，但有了《梅讯》的部分登载和相关信息，我们得以搜集到18家遗民诗词[2]。本书中的"咏梅诗词"非传统意义上的吟咏梅花之作，而是特指歌咏梅兰芳的诗词。这一特指在民国时期即已如此，1918年、1920年出版的《梅兰芳》专集中，收录了当时文人题咏梅氏的作品，即称"咏梅诗词"，此外，日本人村田乌江著《支那剧与梅兰芳》（1919年日文版）也附有中文"咏梅集"，专门辑录咏梅兰芳的诗歌。以下我们选择代表性的几家"咏梅诗词"（后文"咏梅诗词"不再加引号）论析之。

况周颐

况蕙风是"香南雅集"的倡导者，也是题咏最多者，下一章将对他的咏梅词进行专门论述。在此，先看《蕙风词史》特地提到的"合书卷端"的《戚氏》，该首题序："沤尹为（吾）畹华索赋此调，走笔应之。""吾"字显得相当亲密，在1920年的删定本《秀道人修梅清课》（后文简称《修梅清课》）中去掉了。

1　以上三则见《赵风昌藏札》（第2册），国家图书馆出版社2010，第159–160页。

2　《梅讯》中还有难以确定是否为"遗民"的咏梅诗词。又，附录二《清季士大夫咏梅诗词辑录》中有几位未参与"香南雅集"。

伫飞鸾，萼绿仙子彩云端。影月娉婷，浣霞明艳，好谁看。华鬘，梦寻难，当歌掩泪十年间。文园鬓雪如许，镜里长葆几朱颜。缟袂重认，红帘初卷，怕春暖也犹寒。乍维摩病榻，花雨催起，著意清欢。　　丝管赚出婵娟，珠翠照映，老眼太辛酸。春宵短，系骢难稳，栩蝶须还。近尊前，暂许对影，香南笛语，遍写乌阑。番风渐急，省识将离，已忍目断关山。（畹华将别去，道人先期作虎山之游，避之）　　念我沧江晚，消何逊笔，旧恨吟边。未解清平调苦，道苔枝翠羽信缠绵。剧怜画罨瑶台，醉扶纸帐，争遣愁千万。算更无、月地云阶见。谁与诉、鹤守缘悭。甚素娥、暂缺能圆。更芳节、后约是今番。耐清寒惯，梅花赋也，好好纫兰。[1]

此首作于1920年的“香南雅集”期间，作者已观看过了畹华的《嫦娥奔月》《天女散花》。该年梅兰芳莅临沪上演出与上一次间隔四年，1916年的沪上演出中，《嫦娥奔月》《黛玉葬花》是演出次数最多的剧目，均各演7次。1920年则是新编的《天女散花》最受欢迎，共演出6次，《嫦娥奔月》3次。《天女散花》1917年12月1日首演于北京东安市场吉祥园，此次来上海演出，朱祖谋、陈三立都曾为未能一观为恨，烦请加演，畹华满足了他们的愿望。

《戚氏》为柳永首创的长调，共212字，仅次于后来出现的214字的《胜州令》和240字的《莺啼序》。柳永《戚氏》为其晚年对自己一生的总结，追怀昔游，感慨落魄人生，基调是凄楚的，为长调之典范。王灼《碧鸡漫志》卷二引述前辈语云“《离骚》寂寞千载后，《戚氏》凄凉一曲终”，评价甚高。此后有苏轼之作，宋词中仅此两词，不易作。蕙风此调，与柳词有异曲同工之妙。

全词共三叠。第一叠首四句，以云、月、霞烘托“萼绿仙子”即畹华，写其明艳之美。接着，情绪急转：“华鬘、梦寻难”，《天女散花》最后一场戏《散花》中有天女念诗道：“众生眼病见狂花，花发花残病转加；悟得华鬘非我相，不妨游戏净名家。”[2]“华鬘”原出自梵语，即花鬘，为颈上、身上的鲜花、璎珞装饰。一切如梦般难寻难再，现实却是“当歌掩泪十年间”，从辛亥鼎革至今，倏忽间已近十年，听歌观舞不过是“一晌贪欢”，掩不住

1　秦玮鸿校注：《况周颐词集校注》，上海古籍出版社2013，第417页。
2　况周颐著：《梅兰芳回忆录》（下），东方出版社2013，第460页。

的是“鬓雪如许”“几朱颜”的伤心泪，“文园鬓雪”用司马相如病居茂陵事。“缟袂重认，红帘初卷”，笔触回到舞台，“怕春暖也犹寒”，1920 年梅兰芳沪上演出是在春夏之间，原本是“春暖”美好的季节，然而，中国社会处于四顾茫然的混乱萧飒中，“四海变秋气”，遗民们的心情弥漫着“怕”与“寒”。“乍维摩病榻”三句，明确点出《天女散花》剧。

第二叠，换头“丝管赚出婵娟”转写《嫦娥奔月》。“珠翠照映，老眼太辛酸”，嫦娥靓丽，对照之下，老眼却辛酸，于是蕙风出离该戏，直接抒发美好是短暂的，如梦般恍惚，“栩蝶须还”用《庄子·齐物论》“庄周梦蝶”典。尊前香南遍写，转瞬却是畹华将别，“道人作虎山之游，避之”，况周颐号“秀道人”，竟不忍“目断关山”的离别而避之。

第三叠，“念我沧江晚，消何逊笔，旧恨吟边”，杜甫《秋兴八首》其五尾联“一卧沧江惊岁晚，几回青琐点朝班”，伤老大、忆往昔，“何逊”为南朝梁代诗人，八岁能赋诗，杜甫对其颇推崇，然一生仕途不得志。姜夔词《暗香》有“何逊而今渐老，都忘却、春风词笔”的感叹，蕙风在此兼用杜工部、姜白石诗词意。“未解清平调苦，道苔枝翠羽信缠绵”“清平调苦”指蕙风为畹华创作了 21 首《清平乐》，词序云“庚申（1920 年）春暮，畹华重来沪滨，叔雍公子赋此调赠之，余亦继声，得廿一解，即以题《香南雅集图》，博吾畹华一粲。”姜夔词《疏影》起句“苔枝缀玉，有翠禽小小”，梅兰芳书房取名“缀玉轩”出自于此。姜夔《暗香》《疏影》皆是写梅花的名篇，常州词派解读为寄托之作，蕙风借此写畹华、述缠绵，颇为契合。“剧怜画罨瑶台”几句，《奔月》剧情有：后羿因王母娘娘请赴瑶池群仙大会，被众仙友灌得酩酊大醉，把娘娘给的仙丹灵药给了妻子嫦娥，嫦娥偷吃了灵药升天，然而，结局却是“当年深悔偷灵药，碧海青天夜夜心”（李商隐诗），蕙风在此以“争遣愁千万”“谁与诉”等句，双重笔意，既写嫦娥更写自身的愁绪清寒，结句以“梅”“兰”归结于梅兰芳。

《戚氏》是朱祖谋替畹华索赋此调，才华横溢的周颐援笔立成，虽是应酬之作，但或许蕙风编入《修梅清课》时有过修订。无论如何，由上可见，蕙风词笔介乎离合之间，既表达了对畹华的深情厚谊，同时又借畹华之酒杯浇胸中之块垒，感怀新愁旧恨，为蕙风咏梅词佳作。此首还刊于《小说月报》第 11 卷第 9 号，1920 年 9 月 25 日（旧历八月十四日）“文苑”版中。

又，1920年“香南雅集”之后，蕙风编定了词集《秀道人修梅清课》，收录52首，于1920年11月以仿聚珍版印行。该词集颇为况周颐本人以及当时的文人墨客看重，堪称蕙风词晚年代表作，如今却阒然无闻。《况周颐先生年谱》载：“据先生赠赵尊岳《修梅清课》扉页上之手书题识：‘畹华别后，八易蟾圆，清课印成……十册寄吾畹君也。庚申嘉平几望 秀道人题记’。”[1]可见，况氏曾寄赠《修梅清课》十册予梅兰芳。当年况周颐的词学为世宗尚，能够得到他的题词，甚为荣幸。清末民初词学家邵瑞彭曾赞叹云：“蕙风词竟夕朗吟，使哀云夜裂，海水不流，平生所低者无过此翁矣。”[2]赵尊岳《蕙风词史》曰：“其时先生名噪王城，都人士多以乞得一词为幸。”“时先生客沪，大人之求题以为增重者益夥。”[3]《况蕙风先生外传》亦云：“而世之求先生词者，趾踵日接，无不工胜卓绝，匪言可喻。”[4]《修梅清课》为况老的倾心之作，梅兰芳能够得到如此大力揄扬，足以增光添彩。另一方面，遗老周颐对梅郎的痴绝，除了真心赏爱而外，亦不能不谓是一种家国之痛的变相寄托，是一种追寻前尘旧梦的长歌之哭（详见下一章）。

朱祖谋

民国期间，况周颐与朱祖谋于沪上曾经一度比邻相望，过从甚密，几乎日日相见，或酬唱往复切磋词艺，或因梅兰芳而相邀观戏雅集。张尔田、赵尊岳以及《梅讯》都曾记载过朱、况观看梅剧时的当场戏题，如1920年4月14日《梅讯》：

《彩楼配》系正宗衫子戏，畹华步武唱白，各极其妙。

况君倾倒畹华，历谱诸词，均散见《二云》《菊梦》《餐樱》词中，久别重逢，益抒妙绪。朱君因调侃之，□《浣溪沙》一句曰“恨不将身变叫花”，因《彩楼配》小生为叫化者，况君立应曰：“天蟾咫尺比天涯，可怜尔我不如他。”

1 郑炜明、陈玉莹：《况周颐年谱》，齐鲁书社2015，第456页。
2 《赵凤昌藏札》（第6册），国家图书馆出版社2010，第140页。
3 赵尊岳：《蕙风词史》，《赵尊岳集》（叁），凤凰出版社2016，第1072、1080页。
4 腹痛：《况蕙风先生外传》，《申报·自由谈》民国十五年（1926年）8月28日。

闻者均失笑。换头，况君是日会赴龙华观桃花，因曰：“今日桃花输艳丽”。梅、况本世交，复有过从之好，朱因接语曰：“明朝蓬壁有光华”，歇拍曰：“万分无奈且归家”。名士风流，洵可为歌场生色。

1920年梅兰芳沪上演出，地点在天蟾舞台，首演是《彩楼配》，朱、况捧场观戏频繁，且出口成句，调笑戏谑，名士风流可见一斑。前文已述，赵尊岳提到他家惜阴堂的“香南雅集”时，两次皆云：况周颐作《戚氏》，朱祖谋作《十六字令》三首。《梅讯》1920年5月15日则记载，昨又见秀道人词，亟录之：

叔雍谓余宜为畹华作《莺啼序》，辄以《十六字令》应之，或者《莺啼序》之喤引也。

梅，真向百花头上开。琼枝秀，只合在瑶台。

兰，旧约湘皋澧浦间。花知否，得似素心难。

芳，非雾非烟枉断肠。东风里，唱彻莫难忘。

《梅讯》这三阕《十六字令》收在况周颐词集中，并不见彊村之作，如今，所见朱祖谋为“香南雅集”的题咏共三首，如《清平乐》（何诗孙为梅兰芳北归画卷征题）：

残春倦眼，容易花前换。萼绿华来芳畹晚，消得闲情诗卷。　天风一串珠喉，江山为祓清愁。家世羽衣法曲，不成凝碧池头。[1]

上片点出畹华来沪季节是残春，虽然春芳已晚，梅兰芳的歌舞总能为他们消得几许闲情诗意。下片赞赏畹华珠喉羽衣之才艺，如此美好的歌舞法曲，可暂时为他们祓去江山家国的清愁，忘却“凝碧池头”的不幸和悲愤。“凝碧池头”是遗民常用典故：唐代“安史之乱”爆发后，安禄山称帝，于皇宫的凝碧池畔，大宴宾客，庆祝胜利，召集乐工为其演奏。这些乐师曾经是唐玄宗的梨园子弟，与玄宗感情深厚，如今不得已为逆贼演出而“相对泣下”，

1　朱孝臧著、白敦仁笺注：《彊村语业笺注》，浙江古籍出版社2016，第376页。

其中一位乐师雷海清不肯演奏，摔掉琵琶，西向恸哭（唐玄宗避难的方向），结果被惨烈肢解。当时诗人王维被囚禁在菩提寺中，听闻此事，悲慨作诗“万户伤心生野烟，百官何日再朝天。秋槐叶落空宫里，凝碧池头奏管弦”。要之，“凝碧池头”一典既表明世事变乱、国破家亡，又表达了乐工雷海清以身殉主的气节，以及大诗人王维对唐王朝的忠爱。是故，遗民们好用此典便不难理解。

此外，还有《浣溪沙》（和病山、蕙风即席之作）二首（见附录二），虽未明确提梅兰芳，实际上是观畹华剧后作，不赘。

陈三立

《题雅集图》诗（绝句四首）[1]

羊车犹认旧丰神，飞上歌声走万灵。
一自看花崇效寺，至今魂断牡丹亭。

屡舞翩跹广袖垂，落花天气散花时。
维摩五蕴皆空尽，缘觉声闻赖总持。

阳城下蔡寻常耳，凝雪神人恍见之。
曾醉麻姑一觞酒，二分明月在瑶池。

海外楼台叶下亭，云林高致托丹青。
黄钟谱出贞元乐，累我人间掩泪听。

第一首，“羊车”二句：《晋书·卫玠传》“总角乘羊车入市，见者皆以为玉人，观之者倾都”，以美男子卫玠指代梅兰芳，表明沪上观赏兰芳歌舞，其丰神、歌声依旧。“一自”二句：京城崇效寺以花卉著称，晚清民国时期尤以牡丹花闻名，清遗民易顺鼎 1913 年作有《崇效寺看牡丹四绝句》等诗，

1　李开军：《陈三立年谱长编》，中华书局 2014，第 1226 页。张斯琦：《梅兰芳沪上演出纪》（下编·梅讯），中西书局 2015，第 39 页。

其一："炀帝曾偕后主看，一时秋菊与春兰。书生也占人间福，看过梅花看牡丹。访歌郎梅兰芳后始来看花，兰芳性情孤冷，与梅无异。"其三："四十余年泪几行，洒来人世吊兴亡，即空即色都参透，愿对花王礼梵王。花王无语，空王亦无语，奈何！"[1] 诗中既关联梅兰芳，亦抒兴亡之感。1920 年梅兰芳沪上演出《牡丹亭·游园惊梦》三次，故伯严联想曾经于京城的观花听戏，至今让人"魂断"。又，陈三立与易顺鼎为世交。

第二首，咏《天女散花》。上文已提到伯严、古微曾为未能一观《天女散花》为恨，畹华最终让他们一了心愿。"屡舞翩跹"二句，《散花》中的绸带舞是畹华反复设计练习的新编舞蹈，舞姿极美功夫极深，主要表现在《云路》和《散花》两场戏中。"维摩"两句点出此戏本自佛教经典《维摩诘经》，维摩示疾，广为说法：四大本空，五蕴非有，希望众生都能"照见五蕴皆空"，获得般若智慧。

第三首，咏《麻姑献寿》。"阳城下蔡"典出宋玉《登徒子好色赋》，写天下佳人"东家之子""嫣然一笑，惑阳城，迷下蔡"，使楚国的公子王孙都被迷惑（"阳城""下蔡"两地均为楚国贵族封邑）。前二句写"惑阳城，迷下蔡"者与剧中的梅兰芳相比，不过普通平常耳，畹华的美貌让人恍若见了冰雪神仙。后二句写畹华所演《麻姑献寿》一剧：三月三日，瑶池金母寿辰，开设蟠桃会，百花、牡丹、芍药、海棠四仙子，特邀麻姑同往祝寿，麻姑在绛珠河畔以灵芝酿酒，献寿于金母，欢宴歌舞。

末首，伤怀。前二句点题，称赞雅集图的丹青高致。后二句用"贞元乐"典故。公元 785—805 年为唐代贞元元年至二十一年。诗人刘禹锡在贞元中曾任郎官御史，后因王叔文党人案被贬，二十多年后才以太子宾客的身份再次入朝，因感念今昔，作《听旧宫中乐人穆氏唱歌》"曾随织女渡天河，记得云间第一歌。休唱贞元供奉曲，当时朝士已无多"。这一感喟人事代谢、世事沧桑的诗歌，深深触动清遗民，于是使用频率甚高[2]。散原诗结句"累我人间掩泪听"，懂得刘诗典故便可理解其中的伤怀感时之情之意。

以上四首《题雅集图》诗，目前收录陈三立作品最多的《散原精舍诗文

---

1 易顺鼎著、陈松青校点：《易顺鼎诗文集》（二），湖南人民出版社 2010，第 1118 页。

2 参见潘静如《清遗民话语系统与清遗民现象——以"贞元朝士"为例》，《文艺理论研究》2018 年第 2 期。

集》《散原精舍诗文集补编》均未收。《散原精舍诗文集》中“存目”有《香南雅集图跋》，可惜只是存目，《梅讯》中亦未见刊载图跋。

陈三立、朱祖谋在民国文化界皆德高望重、德才兼备者，他们都是“五零”后，年岁接近，所取名或字号皆有深意存焉。陈氏名“三立”，即《左传》中“太上有立德，其次有立功，其次有立言”之“三立”；字“伯严”，因其出自传统“诗礼”之家，有“幼承庭训”式的严格家教；号“散原”，与戊戌变法失败后，其与父母在南昌的西山下筑庐而居有关，西山在《水经注》中被称为“散原山”，与标榜“遗世独立”的道教有一定关联。[1]朱祖谋原名孝臧，字藿生，一字古微，号沤尹，又号彊邨。“‘古微’取自《公羊传》句，‘朱，古微国也。’《书经·商书·微子篇》：‘微，国名。子，爵也，名启，帝乙长子，纣之庶母兄也。’周公旦将商旧都封给微子及其后代，建立了宋国，都商丘。朱氏的父亲曾宦商丘一带，朱氏幼时便随侍宦署。《微子篇》中载微子‘痛殷之将亡’，数谏不纳。朱氏以微子自况，故取该号。”[2]“彊邨”是当年白居易所盛赞的地方，《山海经》古图之上，尚可查到“彊邨”一名相近的地标，沈曾植、王国维等清遗民还将“彊邨”投射了文化想象（详见余论）[3]。可见，他们所取字号都有文化地理背景和立场。对于他俩的人格才华，几乎同时代的新旧两派人物都评价甚高，梁启超亦曾盛赞伯严、古微是晚清以来诗、词两大领域的宗师：

荷庵[4]此次归来，为言古微、伯严两君有凤翔千仞之概，白爵然不滓之志，相与低徊于其为人，而还求其故，则皆有所主而已。古微举天下之美，不以易词；伯严举天下之美，不以易诗。古微、伯严无所往而不得诗词，故常有以自乐，诗词可以致伯严、古微不朽，故常有以自信，而其卓然自拔于流俗者，则亦在此矣。[5]

1 参见姜晓明《谈钱基博〈现代中国文学史〉的书写方式》，中有“文学家的姓名、字号、籍贯和家庭出身”，《南京师范大学文学院学报》2010 年第 1 期，第 157 页。

2 参见姚达兑《（后）遗民地理书写：填词图、校词图及其题咏》，《山东科技大学学报》2013 年 4 月，第 57 页注释①。又，司马迁有《史记·宋微子世家》。

3 参见姚达兑《（后）遗民地理书写：填词图、校词图及其题咏》，《山东科技大学学报》2013 年 4 月，第 66 页。

4 “荷庵”即汤叡（1878—1916 年），字觉顿，号荷庵，1894 年入万木草堂就读，后问学于梁启超十余年，两人为知交师友。1916 年荷庵在反袁世凯称帝运动中，不幸于海珠事变中死难。

5 丁文江、赵丰田：《梁启超年谱长编》，上海人民出版社 2009，第 459 页。

"有凤翔千仞之概""卓然自拔于流俗者""诗词可以致伯严、古微不朽"等言，是对他俩品行（立德）和诗词（立言）的崇高评价。

沈曾植

《题雅集图》诗（绝句四首）[1]

子野闻歌复奈何，江南只是落花多。
金刚香鬘人天眼，迴向维摩一忏摩。

阿母分明语阿鬟，通天台迥造天关。
汉皇合是真灵主，早付仙图五岳看。

肥水东流汉水流，暗香疏影遍南州。
如何第一霓裳序，不到姜家水磨头。

文字沧桑换劫波，尊前郑重缓声歌。
紫云回曲风吹去，会度西天梵衍那。

第一首，写观《天女散花》的感慨。首句中的"子野"为春秋时晋国乐师师旷的字。师旷目盲，善弹琴，辨音能力极强。然而"子野闻歌复奈何"，即使善听又如何呢？因为如今"江南只是落花多"，杜甫诗《江南逢李龟年》："岐王宅里寻常见，崔九堂前几度闻。正是江南好风景，落花时节又逢君。"关于此诗宇文所安《追忆》有云："这四行诗是回忆、失落和怅惘的诗：失去的过去，可以想见的、完全没有希望的将来。"[2] 沈培老所暗寓的不正是此意？失落怅惘、没有希望的人生，何以安顿？以歌舞、以佛经。后两句"金刚""维摩"是佛教的两部著名经典《金刚经》《维摩诘经》，这里既是点出梅戏《天女散花》，同时又何尝不是"迴向维摩一忏摩"，在萧索人生中以佛治心安心。

1 张斯琦：《梅兰芳沪上演出纪》（下编·梅讯），中西书局 2015，第 47 页。
2 宇文所安著、郑学勤译：《追忆》，生活·读书·新知三联书店 2004，第 8 页。

第二首，为《上元夫人》题咏。1920年梅兰芳沪上演出《上元夫人》四次，仅次于《天女散花》，该年5月16日《梅讯》载：“《上元夫人》昨日卖座极盛，预计三日可得万五千元。沈乙盦久不赴歌场，前日畹华见之，请往观《上元夫人》，乙盦亦首肯矣。”看来，沈培老应畹华的邀请，观看了《上元夫人》，上元夫人是中国古代神话中的仙女，名阿玉。该剧本事见《武帝内传》，汉武帝好求仙访道，一日忽有仙女现身，武帝特地斋戒沐浴，祈祷再拜，西王母见其意诚，乃使郭密香、许飞琼等四仙女陪同上元夫人下凡，在宫中与武帝宴会，且歌且舞，宴毕应武帝之求，授帝《灵光生经》《五岳真形图》。沈培老此首精要提炼了剧情。

第三首，清遗民诗词家多钟情南宋姜夔、吴文英词，此首处处关联姜白石。首句化用姜词《鹧鸪天》“肥水东流无尽期，当初不合种相思”，次句“暗香疏影”即指《暗香》《疏影》两词，是姜夔最为著名的吟咏梅花之作，这里指代梅兰芳，又，《疏影》历来被认为是白石哀伤宋室南渡，寄托家国情怀的作品。前两句表达梅兰芳南方之行的影响力并暗含作者的情感。第三、四句指姜夔又是音乐家，有自度曲《霓裳中序第一》，词序有曰“予方羁游，感此古音，不自知其辞之怨抑也”，[1]词中感叹浪迹飘零、多病幽寂的身世。沈氏此首巧妙地因梅兰芳联想姜词，暗寓自身的遭际与家国之感。

第四首，沈培老学问渊博浩大，又精通佛学，好以佛语入诗。首句中“劫波”原为梵语，译为分别时节。末句中“梵衍那”为国名，《大唐西域记》卷第一中记录有三十四国，其中即有“梵衍那国”，其都城在今阿富汗喀布尔市西约一百五十英里的巴米扬城[2]。第三句用典：《紫云回》曲，传说为唐玄宗梦中所听，醒后以笛吹奏并赐予梨园子弟，后世常用此曲咏仙乐或笛曲。要之，此首意在以文字话别沧桑。

再看沈曾植一首词作《临江仙》：

五十年来三世相，华胥梦里婆娑。神光离合洛灵过。天花原下落，休去老维摩。　　露电无痕仙影在，江南江北愁多。幽香小迟道人歌。梁尘千日绕，奈许袜尘何。[3]

1　夏承焘笺校：《姜白石词编年笺校》，上海古籍出版社1981，第5页。

2　参见玄奘、辩机原著，季羡林等校注《大唐西域记校注》，中华书局1985，第129-130页。

3　张斯琦：《梅兰芳沪上演出纪》（下编·梅讯），中西书局2015，第47页：子培先生以畹华留赠小影，复赋《临江仙》一阕，贻之。

1850年出生的沈曾植，从晚清至民国的半个多世纪以来，经历了几番沧海桑田的变乱，一切都如梦般婆娑虚幻，此即首二句之意。次三句，扣梅兰芳《天女散花》戏，既写畹华美如"洛神"，又点出剧目出自《维摩诘经》。《天女散花》不但新编的歌舞优美动人，舞台布景用电光也极讲究，并根据演出效果不断调整光色，以期达到最佳效果，下阕换头句"露电无痕仙影在"便是言此。姜夔有词曲谱集《白石道人歌曲》，其词《疏影》中有"昭君不惯湖沙远，但暗忆江南江北"句，沈词在此又藉白石咏梅暗扣梅兰芳，同时寓托家国情怀：舞台上人美、景美、光色美，勾起的却是"江南江北愁多"，祖籍江南嘉兴的沈曾植，生于长于北京，为京官数年，又迁任南方地方官数年，辛亥后，虽避居上海，却笃于故主，曾参与张勋复辟，其孤忠至诚，为传统文化圈所知所敬。末两句：美妙的歌声缭绕久远，然而"奈许袜尘何"？曹植《洛神赋》有"凌波微步，罗袜生尘。动无常则，若危若安。进止难期，若往若还"句，曹植此赋历来主要有"感甄说"和"寄心君王说"，在这首小词中"神光离合洛灵过""奈许袜尘何"，两次出现与《洛神赋》有关的句子，再联系首二句和暗用姜夔词等，沈氏念念故国的心声在有意无意间透露。

关于该词，张尔田《词林新语》（二）云："嘉兴沈子培居上海，十年不涉歌场。自畹华来沪，遂往观剧，并作《临江仙》一解，时人以为难能。"[1]以上诗词《沈曾植集校注》皆未收录。

如今名声不彰的沈曾植，实为中国近代有着国内外影响的硕学大儒，钱仲联介绍云"邃于旧学，经、史、音韵训诂、西北与南洋地理、佛、道、医、古代刑律、板本目录、书画、乐律、无不精通"[2]。其诗生涩奥衍，难以索解，是"以才学为诗"的登峰造极者。在他七十大寿时王国维有《沈乙庵先生七十寿序》，序中王静安对清朝三百年间学术之三变，以及在此基础上沈氏学术的继往开来作了精要的勾勒、至高的评价：

> 故国初之学大，乾嘉之学精，道咸以降之学新……今者时势又剧变矣，学术之必变，盖不待言，世之言学者辄依依无所归，顾莫不推嘉兴沈先生，以为

1　张尔田：《近代词人轶事附录》，《词话丛编》（第五册），中华书局2005，第4371页。
2　沈曾植著、钱仲联校注：《沈曾植集校注》，中华书局2001，第1页。

亭林、东原、竹汀者侔也……其视经史为独立之学，而益探其奥窔，拓其区宇，不让乾、嘉诸先生；至于综览百家，旁及二氏，一以治经、史之法治之，则又为自来学者所未及……先生复广之以治一切诸学。趣博而旨约，识高而议平。其忧世之深，有过于龚、魏；而择术之慎，不後于戴、钱。学者得其片言，具其一体，犹足以名一家、立一说。其所以继承前哲者以此，其所以开创来学者亦以此，使後之学术变而不失其正鹄者，其必由先生之道矣。[1]

学术天才王国维对沈培老的学识推崇备至。晚清民国大诗人樊增祥（详见第九章十章），也作有《乙庵先生七十寿序》，一向矜才使气的樊氏对沈曾植佩服得无以复加，认为自己有“七不如”乙庵者：

以言乎始基（指年幼的家庭背景、学习条件），吾不如也；以言乎学问，吾不如也；以言乎辞章，吾不如也；以言乎远略，吾不如也；以言乎宦绩，吾不如也；以言乎先见，吾不如也；以言乎遗逸，吾不如也。[2]

王国维是以学术立论推崇沈培老，樊增祥则是全方位地叹服，可见沈培老的非凡卓绝，然而，今人已鲜有知之者矣。

王国维

《清平乐》（庚申况夔笙太守索题《香南雅集图》）

蕙兰同畹，著意风光转。劫后芳华仍婉晚，得似凤城初见。　　旧人惟有何戡，玉辰宫调曾谙。肠断杜陵诗句，落花时节江南。[3]

此为1920年况周颐向王国维索题之作。一心一意钻研学术的王国维，虽然曾经研究中国戏曲，并撰成《宋元戏曲考》（后易名《宋元戏曲史》）等著，但他其实不怎么听歌观戏。张尔田《词林新语》（一）云：“海宁王静

1　《王国维手定观堂集林》（卷十九），浙江教育出版社2014，第502–503页。
2　程翔章、程祖灏：《樊增祥年谱》，华中师范大学出版社2017，第356–358页。
3　王国维著、陈永正笺注：《王国维诗词笺注》，上海古籍出版社2013，第578页。

安，朴学大师，间作小词，亦循苏、辛一流，不肯昵昵作儿女语。时客海上，梅子畹华方有《香南雅集》，一时名流，题咏藻绘，蕙风强静安填词，静安亦首肯，赋《清平乐》一章。”[1]王国维1916年2月自日本归国至上海，与沪上遗民多有交往，与沈曾植过从甚密，与朱祖谋、况周颐、张尔田、孙德谦等订交。该年，王国维应哈同之聘，任《学术丛编》编辑，况周颐时任《苍圣大学杂志》编辑，同隶属于哈同园，因此两人一度共事，王国维致罗振玉信中曾多次提及况周颐，如1917年8月27日信："夔笙在沪颇不理人口，然其人尚有志节，议论亦平，其追述湎阳知遇，几至涕零，文彩亦远在缪种诸人之上。近为翰怡（按：刘承幹）编《历代词人徵略》，仅可自了耳。”[2]道出了蕙风的志节和生活的窘困。又，《人间词话》中有三则评蕙风词，如"蕙风词小令似叔原，长调亦在清真、梅溪间，而沉痛过之。彊村虽富丽精工，犹逊其真挚也。天以百凶成就一词人，果何为哉！”[3]是深知蕙风的高度评价。

王静安此首《清平乐》首句点出况、梅名号：蕙风、畹华。又，屈原《离骚》"余既滋兰之九畹兮，又树蕙之百亩"，兰与蕙皆香花美草，得以同畹，指况、梅的交情。"劫后"一词，遗民们屡用于表达辛亥国变，"凤城"即京城，王国维在辛亥革命的前几年于北京学部任职，那时梅兰芳还是少年，"凤城初见"，或许见过畹华？此两句赞叹畹华风采依旧。下阕"何戡"，唐长庆时（821—824年）著名歌者，此处用刘禹锡诗《与歌者何戡》："旧人唯有何戡在，更殷勤唱渭城"，以何戡比兰芳，暗含感怀。"玉辰"本指天上宫阙，此指帝王宫殿，"玉辰宫调"于《新唐书·礼乐志十二》有载，大意是《凉州曲》本西凉所献，贞元初有乐工奏于玉辰殿，因号《玉辰宫调》，此处则指京剧，清宫帝后皆好皮黄。"杜陵诗句"即杜甫诗《江南逢李龟年》句，"正是江南好风景，落花时节又逢君"。要之，词中"劫后""旧人""玉辰宫""肠断杜陵诗句"等，抒发了强烈的世变时移的今昔之感。

王国维的学术大师地位无与伦比，众所周知，无需赘述。

---

1 张尔田：《近代词人轶事附录》，《词话丛编》（第五册），中华书局2005，第4370页。

2 王庆祥、萧立文校注，罗继祖审订：《罗振玉王国维往来书信》，东方出版社2000，第286页。按：况周颐为刘承幹编书是为了解决生计。

3 王国维著、徐调孚校注：《人间词话》，中华书局2009，第66页。又，王国维还有《题况蕙风太守北齐无量佛造像画卷》诗二首，见《王国维诗词笺注》，上海古籍出版社2013，第278–279页。

吴昌硕

《为畹华画梅》

明珠拂袖舞垂髫，嘘气如兰散九霄。
寄语词仙听子细，导源乐府试吹箫。
堂登崔九依稀似，月演吴刚约略谙。
赢得梅花初写罢，陪君蝉语立香南。[1]

"诗书画印"四绝的吴昌硕，有诗集《缶庐诗》《缶庐别存》等，今收入《吴昌硕诗集》中，其诗以真朴排奡胜。感叹"大雅谁扶持，斯文丧已久"，"桑田沧海任百变，不变此笔同彝钟"[2]的昌老，晚年多与名伶交往，梅兰芳、荀慧生曾拜其为师，向他学习作画。应畹华之请，昌老为其画梅兰图，况蕙风还曾戏语云："万一我求君画，未必若是之工且速，吾未见好德如好色者也。老缶亦为之轩渠。"（见《梅讯》1920 年 5 月 8 日）

此诗《赵凤昌藏札》中有昌老手稿，书法纵逸不羁，其中"子细"两字为原稿，也是清季士大夫"以古为徒"的表现。首联称赞梅郎的舞姿、气质。诗之手稿是给况周颐的，估计是应其所请而作，故颔联"寄语词仙"云云，是对蕙风的戏谑语。颈联化用上文所写杜甫诗"崔九堂前几度闻"，并点明观赏的畹华歌舞是《嫦娥奔月》。尾联扣题，即"香南雅集"为畹华画梅。

吴昌硕被誉为中国美术史上百年一遇，最值得敬仰的文人画家。夏中义著《百年旧诗人文血脉》一书，重新审视现代旧体诗及诗学大家，思考旧体诗词如何介入文学现代化历程。颇有意味又出人意料的是，全书以大画家吴昌硕的旧体诗开端，可见其诗别具一格的价值。陈三立称其"为诗至老弥勤苦，抒摅胸臆，出入唐宋间健者"。[3]

上述诗词既含有对畹华新编古装戏《天女散花》《嫦娥奔月》等的称许，如"维摩病榻，花雨催起""天花原下落，休去老维摩""落花天气散花时""素娥、

1　《赵凤昌藏札》（第 2 册），国家图书馆出版社 2010，第 141-142 页。又，张斯琦：《梅兰芳沪上演出纪》（下编・梅讯），中西书局 2015，第 40 页。

2　吴昌硕著、童音点校：《吴昌硕诗集》，华东师范大学出版社 2009，第 155、171 页。

3　陈三立：《安吉吴先生墓志铭》，《散原精舍诗文集》（下），上海古籍出版社 2003，第 1062 页。

暂缺能圆”“月演吴刚”等句，也有藉畹华的艺术一抒杜甫逢李龟年般的“天宝遗恨”，如“老眼太辛酸”“旧恨吟边”“江山为祓清愁”“堂登崔九依稀似”“肠断杜陵诗句，落花时节江南”等句。此外，斜阳、孤月、劫后、黍离、麦秀、荆棘、铜驼、义熙、甲子、凝碧池、贞元乐、江南落花等意象或典故，在清遗民的诗词中摇笔而来，成为他们共同的符号话语。

由上可见，“香南雅集”是非常值得书写纪念的文化盛会，题图诗词者高达四十余家，以上所举仅仅六例，便包含了学术大家沈曾植、王国维，诗词大家陈三立、朱祖谋、况周颐，绘画大家吴昌硕，如此高比例的文化大家因了年轻的梅兰芳而落笔走墨、题图赋咏，使得《香南雅集图》不仅成为近代梨园“梅派”艺术的纪实，具有极为重要的史料价值，同时也具有无比珍贵的文化学术价值。

“香南雅集”的文化意义

中国历史上文人名士的风流雅集，源远流长，绵延不断。早在西汉初就有以梁孝王刘武为领袖的“梁苑（园）之游”，文坛名宿司马相如、枚乘、邹阳等参与其间，今存辞赋、文章12篇，数量虽不多，却是历史上第一次文人群体性的文学创作活动。魏晋间以曹丕、曹植为首，“建安七子”为主力的“邺下之游”，丝竹并奏，仰而赋诗，奠定了后世各种雅集的基本模式：“在一个相对独立的空间中，身份相近之士人以文会友，在琴棋书画、诗酒风流中体味身心之逍遥。”[1]西晋权臣石崇于其洛阳金谷园中时常与潘岳、刘琨、欧阳建等人徜徉其间，吟诗作赋。元康六年（296年）为征西大将军祭酒王诩践行的“金谷园雅集”，凡三十人，昼夜游宴，鼓吹递奏，各赋诗叙怀，不能者罚酒，诗大都未流传下来，幸有《金谷诗叙》（见《世说新语·品藻57》）传世，其中有“感性命之不永，惧凋落之无期”的感叹。“金谷园雅集”对半个多世纪后的“兰亭雅集”影响甚大。

“兰亭雅集”在历史上最负盛名，东晋时期王羲之、谢安、孙绰等四十二

1　李昌舒：《文—官与雅集：士人身份及其审美趣味之考察》，《文艺研究》2014年第9期，第144页。

人于“永和九年（353年），岁在癸丑。暮春之初，会于会稽山阴之兰亭，修禊事也。”与会者二十六人作四言、五言诗，未作者依“金谷园雅集”之规罚酒。曲水流觞，赋诗饮酒，不无风雅。王羲之汇集了全部诗作，并挥毫留下了传世名篇《兰亭诗集序》，表达了“既喜而复悲”之情，酣畅之余，亦不无伤感。从此，雅集成为文人活动的经典形式，成为一种文化传统，层出不穷。

北宋的“西园雅集”非同寻常，几乎囊括了当时京都的文坛精英。元祐时期，年过半百，经历了“乌台诗案”的苏轼，迎来了他仕途人生的高峰期，在此期间，苏轼的密友，驸马王诜（1036—约1093年）作东，苏轼、苏辙、苏门四学士、李公麟、米芾、李之仪等十六人，雅集于王诜的西园。据说好古博学、精于画马绘人的李公麟作《西园雅集图》，以书画闻名的米芾，亦善文，作《西园雅集图记》，虽说至今此“图”此“记”真伪莫辨，仍然是谜，但结合后世的图与记而知：画中之人或捉笔而书（苏轼），或执卷观书（苏辙），或袖手侧听（秦观），或打坐问禅（圆通大师）……栩栩如生、各肖其形。画中人物奇才英杰荟萃，风雅绝俗，令后人无限景仰，成为人物画家的一个常见画题，亦成了文人笔下与“兰亭雅集”媲美的文化事典，影响深远。

元末的“玉山雅集”也颇为著名，由昆山名士顾阿瑛筑“玉山草堂”召集举办，成为元末乱世中文人才士逍遥林泉的文化活动中心。[1]此外，明、清以迄近现代，文人雅集依然不绝如缕，已形成一道独特的中国传统文化景观，具有极大的历史价值、艺术价值、文化价值。

以上关于文人雅集传统的回顾，对于我们理解“香南雅集”及其绘图题咏建立了历史文化背景，基于此，我们可从以下两个方面来探讨“香南雅集”在民国——这一特殊时期的文化意义。

雅集之“雅”

如上所述，雅集是士人文化的产物，与古代士大夫阶层的雅文化息息相关，“雅”也是士人特有的审美趣味和精神境界，落实在雅集中，是以山水庭园、

1 以上参见胡湛《中国文人雅集传统专题》，《中国书法》2016年7期。又，么书仪《元代文人心态》第七章《“世纪末”的享乐主义——玉山草堂文人的狂欢》，人民文学出版社2013。

诗词歌赋、琴棋书画、金石香茶等为主要内容的聚会、游赏、交流，同时也是“建立于参与者对自身文化身份的自我认同需求之上”，“重点并非通过何种‘雅’的主题进行，而是所‘集’之人为谁，即代表着精英文化的士人群体往往是这些雅集的灵魂所在”。[1]在这样的雅集中不是没有歌儿舞女参与，但他们只是献艺助兴者，绝不可能成为主角。

“香南雅集”则主要因梅兰芳而起，“憔悴沪滨佳会好，满堂豪翰尽忘年”（《梅讯》1920年5月13日），围绕青年畹华的都是忘年之交，是前清士大夫阶层的“豪翰”，此“豪翰”非指官位，而是指个个才学超群，他们为畹华摹山范水、描梅画兰、题诗作词，正是传统雅集之“雅”的题中之义。然而，京剧名伶梅兰芳，风华正茂，冉冉上升，是一个大众明星，京剧是从民间“乱弹”中脱颖而出的“俗剧”，以其生新鲜活的民间气质取代了士人贵族钟情的高雅“昆曲”。无论如何，梅兰芳应该与古代传统雅集中的士大夫相距甚远，可是，为什么那么一批大家、名家级别的文化遗老再三与之雅集欢会，为其绘画题咏，不亦乐乎？这当然与民国时期伶人的地位已经发生了根本性变化有关，尤其是才艺出色的名伶，已经从昔日的“贱民”上升为众人艳羡的“明星”，“旦角上升为明星，是20世纪初中国社会变革中的一个惊人事件”，“这种文人与旦角之间的新关系的文化基础在于‘雅’”。[2]确实，梅兰芳内在与外在的“雅”质是关键因素。

上文中孙德谦之《雅集图序》，开端便以“郢中白雪”典来表明畹华之雅。当时的梅兰芳虽然年轻，但他是在传统印迹甚深的梨园世家生长的，他的祖父梅巧玲有“焚券”与“赎当”之义举[3]，侠义蜚声、深受赞叹，于此家庭成长的梅兰芳，无论是品性还是艺术都是比较传统的，他终其一生的艺术追求都一直在坚守传统与稳健改良中间寻找平衡。我们不否认遗老们追捧梅兰芳有“捧角”的成分，除此而外，更有传统文化观念、审美趣尚相近等多方面的因素。“豪翰”们并不认为梅兰芳是“通俗文艺”的代表，《梅讯》中载有缀玉轩秘书长李释戡谈戏之言，有云：

---

1 邓琦：《“雅集”在清末民国时期的语义流变》，《美术观察》2019年6月，第59页。

2 叶凯蒂：《从护花人到知音——清末民初北京文人的文化活动与旦角的明星化》，《北京：都市想象与文化记忆》，北京大学出版社2005，第121、124页。

3 参见《梅兰芳回忆录》，东方出版社2013，第18–20页。

剧场所以寄最高尚之遐思，与最优美之观念，以引人入于高尚者也。……或有谓戏为通俗教育，处处宜根据此说者，不知观剧者之程度亦有阶级，能买座观畹华演剧者，其人当已受教育，初不必自通俗始，知真正通俗教育之戏，只可使普通者扮演之，售价亦不能尔许之昂。[1]

显然，李氏认为，梅兰芳是高尚之遐思，优美之观念的寄托者，是为受过教育的阶级而演出，并非通俗一路者。又，许姬传谈梅兰芳与《黛玉葬花》时有如下一段：

有人问："梅兰芳并非诗人，何以他扮演的林黛玉有诗意？"

我答："他从少年时起就和罗瘿公、樊樊山、陈师曾、李释戡等朝夕相处，从潜移默化中改变了气质，既有诗意，又无内行习气。"[2]

可见，梅兰芳身上确有一种高雅的诗意的文化气质，这种气质又是与他青少年时期所交往的对象、所处的文化场域密切相关。

此外，我们从新派名人的批评中也能反观梅兰芳及其戏曲的定位。田汉《中国旧戏与梅兰芳的再批判——梅兰芳赴俄演剧问题的考察之一》中引黄素文章云：

陈石遗送梅兰芳的诗："一世名流总附君"这句诗……把梅兰芳的阶级性一语断定了。石遗老人自是名流之一。其他的，像樊增祥、易实甫、程颂万、陈小石、冒鹤汀、李拔河、况夔笙、况又韩，不是遗老，便是遗少，总可算伟然大观。[3]

鲁迅《略论梅兰芳及其他》曰：

梅兰芳不是生，是旦，不是皇家的供奉，是俗人的宠儿，这就使士大夫敢

1 张斯琦：《梅兰芳沪上演出纪》（下编 · 梅讯），中西书局 2015，第 23 页。
2 许姬传：《梅兰芳与〈黛玉葬花〉》，《许姬传艺坛漫录》，中华书局 1994，第 98 页。
3 田汉：《漫说梅兰芳》，大象出版社 2009，第 11 页。

于下手了。……他们将他从俗众中提出，罩上玻璃罩，做起紫檀架子来。教他用多数人听不懂的话，缓缓的《天女散花》，扭扭的《黛玉葬花》，先前是他做戏的，这时却成了戏为他而做，凡有新编的剧本，都只为了梅兰芳，而且是士大夫心目中的梅兰芳。雅是雅了，但多数人看不懂，不要看，还觉得自己不配看了。……他未经士大夫帮忙时候所做的戏，自然是俗的，甚至于猥下，肮脏，但是泼剌，有生气。待到化为“天女”，高贵了，然而从此死板板，矜持得可怜……

然而梅兰芳对记者说，还要将别的剧本改得雅一些。[1]

梅兰芳的社交活动相当广泛，新旧两派、中外人士都能成为他的朋友圈，但真正对他的戏曲艺术产生极大影响的还是传统士大夫的雅文化——如上两段所批评的“不是遗老，便是遗少”“士大夫心目中的梅兰芳”，正因如此，他曾遭到了新文化健将们的激烈批评。实际上，梅兰芳之“雅”是先天的容貌与后天的熏陶相得益彰的，他的形象气质雍容华贵，雅致脱俗，特别契合神仙贵姬之类，为此，替他编新戏的齐如山、李释戡等人，深谙梅氏，故取材多是：

像吴宫的西施、楚宫的虞姬、汉宫的上元夫人、魏宫的洛神、唐宫的太真、月宫的嫦娥、天宫的麻姑、大观园（变态的清宫）的林黛玉、袭人、晴雯，大都是帝王家的美人。梅兰芳所扮的必是美人。美人出产地必在深宫。用皇家的华饰烘托着美人的名贵。为着梅郎可也是为着皇家！[2]

无论是爱护者还是批评者，都把梅兰芳视为“士大夫心目”中高贵、典雅的代表。虽然不能说一世名流为着梅郎“可也是为着皇家”，但可以说，为着梅郎可也是为着自己，为着自己的雅士趣味和审美认同。孙德谦《雅集图序》的表述显示了作者的古雅才学，然而，这不仅仅是他一人一己的表述和心声，而是以古雅的方式为他们这帮固执坚守着传统文化的“共同体”代言。他们遭遇沧海巨变，又处于人生的夕阳暮景，游宴之欢，能有几何？他们围绕着梅兰芳欢会雅集，一方面是年轻的畹华在演艺道路上正奋力迈进，需要

1 鲁迅：《花边文学》，人民文学出版社 1973，第 128 页。
2 田汉：《漫说梅兰芳》，大象出版社 2009，第 13–14 页。

结交各方人士捧场，另一方面也是“一世名流总附君”，梅君兰芳，品貌俱佳、德艺双馨，被他们视为“美”与“雅”的“男神”，成为他们交相欣赏爱重之人，由此同好而成为一个想象的共同体，并通过维系他们文化命脉的古典图籍和诗词方式，见证和象征他们不合时宜的“异托帮”[1]。同时，还借助现代传媒《申报》等，扩张声势、扩大名气，一方面为梅郎，另一方面又何尝不是满足参与者对自身文化身份的想象与认同。[2]

遗民图籍及题咏之风气意义

“遗民”一词在当代语境中充满过时怀旧的气息。上文提到的《西园雅集图》成为了后人一再摹绘的文化标杆，也为遗民们提供了极佳的镜像，他们也一再通过绘图题图追摹前贤，获得彼此的认同，存留未来的追忆纪念。

《香南雅集图》最初虽是梅兰芳所请求，遗老们则一呼百应，欣然命笔。这种击鼓传花式的图籍题咏方式亦是渊源有自，有着历时性的互文意义。林立《沧海遗音：民国时期清遗民词研究》云：“当时请画师绘画校词图、填词图的风气颇盛，画成后又会邀请文友题咏。这些画作是词人自身的形象塑造，亦是文字以外另一种记录他们生平行事的方式。”[3] 林氏因为研究词，故专指填词图、校词图，实际上，不仅限于“词图”，除明遗民的《迦陵填词图》，清遗民的《彊村校词图》外，如《林文直公登岱图》《缀玉轩话别图》《上彊村授砚图》及其题咏等，都是比较有规模的图籍题咏活动。近十年来有少量关于图籍题咏活动（有别于单纯的题画诗词）的研究，视角新颖，史论结合，对于我们理解《香南雅集图》颇有助益[4]。

---

1 王标《空间的想象和经验——民初上海租界中的逊清遗民》（《杭州师范学院学报》2006 年 1 月）一文，用福柯的异质空间（或译异托帮）理论，将清遗民在上海租界里的尴尬生存概括为异质空间。

2 关于遗民们利用现代传媒的情况，参见刘洋博士论文《在民国：逊清遗民的文化心态与诗歌书写》，吉林大学 2012，第 72–75 页。

3 林立：《沧海遗音：民国时期清遗民词研究》，香港中文大学出版社 2012，第 141 页。

4 详见夏志颖《论“填词图”及其词学史意义》，《文学遗产》2009 年第 5 期。姚达兑三篇：《（后）遗民地理书写：填词图、校词图及其题咏》，《山东科技大学学报》2013 年 4 月；《清遗民的文化记忆和身份认同——林葆恒和〈讱庵填词图〉》，《民族艺术》2016 年 6 期；《民初清遗民的身份认同和文化想像——何维朴〈登岱图〉及其题咏研究》，《兰州学刊》2017 年 7 期。杨园园《晚清民国填词图题咏研究》，暨南大学 2018 年硕士论文。

康熙十七年戊午（1678年），明代遗民大汕和尚为陈维崧画《迦陵填词图》（一作《陈其年填词图》），陈氏将图带至京城，一时名流纷纷题咏，不仅如此，陈家几代人继续广征大江南北之名人参与，如朱彝尊、王士禛、毛先舒、纳兰性德、洪昇、翁方纲、蒋士铨、袁枚等都先后留下墨迹。[1]是故，该图及其题咏意义重大："见证了明之遗民的文字书写与行为书写……表现出遗民地理的政治学意义"，同时也"彰显了清词的复兴"[2]。这一填词图的渊源、流传和存在，在清遗民文化圈中众所周知，成为效法的榜样。

距《迦陵填词图》240年后，清遗民为朱祖谋作《彊村校词图》，共有四幅：第一幅1915年5月顾麟士画，有题记者沈修、题序者孙德谦、题赞者张尔田；题诗者顾麟士、郑孝胥、瞿鸿禨、陈三立、杨钟羲、罗惇曧、陈衍，以及题词者冯煦、陈曾寿、况周颐、林开謇等众多遗民。第二幅1916年何维朴画，题序者有沈曾植、王国维、秦绶章、叶昌炽；题诗者有章梫、袁思亮、陈宝琛等8人。第三幅由吴昌硕、吴待秋、王竹人三人合作，未知时间及内容。第四幅1925年吴昌硕再画，有题跋者宋文蔚、题序者黄孝纾；题词者劳乃宣、吴昌硕、程颂万等5人。彊村逝世后，其弟子龙榆生将诸题咏辑录附于《彊村语业》后，共有文章9篇，诗67首，词9首，作者达40余人，几乎将当时旧文化圈的名流"一网打尽"，可见彊村在传统文坛的地位和影响力。[3]众名家的题咏都表达了伤心入图、有乡难归等遗民多重的精神寄寓和悲戚情感，如"置身南北宋，手定众家词，中有衰兰泪，茫茫谁与知"（顾麟士）[4]；"眼枯倚杖莽扬尘，羸蹶刘颠老此身，指正九天遗一世，作痴谁泣校词人"（陈三立）[5]；"先生别有沧桑感，难写伤心入画图"（黄节）[6]；"天水匡山供痛哭，累公清泪助丹青"（诸宗元）[7]等。

---

1 详见夏志颖《论"填词图"及其词学史意义》，《文学遗产》2009年第5期。

2 姚达兑：《（后）遗民地理书写：填词图、校词图及其题咏》，《山东科技大学学报》2013年4月，第57页"摘要"。

3 关于《彊村校词图》，参见曾大兴《词学的星空：20世纪词学名家传》，河北人民出版社2009，第249–250页；姚达兑《（后）遗民地理书写：填词图、校词图及其题咏》；孙雨晨《清末民初士人的心灵书写史——朱祖谋〈彊村校词图〉题咏阐论》，《美术学报》2019年第1期。

4 《彊村校词图题咏》，见《清代诗文集汇编》第783册，上海古籍出版社2010，第825页。

5 同上，第826页。

6 同上，第829页。

7 同上，第831页。

此外，早于《彊村填词图》的还有《林文直公登岱图》及其题咏。宣统五年四月初八（1913年5月13日）佛诞日，陈三立宴请超社诸子，于上海樊园举行第四次雅集，为遗民林绍年（1845—1916年）游泰山饯行。林绍年晚清时曾以侍郎充军机大臣，清亡后居天津。此次雅集出席者瞿鸿禨、缪荃孙、沈曾植、沈瑜庆、樊增祥、梁鼎芬等都是遗民中的代表人物。何维朴于雅集时为林氏绘了一幅《林文直公登岱图》，征请社友题辞。林绍年去世后，其子林葆恒又请遗民同道追和，并辑成一册，于1937年影印出版（原作已佚）。林葆恒为何如此看重此图及题咏呢？一方面自然是可以藉此追念父亲，另一方面林绍年的形象又不仅仅是一个个体的遗民形象，他是一个群体的代表，题诗的遗民们，通过此图强化了他们的集体身份认同，表达了他们共同的心声，如"求死不得乃出游，登高望远翻百忧，公之于山盖亦奇，一览焉死万古愁？"（陈宝琛）；"世事于今非曩时"（林绍年）；"苍梧泣罢悲回风，掉头复向沧海东。平生游屐所未到，稍假山水开心胸"（吴庆坻）；"君臣之伦今已无，出门踽踽复跦跦"（樊增祥）；"公今与我皆遗老，老去更看人问鼎。由来五岳视三公，愧作人臣泪如绠"（郑孝胥）……[1]诗中多有江山易主、陵谷变迁的今昔之叹、凄苦之音，他们在彼此同声相嘘的情感联结中安置回不去的心魂，获得集体的认同与互慰。

以上绘图及题咏，既是艺术的、文学的、审美的，也是历史变局中清遗民的政治寓意和心灵书写（详见《余论》）。

法国学者让·鲍德里亚在《符号政治经济学批判》中认为，绘画不仅仅是一种被涂抹了的表面，同时也还是一个被符号化了的物，绘画的真正价值在于它的谱系价值，它的"出身"、签名，以及与它同一系列中其他作品相互作用所形成的光晕。[2]遗民们如此热衷于绘图题图，其价值意义何尝不是如此。

清遗民在20世纪初朝代更迭、改天换地的历史时期，以结社、修禊、宴会等方式，雅集不断，甚至变本加厉，是一种截断时空或者说超越时空的挣扎和象征。他们努力要在时间长河中留住那留不住的传统，有意无意地回顾不可逆返的过去，借助图籍和诗词确认自身特殊身份，构建属于自己的精神家园。《香南雅集》虽是以梅兰芳为中心的聚会，同时，更是遗民们接续了

1 详见姚达兑：《民初清遗民的身份认同和文化想像——何维朴〈登岱图〉及其题咏研究》，《兰州学刊》2017年7期。

2 参见让·鲍德里亚著、夏莹译《符号政治经济学批判》（第五章），南京大学出版社2009。

此前的图籍题咏之传统，藉文酒之会，寓尚友之意，以绘事以诗词宣示身份和文化，并聊以暂解海上之苦闷，一遣忧生念乱之情怀。

民国初期梅兰芳与沪上遗民文化圈的香南雅集，从有关报刊书籍、文献藏札的搜寻中历历可见，我们考述这段如烟往事的意义首先在于考察文化的历史事实。在新时代、新文化汹涌澎湃的洪流中，这一段史实几乎被湮没，通过我们的考察，可以看出这段历史是象征中国传统文化最后辉煌的夕阳晚照，无论是戏曲大师还是文化大家，以及他们的名作佳构、盛会雅集都是值得我们追忆、珍视和纪念的。其二，那些绘图题咏之作都是大家名家手笔，或有专集刻印，如况周颐《修梅清课》，或被编入诗词集中得以流传，如王国维词《清平乐》，更多的则是吉光片羽、散佚文献，有待搜集整理。这些诗词具有辑佚校勘、补充完善作家作品的意义，何况作者都是那个时代举足轻重的文化名家，是特殊历史时期他们日常生活和心灵世界的真实写照。其三，再次证明梅兰芳成就卓越艺术的文化之功。梅先生之所以能够成为一代大师，除了先天条件以外，与其青年时期就交往了一批有着深厚古典文化功底的硕学鸿儒有着密切的关系。他们对畹华的倾情帮助、诗词赞颂可谓不遗余力，既对年轻的梅兰芳成就声名起到了推波助澜的作用，更对梅兰芳的艺术成长、文化修养起到了至关重要的引领作用。然而，曾几何时，梅兰芳被批判封建旧戏的斗士们痛骂，斥责他在遗老遗少的包围下，终于成了"散"播封建意识的"天女"。在此，笔者只想以王尔德《道连·葛雷的画像》译本序中的几句话作结："十九世纪末叶，欧洲处于社会大变动的前夜，人心浮动，知识界分化的趋势加剧。在这个被称为'世纪末'的时期，欧洲文艺界一些富有才华的代表人物经历着深刻的思想危机。……王尔德曾经写下这样一段话'在这动荡和纷乱的时代，在这纷争和绝望的可怕时刻，只有美的无忧的殿堂，可以使人忘却，使人欢乐。我们不去往美的殿堂还能去往何方呢？'"[1] 对于这帮清文化遗民而言，又何尝不是如此？

1　王尔德著、荣如德译：《道连·葛雷的画像》，上海译文出版社 2011，第 5–6 页。按：生于 1854 年的王尔德与本书中的文化遗民正好是同时代人。

第 8 章

况周颐题赠梅兰芳“咏梅词”[1]

清课修梅五十词，何曾修得到梅知，不辞人说是梅痴。　　痴不求知痴更绝，万千珠泪一琼枝，华鬘回首我伊谁。

——况周颐《浣溪沙 · 自题〈修梅清课〉后》[2]

半生沉顿书中，落得词人二字。
十年穷居海上，未用民国一文。

被冯煦戏称为“况古人”的况周颐[3]，为清季词学四大家之一。辛亥鼎革后，于 1912 年移居沪上，以遗老自居，鬻文为活，崇古不苟。上引四句，为蕙风 1923 年病中自作挽联，短短二十四字，道出平生困顿与志节，寓示着以词人为憾，以不仕二朝为傲的复杂难言之心境。实际上，以词名世的况氏，十余年穷居海上的人生，是其词学创作的最后阶段，亦是其词艺精进，声名大盛之时。此阶段蕙风曾有百余首独特的“咏梅词”问世[4]，是遭遇三千年未

1　此章前三节曾以《一生心事付吟梅——清季遗民况周颐“咏梅词”论》为题，刊载于《中国文学研究》2016 年第 4 期。

2　况周颐著、秦玮鸿校注：《况周颐词集校注》，上海古籍出版社 2013，第 424 页。本章所引况周颐词作皆出自此校注本，后不另外出注。

3　况周颐，字夔笙、夔生，号秀道人、蕙风、蕙风词隐等，其一生的笔名、字、号颇多，各有来历寓意，参见王娟《况周颐词学文献研究》，广西师范大学出版社 2015，第 52–54 页。

4　况周颐咏梅词最初大多刊载于 20 世纪 20 年代的《申报 · 梅讯》。秦玮鸿校注的《况周颐词集校注》收录不计重出的“咏梅词”即《秀道人修梅清课》计 52 首，《申报 · 梅讯》刊载的未入集的“咏梅词”计 22 首（1920 年 3 首，1922 年 16 首，1924 年 3 首），其中 21 首已录入郑炜明、陈玉莹《况周颐年谱》（齐鲁书社 2015），况氏实际所作应有百余首。

有之变局，以家国之感托之于优昙伶人之作，为其晚年极为重要的作品，无论在内容上还是艺术上皆卓尔不群，超轶前贤，在当时的旧文化圈引发共鸣，赢得了热烈地追捧和效法，颇有号召力和影响力。然而，遗憾的是，在“革命”与“现代”的滚滚洪流冲击下，这些词作全被忽视了。

作为咏剧词的蕙风咏梅词

况周颐的“咏梅词”是指专为梅兰芳以及“香南雅集”等题咏的词作。

青年梅兰芳1913年第一次赴上海演出，一炮而红，在此期间，认识结交了一批沪上文化名人，况周颐即在此列，此后数年梅畹华多次再赴海上登台，他们的交往日深。1916年况周颐结集的《菊梦词》收录了11首咏梅词：《满路花》《塞翁吟》《蕙兰芳引》《八声甘州》《西子妆》《莺啼序》，以及《减字浣溪沙》5首。1920年梅氏第四次赴上海演出期间，遗民与梅兰芳有二次“香南雅集”，雅集中况周颐为梅兰芳题词最多，并于当年11月结集出版了《秀道人修梅清课》，共计52首，原《菊梦词》中11首悉数收入。1922年又有“香南三集”，虽然此次因老友硕儒或年高而逝、或多病未赴，已非当年的盛况，但亦留下了不少诗词题咏。1925年即蕙风去世前一年，蕙风应弟子叔雍的请求，自己精挑细选了120余首作品，编定《蕙风词》（按：此前蕙风也编定过同名词集），其中共选入12首咏梅词，《菊梦词》中11首再次全部选入，足见蕙风本人的看重，这些作品是其咏梅词中最具深意者，绝非泛泛之题赠。

况周颐题赠梅兰芳的咏梅词，目前共收集到75首（见附录二），这些作品并非题咏花草虫鱼之类传统的“咏物词”，而可归于“咏剧诗歌”一类。试看两首如下：

散花天女，仙袂飘飘举。最是殢人肠断处，帖地莲花曼舞。　茶烟禅榻萧然，三生怅望情天。我亦维摩病也，花飞不到愁边。（《清平乐》其八）

海国浓春滟滟，情人遥夜沉沉。风里点检坐寒衾，容易黑甜安稳。　惊梦谁教梦好，拷红怜绝红禁。散花无碍葬花心，长愿月圆花盛。（《西江月》其六）

青年梅兰芳新编古装歌舞戏《天女散花》《黛玉葬花》大受欢迎，此外，《牡丹亭·游园惊梦》《西厢记·拷红》也是畹华早期常演的传统剧目，蕙风听歌观戏后在词中或赞赏之或暗寓之。

况周颐12岁初学为词，19岁沉溺于词，晚年自称癖词50年，正如龙榆生所言“近代词人，致力之专且久，而以词为终身事业，盖无有能出周颐右者”[1]。这样一位大词家，在其人生的最后阶段写下为数不少的咏梅词，在当时脍炙人口，“饮井水者，庶咸知之”[2]，并引发了不少循声继音者，这是一个特别值得探究的文艺现象。既然这些咏梅词属于咏剧诗歌，那么，以下我们首先需要对学界关注不多的咏剧诗歌加以说明，在此基础上才能对蕙风咏梅词进行深入探讨。

学者赵山林最早对咏剧诗歌进行搜集整理，于1988年出版《历代咏剧诗歌选注》，并由此进行了筚路蓝缕的研究，对明、清、近代的咏剧诗歌及其价值等进行了论述。赵先生的选注本为广义的诗歌，包括诗560首、词48首、以及散曲小令少量，年限自宋金迄近代，这仅是历代咏剧诗歌的一部分。此后，学界对咏剧诗歌有了一定的认识和研究[3]。实际上，咏剧诗歌是以诗、词、曲的形式评点吟咏戏曲作家作品、戏曲表演及其活动、戏曲艺人及其交游，表达观剧感受、戏曲理论观念以及反映剧场内外的传播接受等等。咏剧诗词随着戏曲的发展演进而不断生成，宋元时期为数不多，至明清两代激增猛长，丰富多彩，这是戏曲历经了杂剧、传奇的繁荣兴盛，诗词体式日益完备且在清代趋于复兴，以及文人学士的社交娱乐方式等多种因素合力作用的结果。大量的咏剧诗词是中华艺术的瑰宝，不但具有重要的戏剧史料、戏剧批评、戏剧理论价值[4]，同时还“呈现出史学、曲学、文学的价值交融……从形式至内容、从文本体式至意趣指向，展现出中华历代诗坛、词坛、曲坛之风貌，以及诗学、曲学与词学的互动与融合”。[5]可见，咏剧诗歌的创作及研究都具有十分重要的意义。

---

1 龙榆生：《清季四大词人》，《龙榆生词学论文集》，上海古籍出版社1997，第463页。

2 腹痛：《况蕙风先生外传》，《申报·自由谈》1926年8月28日。

3 关于咏剧诗词研究，参见赵山林《咏剧诗歌的价值》《明清咏剧诗歌对于戏曲接受史研究的特殊价值》等；吴晟《从咏剧诗看诗歌与戏曲文体表现的宽度与限度》；罗恺文《清末民初咏剧诗词研究》（1840—1919）；王逸群《清代咏剧诗研究》等论文。

4 参见赵山林《咏剧诗歌的价值》，《中国典籍与文化》1998年第1期。

5 参见吴春彦《中华咏剧诗词的艺术生成与原真风貌》，《学习与实践》2014年第11期。

赵先生以广义的诗歌进行选注，但其选注的篇幅和研究的重点还是在于狭义的诗歌。至于词体文学，众所周知，在宋代到达高峰，元、明两代相对低落，清代则全面复兴，浩繁丰富，展现出新面貌，取得了新成就：作家群更为庞大，词派更为繁多，风格更为多样，理论更加繁荣……学者谢桃坊在《清代词学复兴述评》一文中就曾以清代黄景仁《金缕曲·观剧时演〈林冲夜奔〉》为例，说明观剧有感是清词在承续传统基础上开拓的新题材之一，体现了特定的时代文化氛围[1]。学者张宏生在《清词在词史上的新创与发展》一文中举王夫之《卜算子· 咏傀儡示从游诸子》，说明咏傀儡戏在诗歌中原已有之，但在词中吟咏则是新尝试。[2]两位专家虽然都是点到为止，但对清词研究的拓展深化都有着启迪指引作用。2012 年咏剧词的研究出现了许传霞的硕士论文《全清词（顺康卷）咏剧词研究》，据该研究保守的统计，《全清词·顺康卷》咏剧词涉及作家约 140 人，词作 340 余首，该论文末尾还附有“《全清词·顺康卷》咏剧词采录”。上述有关研究为后继者开启了道路。

况周颐咏梅词正是清词复兴、咏剧诗词激增大背景下的产物，因此，它首先具有咏剧诗词题咏伶人名角之才艺，抒发听歌观舞之感受等常规共性，由此可以观照梅兰芳的艺术和生活，反映京剧的蓬勃发展。此外，更为重要的则是：蕙风“以家国托之于畹华之一身”[3]，是一种家国之痛的变相寄托，是一种追寻前尘旧梦的长歌之哭，从中折射出那个天翻地覆的时代，一批清季遗民的生存状态、文化心态和家国情怀。

蕙风咏梅词的生成与特色

作为咏剧词的蕙风咏梅词，有其生成的内外原因并呈现出非同寻常的特色。首先，它的生成机缘主要有三个方面。

1. 京剧以及男旦艺术的蓬勃发展是况周颐创作咏梅词的条件。京剧于晚清民国繁荣昌盛，大致于 1917—1938 年达到高峰。在这一发展过程中，民初

1 谢桃坊：《词学辨·清代词学复兴述评》，上海古籍出版社 2007，第 291 页。
2 张宏生：《清词探微·清词在词史上的新创与发展》，上海古籍出版社 2008，第 51 页。
3 赵尊岳：《蕙风词史》，《赵尊岳集》（叁），凤凰出版社 2016，第 1093 页。

男旦开始逐渐取代老生的地位风靡剧坛，上海亦成为盛行京剧的第二大都市。出演旦角的梅兰芳应运而生、应时而红，尤其在上海的演出奠定了他的声誉地位。蕙风咏梅词主要创作于1916—1924年，正处于京剧的高峰期和梅兰芳风华正茂的成名期。

2. 况周颐与梅兰芳有着不解之缘。梅兰芳《舞台生活四十年》自述其第一次赴上海演出时认识了许多文艺界的朋友，如吴昌硕、况夔笙、朱古微、赵竹君等。或许这是梅兰芳与况周颐的交往之始（见第七章）。又，1920年4月14日《申报·梅讯》第14版有云："梅、况本世交，复有过从之好。"此外，再看《梅讯》的几条记载：

> 蕙风词隐知畹（按：梅畹华）至，必过访，已诵当年蓬荜生辉之语，畹亦定今午谒之。（1923年12月8日）
>
> 畹此遭以最精美之照相潢治成册，亲贻蕙风词人，蕙风感甚。闻声对影，天春楼（按：蕙风住宅）上必有新词为答也。（1923年12月17日）
>
> 况蕙风词宗每于畹华来必有投赠之作，前后已百余阕。（1924年1月8日）

可见，梅兰芳每到上海演出，他们之间都曾会面过访并相互酬赠。

3. 生活困顿、卖文为生。蕙风大量创作并刊载咏梅词于《申报》，除了真心赏爱力捧梅兰芳，并将"一生心事付吟梅"[1]之外，我们还不得不承认的一个原因是："未用民国一文"的蕙风，晚景凄凉，不善谋生，只能卖文鬻词赚取稿酬以养家糊口。况周颐因为与赵尊岳、赵凤昌的特殊关系，投稿《申报》能获取较为优厚的报酬，同时《申报》也需要况周颐的名人效应，可谓各得其美。

其次，就目前赵山林选注本（简称赵本）和许传霞辑录本（简称许录）所收咏剧诗词来看，蕙风咏梅词有其不同凡响、独具特色之处。

情感痴绝。在赵本和许本收录咏剧诗词中，主要以三类作品为多：一是"赠、寄、吊、挽×××"（伶人、歌者、剧作家）等；二是"观剧""观××剧""与××观剧""题××剧"等；三是"听歌（曲）""闻歌""听××度曲"

---

1 出自赵尊岳《减字浣溪沙·又韩属题蕙风师〈修梅清课〉手稿遗墨》："迢递人天第几回，小屏诗梦付残灰，一生心事付吟梅。断札不堪歌泪墨，新词忍与泛金罍，兰茎风味共低迴。"按：又韩即况又韩，况周颐之子。

等。蕙风咏梅词上述三类都不乏，然而，单独一位精英文人如此集中地大量地赠予一位艺人的咏剧诗词，就赵本、许录看来是绝无仅有的，如赵本中有赠“珠帘秀”的多首：王恽《浣溪沙》（赠珠帘秀）、关汉卿《南吕·一枝花》（赠珠帘秀）、冯子振《鹧鸪天·赠珠帘秀》等，都是不同作者的作品。清初著名词家陈维崧作咏剧词较多，许录中共计25首。陈迦陵与歌童徐紫云有一段情缘，曾在文人圈中广为流传。徐紫云，字九青、号曼殊，人称云郎。原为江苏如皋冒襄家歌童，于冒家结识陈维崧，后随陈归宜兴，又随至京师，先于陈七年殁，年仅三十二岁[1]。即便如此，陈维崧写给云郎的词作许录中仅见《满江红》（过邯郸道上吕仙祠，示曼殊，曼殊工演《邯郸梦》剧）一首。交游广泛的况氏也有题赠其他伶人的作品，如程砚秋、李雪芳、朱素云等，但都二、三首而已，蕙风在《浣溪沙·自题〈修梅清课〉后》有曰：

清课修梅五十词，何曾修得到梅知，不辞人说是梅痴。　　痴不求知痴更绝，万千珠泪一琼枝，华鬘回首我伊谁。

“清课”原指佛教徒日行的清修课程，后用以指清雅的功课。蕙风此命名与此自题，可见其对畹华情有独钟的痴绝以及所作咏梅词的独绝。

内容丰富。除了咏剧诗词常规的听歌、观剧、赞美艺人之作外，蕙风咏梅词涉及面更广，如《清平乐》组词中有不少表达别后对畹华的思念的：“不信相思从别后，看取泪痕襟袖”（其二）、“容易相逢轻别去，弹指二年前事”（其三）；为畹华业余爱好如佩白玉连环（其九）、种牵牛花（其十）、饲鸽（其十一）而作的。此外，还有题畹华画卷的（《清平乐》）；题赠畹华伉俪的（《西江月》其七）、为畹华祖母八十诞辰题寿词的（《五福降中天》），以《十六字令》分咏“梅”“兰”“芳”的，等等。试看《西江月》其七：

佳士襟情朗润，旧家培养深沉。梅花清到同衾，花底双鸳栖稳。（**畹华伉俪最笃，缶老为畹华夫人作“清到梅花”小印**）　　书画性灵微会，笺豪腕弱能禁。珠为咳唾锦为心，香国居然文盛。

1　此段轶事参见张次溪《清代燕都梨园史料·云郎小史》，黄濬《花随人圣庵摭忆·陈迦陵与歌童徐紫云》。

缶老，即吴昌硕。畹华夫人，此处指梅兰芳的原配夫人王明华，后因肺结核早逝。此词赞畹华夫妻情深。1920年4月30日的《申报·梅讯》有载："夔笙先生偶诵'几生亲得到梅花'句，忽曰：畹华夫人可以刻章曰'亲到梅花'，拟请吴昌老为之刻石云。"由此可见此词的创作缘起，以及蕙风与梅家非同一般的关系。

再看为梅兰芳爱好牵牛花而作的《清平乐》其十：

惜花心事，试问花知未。断井颓垣随处是，愁绝嫣红姹紫。　莫嫌老圃花寒，前身倘是朝颜。消得月中霜里，几回芳意深怜。（畹华爱牵牛花，手种多异品。）

梅兰芳喜爱牵牛花到痴迷的程度，在其回忆录中专门有一节谈道："我养过的各种花，最感兴趣的要算牵牛花了。因为这种花不单可供欣赏，而且对我还有莫大的益处。它的俗名叫'勤娘子'，顾名思义，你就晓得这不是懒惰的人所能养的。第一个条件，先得起早。它是每天一清早就开花，午饭一过就慢慢地要萎谢了。所以起晚了，你是永远看不到好花的。"[1]不仅如此，畹华在细细欣赏五彩斑斓的牵牛花时还联想到舞台上戏装的头饰和行头常要和谐配搭颜色的问题，并从牵牛花的色彩中得到了艺术审美的灵感和启发，于是越发对之珍爱有加。与此同时，牵牛花还引发了朋友们的兴致，大家竞相种植，相聚梅家，观摩汇展，甚至比赛评骘，成为当年"缀玉轩"的一大雅集盛会。为此，罗瘿公专门题诗《赋牵牛花》并有长序云：

梅郎兰芳剌取东瀛栽花之法，取牵牛花植小盆达数百器。……之数子日恒聚，聚时语必及牵牛花，时互往还，排日讌集……每一客至，梅郎必导观，要（邀）评骘。[2]

如此看来，畹华养花而能因花通艺，以花会友，已不仅仅是种闲情逸志了，

1　梅兰芳述，许姬传、许源来、朱家溍记：《舞台生活四十年——梅兰芳回忆录》（上册），团结出版社 2006，第287页。

2　罗惇曧：《瘿庵诗集》，中国书店 2008，第35–36页。

为此蕙风心领神会，付之楮墨，只是况老此词不写花儿的“嫣红姹紫”，却以“惜花心事”藉花表衰翁“愁绝”之意。

况蕙风之所以能够如此丰富地抒写梅兰芳的生活点滴，是与“梅、况本世交，复有过从之好”的关系分不开的，这些作品对于宣传舞台内外一个更加真实立体的梅兰芳，并成就青年梅郎之名声大有助益。

内涵深厚。咏剧诗词中生成于宴集欢会的赏评之作占了多数，蕙风咏梅词也较多属于社交场合的酬赠题咏。通常情况下这样的作品难以产生情真理足、精雕细刻的上品，况氏或许因此未把所有咏梅词编入集中，的确，其中免不了一些即席应酬甚至戏谑的作品，但《修梅清课》却是精心而为，多有意内言外的寄托之笔，时时流露出旧文化遗民的哀感顽艳之情，非寻常投赠之作可同日而语。

清中叶以来内忧外患纷至沓来，主盟词坛的常州词派以“比兴寄托”为大纛，影响达百年之久，直至民初。况周颐作为常州词派的最后一位理论家，同样推重词中寄托，以求气格之重，性灵之拙，旨趣之大。不仅如此，蕙风在常派前辈的基础上对寄托的见解更加通达、深刻，其《蕙风词话》卷五有云：

> 词贵有寄托。所贵者流露于不自知，触发于弗克自已。身世之感，通于性灵，即性灵，即寄托，非二物相比附也。横亘一寄托于搦管之先，此物此志，千首一律，则是门面语耳，略无变化之陈言耳。于无变化中求变化，而其所谓寄托，乃益非真。[1]

蕙风虽然强调寄托，但非“横亘一寄托于搦管之先”，而是“即性灵即寄托”，是故，蕙风在听歌观舞之际，觥筹交错之间，若有无端哀怨枨触于万不得已，落墨走笔之时，便以畹华之剧之事之情通于一己之性灵，流露于自觉不自觉之间，咳唾珠玑，一脱人间俗语，而至凄艳深醇之境。此为蕙风咏剧词超迈前彦，最具价值之所在。以下将着重论析蕙风咏梅词如何继承并发展了中国文学传统中的“比兴寄托”之法，从而达成“以侧艳写沉痛”的凄艳深厚之境的。

---

1 况周颐著、俞润生笺注：《蕙风词话 · 蕙风词笺注》，巴蜀书社 2006，第 393 页。

以家国托于畹华之一身

中国古代诗学传统中源自“诗骚”的“比兴寄托”源远流长，并以其强大的生命力渗透到词学之中，自苏轼以词抒发胸怀襟抱，经南宋辛派词人述经济之怀，至宋季遗民抒猿啼鹃泣之哀，寄托之词日渐丰富。清代词学复兴，流派纷呈，倡导词之兴寄前后相续，至常州词派臻于成熟，达到高峰，后世学者将其总结为“常派家法”，即主要以闺情、咏物、节序类作品寓托君臣之义、江山社稷之怀。经历了沧桑巨变的蕙风在其述相思别离、咏樱花菊花等作品中寓感慨寄托者不乏，如《玲珑四犯》（碧悄岸云）之“衰桃不是相思血，断红泣、垂杨金缕”寄托忠臣孝子不求谅于君父；咏樱花以讽日本等。然而，通过咏剧诗词来寄托社会政治情怀则是前贤时彦鲜有专题论述的，赵山林、许传霞的文章略有涉及，尚未深入研讨。

通常情况下，戏苑歌场都是人们娱乐消遣的场所，咏剧诗词也多是评点戏曲作家及作品，描写戏曲表演活动，赞颂艺人声色才华等，但是，每当世变时替之际，梨园歌场反倒成为了忠孝节义的文化承载地、鼓吹所。李清《得全堂夜宴记跋》曰：“梨园之为忠义一大鼓吹也，其事肇于两唐：一安禄山宴凝碧池，盛奏众乐，梨园弟子皆泣。一宋师下金陵，诸将置酒，乐人大恸。呜呼，忠哉！故今者梨园家独冠故冠，以寻源于唐，岂非两唐（按：盛唐、南唐）忠义之余波也。”[1]请看《明皇杂录补遗》所载乐工雷海清事迹：

天宝末，群贼陷两京，大掠文武朝臣及黄门宫嫔乐工骑士……禄山尤致意乐工，求访颇切。于旬日获梨园弟子数百人。群贼因相与大会于凝碧池，宴伪官数十人，大陈御库珍宝，罗列于前后。乐既作，梨园旧人不觉欷觑，相对泣下，群逆皆露刃持满以胁之，而悲不能已。有乐工雷海清者，投乐器于地，西向恸哭。逆党乃缚海清于戏马殿，支解以示众，闻之者莫不伤痛。[2]

---

1 冒襄辑：《同人集》（卷三），清康熙间冒氏水绘庵刻本。

2 郑处海撰《明皇杂录》+裴庭裕撰《东观奏记》，中华书局 1994，第 41 页。

身为梨园子弟的雷海清如此忠义不屈，实在令人感动悲愤。

是故，遗民比常人更易入戏痴戏，戏曲中的汉衣冠、苏武气节、凝碧池、天宝遗恨等都成为了遗民们百感交集的敏感文化符号。即便没有选择做遗民的钱谦益，也有长诗感慨曰："吁嗟十年遭丧乱，寄命旦夕同浮游。天地翻覆戏场在，干戈剥换颠毛留。"[1]天翻地覆、天崩地裂，戏场依然在，戏场正是追忆缅怀前尘旧梦之所在。因此，易代之际的咏剧诗词中都有一些遗民通过观剧咏剧来表达故国之思，毕竟，易代鼎革是他们无法绕开的人生风云，家国之悲、兴亡之感不能不成为那个特殊时期咏剧诗词创作的一个重要主题。如清初遗民冒襄（1611—1693年）《鹊桥仙》（重九日登望江楼，演阳羡万红友《空青石》新剧，老怀枨触，倚声待和。）：

朴巢已覆，苔岑遥隔，剩有丹枫堪玩。今朝重上望江楼，怅南北、烟林全换。尊前新谱，曲终雅奏，一字一声低按。纵然海水远连天，抵不得、闲愁一半。[2]

冒襄与方以智、陈贞慧、侯方域并称"明末四公子"，曾以其水绘园为中心聚集了一群词人参与唱和，体现了清初遗民隐逸园林的生活形态。[3]此词为冒襄老病之时登楼观剧而作，起首和上下片结句都深含山河变异之愁。

又，明亡后隐居的遗民陈璧（1605—？）有《答顾梁甫观剧诗》，诗前小引云：

逢场作戏，弄假成真。作者以此寄怀，观者于焉感兴。顾优人假面，能开世俗胸襟；虽傀儡当场，堪写英雄心事。若徒取其芳音妙舞，又何异夫牧竖村童。闻乐悲来，偏动孤臣之涕；见猎心喜，恒发老骥之嘶。未敢雷同，用呈电正。[4]

1 参见钱谦益《甲午仲冬六日，吴门舟中饮罢放歌，为朱生维章六十称寿》，《历代咏剧诗歌选注》，书目文献出版社 1988，第 242 页。

2 赵山林：《历代咏剧诗歌选注》，书目文献出版社 1988，第 285 页。

3 参见李孝悌《冒辟疆与水绘园中的遗民世界》，《恋恋红尘：中国的城市、欲望和生活》，上海人民出版社 2007。

4 陈璧著，江村、瞿冕良笺证：《陈璧诗文残稿笺证》，上海古籍出版社 1984，第 31 页。

此序特别值得重视，所言正如祝允明曰："勿云戏剧微，激义足吾师"（《观〈苏卿持节〉》）。遗民们一方面选择纵情诗酒歌舞，消磨人生，转释内心的苦闷，另一方面，又何尝不是于焉感兴、以此寄怀激义。

此外，文人们借咏歌儿舞女"感时抚事增惋伤"（杜甫）的抒发也早已有之，如杜甫《观公孙大娘弟子舞剑器行》《江南逢李龟年》，白居易《琵琶行》等。易代之际这类作品更是时有所见，如元末明初高启《听教坊旧妓郭芳卿弟子陈氏歌》"风尘一旦禁城荒，谁是花前听歌者。……繁华休说乱来非。梨园散尽宫槐落"；清初陈维崧《赠歌者袁郎》"郎游声伎非末艺，况遇兴亡必写真"；清初吴伟业的《王郎曲》尤为著名："王郎十五吴趋坊，覆额青丝白皙长。……王郎《水调》歌缓缓，新莺嘹历花枝暖。……拍数移来发曼声。最是转喉偷入破，殢人肠断脸波横。十年芳草长洲绿，主人池馆唯乔木。王郎三十长安城，老大伤心故园曲。谁知颜色更美好，瞳神剪水清如玉。五陵侠少豪华子，甘心欲为王郎死。"[1] 王郎名稼，字紫稼，苏州人，明末清初著名昆曲旦角演员，姿色妖艳，名噪一时，擅演《西厢记》中红娘等角色。他与当时的文坛名人钱谦益、吴伟业、龚鼎孳等均有交往。吴氏《王郎曲》一方面绘声绘色极写王郎的声名才艺，另一方面则将声色、审美与眷恋故国的情怀联系在一起，别有深意。为此，后世文人尤其是清遗民在此两方面都大为赞赏并加以效法。如 1920 年 5 月 9 日《申报·梅讯》记录玉楳词隐（况周颐之号）的感慨，其曰：

> 吴梅村《王郎曲》云："最是转喉偷入破，殢人肠断脸波横。"梅郎清歌妙舞每到媚极、丽极、精微入化处，辄作俯仰如神、娇惰不胜之态，或侧面传情如文杏歌风，或正面凝情如初蓉绚日，一刹那间，令人辄唤奈何。此际澄思渺虑，细意领会，乃益知前人诗句善于形容也。

可见，《王郎曲》精彩的描摹形容触发了况周颐的"澄思渺虑"而深得好评。此外，晚清两大遗民诗人有仿吴氏之作，一是易顺鼎惊采绝艳为梅兰芳而题的《万古愁曲》（实为《梅郎曲》）以及吟诵名伶朱幼芬、贾璧云的《朱郎曲》《贾郎曲》；二是樊增祥大赞梅兰芳的《梅郎曲》。其中易顺鼎于《贾

1　本段所引三首见赵山林：《历代咏剧诗歌选注》，书目文献出版社 1988，第 53、328、258 页。

郎曲》中有云“还倾桑海千行泪，来写优昙一朵花”，道出了遗民流连戏苑，听歌捧角，有托而逃于“戏隐”中的凄楚哀伤（详见以下二章）。

咏剧诗词题写演员的作品多集中于女性歌姬舞女，题咏男艺人则多为男旦，无论她或他，那玉貌珠喉、笙歌艳舞都让人赞叹留连，题赠者原本也多是称颂他们的才艺品貌，而上文所举，藉艺人寓兴亡感慨确为特殊时代下的产物，由此可见，况周颐将“一生心事付吟梅”亦是渊源有自。然而，前贤的此类创作零散，浅尝辄止，蕙风咏梅词则以百余阕之夥专为梅兰芳而作，不仅在数量上空前，更在传统的比兴寄托基础上推陈出新、继往开来。

试看当年尤为传诵的《减字浣溪沙·听歌有感》五首：

解道伤心片玉词，此歌能有几人知。歌尘如雾一颦眉。　　碧海青天奔月后，良辰美景葬花时。误人毕竟是芳姿。（其一）

惜起残红泪满衣，它生莫作有情痴，人天无地著相思。　　花若再开非故树，云能暂驻亦哀丝。不成消遣只成悲。（其二）

蜂蝶无情划地飞，杨花薄幸不成归，落红身世底矜持。　　便似青山埋玉骨，愿为香雾护琼枝。怅怅歌管夜何其。（其三）

侬亦三生杜牧之，多情何事误芳期，最伤春处送秋时。　　少日骢嘶芳草路，东风莺啭上林枝。而今真个隔天涯。（其四）

带月沾霜信马归，晓来添得鬓边丝，绮窗重按玉梅词。（旧作有《玉梅词》）　　紫陌铜驼劳怅望，黄河羌笛费凄其。闲愁万一阿侬知。（其五）

蕙风所听之戏为《嫦娥奔月》《黛玉葬花》，如词中“碧海青天奔月后，良辰美景葬花时”“惜起残红泪满衣”等句所指。只是作者之意不在戏，而在抒发听歌的感受：“解道伤心片玉词”“不成消遣只成悲”“落红身世底矜持”“紫陌铜驼劳怅望”，无不充满世变时移的悲伤和无奈。第二首尤为沉痛，其中“花若再开非故树”句活用明遗民屈大均的《梦江南》词句，况氏《蕙风词话》卷五有云：

明屈翁山（大均）《落叶词》（《道援堂词》），余卅年前即喜诵之。“悲落叶，叶落绝归期。纵使归时花满树，新枝不是旧时枝，且逐水流迟。”

末五字含有无限凄惋，令人不忍寻味，却又不容已于寻味。[1]

屈大均号翁山，为著名抗清志士，其诗词有气势磅礴又不失凝重内敛之风格，《梦江南》“落叶词”为其名作，“新枝不是旧时枝，且逐水流迟”实为伤悼衰亡的泣血之语，引发了况周颐等遗民的异代同悲，翁山词为传统的咏物寓托之作，蕙风则把“托物喻志”推新到了“借人寓怀”。

再看一首长调《莺啼序》。词前小序云：

梅郎自沪之杭，有重来之约，其信然耶？宇宙悠悠，吾梅郎外孰可念者。万人如海，孰知念吾梅郎者，王逸少所谓“取诸怀抱”，“因寄所托”。《乐记》云：“言之不足，故长言之。”唯是梦蝶惊鸿，大都空中语耳。不于无声无字处求之，将谓如陈髯之赋云郎，则吾岂敢。

闻歌向来易感，倚孤琴倦语。记曾几、花月因循，自别何事凝伫。费遥夜、红牙按拍，湖天可有痴云驻。为伤春，蹙遍双蛾，似怜迟暮。芳约燕兰，梦里事往，剩沧洲卧雨。渭城唱、禁得何戡，茂陵诗鬓将素。忍重寻、旗亭败壁，最枨触、新腔金谱。翠禽边，昨夜星辰，缟衣仙路。　惊鸿片霎，怨宇三生，此情定念否。人去也、一声双泪，便抵何满，慧业愁根，更谁侬汝。玉珰盼断，青衫湿遍，何郎词笔犹萧瑟，再休提、旧曲霓裳序。人天几劫，何曾换却华鬓，葬花怕无香土。　离魂化蝶，到得西泠，要柳丝系住。尚仿佛、江山金粉，未尽消磨，几见娉婷，旧家风度。云涯恨远，霜华愁重，相思休管鹤更瘦。便瑶台、从此迷烟雾。淞潮待剪还慵，自拨湘弦，断肠诉与。

词前小序不能忽视，须仔细解读，实有三层意思。其一，“梅郎自沪之杭，有重来之约……”指的是1916年旧历10月至11月，梅兰芳第三次到上海演出，一连演了45天后，去了杭州进行短期巡演，12月返回上海，再唱了10余天回京。这短暂的离别，却让况老念念于怀。其二，“王逸少”句出自王羲之《兰亭集序》：“或取诸怀抱，悟言一室之内；或因寄所托，放浪形骸之外”，

1　况周颐著、俞润生笺注：《蕙风词话·蕙风词笺注》，巴蜀书社2006，第372页。

况氏在此一方面暗含《兰亭集序》中欢聚难常之意，另一方面表明念兹在兹的“畹华”为其“因寄所托”者。《乐记》云云，表明自己情深意长，恐“言之不足”，所以须用词中最长的《莺啼序》来抒发。其三，“空中语耳”出自释惠洪《冷斋夜话》：“师尝谓鲁直（黄庭坚，字鲁直）曰‘诗多作无害，艳歌小词可罢之’，鲁直笑曰‘空中语耳’。”[1]“陈髯之赋云郎”，陈髯即陈维崧，云郎即徐紫云，陈髯与云郎之事见上文。此层意思表明，况之惦念梅郎并为之作词，与陈之于云郎不同，艳情丽句不过是“空中语”，懂得者须探求“无声无字”处的言外之意。

再看词作。《莺啼序》共四叠，240字，为最长的词调，以南宋吴文英（字君特，号梦窗）所作为正体。刘永济言：“作此调者，非有极丰富之情事，不易充实；非有极矫健之笔力，不能流转。”[2]故极考功力，吴梦窗也只留下三首，后人所作此调亦不多见，况周颐则有九首，非具大神力不能为也。况氏弟子赵尊岳对乃师之作，无论从思想情感上还是艺术架构上，皆深有体会，能从“无声无字”处着眼，故不嫌辞费，录之如下：

《莺啼序》一首，其章法谨严，笔力跳脱，无或逾之。盖先生功候兼至之作也。其第一段自闻歌起，以“湖天可有痴云驻”一句，转入由沪之杭，而以迟暮之感，引起下文。于是第二段追溯往事，以己身与畹华糅杂言之。一则卧雨沧州，一则《渭城》唱遍，而落至其南来搬演，故以“昨夜星辰，缟衣仙路”为作一小结，然后再开之为第三段，用笔极跳脱之能事。云：“惊鸿片霎，怨宇三生，此情定念否。”以“惊鸿”况梅，以“怨宇”自况。于是并入此情，作一总结，微著顿挫，再用笔一提：“人去后，一声双泪，便抵何满。”以下即重以家国之感，至“再休提旧曲霓裳序。人天几劫，何曾换却华鬘，葬花怕无香土”，而沉痛已极！夫并葬花之地而无之，则其视前者为极高，今者为极下，已不言而自明。此下第四段，归入畹华游杭，以点本题，曰：“离魂化蝶，到得西泠，要柳丝系住”，然后再申之以家国之感曰：“尚仿佛江山金粉，未尽消磨，几见娉婷，旧家风度。”则以家国托之于畹华之一身，谓赖有此耳，以观旧情于万一，则

1 释惠洪：《冷斋夜话》（卷十），《宋元笔记小说大观》，上海古籍出版社 2000，第 2223 页。
2 刘永济：《微睇室说词》，上海古籍出版社 1987，第 57 页。

其重视畹华，又为如何？迨结句："淞潮待剪还慵，自拨湘弦，断肠诉与。"则仍归本题，冀其由杭而归沪，且以"断肠"作结，则仍纬以平居之思。[1]

赵氏从章法、笔力、情感等方面做了深细的解读，其中所言"以家国托之于畹华之一身"正是况周颐对中国古代文学传统中的根本大法——即"比兴寄托"的推陈出新，其重要意义在于：这并非蕙风的偶然为之，而是有意识地追求。早在《修梅清课》编定之前的1914年，蕙风有《二云词》，以赠名妓傅彩云与名伶朱素云命名词集，其《二云词序》曰："言愁欲愁，则春水方滋，斯世何世，则秋云非薄。……以二云名，非必为二云作也。"[2]信然，如其中第一首"拟赠彩云"也是一首绝妙的《莺啼序》，蕙风不过是藉傅彩云即赛金花的传奇身世，旨在抒发"山围故国，涕雪新亭"的家国之悲。《二云词》之后的《修梅清课》则将"一生心事付吟梅"，诚如赵尊岳上文所言"谓赖有此耳，以观旧情于万一，则其重视畹华，又为如何？"

孙德谦《秀道人修梅清课序》有云：

临桂况夔笙先生襟宇孤洁，艺业通深，乐府之工，允称独秀。每当露晨星晚，候雁初莺，往往绛蜡烧残，犹寻幽绪，黄华笑冷，自写傲情。顷岁以来，遗世介立，琼楼高处，东坡恋其凄寒，玉田梦余，西杭增其怊怅。意有郁结，则一寓之词。此《修梅清课》，先生近为畹华作。延年特善其技，郭讷能言其佳，于是蘋洲按谱，辄造新声。竹屋酣谣，几成痴语矣。……矧先生宋玉悲秋，非真好色；子安舒啸，本是忘荣。其如与言滴粉搓酥，都为禯作者，盖不过香草美人，因寄所托，如斯而已。[3]

此序中"玉田梦余，西杭增其怊怅"，"玉田"为宋元之际著名词人张炎之号，张炎寓居临安，经历了国变，故有"西杭"句。"延年"为汉武帝时音乐家李延年。"郭讷言佳"出自《晋纪》载："太子洗马郭讷，字敬言，尝入洛观伎人歌，言佳"。"蘋洲按谱"指宋末遗民词人周密词集《蘋洲渔

1 赵尊岳：《蕙风词史》，《赵尊岳集》（叁），凤凰出版社2016，第1093页。
2 况周颐著、秦玮鸿校注：《况周颐词集校注》，上海古籍出版社2013，第534页。
3 同上，第536页。

笛谱》。“竹屋”两句，指南宋词人高观国的词集《竹屋痴语》。孙德谦连用数典旨在说明蕙风《修梅清课》都是为畹华所作的新声痴语，是“宋玉悲秋，非真好色”“盖不过香草美人，因寄所托”矣，亦如赵氏之论“以侧艳写沉痛，真古人长歌当哭之遗，别有怀抱者也”。

以侧艳写沉痛

严迪昌《清词史》评清季四大词人：“‘清末四家’中，如果说《半塘定稿》还略有风云气的话，那么朱孝臧《彊村语业》多的是书卷气，郑文焯《樵风乐府》表现出一种隐逸气，而况周颐则呈显的是名士气。”[1]唯大英雄能本色，是真名士自风流。有着名士气的蕙风终身风流自赏，不与俗谐，不与时移，而与词为生，对于词为“艳科”的美学特质有着大胆而深切的体认，在其《蕙风词话》中勇于为“艳”张本，并构成蕙风词学批评的“艳骨说”[2]。在其创作中亦好为侧艳绮丽之词，从年少时的清艳至暮年时的凄艳，无不擅长以艳笔抒哀情。

赵尊岳《蕙风词史》云：“梅畹华演剧，驰誉坛坫。所编《散花》《嫦娥》诸曲，尤盛传日下（按：京城）。其来海上也，彊村翁与先生极赏之。先生前后作《满路花》《塞翁吟》《蕙兰芳》《甘州》《西子妆》《浣溪沙》《莺啼序》刊之集中。其集则别有五十余调，梓为《修梅清课》。先生以侧艳写沉痛，真古人长歌当哭之遗，别有怀抱者也。”[3]

以“侧艳写沉痛”之“侧艳”一词出自于《旧唐书》卷一百九十下“温庭筠”：

大中初，应进士。苦心研席，尤长于词赋。初至京师，人士翕然推重。然士行尘杂，不修边幅，能逐弦吹之音，为侧艳之词。[4]

“侧”者与“正”相对，如果说儒家诗学观认为诗言志、文载道是正统

1 严迪昌：《清词史》，江苏古籍出版社 1999，第 584 页。
2 详见梅向东《论况周颐词学的“艳骨”说》，《文学遗产》2006 年第 3 期，第 118–126 页。
3 赵尊岳：《蕙风词史》，《赵尊岳集》（叁），凤凰出版社 2016，第 1091 页。
4 刘昫等撰：《旧唐书》（四）卷一百九十下，中华书局 2000，第 3456 页。

的，那么，词缘情就是侧室，不是严肃的、正当的。“艳”这一概念相对复杂，有多种含义。最初是指作为音乐术语的艳歌、艳曲，与乐曲和演唱的特征有关，其后音乐术语转变为带有贬义的批评术语，指与政教音乐相对的娱乐音乐，常称为靡靡之音。此外，“艳”也指女人的美色和文辞的华丽。“艳情”则是人们把夫妇情爱之外的男女恋情泛称为艳情，把描写这种艳情的诗词称为艳诗或艳词。正是温庭筠的词和以他为代表的《花间集》大多写美女以及男女相思别怨的内容，风格也多绮丽、柔媚，从而奠定了词为“艳科”的传统。

况周颐无论在观念上还是创作上，都极为重视词为“艳科”这一传统，其词之“艳”亦包含了绘声摩色的内容以及文辞的绮丽两个方面。

《蕙风词话》卷二云：“词有穆之一境，静而兼厚、重、大也。淡而穆不易，浓而穆更难。知此，可以读《花间》。”[1]蕙风给予了《花间集》最高的评价，而且，对于词史上那些以真性灵抒写艳骨的词家都十分关注，加以评骘称赞。与此同时，蕙风在自己的创作中对于20岁以前衿才轻艳的少作，也未忍概从弃置，而名以《存悔词》留存，后又有多写自身艳情的《玉梅词》《玉梅后词》刻印，为此还引发了与词人郑文焯的观念矛盾，以至于关系交恶，辛亥国变后，更撰录古今咏美人词几百阕，集为《绘芳词》。凡此种种，都表明蕙风“夫艳何责焉？”的词学理念。然而，如果蕙风仅有“侧艳”必不能成就其一代词宗的地位，在那女色之“绘芳”、男女相思之“玉梅”、听歌观舞之“菊梦”与“清课”的声色沉溺中，时有“倾国倾城谈何易？为雨为云事可哀！”[2]的“香草美人”之法，托诸玉颜自致沧桑沦落之思，有着“外蕃丽而内幽怨”[3]的特质，上文所述《浣溪沙》《莺啼序》便可见一斑，以下再看《满路花》《塞翁吟》两首。

《满路花》（彊村有听歌之约，词以坚之）：

虫边安枕簟，雁外梦山河。不成双泪落、为闻歌。浮生何益，尽意付消磨。见说寰中秀，漫睩修蛾，旧家风度无过。　凤城丝管，回首惜铜驼。看花余老眼、重摩挲。香尘人海，唱彻定风波。点鬓霜如雨，未比愁多。问天还问嫦娥。（梅郎兰芳以《嫦娥奔月》一剧蜚声日下）

1　况周颐著、俞润生笺注：《蕙风词话·蕙风词笺注》，巴蜀出版社2006，第99页。
2　赵尊岳：《蕙风词史》，《赵尊岳集》（叁），凤凰出版社2016，第1079页。
3　同上，第1076页。

《塞翁吟》（彊村屡听歌，鲰生竟弗与，虽旷世希有如《嫦娥奔月》一剧，不足以动其心，信懒不可医耶？抑兴会不可强也。）：

有约无风雨，不分冷落歌尘。几愁里、掩重门，黯烛泪襟痕。逢花拌酒年时梦，何处暂许温存。绣隐幕，麝飘茵，为说与消魂。　　冰轮。凭栏见、嫦娥自昔，浑未肯、多情向人。便真个、闻声对影，也无望、点拍霓裳，驻得浮云。相如倦也，只有纤阿，来照黄昏。

此两首皆为应朱祖谋之约观《嫦娥奔月》而作，可并读。梅兰芳新排的歌舞戏《嫦娥奔月》大获成功、满城争看，蕙风却“鲰生竟弗与”，“鲰生”即小生，自谦词，何故？这些作品写于1916年，并于当年编入词集《菊梦词》，该年有张勋、康有为等积极筹划复辟之议，况周颐为此忧愁忧疑之，心绪萧索兴会阑珊，故词中多抒发“菊梦”之幻，如“雁外梦山河，不成泪双流”“凤城丝管，回首惜铜驼”“黯烛泪襟痕。逢花拌酒年时梦”，都显然寓有家国之痛，因此，即便闻歌对影，亦不过是“尽意付消磨”“也无望，点拍霓裳”，终究无法化解“问天还问嫦娥”的哀愁。词中赞赏梅郎的美貌与演出则多用丽词，如“见说寰中秀，漫睩修蛾，旧家风度无过”，“绣隐幕，麝飘茵，为说与消魂”，“冰轮”“纤阿”（两词都指代月亮）等。

再看《蕙兰芳引》（秋士多悲，旧游如梦。寻芳倦矣，孤负萼绿华来，消魂黯然，万一杜兰香去，谁能遣此，情见乎词。）：

歌扇舞衣，早凄断、倦游心目。艳十里秋尘，多恐破愁未足。茂陵病损，意最感、霓裳新曲。悄梦云不度，咫尺天涯丝竹。　　玉雪伊人，星辰昨夜，总付枨触。问能几消磨，何止鬓难再绿。垂鞭侧帽，坠欢忍续。招素娥，来话广寒幽独。

《蕙兰芳引》之“蕙兰”为兰的一种，也称蕙，《古诗十九首》之八：“伤彼蕙兰花，含英扬光辉。”“兰芳”两字又暗合梅郎之名，故深受捧梅文士之喜爱。该调音律要求甚严，虽行家亦视为畏途，宋词中周邦彦、吴文英各有一首。

词序中“萼绿华”原指仙女或梅花，此处指代梅兰芳，此年兰芳来沪为秋冬天，这一萧瑟黯淡之季，蕙风愈发倦怠多悲，为了不辜负畹华的到来，系情于词。

词中“茂陵病损”用典，司马相如因晚年多病，家居茂陵，后世多以此叹其怀才不遇。如李商隐诗“休问梁园旧宾客，茂陵秋雨病相如”（《寄令狐郎中》），张炎词“纵荷衣未改，病损茂陵，总是离索”（《解连环》），蕙风以此自况。又，“垂鞭侧帽”即放下鞭子、侧歪帽子，表潇洒随意，如岑参“薄暮垂鞭信马归”（《西掖省即事》），晏几道“侧帽风前花满路”（《清平乐》），蕙风在此反用其意：“垂鞭侧帽”的随意自在，“歌扇舞衣”的欢畅消磨，“玉雪伊人”的冰肌玉貌，对于“消魂黯然”的蕙风不过是“坠欢忍续”“总付枨触”。

况周颐去世后，冒广生、程颂万、林铁尊等人追念激赏蕙风此调，深致感慨，并循其声、续其韵以赠畹华（见附录二）。

如果说上述词作着眼点都不在歌舞、不在畹华，而是蕙风藉畹华之杯浇胸中块垒的话，那么题咏《黛玉葬花》的《八声甘州》《西子妆》则时时扣着春暮葬花而写，又处处暗抒家国愁恨。词作如下：

向天涯丝管已难听，何堪恁伤春。算怜卿怜我，无双倾国，第一愁人。仿佛妒花风雨，逐梦入行云。芳约啼鹃外，回首成尘。　　占取人天红紫，早颓垣断井，分付清魂。拌随波未肯，何计更飘茵。便三生、愿为香土，费怨歌、谁惜翠眉颦。肠回处，只青衫泪，得似红巾。——《八声甘州》（《葬花》一剧属梅郎擅场之作，为赋两调。）

蛾蕊颦深，翠茵蹴浅，暗省韶光迟暮。断无情种不能痴，替消魂、乱红多处。飘零信苦。只逐水、沾泥太误。送春归，费粉娥心眼，低徊香土。娇随步。着意怜花，又怕花欲妒。莫辞身化作微云，傍落英、已歌犹驻。哀筝似诉。最肠断、红楼前度。恋寒枝、昨梦惊残怨宇。——《西子妆》

蕙风在此写梅郎演《黛玉葬花》，既有眉颦娇步的黛玉形象（按：宝黛初见，宝玉即为黛玉取字“颦颦”）：如“谁惜翠眉颦”“蛾蕊颦深，翠茵蹴浅”；又有歌音舞态：如“费怨歌”“傍落英、已歌犹驻”“哀筝似诉”“低徊香土”“娇随步”等；还有一片惜花怜人之痴情：“算怜卿怜我，无双倾国，第一愁人”“断无情种不能痴”“飘零信苦”等；更有作者言外之意的抒发：如“早颓垣断井，分付清魂”“肠回处，只青衫泪，得似红巾”“恋寒枝，昨梦惊残怨宇”，要之，“况氏把自己思念前朝的愁恨，已暗暗地灌注在主人公的轻歌曼舞中”。[1]出语则有妒花、红紫、翠茵、粉娥、乱红、落英、行云、香土等，于艳词丽句中蕴凄艳肠断之情。

由上可见，蕙风咏梅词一路写来，无论是《浣溪沙》小令，还是《莺啼序》长调；无论是写畹华之日常，还是咏梅郎之舞台；无论是借人表己的抒发，还是轻歌曼舞的暗寓，蕙风手法多样，笔力精湛，但其风格不离“以侧艳写沉痛”“似多偏于凄艳一路”[2]。

此外，在论到蕙风“以侧艳写沉痛”的风格时，不得不提其远祧晚唐之《花间》，继师宋代之小山、梦窗的渊源关系，尤其是有着密丽深涩之风格的吴梦窗词，尽管在词史上毁誉参半，蕙风则对其推崇备至，《蕙风词话》卷二有曰：

近人学梦窗，辄从密处入手。梦窗密处，能令丽字，一一生动飞舞，如万花为春，非若琱琢褰绣，毫无生气也。如何能运动无数丽字，恃聪明，尤恃魄力。如何能有魄力，唯厚乃有魄力。梦窗密处易学，厚处难学。

重者，沉著之谓。在气格，不在字句。于梦窗词庶几见之。即其芳菲铿丽之作，中间隽句艳字，莫不有沉挚之思，灏瀚之气，挟之以流转。令人玩索而不能尽，则其中之所存者厚。沉著者，厚之发见乎外者也。欲学梦窗之致密，先学梦窗之沉著。即致密，即沉著。非出乎致密之外，超乎致密之上，别有沉著之一境也。梦窗与苏、辛二公，实殊流而同源。其所为不同，则梦窗致密其外耳。其至高至精处，虽拟议形容之，未易得其神似。颖慧之士，束发操觚，勿轻言学梦窗也。[3]

吴文英词在宋末声名已显，元、明两代以迄清初，却湮没无闻，自清代中叶起，开始逐步掀起了治梦窗词的热潮，至清末民初达到顶峰，吴梅云：“近

1　祖保泉：《试论况周颐的词》，《中国文学研究》1990 年第 2 期，第 68 页。
2　龙榆生：《清季四大词人》，《龙榆生词学论文集》，上海古籍出版社 1997，第 467 页。
3　况周颐著、俞润生笺注：《蕙风词话·蕙风词笺注》，巴蜀出版社 2006，第 174、175 页。

世学梦窗者，几半天下”（《乐府指迷笺释序》）。如此的热潮和高峰缘于清末四大家的推崇之功。上述蕙风的赞赏，其要害处在于，透过梦窗“万花为春”的浓艳密丽之外在表象，看到了其沉着深厚之内在本质，并在学习梦窗词的热潮中，蕙风付诸于创作实践，如上述咏梅词中的《莺啼序》《惠兰芳引》《西子妆》《八声甘州》几个词牌，都是梦窗词的代表作，皆为芳菲铿丽中蕴含沉挚之思的佳篇杰构，其中《西子妆》还为梦窗自度曲，宋词中仅吴文英、张炎各有一首，况周颐的效法之作可谓得其精髓，体认入微。

有着名士风流的况周颐，对于畹华“痴不求知痴更绝”，其去世后，畹华亦厚奠之，《申报·梅讯》曾载：“梅畹华，况夔老之丧，已厚奠之。既又得款署‘蘧盦君’者投函谓：‘夔老生前填词二百阕，所以推重者备至。以执事之境地，宜致厚赙。昔人有行一事而名垂千古者，此举庶足当之。非徒寻常善举而已，台端积德，自能获报。而海内外倾想风采者，益将感慕于无穷也云云。’”[1]

可见梅、况之交彼此有情有义，善始善终。虽然梅兰芳在其自述传记《舞台生活四十年》中仅唯一一次、短短一句提及况夔笙，此因世事变幻，时代使然，惟令人唏嘘感慨。

陈三立《挽况蕙风舍人》曰：“几然劫烬铸词人，江海流离去国身。才并半塘相继尽，老余沤尹更谁亲。卖文为活孤芳在，抱古何求万恨真。傥起陶公咏贫士，垂名成就甑生尘。”[2]可谓知己之言。“卖文为活孤芳在，抱古何求万恨真”的蕙风，在那个“一切坚固的东西都烟消云散”了的时代，“常觉风雨江山外有万不得已者在”，斯时斯地梅兰芳的出现如无边绝望中的一线曙光，让蕙风沉溺痴绝，将无端哀怨、无限怅触化为一首首咏梅词写来，不但令梅兰芳的绝代风华流芳百世，更是其于一代皇朝轰然倒塌之后安顿心魂之所在。蕙风拟将沉醉换悲凉，藉之于畹华因寄所托，不仅在艺术上发展推新了“比兴寄托”之法，更反映了相当一部分清季文化遗民长歌当哭，以戏曲歌舞为消磨为沉沦为寄寓的生存状态和家国情怀。

---

1 《梅讯》，《申报》1926年11月20日。

2 陈三立著、李开军校点：《散原精舍诗文集》（下），上海古籍出版社2003，第650页。

第9章

易顺鼎、樊增祥与男伶题咏

至于平津为戏剧发祥地点，而评剧家尤其多知名之士，伶人一经颂扬，莫不跃登龙门，身价十倍。远如樊山、实甫、琴南，立名当时，文章传世，当其年少风流，小红低唱我吹箫，极人间韵事，而今樊山老矣……

——庆霖《津门剧事》[1]

“民十以前，在歌台捧角队中风头最健者为遗老。此辈或为达官显宦，或为才子诗人……而遗老之一管秃笔却具有伟大力量。所谓一经品题，声价十倍是也。……在此期间，一班‘风流’遗老为数甚多，而最享盛名者，厥唯樊樊山、易实甫、罗瘿公三氏”，[2]（1940年《立言画刊》第73期，四戒堂主人《记樊、易、罗》）此段在第一章中曾引录，在此不妨重提。

“樊樊山、易实甫、罗瘿公三氏”都是“立名当时”的才子诗人、“风流遗老”。

又，《广和楼的捧角家》一文中云：“又有一般遗老们，下野之后，坐拥巨资，饱暖无聊，便拿捧角当作一种消遣工作。他们的对象多半是年青貌美的戏子，或者他们别有作用，居心不可测，此处可以不提。他们最得力处是有钱，所以戏子们很喜欢同他们交往，双方有利。他们有时更资助一个出

1 庆霖：《津门剧事》，《戏剧月刊》1929年，第1卷第10期。

2 陈志明、王维贤：《〈立言画刊〉京剧资料选编》，学苑出版社2009，第397–398页。

科的戏子，替他出钱组班。有时带着他们逛逛公园北海，白发红颜相得益彰，遗老拈须而笑，其乐陶然，赢得无数人的艳羡。”[1]

达官显宦成了遗老，是否下野之后还能够“坐拥巨资”？是否“最得力处是有钱”，因而以钱来捧角？这多少会让人有些疑惑。虽然遗民的生活情形，因人而异，有些遗老在前清家产丰厚、官运亨通或生财有道，即便成为遗民也仍然有钱，如刘承幹、陈夔龙、郑孝胥等，但多数遗民失去了身份权位俸禄之后，生活困顿凄楚，如罗瘿公、沈曾植、况周颐、梁鼎芬、冒广生、杨钟羲等，在此不论。

由以上两段引文可见，前人对于遗老捧角多半是冷嘲热讽，深入研究者并不多[2]，本章以及下一章需要探讨的是才子诗人樊樊山、易实甫与伶人的交往品题，出于什么缘由？有着怎样的题咏？是否都为捧角？在舞衣歌扇、炫人眼目的吟颂中，古典诗词的传统得到了怎样的发挥或变异？其中又隐含着怎样的心迹或哀情？

易顺鼎、樊增祥其人其诗

易实甫即易顺鼎（1858—1920年）[3]，以诗为性命者。字实甫、石甫等，号眉伽、哭庵等，自署琴志楼，人多称易五，湖南龙阳人，出身官宦诗书之家，其父易佩绅，官至苏州布政使，有诗文词集传世。易顺鼎一生为神童、为才子、为名士，操行不定，仕宦不达。五岁能诗，八岁能文，十七岁举于乡，后五试不第，深受打击，决意彻底告别科场。曾从王闿运游，亦曾师事张之洞。年近三十纳资为河南道员，后加按察使衔，二品顶戴，不久弃去。入庐山筑琴志楼，意谓志在高山，志在流水，流连山水诗酒。1893年母逝守墓，服孝哭母，痛不欲生，自号哭庵。曾作《自叙兼与友人》《哭盦传》等自述生平，《自叙兼与友人》中曰：

---

1 绿英：《广和楼的捧角家》，见陶亢德编辑《北平一顾》，宇宙风社印行1940年第3版，第86页。

2 关于“捧角”的研究，参见张远《近代平津沪的城市京剧女演员：1900—1937》第五章《女演员与捧角文化》，山西出版集团·山西教育出版社2011；徐煜《近现代戏曲名角制文化研究》第五章《名角生长的社会环境》，上海书店出版社2011。

3 关于易顺鼎，参见王森然《近代名家评传·易顺鼎先生评传》；陈松青《易顺鼎研究》，《易佩绅易顺鼎父子年谱合编》；范志鹏博士论文《易顺鼎年谱长编》等。

余幼时颇慧，五岁能诗，年十二三，裒然成帙，每好为凄艳之语，自署曰“一哭盦”。父见而诃之，始改“一哭”为“一笑”。生性多哀少乐，若抱忧生之嗟，不自知其由也。……窃念多生结习，一在声色，一在山水，一在文章，至如道德学问，富贵勋名，虽匪性之所存，究非力所难致。[1]

《哭盦传》有云：

综其生平二十余年内，初为神童，为才子；继为酒人，为游侠少年；为名士，为经生，为学人，为贵官，为隐士。忽东忽西，忽出忽处。其师与友谑之，称为神龙。其操行无定，若儒若墨，若夷若惠，莫能以一节称之，为文章亦然，或古或今，或朴或华，莫能以一诣绳之。要其轻天下、齐万物、非尧舜、薄汤武之心，则未尝一日易也。[2]

易顺鼎 36 岁那年母亲的去世，可谓其个人经历中的重大分界点，上述两文可见其异乎寻常、大胆狂傲而又忧苦漂浮的个性。

1894 年中日甲午战起，原本“誓以哭终其身，死而后已”（《哭庵传》）的实甫，奉父命，“墨絰从戎思裹革”（《金陵上刘岘帅四首，时以倭警被召》），二次赴台抗日，欲战死以殉母，岂料合议早定，无功而返，却挥就一生最辉煌诗篇《四魂集》。1900 年八国联军入侵，疾赴“行在”西安，仅得小差使（樊增祥在此期间获慈禧青睐而高升），1902 年终于授广西右江道，然不及数月便与两广总督岑春煊抵牾，被诬并被讥为“名士画饼”而落职，旋丁父忧，几乎一病九死，后入都诉冤复职。辛亥鼎革（年 53 岁），大海起狂澜，于是避居沪上，1912 年作长篇《告剪发诗》，历叙其父子两世仕宦不遇（其实都曾作过贵官）的轗轲，以及“皇纲一解纽”后“无廉耻又无君父，无是非又无天良”的社会乱象，诗情激愤，喷薄而出，在遗民圈中引发强烈共鸣。民国二年实甫定居北京，次年为了生计依附袁世凯次子袁克文，谋得政事堂印铸局参事等职，时时出入舞榭歌台，纵情声色，潦倒以终，享年六十有二。

1　易顺鼎：《自叙兼与友人》，《易顺鼎诗文集》（三），湖南人民出版社 2010，第 1269–1270 页。
2　易顺鼎：《哭庵传》，《易顺鼎诗文集》（三），湖南人民出版社 2010，第 1289–1290 页。

实甫诗《湘中咏怀四首》中“江山灵气钟才子，忠孝深情托美人”句可括其平生。

易顺鼎生而颖敏，锦心玉貌，染须傅粉，在意外形（与樊山不同），为放浪不羁的诗坛奇葩，与前辈汉魏六朝派领军王闿运多有交往，与宋诗派主将陈三立为世交，晚年与樊增祥并称双雄，作品数量近万，今存诗四千余首，散佚不少。实甫逝前于病中自编诗集《琴志楼编年诗集》十九卷（收诗止于1893年，后因病无力再编）《琴志楼游山诗集》八卷。易诗感情浓烈、性情真率、才气纵横，山水行役之作居多，五古、歌行、七律最有成就，体式风格变化多端，樊增祥1920年《书〈广州诗〉后》对实甫其人其诗有勾勒述评：

> （早年）诗词、骈散文，皆于“三十六体”（按：指晚唐体的富丽）为近，先师张文襄奇赏之。中年以后，庐山诸作骎骎入杜、韩之室矣。……石甫既负盛名，率其坚僻自是之性，骋其纵横万里之才，意在凌驾古人，于艺苑中别竖麾纛。于是益新、益奇、益工，益不复蕲合于古之法度，亦不恤师友之箴言。庐山以后之诗，大抵才过其情，藻丰于意，而古人之格律、之意境、之神味，举不屑于规步而绳趋，而名亦因是而减。……国变后，君益不得志，乃益任诞不羁。[1]

由此可见实甫诗风的不拘一格、天马行空、时时变更。

樊樊山即樊增祥（1846—1931年）[2]，字嘉父，号云门，别署樊山，自称天琴老人。湖北恩施人，出身武将世家，家训甚严苛，自小潜心苦读。光绪三年（1877年）进士，入张之洞幕，结交李慈铭，拜为师。后屡任地方县令，为政干练严正。庚子年（1900）因迎銮扈驾慈禧太后有功，深受器重，平步青云，《罪己》《变法》诏书出自其手。1901至1905年间，官至陕西按察使、江宁布政使、护理两江总督等，达仕途顶峰，为政界吏才，从政期间有集大成之作《樊山政书》20卷行世。辛亥革命爆发时（年65岁），樊山正在江宁布政使任上，弃职携铜印往上海。1912年湖北新政府礼迎樊山回鄂任民政长，樊山拒绝。避居沪上期间三次迁居，居所都称“樊园”，皆位于跑马场附近的中心城区。其时沪上租界聚集了一批遗民，闲寂无奈的他们需要同声相应，

1 樊增祥：《书〈广州诗〉后》，《易顺鼎诗文集》（一），湖南人民出版社2010，第24页。

2 关于樊增祥，参见王森然《近代名家评传·樊增祥先生评传》；程翔章、程祖灏《樊增祥年谱》；袁子微博士论文《樊樊山及其诗歌研究》。

于是 1913 年年初成立了“吾属海上寓公，殷墟黎老”（樊增祥《超然吟社第一集致同人启》）的遗民诗社超社，樊增祥为超社最关键的发起者和组织者，在可考的二十多次集会中，有十次即在樊园活动[1]。1914 年樊增祥赴京接受袁世凯政府顾问、参政院参政之职，超社因此解体。随着袁世凯的倒台，樊山出仕的好景不长，此后以退宦诗人寓都下，日以诗酒自遣，广交文友，好作艳诗，常偕易顺鼎等听歌观戏。王森然云“其晚年，专以声色寄情，樽前筵畔，京津女伶拜其门下者甚众”，又称“其人清癯如鹤，好闻鼻烟，须烟染成一色，手指极不洁，衣冠污秽，见者厌之”。[2]“拜其门下者甚众”与“见者厌之”似有矛盾，莫知何如。民国二十年（1931 年）病故京寓，终寿八十有五。

钱海岳《樊樊山方伯事状》曰：

公廉洁己，宠泊寡营，盅粹蕴藉，内行敦竺，事亲以孝闻。丧偶十七年始娶，侍无姬媵，人以为难。[3]

樊增祥与易顺鼎皆是颇有争议、评价不一的人物。樊山为官作宦、励精图治，私人生活亦严谨，曾广受好评，如上所引，晚年则贪恋官位名利，出处辞受时变，遂为士论所轻，梁济于《伏卵录》中云：

瘿公称“樊山老鹤何曾一着绯”，语殊偏袒。如果鸣高抗节，自应真卧首阳。盖出处大闲关乎师儒品格，励一世之士夫，岂容轻假。……试思参政之名则居之，双俸之禄则受之。而于出仕之行迹则又避而不居，欲洗而去之，天下岂有此事乎？……逍遥无事，拥俸安居，饮酒赋诗，日寻快乐，又自托于孤忠遗老，以欺蒙天下后世之人，文人之巧，孰有过于斯者。……余昔慕其文字，今竟不求诗不求字，并扇亦不求，盖责备老成之意也。非谓樊公一人，类于樊公不及樊者多矣。[4]

1 详见朱兴和《现代中国的斯文骨肉：超社逸社诗人群体研究》，上海三联书店 2014，第 49、52、59、69 页。

2 王森然：《樊增祥先生评传》，《近代名家评传》（二集），生活·读书·新知三联书店 1998，第 10–11 页。关于樊增祥的政治抉择和价值取向，参见薛超睿《政治文化转型下民初遗民的摇摆态度及其价值观分析》，《上海文化》2018 年 12 期。

3 樊增祥著，涂晓马、陈宇俊校点：《樊樊山诗集》，上海古籍出版社 2004，第 2053 页。

4 梁济著、黄曙辉编校：《梁巨川遗书》，华东师范大学出版社 2008，第 245 页。

由此可见三点：一是樊樊山出仕参政，为名为利，已突破了清遗民拒绝接受民国的政治边界，尽管遗民中于民国“出山”者不乏（那些接受修史修志的遗民可以理解），但在坚贞严苛的梁济看来是不能谅解的。二是既接受了民国之职，同时又自认孤忠遗老，则是自欺欺人，不能不遭受指责。三是樊山诗文名声极大，慕之求之者甚众，诚如王森然云“文采风流，照耀天下，为近代最负盛名之文人”。[1]

樊增祥天性聪颖，七岁读诗识韵，十二学作诗，十六学为词，终生好学敏思，才富气盛，博采众长，诗词“几至无日不作，无地不作，据说多达三万首”[2]，是以诗为茶饭的诗界巨子，其以赛金花本事创作的长篇叙事诗《彩云曲》《后彩云曲》传诵一时，堪比白居易之《长恨歌》、吴伟业之《圆圆曲》。樊山遗著有诗集、词集、骈文集、政书、公牍，以及笔记、小说、戏剧等，种类繁多、数量宏富，不愧为旧体文学大家。

樊山作诗才思敏捷，自言“下笔千言，倚马而就”，手快量多的同时，难度高、技巧高、水平高，汪辟疆《近代诗人小传稿》云：“樊山生平论诗，以清新博丽为主，工于隶事，巧于裁对。作诗万首而七律居其七八，次韵、叠韵之作尤多，无非欲因难见巧也。近代诗人隶事之精，致力之久，益以过人之天才，盖无逾于樊山者。”[3]天才过人的樊山诗具有博丽绮艳尖巧的特点，然欠深厚和真情。汪辟疆于《近代诗派与地域》中又云：“樊山胸有智珠，工于隶事，巧于裁对，清新博丽，至老弗衰。迹其所诣，乃在香山、义山、放翁、梅村之间。惟喜摭僻书，旁及稗史，刻画工而性情少，采藻富而真意漓，千章一律，为世诟病。斯又贤智之过也。晚年与易实甫并角两雄。”[4]汪氏此评被认为颇中肯綮。

要之，樊增祥无论政事还是文学皆才能非凡，其人热衷名利又自矜自骄，好作艳诗却私生活严谨，言行品性充满矛盾悖论。他的绝世之才不能不让人佩服，为人处世又不能不让士人訾议。

易顺鼎与樊增祥性格经历不同、诗风亦不同，实甫诗变化多端，樊山诗则“千章一律”。常人患才寡，他俩不同中的相同则是患才多，王森然云：“当

1　王森然：《樊增祥先生评传》，《近代名家评传》（二集），生活·读书·新知三联书店 1998，第 2 页。

2　樊增祥著，涂晓马、陈宇俊校点：《樊樊山诗集》，上海古籍出版社 2004，前言第 6 页。

3　汪辟疆：《汪辟疆说近代诗》，上海古籍出版社 2001，第 130 页。

4　同上，第 22 页。

清末民初之际，海内诗人，天才卓荦，横绝一世者，除樊山外，即属易耳。”[1] 樊增祥年长易顺鼎十二岁，两人皆才大气盛，曾几何时无不怀抱“虎啸龙吟为君起”的雄心壮志，渴望建功立业，热衷功名仕进。中年以后，两人交往密切，仅1900年，易顺鼎就有和樊山诗40首。辛亥陵谷之变后，世事难料，不知今夕何夕，唯一抓得住可倚恃可自傲的就是与生俱来的诗才文才了。因此，民国时期的樊山与实甫，更是同病相怜，棋逢对手，他们隔三差五地酬唱赠答，日以嬉笑宴集、听歌观舞为乐，成为莫逆之交。[2]

国魂须向国花招：题咏梅兰芳

易顺鼎一生与众多男伶女坤有交往，在其生命的最后八年中，更是终日流连诗酒歌舞，沉溺声色，其诗集中有不少观剧捧角之作，张次溪将之编成《哭庵赏菊诗》，刊入《清代燕都梨园史料》中，笔者统计共有52题90余首，其中数百言至上千言长歌就有如下11首：

《贾郎曲》
《朱郎曲》
《万古愁曲》
《秋日诣天琴……召素云说京华旧事，因作长歌一首，留坨先和，余继和之》
《数斗血歌》（为诸女伶作）
《读樊山〈后数斗血歌〉作后歌》
《梅魂歌》
《小香水歌》
《七月十九日纪事》（癸丑）
《鲜灵芝曲》
《葬花曲》

1 王森然：《易顺鼎先生评传》，《近代名家评传》（二集），生活·读书·新知三联书店1998，第93页。
2 易顺鼎与樊增祥的交往，参见陈松青《易顺鼎研究》，湖南人民出版社2011，第197–220页。

然而，如王飚所言“他捧得最热烈、赠诗最多、评价最高的是梅兰芳，甚至因此被称为‘梅党’。《万古愁曲》《国花行》《梅魂歌》《观梅兰芳演〈雁门关〉剧》《再赠梅郎一首》……都是为梅兰芳写的。梅兰芳声誉鹊起，易顺鼎功不可没，所以他死后，梅兰芳还去哭奠”。[1]

“万古愁”与“国花”——一个戏剧性的象征

易顺鼎 1913 年为梅兰芳创作长篇古诗《万古愁曲》（为歌郎梅兰芳作），全诗共 1400 余字（见附录二），惊世骇俗。

一笑万古春，一啼万古秋。古来有此佳人不？君不见古来之佳人，
或宜嗔不宜喜，或宜喜不宜嗔；或能颦不能笑，或能笑不能颦。
天公欲断诗人魂，欲使万古秋，欲使万古春。
于是召女娲，命伶伦，呼精精空空，摄小小真真，
尽取古来佳人珠啼玉笑之全神，化为今日歌台梅兰芳之色身。……

我见兰芳啼兮，疑尔是梨花带雨之杨妃；
我见兰芳笑兮，疑尔是烽火骊山之褒后。
我睹兰芳之色兮，如唐尧见姑射，窅然丧其万乘焉。
我听兰芳之歌兮，如秦穆闻钧天，耳聋何止三日久。
此时观者台下百千万，我能知其心中十八九。
男子皆欲娶兰芳以为妻，女子皆欲嫁兰芳以为妇。
本来尤物能移人，何止寰中叹稀有。……

兰芳兰芳，尔年二十余，颜色真好姣。我年五十余，容貌已枯槁。
且莫叹枯槁，昔日故人皆宿草。且莫悲宿草，今日天荒兼地老。……
去年我见贾璧云，卫玠璧人当代少。
去年我见朱幼芬，宗之玉树临风皎。

---

1 易顺鼎著、王飚校点：《琴志楼诗集》，上海古籍出版社 2012，前言第 13 页。

今见梅兰芳，使我更倾倒。……

兰芳兰芳兮，尔不合一笑万古春，一啼万古秋。
尔不合使天下二分明月皆在尔之眉头，
尔不合使天下四大海水皆在尔之双眸。
尔不合使西子、王嫱、文君、息妫皆在尔之玉貌，
尔不合使韩娥、秦青、謇姐、车子皆在尔之珠喉。……
兰芳兰芳，吾无以名尔兮，名尔曰万古愁。[1]

开端两句，出手便是大手笔，让人过目难忘。全诗长短错落，排山倒海，看似随心所欲，却是出入历史古今，既极力夸赞梅兰芳集古代美女佳人之玉貌珠喉于一身，又联类今情，以当代名伶之美妙绝人相陪衬，凸显了梅兰芳的天造地设、无与伦比。如此竭尽全力地赞美梅兰芳，自是“为歌郎梅兰芳作”的题中之义，深谙诗法的实甫曾曰“文家本有尊题之法，题系梅兰芳自必尊梅兰芳”[2]，不仅如此，实甫还忆往追昔，展现兰芳祖父梅巧玲[3]的德艺双馨，“焚券”义举，彰显兰芳梨园世家的家学家风：

尔祖先朝第一伶，内廷供奉留芳馨。
儿童亦称大老板，天子亲呼胖巧玲。
岂惟艳色擅歌舞，侠迹流传不胜数。
数千余金券屡焚，七十二家火待举。
我见尔祖出葬时，多少邦人泪如雨。

同时叙写了自己和父亲与梅家的交往，“岂料今日乃与兰芳论交两三世”，穆儒丐《伶史》曰：“独易实甫、罗瘿公、奭召男、冯幼薇诸名流，以其为巧玲孙，特垂青焉。”[4]是故，易顺鼎大力追捧、抒写梅兰芳就不仅仅是尊题

1　易顺鼎著、陈松青校点：《易顺鼎诗文集》（二），湖南人民出版社 2010，第 1099–1101 页。
2　易顺鼎：《哭庵赏菊诗·附录》，《易顺鼎诗文集》（三），湖南人民出版社 2010，第 1773 页。
3　梅巧玲（1842—1882 年），原名芳、字慧仙，为同治、光绪年间声名卓著的旦角。生有二子一女，长子梅雨田（大琐），工胡琴，为谭鑫培琴师；次子梅竹芬（二琐），唱旦角，中年病故，有子梅兰芳。
4　穆儒丐、张次溪编撰，陈均辑校：《伶史·外四种》，北京出版社 2017，第 53 页。

之义了，更有一份“天荒兼地老”“杜老龟年话天宝”之故人与故国的交织，前尘茫茫：

昔日故人皆宿草。
且莫悲宿草，今日天荒兼地老。
我如蓟子训抚铜驼，又似丁令威返华表。
玉马朝周宋国人，金仙辞汉咸阳道。
南内无人泣杜鹃，西台何处招朱鸟。
道家龙汉换开明，杜老龟年话天宝。
……
茫茫三十七年间，影事前尘如电扫。

最终，实甫呼应题目，也呼应开端，归结于“万古愁”：“兰芳兰芳，吾无以名尔兮，名尔曰万古愁。”这样的兰芳实在是要断绝诗人之魂，让诗人无法命名，只能以“万古愁”名尔，以“万古愁”命诗。如此这般的命名命题令人惊叹不已，其实，以《万古愁》为题不是易顺鼎的发明创造。明末清初遗民文学家、书画家归庄（1613—1673年），为明代散文家归有光曾孙，曾作《万古愁》散曲，归庄从那“混沌元包”、盘古女娲、神农轩辕叙起，纵横捭阖贯穿古今，直写到清兵南下破金陵，于古之圣贤君相，无不诋诃，嬉笑怒骂，痛快淋漓，于今之大明王朝则歌功颂德，抒发缅怀之情。归庄此曲长达三千余言[1]，曾在清初风靡一时，清代陈康祺撰《郎潜纪闻》记载：

世祖称赏《万古愁曲》。《万古愁》曲子，沉郁诡瓌，于自古圣贤君相，信笔诋诃，而独痛哭流涕于桑海之际，盖明遗民归庄元恭所作，魏叔子元恭寿序及之。沈绎堂詹事荃谓：“世祖章皇帝尝见此曲，大加称赏，命乐工歌以侑食，《黍离》《麦秀》之歌，乃获播于兴朝之钟吕，亦异事也。”[2]

1 全诗见《归庄集》（卷二），上海古籍出版社 1984，第 157-161 页。
2 陈康祺：《郎潜纪闻 初笔二笔三笔》（下册、二笔、卷十三），中华书局 1984，第 567 页。

同为遗民，又“于学无所不窥”的易顺鼎或许知道归庄所作？但他《和樊山“骀”字韵》一诗，有“画帘燕子三春社，檀板凫西万古愁”句，其自注云：“贾凫西《鼓词》，一名《万古愁》，余近亦作《万古愁曲》。”[1]他提到的非归庄，而是明末清初鼓词作家贾凫西（1590—1674年），名应宠，字思退，自号木皮散客。归、贾两人皆为鼓曲名家，都经历了明代灭亡，做了遗民，都在《万古愁》里激烈表达愤世嫉俗之情，但两人对于故国明朝的态度有别，归氏极力歌颂明统治者为“圣神孙子，一个个垂裳问道，食旰衣宵”[2]，而贾氏则把明朝放在历史长河中作客观对象化的审视。如果易顺鼎明明知道归庄之曲却不提，提到的反而是名气逊于归庄的贾凫西，个中原因便颇值得玩味，虽然都选择了做遗民，但是对待前朝的态度却有别。然而，无论是借题贾氏还是归氏，我们的问题是：为什么实甫不直接题写《梅郎曲》？一如其《贾郎曲》《朱郎曲》，完成一个“三郎曲”系列，岂不更好？实际上，这是作者有意借题发挥。初读实甫《万古愁曲》，其对梅兰芳无以复加的夸赞让人眩目震惊，在其言语极致的倾泻下，读者掉进了梅郎“绝代佳人”的陷阱中，随其“一笑万古春，一啼万古秋”，穿越于历史古今美男美女尤物移人……却掩盖了“万古愁”的实质，如李白《将进酒》“五花马，千金裘，呼儿将出换美酒，与尔同销万古愁”，李白有李白的万古愁，贾凫西、归庄有他们的万古愁，实甫不也有自己的万古愁？大才子易顺鼎正是借着前人的万古愁，为我所用，变化己意，以梅兰芳来承载万古愁，高扬万古愁，销解万古愁，“兰芳兰芳，吾无以名尔兮，名尔曰万古愁”！

实甫此诗一出，效果非同凡响，1913—1914年初最早编印的一本梅兰芳专集《梅兰芳》之文艺部分，1914年的特刊《梅陆集》之诗歌部分，皆以此首为开篇之作，“那份对梅的痴迷……奏响民初文人爱梅的最强音”（谷曙光《梅兰芳特刊专集叙论》）。又，《民国人物碑传集》曰：“梅伶名未盛时，君赋《万古愁诗》张之，名遂鹊起，梅深感之。病中馈珍药，既殁致重赙，哭奠极哀，以是为君之晚遇可矣。”[3]1913年的梅兰芳，实岁不足二十，确实太需要社会各界为其“张之”，德性厚道的梅氏对此是深有知遇之感的。

---

1 易顺鼎著、陈松青校点：《易顺鼎诗文集》（二），湖南人民出版社2010，第1102页。

2 《归庄集》（卷二），上海古籍出版社1982，第159页。

3 卞孝萱、唐文权：《民国人物碑传集》，凤凰出版社2011，第603页。

实甫咏梅诗目前共搜集到17首(见附录二),以下几首代表作亦非同寻常。

《梅郎为余置酒冯幼薇宅中，赏芍药，留连竟日，因赋〈国花行〉赠之，并索同座瘿公、秋岳和》（简称《国花行》）：

冯侯宅中芍药开，梅郎招我看花来。梅郎本与梅花似，合冠群芳作党魁。

……

芍看梅郎梅看芍，我虽看芍还评梅。京师第一青衣剧，梅郎青衣又第一。

梅郎每演青衣时，冷似梅花玉妃泣。时作菩萨垂华鬘，时作贵妇戴花冠。

……

天香国色此时看，斗大一枝红芍也。姚黄魏紫几千春，都借梅郎得返魂。

……

请将五色文通笔，品定梅郎作国花。[1]

实甫应邀与同仁到梅兰芳的恩人冯耿光宅中赏芍药，同座罗瘿公、黄秋岳（黄濬）也是文人，自然要作诗评梅，“我虽看芍还评梅”，最后的品评是“梅郎作国花”，诗题也以《国花行》赠予兰芳。罗瘿公和作《和实甫〈国花行〉戏仿实公体》（见附录二），因有“梅魂已属冯家有”句而后悔，于是，实甫又戏作《梅魂歌》：

千古以来之名花，惟有菊花属陶家，梅花属林家。

此外诸花皆非一家所能有，岂非天下之宝当与天下共之耶！

可知天下之尤物，即是天下之公物。……

菊魂我今且勿论，请论数千年来之梅魂。

数千年来梅魂，乃在梅兰芳之一身。

哭庵亦复代表全国之人民，来为梅魂梅影传其真。……

哭庵又何敢自负，自负不过梅魂一走狗。[2]

---

1 易顺鼎著、陈松青校点：《易顺鼎诗文集》（二），湖南人民出版社2010，第1124–1125页。

2 同上，第1125–1126页。

青年梅兰芳在艺术道路上奋勇精进，如此“天下之尤物”打破了“以色迷人”的魔咒，名声如日中天，成为“天下之公物”，理想化的公众人物，追捧他的文人雅士看好他、高扬他，又如实甫《崇效寺看牡丹四绝句》其四：

神明华胄久萧条，建设人才亦寂寥。
璀璨庄严惟剩汝，国魂须向国花招。[1]

“璀璨庄严惟剩汝，国魂须向国花招”的至高标榜非同小可，学者叶凯蒂认为：“同时把‘国花’的功能与责任看得很重：‘在国民精神萧条，建设人才亦寂寥的情况下，国魂需向国花招。’在这批文人的感情世界中，旦角好比年轻幼稚的共和国，是个可爱的，有前途的孩子。他有成长为顶天立地的男子汉的可能性，但此时还带有所有女性具有的美与弱点，需要照料、支持、引导。把旦角比喻为‘国花’，是民初北京这批影响力与召唤力极大的文人，给年轻的共和国创立的一个戏剧性的象征，表明他们对年轻的共和国需要依赖文人的支持与鞭策的看法。”[2]

在此，叶女士所指文人比较笼统，就易顺鼎等清遗民而言，年轻幼稚的共和国在他们眼里并不可爱。然而，叶女士眼光深邃，认为这批文人在民初“影响力与召唤力极大”，的确，尽管他们多是旧文人，但在民初并非后世想象那样立刻边缘化，他们还是认为自身的文化资本是可以自矜自骄，发挥相当大的作用的，年轻的旦角也是需要他们引领和塑造的，由此突显自身存在的价值和意义，此其一。其二，易顺鼎将梅兰芳揄扬飞天至“国魂须向国花招”，实际上暗讽混乱的民国“国民精神萧条，建设人才亦寂寥”，失去了国之魂灵，还不如一位 “国花”旦角“璀璨庄严”，具有美好的精神力量，成为时代文化的形象代表和一个戏剧性象征。

易顺鼎笔下的梅兰芳，无论是“万古愁”还是“国花”，都既是至高无上的评价追捧，又是寄寓遗民审美情感、文化精神的象征。

1　易顺鼎著、陈松青校点：《易顺鼎诗文集》（二），湖南人民出版社 2010，第 1118 页。
2　叶凯蒂：《从护花人到知音——清末民初北京文人的文化活动与旦角的明星化》，《北京：都市想象与文化记忆》，北京大学出版社 2005，第 123 页。

“琴书”“幽兰”与“鹤”——一见如故的“知音”

樊增祥与梅兰芳[1]的结识则是易顺鼎牵线。

民国二年（1913年）冬天，梅兰芳首次随同著名京剧老生王凤卿（1883—1959年）赴沪演出。易顺鼎有诗《送兰芳偕凤卿赴春申，即为介绍天琴居士》寄赠樊山，诗有二首，第一首主要赞美梅兰芳“花比牡丹”，并相信其初降南方“不负缕金衣”。年近二十的梅兰芳是第一次离开京城出远门，首次上海演出能否成功，对于兰芳的艺术生涯至关重要，故实甫以诗相送并为之勉励。第二首如下：

申浦三云碧素青，更添二妙合双清。
渡来碧海留鸾影，飞上丹山听凤声。
洛市羊车看卫过，延津龙剑待张评。
江南若见樊夫子，为道羁愁满上京。[2]

此诗第一句后自注：“天琴有‘海上三云青碧素’句，谓贾碧云、朱素云、张云青也。” 贾碧云、朱素云见后文。末两句既是扣题“介绍”相识，又表达了实甫的致意和落寞。

在沪演出期间，王凤卿（按：王瑶卿之弟）和梅兰芳果然前往拜访樊增祥。酒过半巡，王凤卿以三幅手卷向樊山索题。樊增祥作于癸丑仲冬（1913年）八日的《题翁覃溪先生墨迹卷子》（王凤卿索题）有载：“余虽不工书，顾所藏明清两朝名人真迹，不下数百事。遭离末世，风雨漂摇，海角羁棲，徒与断楮�缣相守。自老友十数人外，殆无人来，来亦弗见。会沪上舞台延王凤卿、梅兰芳至，都门老友易石甫以诗介绍，属其来谒。时方冬仲，夷叔翰林偕兰芳及凤卿之子，过访草堂。是夕，刚侯同社招饮旗亭。至则素云、兰芳、凤卿皆在，欢然道故，如四十年前长安过夏，身在歌云酒雨间也。凤卿竺耆书画，酒半，出三手卷乞题，皆灼热名迹。携归展视，益用喟然。方今吾辈旧人，

1　参见程翔章《樊增祥与梅兰芳》，《文学教育》（下）2017年12期。本文多有参考，特此说明。

2　易顺鼎著、陈松青校点：《易顺鼎诗文集》（二），湖南人民出版社2010，第1152页。

自同溝断，而闻声倾倒，乃在何戡、田顺之俦。昔杜陵怊怅于遐年，娄县沉吟于苏柳，心之悲矣，良有由哉。”[1]

可见，1913 年樊增祥与梅兰芳相识于上海，樊山年长王凤卿、梅兰芳三四十岁，那时他已是六十七八岁的老年人，凤卿、兰芳皆后生晚辈。樊山二十余岁时即好收藏，其藏书楼题名“樊园”，藏书二十余万卷，书画、碑帖等十几巨麓，被视为收藏家。何况“樊名满天下，后世小子唯樊为趋向”（王森然《樊增祥先生评传》），王凤卿正好逮住机会“乞题”。凤卿嗜好书画收藏，尤其好翁覃溪书（翁覃溪即清代著名书法家、文学家翁方纲之号），罗瘿公《鞠部丛谈》有载王凤卿出示其收藏，向梁节庵、易实甫、陈石遗等乞题事。在此注意，樊樊山用“出三手卷乞题”，“乞题”二字，虽然也是通行的说法，但还是清楚地表明各自的身份辈份。尽管樊山已是时过境迁、今非昔比的“旧人”，日子多是“海角羁棲，徒与断楮藿缣相守”，如今虽也“闻声倾倒”于凤卿、兰芳的歌舞戏曲，但其实“心之悲矣”，是不会自降身段的。而此时青春年少的梅兰芳初次来上海演出，人生地不熟，他在戏坛的地位还没有建立，是以王凤卿为主他为辅，又是初识樊樊山，所以“乞题”都只能是王凤卿。后来梅兰芳成为了一代京剧大师，今人因此往往不顾当时的实情实理，一味贬斥遗老们捧角，看不到或不愿承认这是双方各取所需的事实。

结识梅兰芳后，樊樊山亦作一首长篇《梅郎曲》（七言歌行），与实甫那汪洋恣肆、夸张到极致的表现自是不同，可分为四大部分：

> 梅郎盛名冠京师，才可十九二十时。
> 绣丝的是佳公子，傅粉居然好女儿。
> 海上歌台封故步，拂弦难得周郎顾。
> 亟走金台选妙伶，左骧史妠知何处。
> 梅郎娇小建章莺，巧啭春风第一声。
> 东阁仙花是侬姓，左徒香草是侬名。
> 渠侬家在韩潭住，姓名传遍江南路。
> 丹桂园中第一台，须第一人作钱树。

---

1 樊增祥著，涂晓马、陈宇俊校点：《樊樊山诗集》（下），上海古籍出版社 2004，第 1984 页。

吴天飞下凤皇雏，朝阳一鸣万目注。
霓裳法曲世间无，锦掷缠头不知数。
吴儿听郎歌，金雁斜飞唤奈何。
吴姬见郎舞，含情欲语防鹦鹉。
沉醉江南士女心，衣襟总带梅花谱（园主以郎照像遍赠座客）。

以上第一部分，尽力渲染梅兰芳的青春、声名及观众的热烈反响。

岂期郎意重老成，传语樊山问安否。
易五寄我琼瑶音，道郎美慧知我深。
采云两曲略上口，琴楼一梦屡沉吟。
癸丑仲冬月初七，郎来引入芝兰室。
渡江洗马无此容，琼树一枝照瑶席。
不言早识玉性情，微笑如闻花气息。
执经即是张雕武，学诗愿从黄鲁直。
翻笑世家无子弟，未入学堂知法律。
我如汝年游上京，汝祖椒掖皆知名。
后来复见汝诸父，研光帽底花奴鼓。
十年来去景和堂，一朵朱霞映门户。（谓暧云）
南台御史李会稽，亲将第一仙人许。（悉伯师谓霞芬为真状元）
倘教霞川今尚存，定夺锦袍来乞汝。
是日尽醉酒家楼，凤卿素云皆汝俦。
合为白玉连环样，同引珍珠一串喉。

第二部分叙写相识初会是关键。樊、梅双方在易五的牵线搭桥下结识相会，梅郎“重老成”早有准备，因而“知我深”，对樊山的二首《彩云曲》和《琴楼梦》都了如指掌。樊山也对这初次相见很看重，特地记录下日子“癸丑仲冬月初七”（即 1913 年 11 月初七），似乎都有相见恨晚之意。毕竟樊山当年就看过兰芳祖父梅巧玲的演出：“我如汝年游上京，汝祖椒掖皆知名。”据罗瘿公《鞠部丛谈》载，梅巧玲最擅长演《盘丝洞》一剧，樊山曾经观赏过。接着樊山以其师李慈铭（李会稽）最赏识的名伶朱霞芬来对照，“定夺锦袍来乞汝”也要甘拜梅郎下风，复点出此次相见人物还有王凤卿、朱素云。

李慈铭（1830—1894年），清末同光之际才望倾朝的学者。初名模，字式侯，字悉（爱）伯，号莼客，室名越缦堂，晚年自署“越缦老人”，会稽（今浙江绍兴）人。光绪六年（1880）进士，官至山西道监察御史。终生仕途蹭蹬，困顿落拓，清高狂放，然其穷年孜孜，笃学不怠，于诗文、考据、小学等均有精深造诣，学识渊博，声名斐然，被誉为“旧文学的殿军”，其《越缦堂日记》极负盛名。1871年樊山入京参加会试，初识李慈铭，后尊李氏为师，樊山诗词以及观戏捧角等方面深受李氏影响。朱霞芬乃景和堂梅巧玲之徒，梅兰芳之师，光绪丙子菊榜状元。李慈铭风流不羁，与少年朱霞芬交往甚密，屡屡招饮，《清代燕都梨园史料》中录《越缦堂菊话》，叙梨园中事，大多为李氏招饮霞芬等三伶而作。曾朴小说《孽海花》中人物多有影射，李慈铭、朱霞芬等人与事亦在其中。

以下第三部分写夜入梨园听歌观舞，以生花妙笔刻画梅郎的演出如何高妙动人。

夜入梨园第一部，听郎清歌见郎舞。
万人如海看红妆，万炬无烟照海棠。
才揭绣帘犹掩抑，徐登锦罽故回翔。
腰肢一捻灵和柳，学得簸钱堂下走。
看似轻盈极端重，才欲收光更迟久。
燕去红襟双剪齐，莺来一点黄金溜。
引吭敛黛歌一声，齿牙伶俐丝簧清。
声声到尾有旋折，字字入耳俱分明。
促节紧打催花鼓，曼音细咽云和笙。
行云上遏玉初振，潜气内转丹九成。
歌声九变俄复贯，锁骨观音法身现。
锦鞦罗襦不动尘，微微头上宫花颤。

第四部分，曲终奏雅，是全诗的精华所在：

吁嗟乎！九流百家具本末，此郎佳处玉在璞。

徒于歌舞称赏音，皮相固知非伯乐。
琴书静对两忘言，淡似幽兰驯似鹤。
专门才技何足言，以外有余方是学。
我见梅郎如饮醇，吴中但说好伶伦。
亦如七十樊山老，只把文章动世人。[1]

虽然是初识，樊山却深至感叹，自许为梅郎的伯乐知音，认为“徒于歌舞称赏音，皮相固知非伯乐”，因此更以琴书的清雅、兰鹤的幽洁来赞美畹华的品性，从而超越于世俗的声色之“赏”，以文士看重的“雅”来达成双方的新型关系，这样的关系对成就民国京剧的辉煌至关重要。最后提升境界，夸梅连带自夸：梅之曲亦如樊之文，不仅仅是“专门才技”，而需“以外有余方是学”即“功夫在诗外”，才能有“动世人”的效果和意义。

樊山不愧是大家，对梅兰芳声色技艺的镂金刻彩是必须的，但若仅止于此，梅郎与一般声色姣好的旦角也就相差无几，而有了第四部分，添补上梅郎璞玉兰鹤之超凡脱俗的性情美，才能堪称“完美”，全方位地“动世人”，同时又自诩了自身的“伯乐”之智，可谓一箭双雕。

樊增祥的文才声名远扬，梅兰芳也有心结交各方面的名流达人，有文章载：“迨民国二三年之后，此一朵国花乃渐其交际之活泼灵敏，其程度可称与年俱进，举凡历任达官贵人、军阀政客、财阀名流、各国名人、骚士墨客、报界先生、票友闻人，无不周旋交欢，各得其宜。”[2]“各得其宜”，一语中的。后来梅兰芳也曾拜樊增祥为师，向其学习诗词，樊山老为之修改《贵妃醉酒》《霸王别姬》《洛神》《游园惊梦》等戏曲文词，为之打磨而增光添彩“动世人”。

此外，多才多艺的樊增祥还曾客串编戏，创编过《盘龙剑》《后义妖传》等剧本，串得个珠圆玉润满纸琳琅，但恐怕并不适合搬演于舞台。

樊山《梅郎曲》与实甫《万古愁曲》，皆作于1913年，然诗笔诗心皆不同，尽管如此，却堪称“咏梅诗”之双璧。《梅郎曲》也编入了1913年和1914年的专集《梅兰芳》《梅陆集》中。那时“小荷才露尖尖角”的梅郎，正是最需

1　樊增祥著，涂晓马、陈宇俊校点：《樊樊山诗集》（下），上海古籍出版社2004，第1803-1804页。
2　张肖伧：《梅兰芳之种种》，《戏剧月刊》1928年第1卷第6期。

要名流闻达、报界媒体为其大力宣传鼓吹之时，真有雪中送炭之效。此后，穆儒丐《伶史·梅巧玲世家第一》（1917 年出版），波多野乾一《京剧二百年之历史》（1926 年出版）都录入《梅郎曲》全诗，可见樊山诗的影响力。

《黛玉葬花》与《天女散花》——遗民的审美趣尚

对梅郎的才艺品性大力揄扬是广义的戏评，然而，毕竟梅兰芳是京剧艺人，他所演出的戏曲能不能俘获观众，赢得市场才是根本，因此樊、易亦对他们喜爱的畹华新编剧高唱赞歌，可谓真正的“以韵语代戏评”。

民国四年（1915 年）四月至民国五年（1916 年）九月，梅兰芳相当紧张忙碌，排演了各种形式的新戏，其中古装新戏《嫦娥奔月》《黛玉葬花》《千金一笑》，一经上演便大受欢迎。遗民们对改自《红楼梦》的《黛玉葬花》情有独钟。梅党们趁热打铁，立即于1916 年出版了《梅兰芳〈黛玉葬花〉曲本》，除了刊印《黛玉葬花》剧本外，还收入诗钞、戏考和剧评，《诗钞》中樊、易皆有诗作。

樊增祥“无端来顾梅郎曲”

樊增祥之《〈葬花曲〉为梅郎兰芳作》被时人评为最出色当行，全诗如下：[1]

作画难写美女形，著书难言美女情。
欲貌书中幽淑女，绮情玉貌须天生。
悼红轩中雪芹笔，小说家言推第一。
林家娇女第一人，除却神瑛无与匹。
稗史描画情生文，梨园爨演难其人。
当年黛玉悲秋曲，同治初年时一闻。
桂官紫稼不可作，巧玲约略能传神。（咸同之交，兰芳之祖巧玲尝演黛玉悲秋一出）
自云环肥输燕瘦，苦竹潇湘微失真（巧玲貌丰，年近而立，即不复演此出）。

1　犟戡道人编辑：《梅兰芳〈黛玉葬花〉曲本》，上海石印局印刷，民国五年八月。谷曙光：《梅兰芳珍稀史料汇刊》（叁），学苑出版社 2015，第 1110–1113 页。

娇孙天真莲花面，藕作玲珑心一片。
将身写入葬花园，瘦于彩蝶轻于燕。
金凤双衔掩对襟，翠螺一髻垂长辫。
宏农偎巧妙语言，公孙顿挫夸身段。
吟花能写百花真，葬花能妥百花魂。
只愁红粉年年老，不及花枝岁岁新。
颦卿未种鸳鸯福，成就娥眉一世颦。
亏他妙解诗中意，使我低徊画里身。
苔茵收拾残花片，桃李芳园犹烂漫。
眼前一角沁芳亭，隔帘隐约梨香院。
帘中谁唱丽娘词，丽娘词比花还艳。
敛黛低鬟侧耳听，歌云一缕青丝罥。

是谁歌曲绣帘旁，四十年前乔郑香。
洛下璧人今老大，霸城金狄几烟霜。
无端来顾梅郎曲，一曲临川能断肠。
听视何戡如故旧，况堪江令感兴亡。
吾家孟光今六十，髫年曾听悲秋笛。
今来舞榭看兰芳，香祖依稀能记忆。
梅花也似汉庭薪，应放后来一头出。（内子之言如此）
等是倾城倾国姿，书中犹虚眼前实。
花谢花开春复秋，至今万口说青楼。
情如湘水流难尽，话到西溟始欲愁。
灰线怡红金孔雀，泪痕拢翠土馒头。
君不见，绛珠两现娉婷影，也费梅花三世修。

《红楼梦》中的林黛玉，可谓一千个读者心目中就有一千个林黛玉，其美其才、其情其性，只可意会，难以描摹扮演，樊山诗以此发端。但“当年黛玉悲秋曲，同治初年时一闻”，梅兰芳的祖父梅巧玲就曾扮演过“黛玉悲秋”。只是“胖巧玲”扮演“苦竹潇湘微失真”，如今孙儿兰芳“绮情玉貌”，青出于蓝而胜于蓝，“将身写入葬花园，瘦于彩蝶轻于燕”，那娇媚清瘦的形象体态首先就能赢得观众“公孙顿挫夸身段”。其次，兰芳优雅的气质、体会人物的能力出类拔萃，“成就娥眉一世颦。亏他妙解诗中意，使我低徊画里身”。那时的梅兰芳二十出头，虽然艺术上还达不到后来的炉火纯青，但有扮相、有嗓子、有底气，又肯下功夫钻研，尤其在表情方面，他比旁人更能够领会，也特别喜欢追究剧中人物的性格身份和心理，想方设法都要恰如其分又细腻精美地表现出来，《申报》关于梅兰芳表演《黛玉葬花》有载：

闻琴声而愁闷不乐，见宝玉之书而再三索阅，阅《西厢》而不忍释手，见“如花美眷似水流年”句倍增伤情，叹息至再，愈思愈闷，以至于悲不自胜，此情此景，难以笔述。而梅竟能体贴至微，非有心得，易克臻此，成不愧以是剧而享大名，冠绝侪辈。[1]

又，梅兰芳 1961 年去世后，与其搭档四十多年的老友姜妙香发表《谈梅兰芳的〈黛玉葬花〉》曰：

兰芳演《黛玉葬花》，出场时，走得慢，站得直。亮相时，脸稍昂，凝望前方，目光闪闪像秋天的晨星一样。走向台中央时，眼睑略垂，眼珠缓缓地转动，然后站住，脸上透出几分哀怨的神情，嘴角仿佛微微有些颤动。接着念引子“孤苦伶仃，一腔心事向谁论？”，声调娇柔凄婉，这时场子里常是鸦雀无声。一个出场和亮相就把林黛玉的悲剧性格显示了出来，一句引子就把舞台上凄切的气氛烘托了出来，把观众领进了戏里。[2]

可见，梅兰芳扮演的林黛玉是绝妙的、独一无二的，是典型的“人抬戏”（后世少有人再演清冷的《黛玉葬花》了）。樊山“等是倾城倾国姿，书中犹虚眼前实”给予了高度赞美。樊山一方面尽力摹写《黛玉葬花》人物、环境、表演等应有的题中之义，有着花落水流红的清丽。另一方面更重要的表白和抒发是“无端来顾梅郎曲，一曲临川能断肠。听视何戡如故旧，况堪江

1 《梅兰芳之〈黛玉葬花〉》，《申报》1924 年 4 月 21 日。
2 姜妙香：《谈梅兰芳的〈黛玉葬花〉》，《光明日报》1962 年 8 月 7 日。

令感兴亡。”“无端来顾”四字，不可轻觑，好似“锦瑟无端五十弦”是莫名所以的，是怅惘难言的，或许于樊增祥而言，并非有心要捧角，有意于名伶，他曾道：“意不能无所寄。声色服玩，非性所嗜，此事差以自娱。”故“无端来顾”，似有意似无意，若可来若可不来，然而，终究还是“来顾”，不过是“差以自娱”矣，梅郎曲却让人“断肠”“感兴亡”，并勾起观者的往事记忆：“四十年前乔郑香，洛下璧人今老大，霸城金狄几烟霜”“吾家孟光今六十，髫年曾听悲秋笛。今来舞榭看兰芳，香祖依稀能记忆。”乔郑香字蕙兰，当年为昆曲第一旦，梅兰芳、程砚秋都曾拜他为师，学习昆曲。“洛下璧人”用典：西晋美男子卫玠乘白羊车于洛阳，咸曰“谁家璧人？”乔蕙兰大约出生于 19 世纪 50 年代，樊山写作此诗应该是 1916 年，故有“洛下璧人今老大”之叹，“吾家孟光”指樊山妻子，年幼时也曾听过郑香曲。这几句出语看似平静，骨子里却深蕴感慨。而“情如湘水流难尽，话到西溟始欲愁”则直抒情愁，最终照应开头，归结赞扬巧玲、兰芳祖孙三世的修美：“君不见，绛珠两现娉婷影，也费梅花三世修。”全诗歌颂梅郎及《葬花曲》的主线，与抒发今昔之感的副线并织，吟花葬花的凄伤与观者的沧桑，都在“无端来顾梅郎曲”中回响。

易顺鼎“石头记谁是怡红才”

易顺鼎《葬花曲》（观梅兰芳演《石头记》林黛玉新剧作）[1]，1916 年收入《梅兰芳〈黛玉葬花〉曲本》，1919 年 10 月发行的《春柳》杂志第八期上亦刊。实甫诗比樊山诗更长，表现手法与《万古愁曲》异曲同工，摘录如下（全诗见附录二）：

君不见汉家美人王昭君，唐家美人杨太真。
洗空北地胭脂色，沉醉东风芍药春。
君不见许状元之本生母，张解元之未婚妇。
青儿主仆宋稗官，红娘主仆元乐府。

1　谷曙光编校：《梅兰芳珍稀史料汇刊》（叁），学苑出版社 2015，第 1116–1119 页。易顺鼎著、陈松青校点：《易顺鼎诗文集》（三），湖南人民出版社 2010，第 1718–1719 页。

君不见《思凡》曲唱女冠子，惊美词填李笠翁。
礼佛秋宵木鱼响，题诗春书纸鸾风。
吉祥新剧观六七，《嫦娥奔月》尤超轶。
百千万劫叹无双，三十六天夸第一。
演之者谁天仙人，天仙化作梅郎身。
更排《黛玉葬花》剧，似返绛珠仙草魂。
绛珠仙草生何处，万古泪华所凝聚。
谁从青埂峰上栽，误堕红楼梦中去。
……
侬是吴城小龙女，一生泪雨如花雨。
倩谁炼石补青天，替他埋玉堆黄土。
侬今葬花人笑痴，他年葬侬感合肥。（李合肥喜举此二语）
燕子偷窥临水影，鹦哥学诵葬花诗。
流水落花李后主，花落水流王实甫。
如花似水更堪悲，肠断临川汤显祖。
牙签玉轴误搜罗（所持《牡丹亭》《会真记》皆瘦公物），徒感幽情唤奈何。
……
姚黄魏紫都难比，何况千红兼万紫。
采药麻姑态逊娇，散花天女颜输美。
素蛾漫拟斗婵娟，已嫁终输未嫁妍。
一自人间到天上，一从天上到人间。
宫闱幽恨乾坤满，安得梅郎来遍演？
五万花魂借体还，大千秋色双眉管。
吁嗟乎！君不见长生殿曾受老黄灾，沉香亭空将太白催。
玉茗堂宜偕小青读，石头记谁是怡红才？

易诗仍然笔歌墨舞，纵笔驰骋。起笔三个“君不见”有李太白遗风，实则将梅兰芳演过的众多美女排比“而见”：“汉家美人”王昭君（《出塞》）、“唐家美人”杨玉环（《醉酒》）、“许状元之本生母”白素贞（《金山寺》）、“张解元之未婚妇”崔莺莺（《佳期》）等，进而又将梅兰芳当时的几部代表作《嫦娥奔月》《天女散花》《麻姑献寿》等与《黛玉葬花》比较，作者尤其偏爱《葬花》，实甫曾自称“怡红公子”，受《红楼梦》影响甚深，故于此剧此诗中代入了自悲自悼的情感[1]。王森然曰“或谓实甫曾以贾宝玉自况，湘绮（王闿运之号）曾为诗以调之。民国五年丙辰（一九一六）二月十一日，梅郎演《黛玉葬花》于文明茶园，实甫偕樊山诸名士等往观，去贾宝玉者为姜妙香，实甫以为不称。其名士曰‘使君为之如何？’易曰：‘当差强人意。’相与大笑。此诗结句，亦俨然有舍我其谁之概”[2]。又，陈墨香《观剧生活素描》有类似的记载：“记得易实甫看了畹华的《葬花》，说姜六（姜妙香）不称个宝玉。樊云门说：‘姜六不称宝玉，我看阁下倒还称职。只阁下扮了宝玉，这梅郎的黛玉又不像了，总得换上龚云甫（按：著名老旦演员）。’引得满座大笑。”[3]在满座的戏谑嬉笑中，有实甫以宝玉自况的自恋自怜。

《黛玉葬花》全剧只五人共四场，流水春残落红燕语，词句皆本《红楼梦》几乎无杜撰，以极幽美清雅凄楚取胜，没有多少情节，非对“红学”三折肱者不能赏，却正合精英文人的文化审美口味。

1917年冬，梅兰芳及其梅党新编的佛教戏《天女散花》于北京东安市场吉祥园首演，该戏亦成为文人的最爱之一。1919年村田乌江著日文版《支那剧与梅兰芳》专集，末附中文《咏梅集》，1920年梅社编印《梅兰芳》集，两者都刊载了樊、易以及罗瘿公为《天女散花》所作诗歌。樊增祥《〈天女散花〉曲为梅郎作》，《樊樊山诗集》未收，录全诗如下[4]：

三代威仪在于僧，僧家威仪今在伶。
释迦佛出冠宝瓔，袈裟镂金红于猩。
天王甲胄状狰狞，金刚戴面黄蓝赪。
应真十八各殊形，转珠闍诵莲华经。
佛光如月晕几层，光中隐现垂天鹏。
佛告伽蓝汝徂征，维摩示疾为众生。

1 参见陈松青《易顺鼎的“宝玉情结”》，《易顺鼎研究》，湖南人民出版社 2011，第 356–366 页。
2 王森然：《易顺鼎先生评传》，《近代名家评传》（二集），生活·读书·新知三联书店 1998，第 125 页。
3 陈墨香：《观剧生活素描》，《梨园外史·附》，中国戏剧出版社 2015，第 218 页。
4 梅社编印：《梅兰芳》，中华书局 1920 年第 3 版，第 140–142 页。谷曙光：《梅兰芳珍稀史料汇刊》（三），学苑出版社 2015，第 1320–1321 页。

众病岂得独康宁，如红炉雪点始醒。
自天雨花偏八纮，兹事惟有天女能。
欻然绣幞一声莺，声如戛玉锵流铃。
台上齐奏云和笙，侍人蜜香或双成。

前引琉璃无尽灯，九华宫扇白鹭翎。
此时天女降云軿，一枝玉蝶梅花馨。
头上宝髻燕钗横，身上纤縠六铢轻。
断红双脸长眉青，绛唇一点樊素樱。
玉盘历落珍珠倾，引吭陈节亮且清。
坐定伽蓝宣玉音，慈悲为女女心怦。
爰呼花奴理行胜，维摩诘住毗耶城。
飞天仙人下玉京，足不履地踏云行。
满身珠珞隋苑萤，电光激射红素冰。
两条绣带风泠泠，式歌且舞皆中程。
圆如法轮转不停，浏漓浑脱眩目睛。
分时两道彩虹明，合为一球狮子擎。

通身解数娇珑玲，节簇一一谐韶韺。
少焉维摩讲净名，圣众趺坐侧耳听。
华严楼阁弹指成，其上涌现双娉婷。
天女索花花奴应，风鬟雾鬓交相萦。
此时曼歌鸾鸟鸣，此时软舞蛱蝶惊。
飞花滚雪身手灵，千红万紫一篮盛。
歌一句撒花一升，舞一遍撒花一坪。
上头五采结云棚，下界香雨沾衣缨。
曲终翻倒甘露瓶，万花飞舞红蜻蜓。
维摩与众俱安平，世界银色生光晶。
将毋郎即玉女星，不然亦是许飞琼。
公孙弟子不如卿，为此歌者或少陵。

此首与樊山前两首明显“有我”（即作者自我）之作不同，笔墨几乎都聚焦于梅郎及其《天女散花》本身，开端即点出这是一出僧佛戏：“三代威仪在于僧，僧家威仪今在伶。释迦佛出冠宝璎，袈裟镂金红于猩。”《天女散花》出自佛家经典《维摩诘经》，故接着就有“佛告伽蓝汝徂征，维摩示疾为众生”“自天雨花偏八纮，兹事惟有天女能”说明出处。主体部分则是对舞台流光溢彩，天女之珠络满身、绣带风飘、且歌且舞的绘声绘色：“满身珠珞隋苑萤，电光激射红素冰。两条绣带风泠泠，式歌且舞皆中程。”“歌一句撒花一升，舞一遍撒花一坪。上头五采结云棚，下界香雨沾衣缨。”樊樊山精湛的诗歌艺术，为读者生动形象地再现了该剧声光电的舞美和腾云驾雾、花雨纷飞的绸带舞高超演技。当初梅兰芳为此戏狠下功夫练习绸带舞，最终取得了绝佳的舞美效果。全诗仅于收束两句暗含感慨和夸耀“公孙弟子不如卿，为此歌者或少陵”，杜少陵诗《观公孙大娘弟子舞剑器行》是通过抒写观舞而抚今追昔的名篇，在此，樊樊山终于“临去秋波那一转”，还是忍不住夸梅兼带自夸了。

易顺鼎有一首和作《和天琴老人〈散花曲〉》，《易顺鼎诗文集》亦未收，如下：[1]

王子出家昔为僧，天女降世今为伶。
修罗髑髅作珞璎，波旬喜怒同狒猩。
夜叉罗刹狰且狞，两戈两戟雨雪赪。
震旦杀人更无形，终归自杀与自经。
地狱还堕十八层，庄生感愤托溟鹏。
屈子乘虬思上征，佛生本为众生生。
岂如庄生但撄宁，岂如屈子甘独醒。
欲雨天花洗埏紘，天女殊胜秀与能。
声之美者燕与莺，声之清者磬与铃。
声之雅者琴与笙，况兼色相天生成。
压倒三四七诸灯，扫花清道翠凤翎。
降生下界登辎軿，何物老妪生宁馨。

1　梅社编印：《梅兰芳》，中华书局 1920，第 142–144 页。谷曙光：《梅兰芳珍稀史料汇刊》（叁），学苑出版社 2015，第 1321–1323 页。

玉体不学摩登横，锁骨不似菩萨轻。
亦非韩娥非秦青，亦非郭芍非郑樱。
一笑岂使城为倾，一笑能使河为清。
慈悲合称观世音，色身救世心怦怦。
五铢衣薄无行縢，辞十二楼及五城。
从玉京来堕帝京，屏风上立香炉行。
世界电火兼风萤，中有姑射之雪冰。
似受舜禹之真泠，歌中之圣长赓程，
梁尘能落云能停，虽足厌耳难厌睛。
何人领袖明僮明，舞台一柱天独擎。
曰梅老板胖巧玲，谭英秀让秀且英。
爰绳祖武饮香名，霓裳法曲人间听。

忽独与余兮目成，国香国色真娉婷。
洗兵解甲呼定膺，肉刑永除因缇萦。
已超龙树及马鸣，直令石破还天惊。
雨苏四百兆生灵，花充卅六天粲盛。
舞罢持裾防上升，玉女峰近青柯坪。
颐和园已无天棚，吉祥园独罗衿缨。
观者各饱露满瓶，万人起舞如蜻蜓。
美哉冠玉真陈平，在新名词曰结晶。
汉武不必祠明星，陈思不必感智琼。
宰相表宜列圣卿，《伶官传》漫编庐陵。

易实甫的诗笔除了赞美兰芳的色与艺外，仍然一如既往地开宕回旋、腾跃时空、旁涉古今，如远牵庄生、屈子、汉武、陈思（曹植）、庐陵（欧阳修编《五代伶官传》），近写颐和园、吉祥园等，而非樊山那样专注于剧作本身。

1920年梅社编印的《梅兰芳》中有“春柳旧主”谈《天女散花》一文，其中云：“《天女散花》之特点为歌舞剧，其舞姿纯取乎中国古式而采取东洋之踊及西洋跳舞之长，以成一种世界的舞。”[1]这样一个融合了中外文化和

1 谷曙光：《梅兰芳珍稀史料汇刊》（叁），学苑出版社2015，第1447页。

东西洋舞蹈，具有异国情调的歌舞新戏，既是中国的又是现代的，这正是当初齐如山、梅兰芳等编创《天女散花》之目的所在。又，第一章罗瘿公诗《观梅郎〈天女散花〉剧》中特地注明“剧中《赏花时》《风吹荷叶煞》两折为碧栖词人王又点笔”，另有诗句云“万口流传散花剧，梅郎日唱碧栖词”，表明《天女散花》的歌词是具有相当水平的、文学性的。此外，徐城北《梅兰芳艺术谭》中亦专门例举《风吹荷叶煞》来说明梅兰芳古装新戏中唱词文字典雅绚烂，能把观众引进光彩照人的文学境界中。[1]

编创《天女散花》，本意不在于佛经及其教义，舞蹈的创意美和文辞的典雅美才是齐如山、梅兰芳等尽心竭力之处，正是这样的舞美和辞美令遗民们心醉神迷，赏爱有加，他们诗歌落笔的重点也在于此，可谓编创者的知音。

提与不提——咏梅诗词都伴随沧桑而生

除了赞颂《葬花》《散花》之外，樊、易还有一些观剧之作，如易实甫诗歌《观梅郎〈雁门关〉作》《观梅兰芳演〈昭君出塞〉》，樊樊山词作《霓裳中序第一》（观梅郎演《思凡》）《观梅郎演〈木兰从军〉新剧 调寄〈小梅花〉》等。实甫现有五百余首词作存世，但未用于写作咏梅词。以下试看樊山的词作，以见其创作才华的多样性：

鸾觞卍字结，学得花宫莺啭百。南府昆山调绝，甚鹤监玉笙，粉郎重习，琼枝艳雪。揭软帘、瑶采如月。春明梦，不闻此曲，已是廿年隔。　　颜色，天然第一，更琐步、香尘无迹。声声鸾吹怨切。看鹿女花，鱼娘捐襟，紫雪歌渐阕。漫赢得、高王画壁，今宵梦、满身花影，束玉腰蝶。

——《霓裳中序第一》（观梅郎演《思凡》）

燕山月，笼城雪，木兰初与爷娘别。白山头，黑河秋，蛾眉剑竖蝉鬓铁兜鍪。横戈跃马沙场惯，十二年经数百战。金仆姑，玉鳌弧，净扫胡尘飞辔谒皇都。

还妆阁，爷娘乐，铁衣卸尽罗衣薄。彼名兰，此名兰，雄龙雌凤颠倒万人看。

1　徐城北：《梅兰芳艺术谭》，中国人民大学出版社 2012，第 168 页。

木兰装束花身俏，难得芳梅与同调。古无双、今无双，美人男子、男子美人妆。

——《观梅郎演〈木兰从军〉新剧 调寄〈小梅花〉》[1]

据《鞠部丛谈》载，梅兰芳初次演《思凡》在吉祥园，张季直（张謇）、熊秉三（熊希龄）、梁任公（梁启超）并坐台前第一排，时人谓第一流阁员同时出席云[2]。不知樊山观《思凡》是何年。《木兰从军》是梅兰芳、齐如山等根据《木兰辞》以及民间故事改编，于1917年3月初演，畹华认为改编的意义不仅在于继承发扬传统佳作，更在于对当时社会的醒世作用。

樊樊山不仅是写诗的大家，亦是填词高手。《霓裳中序第一》和《小梅花》都不是常用的词调，前者101字，为唐代大曲《霓裳羽衣曲》之一段，南宋姜夔有作，唐宋词中今存10首，适合抒发和婉而怨抑之情，樊山用于《思凡》一剧的抒写，选调甚是用心。《小梅花》创自北宋贺铸，为140字的双调，是将小令《梅花引》57字的双调合为单调，再重叠为双调而成。此调唐宋词中只存7首，适合抒发豪放热烈之情。用此调者非有用韵与填词之娴熟技巧者难为，在此用于《木兰从军》的吟诵，实在是契合高妙。

樊增祥与梅兰芳的交往，迄今为止有关的资料有限，樊樊山题咏梅兰芳的诗歌，目前所搜集到的仅8首（见附录二）[3]。实甫于1920年去世后，樊山与兰芳仍有往来，《清代燕都梨园史料》中，张次溪《燕归来簃随笔》有载：

民国十三年，伶界好事者，复发起演剧筹资，设立公会。以九千金购得王慧芳所有樱桃斜街中间路西旧宅一所，改建梨园新馆。馆额为时慧宝书……梅兰芳复请樊增祥为撰楹联多幅，其神堂联云："举世祀老郎神，佥曰似张道陵，似张元杲；其徒受帝王教，不知是唐明皇，是唐庄宗。"大门联云："大厦初成，瓴甓水石，从平地筑起；众仙同咏，衣裳霓羽，自开天得来。"正厅联云："同业尽同胞，中养不中，才养不才，生涯彼此关休戚；选声如选色，美者自美，丑者自丑，外论何尝无是非。"[4]

1　两首均见谷曙光《梅兰芳珍稀史料汇刊·支那剧与梅兰芳》（叁），学苑出版社2015，第1328页。

2　罗惇曧遗编、李宣倜校补、樊增祥批注：《鞠部丛谈校补》，浙江人民美术出版社2006，第42页。

3　易顺鼎著、陈松青校点：《易顺鼎诗文集》（二）第1163–1164页有《樊山寄示〈饯别梅兰芳〉诗索和，元韵一首》，但《樊樊山诗集》中不见《饯别梅兰芳》。

4　张次溪：《燕归来簃随笔》，《清代燕都梨园史料》（下册），中国戏剧出版社1988，第1214–1215页。

"民国十三年"即1924年，此时樊、梅二人早已熟识，而立之年的梅兰芳已经稳稳当当确立了曲坛地位，与杨小楼、余叔岩一道成为事实上的"新三鼎甲"，故梨园新馆的楹联，梅兰芳想到请樊增祥撰写是很自然的了，樊山也不负众望，共作了十幅(见《燕归来簃随笔》)。尽管"梅党"中人才济济，但毕竟缺乏大诗人如樊樊山者。

樊山对他与梅兰芳的交往，以及对梅郎的评价，罗瘿公《鞠部丛谈》记载曰：

樊山翁之言曰："……迨癸丑冬，梅郎谒余于春申林下，知为慧仙(梅巧玲)之贻，厥以小友呼之。观其秉姿，清粹如幽兰之怀馨，醇酎之龢性。进试其艺，则如越女之论剑，曰：妾非授于人也，而忽自得之。"[1]

字里行间樊山老翁仍然不失身份，罗瘿公认为"评兰芳者，无以过之"。而梅兰芳方面，仅在其回忆录中，有一次提到过樊山老，那是他谈自己的学画经历时。年轻的梅兰芳对学画以及画佛像兴趣浓厚，1921年秋天的某个下午，兰芳画了一幅罗汉像，当时画家陈师曾、姚茫父、金拱北等对画作进行了指点和修补。此画裱好后，请大家题咏。《梅兰芳回忆录》中写道："樊山老人的题跋，最有意思，假这张罗汉讽刺当时的议员"，并录入了以下一段：

今参众两院议郎凡八百，人遂目为罗汉，兰芳此画，西方之罗汉欤？中国之罗汉欤？脑满肠肥，其酒肉和尚欤？面目狞恶，其地狱变相欤？北楼添画草鞋，岂欲促其行欤？耳大如此，作偈者谓其不听筝琶，彼将何以娱情欤？罗汉日如有筝琶可听，即永废议事日程，如促吾行，则二十元之出席费谁肯牺牲？纵使詈我有民，殴我有兵，我神圣不可侵犯之罗汉，但觉宠辱不惊，并不觉坐卧不安。兰芳此画诚所谓画鸡画毛难画鸡内金，画人画面难画不可测度之人心者也。[2]

初学绘画的梅兰芳，所画罗汉像并不怎么好，所以书中所录的三家题咏都没有称赞画作本身，陈师曾和姚茫父的题咏也就短小的四言六句和一首五

1　罗惇曧遗编、李宣倜校补、樊增祥批注：《鞠部丛谈校补》，浙江人民美术出版社2006，第59页。
2　《梅兰芳回忆录》，东方出版社2013，第439页。

绝。樊樊山的题跋则好似怒目金刚，频频发问，借题发挥，指桑骂槐，应是对当时政坛的不满。

从目前所掌握的文献看来，樊增祥与梅兰芳确有不少交往，但似乎说不上是特别密切的“梅党”（仅有个别文献称其为“梅党”）。尽管如此，樊山晚期的作品还有不少散佚，其咏梅诗词也还有待进一步搜集。樊山的诗歌虽然夸赞兰芳的美貌、品性和表演，但都实事求是，没有过分之语，同时还在其中借人表己，夸耀自己的才华，或借戏曲感慨今昔兴亡，而佛像题跋更是含沙射影，因此，笔者认为，樊樊山在与梅兰芳的交往中，始终是理性节制的，特别在意自己的身份形象，从不言过其实。而实甫与樊山最为不同的是，他心甘情愿与伶人打成一片，似乎没有身份高低贵贱之别，信笔写来，从不吝啬美言嘉誉，却把那自负才华的骄傲都抛到九霄云外，甚至不惜自嘲自黑为“不过梅魂一走狗”。

如今无论搜集到的樊山、实甫咏梅诗词有多少，当初他们的创作对于提升梅兰芳的名声都大有助益。陈墨香《观剧生活素描》有云：“那久听兰芳的，却是好弄笔墨，《梅郎歌》《梅郎曲》《梅郎小传》，篇篇锦绣，字字珠玑。”又，“虽是梅郎美貌超群，技艺出众，也全亏诸大文豪生花彩笔歌咏赞叹。……当时刻有许多小本子，专收赞扬梅郎的诗文。头一次刻选择不甚精严，后来好文章多了，那肤浅的不汰自汰。这种印刷品也给梅郎抬了不少身份。从前梨园到上海只知唱戏，他不理人，人也不理他。自从梅郎到申改了风气，竟把本地名流礼尚往来，大交朋友，因此梨园身份日见增高，梅郎的名望也日加广播。”[1]高拜石《京剧大王——梅郎世家》中谈到梅兰芳亦云：“他自十二岁取用艺名兰芳，在北京登台以后，雏凤清声，一鸣惊人，不期年便捧客盈千了。至于梅澜，字畹华，是成名后那些名士们替他起的。作为一个优伶，尤其在当时的北京，没有人捧是永远不能成名的。……但在他的歌声里，世界和中国政局都有着沧桑之变，从袁世凯到冯玉祥、张作霖、张宗昌等等此起彼伏。”[2]

梅兰芳的崛起，确乎是伴随着一个新旧时代的沧桑之变，也是一个新的京剧时代的象征和标杆，他的成名，是多方面因素综合的结果，既不能无限

---

1 陈墨香：《观剧生活素描》，《梨园外史·附录》，中国戏剧出版社 2015，第 427、428 页。
2 曹其敏、李鸣春：《民国文人的京剧记忆》，中国戏剧出版社 2013，第 338 页。

夸大“粉丝”的追捧之力，同时，也不能小觑名士们的品题之功，他们绝非一般的“粉丝”，他们都是文化圈响当当的人物，他们众口一辞的赞颂能起到引领文化市场的作用。然而，或许由于实甫的遗老身份以及“好声色”的恶名，在有关梅兰芳的叙述中，几乎不提他们之间的交情以及实甫的品题追捧之功。王飚问道：“为什么不提这些？是因为说了梅兰芳曾被易顺鼎捧过就有损艺术家清誉而为贤者讳呢，还是因为易顺鼎捧的是梅兰芳就不好说他格调低下了呢？此中消息，颇可玩味。”[1]的确，那些被遮蔽的、不能言说、无法言说的人和事，都是颇可玩味的。今天我们多少能够理解众口禁声的历史原因，提与不提，历史事实和诗词作品都在那里，不能抹煞。

樊增祥、易顺鼎对梅兰芳的诗词颂扬主要在1913年至20世纪20年代，即梅兰芳演艺生涯的早期，也是畹华逐步奠定其艺术地位的关键时期，其时，梅郎青春妙龄、姿媚横生，楚楚动人，有署名“韫松”者在观梅郎《贵妃醉酒》后写到：“我懂得什么戏，唱工、做工、台步、脸谱，我全不在乎的，我只看戏子漂亮不漂亮，嗓子尖脆不尖脆，态度迷人不迷人，合乎这个道理我就会爱死了他的。”[2]韫松之言应该能够代表当年不少追捧者的真实情况，因此，社会上对于青年梅兰芳不是没有质疑、嘲讽甚至谩骂之声的，认为他“以色动人”，拥趸中了“梅毒”，美貌如花却易凋易谢，走红不能长远。是故，樊增祥、易顺鼎等对梅兰芳的全方位颂扬，从声色、技艺、剧目、表演，到家风、人品、性情，就相当重要了，而梅兰芳的天赋才貌及其坚持不懈的艺术追求，的确超越了色相之美，进入到艺术之美之精，配得上种种美誉。其中易顺鼎的追捧尤其理直气壮、振振有词，不仅高唱梅郎一笑一啼的万古春秋，还上升到“品定梅郎作国花”“国魂需向国花招”“可知天下之尤物，即是天下之公物”的至高境界，“将追捧扶持伶人当作新兴国体精神建设的一种手段”[3]，可谓无与伦比。他们的极力揄扬，推波助澜，与梅郎的智囊团形成了合力，共同打造了青春美好之梅兰芳这一时代明星偶像，“标志着一种新的审美观

1 易顺鼎著、王飚校点：《琴志楼诗集》，上海古籍出版社2012，前言第13页。
2 韫松：《神秘的艺术》，参见谷曙光《梅兰芳珍稀史料汇刊》（壹），学苑出版社2015，第450页。
3 颜全毅：《伶党、菊选与大众认同——京剧男旦流派勃兴与社会意识变迁》，《艺术学研究》2020年第5期，第102页。

的建立和文人在这一过程中的主导地位”[1]。与此同时，他们在对梅郎的书写赞赏中，不仅是对于演员色相的喜爱欣赏，也是对梅郎幽静典雅特质的高度认同，藉由他们之间建立的关系，来展示自身卓绝的诗词才华、风雅品味，且不时抒发感时伤逝的情怀，并通过报刊、专集等新兴媒介的传播，彰显他们自身的存在价值，保持足够的话语权和社会地位，留存他们的文化记忆，他们的声名也藉此从精英阶层传向广阔社会。

来写优昙一朵花：题咏其他男伶

芍药、牡丹、荷花——为程砚秋、荀慧生、尚小云作

“四大名旦”中，樊樊山、易实甫除了颂扬梅兰芳外，还有少量题咏其他三位的诗歌。程砚秋的才艺风范亦颇为文人雅士们欣赏，樊樊山题写砚秋的作品，《程砚秋艺术评论集》中收录 4 首诗歌和 13 副赠联，《程砚秋史事长编》亦有诗歌收录或节选，其中 1922 年的《审音篇》和 1923 年观砚秋《红拂传》作《雪中观程郎舞剑歌》（摘录见第一章）皆为古体长诗，在此不录。1928 年（戊辰）初有两首相关联的小诗，如下。

戊辰正月十一日夜听艳秋连演三出 书以玉霜簃主一粲

艳绝燕台程艳秋，春风骀荡上歌楼。
凤凰器偏昆山玉，玉样丰神铁样喉。

越日再观艳秋剧再赠

色艺尤胜十载前，重临广座客摹肩。
人如灯月元宵丽，各逐花风四海传。

---

1 叶凯蒂：《从护花人到知音——清末民初北京文人的文化活动与旦角的明星化》，《北京：都市想象与文化记忆》，北京大学出版社 2005，第 124 页。

冰雪光中姑射子，银枪队悰肉飞仙（君武技亦精）。
我诗尔曲欢人处，玉果金铃字字圆。[1]

罗瘿公生前与樊山交往频繁，或许那时受瘿公之邀，樊山早就观赏过砚秋的演出，故有“色艺尤胜十载前”句。这两首诗也就是对砚秋丰神、嗓音、表演技艺的赞赏，第二首末两句，仍然不忘把自己的诗与砚秋的曲并夸。

樊山与荀慧生也有交往，为其写过极尽赞美的长篇《荀郎曲》：[2]

十五年前我制梅郎曲，传钞已遍大江之南北。
北归京阙赌声名，都道玉梅花第一。
荀郎较晚出歌台，色艺与梅相匹敌。
能变秦声入徽汉，孔雀羽毛鹦鹉舌。
噉名敬老乞我诗，制就新声幼妇词。

樊山一发端就表明自己当年的《梅郎曲》声名远扬，这里的“十五年前”是大约数。“白党”宣传荀慧生的第一本诗文专集《白牡丹》于1927年1月北京京华印书局出版，同年11月再版重订，名《留香集》，樊山《荀郎曲》收入这两个集子中，该诗的创作时间大约应该为1926年，此时樊山已是八十老翁，距1913年写《梅郎曲》已经十三四年。此后说明这首《荀郎曲》是因荀郎乞诗而制。接着，樊山对慧生演出的《玉堂春》《大英杰烈》《飘零泪》等戏叙写夸赞，然后道：“梨园今日论行辈，五大三强震中外。余尝谓君与梅、程、尚、徐为五大，又与王灵珠、朱琴心为三强”，此处“五大”之一的“徐”即徐碧云。随后感叹：

十年以前都是玉孩儿，百媚之中选来花姊妹。
念余弱冠入幽燕，走马看花六十年。
歌场大有沧桑感，老眼似隔玻璃烟。

1 程永江：《程砚秋史事长编》（上），北京出版社2000，第240页。
2 黄天骥：《荀慧生文献专集》，山西人民出版社·三晋出版社2018，第58–60页。又，樊山还有七律《二十二日招书衡閭公子威饮春华楼夜听荀郎歌曲》一首，第65页。

“走马看花六十年”，樊山在此不是虚笔而是事实。六十年世事沧桑，人生如戏，戏如人生，歌场何尝不是如此。最后，樊山翁将笔墨归结于对“五大三强”的“品花”称赏中：

梅郎竟体自有香，即是极乐寺中之海棠。
程郎端丽宜台阁，即是丰台万顷之芍药。
徐、尚如雪复如霞，即是南河北河红白之荷花。
荀郎一白欺姚魏，即是崇效寺里之牡丹。
天香国色当王贵，灵珠自是宝珠茶，琴心亦是蟾宫桂。
诸郎俱受老人知，作牙我亦今昌黎。

梅海棠、程芍药、尚荷花、荀牡丹，樊山的拟花歌颂，是嘉道以来风流文人品评伶人之《花谱》类诗词的遗风，也许并不那么贴切，但却有助于读者了解当时戏坛名伶的声名和风貌，比如，徐碧云、王灵珠、朱琴心如今已经鲜为人知。樊山还是那个樊山，依然不忘自身的存在感和成就感：“作牙我亦今昌黎”，自比韩愈。不过，也难怪樊山如此自恋自负，《戏苑宗师：荀慧生》中，慧生自述道：

1920 年 1 月 4 日，永胜社做告别上海的演出，江南名士樊樊山专程到上海看了永胜社的演出，他不但高度评价“三小一白”，尤其称赞我是“天下奇才”，还书写了一幅对联送给我，后来这幅对联一直挂在我的客厅里，作为我的座右铭，上联是“用百倍功身成名立”，下联是“退一步想心平气和”。[1]

《戏苑宗师：荀慧生》书末附《荀慧生年表》，其中 1929 年 3 月 5 日，于开明戏院首场演出陈墨香新编剧《埋香幻》，“3 月 10 日《顺天日报》载樊樊山‘观《埋香幻》诗云：人鬼琴堂一笔勾，仳离双美合鸾俦。返生不待香三日，铸错应黴铁六州。蛙闹正因无理取，鸠媒也算有情不。判来清献鸳鸯谱，

1　和宝堂：《戏苑宗师：荀慧生》，辽宁美术出版社 1999，第 51 页。

儿女终然听自由。’”[1]这是整个年表中特别例外地录了这唯一一首诗歌。

荀慧生如此看重樊山对他的称赞和题赠，其将联语作为自己的座右铭，大概樊山也未曾梦见有如此重要的激励作用吧。由此可以反观，樊增祥当时确为举足轻重的文化名人，尽管历史进入当代之后我们大多只知道新文化的巨擘。钱海岳《樊樊山方伯事状》云：“晚岁，海内之负鳌蟠螭、铭宫揭阡交走币者填门，咸赖公文以休万祀。题序得其片纸，珍若拱璧。其乐府辄为梨园歌舞，被之管弦檀板，故上自紱冕簪笏，下至闺秀村童、教坊女间，皆知樊山先生，所作不翼不径飞走，亦几户有其章。骚坛推为主盟……”[2]又，1916年胡适给陈独秀的信中提到：“尝谓今日文学之腐败极矣，其下焉者，能押韵而已矣。稍进，如南社诸人，夸而无实，滥而不精，浮夸淫琐，几无足称者。更进，如樊樊山、陈伯严、郑苏庵之流，视南社为高矣。”[3]虽然胡适此信是要倡导文学革命，批判旧文学，但从中可见樊增祥、陈三立、郑孝胥等人显赫的诗名。实际上，民国初期，社会上对硕学耆儒的遗老还是认同和敬重的，毕竟尊崇读书人的传统社会心理不可能随着朝代的更迭就立刻灰飞烟灭，新诗派也不可能迅速成熟打倒旧诗派，遗民诗人在文坛仍然占有重要的地位。只是随着时代的进一步革命化、现代化，他们日渐被扫入历史的“垃圾堆”，百年之后，更是滚滚长江东逝水，浪沙淘尽无数“英雄”了。

此外，名旦尚小云，易顺鼎有二首《赠尚小云》，录其一：

少年影事在韩潭，花信还从老去探。
相马马群空冀北，（绮霞冀州人也）从龙龙种出平南。（平南后裔）
冰霜性质佳人贵，风月情怀我辈贪。
知否太公年八十，尚言美女不如男。[4]

实甫夸赞了小云的出身和其擅演刚冷佳人的可贵。

1 和宝堂：《戏苑宗师：荀慧生》，辽宁美术出版社 1999，第 178 页。
2 樊增祥著，涂晓马、陈宇俊校点：《樊樊山诗集》（下），上海古籍出版社 2004，第 2054 页。
3 张宝明主编：《新青年》（文学批评卷），河南文艺出版社 2016，第 2 页。
4 徐汉生：《尚小云文献专集》，山西人民出版社·三晋出版社 2018，第 43-44 页。

沧桑变后访歌场——为朱幼芬、贾璧云、朱素云作

除了家喻户晓的“四大名旦”外，当时京剧界还有“四大美男”之称：“北有朱梅、南有冯贾”，即朱幼芬（1892—1933年）、梅兰芳（1894—1961年）、冯子和（1888—1942年）、贾璧云（1890—1941年）。易顺鼎有绝句赞云：

朱梅瑜亮不争差，争说桐琴与畹华。
难得都娴刀马剧，桃花马上两枝花。

罗瘿公《鞠部丛谈》曰：“民国元、二年间，梅兰芳初露头角。其时朱幼芬每日出演，交游甚广，捧之者众。评剧捧角之风已渐开矣！于是朱、梅两派，互相攻击。兰芳名日益显，及赴上海归来，名乃成立矣。”[1]可见当初朱、梅确有瑜亮之争。

朱幼芬，字桐琴，专工青衣刀马，亦出身梨园世家，其父朱霞芬在清末梨园界享有盛名，于光绪二年（1876年）中菊榜状元，七八岁的梅兰芳曾投其门下为徒。朱幼芬比梅兰芳长二岁，是兰芳姐夫朱小芬的弟弟。幼芬色艺绝伦，在他十五六岁，兰芳十三四岁时（还未脱胎换骨），两人的容颜有天壤之别。据《清代燕都梨园史料·伦明诗序》载，最后一期菊榜，王慧芳（梅兰芳的表兄）状元，朱幼芬榜眼，梅兰芳名列第七[2]。不幸的是，后因种种变故，朱幼芬竟于1933年9月投河自尽，年仅42岁。

易顺鼎有长篇诗歌《朱郎曲，和樊山韵，赠歌郎朱幼芬，即送其归北》[3]：

我昔游春醉无限，燕台遍识群花面。
迷香从不履平康，惟有歌郎征逐惯。
春官毷氉几东风，荐祢无人似孔融。
却看梨园喧状榜，写来花榜榜花红。

---

1 罗惇曧遗编、李宣倜校补、樊增祥批注：《鞠部丛谈校补》，浙江人民美术出版社2006，第8–9页。

2 陈纪滢著《齐如山与梅兰芳》（中国台北传记文学出版社1967）中的说法则是：民国元年、二年间，北京各界举行菊榜，结果是状元朱幼芬、榜眼王慧芳，探花梅兰芳。此说后起，恐有误。

3 易顺鼎著、陈松青校点：《易顺鼎诗文集》（二），湖南人民出版社2010，第1073–1074页。

霞芬双凤如昆弟，各向金堂自栖憩。
状元榜眼属两郎，与我追随结深契。
霞郎秀绝凤郎娇，两朵国花为近侍。
舞台双演荡湖船，香车屡约天宁寺。
别有如秋及紫云，问年略长亦相亲。
此皆光绪初元事，卅七年来化梦痕。

开端两句“我昔游春醉无限，燕台遍识群花面”，奠定了全诗的基调，可以说诗篇多是“昔游”的追忆。“迷香从不履平康”则是自我粉饰，不足为信。“歌郎征逐惯”却是事实，实甫年少之时即已流连鞠部，故不仅认识幼芬，也曾与其父亲霞芬有交往：“霞芬双凤如昆弟”“霞郎秀绝凤郎娇”，其中“双凤”“凤郎”即蒋双凤。“状元榜眼属两郎”“别有如秋及紫云”，见罗瘿公《鞠部丛谈》载“光绪丙子，菊榜状元朱霞芬，榜眼蒋双凤，探花孟金喜字如秋，皆甚美”，[1]可见霞芬、双凤、如秋都是当年菊榜前三甲的美少年。“紫云”即余紫云（1855—1899年），字砚芳，工青衣、花旦，为名伶余三胜之子，余叔岩之父。余氏一家，三代名伶。易顺鼎在晚清与上述伶人都“结深契”。“此皆光绪初元事，卅七年来化梦痕”，光绪初元即1875年，至作者写作此诗的1912年，确有三十七年矣。

霞郎标格云霞置，射雀乘龙旋作婿。
凤郎色衰逐舆儓，宠燕娇莺不如婢。
一时多少宁馨儿，齐向花前着舞衣。
月皆十四十五夜，人尽十八十九时。
游丝十丈天风绊，身作天边劳与燕。
眉头秋色满大千，梦里春花迷五万。
连番物换复星移，消瘦东阳减带围。
红烛照颜年少去，青山如梦旧游非。

1　罗惇曧遗编、李宣倜校补、樊增祥批注：《鞠部丛谈校补》，浙江人民美术出版社2006，第55页。

“眉头秋色满大千，梦里春花迷五万”两句化用广德楼台柱的对联，相传为吴梅村作：“大千秋色在眉头，看遍玉影珠光，重游瞻部；十万春花如梦里，记得丁歌甲舞，曾醉昆仑。”广德楼为明季传下来的戏园，历经三百年至民国仍在使用，故化用的两句亦暗含“连番物换复星移”之叹。

十年六度看花榜，怅别修门独长往。
全抛玉雪几家儿，自作金风一亭长。
爱晚霞频独自看，买春雨共何人赏。
忏绮先删小史诗，参禅只听高僧讲。
紫陌重来听管弦，如花似水感流年。
瑶空底事罡风恶，吹堕芙蓉七宝冠。
紫云久不操歌曲，如秋墓上樱桃熟。
怆绝霞郎亦古人，尺波隙驷浮生蹙。
韩潭第几朱小门，凭吊霞郎不返魂。
寡妇离鸾弹怨曲，诸孤雏凤继清尘。
小霞小芬并秀美，更有佳婿称梅云。
梅云亦复冠花榜，樱雨时来伴酒尊。
人世光阴真转烛，小者幼芬复如玉。
都夸芝醴有根源，谁道英灵非岳渎。
梦华回首说东京，两世清歌一世听。
曾向红氍看几度，恍从绛树谱双声。
昔见幼芬汝黄口，今见幼芬吾白首。
花尚依然崔护桃，树犹如此桓温柳。
燕市吴淞两地逢，旧游枨触一生中。
虎生豹子非凡品，鹤立鸡群有父风。
世族儿孙多不肖，名门罕见箕裘绍。
最难惨绿是佳儿，大半雕青成恶少。
鞠部居然有世家，兰阶何况皆英妙。
生子当如孙仲谋，呼祖何妨李存孝。
沧桑变后访歌场，金狄铜驼事可伤。
百千万劫此残劫，二十五郎余几郎。

鼠儿年又鼠儿月，新剧江宁鄂州血。（《江宁血》《鄂州血》皆沪上近演新剧）

青衫旦曲已罕听，青衫客泪还重说。

名篇且复和今非，无奈天涯又别离。

不知今夕是何夕，似说归期已有期。

以上两大部分几乎都是抒发“青山如梦旧游非”的无限感慨。其中“韩潭第几朱小门”之“韩潭”，第一章已有述，“韩潭”不仅是伶人聚居处，也是风流落魄文人的流连之地。遗憾的是“虎生豹子非凡品，鹤立鸡群有父风”的朱门父子，在易顺鼎时代就已经是“沧桑变后访歌场，金狄铜驼事可伤。百千万劫此残劫，二十五郎余几郎”了，到了当代，京剧史等著作中很难找到他们的身影，或许是因为他们昔日的“堂子”“相公”身份（其实，梅巧玲曾是景和堂堂主，少年梅兰芳也做过“相公”）[1]。易顺鼎《朱郎曲》中涉及的戏曲人物及史事因此越发珍贵。

贾璧云，江苏扬州人，民国初期曾经大红大紫，有报界人士与南社同人为他和冯子和展开笔战，一时有“贾党”“冯党”之争，与梅兰芳相比又有“南贾北梅”之称。樊、易、罗都有诗歌题赠，实甫《贾郎曲》摘录如下：

广陵一片繁华土，不重生男重生女。

碧玉何妨出小家，黄金大半教歌舞。

……

问姓红楼旧世家，问名云上玉无瑕。

二分占尽司勋月，一抹生成定于霞。

……

贾郎初到未知名，一曲登场万众惊。

妃子能空六宫色，念奴解作九天声。

一时观者皆倾倒，万口同声听叫好。

……

1 关于“堂子”的研究，参见么书仪《晚清戏曲的变革·晚清戏曲与北京南城的“堂子”》。

香车宝马帝城春，都为来看贾璧云。
菊部诸郎空黯淡，椒房七贵致殷勤。
从来一部娄罗历，歌舞酣时国将毕，
岂意羊车看璧人，已悲凤阕迁金狄。
……
冶游闻更却亲藩，桃李冰霜孰敢干。
拂衣不顾沉沉者，辞辇真成望望然。
……
京师我见梅兰芳，娇嫩真如好女郎。
珠喉宛啭绕梁曲，玉貌娉婷绝世妆。
谁知艳质争娇宠，贾郎似蜀梅郎陇。
尤物同销万古魂，天公不断多情种。
廿载春明感梦华，只今衰鬓客天涯。
还倾桑海千行泪，来写优昙一朵花。[1]

无论此诗花了多少笔墨来渲染贾郎的惊艳："一时观者皆倾倒""都为来看贾璧云""贾郎似蜀梅郎陇，尤物同销万古魂"，然而，最终"还倾桑海千行泪，来写优昙一朵花"，临去急转大跌，落入无限感伤之中。关于此诗的创作缘由以及易顺鼎与贾郎的交往，《哭庵赏菊诗·附录》中有实甫的自述。大致情形是：实甫听罗瘿公详述贾璧云的生平与为人后，遵瘿公嘱，未见其人便创作了《贾郎曲》，写成之后，才于沪上与樊山同往大舞台观贾郎演戏，观后，两人大为赞赏，尤其对贾郎拒绝某亲贵一事，尤为感叹，樊樊山认为"足以愧前清末年一般寡廉鲜耻之士大夫，遂作《碧云辞》一首以赠之"[2]。权威本《中国京剧史》对贾璧云亦有载：

宣统三年（1911）由河南到北京搭三庆班，一时名声大噪，……据说谭鑫培看了他演的《红梅阁》后赞叹说："璧云一身都媚，即戴鬼脸时亦姿态多端。"

1　易顺鼎著、陈松青校点：《易顺鼎诗文集》（二），湖南人民出版社 2010，第 1060–1061 页。
2　易顺鼎：《哭庵赏菊诗·附录》，易顺鼎著、陈松青校点：《易顺鼎诗文集》（三），湖南人民出版社 2010，第 1776–1777 页。

他的性情耿直，不畏权势，罗瘿公曾曰：“贾璧云当宣统三年入京，声名之盛冠绝一时，豪贵招邀无虚日。一日庆王之子曰溥二爷者，嘱杨小楼代挽之至邸。是夕璧云有戏而二爷止其勿往，璧云谓：‘安有千余人候我唱戏而我以陪汝燕輟演者，勿太无理乎？’二爷怒，持之急，璧云曰：‘吾售艺耳，吾得罪贵人不过襆被出京，何至遽斫头。’乃拂衣起，二爷呼侍卫执之，小楼至跪求，乃免。……贾璧云双目秀丽妩媚，扮相之佳在当时旦角演员中无出其右。”[1]

由此看来，无论是贾郎的美貌还是人品的确都值得大书特书，实甫诗中“冶游闻更却亲藩，桃李冰霜孰敢干。拂衣不顾沉沉者，辞辇真成望望然”，便是赞颂璧云拒豪贵一事。王森然《易顺鼎先生评传》评《贾郎曲》云：“对仗绝工，又有兴亡之感，自是佳制。”[2]

樊山《碧云辞 和石甫》[3]，引言：“石甫未见贾碧云，而作《贾郎曲》数百言，归沪，拉余往观，倚歌和之。”诗较长，其中夸碧云的美貌声名：“雪苑春花五万枝，时人总道侬家媚。流传名花入玉京，声华一日满都城。”赞其品性并抨击时弊：“生非春草羞随马，心似莲花不染泥。都人约略传其事，声价梨园增十倍。试问中朝士大夫，几人敢拂王公意。中丞簪花学美女，相公傅粉随歌妓。十年妖孽满朝廷，不中与郎作奴隶。”同时，穿插樊山的感慨：“老我重看海国春，红氍毹上怅前尘。伊凉久已翻新调，娟态何曾是旧人。……可怜朝市俱非故，忍复春明觅梦痕。”樊山、实甫这两首都作于1912年（比《万古愁曲》《梅郎曲》早一年），即辛亥革命爆发的次年，不能不抒发兴亡之感，诚如实甫诗结句“还倾桑海千行泪，来写优昙一朵花”，并不纯然是捧角而已，亦借优昙之花倾千行之泪！

“四大美男”中，冯子和主要是南社力捧的名伶，“冯党”“贾党”竞争激烈，此不赘。

此外，年长于上述男旦的小生名角朱素云，曾为清“内廷供奉”，是故，更是樊山、实甫等清遗民藉以抒怀的对象。朱素云[4]（1872—1930年），名沄，字雅仙，号纫秋，苏州人。其父朱小元为武旦。素云初习昆旦，后改京剧小生，

1 北京市/上海艺术研究所：《中国京剧史》，中国戏剧出版社2005，第1292页。
2 王森然：《近代名家评传》（二集），生活·读书·新知三联书店1998，第110页。
3 全诗见樊增祥著，涂晓马、陈宇俊校点：《樊樊山诗集》（下），上海古籍出版社2004，第1779-1780页。
4 详见北京市/上海艺术研究所《中国京剧史》（上卷），中国戏剧出版社2005，第474-478页。

四喜班小生鲍福山弟子，后又得徐小香指点。光绪33年（1907年）入选升平署，被推为小生第一。素云扮相英俊潇洒，唱做兼精，擅长剧目为《岳家庄》《穆柯寨》《黄鹤楼》《飞虎山》等。民国后常与梅兰芳、尚小云、程砚秋等合作。樊、易以下两首皆作于1913年，纯粹藉朱郎抒发无限感慨。

樊山诗《秋夕与子修、伯严、石甫、子琴诣菜香居共饭，石甫招朱郎至。自庚子后不相见者十三年矣，既归作长句纪之》，此朱郎即朱素云。

子修即吴庆坻（1848—1924年），字子修，号悔余生、补松老人，浙江钱塘人。光绪十二年（1886年）进士，历任会典馆总纂，四川、湖南学政。曾参与《杭州府志》《浙江通志》的纂修。辛亥后，吴氏集所作诗为《悔余生诗》，盖以未能殉节而悔其余生，冯煦作序云："辛亥而后，栖遁淞曲，踪迹益密，无五日不见者，数赋诗相唱酬，以写其天局地脊，郁伊无憀之怀。"[1]

子琴即杨钟羲（1865—1940年），字子勤、子琴、梓琴、子晴等，号留垞、雪桥，别号圣遗居士、南湖鲜民，祖籍辽阳。辛亥前曾入端方幕府，历任中级地方官吏。辛亥后不仕，寄居上海。1923年与王国维等被溥仪任命为南书房行走。自1912年春起，历时近十一年写成《雪桥诗话》。

樊山全诗如下：

经旬不出意不申，不期而会交始神。
海滨落落此数子，相逢寒谷生阳春。
东头酒肆烹饪好，治具半是扬州人。
南人脾弱受甘滑，嫂羹婆酒须清醇。
秋宵酒座无他客，五人乃据十重席。
坐无左骑饮不欢，五郎狂飞花下檄。
长安妙伶道姓朱，年少雕青美丈夫。
人间万耳倾车子，天上一声惊念奴。
入门报道何戡至，座中俱是贞元士。
相别十年二十年，姓名一一能强记。
游展常联三馆人，法书妙得六朝意。

1 胡晓明：《近代上海文学系年初编》，上海教育出版社2003，第105页。

身为鞠部世家子，语带灯窗书卷气。
回思庚子几斜阳，满地红巾国脉伤。
我入关中随翠辇，汝留蓟北阅红羊。
七国连兵入京邑，玉楼金殿森搀枪。
坐见长鲸踞琼岛，亦呼舞马上金床。
郎言旧事三叹息，十年朝局侬犹识。
和议初成举国欢，凤城重返三宫跸。
朝朝降纶和满汉，亲旧秉权什六七。
膏血不恤天下枯，兵财大柄中央集。
两宫上宾王摄政，玉牒群儿预枢密。
西园鬻爵买歌舞，东市刑人搜党籍。
一夫大呼万方应，烽火烛天无南北。
可怜三百年天下，覆亡不过百许日。
亦知魏祚故不长，不料丧邦如此极。
呜呼此言出伶口，亲贵依然安寝食。
离离彼稷生愁烟，吾曹身事何足言。
此世几经桑变海，当年枉笑杞忧天。
犹忆丙年从李叟，汝父绿韝侍杯酒。
尔时汝才五岁强，今亦华年迫五九。
清歌只慕太常仙，名伶小芗字蝶仙。
晚出诸伶不挂口，何况樊南七十翁。
那能更逐孙通后，闻歌往往悲霞川。
竹林犹有此数贤，此口不言唯饮酒。
何惜三百青铜钱，天宝尚有收京日。
生逢德祐真灾年，称诗都学杜陵老，
岂期全类元遗山。[1]

诗歌首先切题，写自己与伯严、石甫等五人“落落数子”，于菜香居共饭，并招名伶朱素云至。然后对出身梨园世家，曾经年少俊美的朱素云之才艺加以

1 樊增祥著，涂晓马、陈宇俊校点《樊樊山诗集》（下），上海古籍出版社 2004，第 1780–1781 页。

赞美，在此连用三个古代歌者比拟：一是三国魏繁钦《与魏文帝笺》“都尉薛访车子年始十四，能喉啭引声，与笳同音”，二是唐代天宝间著名歌伎念奴，三是唐长庆时著名歌者何戡。刘禹锡诗《与歌者何戡》“旧人唯有何戡在，更与殷勤唱《渭城》”，后多借指遭逢世乱后幸存的歌者。樊山与素云相别十三年后再相遇，不能不感慨“座中俱是贞元士”，亦用刘禹锡诗“休唱贞元供奉曲，当时朝士已无多”，抒发今昔之感。久别重逢自然要别后忆旧，于是“回思庚子几斜阳”至“呜呼此言出伶口，亲贵依然安寝食”，写庚子之乱至辛亥鼎革十年间的覆亡历史，“可怜三百年天下，覆亡不过百许日”“不料丧邦如此极”，实在是世事难料，覆亡之速，惨痛之极。最后转至几经桑田变沧海的当下，感慨曾经跟从李叟即李师慈铭听歌招伶，与素云的父亲交往，当年的幼童素云而今却是人到中年，樊山也入古稀，闻歌不能不悲今伤昔。如今相聚的几位老友一如避乱隐居的“竹林七贤”，只能默默无言，借酒浇愁。结尾几句表明：杜甫所遭遇的天宝“安史之乱”还有平定的日子，而金代元遗山即元好问经历的却是蒙古灭金的亡国之痛，故以“称诗都学杜陵老，岂期全类元遗山”作结。

樊山此首，实甫有和作《秋日诣天琴，适留垞先至，既而补松、散原亦至。天琴邀饮酒楼，招素云说京华旧事，因作长歌一首，留垞先和，余继和之》[1]

起笔“天风吹我来春申，酒人青骨难成神”，首先写自己来赴酒筵，接着一一写樊山（天琴）、杨侯（留垞）、吴兄（补松）、陈兄（散原）的先后至，齐聚后“五人狂走踏清秋，李白休言不称意”。转写去年、昨者之变故“天子旋闻下御床”，从而感叹“禾黍空看玉马频，荆棘总傍铜驼密。四十万人齐解甲，三百余年俱隶籍。”“东篱菊花解笑人，西山薇蕨难充食。海内诗王一镜烟，未空文字与语言。平生忠爱追臣甫，近日歌行压乐天。吴陈杨并成皤叟，难得相携共杯酒。”直至诗歌近尾声才提到朱素云“贾郎不至朱郎至”，结句“酒楼记取春申浦，作客都成庾子山”，庾子山即南北朝时期遭遇国变的著名诗人庾信。诗题虽有“招素云说京华旧事”，实际上所写皆他们五位遗老的“悲秋情味如伤春”之怀。又，樊山词作《青门饮》可对读参看：

朱郎素云，工书善歌，余甲申出都，犹未露头角也。及庚子在京，偶与歌筵，

1　全诗参见易顺鼎著、陈松青校点《易顺鼎诗文集》（二），湖南人民出版社 2010，第 1067 页。

旧人都尽。子封曰："盍招素云，此越缦老人所眷也。"余一再招之，西巡后不复见矣。今者海上舞台招邀，南下到沪之日，彊村亦至自苏台，究未得黔，身先访素。赋此调之，并寄朱郎。

呼酒金台，少年轻侠，青尊画烛，同听筝雁。十七年来，锦镳重入，天宝旧人星散。旖旎云霞契，香名在谪仙诗卷。（悉师初眷霞芬，继招素云，并见日记）不见中郎，得见何戡，芳绪无限。　　从此沧桑三变。将未老苏昆，迎归吴苑。红杏词人，妙伶紫稼，天遣下车相见。翠被今宵梦，莫误将素娘低唤。彩云新曲，可能簪写、轻罗团扇。[1]

甲申即1884年，庚子即1900年，词中亦是借朱素云感发"沧桑三变"。

上述诗词的序或注中都提到眷名伶、招饮名伶之事。戏曲发展史上，徽班进京之后，戏班歌郎于台下有陪筵侑酒的业务和风气，他们台上表演戏曲，台下与文人雅士、豪门权贵相互往来，侑酒、唱曲、陪聊等，这在小铁笛道人写于嘉庆八年（1803年）的《日下看花记》，陈森以乾隆、嘉庆年间的优伶生活为题材的小说《品花宝鉴》中都有反映。么书仪《晚清戏曲的变革》一书对此有专门研究，此种风气是伶人与文人豪客相互需要的商业行为。"在二十世纪之初的很多文字叙述中，花灯初上的夜晚，到一个色艺双好的优伶家中饮酒听歌或者杯酒论心，在很多时候被描述成是一件很风流的赏心乐事""徽班之中'喜接名流''结缘翰墨''善墨兰'、写诗'乞序'的儒雅伶人竞相出现"。[2] 辛亥鼎革后，伶人的地位得到了极大提升，文人与伶人之间的关系，不能再与此前相提并论，但招饮的习俗依然。

易顺鼎、樊增祥为男伶所写的诗词不止上文所述，无论是以上作品还是其他观剧、题咏之作，通过阅读，我们发现，他们与男伶的交往、品题，除了对梅兰芳其人其戏确有大力追捧之意外，对其他男伶的品题也好，招饮也罢，要么短篇零章，为数有限，要么"长调慢词"，多应邀而作，更有借"歌者"酒杯浇自我胸中块垒者，并非沉溺男色的"淫哇"之作。为此，我们不能不加细读，不加分辨，一概而论，都斥之为无聊、堕落的"捧角诗"。

1　樊增祥著，涂晓马、陈宇俊校点：《樊樊山诗集》（下），上海古籍出版社2004，第1947页。
2　么书仪：《晚清戏曲的变革》增订本，人民文学出版社2018，第97、99页。

第 10 章

易顺鼎、樊增祥与女伶题咏

元、明两代的戏剧不乏女伶出演，然而，清初康熙、乾隆时期都曾颁布过诏令，禁止女戏，女伶因此淡出戏曲舞台，清末，虽然朝廷仍然禁止，实际上管束放松，上海、苏州、天津等地开始有女伶重登舞台，尤其天津女伶盛极一时，光绪三十年（1904 年）约有二百余女伶登台演出。入民国管制愈松，民国元年（1912 年）俞振庭从天津邀请女伶入京演出，此后京师坤伶演剧便风生水起，大受欢迎，在民国四五年达到极盛，齐如山有云“女班极盛的时候，男班除梅兰芳一班可以与之对抗外，其余男班可以算是都站不住。到民国十二三年以后，女班渐渐的又衰落下来了”。[1]

天教饱看舞台仙——题咏女伶

能愁我者梅兰芳，能醉我者贾璧云。
能瘦我者王克琴，能杀我者小菊芬。
能眩我者金玉兰，能娱我者孙一清。
能温我者小菊处，能亲我者小香水。
能恼我者小玉喜，能活我者冯凤喜。
凤喜凤喜汝何人，天桥桥头女乐（读若“闹”）子。[2]

1　齐如山：《京剧之变迁》，辽宁教育出版社 2008，第 85 页。
2　易顺鼎：《冯凤喜谣》，《易顺鼎诗文集》（二），湖南人民出版社 2010，第 1148 页。

易顺鼎这首《十伶谣》（又名《冯凤喜谣》），直白而夸张地将自己的情感与伶人捆绑在一起，其中除梅兰芳、贾璧云为男性外，其他八位皆是女伶。笔者据《易顺鼎诗文集》统计，实甫诗歌中提到的女伶大约15人，除了以上8人外，还有刘喜奎、鲜灵芝、林黛玉、王宝宝、于小霞、张秀卿、李飞英7人。

女伶队伍的迅速崛起和发展，其背后都离不开捧角家的帮助，捧角的方式，一为权贵富豪的金钱支持，二为骚人墨客的文字品题。陈墨香《观剧生活素描》云：

> 这几年，北京女伶十分时兴。鲜灵芝、刘喜奎、碧云霞，富氏三友，金少梅、琴雪芳等，都很有人捧的。有那梁巨川、易实甫、樊云门和墨香的从兄介白，一干风流人物，常到戏园去看这般女郎本来面目仍现女人身，散布相思。[1]

梁巨川即梁济，曾为女伶编剧。易实甫、樊云门追捧品题女伶，仍是同中有异。易氏常有不管不顾，癫狂奇异之举，王森然《易顺鼎先生评传》中有不少篇幅穿插叙写易顺鼎与金玉兰、鲜灵芝等女伶的逸闻趣事，比较杂乱，陈松青在《易顺鼎研究・易顺鼎与艺人的交往》中有粗略研究，可参看。

色香领略空千古：刘喜奎、鲜灵芝、金玉兰

刘喜奎、鲜灵芝、金玉兰被誉为民国“女伶三杰”。当年名声最著、文献记录相对较多者为刘喜奎（1894—1964年），名桂缘，原籍直隶（今河北）南皮人，生于天津。初学京剧武生、老生，后改学梆子青衣、花旦，是民国时期红透半边天，唯一能跟谭鑫培、杨小楼唱对台戏的女伶，1918年获得“坤伶大王”称号。相传谭鑫培曾惊叹“我男不及梅兰芳，女不及刘喜奎”。齐如山曰：“坤脚之最出风头者，莫过刘喜奎，彼时北平人呼捧谭鑫培者，为‘谭迷’；呼捧梅兰芳者，为‘梅毒’；呼捧刘喜奎者，为‘流行病’。”[2]可见其如日中天。刘喜奎色艺双绝，夙喜书翰，娴于诗词，张次溪《燕归来簃随笔》有《刘喜奎娴词翰》的记载：“及其名日高，名流多喜近之，喜奎亦乐从问业，

1　陈墨香：《观剧生活素描》，《梨园外史・附》，中国戏剧出版社2015，第253页。
2　梁燕：《齐如山文集》（第6卷），河北教育出版社2010，第271页。

学益进。复从易实甫学诗辞，所作多可诵。”[1]尤为难能可贵的是，刘喜奎始终清净自守，面对众多权贵富豪，甚至总统的威逼利诱，皆不为所动，享有极好的口碑声誉，《燕归来簃随笔》中载有刘喜奎的一篇自白，见心明志，义正辞严，可谓贞女才女。后来为了避免多方追求者的搅扰，刘喜奎仓促结婚，所嫁非权贵，却也遭受不幸，过的是隐忍隐居生活，直至解放后复出。

傅谨主编《京剧历史文献汇编》（民国卷）第二册中，编录有《刘喜奎近纪》《刘喜奎》，其中有易顺鼎《女伶刘喜奎歌》，未收入《易顺鼎诗文集》，难得一见，故全录如下：

既幸非毛惜惜，又幸非邵飞飞，美人不畏将军威。
既免作陈圆圆，又免作关盼盼，美人肯附尚书传。
既耻为苏小小，又耻为李师师，美人岂愿天子知。
既懒嫁赵闲闲，又懒嫁王保保，美人甘作女伶好。
伶女者谁刘喜奎，或言沧州或南皮。
似把喜神呼小字，宜为奎宿作旁妻。
女伶三绝声艺色，声艺易得色难得。
小菊芬艺真无双，小香水歌真第一。
孙一清与王克琴，色佳便入侯门深。
亡国久无杨翠喜，破家空有李红林。（破余家也）
金玉兰与喜彩凤，色逊艺佳堪伯仲。
小荣福与金月梅，色衰时过谁推重。
津门近岁品群芳，独有喜奎称擅场。
岂但声名超菊部，直推颜色比花王。
人言十九二十矣，我谓十七十八耳。
碧玉何曾似小家，姑射居然真处子。
多少王孙枉坠鞭，登台才得望婵娟。
哀梨并翦歌喉脆，荆玉隋珠色相圆。
倘生天宝唐宫苑，娇过念奴定无算。

1 张次溪：《燕归来簃随笔》，《清代燕都梨园史料》，中国戏剧出版社 1988，第 1238 页。

羞伴诸郎二十五，多费八姨三百万。
牙旗玉帐镇临淮，选色征歌十二钗。
更慕绿珠筑金谷，曾招红线到铜台。
任他痛哭还长跪，那要英雄作夫婿。
美妇空思阴丽华，佳人岂属沙叱利。
还君明珠君泪垂，枉是相逢未嫁时。
才知世上奇男子，不及民间好女儿。
都人初见夸容态，座比叫天更多卖。
几压兰芳与蕙芳，休论白菜与菠菜。
谁说梅郎是雅音，（谁说二字瘦郎苏甦代易）若论貌可配南金。
日停骢马陆公子，愿解貂裘夏翰林。
翰林怪我多奇遇，亲见星眸向西注。
认得狂奴喝采声，博来天女横波顾。
公道慈心爱大千，任人饱看舞台仙。
莫言无与苍生事，我已多添寿十年。[1]

实甫极夸刘喜奎“声艺色”三绝，并将当时有名的女伶一一与其对照，她们都有所欠缺，唯有喜奎独压群芳，不仅如此，还与男伶谭鑫培、梅兰芳、王慧芳等比论。易顺鼎初识刘喜奎大约在 1913 年的天津，其《津门审美诗六首》之第一首注中提到“茂林春戏园观刘喜奎、金玉兰、金少娥、金少仙演《四小上坟》”。[2] 估计此后便常去捧场，并有出格言行。品性清刚的刘喜奎，对于易顺鼎的喝彩捧场，不知何如，张次溪所写喜奎从实甫学诗一事，似乎与刘的性情态度有抵牾，亦不知是否属实。

鲜灵芝[3]，天津人。迄今为止，当代中国京剧方面的著述中，除了刘喜奎有很简略的介绍外，鲜灵芝、金玉兰几乎不见踪影（仅偶尔提及一下名字），更别提《十伶谣》中的其他几位女伶。王森然《易顺鼎先生评传》中穿插不

1 傅谨:《京剧历史文献汇编·民国卷》(第 2 册)，凤凰出版社 2019，第 238 页。又，《京剧历史文献汇编》（民国卷）第 4 册，第 98 页《京师女伶百咏》中有咏刘喜奎。
2 易顺鼎著、陈松青校点：《易顺鼎诗文集》（二），第 1151 页。
3 参见波多野乾一《京剧二百年之历史》，上海大报馆 1926，第 300–301 页；《京师女伶百咏》，《京剧历史文献汇编 · 民国卷》（第 4 册），凤凰出版社 2019，第 99 页。

少实甫与鲜灵芝事，较凌乱，现据王书和《哭庵赏菊诗·附录》梳理如下。

1）鲜灵芝原为其夫丁剑云（艺名丁灵芝）之妻妹，丁习花衫，颇浪荡，少时即有名，与崔灵芝、李灵芝并称三灵芝。鲜灵芝依丁氏学戏，姊病逝，丁威逼鲜灵芝为妻，出台演出赚钱，鲜声名鹊起，月可得数千金，归丁所有，起居饮食均不自由。

2）民国三年（1914年），刘喜奎从天津来，色艺倾动一时。未几，鲜灵芝来，年十九二十许，小刘喜奎两岁，争巧竞妍，各不相下。1915年秋冬后，鲜因编新剧较多，票价又廉于刘而胜，刘避走天津。

3）易顺鼎初于女伶最赏刘喜奎，每当刘演出，必拼命喝采不绝，喜奎不为所动，遂转向鲜灵芝，灵芝善解人意，报之以秋波，实甫大喜。

4）1916年2月，鲜灵芝因受丁虐待，竟吞金自尽（未亡），震动各界。罗瘿公闻耗，即成一首《焚芝》并附函详述鲜灵芝事寄实甫，实甫阅毕大哭，作有《和瘿公焚芝》等诗歌。后因广德楼停演，各方压力，丁于是向鲜长跪求恕，鲜灵芝应允，复登舞台演出。

上述情况，易顺鼎《鲜灵芝曲》中都有所表现：

去年甫见刘喜奎，今年又见鲜灵芝。
生男一蟹输一蟹，生女一雌胜一雌。
鲜灵芝是谁家女？生小梨园习歌舞。
人言年可二十强，我道十七八九许。
芝草无根古所云，此芝无根却有根。
芝根若问出何处？请问名优丁剑云。
三灵芝草崔丁李，艳帜香名争鼎峙。
我曾饱看全盛时，今日三芝俱老矣。
剑云今将四十余，何年得此一颗珠。
簸钱堂上呼姨妹，玉镜台前学老奴。
偶将技向燕台售，色艺谁能出伊右？
色是儿家自养成，艺由夫婿亲传授。

一字之评不愧鲜，生香活色女中仙。
牡丹嫩蕊开春暮，螺碧新茶摘雨前。
男伶女伶争审美，梅兰芳与喜奎比。
喜奎恰是好女儿，兰芳仍是美男子。
尤物群推金玉兰，明媚巧笑艺尤娴。
玉兰片亦称珍味，不及灵芝分外鲜。
鲜之一字真无两，试集诗联写春榜。
兰苕翡翠相新鲜，芝草琅玕日应长。
昨见灵芝演藏舟，今见灵芝演跪楼。
此皆小菊芬第一，菊若见之菊亦愁。
错中错本寻常调，演自灵芝偏绝妙。
佳人上吊本非真，惹得人人思上吊。
娟好妍妙喜奎兼，妖媚娇嫩灵芝专。
喉音肌肉真娇嫩，百媚千妖总自然。
朱唇笑靥天然韵，眼波眉黛魂销尽。
试听喝采万声中，中有几声呼要命。
两年喝采声惯听，要命初听第一声。
不啻若字其口出，忽独与予兮目成。
我来喝采殊他法，但道丁灵芝可杀。
丧尽良心害世人，占来锁骨欺菩萨。
柔乡拚让与丁郎，我已无心老是乡。
天公不断生尤物，莫恨丁郎恨玉皇。[1]

“女伶三杰”在《鲜灵芝曲》中都出现，因主题是写鲜灵芝，刘喜奎、金玉兰在此仅是陪衬。鲜灵芝与丁灵芝之间的身世经历，鲜的色与艺在诗中都一一写来。实甫自己“试听喝采万声中，中有几声呼要命”，虽然京剧中的叫好、喝彩是“观演一体的剧场美学”，有着特殊的意义和作用[2]，但其“要

1 易顺鼎著、陈松青校点：《易顺鼎诗文集》（二），第 1203–1204 页。
2 参见郭宝昌、陶庆梅《了不起的游戏 京剧究竟好在哪儿》第三章《叫好》，生活·读书·新知三联书店 2021。

命”呼喊，不能不令人侧目、不齿。实甫如此肆无忌惮地沉溺声色，不是没有色空千古、及时行乐的虚空在里面。如《广德楼观戏，和樊山》：

开年便费画叉钱，来捧灵芝一朵鲜。
素乳羡人依膝下，（有食乳之谑）将心腴我在眉边。
色香领略空千古，丝竹消磨剩几年。
留命桑田差自慰，天教饱看舞台仙。[1]

“色香领略空千古”“天教饱看舞台仙”等句，可谓以艳笔写哀情，大有“留命桑田差自慰”，今朝有酒今朝醉之意。又，王森然《易顺鼎先生评传》中有实甫词作《霓裳中序第一》专赋鲜灵芝，此略。

关于金玉兰，先看一个统计。易顺鼎《十伶谣》中的女伶，他多有诗歌涉及，现据《哭庵赏菊诗》《易顺鼎诗文集》，将涉及（按：“涉及”不都是专门题写）较多的四位统计如下：

金玉兰14首：《悼女伶金玉兰二首》《瘿公以金伶他信作诗告余，而余适得友人书，言金伶在天津演剧也。因和瘿韵，以正京师各报之误，并他信之不确》《和友人以金伶无恙相慰诗二首，各用元韵》《和陈翼牟主事见慰孙、金二女音耗》《颐陔和余尘字韵，盖犹未知金伶被祸为误，传因和韵告之》《挽金伶诗》《哭金伶诗》（并序）《中和三庆两园女伶》《数斗血歌》（为诸女伶作）《十伶谣》《本事五首》其一、《津门审美诗六首》其一。

王克琴13首：《连日观女伶王克琴及贾璧云、小金娃诸郎演秦腔，颇极声色之胜。贾之色胜于声，金之声胜于色，王则兼擅胜场。余征歌垂四十年，不图历劫余生，犹见此豸，不自悲转自慰也，因赋一律，以志吾幸》[2]《和樊山天仙三女伶诗原韵》其一、《观剧诗四首》其一、《观王克琴演〈遗翠花〉剧，戏赋》《和邕威本事诗四首》其一、《十六日乘汽车至吴淞观飞艇归，复偕天琴先生诣天仙园听王克琴歌曲。天琴月中乘小车返，有诗柬余，依韵答和之》《和天琴〈再观琴客演剧〉韵二首》《戏和陈笑山诗老嘲余醉心琴客韵二首》

1 易顺鼎著、陈松青校点：《易顺鼎诗文集》（二），第1206页。
2 同上，第1071页。此标题较长，因“余征歌垂四十年”等信息重要，故注。又，此首虽说观演“秦腔”，但几位演员主要演京戏，兼秦腔。

《十伶谣》《津门审美诗六首》其一、《数斗血歌》。

小香水7首:《小香水歌》《癸丑年本事诗》(除夕作)、《七月十九日纪事》《十伶谣》《中和三庆两园女伶歌》《数斗血歌》《津门审美诗六首》其一。

鲜灵芝6首:《鲜灵芝曲》《灵芝词十首》(录二)《广德楼观戏,和樊山》《和瘿公〈焚芝〉》《广德楼观鲜灵芝演〈家庭祸水〉,与天梅、履平联句》。

以上可见,实甫写到金玉兰的诗歌最多,也是其用情最奇者。金玉兰[1](1891?—1916年),天津人,为中和园台柱,1916年因患瘟疹转白喉去世,年仅26岁?未婚。易顺鼎倾心金玉兰的轶事主要有三件:

1)求见被拒被骂:初求园主示意被拒,再以巨金贿玉兰假父许玉田,哀恳再三,后得以入许宅俟玉兰,不料,玉兰一闻“易实甫”三字即大怒,厉骂而去。

2)误传金玉兰被枪决,实甫大哭并以诗吊之。民国二年癸丑(1913)夏日,有宁赣之变,一时党狱大兴,株连者众,传闻金玉兰以嫌疑被枪决,实甫闻之伏地大哭,后得知有误,先后作相关诗数首,其中有曰:“天原不许生尤物,世竟公然杀美人。”(《悼女伶金玉兰二首》)

3)金玉兰忽罹病去世,易顺鼎在印铸局闻噩耗,遽惊痛倒地。后赴玉兰寓所,死者未殓,实甫不顾红疹会传染,抱尸大哭,归而病。又,北京戏剧界同人举行金玉兰追悼会,实甫与樊山前往吊唁,两人扶棺大恸。实甫作挽诗,并向樊山索和。

以下录诗两首,以见金伶其人、实甫其情。

挽金伶诗

癸丑惊心到丙辰,三年噩耗竟成真。
直将叹凤嗟麟意,来吊生龙活虎人。
哭汝只应珠作泪,无郎终保玉为身。
百花生日才过了,蓦地罡风断送春。

---

1 参见波多野乾一《京剧二百年之历史》,上海大报馆1926,第301页。

《哭金伶诗》并序

女伶金玉兰，绝艺盛名，秉性贞孝。癸丑演剧京津间，有讹传其枪毙者，余与诸友皆做诗哭之。今年二月，其父病疫，祷天减寿十年以代父，父竟愈，而玉兰染疫三日死。余蹈阮生哭伶之狂，出尼父一哀之涕，对尸恸哭，赋此。

位比花王称武色，籍同修县附文襄。
美人短命真为福，女子多才定不祥。
谥拟圣贤贞与孝，还诸天地色兼香。
伤心痛哭休嗤我，试问何人不断肠？[1]

易顺鼎对于金玉兰的种种行为，让人感到匪夷所思。樊山虽然亦去吊唁金玉兰，但当实甫作挽诗索其和作时，樊山云：“余于玉兰毫无情感，文生于情，既无情，焉有文？”终于未和，而是自写四首，以宽慰实甫之悲。其实，实甫对金玉兰不但谈不上什么交情，还被拒绝相见，只是实甫怜香惜玉，一厢情愿罢了。啸泉《悼玉兰文》中，有“闻易哭厂（庵）先生，亦感玉碎于须臾，悼兰摧于俄顷，曾演《双吊孝》之活剧（按：指樊、易两人参加吊唁），入芝兰之室，号啕而痛哭焉。噫！钟情之甚，不觉过于悲痛耶！然而泣尽眼中之泪，难回既逝之魂，抑或借金玉兰以自哭耶？伤心人别有怀抱，吾于易先生之哭有同情矣。”哭金玉兰耶？借以自哭耶？自小就要给自己取号“哭庵”的易顺鼎，实际上是个放浪其外、悲哀其内者耶？

怜卿怜我共无憀：王克琴、小香水、冯凤喜

王克琴[2]（1891—1925年），本旗籍世家女，襁褓中失去父母，为姨氏所养。京剧兼梆子花旦，为民国时期第一批女伶。民国初，隶上海天仙园剧场，红极一时，因色艺双佳，极受当时达官贵胄、文人墨客的追捧。辛亥革命后，王克琴曾做段祺瑞的外妾，后为张勋姨太太，卒于1925年。

1　两首均见易顺鼎著、陈松青校点：《易顺鼎诗文集》（二），第1209页。又，陈松青著《易佩绅易顺鼎父子年谱合编》“附录”中另录有《挽金玉兰》（民国五年）：“玉堂春竟作尾声，倘回宣武城南，真个曲终人不见。广陵散今成绝响，若过正阳门外，只余花落水流红。”

2　参见波多野乾一《京剧二百年之历史》，上海大报馆1926，第295–298页。

易顺鼎涉及王克琴的诗歌共13首，都比较短小，如“津门尤物说王杨，素女为师态万方。海上名花都减色，始知北胜压强男。王克琴，天津人，与杨翠喜齐名，而色出其上，真尤物也”。[1]或是女伶合写“去年我见王克琴，使我动魄兼惊魂，樊山曾作小说传其真”（《数斗血歌·为诸女伶作》），[2]虽然也极力夸赞，但未见长篇独颂《王克琴曲》之类的大作，王森然《易顺鼎先生评传》也只提了一下王克琴而已，没有逸闻，似乎易顺鼎对王克琴不那么狂热。但深知实甫的樊山写了一篇六千余字的短篇小说《琴楼梦》，以实名的方式叙写易顺鼎痴迷王克琴，以至于梦寐颠倒的风流韵事。陈灨一《新语林》“惑溺”篇云：“易哭庵于辛、壬间居沪，悦女优王克琴，排日听歌，追逐不疲，樊樊山撰《琴楼梦》小说以讽之。”[3]樊山以戏谑的手法叙写实甫的三梦三哭：做官梦、发财梦、佳人梦，三梦不成终成三哭。樊山旨在规劝，是故，“《琴楼梦》不仅是叙述一场易顺鼎思慕王克琴的春梦，更是展示处在新旧文化交替时期遗老们对自己生存状态的焦虑与疑惑。”[4]或许正因如此，对于樊山的讽喻，实甫非但不生气，还作《樊山戏作〈琴楼梦〉小说讽余，赋谢一首》：

真宜一字一香熏，仙占三分佛七分。
怜我楚襄圆好梦，替他苏蕙写回文。
才论奇艳超云李，情演深微敌雪芹。
稗史红楼吾敢比，青楼差压杜司勋。[5]

在此，实甫既夸了樊山的文才，又总是乐于自比为《红楼梦》中的贾宝玉。

对于王克琴，倒是樊樊山有比较清晰华美的描写。目前收录樊增祥诗、词、文等作品最丰富的《樊樊山诗集》，未见几首他写给女伶的诗词，附录一中收佚诗，其中有《天仙部三女伶诗三首》，并有一篇长序，开头几句述写作缘起：

---

1 《沪上观剧诗四首》，《易顺鼎诗文集》（二），第1072页。
2 易顺鼎著、陈松青校点：《易顺鼎诗文集》（二），第1115页。
3 陈灨一：《新语林》（卷八），上海书店出版社1997，第143页。
4 袁子微：《眼底厌看新世界 曲中犹见旧山河——樊增祥〈琴楼梦〉之晚清遗民处境》，《社会科学论坛》2015年第11期，第48页。
5 易顺鼎著、陈松青校点：《易顺鼎诗文集》（二），第1119。

天仙园者，沪上四十余年之剧场也。雪团雪散，无复旧人；花落花开，屡更新主。尔乃雌风扇楚，女乐来齐。娇鸟双声，莫非绛树；真花九影，悉是红莲。偶与易五郎，侧帽徵歌，掎裳顾曲。涪翁莞尔，诧朱弦独绝于佳人；象山默然，信灵秀不钟于男子。五郎目迷群玉，心醉三珠，赠以情诗，徵余绮语。

樊山笔下花团锦簇，藻饰典丽，首先表明，他只是“偶与易五郎”听歌顾曲，诗亦是应五郎所徵。接着是长序主体部分，以大量篇幅月旦三女伶，即王克琴、林颦、王宝宝，极写其美其性其才其妙，如写王克琴：

王琴客（按：即王克琴，樊山改其名）者，大堤杨柳，北地胭脂，近齐翠喜之名，远夺紫云之艳。秋波微睇，神姿妙丽以无双；罗袜生尘，钿尺裁量而减四。身轻比燕，吭啭疑莺，语音脆甚吴侬，肌理莹于燕玉。或疑揣摩桑濮，媟嬻闺襜，则倚市乞钱，本发源于管子；绕梁垂泣，岂得已于韩娥。任是无情，未必见牡丹而不动；纵然收影，犹将揽鸾珮以迴肠。色艺双佳，当居第一。

“色艺双佳，当居第一”，评价至高，以下其诗可与序相互映照：

王琴客
卿是天津杜宇魂，南朝琼树奈何春。
花颜嗔喜时时换，箫谱宫商字字真。
山翠可须园令画，月钩重见窅娘新。
榴裙笼罩知多少，七贵低头拜下尘。

“七贵低头拜下尘”，可惜王克琴后来的命运不幸被权贵操纵。樊山给另外两位的题诗一并录入，以观樊山对女伶的态度。

林颦
乞与青颦一世愁，远山浓翠两痕秋。
几多贵介徒颠倒，不辨茵藩屡嫁休。

歌曲分明逢绛树，姓名假借到红楼。
伤心四纪风尘里，不及卢家有阿侯。

王宝宝
江汉年时负盛名，章台依旧柳枝青。
吴淞半化秋波泪，淮海真逢玉女星。
明镜紫鸾犹仿佛，镂衣金蝶渐飘零。
休歌玉树庭花曲，江总凄凉不忍听。[1]

可见，樊山对三女伶都是赞美和同情的，诗后附樊山记其为王克琴改名王琴客的说明，日期为“壬子（1912年）十月十三日自记”。又，樊山有词《踏莎行》四首“代石甫寄琴客”，其中两首如下：

怅望雕轮，亲书凤纸，斑骓明下双僮侍。侬家瑶水一枝莲，羞同青翰舟中比。昨招饮，有歌童在坐，琴客曰：“吾在北京，未尝与此曹同席，请他日相见。”朱鸟窗虚，红鸾扇倚，万重山隔婵娟子。吴淞一半化醇醪，情波醉得檀奴死。

卿是桃花，侬为锦浪，相逢相识春江上。生时长伴藕花居，死时也傍梅花葬。万遍思量，千番惆怅，几时同梦流苏帐。愿将身作锦熏笼，玉人倚到纱窗亮。[2]

此为代石甫寄，又是词体，笔墨口吻与上述三诗明显不同，有石甫之风、香艳之意。易顺鼎则有《和樊山〈天仙三女伶〉诗原韵》，其中写王克琴：

一朵鞓红是国魂，天留棽尾殿余春。
季龙馆漫开如意，飞燕妆还倚太真。
梨似哀家声浪脆，桃为息国脸霞新。
娶来我若为天子，值得多蒙几度尘。[3]

1 樊增祥著，涂晓马、陈宇俊校点：《樊樊山诗集》（下），上海古籍出版社2004，第2024–2025页。
2 同上，第1946页。
3 易顺鼎著、陈松青校点：《易顺鼎诗文集》（二），第1071页。

“娶来我若为天子，值得多蒙几度尘”，虽是诗笔戏言，但与樊山原作对看，还是大为不同的，樊山对女伶只是赞美，诗中不涉自身情感，实甫诗却总有一个意乱情迷的我。

小香水[1]，原名李佩云，后其母改嫁，易姓赵，河北宝坻人（今属天津市）。幼随继父学唱梆子旦行，后以小香水艺名行世，1913 年去北京演出，被时人誉为河北梆子的“青衣四杰”，在京津一带享盛名十余年。易顺鼎长篇歌行《小香水歌》有题注：“小香水，女伶名也。义州赵氏女，字曰佩云，明慧善歌，演梆子青衣旦，兼须生，为京师梨园第一。”[2] 小香水嗓音极佳，高音脆亮，中低音响堂，有“铁嗓铜喉”之称，《小香水歌》亦重点铺陈小香水的歌声，诗较长，摘录如下：

> 发珠吭，启玉齿。引商刻羽，含宫嚼徵。
> 曼声似韩娥，潜气类车子。
> 时而如抗兮，其声乃在九天上；
> 时而如坠兮，其声乃在九渊底。
> 既上入九天下入九渊兮，又将字字声声打入人心坎里。
> 日为之留，云为之止。
> 观者万人忽然为之悲，忽然为之喜。
> 万人语声何喧阗，一闻歌声寂无似。
> 小寂一时复大喧，乃是喝采之声欲震屋瓦使飞起。
> 万人之声不能敌一人之声，万声已终兮，
> 一人之声犹复上穿九天、下穿九渊、缭绕转换、百折千回而未已。[3]

小香水的歌声真是腾天潜渊、震撼人心。本章上述诗歌主要是“咏伶”。实甫写于 1913 年（癸丑）的《七月十九日纪事》，则是重要的“咏剧”诗，其中除了高度赞美小香水的歌唱外，主旨则是藉小香水、小菊芬演出《回荆州》，

---

1 参见波多野乾一《京剧二百年之历史》，上海大报馆 1926，第 248-250 页；《京剧历史文献汇编 · 民国卷》(第 4 册)，凤凰出版社 2019，第 97 页。

2 易顺鼎著、陈松青校点：《易顺鼎诗文集》（二），第 1132 页。

3 同上，第 1133 页。

抒发历史与现实“家国平生恨未消”的双重感喟：

秋波占断人间秋，流云遏回天上流。
癸丑七月十九日，请歌一曲《回荆州》。
义州女郎小香水，能作秦声妙无比。
一歌子野唤奈何，再歌琅琊愿为死。
向来惯演孙夫人，今日还呈绝代身。
演赵云者小菊芬，演刘备者明月珍。
……
一曲清歌泪万行，谁知别有伤心处。
……
怜卿怜我共无憀，家国平生恨未消。[1]

“别有伤心处”“共无憀”“恨未消”等，都是与歌者、与剧中人共鸣共情的感伤，而对于小香水，实甫主要从歌艺方面加以题赞，诗中没有表现出任何过分的言行。

自称“征歌垂四十年”的易顺鼎，赶上了民国初女伶的崛起和极盛时期，正当此际，他又遭遇时代和个人命运的天翻地覆，因此，原本就“放诞朝朝兼暮暮，风流叶叶复花花”[2]的易顺鼎，更是沉溺其间，歌珠舞翠，与当时好些女伶有所交往或有所品题。在追捧这些女伶的过程中，其言行有痴狂、有怪异、有虚荒诞幻，与此同时，我们也应当看到，伶人历来被视为“贱民”，倡优一词可见一斑，女伶更甚，然而，易顺鼎对她们是怀有真诚的同情和尊重的，无论是对待已经成名火红者，还是低微贫贱到只能在天桥席棚戏园演出的女伶，实甫都一视同仁，请看其《天桥曲十首》序及诗四首：

天桥数十弓地耳，而男戏园二、女戏园三……戏资三枚、茶资仅二枚。园馆以席棚为之，游人如蚁，然寠人居多也。……有冯凤喜者，楚楚动人。

1　易顺鼎著、陈松青校点：《易顺鼎诗文集》（二），第1139页。
2　许宏泉：《风流叶叶复花花——易顺鼎》，《书法》2012年第1期。

自前清以来，竟是穷民生计日艰，游民亦日众。贫民鬻技营业之场，为富人所不至。而贫人鬻技营业所得者，仍皆贫人之财。余既睹惊鸿，复睹哀鸿。然惊鸿皆哀鸿也，余与游者亦哀鸿也。书至此，余欲哭矣。

天桥桥外好斜阳，莫怪游人似蚁忙。
入市一钱看西子，满村叠鼓唱中郎。（其二）

几人未遇几途穷，两种英雄在此中。
满眼哀鸿自歌舞，听歌人亦是哀鸿。（其四）

哭庵老去黄金尽，凤喜秋来翠袖寒。
汝久岂寒吾速老，赖寒博得几回看。（其九）

苎萝溢浦两红妆，感事怜才益自伤。
两种人才三种泪，一齐分付与斜阳。（其十）

两种人才，谓一种未遇，如苎萝之类是也；一种失路，如溢浦之类是也。三种泪，谓感事一种、怜才一种、自伤一种也。[1]

其四与序对照看，实甫将自己、游客与歌舞伶人都视为悲歌欲哭的“哀鸿”。其九“凤喜秋来翠袖寒”之“凤喜”即《冯凤喜谣》（即《十伶谣》）中的冯凤喜，实甫又将自己的老与凤喜的寒对举。其十“苎萝溢浦两红妆”句，苎萝指代西施，原为山名，在浙江省诸暨市南，相传西施为苎萝山鬻薪者之女。溢浦指代琵琶女，出自白居易《琵琶行》序：“元和十年，予左迁九江郡司马。明年秋，送客溢浦口。闻舟中夜弹琵琶者……”“两种人才三种泪”，玩世不恭的哭庵实伤心人也，他从歌儿舞女那里找到“同是天涯沦落人”的共情，故为己哭亦为他者哭，其曾云：人生必备三副热泪，一哭天下大事不可为，二哭文章不遇识者，三哭从来沦落不遇佳人。[2] 看来“哭庵”之号对于实甫是名副其实的。

1　易顺鼎著、陈松青校点：《易顺鼎诗文集》（二），第 1148–1149 页。

2　王森然：《易顺鼎先生评传》，《近代名家评传》（二集），生活 · 读书 · 新知三联书店 1998，第 98 页。

樊增祥与女伶

关于樊樊山与女伶，王森然《樊增祥先生评传》云："京津女伶拜其门下者甚众。如新艳秋、蓉丽娟、孟丽君、刘艳琴、小兰芳及马家姊妹艳雪、艳秋、李桂芳、李慧琴等，均为入室弟子，旖旎温馨，屡见诗辞，经其一捧，立即成名"[1]，此种说法，很遗憾不知其来源和依据，王氏列出的新艳秋等九位女伶，与易顺鼎《十伶谣》中的几位全然不同，看来他们各有所好，而"屡见诗辞"，如今也难觅踪影，笔者在陈志明、王维贤选编的《〈立言画刊〉京剧资料选编》中，发现樊山遗作《戏赠新艳秋》：

艳秋分与女郎名，前后能为蝉缓声。
两舌一簧歌一曲，一声雏凤一声莺。
玉京新旧艳秋双，一样歌喉东渡江。
广雅曾吟双白璧，真能风谱曲南腔。
减字偷声出出佳，红红记曲五言谐。
若教隔着云屏听，谁是伯偕谁仲偕。
宝玉何须辨真假，宫槐毕竟有雄雌。
李謩偷得霓裳曲，转作长安好女儿。[2]

新艳秋（1911—2008年），原名王玉华。初学河北梆子，后为著名京剧女旦，曾拜王瑶卿、梅兰芳为师。因特别迷恋程派艺术，齐如山给她改艺名新艳秋。樊山诗便是着眼于一男一女两艳秋，诗旨还是赞美新艳秋。

王森然所说"马家姊妹艳雪、艳秋"，有可能是张次溪《燕归来簃随笔》所记录的樊山《艳云曲》中的马艳云姊妹？或许王森然有笔误？现摘录《燕归来簃随笔》如下：

樊云门先生有《艳云曲》，为马艳云作也。前有小序曰："鹤亭得孙，弥月，

1　王森然：《樊增祥先生评传》，《近代名家评传》（二集），生活·读书·新知三联书店 1998，第 11–12 页。
2　陈志明、王维贤：《〈立言画刊〉京剧资料选编》，学苑出版社 2009，第 25 页。

于宣南致美楼作汤饼筵。座客十许人，余最后至。鹤亭指二女宾谓余曰：‘此马艳云姊妹也。坐久欲去，因待君一见，迟迟未行。’余感其意，为制此曲，若能唱香山《长恨》一歌，与少游‘山抹微云’一阕，则声价愈重矣。”[1]

樊山《艳云曲》小序中提到的“鹤亭”即冒广生（1873—1959年），字鹤亭，号疚斋，亦为清遗民。著名诗人词人书法家，江苏如皋人，因出生于广州而得名。冒氏为如皋大族，书香门第，明末才子冒辟疆是他的祖辈，冒氏家族拥有著名园林“水绘园”。樊山早前在歌楼见过年幼的姐妹花，真正结识看来是在鹤亭为孙儿办的筵席上，并为她们作了《艳云曲》[2]，诗较长，摘录数句：

水绘园主新得孙，春明汤饼集贤宾。
相如未至居客右，照座窈窕双玉人。
主人道是马艳云，黄楼盼盼为前身。
菖蒲花发本奇瑞，春留不去缘待君。
低鬟并坐娇无语，姑射神仙原处女。
习气全殊御史娘，声名独领云韶部。
问年十五十六时，三年前是粉孩儿。（余昔见于歌楼，犹雏伶耳）
……
刀光如云秋波媚，齿牙伶俐莺喉脆。
……
登场暂作鸳鸯偶，对镜依然姊妹花。
……
杨国夫人应战胜，柴家娘子卜军强。（艳云能演武戏，故云）
捷旗早兆龙幺妹，烽火无惊马四娘。
艳云艳云真祥女，饮食在前后军旅。
年年水绘子生孙，岁岁兹楼集仙侣。

1　张次溪：《燕归来簃随笔》，《清代燕都梨园史料》（下），中国戏剧出版社 1988，第 1248 页。
2　同上，第 1248–1249 页。

由诗可见，马氏姊妹是年仅十五六的女伶，或许是刀马旦，也未可知。《艳云曲》后还有一首七律《十月廿七日艳云觞余于丰楼，预作生日，鹤亭即席赋诗，奉答一首》[1]，此诗主旨在于赠答鹤亭，提及艳云有两句“歌台菱鉴莺双舞（兼谓艳云姊妹）”“为答红闺知己意”，可看出樊山老与小艳云有交往。

樊樊山写给女伶的诗歌，目前仅见寥寥几首，可能因为樊山晚年的诗歌多游戏之作，他自己也没有那么重视，多有散佚。仅见的几首中，樊山基本上都是以一种欣赏女性的眼光来歌咏女性的魅力和才华，仅此而已，是好色而不淫，好色不及情的。易顺鼎则不然，他会不管不顾投注自身的情感，并以出格癫狂的捧角言行，为自己招来“淫哇”的恶名，为社会正统人士所鄙视。（按：樊山也一并被柳亚子斥为“淫哇”，其实不然。）

然而，对于文人名士的品题伶人，也不都是负面的评价，1929年的《戏剧月刊》，署名庆霖者在《津门剧事》中云：

> 至于平津为戏剧发祥地点，而评剧家尤其多知名之士，伶人一经颂扬，莫不跃登龙门，身价十倍。远如樊山、实甫、琴南，立名当时，文章传世，当其年少风流，小红低唱我吹箫，极人间韵事，而今樊山老矣，龙阳才子、畏庐老人，均先后归道山去。伶界老成，身被其泽者有之，后进少年，仰慕声华者亦有之，莫不三叹息，而喟然提携奖掖之乏人也。[2]

畏庐老人即林纾（1852—1924年），字琴南，号畏庐，福建闽县人。近代著名文学家、翻译家、书画家。龙阳才子即易顺鼎。作者视樊山、实甫、琴南为评剧家，对于他们颂扬伶人视为“极人间韵事”，是可以起到提携奖掖，使伶人“声价十倍”的作用的，并表示伶界无论老成或少年，对他们的去世或老去莫不喟然叹息。

庆霖所说并非虚言。民国初新涌现的女伶，初出茅庐，亟需得到社会各界的大力支持，无论是成就她们的舞台名声，带来实际利益，还是从现代意义上实现女性的自我价值、独立人格，都无不需要观众的看戏捧场，文人的

1 张次溪：《燕归来簃随笔》，《清代燕都梨园史料》（下），中国戏剧出版社1988，第1249页。
2 庆霖：《津门剧事》，《戏剧月刊》1929年，第1卷第10期。

品题歌咏和媒界的宣传报道。早在嘉庆时期刊刻《日下看花记》开始，文人雅士与伶人的关系就发生了新变，伶人渴求文人的生花妙笔为他们品题“广告”，一经题写，知名度大增、身价大涨的例子不乏，因此，伶人纷纷接近名流，结缘翰墨。如冯凤喜，原本在北京天桥卖艺，卑微无名，但“自经易实甫歌咏后，芳名大噪，竟至和广德楼的鲜灵芝、中和园的金玉兰、大舞台的刘喜奎等几名红得发紫的女伶，分庭抗礼”[1]。要之，坤伶的出现丰富了京剧的审美娱乐和表演艺术，是京剧发展繁荣的又一体现，然而，有关她们的文献相当匮乏。遗民名士们如樊、易、罗等对女伶充满同情与赞美，为她们鼓掌欢呼，为她们歌咏题诗，使她们的名声广为传播，既提高了她们的身价以及随之而来的经济收入，也提升了她们的社会地位，更为后世留下了关于她们声艺色等珍贵的戏曲史料。

然而，民国时期女伶的极盛如昙花一现，至民国十二三年就衰落了。陈墨香云：“这几年，北京女伶十分时兴。……然而梅、程、尚、荀诸位名旦竟能易弁而钗，和这些真妇女打对台。其结果，一般娘子军弃甲曳兵，纷纷逃遁，竟闹不过这些弄假妇人的朋友。足见戏场全凭技艺，别的都是其次。真女不如假妇，实在是输在技艺上面了。”[2]女伶们的红火不几年便转瞬即逝，个中原因，墨香认为在“技艺”方面。实际上，观众对女伶的追捧主要还是在于声色，女伶为了迎合市场的审美趣味，大多选择更容易展现女性魅力的旦角表演，导致脚色行当单一，剧目范围也不再丰富，最终必然影响技艺。另一方面，女性的真正独立解放是一条漫漫长路，女艺人不得不在年轻当红之时就考虑自己的归属，嫁与权贵富豪追求者，以获得依靠和保障，即使有冰清玉洁、坚守自我、坚持艺术者，也因种种原因难以持久。

关于捧角家与男女伶人，捧角家与京剧与戏曲的关系等方面的研究，是学者们关注不多的领域，值得进一步探究。[3]

1　易君左：《大湖的儿女》，台北三民书局 1970，第 254 页。
2　陈墨香：《观剧生活素描》，《梨园外史·附》，中国戏剧出版社 2015，第 253 页。
3　参见李妍《捧角活动与近代女伶群体的发展》，《文化艺术研究》2019 年第 4 期。

亡国之余又落花：悲愤之诗

易顺鼎以疯狂的行为追捧女伶，备受世人诟病，然而，一向我行我素的他，似乎有着“举世而非之而不加沮”（《庄子·逍遥游》）的抵抗力。他有《好色好名论》一文，专为好色好名辩，他认为天下人莫不好色，莫不好名，这是正常的人性，本无病。天下人自讳其好名，自讳其好色，反而有病。[1] 又，《哭庵赏菊诗·附录》中，易顺鼎对自己醉心戏曲与声色振振有词、自辩道：

凡人皆不能无嗜好、无交游、无消遣，此亦一定之理也。……先君最恶吸鸦片烟与赌博，尝言：“人孰无嗜欲，但稍分清浊、稍分雅俗。与其吸鸦片烟，毋宁赌博；与其赌博，毋宁游狭斜。”……若游狭斜，则必多为交游起见，为消遣起见，而其嗜欲亦必因爱好美色而起，在嗜好中不能不谓为近清近雅。即因好淫而起，亦较吸鸦片与赌博之嗜好，稍雅稍清矣。[2]

实甫首先从他父亲生前的言论说起，其父易佩绅，官至苏州布政使，亦为风雅之士。易佩绅认为游狭斜好过赌博、吸鸦片。俗话说有其父必有其子，对此，实甫深以为然，并进一步发挥道：

与其赌博毋宁狭邪，与其狭邪毋宁看戏。盖看戏之嗜好，必在声色，不在货利可知。即好声色，亦非好淫可知。且尚有忠孝节义之观感其中，且亦以己之金钱与人，而所费不多，不伤廉，又不伤惠，好色而不淫，用财而不吝，亦不废，在诸欲中可谓甚清、甚雅，无害于人品者矣。[3]

在实甫看来，看戏、好声色，不但无害于人品，且“有忠孝节义之观感”“以己之金钱与人”，是甚清、甚雅之举。有如此想法作基础，又幻灭于现实与人生的实甫，进入民国后愈发颓废放浪，声色无度，他大张旗鼓地捧角，随心所欲地作诗，更加肆无忌惮。

1　易顺鼎著、陈松青校点：《易顺鼎诗文集》（三），第 1300–1301 页。

2　同上，第 1775–1776 页。

3　同上，第 1776 页。

易顺鼎《数斗血歌》（为诸女伶作）

易实甫作于1913年，传诵一时的《数斗血歌》（为诸女伶作）[1]，是他写给女伶诗中最重要的一首，也是最匪夷所思之作，他大胆颠覆世人的价值观、冲破心理线：

吁嗟乎！汉唐以前之人君，能以声色亡其国；
宋明以后之人君，亡国不能有声色。
此曹殊无亡国才，声色徒使他人得。
哭庵云：与其有娥英周后妃，不如有妹喜与褒妲。
我昔曾叹尧舜汤武皆伪儒，我今益知桀纣幽厉乃俊物。
古者声色二字专以属妇人，我谓声色尚有别解兼属男子身。
一时有声有色者，在歌童与舞女；
历史之有声有色者，又在英雄与儿女、孝子与忠臣。

这首长篇大作，有一千五百余字，一发端便口出狂言，为声色高唱赞歌。他非尧舜薄汤武，有着老庄之道、魏晋之思打底，嵇康就有“非汤、武而薄周、孔”的奇文《与山巨源绝交书》，易顺鼎的品行自然不能跟嵇康相提并论，但他的惊世骇俗有过之而无不及。然后诗笔渐入梨园主题：

谁知中华祖国五千余年、四百兆人之国魂，
不忍见此黯淡腐败、无声无色之乾坤，
又不能复其璀璨庄严、有声有色之昆仑，于是合词上奏陈天阍。
若谓天地灵秀之气原有十分存，请以三分与男子，七分与女子，
而皆使其荟萃于梨园。三分与男子者，贾璧云、梅兰芳、朱幼芬，
其余尚多不具论。
七分与女子者，去年我见王克琴，使我动魄兼惊魂，樊山曾作小说传其真。
……

1　易顺鼎著、陈松青校点：《易顺鼎诗文集》（二），第1114–1117页。

今年乃见小翠喜、小香水、小菊芬、金玉兰、
于小霞、孙一清、小玉喜、张秀卿、小菊处、李飞英，
请以韵语代戏评。

实甫所谓天地灵秀之气，三分与男子，七分与女子的言论，不愧是贾宝玉之后身。他一口气道出十一位女伶，并“以韵语代戏评”，对她们所演剧目一一呈现或点评（未写王克琴之戏）：

小翠喜，我曾见其演《托兆碰碑》，其音悲壮而淋漓；
直欲追步谭鑫培，使我涕泪纷交颐。
孙一清，我曾见其演《汾河湾》；
张秀卿，我曾见其演《十万金》；
小玉喜，我曾见其演《文武魁》；
小香水，我曾见其演《玉堂春》：其声皆可遏行云。
而小香水尤绝伦，使我如见万古女龙雌凤之啼痕。
小菊芬，我曾见其演《大劈棺》；
金玉兰，我曾见其演《新安驿》；
北方佳人真玉立，明眸巧笑俱无匹，浩态狂香皆第一。
风流放诞定与文君同，玉体横陈堪夺小怜席。
能破阳城十万家，还倾下蔡三千邑。
于小霞，我曾见其演《二进宫》，又见其演《宇宙锋》。
二簧青衫已成广陵散，曲终人远使我惟见江上之青峰。
李飞英，我曾见其演《藏舟》，昆曲何时改梆子，发情止义亦复幽音怨思使我愁。
小菊处，我曾见其演《红梅阁》，又曾见其演《玉虎坠》。
亦复兼擅色与艺，能使观者心为醉。
……

《数斗血歌》中“为诸女伶作”主要在以上二部分。如今有关民国女伶的文献匮乏，恐怕实甫自己也未曾想，他的“以韵语代戏评”还能提供些许戏曲史料。然而，实甫毕竟是实甫，他始终是自负又自怜的，他的笔触不能不归于自我：

吁嗟乎！我如蜀王衍，这边走，那边走，只是寻花柳。

我如明弘光，一生几见月当头，万事不如杯在手。

……

亡国之余又落花，中年而后宜醇酒。

早误光阴半世馀，遑思名誉千秋后。

选舞征歌四十年，狂奴故态还依旧。

一生崇拜只佳人，不必佳人于我厚。

况我一生苦辛备历羊肠与虎口，况我一生知己惟有蛾眉与螓首。

这是易五对自己“寻花问柳”既大胆又悲愤的自白，是理解全诗之关键所在。“这边走，那边走，只是寻花柳”，直接采用了五代十国时期前蜀的亡国君主王衍的《醉妆词》前半段，王衍全词为“者边走，那边走，只是寻花柳。那边走，者边走，莫厌金杯酒。”“亡国之余又落花”的易顺鼎从王衍那里找到了共鸣。好一个沉溺女色、眠花宿柳的真实的易顺鼎，以至于王闿运写信批评其“乃至耽著世好，情及倡优，不惜以灵仙之姿为尘浊之役”[1]。易五指定世交好友程颂万为其作《易君实甫墓志铭》，程氏亦不讳言“而接倡优，则如饮食不可废，如是者八年”。[2]可见易顺鼎无可救药的沉沦，其诗中“早误光阴半世馀，遑思名誉千秋后”等句，确为其人生写照。他青年时代“春官四试，求一进士不可得”“年未三十，忽作厌世之想，若有千悲万感交与胸”[3]；壮年之时，从戎赴台，意在战死却未死；几次入仕为官皆短暂，不是弃去，就是触忤大吏而挂冠；年过半百又忽遭天崩地裂之国变。于是晚年的易顺鼎“遑思名誉千秋后”，自暴自弃若病若狂或歌或哭，不在乎他人辞色与社会舆论，自甘“借色自杀”[4]，不亦悲乎！

然后，诗人极写自己为何向佳人低首，因为她们不但是当世之佳人，还能化为古来无数之佳人，而令其发思古之幽、抒怀旧之感，“且复能见古来之儿女英雄，以及圣君与贤后，何惜呕出胸中血数斗”，紧接着感叹：

---

1 王闿运著，王昌猷、谭承耕等校点：《湘绮楼诗文集》，岳麓书社 1996，第 839 页。

2 易顺鼎著、陈松青校点：《易顺鼎诗文集》（三），第 1908 页。按：“如是者八年”即易顺鼎入民国后生命中最后八年（1912—1920 年）。

3 易顺鼎：《和樊山禳天韵自述》，参见黄濬《花随人圣庵摭忆》（下），中华书局 2008，第 691 页。

4 陈松青：《易顺鼎研究》，湖南人民出版社 2011，第 247 页。

吁嗟乎！我亦不知，谁为才人谁为学人谁为遗臣谁为遗民谁为旧谁为新谁为伪谁为真？

写作此诗的1913年，民国建立不久，“指江山而蜃幻，问城郭已皆非”（易顺鼎《游戏策问》），中国传统体制和既往价值丧失，一切都处于混乱无序之中，易顺鼎一连八个“谁为”发出了“简直令人气顿”（陈松青语）的疑问感叹长句，他的写作也在民初的乱象之中变得越来越茫无端涯、腾天潜渊、似诗非诗。接着又以“与其拜孙夏峰，不如拜陈圆圆”等八个相同句式排比，取黄梨洲、顾亭林、王船山等八先生与江南名妓“秦淮八艳”对举，不拜前者拜后者，再次翻江倒海，颠覆传统价值观。最后，诗人将惊涛骇浪进行到底：

孰言慷慨悲歌、幽抑怨断之音响不可求，

可歌可泣、惊天动地乃在此辈之珠喉。

请君勿谈开国伟人之勋位，吾恐建设璀璨庄严之新国者，不在彼类在此类。

请君勿谈先朝遗老之国粹，吾恐保存清淑灵秀之留遗者，不在彼社会在此社会。

嗟吾此言质诸天地而无疑，质诸鬼神而不悖。

还以质诸四万万之人心，聊复挥吾一双双之眼泪。

“惊天动地乃在此辈之珠喉”，惊天动地亦在实甫之笔墨。《数斗血歌》可谓“亡国之余又落花”“选舞征歌四十年”的易氏宣言，奇谲诡诞之极，而又真性淋漓！表面的狂怪不羁之中蕴涵着长久积郁在骨子里的悲情怨愤，或许是“试图用一种矫枉过正的方式来引起世俗对其身份的瞩目，以期凸显生存价值的意义”？[1]也或许是以文字的不知羞耻来对抗时代的不知羞耻？这样的作品不能不让人惊诧莫名，也让实甫的诗友惊异不屑。

1 王标：《空间的想象和经验——民初上海租界中的逊清遗民》，《杭州师范学院学报》2006年第1期，第34页。

樊增祥《后数斗血歌》

逞才使气的樊山不甘示弱，特作一千三百余言的长诗《后数斗血歌》[1]回应，其诗序云：

石甫寄示《数斗血歌》，余在酒楼，遍示座客。有笑者，有唾者，余独谓神童之才，实不可一世。叔向所谓革车四千乘，以无道行之，必可惧也。乙庵、散原皆谓自有诗歌以来，无如此凌乱放恣者，举世恐无人能作。盖高者深者不屑，而下者浅者不能也。余笑曰："我能之。"因作此歌。

乙庵即沈曾植，散原即陈三立，散原与实甫是世交好友，看来都不认可《数斗血歌》。樊樊山对实甫的"神童之才"惺惺相惜，但亦云："叔向所谓革车四千乘，以无道行之，必可惧也。"出自《左传·昭公十三年》，原文为"叔向曰：'寡君有甲车四千乘在，虽以无道行之，必可畏也'"。[2]"无道行之"即不按常道办事，樊山之用意是：易顺鼎具有不世之才，然不按常道用之，是可怕的。以下且看《后数斗血歌》，樊山首先扣"呕数斗血"之题而起：

呕血胡为及数斗？试问吐之者为谁、量之者为某？
呜呼噫嘻！此斗曾落陈思王之手。
以才而论子建独得天下十之八，以血而论神童应占如今铁血男儿十之九。
……于是心血来潮，心花怒放。心上留不住，口里吐出来。口里吐出何物事？
纸上活龙活现一千五百八十六个字。
都是珠玉之光，兰麝之香，八宝之妆，九回之肠。

其次，落笔在为谁呕血？为何呕血？并且直言易五"一生贪财好色不怕死"。

……此番发愤呕血何所营？只为北京舞台诸女伶。

1　樊增祥著，涂晓马、陈宇俊校点：《樊樊山诗集》（下），上海古籍出版社 2004，第 1786–1789 页。
2　杨伯峻编著：《春秋左传注》（第 4 册），中华书局 2009，第 1357 页。

推崇桀纣幽厉菲薄尧舜与汤武，而以女伎归美于前明，女伶归美于前清。

神童故是英雄真种子，一生贪财好色不怕死。

君曰我非贪，实因天下好物惟金钱。又曰我非淫，实因柳蛮樱素悦目而赏心。

惟其不怕死，所以最爱从古以来昏淫暴虐无道之天子。

接着，联系实甫怀才不遇的人生经历，议论其诗歌，这段论诗之言，几乎被研究者忽视，虽然樊山皆以调侃之笔作此诗，但同样是诗坛巨子，又是易顺鼎“平生第一知己”的樊山，论起实甫诗，可谓独特广博、无所顾忌，为我们认识理解易顺鼎晚期诗歌提供了又一视角。诗曰：

吁嗟乎！神童少不得志不中进士科，老不得志无奈前后广东总督何。

其人激成古庙伽蓝热锅蚂蚁之形状，其诗变为冯犹龙唐伯虎莲花乞食之谣歌。

唐宋诗流逞奇怪，长爪李郎为元帅。卢仝贯休抑次之，又次杜默与石介。

蕊渊一集属前明，烟霞万古之楼雄近代。

君乃聚于一炉而冶之，奇奇怪怪不古不今自成一种澧州公子派。

被誉为“神童”“奇才”的易顺鼎，却终生不得志，于是被“激”发成了想依靠庄、释安顿却又始终无法释怀、无法清心寡欲的热锅蚂蚁，一生中操行无定，诗亦数变，尤其至晚期，更是“逞奇怪”。其中，冯梦龙，字犹龙，明代小说家、戏曲家。唐伯虎，明代画家、文学家，自称江南第一风流才子。这两人都具有反传统，强调文艺“情真”的思想。“长爪李郎”即唐代“鬼才”诗人李贺。卢仝，为“初唐四杰”中卢照邻之孙，其诗属“韩孟诗派”奇险一路。贯休，唐末五代画僧、诗僧。杜默，北宋诗人，石介学生，为诗多不合律，流于狂怪粗俗之列。石介，北宋初思想家、理学先驱，狂狷任诞之士，虽不以文学著称，亦有诗文存世，其诗有质朴粗糙，务奇怪僻的一面。蕊渊，即卓人月，号蕊渊，明代文学家、戏曲家，是一位屡挫科场，文采风流的文学奇才，享年仅三十一岁，有诗词曲文作品《蕊渊集》十二卷。“烟霞万古之楼”指清代王昙著《烟霞万古楼诗集》，王昙为乾隆时期举人，一生潦倒不仕，抱负难抒，发而为诗，光怪陆离。樊山所举上述九人，虽属唐、宋、明、清不同时代，有诗人、戏曲家、小说家、画家、学者等，但他们共同之点都是怀才不遇、侘傺不平，诗多狂怪奇险者。樊山认为易顺鼎之诗，将他们熔于一炉，而成“奇奇怪怪不古不今自成一种澧州公子派”，“澧州”在湖南，易五为湖南人，故称“澧州公子派”。

正因为易顺鼎将一切世俗规范置之度外，才能言行奇怪，诗笔奇怪，为十数女伶“真鲜花”长吟，“为十一伶呕出数斗血”，沉溺于“在京日日饱看十一美，在沪天仙三美日日看”（《后数斗血歌》）。樊山因此为实甫感叹“我年望七君望六，蛾眉伐性将不堪。爱君老有少年意，但见花枝即心醉”，然而，樊山还是直言不讳地指出并规劝，“君之血兮滂湃而奔腾，君之貌兮枯槁而憔悴。回头是岸好泊船”，易五毕竟年近“耳顺”，纵然心有奔腾的“少年意”，可是岁月无情，身不由己，已是憔悴枯槁了。最后，樊山拿自己与实甫诗比较，终究还是对《数斗血歌》作出了批评否定：

我与君，俱学诗；君与我，同一师。（谓张文襄）
我所能者君不能，君能为者我亦能为之。
惟有拉杂鄙俚，则虽能为而不为。
此诗不得为之诗，只算樵歌渔唱鼓儿词。
吁嗟乎！女伶一字不曾识，可惜轻抛数斗血。
五更啼煞杜鹃红，千年莫化长弘碧。

结尾四句意为：你为女伶呕心沥血不过是枉然，不必杜鹃啼血、苌弘化碧矣。

樊樊山的诗评与规劝得到了实甫怎样的回应呢？

易顺鼎：岂复尚有诗界能存在

对于年长自己十二岁的樊山之批评，实甫有何态度？其《读樊山〈后数斗血歌〉，作后歌》，有一半的篇幅都在为自己的诗歌辩白。开端即曰：

无真性情者不能读我诗，我诗得失我非不自知。

对于易顺鼎，无论誉之者满天下，还是毁之者满天下，大家无不承认他的“真”与“痴”。正所谓“能痴者而后能情，能情者而后能写其情”（《潘之恒曲话》）。

我诗本来又非诗，我诗乃合屈原、庄周而为之。

这应是对樊山评其诗为九人熔于一炉的“澧州公子派”的不满表达，自视甚高的易五，岂肯与那九位非一流的，甚至有的名不见经传的诗人为伍，必须自抬身价，高至诗祖“屈原”与文豪“庄周”的合一。

我诗皆我之面目，我诗皆我之歌哭。
我不能学他人日戴假面如牵猴，又不能学他人佯歌伪哭如俳优。
又不能学他人欲歌不敢歌、欲哭不敢哭，若有一物塞其喉。
歌又恐被谤，哭又恐招尤。此名诗界之诗囚。

“人生而自由，却无往不在枷锁之中”（卢梭《社会契约论》），要冲破枷锁，绝不愿做诗囚的易顺鼎，再次强烈表达“我就是我”，我诗写我歌写我哭的真率和痴情。

时至今日世界已无界，一切界说皆破坏，岂复尚有诗界能存在？

这几句既是当时的现实，又不无深刻愤激。“一切界说皆破坏”，旧的已去，新的未建，这个古老的诗的国度，源远流长的诗的传统、传统的诗，也正在遭受巨大破坏，还有什么样的“诗界”在“时至今日”以至未来明日而存在？因此：

他人下笔动作千秋想，我下笔时早视千秋万岁如埃尘。

对于民国后的易顺鼎来说，还能有什么千秋万岁之念呢？他赖以存在、渴望不朽的古典诗歌，也正要将要必要被白话诗所取代。借用庄子之言：“野马也，尘埃也，生物之息相吹也。天之苍苍，其正色耶？”（《逍遥游》）

一切都是浮游尘埃，天也不再是原来的天耶。

此外，易五对樊山所说“贪财好色不怕死”不能不辩。其曰：

谓我好色不怕死，诚哉乃我知己，不知贪财何所指。

在此注意，“贪财好色不怕死”通常人们会断句为：贪财、好色、不怕死。易五则把“好色不怕死”连在一起，并认为这是樊山的知己之言，但却坚决否认自己贪财，“我无一钱人共知，展转沟壑将饿死”，易顺鼎的晚景的确是潦倒的，陈灨一《新语林》记载：“易实甫闲居日下，贫不能自存，其乡人袁蘉庵与之善，问：‘君能屈志小就否？’易对曰‘枯鱼入水，岂遑择流？穷鸟奔林，乌暇问木？’遂荐为印铸局参事。”[1] 他入印铸局自然是为了那一份俸禄。樊山毕竟是知己、前辈，是故，实甫最后还是要感其意：

樊山先生非他人，我姑与之一游戏。而且樊山先生爱我深，我方流涕感其意。

由上可见，易顺鼎好声色好捧角，好汪洋恣肆为诗的深层原因之所在。易顺鼎的忘年交黄濬，有《易实甫创长篇散文诗》一文，其曰：

其生平才语若九天珠玑，不可悉数。辛亥后作，似未见刊行，其中为伶人作者甚多。然先生于诸伶亦取瑟之意，非有何交昵，而诗中好奇语、昵语，世遂哗称龙阳才子，主持风月。以予所知，半非信史。至于寄情丝竹，则当时朝士，十九从同，不过不尽如先生之能文大胆耳。[2]

“不过不尽如先生之能文大胆耳”，的确如此。这世上之事有好些是只能做不能说的，易顺鼎的可爱亦复可恨正在于：他不但做，还付之楮墨宣之于世，似乎唯恐天下不知。这些作品或自笑自嘲，或自伤自放，且反复书写：

1 陈灨一：《新语林》（卷二），上海书店出版社 1997，第 24 页。
2 黄濬：《花随人圣庵摭忆》（下），中华书局 2008，第 689 页。

自笑三首

老来奇气尚纵横，留得生机是艳情。
左右风怀前后列，干儿干女女门生。
弄獐伏猎目多盲，何处能容我辈狂。
犹剩倡优有人在，黄金不爱爱文章。
自笑终朝唤奈何，怕闻歌又爱闻歌。
不辞折尽平生福，饱听珠喉赚眼波。[1]

偶成二绝句 以答时俗之非（其二）

聊将丝竹供陶写，那管梧桐论短长。
哀乐都伤谢太傅，是非任唱蔡中郎。[2]

自赠索诸公和

井水旗亭遍碧纱，哭庵老去尚风华。
大瓢乞食歌姬院，团扇留书小史家。
梅子有词赋梅子，莲花无貌唱莲花。
醉眠不管佳人笑，锦瑟旁边著画叉。[3]

古往今来的读书人，因科举不中，仕途不顺，转而愤世嫉俗，移情醇酒妇人的情形屡见不鲜。一介书生从经世治国降落到玩物丧志，放荡不羁，亦属寻常，易顺鼎一如历史上的温庭筠、柳永、关汉卿、唐寅、徐渭等，皆属浪子才人一类，他们将饱受压抑的“力比多”都挥洒进了作品之中，笔歌墨舞，痴狂不羁，大肆宣泄。癸丑（1913 年）三月三日，梁启超邀罗瘿公、易顺鼎、杨度等三四十人仿兰亭故事，修禊于京师万生园，各有赋诗，实甫创作了又一代表作《癸丑三月三日修禊万生园作歌》，长歌当哭：

噫吁戏悲哉！今日非同前代崇祯之甲申，今日岂同前代顺治之乙酉？

1 易顺鼎著、陈松青校点：《易顺鼎诗文集》（二），第 1154 页。
2 同上，第 1208 页。
3 黄濬：《花随人圣庵摭忆》（下），中华书局 2008，第 689 页。

我生不幸，逢此前代义熙之甲子；我生何幸，逢此前代永和之癸丑！

……

东风吹花花怒开，东风吹人人老矣。昔年丁酉与君（即梁启超）相见于湘川，今年癸丑与君相逢于燕市。我已憔悴枯槁，非复神禫吊靡。

……

此与“春非我春”“日新又新”，皆为前哲之良规。

然则今日之日兮，当以一刻千金为要素；

明日之日兮，当以寸阴尺璧为前提。

梁夫子，勿我诃。帖不必摹临河，图不必仿上河。

试问百年之间，癸丑能有几，正恐中年以后，上巳还无多。

何况今日之共和，远非昔日之永和，国曰支那，土曰婆娑，历曰娄罗，对曰刹那。

捧剑有金人，流觞有玉女，卧冢无石麟，流涕无铜驼。

“卿云烂兮，糺缦缦兮”，再听明日之国歌，有酒不饮意如何！[1]

“崇祯之甲申”即李自成大顺军于1644年入主北京，崇祯皇帝自尽，明朝灭亡，史称甲申之变。“顺治之乙酉”即清顺治帝登基后二年1645年。“义熙甲子”之“义熙”为东晋安帝年号，史上有陶渊明“义熙后但书甲子”的争论，后世遗民遂以“义熙甲子”自比忠贞。“永和癸丑”即东晋穆帝永和九年（353年），三月三日，王羲之与谢安、孙绰等人的“兰亭修禊”。“卿云烂兮，糺缦缦兮”，出自古歌《卿云歌》，民国初年定为国歌。

钱基博《现代中国文学史》评曰：“可以觇革除之际，都下士夫之用心焉。”“盖诗之诡诞极矣，所以寄郁勃之思也。”[2]陈松青《易顺鼎研究》曰：“易顺鼎此诗以一千多字的长大篇幅，颠狂恣肆的风格，迥拔于众作之上。此诗通篇牢骚颓放，颠倒跅驰，用语贯穿经史，出入二藏，杂用古今，不避粗疏，自有一种激荡奔涌的气势。”[3]

实甫长篇古体诗无论是内容还是形式往往都令人震惊，其价值意义何在?

---

1 易顺鼎著、陈松青校点：《易顺鼎诗文集》（二），第1107页。

2 钱基博：《现代中国文学史》，中国人民大学出版社2007，第199、200页。

3 陈松青：《易顺鼎研究》，湖南人民出版社2011，第270页。

吴盛青、高嘉谦在《抒情传统与维新时代》的导言中，有大意表示：面对浩劫创伤，抒情主体介入巨变所选择的视角，使我们改变了对诗的圆融和谐的象征精神的认知，“因此我们更能掌握‘震惊’如何成为诗的现代性特质，透过‘震惊’深刻显示了诗如何走入革命历史、悲剧氛围，招魂或复古式的怀旧。诗作为一种手段和载体，更清晰记录着诗人存世的矛盾和冲突。”并表达愿望：“我们思考的出发点并不是传统的‘以诗证史’，而是坚定地要将诗歌中呈现的震惊、犹豫、悲剧、反讽、历史胁迫的力量等写入现代性的历史中。”[1] 易顺鼎等一批遗民诗人，何时能被写入现代性的历史中呢?!

樊增祥：有艳诗而无艳情

同样处于改朝换代巨变之中的遗民们，并非都是自暴自弃、自甘堕落的，“樊、易”虽然并称，两人除了才气大、诗名盛、喜观剧相同外，在性情为人方面却是大相径庭的。樊增祥立身谨重——尽管他也喜欢听曲观舞作艳诗，并曾自云“在京观剧五十九年”[2]，可谓爱好长久。就才华而言，樊增祥《石甫和屈翁山〈五十四岁自寿诗〉，戏叠其韵》中，有诗句云“共分天下十斗才，我当得六君得四”，[3] 无论是身份地位还是年齿都高于实甫的樊山，是骄傲矜持不让实甫的，故曰“我当得六君得四”。而“其自视也，若轻而若重；其自命也，忽高而忽卑”（易顺鼎《与陈伯严书》）的易五，在樊山面前却是谦卑的，其《四五六叠翁山韵，答樊山》云：“若论天下十斗才，君得其八我得二”[4]，不管易五此言是真心还是假意，总之，他俩的诗才诗风和品行皆有异。

易顺鼎沉溺声色，是毫无疑问的。被认为好作艳诗的樊樊山又是怎样的呢？通常书写男女绮情别怨，或品题男旦女伶，一般都被归入艳诗之列，故以下对樊山的艳诗写作略作探讨。

“以诗为茶饭”的樊樊山，诗词数量惊人，但目前所见写给坤伶的作品似乎不算多，更不见有颠狂之作。他确有招饮、听戏、品伶、写艳等种种行

1 吴盛青、高嘉谦：《抒情传统与维新时代》，上海文艺出版社 2012，第 7 页。
2 罗惇曧遗编、李宣倜校补、樊增祥批注：《鞠部丛谭校补》，第 61 页。
3 易顺鼎著、陈松青校点：《易顺鼎诗文集》（二），第 1024 页。
4 同上，第 1025 页。

为，但并不沉溺放纵，他友优而不狎优，有艳诗而无艳事，他站在情外写情，把道德问题转变为审美问题、艺术追求。汪辟疆《光宣诗坛点将录》云："樊山诗尚侧艳，自少至老，不变其体。京沪间多称樊美人。"[1]1916年广益书局出版《樊山集七言艳诗钞》，收诗一千来首，其中数量最多的一组是《十忆集·戏和宋人李元膺十忆诗》二百首，其序中有云：

仆性耽绮语，虚空楼阁，弹指花严，而密喻闺情，曲传瑶想。性灵含吐，往往移人。今此十题，凡经四和。若以为《国风》好色，则官身本滞周南；若以为香草牵情，则旧宅常依宋玉。然而茶烟绳榻，依然本分禅和；花雨瑶房，甘作虚声处士。[2]

序中樊山明里暗里，以《华严经》《诗经·国风》以及《楚辞》之"香草"，宋玉之《登徒子好色赋》为喻，旨在表明他虽"耽绮语"，但他的艳诗写作不过是"曲传瑶想"的"虚空楼阁"而已，这实际上也是中国诗学历来的传统。

《樊樊山诗集》中，于《十忆集》诗后附其说明："右诗二百篇，非一岁所作，告成于今年小花朝日。"后有"丙午春日天琴识"，丙午为1906年。在此需要指出的是，袁子微博士论文《樊樊山及其诗歌研究》第四章第一节"樊山艳诗创作研究"中，将《十忆诗》创作时间标为"约民国后"是不正确的，此外，袁博士对樊山艳诗以及上述"序"的理解也多少有些偏差和矛盾之处。

再看鼎革后，樊山仿李商隐《无题八首》所作序：

陈叔伊问余犹作艳诗否，因思前人宫闱体，因寄所托，不必皆缘丽情。沪寓乏书，惟有李义山诗及韩致尧翰林《香奁》两集，偶一展阅，见猎而喜，聊复效之。本非枯禅，何嫌绮语……[3]

陈叔伊即陈衍（1856—1937年），字叔伊，号石遗老人，民国时期著名诗人、诗评家，与郑孝胥等标榜"同光体"，其《石遗室诗话》最为著名。韩致尧

1 汪辟疆：《汪辟疆说近代诗》，上海古籍出版社2011，第62页。

2 樊增祥著，涂晓马、陈宇俊校点：《樊樊山诗集》（下），上海古籍出版社2004，第1465–1466页。

3 同上，第1853页。

即晚唐五代诗人韩偓，号致尧，多写艳情，人称“香奁体”。试看樊山《无题》第七、第八首：

玉台闲话髻慵梳，帘阁通明敞碧虚。
两朵露花教捡择，一枝烟草互吹嘘。
抽看丛刻妆楼记，教买星家禄命书。
师友年来半凋落，只应心赏女相如。

江南花草不无情，缥缈仙心绕碧城。
鹦鹉语言凤文采，莲花心地藕聪明。
早逢织女知长寿，晚忆杨枝赠短行。
何限红闺知己感，青灯纸帐负平生。

其序中所言“因寄所托，不必皆缘丽情”，从上两首看来，此话不假，这是樊山艳诗的一个方面。然而，樊山艳情诗为数不少，不可能都有寄托，也有承宫体闺情之余韵的绮艳之作。不过，钱基博《现代中国文学史》有曰：

友人侯官陈衍尝辑《师友诗录》，以增祥诗太多难选，欲于往来赠答之外，专选其艳体诗，而为之辞曰：“后人见云门诗者，不知若何翩翩年少。岂知其清癯一叟，旁无姬侍；且素不作狭斜游者耶！”……盖增祥二十余丧妻，至三十九乃续娶也。迨老，闻妻侄纳姬，以诗规之云：“樊山词笔擅风华，一世曾无称意花。冰簟银床凉雨夜，人生无过独眠佳。”好色不淫，弥见风趣。[1]

“笔擅风华”“好色不淫，弥见风趣”，对于樊山诗词可作如是观。这或许与他青少年时代父亲严苛的甚至有些变态的教育，造成了他非常态的性心理有关。爱美好色人之天性，但惯于约束的樊山绝不过份。汪辟疆所说“樊山诗尚侧艳，自少至老，不变其体”，恐怕是不能轻信的。樊山确有不少艳诗，然而“自少至老，不变其体”值得怀疑。实际上《樊山集七言艳诗钞》所收

1 钱基博：《现代中国文学史》，中国人民大学出版社 2007，第 188 页。

并非都是艳诗，其中有赠友赠内的、悼亡的、咏物咏花的，等等，并非通常意义上的艳诗。此外，数量庞大宏富的樊山诗词，内容题材实在丰富，他的性格始终争强好胜，矜才使气，在诗歌的写作追求上亦是如此，不肯放过各种形式的探索尝试，如果我们没有把他浩瀚的作品都认真研读过，就不能不假思索地认同汪氏所说。要之，樊樊山无论是为人还是作诗都具有矛盾分裂的、复杂多面的人格特征。

樊增祥、易顺鼎于辛亥鼎革前就出入戏园歌馆，并与伶人有来有往，毕竟每当戏曲繁荣之际，听戏观舞就是社会上最受欢迎的文化娱乐方式，达官贵人、风流文士与伶人宴饮交游亦司空见惯、不足为奇。身遭国变后，遗民名士们瞻故国而天远，有着天上人间的落差，历沧桑而殒涕，惨同老骥之伏槽，终年偃蹇困厄，惟有旗亭把酒以自遣，舞榭闻歌以自娱，男伶女坤以寄怀。在他们同质化的结社、观剧、品题等活动中，却有着个性人格的千差万别。樊山始终保持着理性冷静，与其说他捧角，毋宁说他是沉浸在听歌征曲、舞云酒雨那短暂的时光里，藉以解脱现实世界的苦闷和忧愁，哪怕偷得浮生半日之乐。与其说他沉溺于品伶和艳情，毋宁说他沉溺于文字诗词，他不能不写，如茶如饭，无事不可入，无意不可入。如果说辛亥之前，政事和文学，立功和立言，都是他汲汲于此，渴望发愤成就的人生，那么，辛亥之后，惟有逞着才华为诗而诗，写作是他晚年存在的价值和意义。陈保亚《语言文化论》曰“语言是空气，是阳光，是水。我们深深地沉浸在语言中，沉浸在被语言融化的文化中”，[1]对樊山而言，正是如此。然而，对于“半是诗魔半病魔”（樊增祥《戏简石甫》）的易顺鼎而言，一生屡经困踬，无所作为，自甘酣嬉暴弃，却又不能泯泯默默以与草木同腐。痴人焉狂人焉废人焉，世人罪我、责我、怜我、爱我，与我无关，他自恋着我，又消解着我，或许青春年少时未必想以诗歌立命，最终却只有诗歌才是其生命的最高价值，诚如汪辟疆言“易虽恣肆，其真气犹拂拂从十指出，樊不如也”。[2]的确，悠悠天地“独以诗赎，茫茫此才”！[3]

1　陈保亚：《语言文化论・序》，云南大学出版社 1993，第 1 页。
2　汪国垣：《光宣以来诗坛旁记》，《易顺鼎诗文集》（三），第 1953 页。
3　程颂万：《易君实甫墓志铭》，《易顺鼎诗文集》（三），第 1909 页。

余 论

本书主要聚焦于京、沪两地的一批清文化遗民，其中除极少数人有政治目的外，大多为传统道德和传统文化的固守者，他们或深或浅地与京剧与名伶构成关系，主要分为三类：一是沉溺于京剧，与名伶成为师友知音，编创戏研究戏，对京剧的繁荣鼎盛作出卓著贡献者；二是名流鸿儒围绕梅兰芳于沪上雅集，参与绘图题诗，使传统文化发扬光大者；三是为男伶女坤题咏歌吟、宣传揄扬，同时又藉以抒发沧桑之变者。以下就上述三大类进一步小结论述。

关于清季士大夫编剧

李渔《闲情偶寄》卷二云：

予生忧患之中，处落魄之境，自幼至长，自长至老，总无一刻舒眉，惟于制曲填词之顷，非但郁藉以舒，愠为之解，且尝僭作两间最乐之人，觉富贵荣华，其受用不过如此，未有真境之为所欲为，能出幻境纵横之上者：我欲做官，则顷刻之间便臻荣贵；我欲致仕，则转盼之际又入山林；我欲作人间才子，即为杜甫、李白之后身；我欲娶绝代佳人，即作王嫱、西施之元配；我欲成仙作佛，则西天蓬岛即在砚池笔架之前；我欲尽孝输忠，则君治亲年，可跻尧、舜、彭篯之上。非若他种文字，欲作寓言，必须远引曲譬，酝藉包含，十分牢骚，还须留住六七分。[1]

1 李渔：《闲情偶寄》，浙江古籍出版社 2011，第 24 页。

人生“无一刻舒眉”的李渔，自道制曲填词之乐，“怅望千秋一洒泪，萧条异代不同时”，清遗民编剧家“下海”编剧的心境或许也能够从中一窥。“有托而逃”于“戏隐”之中的罗瘿公、陈墨香、庄清逸，一方面可以藉京剧舒郁解愠，乐在其中；另一方面，他们的编剧创作并非易事，并不能随心所欲，在背负深厚的道德文化传统与遭遇巨大的时代新变之间，是有相当的难度和困境的，一是如何在传统题材中进行创新；二是如何在迎合市场中平衡创作理想；三是如何在天生凡俗的京剧中达成雅俗共赏。他们终究以诚挚的热情和出色的才华编创了逾二百部作品，交出了光耀京剧史的答卷。

在传统题材中创新

1921—1924年间罗瘿公为程砚秋编创并上演了12部新戏，代表作有《红拂传》《金锁记》《青霜剑》。陈墨香大约于1924—1941年间为荀慧生编改了50余部，代表作有《玉堂春》《红楼二尤》《钗头凤》《勘玉钏》等，此外还为众多伶人编剧，总计达百余部。庄清逸于民国期间为杨小楼编创10余部，为高庆奎、尚小云各编创20余部，代表作有《豫让桥》《赠绨袍》《摩登伽女》《梁红玉》等，此外还为马连良、李万春等编创多部，共计七八十部。民国京剧繁盛的几十年间大约产生了五六百部新戏，罗、陈、庄三位所编创剧目就逾二百部，功莫大焉。他们所编旦角戏多取材于古代小说笔记、杂剧传奇等，内容多为婚恋家庭，围绕着古代妇女情感与命运展开，题材相当传统，尤其在他们编剧的早期，处于尝试摸索阶段，免不了从司空见惯的才子佳人言情入手，但他们都有志于改良戏剧，十分渴望创新、超越。20世纪正当妇女解放运动勃兴之时，传统文艺中含辛茹苦的贤妻良母，逆来顺受的弃妇妾女等，逐渐被他们重新塑造并赋予新的时代精神，尤其代表作者创作理想的作品，多表现被压迫受屈辱者在困境中的自持贞定与决绝反抗，如罗瘿公《青霜剑》中的申雪贞手刃仇敌，“恰如青霜剑锋，刺向从恶霸劣绅到贪官污吏的更广更深的社会面”[1]。荀慧生一生中出演过三百多出戏曲，其中大多数随着时间的流逝烟消云散，而出演频率高，经受住了舞台考验，真正能

1 曲六乙：《程砚秋的戏剧观》，《程砚秋艺术评论集》，中国戏剧出版社1997，第72页。

够代表荀派艺术的，就是所谓六大喜剧、六大悲剧等三十六部作品，其中就有二十七部都是由陈墨香编剧或整理编改的，如《红楼二尤》，以强烈的对照，展示性格迥异命运同悲的姊妹，2018年国家“京剧电影工程”入选的《红楼二尤》就是以该剧为基础拍摄的，成为众多民国“红楼戏”中唯一演出至今的经典。其他如《柳如是》《荀灌娘》等，塑造天下兴亡，匹“妇”有责的奇女子，歌颂气节大义，同时蕴涵对士大夫精神困境之出路的探讨。清逸居士为尚小云所编剧目更是以塑造飒爽女英豪著称，歌颂独立自主、识大体顾大局的忠勇女性，如《梁红玉》《婕妤当熊》《林四娘》《谢小娥》等，此外，清逸为杨小楼、高庆奎等所编剧目也多是表现正义气节，抒发壮怀悲愤之作。作为遗民编剧家，着力表现人物命运的不幸、悲苦，同时又塑造她们忠贞决绝、智勇俱全的新形象，不能说没有时代潮流的潜移默化，但更有可能是他们意在创新，赋予女性特殊的意义内涵，以此投射自身无法言喻的情感和心灵。叶凯蒂认为这些旦角即是“文人自我理想的化身”，“我们现在所理解、所欣赏的京剧旦角形象，从艺术造型、人物刻画、抒情风格，到其中表现的全新的审美观点，实际上都是在民国早年创造出来的。”[1] 是的，这一时期创造的京剧妇女形象，早已超越了艺术领域，影响至广阔的女性生活。

在迎合市场中平衡创作理想

清季民国京剧新剧目的创制为潮流所趋、市场所需，剧目的题材内容和演出市场的运作等，都离不开文化人的参与。四大名旦的演艺早期，都急切寻求与文人雅士合作“打本子”，共同应对市场竞争，他们之间的关系亦师亦友，密切配合，互为补充。文人为艺人补习文化历史知识，因人设戏、量身定制编写剧本初稿，同时听取艺人意见，共同商讨安排关目、声腔、身段等表演要素，荀慧生回忆与陈墨香友好期的合作，“真好似‘刀对鞘，鞘对刀’彼此知心，互相启发”。[2] 不仅如此，文人还参与到演出的各项事务之中，如罗瘿公对程砚秋无私奉献、事无巨细地为其打理安排演出及生活诸事。深度合作的双方，

1 叶凯蒂：《从护花人到知音——清末民初北京文人的文化活动与旦角的明星化》，《北京：都市想象与文化记忆》，北京大学出版社 2005，第 126 页。

2 和宝堂：《戏苑宗师：荀慧生》，辽宁美术出版社 1999，第 82 页。

编剧的方式主要有三种：其一，直接将传统戏进行改编或完善。若没有旧戏打底子作经验，新戏也不可能凭空而生。罗瘿公《金锁记》即是在元杂剧《窦娥冤》、明传奇《金锁记》基础上的编改。这种传统戏遗民和老戏迷都耳熟能详，改编相对容易，在旧有基础上也有创新，可赢得新、老观众的喜爱。此外，将折子戏增补为全本戏，荀慧生曾云："近十年来的戏剧，多演出零折短剧，截头去尾，致使聆者莫名其妙，而有不能窥其全豹之憾，对戏剧的进步也大有妨碍。我一方面把一些没头没尾的，故事情节不完整，但是在艺术上很有价值的折子戏进行重新整理成一个晚会就可以演完的全本大戏……这样的戏观众是很欢迎的。"[1]陈墨香为慧生编改了《玉堂春》《贩马记》《得意缘》《十三妹》等全本戏，皆是应对新兴观众爱看完整大戏所作的增改。其二，移植其他剧种的剧本，如昆曲、梆子、秦腔等。陈墨香编《辛安驿》《香罗带》即根据河北梆子戏转换，《绣襦记》则移植于昆曲《绣襦记传奇》。其三，据通俗小说、史传、民间传说、甚至诗歌等进行新创，这是创作难度最大，同时又最能体现作者才华和理想的作品。如罗瘿公《青霜剑》据小说《侯官县烈女歼仇》新编，庄清逸《婕妤当熊》取材于《汉书・外戚传》，陈墨香《钗头凤》据民间传说和词作编创，《还珠吟》据唐代张籍诗歌《节妇吟》独创。

无论上述哪种方式的新戏编剧，就创作出发点而言，民国清遗民是"为人"而作，是帮助艺人开拓市场，与明末清初遗民的杂剧多"为己"而作有所不同，明遗民如傅山、王夫之、陆世廉、黄周星等皆编创过杂剧，他们常选择历史题材，并通过对时间、人物、题名等的改写，赋予作品严肃而重大的社会人生主题，不太注重关目的设置等戏剧舞台性要素，而着重在曲词上用力，旨在通过代言体叙事方式，寄托亡国之恨、故国之思、文化之忧[2]，曾永义《清代杂剧概论》云："像吴伟业等人历经鼎革，亲见铜驼荆棘，残山梦幻、剩水难续，自然流露出无限的麦秀黍离之悲。这样的内容和情感是清初杂剧的主要特色，在元明戏剧中是无从寻觅的。"[3]明遗民主要是以写诗文的精神来创作戏曲，不过是换了一种书写方式来排遣现实苦闷，抒发内心隐曲。京剧则是表演艺术，民国时期商业化演出是主要的推动力量，因此，新戏的编创

1 和宝堂：《戏苑宗师：荀慧生》，辽宁美术出版社 1999，第 72 页。
2 参见杜桂萍《遗民心态与遗民杂剧创作》，《文学遗产》2006 年第 3 期。
3 曾永义：《清代杂剧概论》，《中国古典戏剧论集》，台北联经出版事业公司 1970，第 113 页。

一方面注重教育意义，另一方面必须重视表演性、观赏性，诚如齐如山所说："或改旧戏，或编新戏，于美术之中添上许多社会教育的性质，然一部分仍须富于美术，能够使大家乐观，引人入胜，好行自己的主义。否则如同讲经堂、演说台一样，谁还肯花钱去听呢？"[1]在此大背景下，创作与演出是紧密联系在一起的，编剧和艺人共同构成创作主体（艺人成长为大明星后变成了主体），要编出市场能卖座，使大家乐于观赏的作品，才"好行自己的主义"，实现社会教育的目的。因此，清遗民不可能像明遗民那样只是把戏曲作为抒发胸臆、浇灭心中块垒的手段，而是要在商业市场与艺术理想的两难中进行创作平衡。齐如山、李释戡等人为梅兰芳量身定制的古装歌舞戏获得极大成功，给罗、陈、庄以启发以鼓舞，于是罗瘿公的《红拂传》、陈墨香的《丹青引》、庄清逸的《摩登伽女》都是偏重歌舞的新戏，歌扇舞衣都被他们打造得极其动人，市场反应盛况空前，这三剧分别成为了程砚秋、荀慧生、尚小云早期新戏代表作。其实，在表面的声色美艳、娱人耳目之下，也暗含了作者的创作理想，比如《摩登伽女》完全取自佛经，旨在表达一切贪嗔痴爱，不过是"色空影幻"的佛家思想。从金枝玉叶败落为寒俭贫民的庄清逸，创作该剧是有其苦心孤诣的。此外，瘿公之《金锁记》《青霜剑》，墨香之《钗头凤》《霍小玉》，清逸之《卓文君》《煤山恨》等，无不是既卖座又有社会意义的佳作。

在天生凡俗的京剧中追求雅俗共赏

京剧发源于民间地方戏，是徽戏、汉调、昆曲、秦腔、梆子等在北京逐渐汇成，以西皮和二黄为主要唱腔的新剧种，天生具备"俗"的基因，深受平民大众的喜爱，后因清宫廷帝后等的青睐，于是风靡社会各个阶层，其受众面如此之广，既要符合上层贵胄、精英人士的审美，又要满足贩夫走卒的趣味，如何解决雅与俗的矛盾，成为了编剧家不能不面对的选择。所谓编剧的雅俗，主要指题材内容和文辞剧曲方面。题材源于经史典籍或诗词等就相对雅化，如叶凯蒂认为齐如山和梅兰芳创作中国舞蹈剧的文化来源，包括历史文献和文学作品、舞谱、诗歌等，"只有在传统的雅士文化中才能找到真

1　齐如山：《编剧浅说》，《齐如山国剧论丛》，商务印书馆 2015，第 43 页。

正的中国性”[1]。笔者在此主要谈文辞，中国古典剧论中对于“本色派”和“文采派”便有诸多争论，王冀德的曲辞理想在于“雅俗浅深”之间，合本色与文采二而为一，清遗民的京剧编剧庶几近之。对于旧学功底深厚，经史子集无所不读，深谙传统艺术精华，诗词歌赋无所不作的罗、陈、庄来说，求雅实在是易如反掌，如罗瘿公《红拂传》第四场，相府后花园中百花盛开，杨素命红拂女在牡丹花下歌舞的唱词（见第一章）；陈墨香《还珠吟》描写佳人：

> 拔得芙蓉出水新，芳姿不合平常人。
> 含情一向春风美，一树繁花偃绣裙。
> ……
> 鸦翅低垂两鬓分，脸檀眉黛一时新。
> 莫教回首看妆面，云在遥天玉在尘。[2]

庄清逸《婕妤当熊》中，唱词《含情一笑别君王》，被誉为“精警”：

> 自幼儿入深宫得承宠幸，侍天颜陪御宴永享升平。
> 朝凝妆开绣户飞花扑镜，夜游园歌妙曲锦瑟传情。
> 倚修竹笼翠袖梅香阵阵，散幽怀观丽景闲步彤廷。
> 来至在眺蟾台良宵已静，看玉宇绝纤尘独自登临。[3]

罗瘿公“负诗名三十年”；陈墨香演戏编戏评戏、撰小说笔记诗词，堪称全才；庄清逸才思敏捷，流传有“一日可成一剧”的赞誉，他们的才学在当时都得到公认，通过以上创作正好大显身手，同时，不少艺人都会主动找他们帮忙润色修饰文字，由此一改以往皮黄作者文化欠缺、文辞鄙陋不通的弊病。他们以及齐如山、李释戡、欧阳予倩、翁偶虹、金仲荪等一批知识分子参与京剧创作，都以改良中国戏剧自任，使得京剧的文化艺术水准得到极大提升，这样的雅化是应该充分肯定的。然而，北京市／上海艺术研究所组

1 叶凯蒂著、刘晓真译：《舞入京剧：1910—1920年代的跨文化创新》，《中国戏曲学院学报》2020年第1期，第3页。
2 黄天骥：《荀慧生文献专集》，山西人民出版社·三晋出版社2018，第184页。
3 徐汉生：《尚小云文献专集》，山西人民出版社·三晋出版社2018，第66页。

织编著的权威本《中国京剧史》云："与此同时，一批封建遗老遗少和旧文人，在欣赏京剧中过分追求形式的华美和词句的典雅，这影响到有些演员的演出，在相当程度上脱离了一般民众。"[1] 这样的批评其实值得反思，京剧是大俗又是大雅的，能够满足不同层次的观众所需，否则，京剧的热潮和全面的繁盛作何解释呢？实际上，雅俗共赏是一个极高的境界，非大手笔莫能为，唐诗宋词元曲以及四大名著无不是雅俗共赏的，早在宋代，黄庭坚就提出了"以俗为雅，以故为新"的主张。京剧是经历了上百年的历程，艺人们口传心授，一代代打造磨砺，发展到民国，又与文人携手合作，尽心竭力不断编新改旧，提升淬炼，才能达到"以俗为雅""俗不伤雅"的顶峰的，仅有"俗"或仅求"雅"都不可能持久红火，得到社会各界的认同。"一批封建遗老遗少和旧文人"，在"欣赏"京剧中的确有追求华美和典雅的一面，但在"创作"中，他们十分清楚京剧是大众文化、通俗文艺，需要辩证对待雅与俗的问题，如陈墨香云：

戏曲者，通俗教育之一端，不必其以辞藻胜也。今之为旦作脚本者，乃专尚文言矣。其佳者只成香奁之诗，其劣者令人作三日呕，于通俗何有哉？唯编《石头记》杂剧，红香绿艳，尚其本色，未容妄议，其他似以白描为贵，《水浒》多方言，元曲即正旦时亦作俚语，何尝非绝妙好词耶？但非旧剧之说分明心头恨等语所可藉口而已。昔刘子元作《史通》，力诋六朝史官浮华之习，修史且以质直为工，何况戏曲乎？[2]

陈墨香非常明确戏曲是"通俗教育之一端"，因此对"作脚本者"专尚文言或"香奁之诗"是不赞同的，但同时又认为编《石头记》一类题材，不妨"红香绿艳"，陈氏的观念可谓通达。他是真正懂戏的行家里手，是根据具体题材和人物形象来灵活处理，权衡雅俗之间的"度"的，既不卖弄才学，堆砌辞藻，也无卑俗粗陋之病，他能将文学与表演通盘考虑，文采与本色在他笔下并不相悖，并非二元对立，何况他有着十五年票友演旦经历，对舞台了然于心，因此他的剧本创作真正能够做到案头与场上、深浅与雅俗的兼顾。

1 北京市/上海艺术研究所：《中国京剧史》（中卷·上），中国戏剧出版社 2005，第 612 页。
2 陈墨香：《说旦（一）》，《戏世界》1948 年第 372 期。

诚如冯小隐所赞叹“其编剧不仅擅文词之美，兼能合歌舞之规，在一切编剧者之中不可谓非完才”。[1]同样痴迷演戏，做过票友的庄清逸，亦深谙舞台和编剧之道，他为生行、旦行都编改新戏，创作经验相当丰富，能做到文武兼顾、刚柔相济、雅俗共赏。如他编创的《云郸娘》是以少数民族苗族为题材的作品，因而曲词通俗易懂（见第五章），而与宫中婕妤（《婕妤当熊》）的唱词判然有别。诗人罗瘿公，虽然没有陈、庄的舞台实践，但也沉溺于舞榭歌台二三十年，在编戏的过程中始终虚心听取“通天教主”王瑶卿的意见，在他编创非才子佳人的剧目时，完全摒弃诗人积习，从剧本结构、舞台形式至文辞唱腔都密切配合题材和人物，不枝不蔓，语言十分平实通俗，入耳即明，如《金锁记》《青霜剑》，既能赢得大众，又能实现其创作理想。

如果把罗瘿公、陈墨香、庄清逸编创的剧本认真阅读研究，自会发现，他们有着清醒的主体意识，怀有教化警世与艺术并重的创作观念，以及雅俗共赏的审美追求，他们在编创风花雪月的作品时，文辞相对雅驯，但一味讲究华美优雅者极少，而是更注重合乎人物身份和所处环境的表达，遣词造句既求有文化有功力，亦求自然生动、真切晓畅，显示了他们雅俗之间的良好把控力。与此同时，他们的编创又各具特色，塑造的舞台形象多姿多彩。此外，他们还研究剧学，撰写戏评和梨园笔记、小说等，他们的全面参与使得京剧的思想性、文学性、表演性兼容并蓄，京剧艺术的整体水平因了他们以及齐如山等人的努力得以突飞猛进。

京剧编剧的高峰期与京剧的黄金期基本重合，这与清遗民和一批热爱传统文化的精英人士参与其间息息相关，否则20世纪30年代京剧能够上升为“国剧”，成为民族文化的代表，是难以想象的。如果不能充分肯定清遗民和旧文人的价值意义，当今京剧史的编写就会陷入两难的境地，一方面不得不承认民国时期文人的参与使得京剧的文化气质、艺术审美、知识体系（即京剧研究）全面提升，另一方面又要批评“一批遗老遗少和旧文人”对京剧的雅化和损害，不愿正面认识和评价他们对京剧作出的重大贡献。

历史必须永远不断认识。“新文化史”研究在国内方兴未艾，“在主流之外，如何发掘出非主流、暗流、潜流、逆流乃至重建更多的主流论述，也是

1 小隐：《我之荀言观》，《荀慧生艺术评论集》，中国戏剧出版社2016，第68页。

我们必须面对的课题”。[1]如果始终停留于固有观念之中，京剧研究不能成为主流论述，那么中国京剧史和现代文学史必然是充满缺憾和偏见的。

关于清季士大夫的雅集及绘图题咏

1920年、1922年清遗民与梅兰芳于沪上三次“香南雅集”，硕学胜流们为青年畹华绘制《香南雅集图》，并诗词题咏图卷达四十余家。孙德谦《香南雅集图序》云：

《香南雅集图》者，何君诗孙为畹华作也。畹华雅善歌曲，藉甚清名，杂征郢中，属和者自寡，腾誉区外，遥闻者辄思。今岁维莫之春，重来海上，于是餐芝逸老，摛藻词贤，相与接襖联裾，合尊促席，留连襟带，试订同音，杂沓衣簪，自成彦会，斯亦极一时之盛矣。

陈三立《散原精舍诗文集》“存目”中有《香南雅集图跋》，然而，非常遗憾的是“跋”已不见，唯有存目了，毕竟“立德”“立言”都堪称典范的陈三立如何看待这一盛会，实在值得一探。好在孙德谦序留存下来，如其所说，这是“逸老”“相与接襖联裾”“试订同音”“斯亦极一时之盛矣”的“彦会”，其中吴昌硕、沈曾植、王国维、陈三立、郑孝胥、朱祖谋、况周颐，无不是声名卓著的文艺学术大家，这是戏曲史、文学史、文化史上都应浓墨重彩记录书写的文化事件，然而，因为他们是“苟延残喘”的“腐朽落后”分子，这段历史几乎被湮没。被梅兰芳称为“镇家之宝”的香南图卷如今已经难觅踪影，好在还有不少诗词文字被我们从故纸堆中搜寻出来，使我们得以回望遥想那群彦咸集、流光溢彩的场景，感受延续下来的雅集文化传统。实际上遗民们参与结社、题咏相当频繁，与梅兰芳有关的，不只有香南雅集，又如《申报·梅讯》1920年4月18日载：

---

1 李孝悌：《明清文化史研究的一些新课题（代序）》，《恋恋红尘：中国的城市、欲望和生活》，上海人民出版社2007，第9页。

畹华出洋游历时，林畏老尝绘一卷子，为之送行，林宗孟引首曰“缀玉轩话别图”。今此卷已携之上海，拟请诸名士为之题记矣。原画长二尺，高一尺四寸，有畏庐自谱《南浦》一阕，题跋第一即樊山老人赠诗，瘿公所书者，去年《东方杂志》中已曾缩付铜版，特此后有添跋数则矣。

林畏老即林纾。林宗孟，名长民，林徽因之父，福建闽县人。可见，梅兰芳出洋前（按：1919 年首次访日演出）与文化圈有宴集，并有“缀玉轩话别图”请遗老樊樊山题诗（见附录二）、罗瘿公书写。

遗民们为何如此热衷于吟诗赋词、结社品题？

陈三立给友人的题序中反复述及者，可见答案。他将海滨遗老比喻云：“吾辈保余年，履劫运，遂比丛燕集苇苕之表，姑及未堕折漂浮，啁啾相诉而已。其在《诗》曰：‘心之忧矣，云如之何？诗者，写忧之具也。’”[1]又，“迨国骤变，大乱环起，四方人士暨生平相识亲旧，类辟地羁集沪上，三立与公亦先后俱至。居久之，无以遣烦忧，始纠侪辈十许人，时时联为诗社”[2]。1919 年他为俞觚庵遗诗集作序时，更对世道坏灭、遗老投命于赋诗，道出苦衷深哀：

余尝以为辛亥之乱兴，绝羲纽、沸禹甸，天维人纪，寖以坏灭，兼兵战连岁不定，劫杀焚荡，烈于率兽。农废于野，贾辍于市，骸骨崇丘山，血流成江河。寡妻孤子酸呻号泣之声达万里。其稍稍获偿而荷其赐者，独有海滨流人遗老，成就赋诗数卷耳。穷无所复之，举冤苦烦毒愤痛毕宣于诗，固宜弥工而寖盛。然海滨流人遗老，跼蹐番市楼壁之下，类足迹不窥境外……仅区区投命于治其所谓诗者，朝营暮索，敝精尽气，以是取给为养生送死之具。其生也，藉之而为业；其死也，附之而猎名，亦天下之至悲也。[3]

诗者，写忧之具，藉之为业，附之猎名，具有深厚传统文化积习的遗民们，诗酒风雅始终是他们作为士人的一种生活方式，遭遇变乱，更是他们借以相互砥砺慰藉的文化诉求、身份认同。如果说陈三立是从个人的角度阐述，

1 陈三立：《余尧衢诗集序》，《散原精舍诗文集》（下），上海古籍出版社 2003，第 957 页。
2 陈三立：《书善化瞿文慎公手写诗卷后》，《散原精舍诗文集》（下），上海古籍出版社 2003，第 949 页。
3 陈三立：《俞觚庵诗集序》，《散原精舍诗文集》（下），上海古籍出版社 2003，第 943–944 页。

那么第七章我们论到过的《彊村校词图》，其中的序文诗词，则是反映“余作前儒托命人”的清遗民共同心声。

《彊村校词图》前后有四次绘图，四十余家参与题咏，遗民们以传统的诗文词方式，或直接或委婉地述写心迹。其中1916年何维朴所作图极为重要，沈曾植、王国维各有题序。他们对待雅集题序往往郑重其事，这是受人嘱托为群体代言，故细加斟酌、深意存焉（如《兰亭集序》）。沈曾植之序，首先扣题高度称赞彊村校词的功绩，同时亦道出其“乾坤道息，身隐于文”的无奈。然后详释“彊村”一名的由来：“彊村者，居士祖居埭溪，在上彊山麓，唐白文公所谓‘惟有上彊精舍寺’，其后刘商学仙升举地也。”[1]，不仅如此，更追溯至远古先贤，牵涉政教文化涵义，藉“彊村”之人名地名而俯仰上下古今，悲思感慨不已。最终归结到“世变浸淫于文字……而五代之后，复有五代”[2]。“五代”八姓十四君，一共只维持了五十三年，是历史上分裂程度最彻底的时代。沈氏将民初之混乱视为五代，大有“往劫已去，来劫不知”的忧惧伤心。诚如姚达兑所论，沈曾植的《图序》将遗民地理政治学意义揭示出来。[3]

王国维之序于收束处明确点出“以纪世变”，其在沈序的基础上，“从遗民地理学到遗民文化学，提炼出了一种关于‘文化遗民’的乡愁理论”[4]。王氏首先探讨士大夫“去国”“去乡”的古礼伦常，然后为如今流寓的士大夫们勾画寄居之地、文字之乡：

近年以来，士大夫流寓之地，北则天津，南则上海。其初席丰厚，耽游豫者处焉。辛亥以后，通都小邑，桴鼓时鸣，恒不可以居，于是趋海滨者如水之赴壑，而避世避地之贤亦往往而在。然二地皆湫隘卑湿，又中外互市之所，土薄而俗偷，奸商傀民，鳞萃鸟集；妖言巫风，胥于是乎出。士大夫寄居者，非徒不知尊亲，或加以老侮焉。夫入非桑梓之地，出非游宦之所；内则无父老子弟谈讌之乐，外则乏名山大川奇伟之观。惟友朋文字之往复，差便于居乡。然当春秋佳日，命俦啸侣，促坐分笺，一握为笑，伤时怨生、追往悲来之意，

1 《彊村校词图题咏》，《清代诗文集汇编》（第783册），上海古籍出版社2010，第816页。
2 同上，第816页。
3 详见姚达兑《（后）遗民地理书写：填词图、校词图及其题咏》，《山东科技大学学报》2013年4月，第65-67页。
4 姚达兑：《（后）遗民地理书写：填词图、校词图及其题咏》，《山东科技大学学报》2013年4月，第67页。

往往见于言表。是诚无所乐于斯土，而顾沉冥而不反者，盖风俗人心之变，由都邑而乡聚。长幼之序失，而争斗之狱繁，居乡者虑有所掣，或不能安其身与心，故隐忍而出此也。[1]

前现代之遗民要么以身殉国尽忠义，要么归隐山林不问世事。清季士大夫则大多选择了在京津、青岛、上海等地寄居，都市租界，既非原乡又非名山大川，虽有诸多不满，却又隐忍而居，因为“惟友朋文字之往复，差便于居乡。然当春秋佳日，命俦啸侣，促坐分笺，一握为笑，伤时怨生、追往悲来之意，往往见于言表”，唯有同人间的交游，文字分笺的往复，伤时怨生的共情，尚可聊以自慰。接下来王氏落笔朱氏：

归安朱古微先生以文学官侍郎，光绪之季奉使粤峤，遽乞病归，往来苏、沪间。迄于近岁，居上海之日多。丙辰……是岁秋，先生出所绘《彊村校词图》，授简命序。彊村者，在苕水之滨，浮玉之麓，先生之故里也。先生既以词雄海内，复汇刊宋元人词集，成数十种。铅椠之役，恒在松江、歇浦间，而顾以彊村名是图，图中风物，亦作苕、霅间意，盖以志其故乡之思云尔。……先生少长于是，垂老而不得归，遭遇世变，惟以作词、刊词自遣，不独视古之乡先生矜式游燕于其乡者如天上人，即求如乐天、永叔诸先生退休之乐，亦不可复得，宜其为斯图以见志也。夫有乡而不得归者，今日士大夫之所同也。而为图以见意，自先生始。故略叙此旨，且以纪世变也。[2]

在此王静安与沈培老如出一辙，笔在古微，意却在借古微为群体发言，“遭遇世变，惟以作词、刊词自遣”“夫有乡而不得归者，今日士大夫之所同也”，即如郑孝胥《为古微侍郎题校词图》诗云“侍郎哀感寄诗余，投老词林托勘书”[3]。遭遇世变，乾坤道息，有乡而不得归，只能身隐于文，填词刊词自遣，于“词林托勘书”，以诗词写忧，以文化托命，以文字事业为故乡，这岂止是朱彊村个人的命运，“今日士大夫之所同也”！

---

1 《彊村校词图题咏》，《清代诗文集汇编》（第 783 册），上海古籍出版社 2010，第 817 页。

2 同上，第 817–818 页。

3 同上，第 825 页。

综上所述，清季士大夫乐意一二再、再而三地参与“香南雅集”，与梅兰芳欢聚一堂，为其绘图题咏，一方面是梅郎这一凝聚传统古典之美之雅的最高代表符合他们的道德与审美理想而同声相应，另一方面也是“异乡偏聚故人多”（陈夔龙），他们“去国去乡”后，需要于异乡“丛燕集苇”“试订同音”“啁啾相诉”，以此建构我群的身份认同，一解挥之不去的文化乡愁，同时还是“‘精英团体’‘仪式行为’与‘象征符号’的多重展现，折射着‘人我’‘群己’等关系模式”。[1]

关于清季士大夫咏剧诗歌

迄今为止，清遗民“以韵语代戏评”的“咏剧诗歌”创作几乎没有进入学界的研究视野。这与“咏剧诗歌”研究本身起步较晚，而清遗民研究更是一个新领域不无关系。广义的咏剧诗歌是指以诗、词、曲的形式谈曲论剧、品评艺人。实际上，以诗歌的形式评论文艺，是中国古代文艺批评的特殊范式，起源于论诗诗。中国诗歌历史源远流长，以抒情言志为主体，同时兼及叙事写景等，发展至唐代达到高峰，诗圣杜甫继往开来，在诗歌领域有着多方面的开拓创新，他以诗歌的形式评论诗，首创七言论诗绝句《戏为六绝句》，此外，李白、杜甫还有五古论诗诗，都令人耳目一新，体现了中国古代文艺批评显著的民族特色。此后，论诗诗有着漫长而曲折的发展，金代元好问《论诗绝句三十首》的创作，标志着论诗绝句地位的确立，对后世产生了深远影响。金末论词绝句也开始产生[2]。清代是学术文艺复兴的时代，论诗诗、论词诗、论曲诗皆繁荣，其中论曲诗歌如金德瑛（1701—1762年）《观剧绝句》30首，凌廷堪（1755—1809年）《论曲绝句》32首，舒位（1765—1815年）《论曲绝句十四首，并示子筠孝廉》等，比较系统地探讨戏曲问题，都是代表作。

清代随着花部地方戏的兴盛，皮黄从中脱颖而出，至晚清民国大发展，吟咏京剧及伶人的咏剧诗歌亦大量产生，多发表于当时的报刊、专集之中，也

1 刘洋：《在民国：逊清遗民的文化心态与诗歌书写》，吉林大学博士论文2012年，第54页。

2 关于论诗绝句参见高利华《论诗绝句及其文化反响》，《文学评论》2003年第1期，第80–88页。关于论词绝句参见胡传志《论词绝句发源与中断》，《吉林师范大学学报》2016年第4期。

有少量收录于诗集词集，只是至今缺乏专门搜集整理，遑论研究。赵山林《历代咏剧诗歌选注》是筚路蓝缕的工作，又是选注，故所收清季民国者不多，其中清遗民所作仅收康有为 1 首，易顺鼎 4 首。近几年笔者花费了大量时间搜集清遗民咏剧诗歌。以下就两个主要方面对书中所涉及的清遗民咏剧诗歌略论。

以韵语代戏评

题赠吟咏伶人的"咏伶"诗是咏剧诗词的大类，清代梨园花谱的品花诗词即是[1]，清遗民的"咏伶"诗词创作则堪称一大文化奇观，如吟颂梅兰芳的咏梅诗词连篇累牍，一大批名流遗民，如易顺鼎、樊增祥、罗瘿公、况周颐、朱祖谋、吴昌硕、何维朴、沈曾植、郑孝胥、陈三立、陈夔龙、陈夔麟、陈衍、王秉恩、王乃徵、袁思亮、张其淦、冒广生、程颂万、冯幵等（见附录二），都留下了或多或少的咏梅之作，创作阵容之强大，文化规格之高端，"古今罕匹"[2]，此其一。大量文人的众星捧月中，没有谁像况周颐那样以百余阕之夥（现搜集到 75 首），将"一生心事付吟梅"，专为一人而作，无论数量还是质量也是罕有其匹的，此其二。易顺鼎咏梅诗逾 20 首（现搜集到 17 首），其惊才绝艳、排山倒海的气势，对梅郎"璀璨庄严惟剩汝，国魂须向国花招"的至高标榜无以复加、无与伦比，此其三。以上种种题咏美化，就是绝佳的戏评，因名流自身的文化影响力[3]，对于传播青年梅兰芳的名声，提升他的文化品格，塑造他的高雅形象，推高他的身份地位，都起到了普通"粉丝"难以望其项背的重要作用。此外，清遗民题赠其他男伶的诗歌同样具有宣传揄扬的效力，如《贾郎曲》《荀郎曲》等，在此不赘。

民国初期，女伶骤盛，短短几年间，易顺鼎、樊增祥等亲历亲见她们的悲喜兴衰，并付之楮墨。虽然易实甫晚年纵情声色，樊樊山以写艳诗闻名，但他们对待女伶的态度却是尊重的、怜香惜玉的，那些题咏她们的诗歌，并

---

1 参见林秋云硕士论文《清代北京梨园花谱：文本、性质与演变》，复旦大学 2014 年。

2 参见谷曙光《咏"梅"诗词：梅兰芳研究的新领域和新思考》，《文化遗产》2017 年第 3 期。谷曙光认为"咏梅诗词既是古今咏伶诗的集大成者，又是传统咏剧诗词的终结点"，确为有意义的新思考。笔者认为，咏梅诗词的作者众多，其中清遗民的创作，无论数量还是质量都是空前绝后的。

3 实际上，在民国初期，尤其是新文化运动之前，遗民们仍然占据有相当重要的话语权和影响力，各大报纸期刊也多有他们的诗词文等作品发表。

非受人指责的“淫哇乱正声”（柳亚子）之作，反倒因了他们的书写，在京剧的历史长河中，犹如昙花一现的民国女伶，得以留下芳名身世、玉貌珠喉、表演剧目及特长等宝贵的戏曲史料。

咏伶与咏剧都是广义的咏剧诗歌，两者时常交织而写。本书附录二所搜集的22家178首清遗民咏梅诗词中，有词作约90首，诗歌80余首，“咏（观）××剧”“为××剧作”者，为数不多，其中遗民们青睐的是《黛玉葬花》和《天女散花》，咏《雁门关》《昭君出塞》《思凡》《木兰从军》《太真外传》《麻姑献寿》《西施》等各有一二首。《黛玉葬花》出自《红楼梦》，《天女散花》出自《维摩诘经》，都是源于经典，前者清冷，后者唯美，由此可见清遗民的文化品味和审美趣尚。这些狭义的“咏剧”诗词中，樊增祥之作除了赞美梅兰芳外，相对还会切题到剧目内容、舞美、表演等，易顺鼎则一如既往地将万千宠爱集于梅兰芳本身。此外，清遗民为女伶和其他男伶所题诗词，“咏（观）××剧”者亦不多，但有佳作，如易顺鼎为谭鑫培所作《听谭伶小叫天演〈白帝城〉剧，感赋一首》《观小叫天演〈珠帘寨〉作》[1]，既伤感“先朝第一伶”，又喟叹剧中历史，亦“伤心犹唱百年歌”，诗皆不长，却意蕴深沉。

诗歌史上的论诗诗初以七绝和五古的形式出现，后以七绝为多为胜，与中国古代诗论多吉光片羽式的感发点评颇为契合。论曲诗即咏剧诗歌也以近体短篇为多，尤其绝句组诗影响较大。清遗民八十多首咏梅诗歌亦是绝句、律诗偏多一些，然而，前代咏剧诗歌中对清遗民更能产生共情的是宏肆自由的七古，例如，清初吴伟业的《王郎曲》，陈维崧的《赠歌者袁郎》堪称代表作，“十年芳草长洲绿，主人池馆唯乔木。王郎三十长安城，老大伤心故园曲”（《王郎曲》）[2]；“袁郎袁郎我具陈，古来一物皆有神。郎游声伎非末艺，况遇兴亡必写真”（《赠歌者袁郎》）[3]，其中不仅赞扬歌郎的美貌与才艺，亦蕴含沧桑兴亡之意，赢得了清遗民的共鸣和赞赏。七古形式铺张雄肆，格局大开大合，句法变化多端，特别是长篇歌行体，往往规模宏大，气势纵横，故清遗民咏剧诗歌中长篇七古或歌行更加引人瞩目，甚至让人惊叹，如樊樊山、易实甫、罗瘿公诸作，尤其是易顺鼎，任性任情，掀起惊涛骇浪，好似李白之《将

1　易顺鼎著、陈松青校点：《易顺鼎诗文集》（二），第1073、1175–1176页。
2　赵山林：《历代咏剧诗歌选注》，书目文献出版社1988，第258页。
3　同上，第328页。

进酒》《蜀道难》等，以文为诗，句式长长短短，情感奔涌跌宕。梁启超在《中国韵文里头所表现的情感》一文中曰："向来写情感的，多半是以含蓄蕴藉为原则，像那弹琴的弦外之音，像吃橄榄的那点回甘味儿，是我们中国文学家所最乐道。但是有一类的情感，是要忽然奔迸一泻无余的，我们可以给这类文学起一个名，叫做'奔迸的表情法'。"[1]"凡这一类，都是情感突变，一烧烧到'白热度'，便一毫不隐瞒，一毫不修饰，照那情感的原样子，迸裂到字句上。"[2]易顺鼎那些长篇杂言体，如《万古愁曲》《数斗血歌》（为诸女伶作）等，便是"迸裂到字句上"，情急词迫危言耸听，纵横驰骋腾天潜渊，既是为伶人而歌，更是为自己"长歌当哭"，不如此不足以宣泄积压的悲愤，不如此不足以冲决长久的郁闷，不如此亦不足以惊世骇俗。

清遗民"以韵语代戏评"的咏剧诗歌，重在赞人而评戏不多，且只有恭维颂歌，没有批评，谈不上真正意义的"戏评"，在对伶人的颂美中也主要以长篇古体诗享誉文化圈。那些极尽铺排渲染之能事的笔墨，对宣扬艺人具有强烈的感召力和影响力，故当时的报刊有曰"所谓一经品题，声价十倍是也"。同时，"士人塑造伶人形象的背后，反映的其实是士人在面对社会阶层前所未有的流动变异，以及传统规范失序时觉醒的危机意识与彷徨心理"。[3]

曲中犹见旧山河

清遗民涉足京戏歌场、题写咏剧诗歌的情况各有不同。

被称为名士的樊增祥、易顺鼎、罗瘿公青年时代就喜听歌观剧，庚子、辛亥等事变后，他们更加流连诗酒歌舞。1926 年，八十岁樊山翁曾自述"在京观剧五十九年"[4]；1913 年，五十余岁的易顺鼎于《数斗血歌》中宣称"选舞征歌四十年，狂奴故态还依旧"；罗瘿公作于民国七八年的《鞠部丛谈》有"庚子国变后""忽忽二十年，吾之心力亦但乐为伊曹费耳"[5]的表述。参与"香南雅集"题图的沈曾植、朱祖谋、陈三立等，则较少涉足歌场，民国

1 陈引驰：《梁启超学术论著集》（文学卷），华东师范大学出版社 1998，第 174 页。
2 同上，第 177 页。
3 林秋云：《清代北京梨园花谱：文本、性质与演变》，复旦大学硕士论文 2014 年，第 94 页。
4 罗惇曧遗编、李宣倜校补、樊增祥批注：《鞠部丛谈校补·樊增祥跋》，浙江人民美术出版社 2016，第 61 页。
5 罗惇曧遗编、李宣倜校补、樊增祥批注：《鞠部丛谈校补》，浙江人民美术出版社 2016，第 46 页。

后通常深居简出，然而，逢梅兰芳来沪，则会积极赴约观戏，并应邀贻赠诗词。此外，为梅郎绘画并题诗的吴昌硕是遗民中颇受尊敬的老前辈，其入歌场的情形，陈三立有云："先生内峻洁而外和易，洒然物象之表，别蕴神理。老病聋，然接对宾友，恣谈不倦。复数结侣入歌场，危坐端视，默揣节奏低昂，曲终而后去。"[1]已经老病耳聋的吴昌老，还多次结伴观剧，且正襟危坐，让人莞尔又难知其内心。

清遗民无论久涉歌场者，还是偶尔以歌舞遣闷者，置身氍毹"曲中犹见旧山河"，不能不怅惘感慨，题之于诗词亦不能不"感时抚事增惋伤"，是故，他们的咏剧诗歌一方面淋漓尽致地赞美伶人，另一方面则是藉咏歌儿舞女抒发哀丝怨竹、劫灰国尘的伤情，如作于1913年，赠小生名角朱素云的两首词作。

朱祖谋《绮寮怨》（兵后海上遇歌者朱素云）：

乱柳香风吹店，酒帘河外青。傍水陌、细语残鹃，春阴底、唤上旗亭。中年哀丝怨竹，潜催换、鬓雪和梦惊。甚候烽、起灭江关，无人睇、故国尘暗生。　　怅恨病辞茂陵。铜仙去后，劫灰怕问昆明。气挟幽并。旧人是、米嘉荣。江南落花风景，且诉与、十年情。伤怀步兵，浇愁但愿醉，无泪倾。[2]

况周颐《绮寮怨》（和沤尹赠素云）：

画里楼台如梦，啭春花外莺。带暝色、万里烟芜，寒潮语、似诉飘零。鹔裘何辞换却，风欺鬓、醉薄容易醒。忆旧游、玉勒城南，蓬瀛浅、记曲愁画屏。　　怅念杜郎絮萍，相逢怕问，黄河唱后旗亭。燕麦青青，付遗恨、与秦筝。荆驼尚余残照，且共汝、话春明。阑干倦凭，天涯望断处、阴更晴。[3]

朱素云曾为清"内廷供奉"的伶人，于是成为"旧人""故国""付遗恨"的象征。

再如，陈三立《和实甫怡园观女优》：

---

1 陈三立：《安吉吴先生墓志铭》，《散原精舍诗文集》（下），上海古籍出版社 2003，第 1063 页。
2 朱孝臧著、白敦仁笺注：《彊村语业笺注》，浙江古籍出版社 2016，第 316 页。
3 况周颐著、秦玮鸿校注：《况周颐词集校注》，上海古籍出版社 2013，第 215 页。

摇江灯火接楼台，乱眼氍毹万舞纔。
歌泣已开新世界，神仙真谪小蓬莱。
迷离傍地谁能辨，老大逢场意自哀。
终竟人间闻此曲，梁尘飞尽一归来。[1]

彊村、蕙风、伯严，落笔几乎不在歌者、女优，而在“无人睇、故国尘暗生”“付遗恨、与秦筝。荆驼尚余残照”“歌泣已开新世界”“老大逢场意自哀”，自伤自悲。况蕙风有《二云词》，以赠名妓傅彩云、名伶朱素云命名词集，并自序曰：“以二云名，非必为二云作也。”[2]清遗民的好些咏剧诗歌皆可作如是观，如易顺鼎《朱郎曲》《贾郎曲》《数斗血歌》（为诸女伶作）等，借男伶女坤抒发“沧桑变后访歌场，金狄铜驼事可伤”“亡国之余又落花”的凄伤悲愤。况周颐咏梅词集《秀道人修梅清课》，更是不乏“以家国托之于畹华之一身”的佳作，是一种家国之痛的变相寄托，将中国古代诗歌“比兴寄托”的根本大法推向了新的高度（见第八章）。这些咏剧诗词通常作于伶人索请，同仁相邀，或雅集、观剧之后，内容上涉及的戏曲问题并不广泛，而以咏伶或感发为主为胜，这是其显著特色。感发盛衰兴亡，明遗民的咏剧诗歌亦有此特点，然而，清遗民所居场域空间更集中，结社聚会更方便，酬唱赠答更频繁，因而创作数量更为可观，名家大作也更多样，尤其是他们的咏梅诗词，堪称“咏伶诗”中空前绝后的集大成之作。

钟嵘《诗品·总论》中有云：

嘉会寄诗以亲，离群托诗以怨。至于楚臣去境，汉妾辞宫，或骨横朔野，魂逐飞蓬；或负戈以外戍，杀气雄边；塞客衣单，孀闺泪尽；或士有解佩出朝，一去忘返；女有扬蛾入宠，再盼倾国。凡斯种种，感荡心灵，非陈诗何以展其义？非长歌何以骋其情？故曰：“诗可以群，可以怨。”使穷贱易安，幽居靡闷，莫尚于诗矣。[3]

1 陈三立著、李开军校点：《散原精舍诗文集》（上），上海古籍出版社 2003，第 165 页。
2 况周颐：《二云词序》，《况周颐词集校注》，上海古籍出版社 2013，第 534 页。
3 钟嵘著、陈延杰注：《诗品注》，人民文学出版社 1962，第 2–3 页。

“诗可以群，可以怨”出自儒家诗教“兴观群怨”（《论语·阳货》）说，对于“幽居靡闷”的清遗民而言，“诗”正是他们“可以群，可以怨”的“止痛药和安神剂”[1]。“我辈今为亡国人”（陈三立），怀着百忧千哀、千愁万恨的他们，“非陈诗何以展其义？非长歌何以骋其情？”是故，他们的咏剧诗歌不但具有戏曲史价值，更具有文学史、文化史意义。“咏剧诗词其实质终只是文士在娱乐基础上书写胸怀的文本凭借”[2]，确实，清遗民在娱乐中坚守古典诗词的堡垒，“旧人物入新世界”（樊增祥），以他们累积的丰厚传统文化资本抵御维新时代的惘惘威胁，在抒写歌儿舞女的同时，亦呈现了前所未有的惊心动魄与历史现世的沧桑纠结，是中国古代文化最后一批“托命人”的绝唱，实在值得深入研究。

清遗民中的精英文人参与到京剧中结出了丰硕成果，产生了重大作用和影响：一是大量优秀京剧剧本的诞生，从创作实践上提升了京剧的文化层次；二是他们的京剧评论和研究，从理论上提升了京剧的地位；三是他们的诗词品题，从舆论上提升了艺人的声名和形象。与此同时，他们的成就和意义，不仅仅局限于京剧，因为有了他们的存在，使得中国传统文化能够一息尚存、免于彻底毁灭。

本书的研究除了彰显清遗民对于20世纪京剧繁荣的贡献和意义外，同时通过京剧折射和反映那个翻天覆地的时代，一批传统文人的人生抉择和思想文化立场，旨在表明20世纪上半叶，除了新文化、左翼文学、摩登文学、通俗文学以外，还有传统文艺的存在发展（古典诗词）以至高度繁荣（京剧），千百年的文化传统不可能朝夕毁灭，新世界新事物也不可能一夜催生，诚如罗志田所指出：“近代中国一个突出的时代特性是古今中外各种时空因素的多歧互渗”[3]，多元并置、回旋往复才是历史的真实与复杂，因此不能不强调：在那个社会文化大变迁的时代，不能只有一种历史的叙述，一个主流的声音，实际上是多元文化、多种声部同生共存，时至今日，再也不应该把代表传统文化的京剧和古典诗词排斥在现代之外，它们以自身的存在和成就，同样参与了现代社会的转型，使中华民族的优秀传统文化得以赓续和发展。

1　钱钟书：《诗可以怨》，《七缀集》，生活·读书·新知三联书店2016，第120页。
2　吴春彦：《中华咏剧诗词的艺术生成与原真风貌》，《学习与实践》2014年第11期。
3　罗志田：《裂变中的传承：20世纪前期的中国文化与学术》（修订本），中华书局2019，原序。

参考文献

一、著作

赵尔巽、柯劭忞等：《清史稿》，中华书局 1998。
《爱新觉罗宗谱》（共 31 册），学苑出版社 1998。
《清代传记丛刊》（共 202 册），明文书局 1985。
朱彭寿编著，朱鳌、宋苓珠整理：《清代人物大事纪年》，北京图书馆出版社 2005。
钱仲联：《广清碑传集》，苏州大学出版社 1999。
卞孝萱、唐文权：《辛亥人物碑传集》，团结出版社 1991。
卞孝萱、唐文权：《民国人物碑传集》，凤凰出版社 2011。
中国社会科学院近代史研究所：《中华民国史·人物传》（共 8 册），中华书局 2011。
蒋廷黻：《中国近代史》，上海古籍出版社 1999。
陈恭禄：《中国近代史》，中国工人出版社 2012。
康有为：《大同书》，上海古籍出版社 2009。
梁启超：《清代学术概论》《中国近三百年学术史》，复旦大学出版社 1985。
《赵凤昌藏札》（共 36 函，109 册），国家图书馆出版社 2010。
王森然：《近代名家评传》，生活·读书·新知三联书店 1998。
钱基博：《现代中国文学史》，中国人民大学出版社 2007。
陈旭麓：《近代中国社会的新陈代谢》，中国人民大学出版社 2017。
唐德刚：《从晚清到民国》，中国文史出版社 2015。
杨国强：《晚清的士人与世相》，生活·读书·新知三联书店 2008。
罗志田：《裂变中的传承：20 世纪前期的中国文化与学术》（修订本），中华书局 2019。
丁文江、赵丰田：《梁启超年谱长编》，上海人民出版社 2009。
张求会：《陈寅恪的家族史》，广东教育出版社 2000。
陈康祺：《郎潜纪闻 初笔二笔三笔》，中华书局 1984。

黄濬：《花随人圣庵摭忆》，中华书局 2008。
陈灨一：《新语林》，上海书店出版社 1997。
龙翔、泉明：《最后的皇族：大清十二家“铁帽子王”逸事》，北京大学出版社 2011。
冯其利：《清代王爷坟》，紫禁城出版社 1996。

《归庄集》，上海古籍出版社 1984。
赵园：《明清之际士大夫研究》，北京大学出版社 1999。
赵园：《制度·言论·心态——明清之际士大夫研究续编》，北京大学出版社 2006。
林志宏：《民国乃敌国也：政治文化转型下的清遗民》，中华书局 2013。
周明之：《近代中国的文化危机：清遗老的精神世界》，山东大学出版社 2009。
罗惠缙：《民初“文化遗民”研究》，武汉大学出版社 2011。
林立：《沧海遗音：民国时期清遗民词研究》，香港中文大学出版社 2012。
朱兴和：《现代中国的斯文骨肉：超社逸社诗人群体研究》，上海三联书店 2014。
梁济著、黄曙辉编校：《梁巨川遗书》，华东师范大学出版社 2008。
《王国维手定观堂集林》，浙江教育出版社 2014。
王国维著、陈永正笺注：《王国维诗词笺注》，上海古籍出版社 2013。
王国维著、徐调孚校注：《人间词话》，中华书局 2009。
王庆祥、萧立文校注，罗继祖审订：《罗振玉王国维往来书信》，东方出版社 2000。
况周颐著、秦玮鸿校注：《况周颐词集校注》，上海古籍出版社 2013。
郑炜明、陈玉莹：《况周颐年谱》，齐鲁书社 2015。
王娟：《况周颐词学文献研究》，广西师范大学出版社 2015。
朱孝臧著、白敦仁笺注：《彊村语业笺注》，浙江古籍出版社 2016。
沈文泉：《朱彊村年谱》，浙江古籍出版社 2013。
易顺鼎著、陈松青校点：《易顺鼎诗文集》，湖南人民出版社 2010。
易顺鼎著、王飚校点：《琴志楼诗集》，上海古籍出版社 2012。
陈松青：《易顺鼎研究》，湖南人民出版社 2011。
陈松青：《易佩绅易顺鼎父子年谱合编》，湖南师范大学出版社 2018。

樊增祥著，涂晓马、陈宇俊校点：《樊樊山诗集》，上海古籍出版社 2004。
程翔章、程祖灏：《樊增祥年谱》，华中师范大学出版社 2017。
罗惇曧：《瘿庵诗集》，中国书店 2008。
许全胜：《沈曾植年谱长编》，中华书局 2007。
沈曾植著、钱仲联校注：《沈曾植集校注》，中华书局 2001。
陈三立著、李开军校点：《散原精舍诗文集》，上海古籍出版社 2003。
陈三立著，潘益民、李开军辑注：《散原精舍诗文集补编》，江西人民出版社 2007。
李开军：《陈三立年谱长编》，中华书局 2014。
郑孝胥著、劳祖德整理：《郑孝胥日记》，中华书局 1993。
郑孝胥著，黄珅、杨晓波校点：《海藏楼诗集》（增订本），上海古籍出版社 2013。
李君：《1931 年前郑孝胥》，中华书局 2018。

李渔：《闲情偶寄》，浙江古籍出版社 2011。
张次溪：《清代燕都梨园史料》，中国戏剧出版社 1988。
王国维：《宋元戏曲史》，华东师范大学出版社 1995。
周贻白：《中国戏剧史长编》，上海书店出版社 2007。
徐慕云：《中国戏剧史》，上海古籍出版社 2008。
谭帆、陆炜：《中国古代戏剧理论史》（修订版），华东师范大学出版社 2005。
傅谨：《20 世纪中国戏剧史》，中国社会科学出版社 2017。
北京市/上海艺术研究所：《中国京剧史》，中国戏剧出版社 2005。
苏移主编、蓝凡副主编：《中国京剧史》（1790—1949 插图本），中国戏剧出版社 2016。
苏移：《京剧二百年概观》，北京燕山出版社 1989。
波多野乾一：《京剧二百年之历史》，上海大报馆 1926。
穆儒丐、张次溪编撰，陈均辑校：《伶史・外四种》，北京出版社 2017。
谭帆：《优伶史》，上海文艺出版社 1995。
中国戏曲研究院：《中国古典戏曲论著集成》，中国戏剧出版社 1959。
傅谨：《京剧历史文献汇编・清代卷》，凤凰出版社 2011。

傅谨：《京剧历史文献汇编·民国卷》，凤凰出版社 2019。
谢柏樑：《民国京昆史料丛书》（1—18 辑），学苑出版社 2008—2017 年。
黄天骥：《近代散佚戏曲文献集成·名家文献编》，山西人民出版社·三晋出版社 2018。
《中国京剧流派剧目集成》，学苑出版社 2006 年陆续出版。
《京剧传统剧本汇编》（30 卷），北京出版社 2009。
《中国京剧经典剧目汇编·艺术赏析卷》，中国文史出版社 2017。
《京剧谈往录》（一编续编三编四编），北京出版社 1985、1988、1990、1997。
翁思再：《京剧丛谈百年录》（增订本），中华书局 2011。
么书仪：《元代文人心态》，人民文学出版社 2013。
郭英德：《元杂剧与元代社会》，北京师范大学出版社 1996。
郭英德：《明清文人传奇研究》，北京师范大学出版社 2001。
么书仪：《晚清戏曲的变革》（增订本），人民文学出版社 2018。
傅谨：《京剧学初探》，文化艺术出版社 2011。
《剧学月刊》，学苑出版社 2012。
《国剧画报》，学苑出版社 2010。
骆正 :《中国京剧二十讲》，化学工业出版社 2012。
蒋锡武：《京剧精神》，湖北教育出版社 1997。
谷曙光：《梅兰芳珍稀史料汇刊》，学苑出版社 2015。
谷曙光：《梨园文献与优伶演剧——京剧昆曲文献史料考论》，中国社会科学出版社 2015。
陈志明、王维贤：《〈立言画刊〉京剧资料选编》，学苑出版社 2009。
蔡世成辑选、陆汉文校点：《〈申报〉京剧资料选编》，内部资料，出版者不详 1994。
曹其敏、李鸣春：《民国文人的京剧记忆》，中国戏剧出版社 2013。
颜全毅：《清代京剧文学史》，北京出版社 2005。
刘文峰、于文青：《北京戏剧通史·民国卷》，北京燕山出版社 2001。
郭宝昌、陶庆梅：《了不起的游戏 : 京剧究竟好在哪儿》，生活·读书·新知三联书店 2021。
潘光旦：《中国伶人血缘之研究》，商务印书馆 2015。

钟鸣：《清末及民国京剧编演新戏刍议》，学苑出版社 2016。
《俗文学丛刊》，中央研究院历史语言研究所·新文丰出版股份有限公司 2001。
梁燕：《齐如山文集》（11 卷），河北教育出版社 2010。
齐如山：《国剧艺术汇考》，辽宁教育出版社 1998。
齐如山：《京剧之变迁》，辽宁教育出版社 2008。
潘镜芙、陈墨香：《梨园外史》，中国戏剧出版社 2015。
陈墨香著、李世强编订：《活人大戏》，中国戏剧出版社 2015。
罗惇曧遗编、李宣倜校补、樊增祥批注：《鞠部丛谈校补》，浙江人民美术出版社 2016。
《翁偶虹文集·回忆录卷》，百花文艺出版社 2013。
翁偶虹著、张景山编：《梨园鸿雪录》，文津出版社 2017。
《吴小如戏曲随笔集补编》，天津古籍出版社 2006。
姜德明：《梨园书事》，北京出版社 2015。
董健、马俊山：《戏剧艺术十五讲》，北京大学出版社 2006。
来新夏、马铁汉：《谈史说戏》，山东画报出版社 2012。
解玉峰：《20 世纪中国戏剧学史研究》，中华书局 2006。
赵山林、田根胜、朱崇志：《近代上海戏曲系年初编》，上海教育出版社 2003。
余秋雨：《世界戏剧学》，长江文艺出版社 2013。

许姬传、许国航等著，宋清江编：《中国四大名旦》，河北人民出版社 1990。
傅谨：《梅兰芳全集》，北京出版社·中国戏剧出版社 2016。
梅兰芳述，许姬传、许源来、朱家溍记：《梅兰芳回忆录：舞台生活四十年》，团结出版社 2006。
《梅兰芳回忆录》，东方出版社 2013。
《许姬传艺坛漫录》，中华书局 1994。
徐城北：《梅兰芳艺术谭》，中国人民大学出版社 2012。
田汉：《漫说梅兰芳》，大象出版社 2009。
李伶伶：《梅兰芳全传》，中国青年出版社 2001。
张斯琦：《梅兰芳沪上演出纪》，中西书局 2015。
程永江：《程砚秋史事长编》，北京出版社 2000。

程永江：《程砚秋日记》，时代文艺出版社 2013。
程砚秋著、丁纪红编：《程砚秋自述》，作家出版社 2018。
李伶伶：《程砚秋全传》，中国青年出版社 2007。
萧晴：《程砚秋艺术评论集》，中国戏剧出版社 1997。
翁偶虹、张君秋等：《惊才绝艺，一代伶工：回忆程砚秋》，中国文史出版社 2019。
荀慧生著、和宝堂编订：《小留香馆日记》，中国戏剧出版社 2016。
和宝堂：《荀慧生艺术评论集》，中国戏剧出版社 2016。
《荀慧生演出剧本选》，上海文艺出版社 1982。
和宝堂：《戏苑宗师：荀慧生》，辽宁美术出版社 1999。
黄天骥：《荀慧生文献专集》，山西人民出版社·三晋出版社 2018。
李伶伶：《荀慧生全传》，中国青年出版社 2010。
徐汉生：《尚小云文献专集》，山西人民出版社·三晋出版社 2018。
《京剧大师尚小云》，陕西人民出版社 1990。
李伶伶：《尚小云全传》，中国青年出版社 2009。
谢美生：《光艳惊绝尚小云》，东方出版社 2010。

汪辟疆撰、王培军笺证：《光宣诗坛点将录笺证》，中华书局 2008。
汪辟疆：《汪辟疆说近代诗》，上海古籍出版社 2001。
《龙榆生词学论文集》，上海古籍出版社 2009。
赵山林：《历代咏剧诗歌选注》，书目文献出版社 1988。
张寅彭：《民国诗话丛编》，上海书店出版社 2002。
唐圭璋：《词话丛编》，中华书局 2005。
严迪昌：《清词史》，江苏古籍出版社 1999。
方智范、邓乔彬等：《中国古典词学理论史》，华东师范大学出版社 2005。
谢桃坊：《中国词学史》，巴蜀书社 2002。
谢桃坊：《唐宋词谱校正》，上海古籍出版社 2012。
况周颐著、俞润生笺注：《蕙风词话·蕙风词笺注》，巴蜀书社 2006。
曾大兴：《词学的星空：20 世纪词学名家传》，河北人民出版社 2009。
胡晓明：《近代上海文学系年初编》，上海教育出版社 2003。

杨柏岭：《近代上海词学系年初编》，上海教育出版社 2003。

中国艺术研究院红楼梦研究所校注：《红楼梦》，人民文学出版社 2008。
张伟君、吴乾浩编，万如泉、万凤姝记谱：《红楼二尤》，中国戏剧出版社 1991。
王国维、蔡元培：《红楼梦评论·石头记索隐》，上海古籍出版社 2011。
俞平伯：《红楼梦研究》，上海古籍出版社 2005。
周汝昌著、周伦玲整编：《红楼小讲》，北京出版社 2005。
张爱玲：《红楼梦魇》，上海古籍出版社 1996。
王昆仑：《红楼梦人物论》，北京出版社 2006。
李希凡、李萌：《传神文笔足千秋——〈红楼梦〉人物论》，东方出版中心 2017。
段江丽：《红楼人物家庭角色论》，辽宁人民出版社 2019。
常金莲：《王熙凤》，中华书局 2006。
刘梦溪：《红楼梦的儿女真情》，商务印书馆 2016。
刘衍青：《红楼梦戏剧研究》，中国社会科学出版社 2018。

《乾隆大藏经》，中国书店 2010。
刘鹿鸣译注：《楞严经》，中华书局 2012。
高永旺、张仲娟译注：《维摩诘经》，中华书局 2016。
熊十力：《佛教名相通释》，大象出版社 2017。
蒋维乔：《佛教概论》，岳麓书社 2013。
杜继文：《佛教史》，江苏人民出版社 2008。
孙昌武：《中华佛教史·佛教文学卷》，山西出版传媒集团·山西教育出版社 2013。
潘桂明：《中国居士佛教史》，中国社会科学出版社 2000。
洪丕谟、罗伟国：《佛教十讲》，上海人民出版社 2009。

赵尊岳著，陈水云、黎晓莲整理：《赵尊岳集》，凤凰出版社 2016。
陈平原、王德威：《北京：都市想象与文化记忆》，北京大学出版社 2005。
吴盛青、高嘉谦：《抒情传统与维新时代》，上海文艺出版社 2012。
朱光潜：《悲剧心理学》，安徽教育出版社 1996。

朱光潜：《文艺心理学》，安徽教育出版社 1996。
孙崇涛：《回眸集》，北京时代华文书局 2016。
《张爱玲散文全编》，浙江文艺出版社 1992。
费雷德里克·詹姆逊著，王逢振、陈永国译：《政治无意识》，中国社会科学出版社 1999。
尤金·奥尼尔：《奥尼尔文集》，人民文学出版社 2006。
让·鲍德里亚著、夏莹译：《符号政治经济学批判》，南京大学出版社 2009。

二、论文

葛兆光：《世间原未有斯人——沈曾植与学术史的遗忘》，《读书》1995 年第 9 期。
罗志田：《新旧之间：近代中国的多个世界及“失语”群体》，《四川大学学报》1999 年第 6 期。
熊月之：《辛亥鼎革与租界遗老》，《学术月刊》2001 年第 9 期。
傅道彬、王秀臣：《郑孝胥和晚清文人的文化遗民情结》，《北方论丛》2002 年第 1 期。
桑兵：《民国学界的老辈》，《历史研究》2005 年第 6 期。
叶凯蒂：《从护花人到知音——清末民初北京文人的文化活动与旦角的明星化》，《北京：都市想象与文化记忆》，北京大学出版社 2005。
王标：《空间的想象和经验——民初上海租界中的逊清遗民》，《杭州师范学院学报》2006 年第 1 期。
王琳：《论荀慧生〈红楼梦〉戏》，《艺术百家》2006 年第 2 期。
杜桂萍：《遗民心态与遗民杂剧创作》，《文学遗产》2006 年第 3 期。
陆胤：《清季民初的“政治与文学”——〈国风〉〈庸言〉诗文栏研究》，《中国现代文学研究丛刊》2006 年第 6 期。
夏志颖：《论“填词图”及其词学史意义》，《文学遗产》2009 年第 5 期。
沈洁：《辛亥年的“殉”与“不殉”》，《读书》2010 年第 2 期。
颜全毅：《文人京剧创作与“角儿”演剧风格创建的合力与难题——以齐如山、罗瘿公等为例》，《中国戏曲学院学报》2011 年第 3 期。

颜全毅:《新戏创作与民国京剧的繁荣》,《中国戏曲学院学报》2012 年第 4 期。
颜全毅：《罗瘿公京剧创作叙论》，《戏剧》2013 年第 2 期。
袁国兴：《现代？古典？还是通俗？——关于把京剧写入中国现代文学史所引发的思考》，《北京社会科学》2013 年第 3 期。
吴新苗:《从狎优到捧角——〈顺天时报〉中堂子史料及文人与“相公”的关系》,《文艺研究》2013 年第 7 期。
姚达兑：《（后）遗民地理书写：填词图、校词图及其题咏》，《山东科技大学学报》2013 年第 12 期。
陈丹丹:《民初上海清遗民之生计与交接》,《汉语言文学研究》2014 年第 3 期。
李昌舒：《文—官与雅集：士人身份及其审美趣味之考察》，《文艺研究》2014 年第 9 期。
陈丹丹:《从山林到城市:民初遗民之心态与上海书写》,《汉语言文学研究》2015 年第 1 期。
颜全毅：《陈墨香京剧创作叙论》，《中国戏曲学院学报》2015 年第 3 期。
冯珊珊：《罗瘿公佚诗辑补 67 首》，《古籍整理研究学刊》2015 年第 3 期。
郑学：《罗瘿公诗歌辑补 31 首》，《古籍整理研究学刊》2015 年第 5 期。
冯珊珊、郑学：《罗瘿公诗歌补遗 80 首》，《广东技术师范学院学报》2015 年第 6 期。
姚达兑:《清遗民的文化记忆和身份认同——林葆恒和〈讱庵填词图〉》,《民族艺术》2016 年第 6 期。
胡湛：《悠游林下的诗书吟咏——中国文人的雅集传统》，《中国书法》2016 年 7 月。
姚达兑：《民初清遗民的身份认同和文化想像——何维朴〈登岱图〉及其题咏研究》，《兰州学刊》2017 年第 7 期。
程翔章：《樊增祥与梅兰芳》，《文学教育》2017 年第 12 期。
潘静如：《清遗民话语系统与清遗民现象——以“贞元朝士”为例》，《文艺理论研究》2018 年第 2 期。
魏兵兵:《娱乐政治:京剧与民国前期上海精英阶层的形塑》,《近代史研究》2018 年第 5 期。
孙雨晨:《清末民初士人的心灵书写史——朱祖谋〈彊村校词图〉题咏阐论》,

《美术学报》2019 年第 1 期。
叶凯蒂著、刘晓真译：《舞入京剧：1910—1920 年代的跨文化创新》，《中国戏曲学院学报》2020 年第 1 期。

刘洋:《在民国: 逊清遗民的文化心态与诗歌书写》,吉林大学博士论文 2012 年。
范志鹏：《易顺鼎年谱长编》，华东师范大学博士论文 2013 年。
袁子微：《樊樊山及其诗歌研究》，华东师范大学博士论文 2016 年。
陈晶华：《清遗民社会生活研究》，吉林大学博士论文 2016 年。
袁家刚：《旧人物入新世界——民国初年上海遗民摭论（1911—1917）》，上海社会科学院硕士论文 2009 年。
赵曦：《陈墨香剧作研究》，中国人民大学硕士论文 2012 年。
詹争艳:《梅兰芳演艺生活的记录与见证——〈申报〉梅兰芳戏曲史料研究》，厦门大学硕士论文 2014 年。
王艺珍：《陈墨香剧学研究》，厦门大学硕士论文 2016 年。

附录一

陈墨香《近百年来皮黄剧本作家》

吉水

《剧学月刊》1934年10月第9辑

昆曲作家，人多知之，因其有刻本之故，所以汤玉茗、孔云亭、洪昉思及沈璟、吴炳、李渔之徒均为后世所习见，即陈烺、徐鄂亦有人晓其姓名。若当日刻书者，均依臧晋叔刻《六十种曲》老例，不署作者为谁，恐此诸君，姓字里居亦不在人口角，而等于三百篇中作者矣。盖当日文坛均以昆曲虽小道，犹是文章之一体，且有自知诗文不足传世而欲借此自传，故不自讳，而人亦为之表章也。当清道光年间，皮黄已盛，脚本极多，特文人均鄙为俚曲，不肯着手，大半出自伶人自编，其志在排演，以号召坐客，不在于传世，文人亦不为揄扬，诸伶亦彼此防范，甲恐乙之窃，乙畏甲之盗，不以付梓。求见其原来作品，尚不可得，作者之姓名，于是乎更湮没矣。自彼时至今日，所可考而知之者，不过十余人而已，爰录之于后，挂一漏万，自所不免，容日搜觅，再为补述。

余治 自署曰庶几堂，撰有皮黄脚本若干卷，总名之曰《庶几堂今乐》。其最大题目，则根据王阳明《传习录》《刘蕺山人谱》所载论戏子之言，欲借梨园挽回人心世道，表彰忠孝节义，惩治奸盗邪淫。昔康熙朝，闽人李光地为相，曾疏请尽毁元明以来戏曲，官为另撰。治之意亦犹光地之意耳。关白马郑以后，至于高东嘉、汤玉茗、孔云亭，莫不各有其精神，虽其词多半弄月吟风，其意无不在于惩恶扬善。东嘉之《琵琶》更专主劝孝，云亭意亦在激励忠节，安得谓戏曲淫靡。光地之学识，未见超于前人，其所持大抵不外秦始皇愚民之策，使其志行，势必尽成邱濬之《五伦全备》而后已，而声音之道苦矣。指人之疵则易，不知己之未克任也。余治尚未敢如光地之肆，但其所尚，乃袁黄立命一派，其所作戏，大抵似一部劝戒录，于世风民俗无甚发挥，但不至于颠倒史册是非，于古人妄作翻案之文耳。治诋神州擂，而以任源为陈元，其戏曲之学亦颇平常，其所作，唯《硃砂痣》颇为梨园扮演。

惰园主人 不知其姓名，好纵横之术，以蒯彻、陈宫自比，见于其所作杂剧评论中，著有《极乐世界》传奇八卷，取《聊斋志异》夜叉国、罗刹海市二则，敷演成篇，其涉及洞庭君，则取及织成一则矣，用意不外富贵神仙，与弹词《来生福》，直一丘之貉。皮黄脚本，虽求其自署别号者，亦不可得。此君真名姓，诚尚未知，不容遗漏，且其剧曾由李毓如改编排演，罗瘿公亦尝取之，安得削而不录耶。李、罗均曰《龙马姻缘》，而所取段落不同。李本演柳星星事，王瑶青般之，罗本演龙珠事，程砚秋般之。罗所取材，较李为佳，李本直以灯彩取胜，无甚关目。

刘三 佚其名字里居，曾举于乡，累应礼部试不第，性喜听曲，与诸伶多相契，既而资竭，流落北京，四喜部乃聘入大下处，编制剧本，如《得意缘》《德政芳》《胭脂虎》《玉玲珑》《奇女福》《合欢图》《真富贵》各戏，皆出其手。刘本文士，不得志于名场，其所作，大抵愤世嫉俗，于仕宦中人物，肆口谩骂，虽以李景让之孝，种师道之忠，犹多贬词，何况其余。其所表章，止一海瑞，知其人之好尚矣。尝曰："古有刘四，今有刘三，勿谓吾宗，口笔不利"，年六十潦倒以终，诸伶共葬之。其四十以后之衣食，盖尽资于伶，至于终身，殁后数十年，伶人犹说刘三老爷佚事不置。刘观剧既久，又多读传奇，凡所撰著，多便于演唱，非余治辈所及，故其戏亦较易流通。当是时，文士致力皮黄者，寥若晨星，得此一人洵足为艺苑之光。

唐景崧 字薇卿，灌阳人，清光绪间，官兵部司员，负才气，敢大言，不为同官所容，而唐熟悉则例，办事无误，众亦莫如之何。会堂上官，亦忌其才，乃弃置不用。唐家素贫，于是益窘。临桂王鹏运戏语人曰："若知唐薇卿乎？仅余一袴矣，唐著之出，则妻拥被卧，妻著之出，则唐拥被卧，其窘态固如是也。"王语虽似稍过，唐之萧条，可以想见。会法越之役，唐忿而投军，有请缨日记之作，记当时战和始末，最为确实详尽。谅山既捷，唐亦以积劳获升擢，由是不十年，而至福建巡抚矣。中日衅开，唐方驻台湾，数请救于朝，朝旨准其自立。唐乃自成民主国，众举为总统，以虎为国旗，用邱逢甲为内阁，受任之日，礼服未具，又不能以巡抚公服莅事，乃便服升堂焉。凡七日，其国为日人所灭，唐还乡里，日以声色自娱，撰皮黄杂剧，授之伶工，如《高坐寺》《张仙图》《桃花庵》《可中亭》《星沙驿》《曹娥投江》，凡若干种，均被之管弦。而改汤临川《牡丹亭》之《游园》《惊梦》曲为皮黄，则他人所必不敢也。《星沙驿》即刘三之《得意缘》，一题两作，均演谐铎恶饯事跡。刘之文采胜，唐则警练，其《张仙图》，即近伶《花蕊夫人》之蓝本耳。唐以庚子岁，卒于上海。其所撰戏本，曾付梨枣，号旗亭新曲，荀慧生亦有传抄者若干出，与刻本无甚出入。

立山 字豫甫，姓杨氏，内务府旗下人，所谓立杨四是也。清光绪中，官户部侍郎，尝于殿上置玻璃屏，某尚书误触之，声振殿庭。太后曰："本无屏也，此奚足咎"，乃召立山责让之。立山顿首，自批其颊，而撤屏焉。某尚书素负清望，以厚重称，观此一事，知其为朝廷所优礼矣。立山耽嗜剧曲，尝取《聊斋志异》青凤凤仙诸故事，撰为皮黄剧本，又改《胭脂》为传奇，易昆为黄，伶人颇演之。庚子义和拳事起，立山方进尚书，颇持异议，拳民乃诬为通洋，逮赴刑部狱。或谓立山病几殆，李端棻活之。不知是时李戍新疆，已将两岁，并未仍系犴狴，安得以药活立山耶。先是侍郎许景澄、太常袁昶皆以諫用兵见杀，执政诸公，正当手滑之际，于是立山与兵部尚书徐用仪、内阁学士联元均弃市。或又谓联与袁、许同日诛，亦耳食之言也。许、袁之难，其乡人徐定超殓之。立山死，伶人路三宝、朱四十共殓之，殡于宣武门外老墙根之广慧寺。和议成，诏复原官。宣统初，礼部侍郎郭曾炘，疏讼其冤，诏谥忠贞。而北京乩壇，輒言立山死作宛平城隍神云。立山作剧，世罕能道其详。唯《慈禧传信录》载其语，惜太简略，今亦无能知其曲折。《传信录》颇颠倒是非，于当时名卿多见诬毁，其挟仇之迹，流露笔端，使遇祖龙，大可焚也。而此零星小考证，或不尽虚。其人又撰《近代名人小传》，诬罔尤甚，或於其人之官阶谥号，临终之地，均未清悉，而遽于传中，妄诋其品节，一虚百不实，其谁信之。因记立山始末，附论于此，因非本题，故不多辩，不能于谈戏之外，多涉月旦也。然其书近亦罕见，正不足为史册之蠹。

史松泉 本浙之会稽人，入宛平籍，充户部书吏，久不得志，尚书潘祖荫一日到部，官吏均未集，唯史独在，潘呼与之语，大喜曰："吏胥中，乃有此材耶！"由是信任之。侍郎孙贻经劾其罪，乃坐遣戍，后释还。日与诸伶游，以梨园所演施公诸剧，未尽善美，乃别撰《施公案》，以授俞润仙、迟韻卿排演之，又作《战郢城》剧本，以正旧有《反昭关》《卧虎关》之伪。或有谓《战郢城》即《卧虎关》者，盖未详考。史殁，其《施公案》稿，为其婿乐均所得，以赠中华戏校，又一分，在浙人顾忠杰家。诸伶人如李顺亭、余玉琴、刘春喜，皆与史善，每谈其佚事，輙眉飞色舞，谓可作一部小说云。

李钟豫 字毓如，自号江淮散人，又曰了然先生，一目眇，世競呼李五瞎子，苏人。游于京师，为诸伶上客，寓余玉琴家，贵人寿，李诣贺，贵人将答拜，不知其寓所，久乃知其客于伶也。乘轿诣门投帖而返。由是李五瞎子狂名震都下。迟韵卿掌同春福寿部，李屡为之作剧。李剧曲之学，不及昆明萧应椿，萧方汲汲於功名，李遂以戏曲著矣，所撰《儿女英雄传》《十粒金丹》《粉妆楼》《荡寇志》皆风行一时，唯《儿女英雄传》最脍炙人口。《十粒金丹》系弹词，作者乃一闺秀，颇不为人所知，自李采以入剧，其书竟大行于世。闺阁中靡不手一编，虽《天雨花》《来生福》不能过也，孰谓非戏曲之力哉。李后官兵部司员，尚书诸城公，方坐于堂，李持稿过其旁，诸城公呼之不顾，诘之，对曰："此非大人所解也。"诸城公竟不能与之较。众恶之，乃摭马馆事，疏闻于朝，褫其职，李笑曰："吾家另有二品封典，褫职何足道，"乃珊瑚其顶，遍谒公卿，众亦莫如之何。李年七十余，卒于京师。

霖沛 字雨田，清宗室也。其叔曰崑岡，以翰林官大学士，邸中终岁演剧，霖沛辄作戏提调。霖亦能自登场，乃招诸票友，排演《雪月梅》，其稿实霖笔也。霖又作滦州影剧数种，《十粒金丹》《粉妆楼》皆出其手，而《雪月梅》亦由皮黄改作焉。霖以崑荫官吏部员外郎，调理藩部员外郎，清逊位犹不剪发，人曰"帝发已剪矣"，霖曰"无道昏君，做出此事，豈不怕天下人咒骂于他，想我霖沛，世代忠良，宁可一死，豈能剪我鬌毛"，众皆捧腹。后以穷困卒，人亦哀之。霖习老生，虽力摹谭鑫培，而以汪桂芬为师，尝与汪共狎一妓。伶人比之《坐楼杀惜》中宋公明、张文远。诗曰"善戏谑兮，不为虐兮"，其此之谓乎？然汪与霖交谊仍旧。崑府演戏桂芬必到，霖雨田之力为多，胡果臣每为人办理剧事，知汪最难招致，亦皆属之于霖焉。

徐韡 字鞠主，蜀人，久寓京师，最善余玉琴，好观戏无日不涉足戏园，作诗袭袁子才一派，平易无甚警句，撰有《讨荆州》剧本，在李鑫甫家。

彭翼仲 江苏人，大学士蕴章之裔，设报馆于京师，极负时誉。玉成部排演《惠兴女士》《孽海波澜》诸剧，虽杂用梆子，实皮黄为主，其脚本，半出于翼仲。《孽海波澜》且演及翼本身，亦编剧创局。今人竞言剧曲教育，翼仲最得风气之先，后坐事被系，释出乃死。

刘石顽 广济人，长沙知府燡少子也。燡为名翰林，石顽则不甚读书，来北京，设报馆，燡行事略似彭翼仲，声名则远不能及翼仲之赫奕。石顽尝取《聊斋志异》崔猛故事，撰为戏曲，以授票友，其叙李申妻，谓其死节，某刺杀旦不以为然，乃改为失身势豪，与豪俱为崔猛所骈戮，盖欲逞其披发短衣，盘旋于地，种种身段，殊非石顽本旨。石顽后与他报馆讼，不胜被囚，且坐吞蚀赈款，几论斩，幸其戚有拥巨资者，捐千金，救之脱。石顽泥首称谢曰："生我者父母，活我者明公。"遂狼狈还里，逾年病死，年止三十耳。石顽作剧极夥，不复授人排演，辄以登之新闻纸，其后各报踵行，源源不绝，而均不忆其始自石顽。石顽开此一条蹊径，其能得风气之先，亦犹彭翼仲之言戏曲教育，但权其分两轻重，其逊翼仲，不止一筹。生前名望，死后称誉，均不能与翼仲颉颃，实非无因。大行大名，细行细名，古人岂欺我哉？然而石顽亦能自见其所长，容有未可厚非者矣。石顽殁三十年，姓名几将湮没，因表而出之。或曰，石顽以前，已有戏曲登报之例，似不可首属石顽，殊不知前此多用昆腔，且列月刊，其日报登皮黄，实盛自石顽。第有谓崔猛剧，非石顽自撰，有人代笔，则未知其真相如何，故阙不书，石顽制作，惟此稍工，不与其他剧同，则此说颇似可信。石顽素骄矜，蔑视同列，凡新闻界中人皆不直其所为，某画报至日作讽画刺之，石顽卒不悟，竟以致败。

乔荩臣 北京老票友也，习生脚，撰有《义烈奇缘》，乔自扮向杲，王雨田扮其兄，陈子芳扮妓女，彩切用千金以上。票友排戏，罕如其盛。后又与恩禹之排《交印刺字》，乔扮岳王，恩扮宗留守，松介眉扮岳王母姚氏，颇风行一时。《义烈奇缘》，且为三乐科班排演，乔又有《赠袍赐马》《刮骨疗毒》，均与外间演者不同。乔业银行，以买俄国马票，倾其家，困窘而卒。乔在票界，资极深老，曾署名愚樵，于各报作戏评，凡各伶人之不甚与其宗尚相同者，无不诋諆。自乔之死，戏评乃誉多毁少，非乔之故态矣。

瞿光业 字兆僧，武进人，举于乡，官广西佐贰。尝未报大吏，辄设局招勇，大吏恶之，召而诘责，语不逊，遂劾罢其官，且坐以亏款，输重金，乃得释。光业素好观小说，乃笑曰"我做安学海矣"。晚年北入燕京，日与伶人游，谈清代佚事，多记录所未详，曾撰《孙武子演阵》剧本，不合于梨园规律，故未能排演，久之益困，乃南迁。王瑶青、荀慧生饯之酒肆，留诗而别，明年病卒，年七十余。光业自号天负老人，有自订年谱。

罗惇曧 字瘿公，顺德人，学者称瘿庵先生。清季官部曹，入民国以来，名益高，及为程砚秋作剧，遂誉满梨园，人皆谓剧曲之诸葛武侯。又作《菊部丛谈》，则多不经意之笔。及卒，程砚秋葬之西山，岁扫其墓。近五十年，文人之有关于剧曲，未有能过于罗者也。其诗集亦多咏伶工，有学诗习字弟子，曰程砚秋，程挽罗联有云："回忆篝灯制曲，有泪难挥。"其钦服可知矣。罗与梅兰芳，亦相友善，曾为撰《西施》剧本。李释戡为兰芳作《天女散花》，罗为题词。罗文章高古，尝见其跋一春册，多引古书语，而造句流动，似《东坡志林》，非孙璧文辈，以堆砌为能者可比。罗半生精血瘁于梨园，声价在刘三之上，李钟豫且非其匹敌，况余子哉。罗同时，有梁济者，字巨川，亦粤籍，官中书，撰剧颇多，皆梆子腔，非皮黄，故不专为叙录，以明本篇界限，而其人则不可磨灭，应与罗氏并传。

何宾笙 故部郎也。辛亥后，贩卖书画，往来海上，舟覆以水死。何颇好戏曲，昆乱并通，生丑皆作，且有时傅粉妆旦，惜均未窥门户，无论升堂入室矣。曾改《活捉张三郎》为皮黄，自编自唱，自娱其志而已。今伶人虽有皮黄之《活捉》，均与何本不同。何工文能诗，善谈论，人极风雅，且知兵法，武昌事起，何上书当事，陈战守之策，虽不见用，人服其有识，计其生平，唯戏曲之学，未为精审。

善耆 清之亲王也，官尚书，好优剧，身自登场，亦无所不演，且兼及武技，邸中彻日夜，锣鼓喧天，御史知其为太后所眷，不敢劾奏。善耆日聚缙绅子弟，教之戏曲，北京票友之盛，实善耆倡之。善耆撰有《镇江府》剧本，演清兵破朱成功故事，以成功为大贼，其持论与今之国民，大相反背，殆亦所谓各为其种者乎？其剧仅演于邸中，外间则未之见，然拂于舆论之词，非民间所乐闻，宜其不行于梨园耳。善耆虽以精于戏曲自负，长民政日，对于旧剧及新编者，均不甚苛求，曰："但不教人造反，即可不论，我之智识，未必远胜古今，何必自逞其才耶。"清逊位，善耆逃海外以殁。识者谓旧剧之不革新，使犹惑乱于今之世，善耆不能辞其责，而腐旧伶工或以此德之。功欤罪欤，不待智者，而后知之矣。然而如某巨公以繁荣市面为名，令九城均演《杀子报》，以长淫杀之风，陷戏曲于害人之地，则亦善耆所不肯为。《文章会》《阴阳河》，情节均淫靡，《双沙河》即《土番国》，亦涉邪秽，且无深意，当善耆之时，均曾禁止，后乃开禁，善耆何尝无择别，此亦可为之解嘲。

樊增祥 字云门，自号樊山老人，湖北人也，举进士，选庶常。是时诸朝士之持清议者，日集于京师宣武门外达智桥之松筠庵，有“松筠十友”之号。樊出入其间，为书奏牍，旋出为县令，其批牍有云：“去年打官司有你，今年打官司又有你，去年打官司是你输，今年打官司又是你输，你不挨打谁挨打，多买膏药，预备挨打。”其风趣如此。樊为昆冈所得士，昆冈娶荣禄从妹，樊因昆之力，遂与荣善，荣延为上客。当是时，荣权倾中外，樊未尝倚以凌人，世亦多以此善之。樊累迁陕西布政使，某将军方领屯田，多不法，楚人陈镇代都统文某草疏劾之，樊亦疏论其罪，某将军坐遣戍，樊由是以风力称。辛亥官江宁布政使，国变后北还，日与诸名士游，好戏曲，恒涉足梨园，妻病足不能与，舆舁以往。凡诸佳伶，樊皆赋长歌以赠，尤善女伶富竹友，樊取《天雨花》弹词，左仪贞刺郑国泰事，撰《盘龙剑》皮黄剧本，付之竹友焉。初清人尝以此作《女专诸传奇》，取材略与樊同，然竹友迄未排演，樊又撰《后义妖传》，亦无人演之，但附载新闻纸尾，与刘石顽同类，是何殊于韩信伍樊哙耶。樊年八十余，卒于北京。樊以钱谦益自方，荀慧生演《柳如是》，于谦益多毁诋，樊在坐大怒，不终场而去，翼日犹骂不止。尝作诗赠荀，其结句云“毕竟虞山才可爱，劝君休唱柳枝娘”，而语及荀之编剧者，辄骂竖子，终身不释，时传为谈柄。樊所作剧，文词斐然，实不下罗瘿公，而卒不得见之红氍毹上，亦大可惜。或因此诋樊不谙剧场结构，故所作不适用，此犹大谬。今之剧本，大抵以革新为主，执沿习以范真才，恐剧本只当废弃者甚多，不止一樊山矣。文人之笔，何往不利，岂能以俗伶所谓戏场规则为准，樊亦不幸而已。罗撰《菊部丛谈》，樊为之作眉批，多记细琐之事。

庄清逸 名溥续，清季贝子，入民国，始袭父封晋庄亲王。既而资罄，乃居于陋室，以庄为姓，颇为伶工作剧本，亦于新闻纸撰戏评。寒俭自处，人不知其王也。庄清逸之名，乃大噪于梨园。清逸喜说鬼，尝言其伯父载埙（勋），为无常后身，一夜邸中人私出，返至门，见白衣冠神，吐舌尺余，坐于簷，其身盈丈，怖而仆，守门者救之入，载埙方寝，醒而笑曰：“方梦在门外，某人自外归，见我遽仆地，亦大可笑。”众不敢言。后载埙以庚子祸首，诏使尚书葛宝华，缢杀之。清逸之言如此，莫详其真伪。清逸久益困，遂以病卒。清逸亦尝客串，演《钟馗嫁妹》，小鬼伏于前，钟馗立其背上，清逸体肥，小鬼不胜重载，清逸坠压小鬼身，小鬼大哭，清逸亦横卧不能起，众扶之以入，剧乃辍演。清逸谈清代掌故其详，有笔记，藏于家。其晚年，乃骨瘦如柴，非少年丰标矣。所撰剧，多用旧套，不矜奇异，而有时不甚经意，不能尽工。清逸每以所著，问于洵疏庵，疏庵指摘无少讳，或加以红勒帛，清逸词色益恭，其气量亦不可及。

潘净源 名志蓉，字镜芙，江苏吴县人，大学士世恩族也。教育部之设通俗研究社，潘任作剧本，今所演《哭秦庭》《齐姜醉遣》皆出其手。《木兰从军》虽经改窜，实潘创造。潘好佛，修净土宗，礼兴慈和尚为师，赐法名为净源。日持阿弥陀佛名，以数万声计，偏走图书馆，随喜三藏，尤皈心五季永明禅师之《宗镜录》，未尝释手。一日问人曰："永明谓地狱生于心，有地狱乎？无地狱乎？"某居士曰："佛言大地山河生于心，有大地山河乎？无大地山河乎？"潘大悟曰"我曾得了"。潘断荤酒，如苦行僧。尝自观少作《金牛山》剧，惊曰："何淫杀太甚耶，我不能造地狱业，请于当路，禁止之。"友人选作剧材，将及潘金莲，潘力言不可，乃辍笔。潘晚年南归，朝普陀，有日记行世，依吴圣常以居，吴亦净土中人，故甚相得。潘受五戒，每劝人皈依僧侣，曰："不信佛法则已，既已崇信，可终身做门外汉乎。"潘旋示疾，端坐诵佛而终。吴圣常致人书，谓潘之家人咸见大势至菩萨来接引云。潘信因果甚笃，而所撰戏曲，不铺张鬼神，唯以四维为主，其识与余治异矣。潘撰小说，曰《梨园外史》，未成。潘与王瑶青颇相识，恒往来其家，方潘作剧本日，有所未晓，輒问之瑶青，然后属稿。其《长葛狱》一折，则一票友助成之，羌无故事，但以臆造。适有长葛人名刺，因即演为长葛旧闻，或吸云龙牌菸，故生曰云龙，旦曰瑶华者，截取王瑶青、梅畹华名也。其剧后为某坤班排演，易皮黄为梆子矣，潘又撰《郭汾阳单骑见回纥》，付之俞振庭，仅斌庆科徒，演一次而止。在潘著作中，盖其最下者焉，剧依正史，故难穿插，又限于本纪列传所书年月，尤多窒礙。其剧述及仆固怀恩，事迹冗长，关目多复，急三枪曲牌，至用十一次，其他可以想见。潘取《唐书》李愬武功，将作一剧，方属草，一人笑曰："何不采集忠勇定唐传，史事恐不易演。"潘一笑而罢。潘作剧之名，虽不甚著，入民国以来，凡沉酣斯道者，当以潘为最先。潘面貌枯瘦，神采奕奕，类高行释子，其结局，实亦无异于僧。旧传轮回有星精僧之说，使其可信，潘殆自僧中来者欤。潘熟读《法苑珠林》，《童女斩蛇》非潘之笔，其取材实发于潘。潘以民国十七年示寂，年五十三。以编剧家，而学佛证果，其迹甚奇，至其制作，不言天堂地狱，尤可谓奇中奇也。

李云庆 字霖青，湖北黄安人，父廷萧，官至甘肃布政使。霖青以光绪十八年成进士，选庶常，改兵部主事，从将军贻榖屯田于绥远城，与高赓恩共事。高以讲学名，亦重李之风雅，李以积劳擢至道员，且赐二员衔，赏戴花翎。俄贻榖败，李所获优奖，均奉旨撤销，仍官兵部如故。入民国，曾受礼制馆之聘，晚年好佛，自言为一僧后身，而其持戒之苦，不及潘净源也。李少所师乃一女子，学极博，故李亦多读古籍，尝阅李鼎祚《周易集解》，一人嗤之曰："是乌可解？"李不答，其人退。李笑曰："伊自不解耳，岂书之不可解乎？"然而如此君者，触目皆是，吾恐斯文之将坠矣。李工于诗，总宪张英麟八十寿辰，李代乡人某作诗以贺，张讶曰："三日不见，君之诗乃大进，竟足与李霖青抗衡，亦大可怪。"其人据实以告，张掀髯大笑曰："老夫尚不盲。"李在礼制馆日，凡祀天祀礼祀关岳诸乐章，均出其手，而曹心泉为之谱，时李荫庚与之齐名。杨慕时赠以柱帖云："红豆词人初官协律，青莲居士并据骚坛。"其推服三人如此。李霖青尤好作诗余，尝作一词，书之画到簿，以讥刺时事，颇得温柔敦厚之旨，因免于祸患。当是时，诸文士多作皮黄剧本，李少亦喜观优，谙其音节，乃撰《鸳鸯镜》诸剧，多取材于宋元说部。其妻弟乐繇以示王瑶青，王亦颇以为善，但穿插太繁，所用脚色亦夥，其间写及登场人物，由少而老，稍嫌其骤，是以未能排演，其遗稿尚存，稍加删润，即佳作也。若其词藻，则非久于操觚，必不能道其只字耳。李年七十，一日诣一友，亦作剧家，谈至暮始去，翼日讣音至，则李殁矣。人莫不讶其速，或亦学佛功成，立亡坐脱者耶，时在民国二十三年十月。李生平无书不读，与客谈经史疑义，夜分不倦，亦尝读弹词小说，尝言《笔生花》一书，虽事迹过于故常，不脱《再生缘》窠臼，而文采之胜，则当首屈一指。其另撰姓名，而攻驳《再生缘》之谬，亦较金闺杰仍写《皇甫少华孟丽君》，而作翻案文字者为得法云。

以上二十人文士及票友，内附梆子腔作家一人。

沈小庆 浙江绍兴人，为某班武生，咸丰间，颇负时誉，好听平话，每戏毕，輒与其同侪，走书馆，灯下烹茶，坐而环听焉。北京说平话者，有盲人，有不盲，盲者皆习歌曲，以平话为余事，仅能至王公邸中说之，不能入市肆也。不盲者则以此为业，师弟父子，互相授受，如汉儒之说经，宋儒之讲学，门户至严。凡袍带如《三国》《精忠》，神异如《封神》《西游》，公案如《三侠五义》《五女七贞》，各有专门，不得相混。小庆听《施公案》最悉，乃取以入剧，而于武戏所谓套子者，尤极精研，曾用宣和牌三十六张，编制《恶虎村》，至今梨园秉其遗规，开荡以后，不用寻常连环，弥觉精整，传之海上，莫能增损。其《连环套》一折，望之必有一场大战，而忽以朱光祖盗钩游说了之，折衝樽俎，止息干戈，使观者目夺神摇，莫能测其变化。文章妙夺天工，小庆虽未学，吾必谓之学矣。唯《罗四虎》故事，平话叙某生妾，忍辱报仇，情节哀艳，小庆不採入《独虎营》，盖时无良旦脚耳。《骆马湖》或云原本已佚，大内索之急，或伪撰以进，今之所演，相传非小庆之作矣。《八蜡庙》后段之天霸休妻，乃近人臆造，最可笑者，羼入《御碑亭》，竟以天霸当王有道，庸俗鄙恶，尤不足以为小庆之奴，小庆卒才五十余，其所作剧则盛传。小庆子全奎，习老生，为谭鑫培得力配脚，梨园称沈三先生。

王九龄 北京四喜部名伶也，本习刀马旦，晚年改老生，故《定军山》《阳平关》诸剧，手脚轻健，时莫能及。喜作配脚，如《伐东吴》之刘备，《探母》之六郎，《取金陵》之曹良臣，《一捧雪》之莫怀古，皆曾扮演。观者忘其非正工，《伐东吴》若自小桃园为始，且居然正戏矣。后来谭鑫培之《火烧连营》即师其意耳。九龄演《空城计》，有杨仪关兴登场，与诸家大异。尝取《三国演义》诸葛装神故事，作《陇上麦》一折，颇轰动一时。原本久佚，今所存者，乃贾洪林补撰。

卢胜奎 一曰卢台子，为旗下长工，后入梨园，隶三庆部，程长庚倚如左右手。编有《三国志》三十六本，自赵云得的卢马起，至取南郡止，均袭演义之文，又作二十四本《龙门阵》，演薛仁贵征东事，以取帅印为首阕。今海上亦有谓龙门者，与卢作不同也。卢剧近于散漫，而其精紧处，则又精紧绝伦。大抵文章不足，戏场阅历有余，其能传于后世，历数十年。老伶凋谢无遗，后起犹能资以号召，良非无因。卢演《空城计》，唱云："恨马谡失街亭精锐丧尽，好一似马服君兵败长平。"较诸谭鑫培所唱，恨马谡失街亭令人可恨，这件事倒叫我难以调停，一卧于地，一在百尺楼上，岂但上下床之别，而诸醉心谭氏之清客爨，虽通文理，若告以卢之唱词，必皆掩耳而遁，亦大怪事。

庞某 忘其名，为春台部大面，时喜禄宝云，以旦脚齐名，庞为之作《五花洞》，又翻昆曲《阐道除邪》为皮黄《混元盒》，今皆演唱不绝。其《混元盒》羼入《封神榜》三谒碧游宫，论者以为蛇足，而《五花洞》有包拯审问武大郎、潘金莲事。仁宗朝人，断徽宗朝狱，尤成一绝大笑柄。旧戏虽多不与史合，亦或异于稗官，但如此之诞，亦所罕见。考其致误之由，因《水浒》首回，张天师禳瘟一段，有包拯之名，遂造此公案，不知《水浒》首回皆仁宗时事也。

张胜奎 一曰张奎官，以衰派老生负盛名。说者谓张胜奎偶然遗矢，受日精月华，化为刘景然，虽过于伤雅，刘之去张，实不可以道里计。大约伶人必令坐客之不甚知戏者，亦觉其佳，或仅为个中人赞许，始为能手，刘则两面不以为然者耳。唯一般自命知剧，而实无正常了解之徒，乃从而誉之，乌能与内外咸服之张胜奎比耶。张曾排《奇巧循环报》，取材于《巧奇冤》，而别加附会，近亦无人演唱，刘实张弟子，张年八十余卒，刘亦几九旬云。胜奎亦工靠背，《伐东吴》最佳，刘则不能。

毓五 清宗室，其兄毓四，尝攘春台老生郝德保，剧本甚多，太监安得海以酒灌杀之。毓五以票友下海，颇用郝本，在各班排戏，张胜奎作《西江月》以骂之，然毓五亦自能编作戏曲，不尽郝氏故物。在丹桂班管事日，编有《胭脂剑》，演慈云走国故事。毓五后走外县，以病死，其女至流落为女仆。毓五习丑脚，而为人作教授，则十门脚色，无一不晓，但未尽精纯，殆所谓十八般武艺，件件皆通，而件件皆松者乎。毓五又有《丑配》一折，在当日未甚盛行，死后二十余，伶人以其遗稿，改作《凤还巢》，乃大显于世，其中不通之句，盖皆删汰，非毓五原本之陋矣。

周长山 三庆班老生也，后入丹桂福寿同庆诸部，终身作二路脚色，以衰派擅长，亦工靠背，尤长于扑跌，其《火焚绵山》，由桌上做台蛮范，落地乃扑虎，人讶其精，及晚年，改为坐于桌，而起掉毛，亦非庸手所办，而周则自以为省力矣。周演《四进士》之宋士杰最佳，虽谭鑫培，亦为之扮毛鹏，更无论许荫棠以下。周无嗓，不能演王帽，时有王帽老生周春奎，年长数岁，声大十倍，近人戏评，或溷而第一，犹夫误以张二奎为张胜奎，皆荒唐可笑。周无文采，而登场既久，熟悉戏场规则，遂能编剧，作有《老人结草·阮杜回》

一折，周自扮老人，以孙怡云扮其女，其关目不无附会，而颇见巧思。王瑶青藏皮黄《劈棺》，亦得自周家，但未知是否周笔。当日周欲与王合演，周作庄子，王为其妻，后因循未果。周有弟长顺，工老旦，亦佳伶，周晚年好道，自称黑狐托生，其死日，以道服殓，背剑而系壶卢焉。

胡鹤年 名旦胡喜禄子，虽业医，实伶也。凡李钟豫剧本，胡皆为之改窜，又改三庆部之《取桂阳》，以给刘春喜。胡用力于李本者，唯《粉妆楼》最多，次则《十粒金丹》，而两剧均冗长，罕见精采。胡略读《幼学琼林》神童诗，能解四书备旨，在三十年前梨园中，足以自雄，而傲其侪矣。入民国，居北京丞相胡同，久未移徙，竟死于此。胡矮而肥，生旦净丑，无一适合，喜禄不使入班，乃习他业，卒以家世伶工，遂能为诸伶臂助，不忧冻馁，亦不为同侪之强者所轧，优游毕世。古人云，知子莫若父，其胡喜禄之谓乎？

刘春喜 名凤岐，字瑞山，吴桥人，安义堂胡喜禄弟子也。习老生，文武兼擅，少时曾演《探母》，后乃专于靠背，然在同乐轩尚与王瑶青演《牧羊圈》《法门寺》各剧，但不甚见长耳。春喜能读四大奇书，家藏明季本《金瓶梅》，生平慕武二为人，而以皮黄《杀嫂》为未善，乃别取《金瓶梅》中杀嫂一节，另为撰著，久未能排演。晚年乃急欲与票友某刺杀旦合演之，某刺杀旦且为之润色词句，事将就绪，春喜以醉死矣，年止五十余。春喜演旧剧亦多窜改，《伐东吴》黄忠上马一场，旧为遥迢辙，春喜则改江阳，词尚不甚鄙俚。春喜家曾立票友工房，包丹亭、顾赞臣，日必一往，赞臣与春喜交尤厚，春喜之亡，赞臣经纪其丧。春喜性兀傲，语多戆，其演剧亦失之过火，有疯子之名。

松茂如 旗人，初为票友，后入梨园，习小生，不甚著名。魏家胡同戏馆成立，茂如作后台管事，时王瑶青年尚少，亦此班人才，松因出入其家，瑶青入同庆部，改《梅玉配》为纯粹皮黄，而不依四喜部昆乱合作老例，其造句，即出茂如之手，茂如年几八十卒。

汪笑侬 此近三十年来，伶人编剧者，第一手也。本儒生，且举于乡，工诗，后入梨园，腔调摹冯瑞祥，而并其糟粕不遗，不若谭鑫培专取冯氏之英华，故其名，稍逊于谭。所作《党人碑》取传奇为蓝本，笑侬自扮谢琼仙，改小生为老生。谢名不见正史，史亦无打碑事，或因元祐党人碑五字，出于史册，遂谓此剧原本史传，谬甚。笑侬又有《哭祖庙》《马前泼水》，尤风行于世。至若《献地图》《刀劈三关》，则因汉剧旧文，而润色之耳。笑侬驰名海上，常来京师，所作剧含有主意者多，非率尔操觚者之比，后还海上死。自皮黄之兴，迄于今日，能自编自演者，固不乏人，求其雅正，不失文章声价，殆无笑侬之比。笑侬真人杰矣哉。海上摹仿，过于矫揉，世或并诋及笑侬，但皆一面之词，不足为盛名之累。世传笑侬作戏台柱帖，尧舜生汤武净云云，乃旧联改窜数字，不足见其文采。当谭派最盛之日 笑侬演《斩马谡》，加蒋琬求情一段，不为谭派拘束，可称有胆。笑侬自号曰伶隐。

王洪寿 世称三麻子。初北京禁演关帝戏甚严，而自米喜子、程长庚以后，京伶亦莫能继其后。三麻子则来自申江，遂以关剧显名矣，剧本多自撰，不与京本相同，《古城会》一折，尚袭明人《古城记》窠臼，知其来源甚久，并尽出新意也。伶人黄九言，昔景四宝演关戏于沪上，三麻子颇得其传，而所演不尽本于景。何九、李五对三麻子均有诋词，二人有时扮关戏，举止似大方可观，然三麻子徒鄙甚盛隣，坐客尤赞不容口。何九、李五固不能与之争一日之胜负，三麻子亦谁敢非之耶。三麻子排演《走麦城》《临沮之难》《焚檀香》，使客人肃然起敬，其描写名将兵败之苦，能令武夫落泪，较写儿女缠绵、换得一般闺秀以巾拭目者，尤难布局，但闺秀观此，亦无一人不哭耳。三麻子年七十余，病殁于上海。申江伶工咸称三老板，传其遗制，京伶亦多师之，其声价之隆，不让北之汪、谭云。京伶李鑫甫，谭之门人，其演剧，多取法三麻子，遂为北伶后起演关戏之巨擘。鑫甫亦敢于改旧词，不尽依三麻子原文，其雅驯之处，或三麻子所未及。

贾洪林 本名蕙林，生于戌，故小名曰狗儿，京师人，世业伶，其叔丽川，为名教授，演剧则乏神采。洪林为春茂堂陈氏弟子，习老生，幼隶小洪奎部，即负时誉，倒嗓后，入迟韵卿之同春部，转隶福寿部，唱摹谭鑫培，亦能演大轴，众咸以赝鼎斥之。洪林乃拜谭为师，而嗓音益败，终身作二路脚色矣。福寿未散，洪林已不振，然尚重兴洪奎，于是新戏作焉， 一曰《忠义奇闻》演真定梁氏事，诋江陵如杞桧，盖取之小说，宜其荒诞。一曰《庚娘》，一曰《循环现报》，皆取材于《聊斋志异》。其《庚娘》至今尚传，前则王瑶青，后则荀慧生，均以之擅长，虽不无删改，实以洪林为蓝本。唯梁巨川为鲜灵之所排，乃尽脱洪林窠臼。初某女史作《飞虹啸传奇》，列诸小蓬莱仙馆曲中，亦演此段公案，洪林未之见，瑶青则见之，故据传奇增唐柔娘名，慧生则瑶青亲授焉。《循环现报》演金生色故事，洪林自扮金生色，余玉琴扮木氏，周长顺扮金母，赵宝林扮董贵，高士杰扮邻媪，唐玉喜扮邻子，田桐秋扮邻子妻，贾丽川先扮城隍神，后扮县令。头场跳黑白皂隶，唐玉喜亦兼扮一白隶，脚色极齐全，穿插稍嫌松懈，末场尤不紧密。或告洪林曰：“此剧收结时，凡好脚色所扮之戏中人，皆已死矣，一台二路人材，焉能禁观客之不呼车马耶，足下宜兼扮县令，再添其话白，戏始不至于头重足轻耳。”洪林口虽诺，心不然。其剧只演二次，遂竟束之高阁，编制未善之咎，洪林不能辞也。洪林入翊文社，时当兰蕙齐芳之日，洪林欲为二人作《红玉》一剧，已具规模，终未脱稿。后入第一舞台，作《九月登高》，尤其败笔。其所撰《割麦装神》，王瑶青谓远不及王九龄之《陇上麦》，后来者翻在其下，殊非积薪之势。洪林又改《十五贯》为皮黄，以净扮周忱，不如昆曲用末脚之妥，盖未读明史，不知文襄之生平，且总督文官，乃装束全如《磐河战》中之袁绍。梆子《蝴蝶杯》，既误于先，洪林后踵其后，评戏家有尊梆一派，凡事皆以梆子为准，此殆来自外郡，先入为主，不意洪林久在京师，亦蹈此失。洪林凡接新剧脚本，一夜即能成诵，梨园叹服。洪林善谈论，每一开话匣，竟日不倦，尤好谈神异，尝言其琴师某，先在沪上昵一妓，既而诳其金而逸，后复随至申江，路遇妓，畏其索债，急相避匿，众则未见有人。夜间演剧时，琴师方在场上，值某旦披发扮鬼出，忽其身后又一披发女子，直趋琴师，扼其颈，琴师死，场上仍止某旦而已。明日询其事，始知妓久投缳殁矣。洪林每道及此，輒绘影绘声，手舞足蹈，令闻者毛骨悚然，盖得力于《聊斋志异》甚深。宜其屡取《聊斋》之说，入之戏曲矣。洪林居虎坊桥旁四圣庙，家豢狞犬，每客至，拍门讫，即持门环，不敢释，须闻洪林来，乃敢释手，否则犬必出而狂噬矣。一人久不过洪林，一日遇于戏园，洪林曰“何以久不光降”？有人笑曰“畏真狗，故不敢过假狗家耳”，洪林大笑。同时李鑫甫家，犬亦甚恶，既而并噬其主，鑫甫怒曰“噬主即叛贼”，绞杀弃诸野。洪林犬固劣，颇畏主人叱骂。韩彭诛，绛灌侯，同为功狗，结局各别，殆亦如是乎？洪林喜渔色，嗓早喑，晚以花柳病卒，年才及四十耳。洪林初为鑫培配脚，后复依傍瑶青有年，梅兰芳崛起，又去王而就梅云。

以上十二人为伶人（按：实际有十三人）。

老戏甚多，而多无撰者之名，可惜之至。入民国以来，伶人编戏者，以周信芳为最夥，《封神榜》一剧，尤脍炙人口，文士剧本尤不可胜计，唯其人皆生存，故皆阙而不书，以伺异日论定焉。又如李兆受、百本张、百本廉，或刻板、或抄录，颇流传旧剧，虽无编剧之功，亦与戏曲有关，附录之。比于考经籍目录学者之收及士礼居、知不足斋、粤雅堂、海山仙馆、芋栗园云。

庄清逸文献三篇

南府之沿革

清之南府，设自国初，原名内廷乐部，沿前明例也。专备内廷演戏，归四十八处都领侍太监管理。供奉演剧者，皆太监，兼有外人，亦是承差人员，非业梨园者。所演之剧，只昆腔、弋阳腔二种。其戏文除昆腔、杂剧、院本外，多应节令之戏。设在景山内，后于康熙年间，迁入南长街，始改称南府（其地点即昔之国政商榷会,代改为学校矣。)当时并无鞠部角色,传入内廷演戏者。顺康雍三代，皆沿旧制，并未改革。

后至乾隆时，值天下承平，物阜民丰，高宗初次巡幸江南，因喜昆曲，回銮日，即带回江南昆班中男女角色多名使隶入南府，谓之新小班。原有南府之人，为旧大班，始定名升平署，改归总管内务府大臣管理。（吾家先世恪太王管理鞠部，即因当时正任管理内务府大臣也。）高宗政余时即传唤新小班诸角色演唱，上亲取昆弋二腔之长，自制为曲拍，以教授各角色，名为御制腔，即后南府太监演唱者。外间无此韵，始命先恪太王，同各儒臣编辑《劝善金科》《西游记》《水浒传》，并《天开寿域》《地涌金莲》《罗汉渡江》《宝塔凌空》等仙佛戏文八十余种。高宗见全本《金锁记》窦娥伏法后，天始降雪;《玉杯记》张泉被人贿盗陷害，无辜受刑。恐无以警众，因钦定为六月降雪，即赦窦娥，法场上大盗反供，救免张泉。在宁寿宫建筑大戏台，此为昆弋最盛时代。

后复由江南传来四大名班曰：四喜、三庆、春台、和春，此四班昆乱兼有，各角色色艺皆精。到京后，即分拨各邸（和春班之牌，即藏吾家。余童年时，尚见之，惜毁于庚子兵燹矣。），并未隶入南府。每月朔望传戏一次，只在圆明园演唱，此四班均未传入宫中（故四大班能在前门外各园中演剧，即如排演，所以彼时赴各邸堂会，谓之传差。），此即四大班入京之始。后至嘉庆、道光年间，均无甚改革。

咸丰时，上欲传四大班，并闻有一集芳班，名噪已久，拟选杰出之人，入内廷供奉，因洪杨之乱，终止进行。直至同治年间，孝钦后当国，又值江南稍安，始传外班角色多名，入宫演剧，点缀太平歌舞。如杨月楼、谭英秀等名宿，皆彼时被传入宫供奉者。至光绪时，所传外学之人益多矣。孝钦后复令御前各太监均学戏，令外学角色教授，谓之本家。甲午孝钦后六旬万寿时，又传各班入宫，朔望演唱，谓之传外班，凡各角色，被传入南府，永久供奉者，称为外学。每月朔望，入内廷应差，按月均有钱粮，及家口米。演剧尚有赏赐，大赏伍拾两，最下者只二三两。外班则非传唤不能入宫，与外学供奉不同，亦无钱粮，只传某外班朔望演戏时，赏戏价而已。南府谓之内学。每逢传戏，不论外学供奉及外班，均须清晨到南府，由首领太监点名，归内务府大臣带戏。在宫中，在颐和园，均如此。每演戏，时间在上午十时。凡皇帝太后入坐看戏，名为入园。圣驾未到时，各文场承差者，或六人或四人，用锁呐吹《朝天子》，或《一枝花》牌子，谓之迎请。驾入园，方准锁呐停止。入园后，即开戏。第一场为《灵官扫台》，凡内外学诸角色，均扮灵官，至台上跳跑。台如宁寿宫、颐和园之三层戏台，各灵官亦须跑到，名为扫台，后始开场。其第一出，须南府太监演御制腔。元旦各令节，均演应节之剧。第二方演皮黄昆秦等戏。外学供奉及外班所演之剧，须先呈曲本，并该戏之时刻，均不许稍有舛错。带戏归内务府大臣管理，后台归南府首领。其大权皆操自太后御前各总管首领之手。其应节南府之戏，如万寿必演《罗汉渡海》《地涌金莲》；元旦演《天开寿域》，元宵夕龙灯，并要各种，如蝙蝠灯、花灯，摆各色玩意，如“天下太平”等字，谓之当灯。端阳之《阐道除邪》，中秋之《天香庆节》等剧，大轴子谓之团场。庚子后，复又不传外班，乃传名角多名，如杨小楼、王瑶卿诸人，皆甲辰年传入内廷供奉者。各外学若得孝钦后赏识，谓之有佛缘。至隆裕后时，又改传外学供奉多人，如李寿山、方秉忠诸君，至宫内教授，御前当差太监演戏，不许稍有错处，此又一小改革也。综上所述，或从家藏先世笔记，或闻诸鞠国名宿所谈，或亲见，或考察，凡所得者，均汇集一处，公诸同好，亦抛砖引玉之意也。

（原载于《戏剧丛刊》第二期，见《民国京昆史料丛书》第十三辑，学苑出版社 2013，第 141–144 页。）

戏中角色旧规则

中国戏剧，自元明院本杂剧，始分十门角色，为正生、正旦、外、末、净、丑、小生、贴旦、卜儿、副杂等行。后弋阳腔，复分八大角色：老外、正旦、脆生、黑净、武生、花包头（即老旦），丑行、贴旦。清高庙，巡幸江南，带回新小班，南昆北弋、乱弹腔、梆子腔，皆集一处。彼时乱弹腔，即弦索调。考《缀白裘》所载之刀门、挡马，有乱弹急板令，即知非今之皮黄。梆子腔，系淮梆子，亦非秦腔也。其角也为：老生、老外、正生、小生、武生，正旦、花旦、老旦、小旦、戯四花（即彩旦）、净、付、丑、杂色、副末，共分十五门角色。副末在未开场前上，念一阕乾牌子，交过排场，然后开戏。今野台子戏之坐台者，即副末也。

乾隆帝二次南巡，复带回四大名班，即三庆、四喜、和春、春台等，昆乱兼备。皮黄原起自湖北黄岗、黄陂，至此始入都。彼时昆弋最盛，皮黄无人重视，至嘉庆末叶，有安徽老伶工，慨乱弹不若昆弋，因搜集各派之菁英，取昆弋身段文武之长，加以润色，去其生硬过火之处，加入汉调韵味，始成今之京腔，重定十门角色，自立嵩祝班，专演皮黄及昆剧。因安徽人多，故称徽班。其班中规矩，老生分：袍带、做工、末、外。旦有花衫、青衣之别。净分文武，贴丑、老旦、小生，手下自各行中赶扮。龙套，头家归生末，二家旦贴，三家外净，末家丑小生。凡各牌子，均须唱出来，如《起兵》之五马江儿水等，故谓之流行。原无有跑龙套者，皆角色代也。老例各行角色，除演正戏外，有许多应行之戏，此规矩至今尚如此。如大太监，俊扮者，应归老旦行。更夫二人，一为丑行，一为老旦。如《阳平关》更夫，应唱出牌子。跳加官，生、外、末应工。跳财神，净、武生应工。跳魁星，归丑行。上下手，名筋斗虫子，如跳龙形归上手，虎形归下手；各种跳形，皆上下手应行。尚有应带者，如《红桃山》雷应春，应带火神；《南阳关》历叔谋，带朱燦；《打侄上坟》张公道，应带朱参；《打龙袍灯官》，带郭槐。玩笑戏中，《一匹布》赶脚带县令，《打沙锅》逆子带昏官，皆有深意。《天水关》刘禅，旦工应唱。《孝感天》《共叔段》亦归正旦应工。《天雷报》《乌龙院》系丑、老旦双兼。《监酒令》《盗魂铃》，应小生、老生、丑兼串。《白良关》尉迟恭、尉迟宝琳，净、老生均唱；《朱帘寨》李克用、周德威，生、净、武老生兼演。

文戏中，十门角色俱全，为《法门寺》：生赵廉、旦宋巧姣、净刘瑾、丑贾桂、外宋国师、老旦太后、贴孙玉姣、刘彪架子花脸、刘媒婆贴丑双兼、刘公道开口跳应工，符鹏小生，末工和尚。武戏中《虫八蜡庙》：武老生行褚彪、正生施公、外秦义成、旦小姐、贴丫环、武生天霸、架子花脸费德公、净金大力、雉尾小生贺仁杰、武旦张桂兰、二花脸关泰、开口跳朱光祖、丑费兴、王栋、王良，末扇子生，老道老旦。昔时各票友小集演戏，如能有《法门寺》《虫八蜡庙》之角色，则是戏均能开演，因文武十门角色俱全也。

后始由十门角色中增添，老生增袍带、做工、武老生。旦贴行，增长头（即跑宫女丫环者）。净行分铜锤（专演《进宫》《草桥关》《探灵》等安工戏）、架子花脸、二花脸（如费德公、魏延等）、武二花脸（如《收关》《胜泉滩》等戏）。武生增添大武生（如《长坂坡》《挑滑车》等戏）、二路武生（如计全李五等戏）、撇子武生（即短打武生，如《界牌关》《花蝴蝶》等戏）。小生分雉尾生（即饰周瑜、吕布）、穷生（如《关王庙》《状元谱》）、扇子生如（《得意缘》《胭脂虎》等戏），添跑龙套八人。四人为一堂，各班中均用两堂龙套。亦有为首之人，名为手下头尔，归其找人。手下，应分龙套文堂，龙套戴抱子巾，文堂戴大叶巾。此外尚有戴贯字盔，穿毛钉甲者，穿大铠者，今已不见贯字盔毛钉钾矣。应拿标子，亦分五色，如红龙套、红标子，不许少错。月虎旂、飞虎旂，皆须分清。青袍应戴红蓁椒帽。四太监亦手下扮，类如站门、阁门、斜一字、扯斜门、倒脱靴，会阵时之钥匙头，二龙出水，钻烟桶等，均须分清。走阵之龙摆尾、太极图，须脚步整齐。文戏或从昆腔所翻，或取诸汉调。武戏场子，均较弋腔紧凑。各牌子，如番将上用《风入松》，取之昆腔《搜山打车》；饮酒用《园林好》，借用《月下追信》；饮宴长牌子，用《玉芙蓉》，取于《游园看状》；《起兵》牌子，或用起布之《泣颜回》，或《宁武关》之朱奴犯行军牌子，用《埋玉》《粉孩儿》；神灵上，牌子用《神杖儿》；仙家上，用《清江引》。最长牌子，如《辞阁》之《五马江儿水》，《召登》之《一江风》，皆有取意。行船用《回营打围》《普天乐》一套，为藉水音，《朝天子》牌子用之帝王，《傍妆台》牌子，多用之新婚。久别相会，用《哭相思》，祭奠灵堂，用《哭皇天》。虽摘自昆剧，尽皆恰当，能使人闻声即知，如吹《五马江儿水》，不必看戏，即知为《起兵》，闻《一江风》，即知《起驾》之剧。或悲壮或哀艳，其音足以感人，此为徽班中最长之点。至所用临时砌模，除山城云桥，为做成形象者，其他各种小砌模，皆归后场桌现扎，均须神似，看之虽易，当日心思甚大。凡临时现扎之小砌模，能令顾客一望，即知为某物，若除其法不用，便得现做砌模，再无其法巧妙矣。此等处皆寓哲理，如当日重整规矩之人，其胸中之抱负及文学，绝非平常，惜彼时无人注意，郁郁而终，可谓生不逢时。

后则米喜子、周泉儿等继起，皮黄崭露头角。然米等皆守成之辈，至张二奎时，尚未大进化。程大老板、徐小香、梅慧仙、余三胜诸名宿，取旧艺术，稍加改变，尽成新声，身段台步，精益求精，咸同时代，战胜弋戏。皮黄初兴时，唱用笛随，后改用双笛。名老生张二奎、张子玖改用胡琴笛随。程长庚始用胡琴月琴随（昔闻老辈人云，同治时代，开场二三戏，尚用双笛）。旦角扮相改革，名花衫，自梅慧仙始。昔年老扮相，只取像形，如旗妆两把头，用大头发梳成，形如捲子，最不美观。梅慧仙演八本《雁门关》始改扮相。时妆亦自慧仙演《德政坊》，饰穷不怕夫人，改穿汉褂子。灯彩砌模，从梅演《乘龙会》《盘丝洞》开端）。此为皮黄改革之始。自嵩祝班起，为初创时期。米喜、周泉辈，皮黄崭露头角，为守成时期。至程长庚、梅慧仙诸君起，为改革进化，皮黄初盛时期。至光绪癸未甲申年后，谭秀英、汪桂芬、老乡亲三杰继起；汪为龙吟虎啸之音，孙善高亢悲壮声调，谭嗓音清脆，集诸名宿菁华，化为柔靡新声，自成一派，此为皮黄兴盛时期。直至宣统年间，无甚变化。彼时演戏者，亦不知戏曲有移风化俗之力，观剧者只取戏文新奇，悦目赏心，一种玩具而已。

至民国改元，各名伶虽排演新戏，而顾客仍未重视，自齐君如山，与名伶梅浣华，编辑新戏，取昆曲之舞戏，移入皮黄（如《嫦娥奔月》《天女散花》等戏），治文学艺术于一炉，从此各名伶皆仿效之，争排新戏，风气为之一变，为鞠国数十年之创作。后梅君赴美演剧，始知我国戏剧、身段表演，实驾世界写真剧之上。归国后，始重整国剧，爰特立国剧学会，提倡中国古乐，保存旧剧菁英，开鞠国未有之新纪元，为皮黄大进化时期。

戏曲既能改良社会，亦须随世风变迁，始能警世砭群，万不可食古不化。

如咸同时代，戏场扮相身段，剧之文野，与今大不相同，岂可不变？所应保存者，老名宿之真实艺术，循规蹈矩之处。第一须使二三路角色，从开场起，演戏不可敷衍潦草，实意认真求好，即一配角亦郑重其事。其次即文武场，凡吹打各牌子，文场竟能吹，武场不给起；或武场能起，文场复不能吹。类如《回朝》《长亭》二出，起兵时，照例应打《五马江儿水》牌子，今竟有打《一江风》者（即《法门寺》之《一官迁》）。缘此等处，故一般老顾客，总以今之戏剧，不若昔年大班派之齐整。各文武场，如有不会者，亦当向各文武场老名宿，请教一切，不可存敷衍了事之心，致将老戏中良好之处，尽皆失传。其他如武戏中，某戏有某戏套子，今皆不照原套子打。起把子连环时，各武行翻上，拨刀一磕即下，连锁喉枪头子均不打。手连环，翻上只对一张手便下，么二三亦不打，遑论手串子，赶活羊。按老例虽起杀，亦不能一抹尔即下，有用刀劈死者，有转脖尔抹死者，今均不用。若仍如此，老套子尽淹没矣。此为应保存者。彩火、检场者，亦不似昔年讲求，如刘十洒之火圈，托月、连珠等彩火，回忆当年福寿班，老俞演《混元盒》，火炼人皮纸时，正场设一钱粮盆，盆后椅上，摆一盆烧酒并盐，女鬼韩氏（即剥皮鬼）在内帘倒板毕，三冲头上，拾场者，用彩火洒吊鱼尔，落在正场酒盆内，将酒点着，藉盐酒光，照全场人颜色青白，剥皮鬼始上。彩火如此之准，绝非乱洒者，此无他难处，不过下工夫习练，心准手准而已，并无多大难处，今竟无人习练。近日鞠部，旧技术失传，即在不肯下苦工夫，但能了事，何必多求。似彩火等，皆谓之为小节，不甚注意，殊不知，因此小节，即将艺术湮没，失却老名宿制戏本旨矣。戏剧实有感化人心，补助无形教育之力，现今梅畹华君，热心毅力提倡国剧，力挽颓风。近年鞠国舞台上，身段表情，曲句文理，实较昔日进化，只二三路角色，并各行小节上，不肯认真，致未能尽善，若群策群力，实事求是，则免功亏一篑矣！

（《民国京昆史料丛书》第十三辑，学苑出版社2013，第305–311页。）

票界怀旧录

值今之时事机陧，闭户闲居，偶忆及三十年所闻见票界名宿，纯萃（按：原文如此）未下海者，特记之以志今昔之感。只以已故票界名宿，并久不出外酬应者为限，现今票界诸公，概不赘叙也。

色君，号福亭，人皆以色四爷称之。工老生，于前清咸同时代成名。自立三箫一韵，多走清音局。凡有请者，各票友皆穿袍褂，必与本家出份金，由票首(票首谓之把尔头)亲递后，始脱褂子入席。本家亲奉酒，敦请票友诸君，演《赐福》以志喜，诸公方打通儿开戏，纯萃交友之谊。此则闻诸票界名宿痴叟君所谈，于此可见当日票友之清高也。

载君名豁，字燕宾。工花旦，有假松林之誉，成名于同光时代。自立赏心乐事，于翠峰庵庙内。《洛阳桥》《花田错》《神虎报》，皆其得意佳作。该票规矩甚大，(其事另详轶闻中)只传弟子许四、王一子二人。《花田错》，即从王一子赠与秦腔花旦侯峻山，后名花旦路玉珊，始演唱于梨园。

载君仰田，工老生。同光时代成名。出翠峰庵赏心乐事。名老生恒乐亭，即仰田君之弟子。

庆子云君，工老生。同光时代成名。出翠峰庵赏心乐事。

荣静臣君，工老生兼净。同光时代成名，亦出翠峰庵。为现今程艳秋琴手，穆铁芬之祖父。穆君现冠老姓胡氏。

安敬之君，工文武做工老生。虽出身为内行，三十后即辍演，中年后复入翠峰庵赏心乐事，拜名做工老生张胜奎为师，改习老生。《四进士》《审头》《九更天》，皆张亲传。同光时代乃复成名，极受顾曲家欢迎。至光绪丁未年仙逝.寿七十余矣。

钊云耕君，工丑。成名于同光时代。《神虎报》《洛阳桥》《卖皮弦》，皆其独有之剧。与载燕宾配戏。昆丑学杨三，乱弹小花脸摹仿画儿李。出票翠峰庵赏心乐事。

赵子明君，工小生，同光时期成名。八本《得意缘》《花田错》《三国志》，皆其杰作，集徐小香李小珍二人之长，出票翠峰庵赏心乐事。

载佑之君，工花脸。同光时成名，出票翠峰庵赏心乐事。

王雅斋君，工花脸及武老生。《普天乐》判官，《下河东》胡延寿廷，皆其拿手。同光时成名，亦出票于翠峰庵赏心乐事。

王静轩君，工花脸，又能青衣能戏极夥，如《四杰村》鲍赐安，及《御碑亭》孟月华，亦票界奇人。出票于翠峰庵赏心乐事。

载阔亭君，别号痴叟，工丑，光绪时代成名。头二本《绒花计》，学名丑刘赶三。善在票中治事，所知鞠部事迹亦甚多，余相从二十余年，受益甚多，惜近已古稀，身复多病，不能出外酬应矣，亦翠峰庵赏心乐事出票。

穆霱堂君，工文场，成名同光时代，亦在翠峰庵赏心乐事。出票后任荆州副都统，辛亥年慷慨殉难。

松鹤亭君，工老生。出自南票，于同光时期，复加入赏心乐事。善治事。昔年与先伯先严为友。虽为票友，而所知戏界故事甚多。余家所藏之本，如《焚烟整》《遊武庙》《四红图》，皆渠所赠之本。

魏锡斋君，工做工老生。原出南票，光绪时成名。《胭脂褶》《盗宗卷》，为其杰作。善念，能教戏，票友陈远亭即其高足。

玉子厚君，工文武老生，出南票，成名光绪时代，后入公阅自赏。

鵬凤轩君，工武場，出票赏心乐事。光绪时，复立公阅自赏。

吉石桥君，工武老生。光绪时，自立公阅自赏。

张桐轩君，工丑，光绪时，自立公阅自赏。

李毓臣君，人皆以李三爷称之。工做工老生。光绪时，自立遥吟俯畅，排《义烈奇缘》新剧。名老生王玉田、贵俊卿皆自该票所出，李为人仗义，对梨园中人甚厚，凡有告贷者，无不慨允。名伶刘鸿声，光绪癸卯冬，染半身不遂之症，多得李不惜医药之费，始救得刘之性命也。

乔荩臣君，工文武老生。光绪年间成名于遥吟俯畅。《义烈奇缘》之向杲，为得意杰作。常在天乐园（即今之华乐园）串戏，报签上只书一大乔字。《连环套》《落马湖》《杀嫂》，为渠常演之戏。

陈子芳君，工花旦。光绪甲午乙未间，立票于圆明寺（佚其篯号）。自排之《西湖主》《红楼梦》，彼时极享盛名，请者甚多。后于民国八九年间，复现色相于舞台，惜年已老矣。

魏耀亭君，工花旦青衣，亦圆明寺，票与陈君子芳同时，庚子后即辍演矣。

续芝山君，工做工老生，光绪壬辰癸巳间，立票东四牌楼四条胡同（佚其票名）。芝山善照相，余童年时，曾见其为先伯先君照《五雷阵》《镇潭州》等戏妆像片，惜经庚子兵焚，已无存矣。

胡子岩君，工小生，嗓音甚好，庚子前立票内西华门。篯号埙篪和畅。《飞虎山》《小显》《夺小沛》，皆其杰作。惜于民国三四年间溘逝。即名票胡井伯之先人。

载旭之君，工老生。光绪初年，自立风流自赏于魏公府内（渠即魏公之后人），纯萃自乐（其轶事趣话甚多，均见《轶闻趣话》内）之消遣也。袁子明，即自此票出来，后始搭班。

庆云圃君，工刀马旦，与载旭之君，同在风流自赏。《马上缘》《三休凤凰台》，皆其杰作。

韩峻峰君，工花脸兼净。光绪癸巳甲午之间，加入公阅自赏。《忠孝全》《广泰莊》《二进宫》，皆最受人欢迎。善勾脸（其事迹见《票友之艺术》）为名花脸韩乐卿之弟。

志宝臣君，工架子花脸。光绪庚寅时，入公阅自赏。《铡判官》判官为得意之作。

魁书林君，工老生。光绪十八九年，自立同怀雅集票房，于西四牌楼马市。

祥云甫君，工架子花脸。别号大废，善画写意传真画（其画法见《趣话》），为名伶刘鸿声、溥世亨开蒙蒙师。

福东平君，工净，同光时人。赏心乐事，身材最小，穿二寸底靴子，尚只能穿女蟒。能戏十余出，《回朝》《进宫》为常演之剧。凡靠戏、箭袖戏，皆不能演。

清静泉君，工老生。光绪甲午，入翠峰庵。（系载阔亭君所立，非载燕宾时。）《乌盆计》《乾坤带》，为得意佳作。庚子前，曾拜龙长胜为师，许多友人，劝其下海，清均不肯。后名伶刘鸿声改老生，其戏多清所传者。

刘燕臣君，工老旦。光绪甲午，入翠峰庵，亦载阔亭所立时。

阿得一君，工文武老生兼小生。光绪初年，入翠峰庵赏心乐事。为名小生金仲仁之先人。

玉鼎臣君，工花旦。光绪丙午丁未间自立霓裳雅韵。《小放牛》《探亲》为得意之剧。为坤角名青衣富竹友之父。

希湘岩君，工老生。光绪初，入翠峰庵赏心乐事。

英松岩君，工老生。光绪丙申丁酉间，自立遊目骋怀票，于西直门大街二王府内。

岳云郁君，工老生。光绪初间，立票于京西蓝靛厂内。能戏只三出，持此觅得进身之机会（其事见《轶闻》中），亦票界之奇闻也。

崇立夫君，工旦，善青衣戏。光绪甲午后，入公阅自赏。

玉问涛君，工捡场。同光时，入赏心乐事。票友捡场，只此一人也。

（《民国京昆史料丛书》第十三辑，学苑出版社 2013，第 321–327 页。）

附录二

清季士大夫咏梅诗词辑录

许瀚丹辑录 周茜补录修订

况周颐

况周颐（1861—1926年），临桂（今广西桂林）人，字夔生，号秀庵、秀道人、玉梅词隐、蕙风词隐等。1879年举人，内阁中书。辛亥革命后居上海，卖文为生。以下辑录七十五首，出自《况周颐词集校注》《梅兰芳沪上演出纪》。

秀道人修梅清课五十二首[1]

满路花

彊村有听歌之约，词以坚之。

虫边安枕簟，雁外梦山河。不成双泪落、为闻歌。浮生何益，尽意付消磨。见说寰中秀，漫睩修蛾。旧家风度无过。　凤城丝管，回首惜铜驼。看花馀老眼、重摩挲。香尘人海，唱彻定风波。点鬓霜如雨，未比愁多。问天还问嫦娥。（梅郎兰芳以《嫦娥奔月》一剧蜚声日下）

塞翁吟

彊村屡听歌，鲰生竟弗与，虽旷世稀有，如《嫦娥奔月》一剧，不足以动其心，信懒不可医耶？抑兴会不可强也。

有约无风雨，不分冷落歌尘。几愁里，掩重门。黯烛泪襟痕。逢花拌酒

1　况周颐著、秦玮鸿校注：《况周颐词集校注》，上海古籍出版社 2013，第 365—425 页。

年时梦，何处暂许温存。绣隐幕，麝飘茵。为说与消魂。　　冰轮。凭阑见、嫦娥自昔，浑未肯、多情向人。便真个、闻声对影，也无望、点拍霓裳，驻得浮云。相如倦也，只有纤阿，来照黄昏。

蕙兰芳引

秋士多悲，旧游如梦，寻芳倦矣，孤负莩绿华来，消魂黯然，万一杜兰香去，谁能遣此情，见乎词。

歌扇舞衣，早凄断、倦游心目。艳十里秋尘，多恐破愁未足。茂陵病损，意最感、霓裳新曲。悄梦云不度，咫尺天涯丝竹。　　玉雪伊人，星辰昨夜，总付怅触。问能几消磨，何止鬓难再绿。垂鞭侧帽，坠欢忍续。招素娥、来话广寒幽独。

八声甘州

《葬花》一剧，属梅郎擅场之作，为赋两调。（按："两调"包括下一首《西子妆》）

向天涯丝管已难听，何堪恁伤春。算怜卿怜我，无双倾国，第一愁人。仿佛妒花风雨，逐梦入行云。芳约啼鹃外，回首成尘。　　占取人天红紫，早颓垣断井，分付消魂。拌随波未肯，何计更飘茵。便三生，愿为香土，费怨歌，谁惜翠眉颦。肠回处，只青衫泪，得似红巾。

西子妆

蛾蕊颦深，翠茵蹴浅，暗省韶光迟暮。断无情种不能痴，替消魂乱红多处。飘零信苦，只逐水、沾泥太误。送春归，费粉娥心眼，低徊香土。　　娇随步。著意怜花，又怕花欲妒。莫辞身化作微云，傍落英、已歌犹驻。哀筝似诉，最肠断、红楼前度。恋寒枝、昨梦惊残怨宇。

减字浣溪沙五首

听歌有感。

解道伤心片玉词，此歌能有几人知，歌尘如雾一颦眉。　　碧海青天奔月后，良辰美景葬花时，误人毕竟是芳姿。

惜起残红泪满衣，它生莫作有情痴，人天无地著相思。　花若再开非故树，云能暂驻亦哀丝，不成消遣只成悲。

蜂蝶无情划地飞，杨花薄幸不成归，落红身世底矜持。　便似青山埋玉骨，愿为香雾护琼枝。枨枨歌管夜何其。

侬亦三生杜牧之，多情何事误芳期，最伤春处送秋时。　少日骢嘶芳草路，东风莺啭上林枝，而今真个隔天涯。

带月沾霜信马归，晓来添得鬓边丝，绮窗重按玉梅词。　紫陌铜驼劳怅望，黄河羌笛费凄其，闻愁万一阿侬知。

莺啼序

梅郎自沪之杭，有重来之约，其信然耶？宇宙悠悠，吾梅郎外，孰可念者。万人如海，孰知念吾梅郎者。王逸少所谓“取诸怀抱”，“因寄所托”。《乐记》云：“言之不足，故长言之。”唯是梦蝶惊鸿，大都空中语耳。不于无声无字处求之，将谓如陈髯之赋云郎，则吾岂敢。

闻歌向来易感，倚孤琴倦语。记曾几、花月因循，自别何事凝伫。费遥夜、红牙按拍，湖天可有痴云驻。为伤春、蹙徧双蛾，似怜迟暮。　芳约燕兰，梦里事往，剩沧洲卧雨。渭城唱、禁得何戡，茂陵诗鬓将素。忍重寻、旗亭败壁，最枨触、新腔金谱。翠禽边，昨夜星辰，缟衣仙路。　惊鸿片霎，怨宇三生，此情定念否。人去也、一声双泪，便抵河满，慧业愁根，更谁侬汝。玉珰盼断，青衫湿徧，何郎词笔犹萧瑟，再休提、旧曲霓裳序。人天几劫，何曾换却华鬘，葬花怕无香土。　离魂化蝶，到得西泠，要柳丝系住。尚仿佛、江山金粉，未尽消磨，几见娉婷，旧家风度。云涯恨远，霜华愁重，相思休管鹤更瘦，便瑶台、从此迷烟雾。淞潮待翦还慵，自拨湘弦，断肠诉与。

清平乐二十一首

庚申春暮，畹华重来沪滨，叔雍公子赋此调赠之，余亦继声，得廿一解，即以题《香南雅集图》，博吾畹华一粲。

彩云吹坠，人在妍风里。海色潮声都妩媚，天若有情须醉。　低头看取群芳，阿谁占断韶光。今古人天哀怨，付它一曲莺吭。（其一）

玉容依旧，便抵江山秀。不信相思从别后，看取泪痕襟袖。　每依北

斗阑干，京华望极千山。更为梅花作赋，人生能几朱颜。（其二）

凤楼十二，那是销魂地。容易相逢轻别去，弹指二年前事。　鬓丝几换吴霜，兰成词赋凄凉。不分者回携手，花前子细端相。（戊午四月，晤畹华于都门。）（其三）

一声檀板，省识春风面。分付梁尘飞莫倦，不是寻常歌管。　五云依约仙蓬，梦中能几相逢。何况者回非梦，舞茵特地娇红。（其四）

天然名贵，家世神仙尉。倚竹无言堪绝世，何况歌珠舞翠。　罗浮香梦茗茗，缟衣无限丰标。写我乌丝百幅，当它翠羽啾嘈。（其五）

国香服媚，茗玉镌名字。笑问芝兰佳子弟，毕竟预人何事。　天涯枨触丝簧，楚骚身世悲凉。珍重西风纫佩，要它知我情芳。（其六）

弦繁管急，大遍霓裳彻。此际微闻兰气息，万籁一时俱寂。　坐中词客狂颠，生平不受人怜。仿佛倾城一顾，却教感彻人天。（其七）

散花天女，仙袂飘飘举。最是殢人肠断处，贴地莲花曼舞。　茶烟禅榻萧然，三生怅望情天。我亦维摩病也，花飞不到愁边。（其八）

新妆宜面，掌上身如燕。道是遏云歌宛转，云也为伊留恋。　剧怜天上人间，总然弱水蓬山。长伴莲花婀娜，愿为白玉连环。（畹华佩白玉连环）（其九）

惜花心事，试问花知未。断井颓垣随处是，愁绝嫣红姹紫。　莫嫌老圃花寒，前身傥是朝颜。消得月中霜里，几回芳意深怜。（畹华爱牵牛花，手种多异品。）（其十）

凤饥鹤瘦，我亦飘零久。得似半天娇韵否，饮啄玉人亲手。　大鹏斥鷃休论，红香是我青云。傥许花间将护，金铃不惜随身。（畹华所饲鸽珍爱甚至，一名“半天娇”。）（其十一）

云帆万里，法曲东风里。似小夫人千百乳，颠倒天之骄子。　东家不敢轻颦，樱花低首香尘。安得三山立马，艳阳时节逢君。（旧作《樱花词》，有“三山立马艳阳时”句。）（其十二）

珠声玉笑，唱彻春光好。别有伤心谁解道，只辦花前倾倒。　乌衣公子翩跹，羽衣仙子婵媛。碧海青天夜夜，良辰美景年年。（其十三）

怜花念蕊，不尽千金意。锦瑟华年须惜起，难得乾坤清气。　旧游京雒繁华，而今满目风沙。可有红罗亭子，当侬词句笼纱？（其十四）

翩翩裙屐，花底陪瑶席。红晕海棠娇欲滴，得似玉郎羞涩。　闻歌几

许情悰，何如言语惺松。依约困人天气，小窗儿女喁喁。（“惺松言语胜闻歌”，《片玉词》句，当移赠吾畹华。）（其十五）

芙蓉妒颊，小立人如月。平视刘桢侥倖绝，只此深恩刻骨。　　寻常镜槛香篝，无端雅淡温柔。它日瑶京情话，道侬曾看梳头。（其十六）

消魂一字，残梦瞢腾里。落拓吴箫从此谥，不是向家常侍。　　不才已拚平生，吐华难得朱樱。可惜卓庵无地，锡余孤负嘉名。（近以秀庵自号，《惊梦》曲中之一字也。）（其十七）

十年萍泊，照水惊衰白。第一愁人浑拚得，可奈无双倾国。　　绕花一日千番，梦魂犹殢花前。何况无情风雪，空山冷卧袁安。（其十八）

人生离合，好证华鬘劫。暂许真灵参位业，掌上观珠一霎。　　本来金粟前身，香南莫忘兰因。我意钉钉藤缆，无情除是流云。（香南字见《五灯会元·潞府·妙胜臻禅师》章次。）（其十九）

红笺怨阕，总是啼鹃血。怪底痴生痴欲绝，苦恨脸霞肌雪。　　来时故故迟迟，匆匆见说归期。屈指几番花信，怕它开到将离。（其二十）

春光如此，消遣应无计。皱水一池干底事，赢得东风沉醉。　　花天昨梦低徊，琼枝只在瑶台。早是褵褷病鹤，不成月地云阶。（其二十一）

清平乐

题畹华《折枝牡丹》画卷

名花倾国，花外无春色。万紫千红争比得，况是玉郎彩笔。　　梅兰容易齐芳，牡丹合让花王。人也如花如画，花前画里平章。

西江月十一首

《玉簪记》偷诗出所谓诗，即此调一词，盖制曲者所为，托陈妙常作。虽雅郑杂陈，却无晚近纤艳之失，谓之郑可，谓之俗不可。庚申送春前四日，香南二集，戏用其韵，得十一首，属畹华按拍，所谓无聊之极思，抑郁之奇致也。

春色柳遮花映，芳姿雁落鱼沉。余寒犹在翠罗衾，妒我罗浮梦稳。　　骨艳修梅能到，娇多掷果愁禁，兰言谁许订同心，高会一时之盛。（其一）

影事三生记省，闲愁一晌消沉。梦为蝴蝶恋重衾，只拣南枝栖稳。　　伫月圆犹有恨，倚风娇不能禁。百宜天与称人心，何止容丰鬋盛。（其二）

可奈瑶笙催彻，不知玉漏将沉，归来烛影在罗衾，看取今宵睡稳。　　记上危楼百尺，吾衰甚矣还禁，五云扶月到天心，得似素娥妆盛。（**后段与前制《清平乐》第十六阕同旨**）（其三）

才是舞余歌罢，难消雨过星沉。醉时枕簟梦时衾，都赋吟梅未稳。　　明月二分无赖，秋波一转难禁，东风传出海棠心，不抵玉人心盛。（其四）

酒畔从教并影，情中枉费钩沉。除非好梦到轻衾，清浅蓬瀛渡稳。　　问鹤如侬病损，守花念梅寒禁。青天碧海一春心，终古月娥年盛。（其五）

海国浓春滟艳，情人遥夜沉沉。风怀点敛坐寒衾。容易黑甜安稳。　　惊梦谁教梦好，拷红怜绝红禁，散花无碍葬花心，长愿月圆花盛。（其六）

佳士襟情朗润，旧家培养深沉。梅花清到属同衾，花底双鸳栖稳。（**畹华伉俪最笃，缶老为畹华夫人作“清到梅花”小印**）　　书画性灵微会，笺豪腕弱能禁，珠为咳唾锦为心，香国居然文盛。（其七）

月地云阶缥缈，珠帘绣幕深沉。海棠睡足卸红衾，四壁千花护稳。　　凤亦与卿为侣，香如更妙谁禁。玉芙蓉畔话芳心，菊部才难斯盛。（其八）

彩笔啼朱怨粉，金炉费麝销沉。山为帘幕雪为衾，那得寻梅梦稳。　　别后天涯最苦，尊前何满谁禁，珠歌字字贮人心，不数芳业小盛（**盛小业，唐时善歌者**）。（其九）

慧业一门今昔，声家几辈升沉。春明残梦在绫衾，门外斑骓系稳。（**曩与名父竹芬相交，傫直馀闲，过从甚密。**）　　凝碧管弦须咽，软红尘土难禁。云韶家世蕙兰心，珍重香名鼎盛。（其十）

仙子云端绰约，衰翁海角浮沉。断无香雪到寒衾，苦恨幺禽睡稳。　　忉利情天难问，中山酤酒还禁。听歌看舞十年心，肠断开天全盛。（其十一）

戚氏

沤尹为畹华索赋此调，走笔应之。

伫飞鸾，萼绿仙子彩云端。影月娉婷，浣霞明艳。好谁看。华鬘，梦寻难，当歌掩泪十年间。文园鬓雪如许，镜里长葆几朱颜。缟袂重认，红帘初卷。怕春暖也犹寒。乍维摩病榻，花雨催起，著意清欢。　　丝管，赚出婵娟。珠翠照映，老眼太辛酸。春宵短，系骢难稳，栩蝶须还。近尊前。暂许对影，香南笛语，遍写乌兰。番风渐急，省识将离，已忍目断关山（**畹华将别去，**

道人先期作虎山之游，避之。）　念我沧江晚。消何逊笔，旧恨吟边。未解《清平调》苦，道苔枝、翠羽信缠绵。剧怜画罨瑶台、醉扶纸帐，争遗愁千万。算更无、月地云阶见。谁与诉、鹤守缘悭。甚素娥、暂缺能圆。更芳节、后约是今番。耐清寒惯。梅花赋也，好好纫兰。

十六字令三首

梅，真向百花头上开。琼枝秀，只合在瑶台。

兰，旧约湘皋澧浦间。花知否，得似素心难。

芳，非雾非花枉断肠。东风里，唱彻意难忘。

鹧鸪天

观畹华演《葬花》，一肌一容，令人心骨香艳，归途集句，得“愿为明镜分娇面，闲与仙人扫落花”一联，属沤尹书楹言贻畹华，并足成此解。

朓管帘栊卷暮霞，凌波绣蹙牡丹芽。愿为明镜分娇面，闲与仙人扫落花。风又雨，太寒些，怜红须不到天涯。瑶台只赤相思路，啭到春莺易月斜。

五福降中天

畹华大母陈八十大寿词

绛纱谁为持觞祝，榛苓旧家芳炬。锦簇云屏，花迎玉杖，一笑春风和煦。珠歌翠舞，有服媚兰孙，弁英菊部。画荻重闱，籍声佳侠溯香祖。　麻姑桑海阅遍，恰琼枝采得，来献金母。魏晋何知，蓬壶自远，凝碧十年尘土。霓裳按谱。尚依约承平，画堂萧鼓。梦里春明，鹤飞迷倦羽。

浣溪沙

《西厢记》《佳期》《拷红》二出，畹华素所擅长。因奉贻全帙，俾资订声。别后展卷怀人，庶几不我遐弃，并媵以此解。君如低唱，我便吹箫。香词娇韵，当不让白石老仙夜泊垂虹时也。

梦入罗浮即会真，梅边依约见双文，瑶华持赠缟衣人。　芳约简酬扶玉困，春光柳泄费红颦，三生万一证兰因。

浣溪沙

自题《修梅清课》后

清课修梅五十词，何曾休得到梅知？不辞人说是梅痴。　　痴不求知痴更绝，万千珠泪一琼枝。华鬘回首我伊谁。

《申报·梅讯》[1] 辑录

西江月二首

早被鹦嗔燕妒，谁知雨过星沉。醉时枕簟梦时衾，都付吟梅未稳。　　明月二分无赖，秋波一转难禁。东风将出海棠心，不抵玉人心盛。

伫月霓裳曲怨，隔江玉树歌沉。春愁一夜落寒衾，瘦损腰围稳稳。　　素笑笑声谁识，销魂魂小难禁。善财教服本无心，实副纵然名盛。

浣溪沙

恨不将身变叫花，天蟾咫尺比天涯，可怜尔我不如他。　　今日桃花输艳丽，明朝蓬荜有光华，万分无奈且归家。

清平乐

东风弦管，花底回青眼，文杏幺桃都看遍，争似素娥妆面。　　沧州少驻仙云，软红低尽香尘，珍重两声潮里，更听一曲阳春。

清平乐十首

壬戌五月几望，甘翰臣约梅畹华、李雪芳集非园，盖香南二集以还，斯为甚盛会矣，索词得十一解。（按：《梅讯》实际只录十首）

岁寒芳意，把酒今何世。梅雪清缘天与缔，都付狂生狂醉。　　片霎锦绣乾坤，十年湖海心魂。花路不知南北，非园合是桃源。（其一）

买花载酒，倦极飘零后。桃自红肥樱绿瘦，已忍一春孤负。**（今年不看桃花，并绿樱花亦未寓目）**　　纵然无主韶光，断无未断回肠。不分江关词赋，更为梅雪平章。（其二）

1　张斯琦：《梅兰芳沪上演出纪》（下编·梅讯），中西书局 2015。

听风听雨，暂遣愁多许。挹袖拍肩莺燕侣，下望人寰尘雾。　茜雪洒落梅边，媚兰腼腆人前。都到狂生醉眼，知他魏晋何年。（其三）

根蟠仙李，梅亦神仙尉。按谱群芳稽姓氏，各自天然名贵。　映雪梅更精神，撒兰雪亦温馨。省识芳心寸寸，南疆北胜休论。（其四）

红筵促坐，花近香无那。对影琼枝非计左，明镜未应如我（燕集与畹华对坐，雪接席。）　天涯青鬓成丝，十年前已衰迟。容易芳风吹聚，匆匆见说将离（雪芳明日之杭）。（其五）

为梅扶醉，是雪无如腻。莫笑衰翁为妩媚，清物人天能几（或以饰边幅诮余，然而未也。）　者回翠盖珠钿，从今碧海青天。说似最伤春处，绿荫如梦年年。（其六）

何时雪北，更续香南集。谁定输香谁逊白，等是情芳消得。　漫天飞絮游丝，狂杨送尽斑骓。占断南都北地，唯应石黛燕脂。（其七）

玉梅芳节，旧梦幺禽说。莲子有心须苦彻，何望嵰山甜雪。　二难何世曾并，三生著意无情。乞与当筵一顾，要他领我愁城。（其八）

天花划地，絮亦沾泥矣。吹皱是风侬是水，此是如如真谛。　无端兰茝芳馨，更堪冰雪聪明。忉利情天谁问，眼中清浅蓬瀛。（其九）

霓裳旧谱，禁得蒿莱否。万一残鹃堪共语，商略英雄儿女。　江南事事堪哀，抽豪欲艳无才。生怕听歌看舞，却教赋雪吟梅。（其十）

清平乐

众香国里，天女非斯是。却被蔓天青鸟使，道是萼华仙子。　剧怜多病休文，维摩万一前身。画里真真唤彻，要他著手成春。

清平乐八首

瑶京旧侣，因果皆兰絮。萼绿华来无定所，总在画堂深处。　尊前词客清狂，清平何止三章。分付柳丝千万，一丝一绾韶光。（其一）

蟾园廿四，东海桑田矣。无恙年时觞咏地，深话二年前事。　婆娑诸老依然，何郎词笔人天。消得梅花惆怅，云山远思谁边。（何诗老于十日前遽归道山，前年为畹华画《香南雅集》《云山远恩》二图）（其二）

香南雪北，著个伤心客。忉利情天几经擿，万一翠禽尤识。　本来如镜非台，花花相对何哉。（非园、南园两集，道人与畹华对坐）怕听虞兮怨曲，十年一剑堪哀。（道人海滨穷饿，足迹罕涉歌场。畹华南下逾兼旬矣，某夕演垓下故事，道人实始闻歌。豪行哀丝，红颜碧血，人天咸怆，掩泪而归。）（其三）

华堂倚席，玉映成春色。此日分阴须更惜，何止千金一刻。　暗香疏影词清，吟梅小晏知名。更有鸥波妙笔，琼枝写入丹青。（叔雍公子能赋梅词，其小阮安之工设色花卉，又喜画梅。）（其四）

添杯重把，杯滟人如画。群玉山头今见也，复约瑶台月下。　彩云捧袂仙仙，西风纫佩年年。晚卧未妨冰雪，余情都付兰荃。（其五）

才情佳丽，巧制齐梁体。谁剪红情裁绿意，绝擅雕华逸思。　笺题越恁芳妍，美人恰有琼轩。移作缟衣清课，下尘消得诗仙。（咏《缀玉集》）（其六）

兰清梅倩，怀袖芳风满。佳识聚头如我愿，岁岁年年相见。　程材旧数夷陵（欧阳《六一赋·序》夷陵山谷间多黄杨树子），巧工铁笔知名。比似韶华刻玉，前因艳说三生。（咏《湘妃箑》）（其七）

暮云芳林，画里相思路。有酒谁持情最苦，小戚晚天寒禁否。　江南风景依稀，平林极目烟霏，安得梦魂飞度，送君直到天涯。（题《云林别意图》）（其八）

易顺鼎

易顺鼎（1858—1920年），字石甫、实甫，号眉伽，别号哭庵，湖南汉寿龙阳人。1875年举人，任广西右江道，广东惠潮嘉道。辛亥革命后，弃官避沪上，后入北京，任印铸局参事。以下辑录十七首，出自《易顺鼎诗文集》《梅兰芳珍稀史料汇刊》等。

万古愁曲 为歌郎梅兰芳作[1]

一笑万古春，一啼万古愁。古来有此佳人不？

君不见古来之佳人，或宜嗔不宜喜，或宜喜不宜嗔；

1　易顺鼎著、陈松青校点：《易顺鼎诗文集》（二），湖南人民出版社2010，第1099-1101页。谷曙光：《梅兰芳珍稀史料汇刊》（肆），学苑出版社2015，第1645页。

或能颦不能笑，或能笑不能颦。
天公欲断诗人魂，欲使万古秋，欲使万古春，
于是召女娲，命伶伦，呼精精空空，摄小小真真，
尽取古来佳人珠啼玉笑之全神，化为今日歌台梅郎兰芳之色身。
天乐园在鲜鱼口，我为兰芳辄东走。
香风吹下锦氍毹，恍饮周郎信陵酒。
我见兰芳啼兮，疑尔是梨花带雨之杨妃；
我见兰芳笑兮，疑尔是烽火骊山之褒后。
我睹兰芳之色兮，如唐尧见姑射，窅然丧其万乘焉。
我听兰芳之歌兮，如秦穆闻钧天，耳聋何止三日久。
此时观者台下百千万，我能知其心中十八九。
男子皆欲娶兰芳以为妻，女子皆欲嫁兰芳以为妇。
本来尤物能移人，何止寰中叹希有。
正如唐殿之莲花，又似汉宫之人柳。
宜为则天充面首，莫教攀折他人手。
吁嗟乎！谓天地而无情兮，何以使尔如此美且妍？
谓天地而有情兮，何以使我如此老且丑？
兰芳兰芳，人人知汝梅兰芳，岂知尔祖为梅芳？
或如拿破仑第一，更有拿破仑第二。
勿令林和靖成独，要使林和靖成双。
尔祖先朝第一伶，内廷供奉留芳馨。
儿童亦称大老板，天子亲呼胖巧玲。
岂惟艳色擅歌舞，侠迹流传不胜数。
数千余金券屡焚，七十二家火待举。
我见尔祖出葬时，多少邦人泪如雨。
文宗皇帝之末年，我父上计来幽燕。
当时海内忧患亟，书生痛哭空笺天。
佣书典衣一寒士，声伎颇满文山前。
能同歌哭惟尔祖，亦如毕秋帆遇李桂官。
尔祖之师罗景福，对于吾父心拳拳。

每云易老爷乃非常人，能教此子以正，不仅深爱怜。
吾父忽复幡然折节讲学屏声色，移居萧寺，遂与尔祖割爱绝往还。
德宗皇帝之初季，我向幽燕又上计。
尔祖才如卅许人，我年甫过二九岁。
不知当时兰芳之父堕地业已十几龄，岂料今日乃与兰芳论交两三世。
正月二月百花生，东风如虎吹王城。
考旧闻于日下，忆梦余于春明。
记残泪于金台，录梦华于东京。
我亦尝呼明僮，召神婴；集舞燕，招歌莺；
如意馆，沉香亭。樱桃斜畔樱桃熟，胭脂坡上胭脂盈。
或白虎鼓瑟，或苍龙吹笙，或金鱼换酒，或银甲弹筝。
梦境堪追忆，人才可品评。
孟如秋、朱爱云、蒋双凤、王蔚卿、顾玉仙、孙梅云、陈鸿喜、果香菱，
虽有兰芳之色，而无兰芳之声。
紫云、紫仙有声而无色，乃知非有九天声、倾国色，
不能饮此万古第一之香名。
兰芳兰芳，尔年二十余，颜色真姣好。
我年五十余，容貌已枯槁。
且莫叹枯槁，昔日故人皆宿草。
且莫悲宿草，今日天荒兼地老。
我如蓟子训抚铜驼，又似丁令威返华表。
玉马朝周宋国人，金仙辞汉咸阳道。
南内无人泣杜鹃，西台何处招朱鸟。
道家龙汉换开明，杜老龟年话天宝。
去年我见贾璧云，卫玠璧人当代少。
去年我见朱幼芬，宗之玉树临风皎。
今见梅兰芳，使我更倾倒。
使我哀贤才，思窈窕，坐对真成被花恼。
犹忆尔祖之楹联：几生修到梅花，何所独无芳草。
茫茫三十七年间，影事前尘如电扫。

嗟我生平喜少不喜老，恨寿不恨夭。
未见兰芳兮，自恨我生死太迟。
既见兰芳兮，又幸我生死未早。
兰芳兰芳兮，尔不合一笑万古春，一啼万古秋。
尔不合使天下二分明月皆在尔之眉头，
尔不合使天下四大海水皆在尔之双眸。
尔不合使西子、王嫱、文君、息妫皆在尔之玉貌，
尔不合使韩娥、秦青、謇姐、车子皆在尔之珠喉。
尔不合破坏我之自由，尔不合使我回肠荡气无时休。
吾将与尔北登恒岳，东观之罘，西上峨眉，南入罗浮，
追黄帝于襄城之野，叫虞舜于苍梧之陬。
索高辛于有娥（娀）之台，招周穆于无热之丘。
枕不必洛妃留，香不必韩寿偷。
使常娥弃后羿，使织女辞牵牛。
丁歌甲舞兮昆仑醉，翠暖珠香兮赡部游。
照影于恒河，老死于温柔，含笑于神州。
兰芳兰芳，吾无以名尔兮，名尔曰万古愁。

葬花曲 观梅兰芳演《石头记》林黛玉新剧作[1]

君不见汉家美人王昭君，唐家美人杨太真；
洗空北地胭脂色，沉醉东风芍药春。
君不见许状元之本生母，张解元之未婚妇；
青儿主仆宋稗官，红娘主仆元乐府。
君不见思凡曲唱女冠子，惊美词填李笠翁；
礼佛秋宵木鱼响，题诗春书纸鸢风。
吉祥新剧观（载）六七，嫦娥奔月尤超轶。
百千万劫叹无双，三十六天夸第一。

---

1 易顺鼎著、陈松青校点：《易顺鼎诗文集》（三），湖南人民出版社 2010，第 1718–1719 页。谷曙光：《梅兰芳珍稀史料汇刊》（叁），学苑出版社 2015，第 1116–1119 页。

演之者谁天仙人，天仙化作梅郎身。
更排黛玉葬花剧，似返绛珠仙草魂。
绛珠仙草生何处，万古泪花所凝聚。
谁从青埂峰上栽，误堕红楼梦中去。
绛珠又化天人来，花开万树疑天台。
二月五日春将过，二十四番风正催。
云鬟螺髻垂双绺，衫色鹅黄盘百纽。
羊脂玉润作娇颜，鸦嘴锄轻随素手。
沁芳桥上倚栏杆，一朵能行白牡丹。
万点鹃红深似海，两弯蛾绿淡于山。
侬是吴城小龙女，一生泪雨如花雨。
倩谁炼石补青天，替他埋玉堆黄土。
侬今葬花人笑痴，他年葬侬感合肥（李合肥喜举此二语）。
燕子偷窥临水影，鹦哥学诵葬花诗。
流水落花李后主，花落水流王实甫。
如花似水更堪悲，肠断临川汤显祖。
牙签玉轴误搜罗（所持《牡丹亭》《会真记》皆瘿公物），徒感幽情唤奈何。
粉靥赪时因读曲，泪痕红处为闻歌。
舞台不啻灵山座，观者千馀齐证果。
书汝应求改七芗，生子都输梅二琐。
人人筑馆号潇湘，解秽凭卿发异香。
羯鼓从今赖妃子，虎贲谁敢学中郎。
姚黄魏紫都难比，何况千红兼万紫。
采药麻姑态逊娇，散花天女颜输美。
素蛾漫拟斗婵娟，已嫁终输未嫁妍。
一自人间到天上，一从天上到人间。
宫闱幽恨乾坤满，安得梅郎来遍演？
五万花魂借体还，大千秋色双眉管。
吁嗟乎！君不见长生殿曾受老黄灾，沉香亭空将太白催。
玉茗堂宜偕小青读，石头记谁是怡红才？

和天琴老人《散花曲》[1]

王子出家昔为僧，天女降世今为伶。
修罗髑髅作珞璎，波旬喜怒同狒猩。
夜叉罗刹狰且狞，两戈两戟雨血赪。
震旦杀人更无形，终归自杀与自经。
地狱还堕十八层，庄生感愤托溟鹏。
屈子乘虬思上征，佛生本为众生生。
岂如庄生但撄宁，岂如屈子甘独醒。
欲雨天花洗埏纮，天女殊胜秀与能。
声之美者燕与莺，声之清者磬与铃。
声之雅者琴与笙，况兼色相天生成。
压倒三四七诸灯，扫花清道翠凤翎。
降生下界登辎軿，何物老妪生宁馨。
玉体不学摩登横，锁骨不似菩萨轻。
亦非韩娥非秦青，亦非郭芍非郑樱。
一笑岂使城为倾，一笑能使河为清。
慈悲合称观世音，色身救世心怦怦。
五铢衣薄无行胜，辞十二楼及五城。
从玉京来堕帝京，屏风上立香炉行。
世界电火兼风萤，中有姑射之雪冰。
似受舜禹之真冷，歌中之圣长庚程。
梁尘能落云能停，虽足厌耳难厌睛。
何人领袖明僮明，舞台一柱天独擎。
曰梅老板胖巧玲，谭英秀让秀且英。
爰绳祖武饮香名，霓裳法曲人间听。
忽独与余兮目成，国香国色真娉婷。
洗兵解甲呼定膺，肉刑永除因缇萦。
已超龙树及马鸣，直令石破还天惊。

---

1 谷曙光：《梅兰芳珍稀史料汇刊》（叁），学苑出版社 2015，第 1321–1322 页。

雨苏四百兆生灵，花充卅六天粢盛。
舞罢持裾防上升，玉女峰近青柯坪。
颐和园已无天棚，吉祥园独罗衿缨。
观者各饱露满瓶，万人起舞如蜻蜓。
美哉冠玉真陈平，在新名词曰结晶。
汉武不必祠明星，陈思不必感智琼。
宰相表宜列圣卿，伶官传漫编庐陵。

偕瘿公访梅郎，赋索瘿和 [1]

点尘飞不到窗纱，为访神婴偶驻车。
鹦鹉帘栊飞燕子，牡丹时节看梅花。
肌肤莹似羊脂玉，言语清（香）于雀舌茶。
归去人间浑觉懒，那能常泛斗牛槎。

观梅郎《雁门关》作 [2]

万人来看笑啼妍，空巷倾城六月天。
缟袂仙人疑绿萼，红妆贵主号青莲。
紫云而后音谁继，赤日之中暑亦蠲。
冯（幼伟）郭（逋仙）娄（休莫）黄（秋岳）罗（瘿公）谢（苏生）我，固应唤作国花颠。（余于兰芳有国花之目）

梅郎为余置酒冯幼薇宅中，赏芍药，留连竟日，因赋《国花行》赠之，并索同座瘿公、秋岳和 [3]

梅花再生为牡丹，牡丹再生为芍药。
君不见，梅花落后牡丹开，芍药开时牡丹落。
至人薪尽火仍传，天女花多衣不着。

---

1 易顺鼎著、陈松青校点：《易顺鼎诗文集》（二），湖南人民出版社 2010，第 1118 页。《梅兰芳珍稀史料汇刊》（肆），学苑出版社 2015，第 1659 页，标题为《赠梅兰芳》。

2 易顺鼎著、陈松青校点：《易顺鼎诗文集》（二），湖南人民出版社 2010，第 1138 页，标题为《观梅兰芳演〈雁门关〉剧》。《梅兰芳珍稀史料汇刊》（肆），学苑出版社 2015，第 1660 页。

3 易顺鼎著、陈松青校点：《易顺鼎诗文集》（二），湖南人民出版社 2010，第 1124–1125 页。《梅兰芳珍稀史料汇刊》（肆），学苑出版社 2015，第 1651–1652 页。

春兰秋菊无尽时，此是乾坤真橐籥。
冯侯宅中芍药开，梅郎招我看花来。
梅郎本与梅花似，合冠群芳作党魁。
姑射仙子称绰约，绰约须知即芍药。
古来姑射比梅花，芍药梅花合成珏。
汾阳销尽唐尧魂，洧水羞称郑国谑。
狂香浩态罗丰台，珠光吐出奇花胎。
芍看梅郎梅看芍，我虽看芍还评梅。
京师第一青衣剧，梅郎青衣又第一。
梅郎每演青衣时，冷似梅花玉妃泣。
时作菩萨垂华鬘，时作贵妇戴花冠。
胡天胡地庄严相，此际梅郎似牡丹。
兼演花衫摹荡冶，纤腰近更娴刀马。
天香国色此时看，斗大一枝红芍也。
姚黄魏紫几千春，都借梅郎得返魂。
阳秋义例通三世，华夏英灵集一身。
樊南莫恨蓬山远，樊山莫恨寻春晚。
每愁碧汉隔红墙，何幸紫云赠青眼。
忆昔天宝三郎李，曾赏梅花对妃子。
昭阳却有梅花人，残妆竟日无梳洗。
玉环飞燕本难兼，岂意春魂同唤起。
旧恨楼东珠泪销，新妆亭北阑干倚。
罗瘿公、黄秋岳，在座并诗家。不羡金吾羡丽华。
请将五色文通笔，品定梅郎作国花。

梅魂歌[1]

瘿公和余《国花行》云："梅魂已属冯家有"，既非事实，论者多不以为然，瘿公亦自悔。余乃戏作此篇，浮瘿公一大白也。

1 易顺鼎著、陈松青校点：《易顺鼎诗文集》（二），湖南人民出版社 2010，第 1125–1126 页。《梅兰芳珍稀史料汇刊》（肆），学苑出版社 2015，第 1653–1654 页。

千古以来之名花，惟有菊花属陶家，
梅花属林家。此外诸花皆非一家所能有。
岂非天下之宝当与天下共之耶！
可知天下之尤物，即是天下之公物。
私尤物者灾将及，公尤物者福可必。
诸侯殃在珠宝玉，匹夫罪坐怀尺璧。
惟有以菊属陶梅属林，此乃古今舆论全数赞成，不仅三分之二来出席。
菊花何以能属陶，以陶咏菊之诗亦与菊品同其高。
梅花何以能属林，以林咏梅之诗亦与梅意同其深。
然而古今舆论劝进表虽上，陶家、林家仍复东向三让、南向又再让。
有德居之尚不敢，无德居之岂非妄。
元亮、君复皆不敢自私，若谓吾之咏菊诗、吾之咏梅诗，
乃是代表古今天下人民心理而为之，若专属于我则谨辞。
譬如议院推举一总统，此议员不过代表人民以示护与拥，
岂能谓此总统乃我一人之捧。
菊魂我今且勿论，请论数千年来之梅魂。
数千年来之梅魂，乃在梅兰芳之一身。
哭庵亦复代表全国之人民，来为梅魂梅影传其真。
然则廿世纪以前之梅魂，已失林家和靖守，
廿世纪现在之梅魂，已入易家哭庵手。
哭庵又何敢自负，自负不过梅魂一走狗。
吾友瘿公乃云梅魂久属冯家有，此语颇遭人击掊。
冯家冯家果何人，不过与我同为梅魂效奔走。
质之冯家固不受，诘之瘿公亦引咎。
梅花万古清洁魂，岂畏世间尘与垢。
何伤于日月乎，能损其冰雪否？
谤我则可，谤佛则不可。此语出自娄须先生吾老友。（奭召南也）
白璧之瑕梅本无，白圭之玷瘿实有。
唐突恐伤西子心，慎言宜戒南容口。
请罚瘿公酒数斗，更罚瘿公再作梅魂之诗一百首。

瘿公昨和我诗，劝我作诗先自剖，
我今以盾刺矛，亦劝瘿公作诗先自剖。

本事五首，和竟无韵，与原诗本事绝不同也（其四）[1]

羊车卫玠舞台看，费尽柔肠女几鸾。
春色大千归北胜，花魁第一出南安。
楼东声价珠千斛，月下丰姿玉一盘。
十二瑶台方称汝，更添二十四阑干。（梅兰芳）

以梅伶兰芳小影寄樊山、石遗，媵诗索和[2]

京国珍丛第一株，秦宫花底若堪呼。
欲题洛下君王后，却寄江南士大夫。（樊山诗有“牡丹洛下君王后，蕙草江南士大夫”之句）
诗老留连宜紫稼，曲家评泊要雕菰。（焦里堂有《观剧评记》）
圆姿即是天边月，照取冰心印玉壶。

送兰芳偕凤卿赴春申，即为介绍天琴居士（二首）[3]

碧云黄叶满郊畿，天遣吴儿见玉妃。
花比牡丹真北胜，人如雁白亦南飞。
秋风帝子看初降，春草王孙望早归。
管领吴淞好烟月，知君不负缕金衣。
申浦三月碧素青（天琴有“海上三云青碧素”句，谓贾碧云、朱素云、张云青也），更添二妙和双清。
渡来碧海留鸾影，飞上丹山听凤声。
洛市羊车看卫过，延津龙剑待张评。
江南若见樊夫子，为道羁愁满上京。

1　此诗共五首，作者自注，分咏小菊芬、金玉兰、花元春、梅兰芳、贾璧云，参见易顺鼎著、陈松青校点《易顺鼎诗文集》（二），湖南人民出版社 2010，第 1128 页。
2　易顺鼎著、陈松青校点：《易顺鼎诗文集》（二），湖南人民出版社 2010，第 1146 页。
3　同上，第 1152 页。

樊山寄示《饯别梅兰芳》诗索和，元韵一首[1]

吴淞雪水瀹茶罂，酿作清诗寄凤城。
梅已催三九节蜡，柳还啼四五声莺。
珠喉玉靥新图画，扇角裙腰旧姓名。
今日知公翻羡我，梦华录又续东京。

兰芳已至，再和前韵示之，并寄樊山[2]

飙轮不假渡河罂，人与诗俱到帝城。
岭外情怀倒挂凤，江南魂梦乱飞莺。
梅诗曾写千余字，花榜亲题第一名。
预祝樊山老居士，明年为汝谱还京。（宋词有《还京乐》）

沈公子昆山十二月五日宴席，有作[3]

侯官沈二佳公子，招我寒宵倾绿蚁。
梅郎新自春申归，入座翩然美无比。
玉光照室如琼瑶，玉气辟寒还胜貂。
玉梅一株照天地，窅然举世皆唐尧。
（陈石遗罗掞东中岁称诗伯，梁众异黄秋岳林宰平杨瑟君并英绝。）
四朝独有樊山翁，七十曾无一茎雪。
主人选客何精妍，蜂腰愧我称华颠。
醇醪未饮各先醉，只合诗中呼八仙。
云郎来对虞山叟，韵事前朝亦稀有。
三百年来无此伶，三百年来无此酒。
当筵我逊牧之才，犹较廉夫怀抱开。
那要两行红粉笑，试听一曲紫云回。

1 易顺鼎著、陈松青校点：《易顺鼎诗文集》（二），湖南人民出版社 2010，第 1163–1164 页。
2 同上，第 1164 页。
3 同上，第 1198–1199 页。

再赠梅郎一首[1]

天遣瓘仙领众芳，藐姑射作美男装。
云高太甲归迎雪，林际春申去饯霜。（梅郎以初冬赴沪，腊月返都。）
一国输钱看西子，万人击鼓乐东皇。
沉香压倒青莲笔，唤取姜夔制乐章。

金鱼胡同那园观剧，赋四绝句（其一）[2]

明灯如月照华鬘，拥出芙蓉七宝冠。
欲写骚人魂断句，光风转蕙泛崇兰。（王慧芳、梅兰芳演《虹霓关》《雁门关》诸剧）

观梅兰芳演《昭君出塞》[3]

汉宫第一人，其名曰明妃。
胡天第一人，其名曰阏氏。
阏氏山被汉兵住，汉妃却作阏氏去。
不问胡春与汉春，两人身本一身人。
谁知今日歌台上，又见当时第一人。
画图真睹春风面，环佩休疑夜月魂。
红氍毹上阑干里，画出龙庭一万里。
白草连天不见青，黄沙染土都成紫。
惟看胡骑散千群，更听胡笳声四起。
牛羊散漫满平原，狐兔纵横依废垒。
牧羝有妇能伴苏，射雕何人疑姓李。
夜雪毡庐寒不胜，夕阳驼背明如此。
闻道昭君出塞来，汉儿落泪胡儿喜。
天朝龙凤是红颜，上苑骅骝来绿耳。
竟同公主嫁乌孙，不学阿娇求犬子。

1 易顺鼎著、陈松青校点：《易顺鼎诗文集》（二），湖南人民出版社 2010，第 1199 页。
2 同上，第 1170 页。
3 陈松青：《易佩绅易顺鼎父子年谱合编》，湖南师范大学出版社 2018，第 845 页。

孔雀氅金杨太真，雉尾插冠柳如是。
豹襜褕恰掩全身，凤檀槽不离纤指。
华鬘璎珞本天人，玉帐弓刀多侍婢。
双持彩扇认宫娥，独捧雕鞍称御弟。
翎侯都列扈从班，髗王正备亲迎礼。
家在巫山十二山，路经弱水三千水。
丹凤城南归梦长，白龙堆北啼妆洗。
马后桃花马前雪，马上琵琶更愁绝。
千载琵琶作胡语，六宫粉黛无颜色。
拚作属国十九年，比拟文姬十八拍。
大忽雷兼小忽雷，古时月是今时月。
不夜城边对月明，琵琶弹作肠断声。
雁从天上都飞落，马向关前亦退行。
从来出塞堪凄惋，古事今朝供爨演。
苏武魂销汉使前，昭君不惯胡沙远。
京师美人梅兰芳，听风听水作霓裳。
初演思凡继醉酒，道家妆与唐宫妆。
胡妆汉妆尤绝艳，前生恐是真王嫱。
是日观者几千百，不顾汗出如流浆。
炯如流云吐华月，灼如朝霞承太阳。
婉如游龙碧海没，翩如孤凤丹崖翔。
倾国倾城等闲事，能使天地皆低昂。
清歌妙舞寻常有，绝艳惊才不可当。
古第一还今第一，假巾帼胜真巾帼。
销来无数美人魂，占尽大千好春色。
天地钟灵事太奇，论才晚近让娥眉。
都言今者不如古，都言雄者不如雌。
居然五千余载后，有一名伶比汉妃。
居然四百兆人内，有一男儿胜女儿。

樊增祥

樊增祥（1846—1931年），字嘉父、樊山，自称天琴老人，湖北恩施人，光绪丁丑年（1877年）进士。辛亥冬，逃之沪上，不问世事。乙卯，去之京师，充袁政府参政院议政，日从袁克文赋诗征歌，或偕易顺鼎等观剧。以下辑录八首，出自《梅兰芳珍稀史料汇刊》《樊樊山诗集》等。

梅郎曲[1]

梅郎盛名冠京师，才可十九二十时。
绣丝的是佳公子，傅粉居然好女儿。
海上歌台封故步，拂弦难得周郎顾。
亟走金台选妙伶，左旗史妠知何处。
梅郎娇小建章莺，巧啭春风第一声。
东阁仙花是侬姓，左徒香草是侬名。
渠侬家在韩潭住，姓名传遍江南路。
丹桂园中第一台，须第一人作钱树。
吴天飞下凤凰雏，朝阳一鸣万目注。
霓裳法曲世间无，锦掷缠头不知数。
吴儿听郎歌，金雁斜飞唤奈何。
吴姬见郎舞，含情欲语防鹦鹉。
沉醉江南士女心，衣襟总带梅花谱。（园主以郎照像遍赠座客）
岂知郎意重老成，传语樊山问安否。
易五寄我琼瑶音，道郎美慧知我深。
采云两曲略上口，琴楼一梦屡沉吟。
癸丑冬月初七日，郎来引入芝兰室。
渡江洗马无此容，琼树一枝照瑶席。
不言早识玉性情，微笑如闻花气息。

1　谷曙光：《梅兰芳珍稀史料汇刊》（肆），学苑出版社2015，第1649–1651页。樊增祥著，涂晓马、陈宇俊校点：《樊樊山诗集》，上海古籍出版社2004，第1803页。

执经即是张雕武，学诗愿从黄鲁直。
翻笑世家无子弟，未入学堂知法律。
我如汝年游上京，汝祖椒掖皆知名。
后来复见汝诸父，砑光帽底花奴鼓。
十年来去景和堂，一朵朱霞映门户。
南台御史李会稽，亲将第一仙人许。
倘教霞川今尚存，定夺锦袍来乞汝。
是日尽醉酒家楼，凤卿素云皆汝俦。
合为白玉连环样，同引珍珠一串喉。
夜入梨园第一部，听郎清歌见郎舞。
万人如海看红妆，万炬无烟照海棠。
才揭绣帘犹掩抑，徐登锦毯故回翔。
腰肢一捻灵和柳，学得簸钱堂下走。
看似轻盈极端重，才欲收光更迟久。
燕去红襟双剪齐，莺来一点黄金溜。
引吭敛黛歌一声，齿牙伶俐丝簧清。
声声到尾有旋折，字字入耳俱分明。
促节紧打催花鼓，曼音细咽云和笙。
行云上遏玉初振，潜气内转丹九成。
歌声九变俄复贯，锁骨观音法身现。
锦�罗襦不动尘，微微头上宫花颤。
吁嗟乎！九流百家具本末，此郎佳处玉在璞。
徒于歌舞称赏音，皮相固知非伯乐。
琴书静对两忘言，淡似幽兰驯似鹤。
专门才技何足言，以外有余方是学。
我见梅郎如饮醇，吴中但说好伶伦。
亦如七十樊山老，只把文章动世人。

葬花曲 为梅郎兰芳作[1]

作画难写美女形，著书难言美女情。

欲貌书中幽淑女，绮情玉貌须天生。

悼红轩中雪芹笔，小说家言推第一。

林家娇女第一人，除却神瑛无与匹。

稗史描画情生文，梨园爨演难其人。

当年黛玉悲秋曲，同治初年时一闻。

桂官紫稼不可作，巧玲约略能传神。（咸同之交，兰芳之祖巧玲尝演黛玉悲秋一出）

自云环肥输燕瘦，苦竹潇湘微失真。（巧玲貌丰，年近而立，即不复演此出）

娇孙天真莲花面，藕作玲珑心一片。

将身写入葬花园，瘦于彩蝶轻于燕。

金凤双衔掩对襟，翠螺一髻垂长辫。

宏农儇巧妙语言，公孙顿挫夸身段。

吟花能写百花真，葬花能妥百花魂。

只愁红粉年年老，不及花枝岁岁新。

颦卿未种鸳鸯福，成就娥眉一世颦。

亏他妙解诗中意，使我低徊画里身。

苔茵收拾残花片，桃李芳园犹烂漫。

眼前一角沁芳亭，隔帘隐约梨香院。

帘中谁唱丽娘词，丽娘词比花还艳。

敛黛低鬟侧耳听，歌云一缕青丝罥。

是谁歌曲绣帘旁，四十年前乔郑香。

洛下璧人今老大，霸城金狄几烟霜。

无端来顾梅郎曲，一曲临川能断肠。

听视何戡如故旧，况堪江令感兴亡。

吾家孟光今六十，髫年曾听悲秋笛。

今来舞榭看兰芳，香祖依稀能记忆。

---

1 谷曙光：《梅兰芳珍稀史料汇刊》（叁），学苑出版社 2015，第 1110–1113 页。

梅花也似汉庭薪，应放后来一头出。（内子之言如此）
等是倾城倾国姿，书中犹虚眼前实。
花谢花开春复秋，至今万口说青楼。
情如湘水流难尽，话到西溟始欲愁。
灰线怡红金孔雀，泪痕拢翠土馒头。
君不见，绛珠两现娉婷影，也费梅花三世修。

《天女散花曲》为梅郎作[1]

三代威仪在于僧，僧家威仪今在伶。
释迦佛出冠宝璎，袈裟镂金红于猩。
天王甲胄状狰狞，金刚戴面黄蓝赪。
应真十八各殊形，转珠闍诵莲华经。
佛光如月晕几层，光中隐现垂天鹏。
佛告伽蓝汝徂征，维摩示疾为众生。
众病岂得独康宁，如红鑪雪点始醒。
自天雨花偏八纮，兹事惟有天女能。
欻然绣幙一声莺，声如戛玉锵流铃。
台上齐奏云和笙，侍人蜜香或双成。
前引琉璃无尽灯，九华宫扇白鹭翎。
此时天女降云軿，一枝玉蝶梅花馨。
头上宝髻燕钗横，身上纤縠六铢轻。
断红双脸长眉青，绛唇一点樊素樱。
玉盘历落珍珠倾，引吭陈节亮且清。
坐定伽蓝宣玉音，慈悲为女女心怦。
爰呼花奴理行胜，维摩诘住毗耶城。
飞天仙人下玉京，足不履地踏云行。
满身珠珞隋苑萤，电光激射红素冰。
两条绣带风泠泠，式歌且舞皆中程。

1 谷曙光：《梅兰芳珍稀史料汇刊》（叁），学苑出版社 2015，第 1320–1321 页。

圆如法轮转不停，浏漓浑脱眩目睛。
分时两道彩虹明，合为一球狮子擎。
通身解数娇珑玲，节簇一一谐韶韺。
少焉维摩讲净名，圣众趺坐侧耳听。
华严楼阁弹指成，其上涌现双娉婷。
天女索花花奴应，风鬟雾鬓交相萦。
此时曼歌鸾鸟鸣，此时软舞蛱蝶惊。
飞花滚雪身手灵，千红万紫一篮盛。
歌一句撒花一升，舞一遍撒花一坪。
上头五采结云棚，下界香雨沾衣缨。
曲终翻倒甘露瓶，万花飞舞红蜻蜓。
维摩与众俱安平，世界银色生光晶。
将毋郎即玉女星，不然亦是许飞琼。
公孙弟子不如卿，为此歌者或少陵。

梅郎生日赋赠 [1]

昨开蕊榜简伶王，竞道燕兰是国香。
二十万人投凤纸，两重九后举霞觞。
梅分西子湖光绿，菊选中央正色黄。
姓氏百花头上见，未容桃李占年芳。

霓裳中序第一　观梅郎演《思凡》 [2]

鸾觞卍字结，学得花官莺啭百。南府昆山调绝，甚鹤监玉笙，粉郎重习，琼枝艳雪。揭软帘、瑶采如月。春明梦，不闻此曲，已是廿年隔。　颜色，天然第一，更琐步、香尘无迹。声声鸾吹怨切。看鹿女花，鱼娘捐襟，紫雪歌渐阕。漫赢得、高王画壁，今宵梦、满身花影，束玉腰蝶。

1　谷曙光：《梅兰芳珍稀史料汇刊》（叁），学苑出版社 2015，第 1326 页。
2　同上，第 1328 页。

观梅郎演《木兰从军》新剧 调寄《小梅花》[1]

燕山月，笼城雪，木兰初与爷娘别。白山头，黑河秋，蛾眉剑竖蝉鬓铁兜鍪。横戈跃马沙场惯，十二年经数百战。金仆姑，玉鳖弧，净扫胡尘飞辔谒皇都。还妆阁，爷娘乐，铁衣卸尽罗衣薄。彼名兰，此名兰，雄龙雌凤颠倒万人看。木兰装束花身俏，难得芳梅与同调。古无双，今无双，美人男子男子美人妆。

摸鱼儿 题《缀玉轩话别图》[2]

蓦新秋柳梢新月，催人丝辔东去。青鸾银烛招凉馆，今夕草堂星聚。相见处、眼底有花红，雪白三珠树。如虹气吐，便鹦鹉呼茶、荷花劝酒，促坐忘宾主。梅花笛，百万倭儿起舞。楼船横海东渡。归来一笑蓬瀛浅，乌爪玉颜如故。谁似汝、问采药琼田，多少童男女。丝囊玉麈，叹琴意成痟，相如老矣，犹制美人赋。

绮怀 为兰芳《太真外传》作[3]

六铢衣薄耐春寒，九影花娇就烛看。
风里持裙人似燕，月中倚扇女乘鸾。
舞余莲袜凌波湿，歌罢林檎系带乾。
消得唐宫娘子凭，愿为亭北玉阑干。

罗惇曧

罗惇曧（1872—1924年），字掞东，号瘿公，广东顺德人。优贡生，官邮传部郎中，袁世凯称帝后，拒不受禄。以下辑录十首，出自《梅兰芳珍稀史料汇刊》《瘿庵诗集》《国文周报》《东方杂志》等。

朱古翁以况夔生词刻见寄，中多忆梅郎之作，属以一本贻梅郎，寄答此章[4]

三年不得疆村札，却为梅郎一寄书。

1 谷曙光：《梅兰芳珍稀史料汇刊》（叁），学苑出版社2015，第1328页。
2 张次溪：《燕归来簃随笔》，《清代燕都梨园史料》（下册），中国戏剧出版社1988，第1233页。按：梅兰芳首次东渡日本演出，林纾为其作《缀玉轩话别图》，樊山为此题词。
3 罗惇曧遗编、李宣倜校补、樊增祥批注：《鞠部丛谈校补》，浙江人民美术出版社2016，第60页。
4 《国闻周报》1924年第1卷第14期，第14页。

报道有人相愤苦，倩应妒我望衡居。
燕台自诧寻常见，洛市终防看煞渠。
倩影已教题赠去，况翁词兴更何如。

观梅郎《天女散花》剧[1]

霓裳一曲拼千古，此是玉环得意语。
可怜多肉任风吹，宁问汉宫飞燕似。
翾风善舞未能歌，绛树能歌不解舞。
并娴歌舞定何人，日下梅郎故绝伦。
天与腰支便旋折，容歌满舞并一身。
是谁幻遣作天女，小李将军心力聚。（此剧费半年之力，闽县李释戡少将制）
自言一剧压千场，奔月葬花安足数。
欲知天女竟何状，梅郎正在氍毹上。
云髻峨峨巧样梳，修裾不卷随风扬。
虽然妙色本来空，梅郎便成真实相。
楼前仕女竞妍妆，默对梅郎色惆怅。
天风海水方喧豗，共看天女驭风来。
时攘皓腕双鸾带，旋舞低昂去却回。
瑶笙云璈不知晚，华灯五色光成堆。
病榻维摩久凝坐，丈室纷纷花雨堕。
香尘散落坏色衣，四座风光同滃沱。
若非居士守禅寂，难免妄念风轮簸。
千姿万态却分明，舞袖低时云欲生。
三百年前王紫稼，见此自失谁敢争。
剧中谁是填词者，老去王部擅风雅。（剧中赏花时风吹荷叶煞两折为碧栖词人王又点笔）
词名一世只自珍，晚成此曲真无价。
长安贵游车马狂，无人不道看梅郎。
十方士女皆欢喜，尽散天花作道场。

1 谷曙光：《梅兰芳珍稀史料汇刊》（叁），学苑出版社 2015，第 1325–1326 页。

梅郎放鸽歌[1]

梅郎治鸽如治兵，鸽巢部别疑列营。
当其选鸽求必精，形质皆中相鸽经。
聚数百翼各异名，绀原翠碧丹黄赪。
羽竿所向皆飞鸣，或集檐牙或屋瓴。
廻翔一一入青冥，梅郎仰空作鸽声。
纷然来下无留停，觅巢不舛谁敢争。
号令俨如肃百城，朔方健儿方南征。
往往抗令惮远行，纪纲坠绝宁可国。
岂以人而不如鸽。

观梅郎《麻姑献寿》剧戏作（二首）[2]

嫦娥天女寻常见，又见麻姑渡海时。
幸与梅郎作并世，始知仙女本如斯。

梅郎亦是人身耳，一美仙衣竟似仙。
世人欲貌麻姑考，便貌梅郎定可传。

赋牵牛花 有序[3]

昔王湘绮为牵牛花赋叙曰："牵牛花者，蔓生蒙笼不任盆盎之玩。待晓露，而花见朝日而蔫，虽无终朝之荣，而有连月之华。豪贵之士将晡起而终莫能觏也。"梅郎兰芳刺取东瀛栽花之法，取牵牛花植小盆达数百器，截其梗禁其蔓生，才留数叶耳，高不及尺，大小高下若一，竭本国种又穷授诸东瀛，盖三百有余种矣。类别部居或沿旧名或制佳称入其庭，尽牵牛花也。李释戡、齐如山、许伯明、舒石父、陈家良、王琴侬、姜妙香则各蓄数百盆，或百盆以相矜耀。梅郎又分贻程郎艳秋，亦居然成一家矣。之数子日恒聚，聚时语必及牵牛花，花时互往还，排日讌集。先期各移方开者攒集一家，招客评其

1　谷曙光：《梅兰芳珍稀史料汇刊》（叁），学苑出版社 2015，第 1332–1333 页。
2　同上，第 1333 页。
3　同上，第 1333–1334 页。又，罗惇曧：《瘿庵诗集》，中国书店 2008，第 36–37 页。

甲乙。六月望日，就释戡家做第一集，习以昧爽至盖逾午渐蔫矣。循廊列数百种烂若铺锦，少雷同者，花大者，若杯盘奇者，弗可屡计。每一客至，梅郎必导观，要评骘，顾客所指目恒梅郎蓄也，梅郎则大喜，客亦自喜也。既索余为诗，因念湘绮言“蔓生蒙笼不任盆盎之玩”为非信，“虽无终朝之荣，而有连月之华”，则足以更迭排日为谳矣。忆湘绮翁以甲寅（按：1914 年）春入都，预梁任公絜觞之会，梅郎献剧罢，余招梅郎湘绮翁并肩坐，白发朱颜荫映座间，翁意甚乐也。翌日有诗报余，言谢媒梅之惠，今此嘉会惜不能越翁于九泉与共欣赏也。

谁移蔓生花，置之盆盎生。
寻丈屈尺寸，部别乃异名。
裁制恃人力，定非花之情。
虽曰匪花情，坐阅百态更。
粲粲之数子，汲汲各有营。
果然花时节，能各以异争。
开轩灿行列，洗璏要客评。
向日纷弄色，巡檐媚相迎。
斯会今则创，岛国有图经。
栽培吾不敏，见此心怦怦。

和实甫《国花行》戏仿实公体[1]

五郎诗语多凿空，贾郎似蜀梅郎陇。（实公句）
贾郎未识只相思，进身有路缘诗宠。
赚得瘿庵介绍书，周阿碧树访仙居。
文鸾舞影时相逐，朱鸟春窗若可呼。
重来京国耽梅影，徙倚歌台日延颈。
望梅不止相如渴，充饥空画名士饼。（君官广西右江道，忤奥督，以名士如画饼劾罢之）
当其以陇喻梅时，何曾花底一通词。

1 谷曙光：《梅兰芳珍稀史料汇刊》（肆），学苑出版社 2015，第 1652–1653 页。

闭门自草劝进表，直与刘生同一痴。（湘中刘少轩倾倒朱郎幼芬，拟劝进表称芬郎大王陛下）

瘿庵忽动哀怜意，为肃飞觞促郎至。
照席花枝一座惊，五郎起舞知狂喜。
自言日傍歌台坐，唱采声雄谁似我。
尔祖当年友我翁，便称两世通家可。
顾叟（印伯）掀髯尽一觞，陈侯（石遗）余兴牵归舸。
荒斋连日屡相过，嬲我寻梅三里河。
扣门幸免言词拙，拜母翻嫌礼数多。
有约不来空久座，说苦真如钳在口。
国花岂向别人妍，梅魂久属冯家有。
冯侯怜尔太痴狂，芍药花前置一觞。
尚能平视同甄后，空抱春容唤丽娘。
君家中妇方张寇，诉词定控樊山叟。
三子狱名万古愁，瓜蔓抄连血数斗。
大嚼屠门殊可怜，劝君作诗先自剖。

送畹华之日本[1]

驿路花飞送玉郎，练裙雕珮总生光。
长安士女愁眉坐，徐福童男拍手狂。
日预离筵共酒杯，争看渡海不凡才。
出门郑重无多语，入手声名及早回。

送畹华之汉口[2]

汤汤汉水流歌吹，万派朝宗待汝来。
惊艳误逢交甫珮，知音傥过伯牙台。
题诗在上无余子，横槊何人更霸才。
冀北马空徒怅望，日斜惟盼传车回。

1 罗惇曧：《瘿庵诗集》，中国书店 2008，第 40 页。
2 同上。

浣溪沙[1]

流末从知市义难，输他奇侠出伶官，灵床焚券泪汍澜。　　曲子当年倾禁御，孙枝万口说芳兰，留将善报后人看。

陈夔龙

陈夔龙（1857—1948 年），贵州贵阳人，字筱石、小石，号庸庵、庸叟、花近楼主。光绪十二年（1886 年）进士。历任顺天府尹，河南、江苏巡抚，湖广、直隶总督等。民国后为上海寓公，与陈三立、冯煦、瞿鸿禨等组织“逸社”。著有《水流云在轩图记》《花近楼诗集》《梦蕉亭杂记》等书。以下辑录十三首，出自《梅兰芳沪上演出纪》。

题《雅集图》绝句（十首）[2]

歌舞春申夜未央，斜街如过景和堂。
五云散后风流歇，一树琼花压众芳。

天半虹霓落舞筵，祖孙衣钵一灯传。
坐中谁是当时客，老眼看花四十年。

六代乌衣一刹那，旧家子弟已无多。
销魂合诵他山句，酒绿灯红奈尔何。

琼筵昨岁泛流霞，曾醉高楼卖酒家。
今日鬓丝禅榻畔，又分清梦到梅花。

残局长安似弈棋，兴亡端不系娥眉。
乱离尤盛唐天宝，愁说杨妃中酒时。

1　程永江：《程砚秋史事长编》，北京出版社 2000，第 144 页。
2　张斯琦：《梅兰芳沪上演出纪》（下编・梅讯），中西书局 2015，第 43 页。

歌台高似五言城，金石渊渊掷地声。
朱但贪多王爱好，就中诗格属梅庚。

铜琶铁板大江东，残月清歌和晓风。
唱到陈宫后庭曲，庭花非复旧时红。

捧砚声声唤紫云，孟公乐府富多文。
自怜湖海豪情减，烧烛何曾到夜分。

名花禁得几时看，点额妆成四座欢。
我似相如病消渴，题诗聊作望梅酸。

凝碧池头柳弄莺，管弦清脆月三更。
玉珂风断朝天梦，怅触中年以后情。

陈小石老人昨制诗贻畹（三首）[1]

乌帽蛮靴窄袖衫（以西式装来谒），海山历遍蕊珠岩。
初三月样长眉妩，第一花枝众口咸。
风景江南重住客，霓裳天上总超凡。
伶官我欲编书传，红烛修书佐史监。

江楼约畹华夜饮

碧唾隔冰渍紫衫，屏山烛影护云岩。
喜邀仙尉来梅福，老托知音识阮咸。
隔岸飞花人比艳，到门题凤鸟非凡。
尊前合请刘章剑，法制森严酒令监。

观畹华演《西施》剧

湘水罗裙雾縠衫，采香端合住灵岩。

---

1 《梅兰芳沪上演出纪》（下编 · 梅讯），中西书局 2015，第 180 页。

（灵岩馆娃宫有采香径）
吴宫吴沼三年赐，君宠君怜一德咸。
乐府曲新歌代哭，邻家颦效响终凡。
（海上每竞排新剧，不无雅俗之别）
衔花胜有苏台鹿，牧园荒凉孰置监。

陈夔麟

陈夔麟，字少石，号少室、少樵，贵州贵阳人，进士，陈夔龙之兄。曾任江西按察使，广东布政使，为著名书画收藏鉴赏家。以下辑录十首，出自《梅兰芳沪上演出纪》。

陈少石题《雅集图》诗（十首）[1]
日边歌者纷如云，擅场首数金砚芬。
琴香早逝石头老，萼绿华乃超其群。

梅郎十六开歌扇，时较同光风已变。
菊部称员曲艺尊，梨园有价兼金贱。

郎家旧近虎坊桥，梅竹斜街奏玉箫。
白额青丝王紫稼，蛮靴小袖郑樱桃。

景龢当日盛歌舞，管领霓裳众仙谱。
岂知明月不长圆，彩云易散春无主。

郎绳祖武长安城，芳名二字传家声。
华灯照筵客初醉，如听呖呖娇莺鸣。

1 《梅兰芳沪上演出纪》（下编·梅讯），中西书局 2015，第 44 页。

海上频年走书币，聘郎氍毹斗姝丽。
贴地莲生步屧轻，回风柘舞腰支细。

花雨缤纷散满台，采声直喝寒云开。
演罢玉堂春将暮，立者坐者皆徘徊。

自古尤物能倾国，绿鬓红颜两难得。
况是天街誉璧人，芳兰竟体无双色。

我从人海感沧桑，未死禅心逐絮狂。
掷遍吴绡花寂寞，薰余鄂被梦荒唐。

只今乱后谈天宝，管弦零落龟年少。
幸有秾梅一树春，闻歌子夜供吟草。

沈曾植

沈曾植（1850—1922 年），字子培，号乙庵、寐叟，晚称巽斋老人，乙龛等，浙江嘉兴人。1880 年进士，后任刑部主事、安徽提学使等，1910 年辞官居上海，张勋复辟时，授“学部尚书”，近代大儒。以下辑录五首，出自《梅兰芳沪上演出纪》。[1]

题《雅集图》诗（四首）

子野闻歌复奈何，江南只是落花多。
金刚香鬘人天眼，迴向维摩一忏摩。

阿母分明语阿鬟，通天台迥造天关。
汉皇合是真灵主，早付仙图五岳看。

1 《梅兰芳沪上演出纪》（下编 · 梅讯），中西书局 2015，第 47 页。

肥水东流汉水流，暗香疏影遍南州。
如何第一霓裳序，不到姜家水摩头。

文字沧桑换劫波，尊前郑重缓声歌。
紫云回曲风吹去，会度西天焚衍那。

临江仙

五十年来三世相，华胥梦里婆娑。神光离合洛灵过。天花原下落，休去老维摩。　　露电无痕仙影在，江南江北愁多。幽香小迟道人歌。梁尘千日绕，奈许袜尘何。

王秉恩

王秉恩（1845—1928年），字息存，又作雪岑、雪澄、雪丞、雪城，号茶龛。华阳人（今四川双流）。同治十二年（1873年）举人，光绪初官广东按察使等。民国后，寓居上海。藏书家、书法家，精于校勘、目录学。以下辑录十首，出自《梅兰芳沪上演出纪》。

题《雅集图》诗（十首）[1]

庚申春仲，畹华南来，予以冰壶梅矩亭兰赠之，各赘小诗。荏苒送春，复缀十章，并书卷尾。庶海上雅游，尘因弗坠云尔。奄叟识。时年八十开六。

神光离合咋阴阳，花雨缤纷作众香。
舞逼柘枝颠欲放，人间从此重霓裳。

别调珠江语未谙，清吭宛转雪衣参。
正宫谱出猗兰操，有口都夸北胜南。

十年牢落墙东叟，掩泪听歌为尔曹。

1 《梅兰芳沪上演出纪》（下编·梅讯），中西书局 2015，第 46 页。

凝碧管弦太无赖，旧生休按郁轮袍。

蔷薇烂漫女郎词，玉树风前总自持。
不肯回眸留一睐。群花撩乱费相思。

檀乐金碧大楼台，山石高低费剪裁。
一笑园林与评泊，老夫郁抱为郎开。

露重云裁阆苑俦，夫容丰韵静中收。
莫嫌江上东风晚，别有芳姿艳在秋。

老凤清声十载前，小红俊侣艳于仙。
嘉荣夙擅梁州调，惆怅华年锦瑟篇。

词人磊落谱云韶，百衲琴声播绿幺。
一卷冬郎哀怨曲，赏音谁识海风萧。

沤波逸趣传芳讯，雅意搜罗本事谙。
一自燕兰修谱后，重将艳迹写淞南。

海滨胜侣笔矜持，破例匆匆画与诗。
珍重双清冰雪卷，莫须更读楚骚辞。

陈三立

陈三立（1853—1937年），字伯严，号散原，江西义宁人。近代“同光体”诗派领袖，卓然大家。光绪丙戌进士，官吏部主事，不坐曹，侍父湖南巡抚任。戊戌政变，父子被革职，永不叙用。辛亥国变后，隐居于沪、宁、杭等地，常与遗老诗酒唱和，不求声誉，不求显达。以下辑录五首，出自《梅兰芳沪上演出纪》。[1]

1 《梅兰芳沪上演出纪》（下编・梅讯），中西书局2015，第37、38、39页。

昨日唐总代表并周君湘云、潘君明训，宴畹华辈于周宅。先于四时游学圃，合摄一影。列席者陈散原、王雪岑、朱古微、况夔生、赵惜阴、赵叔雍、余寿平、徐积余、吴揆甫、周湘舲、甘翰臣、劳敬修、赵灼臣诸君等。酬酢尽欢，至九时始同观《散花》焉。甘翰臣昨以琴隐园画梅贻畹华，散原为题一诗，疆村书之，云：

疑是逋仙倚袖来，偶移赤脚杂尘埃。
缟衣终作瑶台伴，吹满灵风一梦回。

题《雅集图》诗（四首）
羊车犹认旧丰神，飞上歌声走万灵。
一自看花崇效寺，至今魂断牡丹亭。

屡舞翩翩广袖垂，落花天气散花时。
维摩五蕴皆空尽，缘贤声闻赖总持。

阳城下蔡寻常耳，凝雪神人恍见之。
曾醉麻姑一觞酒，二分明月在瑶池。

海外楼台叶下亭，云林高致托丹青。
黄钟谱出贞元乐，累我人间掩泪听。

袁思亮

袁思亮（1879—1939年），字伯揆，湖南湘潭人，光绪癸卯（1903年）举人，因熊希龄组内阁，颇思有所建树，任印铸局局长。筹安会帝制议兴，以不能更事二姓为由，弃官终隐上海。以下辑录四首，出自《梅兰芳沪上演出纪》。

题《雅集图》诗（四首）[1]
现遍人天色相身，遏风回雪总无伦。

1 《梅兰芳沪上演出纪》（下编·梅讯），中西书局2015，第44页。

等闲言语难描写，却怪陈王赋洛神。

一卧江湖作散人，霓裳惊见羽衣新。
多情最是罗昭谏，寄我宣南第一春。

桂林词老旧知名，修到梅花定几生。
此日为君惆怅甚，玉萧新倚断肠声。

沧海归来万事非，惟余法曲似当时。
贞元朝士无多在，白发飘萧两画师。
（何诗老吴昌老）

张其淦

张其淦（1859—1946年），字汝襄，号豫泉、寓荃，晚号罗浮豫道人，又号岭南迂叟，广东东莞人。光绪二十年（1894年）进士及第，后官至安徽提学使。辛亥革命后寓居上海，编《明代千遗民诗咏》，陈夔龙、陈三立、朱祖谋、王乃徵等皆为题词。下辑录一首，出自《梅兰芳沪上演出纪》。

罗浮豫道人《春江曲》（赠梅郎并小序）[1]

庚申三月下浣，甘翰臣道友宴梅郎于非园，时陈伯岩、朱古微、王病山、王雪丞诸名流均在座。翰臣为梅郎索余诗。余前岁咏樊山、哭庵《梅郎曲》诸作，哀感顽艳，美矣丽矣。惟梅郎之貌之艺，足以当之无愧。迩者古微、蕙风、倚声及诸名流赠诗传诵一时，余因成此歌，以博梅郎一哂。维时小雨帘纤，落红满地，诵少陵"落花时节又逢君"之句，不禁黯然销魂也。

春江一水剪绿波，人人爱听梅郎歌。
春江十里花如锦，人人亦重梅郎品。
千娇百媚似女儿，女儿多为梅郎痴。

1 《梅兰芳沪上演出纪》（下编・梅讯），中西书局 2015，第 40–41 页。

青鸟传书吾懒读，梅郎守身却如玉。
且赏容华一串珠，休想阿难五净肉。
君不见旗亭画壁樊山樊，车子牵帘哭庵哭。
梅郎应较王郎好，独怪梅村看不足。
凝碧池头忆艳歌，软红尘里翻新曲。
白翎雀和鹧鸪天，长歌入云管弦逐。
芳园酒熟春茫茫，能留春住唯梅郎。
美貌直争花旖旎，离情却较波短长。
都似与郎不尽识（用梅村句），移坐饱餐郎秀色。
江南草长群莺飞，春风似恋花王国。
吁嗟乎，子山词赋清且新，杜陵忧世今何人，逢君正是落花晨。
落花铺满江上茵，何堪重托江南春。

刘承幹

刘承幹（1881—1963年），字贞一，号翰怡、求恕居士，晚年自称嘉业老人。浙江吴兴（今湖州市）人，近代著名的藏书家、刻书家，嘉业堂主。以下辑录5首词作，出自《梅兰芳沪上演出纪》。

清平乐[1]

琼枝秀出，萼绿神仙籍。一曲阳春谁和辱，万紫千红无色。　缟衣来共清尊，非园合是名园。记省罗浮香梦，义熙何处桃源。

闻歌倦矣，不尽寻芳意。芸帙四围疏雨裹，依约一襟兰气。　软红极目瑶台，东风好为吹开。指顾江南春信，鸾云也合飞来。

清平乐[2]

壬戌闰端午前二日香南三集，置酒惜阴堂，余以尘事牵率，弗克叨陪盛会，

1　《梅兰芳沪上演出纪》（下编·梅讯），中西书局 2015，第 84 页。
2　同上，第 86–87 页。

赋此以志怅惘。自畹华南来，蕙风为之提创，一时群公奏雅，几于非清平不乐，余亦继声，甚愧效颦，录就叔雍仁兄正拍。

困人天气，雨殢香尘腻。准拟罗浮幽梦里，来伴师雄扶醉。　　嘶骢却误寻芳，元都我愧刘郎。也伴东风惆怅，桃花未抵梅妆。

尊前萼绿，婉娩人如玉。平视刘桢须眼福，芳约祇增枨触。　　瑶台月下心期，无端只赤天涯。却被楼头孙处，傲余并影琼枝。（是夕隐庵先生与畹华接席，亦如非园蕙风之与浣蘩也，李媛雪芳字浣蘩）

西风纫佩，定有兰因在。不共江山金粉改，看取笑红颦黛。　　后期珍重香南，壶觞无限清酣。倘许云阶月地，坐依乌帽尘衫。

林纾

林纾（1852—1924 年），福建闽县人。1882 年举人。辛亥革命后，任教京师大学堂，并以卖文鬻画自给。洪宪称帝，授以高等顾问，却之。以下辑录一首，出自《畏庐诗存》。

戊午正月，沈昆三招同樊樊山、冒鹤亭、罗瘿公、王碧栖、梁众异、黄秋岳、李石龛，集其寓斋，听陈君胡琴，张君法曲，时贯郎、梅郎、姚郎、程郎均与席，梅郎亦度曲二阕，明日读樊山词，而瘿公并以诗来趣和，作此答之[1]

一曲灯屏集众仙，玉盆棐几早梅鲜。
居然四座生奇暖，难得诸郎正妙年。
华发深惭银烛影，兵尘宁近绮筵前。
风怀何似樊山老，明日新词上锦笺。

王病山

王乃徵（1861—1933 年），字聘三，又称病山，号平姗，晚号潜道人，四川中江人，光绪庚寅（1890 年）进士及第，官至湖南布政使、贵州布政使。

1　林纾：《畏庐诗存》（卷上），商务印书馆中华民国十二年版，第 37 页。

鼎革后隐于申江鬻医，有《嵩洛吟草》《天目纪游草》等集。以下辑录一首，出自《梅兰芳沪上演出纪》。

题《香南雅集图》诗[1]

宛转珠喉宛转身，态能摹古曲翻新。
可怜萧瑟乾坤气，添得清歌妙舞人。
才咏名讴赏雪缘，真如圣谛得禅观。
道人不作平章语，愿使天生并二难。

王国维

王国维（1877—1927年），字静安，晚号观堂，浙江海宁人。辛亥后，居日本，后返回上海、北京，任清华国学院教授。以下辑录一首，出自《王国维诗词笺注》。

清平乐

庚申况夔笙太守索题香南雅集图[2]

蕙兰同畹，著意风光转。劫后芳华仍婉晚。得似凤城初见。　　旧人惟有何戡，玉宸宫调曾谙。肠断杜陵诗句，落花时节江南。

朱祖谋

朱祖谋（1857—1931年），原名孝臧，字古微，号沤尹、上彊村民，浙江归安人，1883年进士，后任礼部侍郎。辛亥革命后隐居上海。以下辑录三首，出自《彊村语业笺注》[3]。

1　《梅兰芳沪上演出纪》（下编·梅讯），中西书局2015，第28页。
2　王国维著、程永正笺注：《王国维诗词笺注》，上海古籍出版社2013，第578页。
3　朱孝臧著、白敦仁笺注：《彊村语业笺注》，浙江古籍出版社2016，第370–372页。按：《浣溪沙》虽未提梅兰芳，实际上是观畹华剧后作。

浣溪沙（二首） 和病山、蕙风即席之作

解道伤心是小颦，分明怨恨曲中论，世间原有蕊珠人。　　妙舞折腰翻地锦，清吭飘泪簌梁尘。满衣犹是故山云。

未必天花及我身。占人怀抱是歌颦。红毹翠幕一逡巡。　　翻劫枯禅参圣解，哀时闲泪赚词人，不关梦里楚云台。

清平乐 何诗孙为梅兰芳北归画卷征题

残春倦眼，容易花前换。萼绿华来芳畹晚，消得闲情诗卷。　　天风一串珠喉，江山为祓清愁。家世羽衣法曲，不成凝碧池头。

吴昌硕

吴昌硕（1844—1927 年），别号缶庐、苦铁等，浙江安吉人，著名国画书法篆刻家，西泠印社首任社长，为“书、画、印、诗”四绝的一代宗师。以下辑录 1 首，出自《梅兰芳沪上演出纪》。

为畹华画梅[1]

明珠拂袖舞垂髫，嘘气如兰散九霄。
寄语词仙听仔细，导源乐府试吹箫。
堂登崔九依稀似，月演吴刚约略谙。
赢得梅花初写罢，陪君蝉语立香南。

何诗孙

何诗孙即何维朴（1842—1922 年），字诗孙，晚号盘止、盘叟等，湖南道县人，何绍基之孙，以山水画著称。以下辑录一首，出自《梅兰芳沪上演出纪》。

1 《梅兰芳沪上演出纪》（下编·梅讯），中西书局 2015，第 40 页。

清平乐[1]

超超南浦，何计留君住。目断斜阳帆落处，一片无情烟树。　墨痕泼上云蓝，依稀风景江南。为报天涯芳侣，故人雪鬓髮黪。

冒广生

冒广生（1873—1959 年），江苏如皋人，字鹤亭，号疚斋，近代著名诗人、词家、汉学家。冒氏为如皋大族，书香门第，冒辟疆系其祖辈。民国时，冒广生曾任北京政府财政部顾问，广州中山大学教授，兼任广东通志馆纂修，主持《青鹤》杂志。以下辑录 1 首，出自《梅兰芳沪上演出纪》。

虞美人[2]

诗家过岭寻常话，汝去添声价。本来南海要观音，行到观音山脚傥登临。素馨斜外花如绣，看杀珠娘否。人前赢得口脂香，都把梅郎当槟榔。

蕙兰芳引[3]

亡友况夔笙曾谱此调赠畹华，其自序云："寻芳倦矣，孤负萼绿华来，销魂黯然，万一杜兰香去。"夜分忆及，感和一首，示子大并又韩兄弟。[4]

蕒唱晚天，正凄念、故人哀曲。虽不是闻歌，便有泪无处哭。翠尊绛烧，见鬓影、筵前犹绿。祗蕙风一去，往日霓裳难续。　眼底天涯，消魂重听，夜半丝竹。又闲话仙山，曾饱绣襦嫩玉。归装还剩，荔支几斛。招素心、同荐九京幽独。

程颂万

程颂万（1865—1932 年），字子大，一字鹿川，号十发居士。湖南宁乡人。

1　《梅兰芳沪上演出纪》（下编 · 梅讯），中西书局 2015，第 44 页。
2　同上，第 173–174 页。
3　同上，第 178 页。
4　"子大"即程颂万，字子大。又韩兄弟即况周颐的儿子。

毕生致力于教育和实业，喜作诗词、擅长书法。晚年曾寓居上海，鬻书作画以自给。与陈夔龙、陈曾寿、陈三立、朱祖谋等交善。以下辑录2首，出自《梅兰芳沪上演出纪》《梅兰芳珍稀史料汇刊》。

蕙兰芳引[1] 和鹤汀韵赠畹华

坊畔倚栊，漫凄听、故京遗曲。殢海角行尘，拚老大还临哭。扇香恨罥，散梦绮、湘天余绿。缘苦万里唤遍，姓字传芬相续。　　忍赚修梅，中年痴绝，袖绊寒竹。（谓夔笙）忆庵语人迥，闲访旧窗片玉。惊心量海，泪珠几斛。饯翠禽、偏占晚枝春独。（畹华父竹芬赠余书画兰扇今藏三十余年矣）

画兰箑歌赠梅郎[2]

梅郎玉貌倾城绝，梅翁早化罗浮蝶。
徂年乱后得逢郎，箧有而翁画兰箑。
画兰赠我兰比胎，国香奋迅天东来。
三十年中一弹指，玉京楼观多风霾。
郎祖内廷巧给事，文皇往往呼名字。
冠缨宠赐映砗磲，官扇排头蔼珠翠。
阿爷未惜妗妗早，奉诏宣仁偕百戏。
接席词流数四朝，流光佳侠垂三世。
天生楚国有情花，地奋中原王者气。
画兰种兰年略同，斜街美人春笑空。
悬知摺叠残筠骨，未损河山破镜中。
舒腕白添浓绿渍，藏心黄认簿脂烘。
九天风露斟如酒，九南灵芬落吾手。
广得楼头月坠兰，景和堂里春藏牖。
墨似横斜处士心，笔悬婀娜南翁肘。
未意传芬白面郎，亲逢换世支离叟。

1　《梅兰芳沪上演出纪》（下编·梅讯），中西书局2015，第186页。
2　谷曙光：《梅兰芳珍稀史料汇刊》（肆），学苑出版社2015，第2045–2046页。

丁歌甲舞看年年，娩婳应为天所怜。
奔月有娥腾大地，散花随佛下诸天。
南州未省春葳蕤，得见阿郎总怅然。
北面芬奇泰西伎，衙官擅下海东仙。
幽兰吐抱琼为骨，座客精神皆恍惚。
江城玉笛夐偷寒，我亦乘云探月窟。
无城可倾奈若何，阿郎住处销金多。
要将锁箧缠绵意，付与兰心绝世歌。
（时郎在汉上）

冯幵

冯幵（1873—1931 年），原名鸿幵，字君木，号回风，书室名回风堂。浙江慈溪县人。曾于宁波后乐园创办国学社，1925 年于上海出任钱学会馆修能学社社长。精通经史词章，文主汉魏，诗宗杜韩，词则出清真、梦窗。常与况周颐、朱祖谋、吴昌硕等以诗艺会友。1931 年客逝上海。以下辑录 1 首，出自《梅兰芳沪上演出纪》。

瘗花图 [1]

蹙蹙兰啼兼蕙叹，茫茫雨横更风斜。
名都风景余秋色，乱世人才比落花。
荷锸相从纷涕泪，搴裳俄惜竭菁华。
佳人倒有缠绵意，不为芳春发怨嗟。

藐庐

藐庐，生平不详。从其咏梅诗中所叙历史及情感可确定其清遗民身份。有《梅郎曲》1 首，出自《梅兰芳珍稀史料汇刊》。此首可与易顺鼎《万古愁曲》，樊增祥《梅郎曲》互参。

---

1 《梅兰芳沪上演出纪》（下编 · 梅讯），中西书局 2015，第 182 页。

梅郎曲[1]

忆昔龙飞十二春，景和堂里旧词人。
而今一听梅郎曲，国破家亡只怆神。
当年梅子林伶侠，焚券挥金无所惜。
巧玲名字动京华，廊房画像真凄绝。
竹芬端丽饰明皇，龙凤姿容坐玉床。
倘从菊部论家世，世上争怜姓氏香。
菰村年少春明客，酒场握手连晨夕。
记取酸寒作蹇修，黄严工部文章伯。
此时易五亦同游，二琐昆腔唱未休。
元侠舅君能醉倒，紫云小福总工愁。
此时竹芬未娶妇，经年小别成淹久。
腹痛黄鑪搅涕痕，雏凫寡鹄霜风后。
追忆玄襟下拜时，重泉无路话交期。
生媿司勋赢薄幸，死闻蔡廓有佳儿。
孤儿最比阿爷瘦，眉妩远山初画就。
一串歌喉遏碧云，千行清泪抛红豆。
兰芳两字渐知名，引吭能令四座倾。
乍向笛边呼供奉，任凭掌上试云英。
大琐胡琴丝胜肉，娇小啼莺新出谷。
题笺唤到绮筵前，两世交情堪一哭。
弦索匆匆暮复朝，风车云马过津桥。
未及缠头张素锦，质能赊酒脱金貂。
荔孃橘婢裁长句，两宫龙驭偏难驻。
桥使纷纷媚李翛，尸居衮衮嗤杨素。
燕子春灯闹故宫，桃花秋扇可怜红。
都将十六天魔舞，写入鱼龙曼衍中。
戚里酣嬉罢朝早，小朵色衰桂凤老。

1　谷曙光：《梅兰芳珍稀史料汇刊》（肆），学苑出版社 2015，第 1657–1659 页。

一珠一字绕梁飞，独有梅郎才艺好。
歌声宛转不胜哀，浅笑轻颦日几回。
殿角新翻得宝子，御前传送夜光杯。
歌声未断羽书急，仓皇帝后相持泣。
掇皇掩面出宫门，满眼铜驼卧荆棘。
老夫流落不能归，江头日日典春衣。
何处高楼谋一醉，谁家衰柳挂残晖。
清宵爱听贾郎唱，贾郎凄婉亦谑浪。
梅郎先世与同乡，绿杨城郭今无恙。
无因聚首两浮萍，白发沧江眼倦青。
尚有朱郎夸射戟，俊游亦自等晨星。
素云草书有声价，竹芬画兰乃羽化。
賸说龟年老乐师，宫槐落尽惊秋夜。
故人有子世称贤，一曲千金万口传。
海国明灯欺皓月，瑶台雅步化轻烟。
珠玉随风生咳唾，一波三折九顿挫。
老我横添万种悲，逢人苦道家山破。
平生萧瑟减风怀，浦上流连亦复往。
再向寒天温旧梦，忍过李铁拐斜街。

图书在版编目（CIP）数据

餐芝逸老与京剧之盛：清季士大夫研究 / 周茜著
. -- 上海：同济大学出版社，2022.9
ISBN 978-7-5765-0381-4

Ⅰ.①餐… Ⅱ.①周… Ⅲ.①古典文学研究—中国—清后期 Ⅳ.① I206.5

中国版本图书馆 CIP 数据核字 (2022) 第 174801 号

餐芝逸老与京剧之盛：清季士大夫研究
周茜　著

责任编辑　张　翠
责任校对　徐春莲
装帧设计　张　微　　李　丽

出版发行　同济大学出版社 www.tongjipress.com.cn
地　　址　上海市四平路 1239 号　邮编 200092　电话 021-65985622
经　　销　全国各地新华书店
印　　刷　上海安枫印务有限公司
开　　本　710mm × 960mm　1/16
印　　张　30.5
字　　数　610 000
版　　次　2022 年 9 月第 1 版
印　　次　2022 年 9 月第 1 次印刷
书　　号　ISBN 978-7-5765-0381-4
定　　价　128.00 元